Blutengel 2

Aaron

Kim Landers

– U-line Eternal Love –

1. Auflage Oktober 2012
Titelbild: Agnieszka Szuba
www.the-butterfly-within.com

Lektorat: Franziska Köhler
Satz: nimatypografik

ISBN: 978-3-939239-29-1

Hat Dir das Buch gefallen? Schreib Deine Meinung an gelesen@ubooks.de

Möchtest Du über Neuheiten bei Ubooks informiert bleiben?
Einfach eine Email mit Deiner Postadresse an:
katalog@ubooks.de

ETERNAL LOVE
ein Imprint von

Ubooks-Verlag | U-line UG (haftungsbeschränkt)
Neudorf 6 | 64756 Mossautal
www.u-line-verlag.de

Prolog

Es gab für sie kein Entrinnen. In ihrem Hirn spielte sie alle Varianten einer möglichen Flucht durch und kam zu einem niederschmetternden Ergebnis. Wenn sein heißer Atem in sie drang, würde es mit ihr vorbei sein. Sie konnte sich keine schlimmere Art zu sterben vorstellen. In Panik krallten sich ihre Fingernägel in die Tapete.

Der Tag war gemächlich verlaufen, wie immer, bis es vorhin an der Tür geklingelt hatte. In der Annahme, es wäre ihr Mann, der den Schlüssel vergessen hatte, war sie aufgestanden, um zu öffnen. Im nächsten Moment war sie vor Entsetzen zurückgewichen, als sie dem gegenüberstand, den alle nur den «Roten» nannten. Der, der aus dem Feuer geboren worden war.

All die Jahre hatte sie sich in Sicherheit gewähnt, war von Ort zu Ort gezogen und hatte immer wieder ihren Namen gewechselt. Dennoch hatte er sie aufgespürt. Jemand hatte sie verraten.

Sie musste den Kopf weit in den Nacken legen, um zu ihm aufzusehen. Seine Augen schimmerten wie glattpolierter Obsidian und betrachteten sie ohne Mitleid. Grob stieß er sie beiseite und trat ein. Sein schulterlanges Haar glänzte im Lampenlicht wie gesponnenes Gold. Sein schmales Gesicht mit den feinen Zügen und den hohen Wangenknochen, das mit jeder Madonnenstatue konkurrieren konnte, täuschte über seine schwarze Seele hinweg.

Er kannte weder Gnade noch Mitleid.

Langsam wich Carmen zurück. Furcht kroch ihren Nacken hinauf und drückte ihr die Kehle zu. Sein hämisches Grinsen verriet, wie sehr er ihre Angst genoss.

«Hast du wirklich geglaubt, ich würde dich nicht finden?», erklang seine Bassstimme.

Für ihn war sie eine Hure, deren Ende er vor langer Zeit besiegelt hatte. Carmen stieß mit dem Rücken gegen die Wand. Sie hatte gewusst, dass dieser Tag kommen würde, und sich immer davor gefürchtet. Doch viel zu schnell war er eingetroffen.

Eine Tür knarrte im Obergeschoss. *Die Kinder!* Sie schliefen in ihren Zimmern. *Denk nicht an sie, sonst bringst du sie in Gefahr!*

Mit keinem Deut verriet seine Miene, ob er ihre Gedanken gelesen hatte. Sie starrte auf den Sekundenzeiger der Uhr an der gegenüberliegenden Wand, der im gleichmäßigen Tempo Strich für Strich um die eigene Achse wanderte. Mit jedem leisen Klacken näherte sie sich dem Tod. Ihr wurde übel. Die Hoffnung, ihm zu entkommen, sank mit jedem Atemzug. Keiner würde ihr helfen. Sie war eine Vergessene.

«Wo ist mein Kind?»

Seine Stimme ließ ihren Brustkorb vibrieren. Er beugte sich weit zu ihr herab und stützte sich mit der Hand neben ihrem Kopf ab. Sein heißer Atem brannte auf ihrer Haut. Ihr Herz hämmerte im Schädel. *Wie hatte sie nur hoffen können, er würde sie vergessen!* Jetzt verlangte er Antworten, bevor er sie in den Tod schickte. Antworten, die sie ihm nicht geben konnte, weil sie sie nicht kannte.

Ihr Blick fiel auf seine Handgelenke, in die sich die Ketten der Gefangenschaft über die Jahrhunderte hinweg eingegraben hatten. Wulstige Narben zogen sich über seine bloßen Arme. Wie mochte es ihm nur gelungen sein auszubrechen?

«Ich ... ich weiß es ... doch nicht», stotterte sie und presste ihre feuchten Hände an die Jeans.

Selbst wenn sie es gewusst hätte, wäre sie eher gestorben, als es ihm zu sagen. Sie hatte geschworen für immer zu schweigen. Er schnaubte vor Zorn und bleckte die Zähne. Hinter seinem Rücken breiteten sich seine Schwingen aus, die bis zur Decke reichten. Die Federn seiner Flügel waren schwarz. Nur ein weißer Rand zeichnete sich unten ab, ein Relikt seiner wahren Herkunft, bevor er sich auf die andere Seite geschlagen hatte. Luzifers Seite.

«Du wagst es, mich anzulügen?»

Carmen fröstelte unter seinem Blick. Die Angst um ihre Kinder, die oben in ihren Betten schliefen, schnürte ihr die Kehle zu. *Er durfte ihnen nichts tun!*

«Zu spät. Du hast gerade deine Bälger verraten.»

Er lächelte triumphierend, und Carmen erstarrte.

«Oh nein, bitte hab Erbarmen», flehte sie, obwohl sie wusste, dass es zwecklos war.

«Erbarmen? Meine Geduld ist am Ende. Entweder du sagst mir, wo mein Kind ist, oder deine werden sterben!» Seine Stimme klang wie ein tiefes Grollen.

«Nein! Bitte, das kannst du nicht tun. Sie sind unschuldig!»

«Mummy? Mummy?», rief eine Kinderstimme durch den Flur. Eine eiskalte Hand griff nach Carmens Herz und drückte es zusammen.

«Ich kenne den Ort nicht. Bitte glaub mir doch.» Sie sank auf die Knie und presste die Hände gegen ihre heißen Wangen. «Töte mich, aber verschone meine Kinder!»

Sein Grinsen wurde breiter. «Wie rührend. Wärest du denn um deinen geflügelten Sprössling auch so besorgt?»

Carmen schluckte, seine Worte rissen alten Wunden auf. Sie vermisste ihren Ältesten, für den das Schicksal einen anderen Weg bestimmt hatte.

«Bei meiner Seele, Madre de dios, ich schwöre, ich nicht weiß nichts!»

Die Miene des Roten verdüsterte sich. «Ich habe jetzt genug von deinen Lügen!»

Carmen überlief es abwechselnd heiß und kalt. Nur zu gut erinnerte sie sich daran, wie sie der blonden Frau damals zur Flucht verholfen und sie in der dunkelsten Ecke eines Eisenbahnwaggons versteckt hatte. Es war die Verzweiflung in ihrem Blick gewesen, die Carmen überzeugt hatte, ihr zu helfen. Nach der gelungenen Flucht war der Rote plötzlich im Viertel aufgetaucht und hatte nach der Geflohenen gefragt, bis er vor ihrer Tür stand. Sie hatte abgestritten, die Frau je gesehen zu haben.

«Stirb», raunte er und öffnete seinen Mund.

Flammen schlugen ihr entgegen und verbrannten ihren Hals. Der Schmerz überwältigte sie, sodass sie wimmernd zu Boden sank. «Ich weiß ... es ... nicht. Ich ... weiß es wirklich ... nicht», krächzte sie und krümmte sich vor seinen Füßen.

Verzweifelt sah sie zu ihm auf. Als sie seinem Blick begegnete, spürte sie einen stechenden Schmerz in den Augen, der tief in ihren Kopf drang und sich rasch in ihrem Körper ausbreitete.

Sie hätte ihm niemals in die Augen blicken dürfen. Carmen bereute ihren Fehler bitter, denn schon floss das Blut wie heißes Öl durch ihre Adern. Ihre Haut platzte auf und das Blut schoss heraus. An der Luft entzündete es sich wie Gas. Es fraß ihre Haut und das Fleisch von den Knochen, fraß sich weiter durch ihre Eingeweide. Sie wand sich schmerzverzerrt und brüllte wie ein Tier.

«Keiner bleibt ungestraft, der sich gegen mich stellt», hörte sie ihn sagen.

Doch der Schmerz vernebelte ihr Hirn, jeglicher Widerstand brach zusammen und sie ergab sich der Qual. Sie sah ihr Leben in rasenden Sequenzen vor ihren Augen vorüberziehen, und irgendwann spürte sie den Schmerz nicht mehr. Mit dem letzten verzweifelten Gedanken an ihre Kinder, die sie nicht hatte retten können, verlor sie die Besinnung.

1.

Endlich ein paar freie Tage in New York. Keine Jagd auf Dämonen oder Gefallene, sondern nur relaxen und in der Erinnerung schwelgen, bevor er wieder nach Rom zurückkehrte.

Genau das, was Aaron jetzt brauchte. Nur das schlechte Gewissen Alessandro gegenüber quälte ihn. Über ein halbes Jahr lebte er nun schon in Rom und hatte es nicht geschafft, seinen Freund und Lehrmeister zu besuchen – wegen seines Jobs. Wenn er zurückkehrte, würde er auch dieser Einladung endlich folgen.

Kaum war er durch die Passkontrolle, klingelte sein Handy. Joel. «Hi, Joel. Schon unterwegs?», begrüßte er den Freund am Telefon.

«Ich komme nicht.»

«Was heißt das jetzt?»

«Ich muss was Dringendes erledigen. »

«Was ist denn so wichtig?»

Aaron war enttäuscht. Irgendetwas stimmte nicht.

Joel druckste herum, bis er von Cynthia berichtete.

Was redete er da bloß von geheimen Treffen der Apokalyptiker? Das ließ neue Probleme erahnen. Selbst an seinen freien Tagen blieb ihm nichts erspart.

Cynthia war nicht nur eine wichtige Prophetin, sondern ihr gehörte das Engelsghetto, der geheime Treffpunkt aller Mischwesen in New York, das nicht nur Joels, sondern auch einmal sein Zuhause gewesen war. Er spürte, dass sein Freund auf seine Hilfe hoffte.

«Ich dachte, du unterstützt mich ein wenig gegen die Apokalyptiker.»

Aaron stöhnte auf. *Nicht die schon wieder!* Hinter den Apokalyptikern verbarg sich eine Satanssekte, die in letzter Zeit für mehr Ärger sorgte, als es den Engeln lieb war. Joel hatte von seinem

Vater den Auftrag bekommen, ihren Anführer, der sich selbst «der Verkünder» nannte, zu beobachten.

Einesteils reizte es Aaron, Joel zu unterstützen und diesem Verkünder einen Denkzettel zu verpassen ... Nein, nein, nein, nicht nachgeben. Keine Jagd auf Kreaturen, hatte er sich geschworen.

«Sorry, aber ich wollte einfach nur entspannen.»

«Hm. Wo bleibt dein Jagdinstinkt? Ich dachte, du wolltest vielleicht deine neuen Waffen ausprobieren.»

Joels Köder hatte Aaron bereits am Haken. «Nur wenn du meine Hilfe brauchst. Aber nur dann!»

«Ich wusste, dass du nicht Nein sagen kannst», antwortete Joel und lachte.

Der Dreckskerl wusste genau, wie er ihn herumkriegen konnte. Dennoch war Aaron ihm nicht böse.

2.

Geschafft! Die letzten Sachen waren in der Reisetasche verstaut, die Umzugskartons verschickt. Mit einem zufriedenen Seufzen lehnte Rebecca sich an die Wand und ließ den Blick durch die leere Wohnung schweifen. Nun war sie froh, damals eine möblierte Wohnung gemietet zu haben. New York sollte schließlich immer nur eine Zwischenstation in ihrer Karriere sein.

Sie drehte sich zum Fenster und stöhnte. Der blaue Kombi stand noch immer unten auf der Straße vor ihrem Lieblings-Coffeeshop. Der Fahrer sah durchs geöffnete Fenster mit einem Fernglas zu ihr herauf. Was wollte der Kerl von ihr?

Er war ihr zum ersten Mal aufgefallen, als sie neulich aus der Buchhandlung gekommen war. War er ein Stalker oder ließ Martin sie heimlich von einer Detektei überwachen? Es wäre ihrem Ex-Freund durchaus zuzutrauen. Schon zwei Mal hatte sie die Polizei angerufen, aber der Fremde war so gewieft, dass er jedes Mal verschwunden war, bevor die Cops auftauchten. Und es war ihr unmöglich, ihn genauer zu beschreiben, weil er seinen Hut stets weit ins Gesicht gezogen hatte.

Wenn sie in vier Tagen nach San Francisco zog, würde sie ihn nicht mehr sehen, beruhigte sie sich. Könnte sie das nur glauben. Nur zu gut erinnerte sie sich an einen Fernsehbericht, den sie neulich gesehen hatte. Newport war eine Kleinstadt, in der sie eine Zeit lang gelebt hatte.

Deutlich hörte sie die Stimme des Reporters: «Die verbrannten Leichen der beiden verschwundenen Frauen, Laura-Jane McAvoy und Gail Sheridan, konnten nur noch anhand ihrer Zähne identifiziert werden. Die Polizei geht von Ritualmorden aus. Verdächtigt werden zwei Männer, die einer Satanssekte angehören.»

In den Nachrichten wurde ständig über Morde berichtet, woran sie sich gewöhnt hatte. Doch diese beiden Frauen kannte sie. Laura-Jane hatte in der Nachbarschaft gewohnt und die lebenslustige Gail als Krankenschwester am selben Krankenhaus gearbeitet wie sie. Eine Gänsehaut kroch Rebeccas Rücken hinauf. Plötzlich vibrierte ihr Handy in der Hosentasche. Rebecca zog es heraus und sah aufs Display. Martin. Eben noch hatte sie an ihn gedacht. Wenn man vom Teufel sprach ...

Jetzt nicht! Sie drückte ihn weg. Es war alles gesagt. Das kurze Piepen verriet den Eingang einer SMS. *Gib uns eine Chance.*

Rebecca verdrehte die Augen. Sie konnten Freunde sein, mehr nicht. *Wann kapierte er das endlich?* Wütend steckte sie das Handy in die Hosentasche zurück. Sie musste jetzt los, wenn sie nicht zu spät zum Dienst erscheinen wollte.

Es dämmerte bereits, als Rebecca das Haus verließ. Sie fühlte sich unwohl und ihre Haut an den Unterarmen brannte. Bereits seit heute Morgen stand der blaue Kombi vor dem Coffeeshop. Der Kerl glotzte penetrant. Rebecca vermied es, zu ihm hinüberzusehen, und eilte zu ihrem Wagen.

Als sie die Garage verließ, war der Kombi fort und sie atmete auf. Ihre Erleichterung währte jedoch nicht lange, bereits an der nächsten Ampel erkannte sie im Rückspiegel, dass er ihr folgte. Jetzt konnte sie nur hoffen, ihn irgendwo zwischen Queens und Manhattan abzuhängen.

Doch der Kombi war immer noch hinter ihr, als sie über die Queensboro Bridge fuhr. Rebecca warf einen flüchtigen Blick in den Rückspiegel. *Shit!* Aber es war einen Versuch wert, einen Umweg in Kauf zu nehmen und ihn an irgendeiner Kreuzung abzuhängen.

An der nächsten Ampel bog sie rechts ab. Der Kombi blinkte ebenfalls und fuhr weiter hinter ihr her. Ein unheimliches Gefühl, verfolgt zu werden. Rebecca überquerte eine Kreuzung und trat das Gaspedal durch. Der Motor jaulte auf und ihr alter Toyota schoss mit einem schnarrenden Geräusch nach vorn. Der Kombi klebte weiter an ihr. *Hatte sie vielleicht einen Magneten im Heck?* Einen Moment lang überlegte sie, ihren Verfolger anzuhalten und zur Rede zu stellen, verwarf diesen Gedanken aber schnell wieder. Er könnte schließlich bewaffnet sein.

In der Nähe gab es einen Supermarkt mit einem Hinterhof, der von der Straße aus nicht einzusehen war. Dort parkte sie immer, wenn sie nach der Spätschicht noch einkaufen musste. Zwei Wagen drängten sich plötzlich zwischen den Kombi und sie.

Nach der nächsten Kurve war er auf einmal verschwunden, und sie atmete erleichtert auf. Sie warf einen letzten Blick über die Schulter zurück, um sich zu vergewissern, dass er tatsächlich nirgendwo auftauchte, bevor sie den Wagen auf den Hinterhof des Supermarktes steuerte. Rebecca wartete noch Weile, bis sie sich sicher war, dass er ihr nicht gefolgt war, dann stieg sie aus.

Außer ihr parkte im Hof nur noch ein Motorrad dicht an der Mauer. Sie blieb bei der schnittigen schwarz-roten Honda-Fireblade stehen und bewunderte sie im Schein der Neonreklame von allen Seiten, strich über das Lenkrad und warf einen Blick auf den Tacho. *Wow!* Es musste ein irres Gefühl sein, auf ihr zu fahren.

Sie hatte sich früher nie für Motorräder interessiert, bis sie die Honda in der Werbung gesehen hatte. Natürlich mit einem überaus attraktiven Fahrer. *Na klar, träum weiter. Den Doppelpack Motorrad-Traummann gibt es nur in Werbespots.*

Ihr Handy vibrierte erneut. Dieses Mal war es ein Alarm, der sie daran erinnern sollte, dass ihr nur noch eine Stunde Zeit blieb, um vor der Schicht noch den Schriftwechsel zu erledigen, den sie seit Tagen aufgeschoben hatte. Mit einem Anflug von Bedauern riss sie sich vom Anblick des Motorrades los und öffnete die Tür zum Supermarkt. Sie lief direkt zur Obsttheke, angelockt von den rotbackigen Äpfeln, die herrlich süß dufteten.

Sie waren in dekorativen Weidenkörben einsortiert, als wären sie frisch in Vermont vom Baum gepflückt worden. Lecker. Das Wasser lief ihr im Mund zusammen. Genau das Richtige für zwischendurch in der Nachtschicht. Sie zog eine von diesen hauchdünnen Plastiktüten vom Stapel neben den Körben und stopfte ein Dutzend Äpfel hinein.

Jetzt noch Truthahn-Sandwiches, und sie war versorgt. Sie drehte sich im Kreis und entdeckte die Sandwiches in einem Regal am Ende des Gangs. Weil sie sich im obersten Fach befanden, musste sie sich auf die Zehenspitzen stellen und den Arm ausstrecken. Dabei blieb die Tüte mit den Äpfeln an einer Regalkante hängen und riss auf.

Ehe sie zugreifen konnte, fiel das Obst heraus und kullerte über den Boden. Leise fluchend hockte sie sich hin und sammelte es wieder auf. Eine Verkäuferin in blauem Kittel reichte ihr lächelnd einen Korb. Es gelang ihr schließlich, alle einzusammeln bis auf einen, der unter eine Ecke des Regals gerollt war. Sie wollte ihn nicht liegen lassen und kniete sich hin, um nach ihm zu hangeln.

Er klemmte zwischen Regal und Fußboden fest. «Widerspenstiges Scheißerchen», murmelte sie und stupste ihn mit den Fingern an.

Leider bekam er zu viel Schwung, prallte von der Rückwand ab und kugelte auf der anderen Seite in den Gang, wo er von einem Paar schwarzer Stiefel gestoppt wurde.

Der Stiefelbesitzer bückte sich und hob ihn auf. «Ich hätte nicht damit gerechnet, dass mir heute noch eine schöne Frau zu Füßen liegen würde.»

Die dunkelsamtige Stimme ließ sie aufblicken. Ein Bild von einem Mann in schwarzer Motorradkluft stand nur wenige Schritte vor ihr und grinste sie jungenhaft an. Männlich, sexy und mit einem Touch Verwegenheit. Seine muskulösen Schultern und Arme schienen die Lederjacke fast zu sprengen. Sein lackschwarzes Haar war kurz geschnitten und kräuselte sich im Nacken. Auf seinen Wangen zeichnete sich ein Dreitagebart ab. Seine dunklen Augen strahlten nicht nur Selbstsicherheit und Neugier aus, sondern es lag auch ein Hauch Wehmut darin.

Er hielt den Apfel in der Hand und drehte ihn lässig. Wie lächerlich musste sie auf den Knien robbend auf ihn wirken. In seinen dunklen Augen blitzte es amüsiert auf.

Er lächelt charmant, schoss es Rebecca durch den Kopf. *Und diese Grübchen ...*

«Das habe ich nur getan, um Sie mit dem Apfel zu verführen», entfuhr es ihr. Sie war zwar nicht auf den Mund gefallen, aber selten so schlagfertig. *Deutlicher konntest du dein Interesse an ihm nicht zeigen, Rebecca*, tadelte sie sich. Egal, sie flirtete nun mal gern.

Sein Lächeln wurde breiter. «Gut gekontert, *Eva*.»

So wie er den Namen aussprach, klang es sündig, wie Adam, der Eva verführen wollte. Dabei sollte es doch umgekehrt sein. Noch dazu war er genau der Typ Mann, der ihren Puls in die Höhe schnellen ließ.

Unter seinem Arm klemmte ein Motorradhelm, und in der Hand hielt er einen Sixpack Budweiser. Beides legte er ins Regal. «Darf ich Ihnen aufhelfen?»

Rebecca schwieg. Sie war vom Klang seiner Stimme gefangen und hätte ihr ewig lauschen können.

«Oh, danke, natürlich.»

Erst jetzt bemerkte Rebecca, dass sie bei den Kunden Aufsehen erregten. Sie lächelte verlegen und fasste seine Hand. Fast hätte sie sie im selben Moment wieder losgelassen, denn bei dieser simplen Berührung durchfuhr es sie wie ein Stromstoß.

Behutsam zog er sie hoch und hielt ihre Hand noch eine Weile länger als erforderlich. Sein Daumen strich über ihren Handrücken und hinterließ ein Prickeln. Schließlich drückte er ihr sanft den Apfel in die Hand.

«Danke für den Ausreißer», sagte Rebecca mit belegter Stimme und lachte.

Himmel, ihr Lachen hörte sich wie Gänsegeschnatter an. Doch das lag nur daran, dass sie sich in der Nähe dieses Mannes seltsam befangen fühlte. Dieses Gefühl war ihr bislang fremd gewesen. Sie arbeitete mit vielen Männern eng zusammen und keiner von ihnen verunsicherte sie so wie er.

«Gern geschehen.»

Seine Stimme weckte in ihr Fantasien, von denen sie nie geglaubt hätte, sie zu besitzen. *Ob er einer Frau beim Sex Koseworte ins Ohr flüsterte?* Fast glaubte sie, seine Lippen an ihrer Ohrmuschel zu spüren. Eine Gänsehaut breitete sich auf ihrem Rücken aus.

In seinen Augen blitzte es begehrlich auf. Noch nie hatte sie jemand auf Anhieb so in den Bann gezogen. Seine Ausstrahlung war sinnlich, düster und geheimnisvoll. Sein ausgeprägtes Kinn verriet Willensstärke. Bei ihm würde vermutlich jede Frau schwach werden.

Sie wandte sich rasch ab und legte den letzten Apfel in den Korb. «Ich ... muss jetzt zur Kasse. Also, darf ich vielleicht ...» Sie deutete mit dem Zeigefinger über seine Schulter, damit er sie durchließ.

«Ja, natürlich, ich auch. Bitte nach Ihnen.» Er nickte und trat einen Schritt beiseite, um sie durchzulassen.

Galant war er auch, dachte sie anerkennend. Ihre Finger zitterten leicht, als sie an der Kasse bezahlte und ihre Einkäufe in einer Tüte verstaute. Schuld daran war, dass er dicht hinter ihr stand und sie seinen männlichen Duft riechen konnte. Deutlich spürte sie seinen Blick im Rücken.

Komm, sag was, bevor ich gehe, flehte sie im Stillen, aber zu ihrer Enttäuschung schwieg er. Sie warf einen Blick über die Schulter, bevor sie mit einem knappen «Bye» aus dem Supermarkt eilte.

Er hielt sie nicht zurück, sondern nickte ihr nur zu. Draußen drehte sie sich noch einmal nach ihm um. Ein Mann wie er war bestimmt in festen Händen. Rebecca klemmte sich die Tüte unter den Arm und schloss die Autotür auf, als sich hinter ihr ein Wagen näherte.

Sie wirbelte herum und erkannte den blauen Kombi. Schon wieder dieser Kerl! Sie sprang ins Auto und drehte den Zündschlüssel. Das Stottern verhieß nichts Gutes. Ausgerechnet jetzt streikte der Motor.

«Spring verdammt noch mal an!»

Sie trat Kupplung und Gas und drehte erneut den Schlüssel herum. Ein Klicken folgte, mehr nicht. Dafür leuchteten im Display unzählige rote Lämpchen auf. Klasse! Das hatte ihr gerade noch gefehlt. Rebecca schlug mit der Faust gegen das Lenkrad und fluchte. Der Kombi hielt direkt neben ihr und das Fenster öffnete sich. Sie schluckte, als sie das hämische Grinsen auf dem hageren Gesicht erkannte.

Sie kurbelte das Fenster herunter. «Wer sind Sie und was wollen Sie von mir?»

«Dich!»

Hatte er das eben gesagt oder hatte sie sich das nur eingebildet? Seine Lippen hatten sich nicht bewegt.

Sein finsterer, gieriger Blick verriet seine Absicht. Im Laden wäre sie vor ihm sicher. Jedenfalls hoffte sie das. Rebecca sprang aus dem Wagen und sprintete zum Supermarkteingang zurück. Doch der Kombi schoss vor und versperrte ihr den Weg.

Bloß keine Angst zeigen, denn genau das will er, redete sie sich zu. Sie rannte nach rechts. Doch wieder war er schneller und vereitelte ihr

Entkommen. Jetzt hatte er sie auch noch blöderweise in eine Ecke manövriert. Verdammter Mist! Sie sah durch die Windschutzscheibe in seine vor Zorn verzerrte Miene.

Der Kerl war zu allem bereit, schoss es ihr in den Kopf, *auch zu einem Mord!* Rebecca schluckte gegen den Kloß in ihrem Hals. Ihr Herz hämmerte so laut, dass sie glaubte, er könne es hören. Der Fremde ergötzte sich offensichtlich an ihrer Furcht. Sie wog die wenigen Alternativen ab, die ihr blieben, und es waren nicht viele.

«Hey, Sie! Ich rufe jetzt die Polizei, wenn Sie nicht sofort verschwinden!» Sie zog ihr Handy aus der Tasche und hielt es demonstrativ hoch, während sie die Notrufnummer wählte. Rebecca fluchte, als der Hinweis «Kein Netz» übers Display flimmerte. *Scheiße, das hatte ihr gerade noch gefehlt!*

Konnte er das erkennen?

«Du bist erledigt!», brüllte er und trat aufs Gas.

Rebecca zuckte zusammen und warf einen Blick zum Eingang des Supermarktes. Bekam denn keiner da drinnen mit, was hier draußen vor sich ging? Sie wollte auf die Motorhaube klettern, um auf die andere Seite zu gelangen. Da sprang er aus dem Wagen, packte ihren Arm und zerrte sie grob zu sich her. Rebecca trat und schlug nach ihm, aber er ließ sie nicht los, sondern drückte nur noch fester zu.

«Das wird dir nichts nützen, Babe», knurrte er. Er öffnete die Tür zum Fond des Wagens und stieß sie hinein. Rebeccas rechte Hand krallte sich um den Beifahrersitz, während ihre Beine nach ihm traten. Er fluchte, als sie ihn traf, und bekam ein Bein zu fassen. «Du kannst dich wehren, wie du willst. Alles umsonst.»

Sie musste sich mit einem einzigen gezielten Tritt von ihm befreien und losrennen. Mit aller Kraft zog sie ein Bein an.

«Verdammtes Weibsstück! Dir werd ich's zeigen!», brüllte er und seine Finger gruben sich schmerzhaft in ihre Wade.

Rebecca schrie auf, winkelte das andere Bein so gut es ging an und trat mit voller Wucht zu. Er brüllte, ein dumpfer Aufprall folgte und Rebecca war frei. Blitzschnell krabbelte sie vom Rücksitz und entkam ihm, bevor er erneut nach ihrem Knöchel fassen konnte.

Doch durch das Ausweichmanöver geriet sie ins Stolpern und fiel der Länge nach hin. Sie ignorierte den Schmerz und rappelte sich auf. Voller Entsetzen erkannte sie, dass der Wagen rückwärts auf sie zugerast kam. Sie rannte auf die Tür zu, taumelte und breitete die Arme aus, um einen weiteren Sturz abzufangen. Mit quietschenden Reifen schoss der Kombi erneut auf sie zu. Rebecca stockte der Atem. Sie hatte sich viel zu weit von ihm abdrängen lassen. Ihre Stimme versagte.

Im selben Augenblick flog die Tür zum Supermarkt auf. Es war der Motorradfahrer. Sofort ließ er Bier und Helm fallen und sprintete an ihr vorbei, um mit einem Gewaltsatz auf der Kühlerhaube des Kombis zu landen.

Ihr Schrei blieb ihr in der Kehle stecken. Die Reifen quietschten erneut, als der Fahrer auf die Bremse trat. Der Kombi stoppte nur wenige Schritte vor ihr. Endlose Sekunden verstrichen. Unbeweglich stand der Motorradfahrer auf der Haube und sah auf ihren Angreifer hinab. Die Zeit schien stillzustehen. Rebecca wagte nicht zu atmen. Sie bangte um ihren Retter.

Plötzlich sprang er auf den Boden und ging zur Fahrertür. Im selben Augenblick fuhr der Wagen rückwärts, wendete und preschte davon.

Das eben Erlebte erschien ihr irreal wie eine Filmszene, wenn ihr nicht noch immer die Furcht im Nacken säße. Der Mann musste den Fahrer mit seiner Stunteinlage geschockt haben, anders konnte sie sich das nicht erklären. Langsam gewann Rebecca die Fassung zurück. Der Motorradfahrer drehte sich zu ihr um. Das

Glitzern in seinen Augen wirkte bedrohlich und ließ sie erschauern, auch wenn sie ihm unendlich dankbar war.

«Der ... der wollte mich entführen», stammelte sie. «Danke, dass du mich vor ihm gerettet hast», sagte sie heiser.

«Schon gut. Alles okay?», fragte er und musterte sie besorgt.

Rebecca nickte und rieb sich die Arme, die unangenehm kribbelten. «Ja, außer einem Schock und ein paar Schürfwunden fehlt mir nichts.»

Erst jetzt bemerkte sie, dass sie die vertraute Anrede benutzte. In ihrem Kopf lief die Szene von eben in Dauerschleife. Sie würde noch eine Weile brauchen, bis sie das verdaut hatte.

«Du solltest von hier verschwinden. Mit diesen Psychopathen ist nicht zu spaßen.»

«Ja, aber erst rufe ich die Polizei.» Dieser Kerl musste geschnappt werden, bevor er noch jemanden gefährdete.

«Hast du dir sein Kennzeichen gemerkt?»

Seine Frage war berechtigt. In der Aufregung hatte sie gar nicht daran gedacht. Rebecca schüttelte den Kopf. «Nein. So ein Mist!»

Alles war so schnell gegangen. Sie überlegte und verwarf ihr Vorhaben, Anzeige zu erstatten. Plötzlich schien den Mann etwas zu beschäftigen. Sein Blick flog unruhig umher und ließ ihre Furcht zurückkehren. «Also dann, pass auf dich auf.»

Sie musste sich ein Taxi rufen und sah aufs Display des Handys, ob sie jetzt Empfang hatte. Natürlich nicht.

«Was ist?», fragte er.

«Mein Wagen springt nicht mehr an. Und dabei muss ich dringend zum Lenox Hill-Krankenhaus.»

«Ich bringe dich hin. Steig auf.»

Um ihren Wagen müsste sie sich wohl morgen kümmern. Sie klappte das Handy zu und steckte es in die Manteltasche. «Oder hast du Angst?», fragte er nach, als sie zögerte.

Sie schüttelte den Kopf. «Natürlich nicht, es sei denn, du bist ein Raser. Eine Sekunde noch bitte, ja?»

Sie holte aus ihrem Wagen zwei Äpfel und stopfte sie in die Manteltaschen, bevor sie hinter ihm auf den Sitz stieg. Gut, dass der Mantel geschlitzt war. «Dein Stunt vorhin war übrigens unglaublich. Machst du so was beruflich?»

«Ich bin kein Stuntman, falls du das glauben solltest.»

«Ach, dann übst du wohl in deiner Freizeit jeden Tag auf die Motorhauben fahrender Autos zu springen?»

«Ja, klar.»

Sie hörte das Lachen in seiner Stimme. «Das kaufe ich dir nicht ab.»

Seine Antwort wurde vom Sound des Motors übertönt, als er die Maschine startete. Wie ein Torpedo schoss die Honda nach vorn.

«Yeah!», rief Rebecca begeistert und schlang die Arme fest um seine Brust. Sie zitterte am ganzen Körper, was nicht nur am Schock lag. Sie genoss das berauschende Gefühl, durch die Straßen Manhattans zu fahren und den Wind mit ihrem Haar spielen zu lassen. Unter der eng sitzenden Lederkluft spürte sie seine Muskeln. Herrlich fest und ausgeprägt. *Wie mochte er sich wohl nackt anfühlen?*

Rebecca musste sich beherrschen, ihre Hände nicht weiter zu seinen ebenso muskulösen Beinen wandern zu lassen. Ihn so dicht an ihrem Körper zu spüren, erregte sie. Zwischen ihren Schenkeln begann es heiß zu pochen. *Ob er auch etwas dabei empfand?*

So nah war sie schon lange keinem Mann mehr gewesen. Das waren wohl Entzugserscheinungen, denn seit einem Dreivierteljahr hatte sie keinen Sex mehr gehabt.

Ihre Gedanken wanderten zu Martin, mit dem sie in den vergangenen Monaten eine Fernbeziehung geführt hatte. Wenn sie sich wiedergesehen hatten, hatte es nur im Streit geendet. Im Laufe der Monate hatte sich ihre Kommunikation immer mehr eingeschränkt. Am Telefon hatte er nur über seine Arbeit geredet. Das war nicht mehr der aufmerksame Mann, in den sie sich verliebt hatte, er war ihr fremd geworden. Nie hatte er ein Wort darüber verloren, dass er sie vermisste und liebte, sie als Frau noch immer begehrte.

Mehrmals hatte Rebecca überlegt, ihm ihren Entschluss mitzuteilen, doch immer hatte sie es hinausgeschoben. Ihre Beziehung war so dahingeplätschert. Vor zwei Wochen hatten sie sich dann am Telefon böse gestritten. Schuld daran war seine negative Meinung über karrieregeile Frauen. Natürlich hatte er sie damit gemeint. Das war das Tüpfelchen auf dem I. Ihm lag nichts an ihr und Rebecca hatte den lange überfälligen Schlussstrich gezogen.

Seitdem bombardierte er sie mit Anrufen und bat sie, ihrer Beziehung noch eine Chance zu geben. Alles würde sich bessern, wenn sie erst einmal in San Francisco wäre, erklärte er ihr. *Nichts würde sich ändern*, dachte sie bitter.

Die Fireblade legte sich in die Kurve und Rebecca umklammerte ihren Retter fester. Seltsam, wie vertraut er sich anfühlte, als würden sie sich schon lange kennen. Sein Herzschlag war kräftig und schnell.

Sie zählte die Schläge und lächelte. Ihre Nähe schien auch ihm nicht gleichgültig zu sein. Nach der nächsten Kurve erreichten sie das Krankenhaus. Ihre Beine zitterten beim Absteigen. Sie fuhr sich mit den Fingern durchs zerzauste Haar und wartete, bis er den Helm abgesetzt hatte, um sich zu verabschieden. Er stieg ab, hängte den Helm an den Lenker und setzte sich seitwärts auf den Sitz. Sein begehrlicher Blick wanderte über ihren Körper und trieb ihren Puls erneut in die Höhe.

«Danke noch mal, für alles. War ein tolles Gefühl auf der Maschine. Das hat mich das von eben vergessen lassen», sagte sie heiser, beugte sich vor und gab ihm, einem spontanen Impuls folgend, einen Kuss auf die Wange.

Mit einem Ruck zog er sie an sich und einen Atemzug später lagen seine Lippen auf ihren. Rebecca verlor sich in der schwindelerregenden Lust dieses zärtlichen Kusses. Mit der Zunge teilte er ihre Lippen und erkundete das Innere ihres Mundes. Jeder einzelne Zungenschlag schickte Flammen in ihren Unterleib. Ihr Körper drängte sich ihm entgegen, während ihr Geist sie fragte, was sie hier eigentlich trieb. Schluss damit.

Sanft stieß sie sich von ihm ab. «Ganz schön frech. Nur weil du mich gerettet hast, bedeutet das noch lange nicht, dass du dir alles herausnehmen kannst.»

Er grinste sie an. «Du hast mich zuerst geküsst.»

«Auf die Wange», stellte sie richtig.

«Aber es hat dir doch gefallen, von mir geküsst zu werden.»

Na, der war ja ganz schön von sich überzeugt. Dennoch konnte sie ihm nicht böse sein. «Bilde dir bloß nichts ein.»

Rebecca verkniff sich ein Grinsen. Ja, er hatte sie überrumpelt, aber irgendwie hatte es ihr auch gefallen. Viel zu gut.

«Gib zu, ich küsse gut», sagte er und lachte.

Er war frech und besaß Humor, das gefiel ihr. Das konnte sie ebenfalls. «Ich habe schon Besseres erlebt.»

Sie würde ihm doch nicht auf die Nase binden, dass sein Kuss wirklich heiß gewesen war.

«Kann ich mir gar nicht vorstellen», flüsterte er und strich mit dem Zeigefinger über ihre Lippen. «Du schmeckst sehr süß, nach mehr.»

Der Klingelton ihres Handys holte sie zum Glück in die Realität zurück. Verwirrt sah sie aufs Display und seufzte. Es war ihre Kollegin Jody, die ihr per SMS mitteilte, dass Dr. Marley bereits auf dem Weg zur Station war.

«Entschuldige, ich muss jetzt.» Sie sah zu ihm auf.

«Ich möchte dich gern wiedersehen», sagte er leise.

«Ich weiß nicht recht. Ich habe eigentlich gar keine Zeit ...» Außerdem würde sie sowieso in ein paar Tagen New York verlassen.

«Nur auf einen Kaffee. Mehr nicht. Und ich werde dich nur noch küssen, wenn du es möchtest. Versprochen.»

Rebecca zögerte. Sie war ihm dankbar und wollte ihn nicht einfach abweisen. Ein Kaffee, warum denn nicht? Außerdem musste sie schnell auf die Station, bevor Marleys Donnerwetter über sie hereinbrach. «Okay. Wann?», gab sie nach.

«Wann hast du Dienstschluss?», fragte er.

«Ehrlich gesagt kann ich das nie genau sagen. Manchmal kommt noch ein Notfall rein. Wenn nichts weiter los ist gegen Mitternacht. Vielleicht aber auch nicht.» Sie betrachtete seine Miene, die sich nicht veränderte.

«Keine Chance. So leicht lasse ich mich nicht abschrecken.» Er lächelte.

Ganz schön hartnäckig, dachte sie, und es gefiel ihr. «Tja, dann ...»

«Ich bin gegen Mitternacht hier und werde auf dich warten.»

«Ich überziehe manchmal auch mehr als eine Stunde. Kommt immer auf den Patienten an. Manche sind halt ... schwierig.» *Was würde er jetzt dazu sagen?*

Sein Lächeln vertiefte sich und sie fühlte es im Bauch kribbeln. «Ist schon okay, ich warte auch länger.»

Rebecca lächelte, während ihr Herz begann aufgeregt schneller zu schlagen. Wie oft hatte sie früher von Martin auf eine solche Antwort gehofft. «Gut, dann bis nachher.»

«Bis dann, ...?»

«Rebecca. Ich heiße Rebecca. Und dein Name?»

«Aaron», antwortete er, setzte sich den Helm auf und stieg auf seine Honda.

3.

Aaron hatte Jacob in dem Kombi vorhin genau erkannt. Wenn er nicht eingeschritten wäre, hätte der verschlagene Kerl Rebecca etwas angetan. Jacob war ein Nephilim, der ab und zu im Engelsghetto in der Hell's Bar ausgeholfen hatte. Vom ersten Moment an hatte Aaron ihm misstraut. Es lag etwas Geringschätziges in seinem Blick, wenn er mit anderen sprach, auch wenn seine Worte freundlich klangen.

Als Jacob Cynthia in einem Streit geschlagen hatte, war er eingeschritten und hatte ihn kurzerhand aus dem Engelsghetto geworfen. Auch heute hatte er Jacobs Gewaltbereitschaft gespürt. Zum Glück war Rebecca nichts geschehen, und sie hatte sich wacker geschlagen.

Er sah ihr erhitztes Gesicht mit den roten Wangen vor sich. Er leckte sich über die Lippen, die noch immer nach ihr schmeckten. Ihr Kuss war süß und verheißungsvoll gewesen. Doch bald war er wieder in Rom..

Für einen Moment sah er ihre blauen Augen vor sich. Leidenschaft, Feuer und Temperament hatten darin aufgeblitzt. Sie gehörte zu der Sorte Frau, die man nicht so schnell vergaß. *War Jacob vielleicht auf sie scharf und von ihr abgewiesen worden?*

Die Antworten darauf konnte ihm nur Jacob selbst geben. In letzter Zeit wurden von einigen Informanten der Engel geheime Treffen krimineller Nephilim beobachtet, unter denen sich auch Jacob befand. Bei diesen Treffen wurde vor allem mit Rauschgift gehandelt. Doch Aarons Bauchgefühl sagte ihm, dass noch mehr dahintersteckte, vielleicht sogar ein Pakt mit Luzifer selbst. Seit Jahren war bekannt, dass Jacob mit Rauschgift dealte, aber er war noch nie auf frischer Tat ertappt worden.

Aaron kannte eine Handvoll Orte, an denen er sich verkroch, zwielichtige Bars und Diskotheken, um Kokain zu verkaufen. Eine war die *Red Dragon Bar* in China Town, in der vor Wochen angeblich sogar ein Gefallener gesichtet worden war.

Aaron steuerte die Honda auf die Parkavenue. Während der Fahrt dachte er wieder an Rebecca, wie sie sich an ihn geschmiegt und die Arme um seinen Körper geschlungen hatte. Es hatte sich gut angefühlt, viel zu gut. Sein Körper hatte unter Strom gestanden. Als ihre Hände an seiner Brust hinauf gewandert waren, hatte er schon befürchtet, sie könnte das Messer und den Shuriken in der Jackeninnentasche ertasten. Zu seiner Erleichterung hatte sie vorher gestoppt. Er wäre in Erklärungsnot geraten. Die meisten Menschen ahnten weder etwas von der Existenz der Engel noch vom Kampf zwischen Himmel und Hölle. Er mochte sich die Panik gar nicht vorstellen, die ausbrechen würde, wenn sie erfuhren, dass um jede ihrer Seelen gerungen wurde.

Vor dem Eingang der *Red Dragon Bar* parkte Jacobs blauer Kombi. Aaron stellte seine Fireblade am Straßenrand etwas weiter entfernt ab. Über dem Eingang baumelten zwei chinesische Papierlampen, die mit Drachenmotiven und Schriftzeichen verziert waren. Er öffnete die Tür und trat ein. Der süßliche Duft von Räucherkerzen und Pflaumenwein hing im Raum. Eine Frau sang ein Klagelied, begleitet von Zither und Sheng. Die Wände zierten Seidentapeten mit Feuer speienden Drachen. An der Theke standen Asiatinnen in Jeans und tief dekolletierten Seidentops. Sie flirteten mit den Gästen.

Aarons Blick suchte nach Jacob. Als die Hintertür klappte, drängte Aaron sich durch die Gäste zum Ausgang. Kein Geräusch verriet hinter der Tür Jacobs Gegenwart. Aaron streckte den Kopf durch den Spalt und spähte hinaus in den spärlich erleuchteten Hinterhof. Der Geruch von ranzigem Fett und verfaulten Küchenabfällen wehte zu ihm herüber und drehte ihm den Magen um. Gefüllte Mülltüten, zwischen denen sich Ratten tummelten, waren zu seiner Linken sorgfältig aufeinander gestapelt.

Angewidert verzog Aaron das Gesicht. Jacob war nicht zu sehen, obwohl er dessen Gegenwart spürte. Er täuschte vor, in die Bar zurückzukehren, und ließ die Tür zuknallen. Dann drückte er sich in den Schatten der Mauer und verharrte reglos. Wenn Jacob sich sicher fühlte, würde er sich verraten.

Seine Rechnung ging auf, denn es dauerte nicht lange, bis Aaron auf der anderen Seite des Innenhofes eine Bewegung wahrnahm. Jacob huschte an der Mauer entlang. Na, also. Sein Warten hatte sich gelohnt. Da der Nephilim kein überragender Sprinter war, wäre es ein Kinderspiel ihn einzuholen.

Jacob wollte gerade in einem der Hauseingänge verschwinden, als Aaron ihn an der Schulter zurückriss. «Aber, aber, Jacob, du fliehst doch nicht etwa vor mir?»

Aaron drängte den Hageren zurück, bis er mit dem Rücken gegen die Hauswand stieß. Deutlich roch er den Angstschweiß des Nephilims.

«Was willst du von mir, Blutengel?», stieß Jacob keuchend hervor und versuchte, seitlich auszubrechen.

Aaron war schneller, packte ihn an der Schulter und drückte ihn in die Mauer. «Dir eine Frage stellen.»

Die Züge des Nephilims entspannten sich. «Ja, ja, keine Sache. Aber lass mich los.»

«Erst, wenn du mir die gewünschte Antwort gegeben hast, sonst versuchst du wieder abzuhauen.»

«Meinetwegen.» Jacobs Blick war wachsam.

«Was sollte die Aktion vorhin? Rede!»

Jacob hob abwehrend die Hände und lächelte. «Ich weiß nicht, wovon du sprichst. Ich bin den ganzen Abend über hier gewesen.

Frag die da drinnen.» Er zeigte mit dem Arm auf den Hintereingang des *Red Dragon.*

«Elender Lügner.» Aaron schnaubte wütend. Der Nephilim besaß tatsächlich die Frechheit, ihm ins Gesicht zu lügen.

Hinter der krausen Stirn seines Gegenübers schien es fieberhaft zu arbeiten, dann lächelte Jacob. «Ey, Mann, okay, ich geb's ja zu. Ich war da. Ich wollte nur ein wenig Spaß haben und ihr Angst einjagen. Mehr nicht. Und dann ist sie hysterisch geworden.»

Aaron hätte ihm am liebsten die Faust ins Gesicht geschlagen, aber Jacob war es nicht wert. Dennoch glaubte Aaron, dass mehr hinter der Aktion steckte, als der Nephilim zugab. «Spaß? Sie hätte draufgehen können, wenn ich nicht da gewesen wäre!», fuhr er ihn an.

Die Züge des Nephilims verzerrten sich zu einer hämischen Fratze. In seinen Augen glitzerte es mordlüstern. «Ist doch nur ein Mensch. Was kümmert sie dich oder ist sie dein Flittchen?»

Jacob kicherte. Aaron packte ihn am Revers. Unsicherheit flackerte für den Bruchteil eines Moments in den Augen des Nephilims auf, was Aaron bestätigte, dass mehr hinter der Attacke steckte, als Jacob zuzugeben bereit war. Dennoch blieb er ruhig, auch wenn die Wut sich wie Magma in seinem Inneren sammelte und kurz vor der Eruption stand.

«Du verrätst mir jetzt, was wirklich hinter deiner Aktion steckt oder ich ...»

Das metallische Klicken ließ Aarons Muskeln anspannen. Gerade noch rechtzeitig konnte er dem gezückten Taschenmesser Jacobs ausweichen.

«Ich sagte doch schon, dass ich nur Spaß haben wollte.» Der Nephilim hielt noch immer das Messer vor sich.

«Lass das Messer fallen, Jacob», forderte Aaron und bemerkte den Schweiß auf der Stirn seines Gegenübers. Als dieser seiner

Aufforderung nicht nachkam, zog Aaron seine Waffe. Der Nephilim starrte mit geweiteten Augen auf das Schwert.

«Ich ... ich ... kann es dir nicht sagen», stammelte er. Seine Augen besaßen plötzlich einen fiebrigen Glanz.

«Ach, ja? Warum denn nicht?»

Jacob zitterte, dann öffneten sich seine Finger und das Messer fiel klirrend auf den Asphalt.

«Also, was ist?»

«Apoka... lyp...tika ...», stammelte Jacob, bevor seine Stimme versagte. Seine Augen blickten starr geradeaus, jegliche Farbe war aus seinem Gesicht gewichen. Aaron konnte seine plötzliche Todesangst körperlich spüren, die wie eine Welle zu ihm brandete.

«Nein, nein ... nein.»

Er hob abwehrend die Hände, in seinen Augen spiegelte sich Entsetzen, als blicke er in den Höllenschlund. Aaron sah sich um, doch niemand war weit und breit zu sehen. Jacobs Lippen bewegten sich und seine Arme zuckten unkontrolliert. Plötzlich schlugen Flammen aus seiner Leibesmitte. Seine Knie knickten ein, er begann vor Schmerz zu wimmern.

Aaron zog rasch seine Jacke aus, um die Flammen damit zu ersticken, aber sie fraßen sich in rasantem Tempo durch den Körper des Nephilim. Jacobs Schreie erstarben, bevor sie seine Kehle verlassen konnten. Er schlug verzweifelt um sich. «Hilf mir!», flehten seine Augen.

Machtlos musste Aaron mit ansehen, wie der Nephilim vor seinen Füßen bei lebendigem Leibe verbrannte. Er hatte zwar von spontanen Selbstentzündungen gehört, war aber nie Zeuge geworden. Der Nephilim musste einen Pakt mit Luzifer eingegangen sein.

Binnen weniger Sekunden war Jacobs Körper zu Asche verbrannt, die von einem Luftzug emporgewirbelt und davongetragen wurde. Nachdenklich sah Aaron ihr nach, bevor er den Hinterhof verließ. Unzählige Fragen marterten sein Hirn. Er war davon überzeugt, dass der Nephilim ihm die gewünschten Antworten gegeben hätte, wäre ihm mehr Zeit geblieben. Er seufzte. Nicht einmal für ein paar Tage war es ihm möglich, sich von der dunklen Welt zu lösen.

4.

Aaron ging Rebecca nicht aus dem Sinn. Sein Kuss hatte sie völlig aus dem Gleichgewicht gebracht. *Das ist doch nur, weil du schon lange nicht mehr von einem Mann geküsst worden bist.*

Nein, sie musste sich korrigieren, sie war noch nie *so* geküsst worden. Verlangend, leidenschaftlich, zärtlich und sanft. Ein perfekter Kuss. Sie ertappte sich dabei, wie sie immer wieder auf die Uhr sah und die Stunden bis zum Dienstschluss zählte. Der Kuss hatte sie den Vorfall mit dem Kombi zum Glück schnell vergessen lassen.

Gegen halb elf spritzte sie dem letzten Patienten ein Antibiotikum. «So, Schwester Carter bringt Sie jetzt auf die Station.»

Rebecca betupfte die Einstichstelle mit einem in Desinfektionsmittel getränkten Wattebausch, bevor sie ein Pflaster darüberklebte. Als ihre Fingerspitzen seine Haut berührten, kribbelte es unangenehm. Sie spürte seine Traurigkeit.

«Aber ich muss nach Hause. Ich werde gebraucht», protestierte der bullige Bauarbeiter und sah flehend zu ihr auf. «Bitte, Doc.»

Wie gern hätte sie ihm diesen Wunsch erfüllt, aber die Infektion war bereits weit vorangeschritten, was ihr die unregelmäßigen Schwingungen seines Körpers verrieten. «Bitte, Doc, verstehen Sie doch!», bettelte der Patient.

Sie hätte ihm gern nachgegeben. «Tut mir leid, das geht nicht. Ein paar Tage müssen Sie schon bei uns bleiben.» Sie klopfte ihm freundschaftlich auf die Schulter und lächelte ihn an. «Nur eine Woche.»

Seine grauen Augenbrauen schossen nach oben. «Eine ganze Woche? Wie soll das gehen? Meine Frau, sie ist allein ...»

Sie spürte seine Sorge, die sich mehr um seine Frau als um seine Gesundheit drehte. Und dann erkannte sie den Grund: Seine Frau war behindert. Diese Selbstlosigkeit rührte sie. Seine Besorgnis schwappte in warmen Wellen zu ihr, bis sie das Gefühl hatte, sie würde die Situation mit seinen Augen betrachten. Sorgen und Traurigkeit waren für seinen Genesungsprozess auf keinen Fall förderlich.

«Geben Sie mir bitte Ihre Telefonnummer, ich rufe Ihre Frau gleich nachher an. Machen Sie sich keine Sorgen.» Noch immer blieb seine Miene skeptisch. «Versprochen», setzte Rebecca nach.

Er entspannte sich und atmete erleichtert aus. «Sie haben ein gutes Herz.» Lächelnd tätschelte er ihre Hand.

«Schon gut.» Rebecca winkte die Schwester herbei. «Den Patienten bitte auf Station 5. Und der Stationsarzt möchte mich morgen früh gleich anrufen. Ach, und wie hieß noch mal dieser Betreuungsservice, der neulich draußen Flugblätter verteilt hat?»

«All-in-one, glaube ich», sagte die zierliche Schwester mit den Rastalocken und schob den Rollstuhl zur Tür.

«Suchen Sie mir doch bitte seine Nummer heraus, ja?», bat Rebecca.

Sie nickte und verließ mit dem Patienten den Untersuchungsraum.

«Geschafft», sagte Rebecca laut und wischte sich den Schweiß von der Stirn. Sie zog die Latexhandschuhe aus und warf sie neben sich in den Mülleimer. Ihre Knöchel und Waden waren geschwollen, und es fiel ihr immer schwerer, sich zu konzentrieren. Das verstörende Erlebnis mit dem Kombi hatte zusätzlich an ihren Nerven gezehrt. Für die nächste Zeit hatte sie die Nase gestrichen voll von irgendwelchen aufregenden Erlebnissen. Ihr Job war hart genug. Dennoch freute sie sich auf die Chance, sich bald als Chirurgin bewähren zu können.

Rebeccas Zunge klebte am Gaumen. Sie lief zum Wasserspender in der Ecke. *Noch ein wenig Papierkram und dann ab zur Verabredung,* dachte sie und ließ das Wasser in den Pappbecher laufen, bevor sie den Inhalt hinunterstürzte.

Die beiden Schwestern, die ihr assistiert hatten, desinfizierten das Besteck und wuschen eine Nierenschale aus, in die sich ein Patient übergeben hatte.

«Wo bist du?»

Rebecca fuhr herum. Sie mochte es nicht, wenn die anderen während der Arbeit tuschelten. «Wenn Sie etwas zu sagen haben, dann bitte laut», wandte sie sich an die beiden Krankenschwestern, die mit den Köpfen schüttelten.

«Wir haben nichts gesagt.»

«Okay, war wohl eine Halluzination.» Rebecca hob lachend die Hände. *Sollte alles wieder von vorne anfangen?* Ach was, wahrscheinlich spielten ihr die Nerven nur einen Streich. Mit einem Achselzucken schaltete sie den Computer ein.

Vor über einem Jahr hatte sie zum ersten Mal dieses Flüstern gehört und einen Kollegen in der Psychiatrie aufgesucht. Es saß wie ein Parasit in ihrem Kopf. Der Psychiater schob alles auf den Stress und ihre sensible Persönlichkeit und verschrieb ihr ein leichtes Entspannungsmittel, wonach der Spuk tatsächlich aufgehört hatte.

«Sag mir, wo du bist!»

Das Flüstern wurde eindringlicher. Rebecca wandte sich erneut zu den Schwestern um, die eifrig, aber schweigend Binden wickelten. Fragend sahen beide auf. Ihre Halluzinationen waren also zurückgekehrt. Sie stöhnte innerlich auf. Es gab genügend Studien über dieses Thema.

Nein, dieses Mal würde sie sie ignorieren. Sie schüttelte den Kopf und setzte sich an den Schreibtisch, um die Krankenberichte in den Computer zu tippen. Im selben Augenblick flog die Tür hinter ihr auf und knallte gegen den Schrank. Rebecca wirbelte empört herum.

Im Türrahmen stand ein stämmiger Mann mit grimmiger Miene, der auf seinen Armen den blutüberströmten Körper eines ohnmächtigen Teenagers trug.

«Schnell, helfen Sie ihm!»

«Legen Sie ihn auf den Tisch.» Rebecca sprang auf und streifte sich neue Handschuhe über. Wo blieb denn nur die Ablösung? Ihr Kollege hätte schon vor einer halben Stunde seinen Dienst antreten müssen. Behutsam legte der Mann den Körper des Jungen ab und redete beruhigend auf ihn ein.

«Was ist passiert?» Rebecca trat an den Untersuchungstisch und schnitt mit einem Skalpell das blutdurchtränkte Sweatshirt des Jungen auf.

«Drei Jugendliche haben auf ihn eingestochen. In der U-Bahn», erklärte er.

«Warum haben Sie nicht sofort den Notarzt angerufen?»

Er sah zu ihr auf, ein wachsamer Ausdruck trat in seinen Blick. «Es war ja die Station um die Ecke.»

«Was Sie getan haben, war fahrlässig. Er könnte innere Blutungen haben», fuhr sie ihr Gegenüber an.

Der Junge stöhnte auf. Der Stämmige beugte sich zu ihm hinab und sprach erneut auf ihn ein, bis er sich wieder beruhigt hatte. Eine tiefe Wunde zog sich quer über seinen Brustkorb, aus der Blut und eine undefinierbare grünliche Substanz quollen.

«Verlassen Sie jetzt bitte den Raum», wies Rebecca den Begleiter des Jungen an und deutete mit dem Kinn zur Tür. Er nickte und machte auf dem Absatz kehrt. Rebecca wandte sich an eine der Schwestern: «Ich mache einen Abstrich. Diese Substanz muss dringend ins Labor. Schwester Thorne, Sie helfen mir bitte beim Ausziehen.»

Rebecca stutzte, als ihr die seltsamen Male an der Innenseite seiner Unterarme auffielen, die wie Brandzeichen aussahen und die abstrakte Form einer Flamme besaßen. Auf welche irrwitzigen Ideen die Jugendlichen heutzutage kamen.

Als sie vorsichtig über die roten Narben fuhr, strömte eine Bilderflut auf sie ein. Plötzlich war es, als tauchte sie in den Körper des Jungen ein und betrachtete das Geschehen mit seinen Augen. Drei Männer mit mordlüsternem Blick umzingelten ihn. Ihre Augen leuchteten rot. Rebecca spürte die Angst des Jungen. Hinter ihm loderte Feuer und verhinderte eine Flucht. Der Junge neigte den Kopf und aus seinem Rücken wuchsen schwarze Flügel. Einer der Kerle, der Krallen statt Fingernägel hatte, stürzte mit einem animalischen Schrei vor und schlitzte den Jungen auf. Rebecca glaubte in diesem Moment, jemand schnitte ihren Brustkorb auf, und zuckte zusammen. Die Todesangst des Jungen legte sich wie ein eisiger Schleier über sie.

«Dr. Clancy?»

Wie durch einen Nebel drang die Stimme der Schwester zu ihr. Sie schüttelte den Kopf und tauchte allmählich aus der Tiefe ihres Bewusstseins auf. *Was ging hier vor?*

Dass ihr Geist in den Körper des Jungen gefahren war, erschreckte sie zu Tode. Doch es blieb ihr keine Zeit, länger darüber nachzugrübeln, denn die Gliedmaßen des Jungen zuckten unkontrolliert wie unter Stromstößen. Seine Züge verzerrten sich, als wirkten Zentrifugalkräfte auf ihn ein.

«Hey, ganz ruhig.»

Sie hoffte, ihre Stimme würde zu ihm durchdringen und ihm die Angst nehmen. Rebecca drehte ihn vorsichtig auf die Seite und erkannte, dass das Hemd am Rücken zwei handgroße Risse aufwies.

Bevor sie es längs entlang der Wirbelsäule aufschnitt, ahnte sie bereits, was sie erwarten würde. Sie klappte den Stoff um, trennte die Ärmel ab und zog alles herunter.

Gurgelnde Laute entstiegen der Kehle des Jungen, während er am ganzen Leib zitterte, als hätte er Schüttelfrost. Seine Zähne schlugen laut aufeinander. Er krümmte sich vor Schmerzen. Schmerzen, die Rebecca fühlen konnte. Sie erstarrte, als sie seinen Rücken nach weiteren Wunden untersuchte und zwei frische Narben zwischen den Schulterblättern entdeckte. Auf den ersten Blick sahen sie wie Brandwunden aus wegen der Asche, die obenauf lag und bei jedem seiner Atemzüge herabrieselte. Doch es waren keine Brandblasen zu sehen.

Dort hatten seine Flügel gesessen, schoss es ihr durch den Kopf. Das gab es doch nicht! Menschen besaßen keine Flügel! Auch keine roten Augen! Was ging hier vor?

«Was ist das denn?» Schwester Thorne zeigte mit dem Finger auf den schwarzen Staub, der aufwirbelte und sich auf dem weißen Laken absetzte.

«Asche.» Rebecca strich vorsichtig über die Narben und zerrieb anschließend den Staub zwischen den Fingerkuppen.

«Im Feuer geboren, wird er auch dem Feuer geopfert.»

Das Geflüster war wieder zurück, als hätte es der Staub ausgelöst. Der Junge stöhnte lauter und krümmte sich.

«Spürst du seinen Schmerz?»

Rebecca zuckte erneut zusammen. Ihre Haut ringsum die Handgelenke brannte.

«Alles in Ordnung, Dr. Clancy?», fragte die Schwester besorgt.

«Ja, alles bestens», log Rebecca.

Jeder würde das Geflüster auf den Stress schieben und glauben, sie wäre vor lauter Arbeit übergeschnappt. Noch einmal betrachtete sie die Narben des Jungen eingehend. Ihm schienen die Flügel abgebrannt zu sein. Ohne weitere Hautschädigungen. Das war unmöglich, unheimlich und doch die einzige Erklärung.

«Guten Abend, Rebecca. Ich übernehme.»

Es war ihr Chef, Dr. Marley. Erstaunt sah sie auf. *Wieso er? Wo steckte James, ihr Nachfolger?*

«Ich habe James gefeuert und übernehme für ihn.»

«Aber ...», protestierte sie, «aber ich habe bereits mit den Untersuchungen begonnen und würde das gerne abschließen, bevor ich das Krankenhaus verlasse.»

«Haben Sie mich nicht verstanden? Ich werde das übernehmen. Freuen Sie sich doch auf Ihren Feierabend. Bevor Sie gehen, bitte Ihren Bericht. Und fassen Sie sich kurz.» Er zog sich Latexhandschuhe an und trat an den Untersuchungstisch.

James so kurzfristig gefeuert? Rebecca schluckte. Dem cholerischen Marley traute sie alles zu, das machte sie wütend. «Warum haben Sie James gerade jetzt entlassen, wo ich ab morgen nicht mehr da bin?»

«Was interessieren Sie meine Gründe, wenn Sie sowieso morgen gehen?», blaffte er sie an.

Der Junge stöhnte auf, und Rebecca verzichtete auf jegliche Diskussion. Widerwillig befolgte sie Marleys Bitte und beschrieb in wenigen Sätzen die Art der Wunden und den Zustand des Jungen.

Marley nickte: «Schwester MacKenzie, wir brauchen eine Röntgenaufnahme, um zu sehen, wie tief der Schnitt geht. Rufen Sie bitte in der Radiologie an, jemand möchte sofort herunterkommen.»

Im Feuer geboren und auch dem Feuer geopfert! Die Worte hallten in Rebecca nach, obwohl sie deren Sinn nicht verstand. Sie stand neben ihrem Chef, der die Brustwunde eingehend inspizierte. Eine innere Stimme warnte sie plötzlich, dass Röntgenstrahlen den Tod des Jungen bedeuten könnten.

«Wir sind jetzt fertig fürs Röntgen», sagte Schwester MacKenzie, die den Hörer aufgelegt hatte.

«Okay, dann ab mit ihm.» Marley schob den Tisch in Richtung Tür.

Rebeccas ungutes Gefühl verstärkte sich. Der Junge durfte nicht geröntgt werden. «Halt! Bitte warten Sie. Die Wunde geht nicht so tief, dass wir röntgen müssten», wagte sie sich vor.

Marley stoppte und sah sie mit finsterer Miene an. Er hasste es, wenn ihm widersprochen wurde. Aber Rebeccas Überzeugung, das Leben des Jungen wäre gefährdet, wuchs mit jedem Atemzug. *Doch wie sollte sie Marley erklären, dass sie nur einer Eingebung folgte?*

«Wie oft soll ich Ihnen noch sagen, dass Sie hier nichts mehr zu sagen haben, Rebecca?» Er sah sie vernichtend an.

«Bitte verstehen Sie doch ...», entgegnete sie.

Marley stöhnte, bevor er ihr ins Wort fiel: «Ich muss Sie doch nicht daran erinnern, dass jede tiefe Wunde zum Röntgen muss. Oder besitzen Sie etwa einen Röntgenblick?»

Sie überhörte die Anspielung und blieb gelassen. «Bitte, Dr. Marley, diese Substanz, die ich bei ihm gefunden habe ... wir wissen noch nicht, was es ist. Es könnte ...»

«Wir haben jetzt keine Zeit auf die Laborergebnisse zu warten. Sie können selbst beurteilen, wie schlecht es ihm geht», fiel er ihr ins Wort.

«Bitte, ich habe zwar noch keine Beweise, aber ich glaube, dass Röntgenstrahlen für ihn gefährlich sind. Wir sollten die Ergebnisse aus dem Labor abwarten. Es kann sich doch nur um Minuten handeln.»

Marley wollte davon nichts hören. «Jede Minute könnte es mit ihm vorbei sein. Der Junge wird geröntgt und Schluss. Ich möchte keine Klage an den Hals, dass ich meiner ärztlichen Pflicht nicht nachgekommen bin.» Er presste seine schmalen Lippen zusammen und schob den Tisch weiter. Rebecca stellte sich vor die Tür. «Gehen Sie mir aus dem Weg! Zweifeln Sie meine Kompetenz an? Ich trage hier die Verantwortung!», brüllte er.

Was war, wenn sich alle irrten? Oder sie selbst? Jeder Irrtum war tödlich. Die Schwester zerrte Rebecca auf einen Wink Marleys hin beiseite. Marley schob den Jungen an ihr vorbei über den Flur in die Radiologie. Rebecca folgte ihm wie in Trance.

Der Junge bewegte sich unruhig auf dem Untersuchungstisch hin und her. Rebecca rieb sich die schmerzenden Unterarme. Sie spürte, dass der Junge sich selbst in der Ohnmacht wehrte. Marley forderte, ihm ein Beruhigungsmittel zu spritzen, als er vom Tisch zu fallen drohte. Auf sein Geheiß hin wurde der Junge mithilfe von Bändern fixiert, bevor ihm die Schwester das Beruhigungsmittel verabreichte. Die Gegenwehr verschlimmerte sich. Seine Augen rollten in den Höhlen, bis nur noch das Weiße zu sehen war, und er versuchte sich loszureißen.

«Sehen Sie doch, da stimmt was nicht. Bitte stoppen Sie das Ganze», wagte Rebecca einen weiteren verzweifelten Versuch. Marley war ihr Chef und trug die Verantwortung. Aber sie konnte nicht zusehen, wie er einen folgenschweren Fehler beging.

«Wie begründen Sie das? Welche Analysen haben Sie vorgenommen? Welche Fakten sprechen dagegen? Also, ich höre.»

«Es ist ein Gefühl ...»

«Ein Gefühl!» Marley lachte lauthals. «Und mein Gefühl sagt mir was anderes. Hier zählen Diagnosen und keine Gefühle! Scheren Sie sich endlich zum Teufel und lassen Sie mich hier in Ruhe meine Arbeit erledigen!»

Rebecca wurde übel. Wenn dem Jungen etwas geschah, würde sie sich schuldig fühlen. Dr. Marley ließ den fixierten Jungen allein und ging zu dem Radiologen in den Nebenraum. In dem Moment, als das Röntgengerät die erste Aufnahme schoss, ging der Körper des Jungen in Flammen auf. Geschockt wichen alle zurück, bevor sie mit Wasser und Decken zu dem Tisch liefen und das Feuer vergeblich zu löschen versuchten.

Die Schreie des Jungen gingen Rebecca durch Mark und Bein. Alle Rettungsversuche scheiterten. Wasser, Handtücher, der Feuerlöscher, alles vergeblich. Hilflos mussten sie mit ansehen, wie der Junge bei lebendigem Leibe verbrannte.

«Du trägst die Schuld an seinem Tod», hörte sie wieder das Geflüster.

Rebecca fühlte sich miserabel. Am Boden zerstört verließ sie wenig später das Krankenhaus. Sie hasste Marley für das, was er dem Jungen angetan hatte, und sich selbst, weil sie sich nicht durchgesetzt hatte.

5.

Drei Jahre hatte Aaron in diesem Viertel gelebt, das die Nephilim als ihr Engelsghetto bezeichneten. Er stoppte seine Fireblade vor dem Eingang der *Hell's Bar*, dem einzigen Treffpunkt der Mischwesen weit und breit. Kaum hatte er den Helm abgesetzt, spürte er hinter sich einen Luftzug und wusste, dass sein Vater hinter ihm stand.

«Hallo, Vater», begrüßte er ihn und wandte sich langsam zu ihm um.

Uriel war der einzige Erzengel mit rotem Haar, das sich wie eine Kappe an seinen Kopf schmiegte. *Lux vel Ignis Dei*, das Feuer Gottes. «Hallo, Aaron.» Hinter Uriels sanfter Stimme verbarg sich Strenge.

«Was möchtest du?»

Aaron befürchtete, dass er ihn an sein Versprechen erinnern wollte, in Rom seinen Lehrmeister Alessandro aufzusuchen. Jeder Blutengel musste mindestens einmal pro Jahr nach Rom fliegen, um von den Ausbildern die Entwicklung seiner Fertigkeiten im Kampf überprüfen zu lassen.

«Es gibt Ärger mit der Sekte und Verräter in unseren Reihen. Eine Verschwörung muss im Keim erstickt werden. Ich will, dass du die Verräter findest und vernichtest. Solange du hier bist, wirst du Joel unterstützen.»

Er konnte seine freien Tage in New York ganz abhaken, wenn er nicht gleich intervenierte. «Es gab immer Verräter, und das Problem mit der Sekte besteht doch auch nicht erst seit heute.»

Die Miene seines Vaters gefror. «Du wirst mir gehorchen, Sohn!»

Aaron verspürte keine Lust, sich mit seinem Vater anzulegen, im Gegenteil. Er wollte, dass er stolz auf ihn war. Dabei hatte er sich so auf seine freien Tage gefreut. «Okay, okay, ich kümmere mich drum», gab Aaron nach.

Der Tod seiner Mutter hatte ihn und seinen Vater entfremdet. Heute erschien ihm Uriel unnahbarer als je zuvor.

«Luzifer hat sich gestern mit ihrem Anführer, dem Verkünder, getroffen und einen Pakt geschlossen. Wir befürchten, dass sie einen vernichtenden Schlag gegen uns planen. Als wäre das nicht genug, ist ein Renegat aufgetaucht und unterstützt die Apokalyptiker. Diese Sekte ist wie ein Virus, der sich durch die Seelen frisst.»

Aaron wusste sofort, wer der Renegat war, vom dem sein Vater sprach, obwohl er ihm noch nicht begegnet war. «Du meinst Ariel?»

Die Brauen seines Vaters zogen sich unheilvoll zusammen. «Sprich seinen Namen niemals in meiner Gegenwart aus!», brüllte er.

Blitze zuckten plötzlich am Himmel als Beweis dafür, dass der Himmel noch immer diesem Engel zürnte. Ariel hatte seinem Vater einst nahe gestanden, bevor er sich von den Engeln abgewandt hatte. Seitdem war er ein Tabu. Berichten zufolge lebte er auf der Erde unerkannt unter den Menschen und scherte sich wenig um andere. Welches Interesse mochte er jetzt an dieser Sekte haben?

«Unruhe ist in unseren Reihen ausgebrochen, nachdem er zu einigen Kontakt gesucht hatte. Einer von uns hat sich Luzifer angeschlossen. Es riecht nach Rebellion. Unser Schicksal und das der Menschheit stehen auf dem Spiel. Begreifst du jetzt, warum es wichtig ist?»

Es war Zeit, dass er seinem Vater von Jacob erzählte. «Jacob ist tot. Sein Körper entzündete sich selbst. Ich hatte keine Möglichkeit, ihn nach der Sekte zu befragen. Doch ich erinnere mich noch gut an sein letztes Wort: Apokalyptika.»

Uriels Miene verfinsterte sich. «Seraphimfeuer. Das bedeutet, ein Feuerengel ist bereits ein Bündnis mit Luzifer eingegangen. Die Apokalyptiker sammeln Seelen, um Luzifers Hilfe zu erbitten ...»

«… für die Befreiung Seraphiels», ergänzte Aaron und Hass loderte in ihm auf. Er ballte die Fäuste. Immer hatte er geahnt, dass dieser Tag kommen würde. Und darauf gehofft, endlich Vergeltung üben zu können.

«Je mehr Engel sich Luzifer anschließen und je mehr Seelen er bekommt, desto stärker wächst sein Einfluss. Sollten sich meine Befürchtungen bewahrheiten, ruhen alle Hoffnungen auf deinen Schultern. Außer dir kann kein Blutengel einen Feuerengel im Kampf besiegen.»

Uriel war selbst ein Seraphim gewesen, der später zum Erzengel berufen worden war. Aarons Feuerzeichen am Hals wies ihn als Nachkommen dieser mächtigen Engelgruppe aus. Seraphiel war der Mörder seiner Mutter und seines Stiefbruders. Schmerz und Zorn wallten in ihm auf. Seit damals sehnte er nichts mehr herbei, als sich an dem Feuerengel zu rächen. Leider fristete der sein Dasein an einem Ort, zu dem er keinen Zugang besaß, streng bewacht von den Engeln.

«Ich werde mich um alles kümmern», sagte Aaron.

«Meine Kraft soll dich stärken.»

Aaron kniete nieder, als Uriel die Hände ausstreckte, und schloss die Augen. Er gab sich der Energie Uriels hin, die in seinen Körper strömte, in seinen Adern pulsierte und ihn mit Stärke erfüllte. Mit jedem Atemzug fühlte er sich kräftiger. Es kribbelte überall und seine Haut wurde zu einer hochsensiblen Membran, die jeden noch so kleinen Luftzug wahrnahm. Nachdem er sich in diesem warmen Gefühl verloren hatte, tauchte sein Geist ruckartig wieder auf, als sein Vater die Hände zurückzog.

«Du musst für jedes Opfer bereit sein, auch für den Tod der Menschen, die du liebst.»

«Das bin ich», antwortete Aaron und verdrängte die Furcht um seine Schwester.

Uriel lächelte wohlwollend und breitete seine leuchtend weißen Schwingen aus, bevor er in die Dunkelheit entschwand.

Danach betrat Aaron die *Hell's Bar.* Lautes Stimmengewirr schlug ihm entgegen, die Luft war zum Schneiden dick. Cynthia stand mit mürrischer Miene hinter der Theke und schenkte Bier aus. In letzter Zeit war die Prophetin oft übel gelaunt. Die Narbe auf ihrer linken Gesichtshälfte schimmerte bläulich. Sie warf ihm einen abweisenden Blick zu, bevor sie sich wieder den Gästen widmete. Sie wirkte fahrig und verschüttete oft den Alkohol.

Aaron ging zur Theke und war froh, dass keiner von ihm Notiz nahm. Er bestellte ein Bier bei Cynthia. Schweigend füllte sie sein Glas und schob es über den Tresen, ohne ihn anzusehen. Als hätte sie etwas zu verbergen. Oft genug hatte er sie früher gefragt, wenn etwas nicht stimmte, und sich eine patzige Antwort eingefangen, bis er es aufgegeben hatte.

Durch die Schwingtür aus der Küche trat unerwartet Rosie, seine Schwester. Sie trug ein bauchnabelfreies T-Shirt und eine Jeans mit glitzernden Applikationen an den Gesäßtaschen. Das bunte Halstuch verdeckte ihre Brandwunden. Ihr schwarzer Zopf wippte, als sie lächelnd auf Cynthia zukam. «Ich kann jetzt übernehmen.»

Immer öfter verließ die Prophetin ihre Bar, die sie früher niemandem überlassen hatte. Aber dass sie seine gutmütige Schwester einspannte, ging zu weit. Cynthia nickte und lief in die Küche. Rosie vermied es, Aaron anzusehen, und zapfte Bier. Seit er sie damals aus dem Feuer gerettet hatte, fühlte er sich für sie verantwortlich. Sie war die Einzige, die ihm geblieben war. Es war seine Pflicht, sie zu beschützen.

Als sie an ihm vorbeieilen wollte, hielt er über den Tresen ihren Arm fest. «Was zur Hölle machst du hier, Rosalia?», fragte er verärgert.

«Bedienen natürlich», antwortete sie lächelnd und zwinkerte ihm zu.

Sie wollte sich seinem Griff entziehen, aber er hielt sie eisern fest. «Und deine Pension?»

Sie verdiente sich ihren Lebensunterhalt mit einer kleinen Pension in der Nähe des Ghettos.

«Mein einziger Gast ist zurzeit außer Haus. Also, warum sollte ich Cyn nicht helfen? Macht mir Spaß.»

Sie sah vorwurfsvoll auf seine Hand, die ihren Arm umfasste. Widerwillig ließ er sie los. Rosie war hilfsbereit, eine Eigenschaft, die gern ausgenutzt wurde. Sie drehte den Zapfhahn auf und ließ Bier in das Glas laufen.

«Weißt du, was Cyn vorhat?», fragte er.

Rosie zuckte mit den Achseln. «Keine Ahnung. Sie sagte nur, sie hätte heute irgendein Treffen oder so. Wieso? Ist das wichtig?»

Aaron wollte gerade antworten, als Cynthia aus der Küche trat. Er hatte ein ungutes Gefühl. *Traf sie sich etwa mit einem aus Luzifers Gefolge? Oder besaß sie einen heimlichen Liebhaber?*

Sie stellte sich neben Rosie. «Ich komme gegen Mitternacht zurück. Kommst du allein klar, Rosie?»

«Keine Sorge.»

Cynthia wandte sich um und wollte gehen, aber Aaron stellte sich ihr in den Weg. «Was soll das? Lass mich durch», fuhr sie ihn an. Ihre Stimme war schneidend.

Er ließ sich von ihr nicht abweisen. «Wo willst du denn hin, Cyn?»

«Ich wüsste nicht, was dich das angeht. Ich frage dich auch nicht, was du so treibst. Und jetzt geh mir aus dem Weg.»

«Es geht uns alle was an, wenn du dich mit einem von Luzifers Leuten triffst.»

Sie verzog den Mund und funkelte ihn wütend an. «Bist du verrückt? Du weißt genau, dass ich mich nie mit denen einlassen würde. Ich habe nichts vergessen.»

Sie riss sich los. Cynthia war ein Nephilim und ihre seherischen Fähigkeiten begehrt. Als ihr Vater sie vor ein paar Jahren hatte umbringen wollen, war sie zu den Erzengeln geflohen. Seitdem lebte sie im Engelsghetto und hatte es zu dem gemacht, was es war: die Heimat der Nephilim und Blutengel.

Sein Bauchgefühl sagte ihm, dass Cynthia etwas Riskantes unternahm. Aber was? Er ließ das Bier stehen und rannte ihr hinterher. Als er in den Hof trat, war sie bereits verschwunden.

«Shit!»

Aaron kehrte in die Bar zurück und verbrachte die Wartezeit bis zu seinem Wiedersehen mit Rebecca an der Theke. Er musste ihr nachher unbedingt sagen, dass er nach Rom reisen musste. Vielleicht für Wochen, gar Monate. Obwohl er sie nur flüchtig kannte, fiel es ihm schwer, sich für längere Zeit von ihr zu verabschieden. Schuld daran war dieser verfluchte Kuss, zu dem er sich hatte hinreißen lassen. Süß und feurig, eine gefährliche Mischung, die wie eine Droge auf ihn wirkte. Aaron seufzte. Das alles würde ihm entgehen.

6.

Immer wieder sah Rebecca den brennenden Jungen vor sich, und es erfüllte sie mit Entsetzen, dass sie ihm nicht hatte helfen können. Von Selbstentzündungen hatte sie zwar gelesen, aber wäre sie nicht Zeugin dieses Geschehens geworden, hätte sie nie daran geglaubt.

Dennoch war sie niemand, der sich Übersinnlichem verschloss, allein schon wegen ihrer ungewöhnlichen Gabe. Hätte Marley auf sie gehört, wäre der Junge nicht gestorben, davon war sie überzeugt. Wäre sie doch nur hartnäckiger gewesen ... Hätte, wenn und wäre! Es war geschehen und nichts konnte es mehr ändern. Sie atmete tief die kühle Luft ein und spürte, wie sich ihre Erregung legte. Sicher würde sie noch Tage oder Wochen daran denken, aber sie würde auch darüber hinwegkommen.

Erst auf dem Parkplatz wurde Rebecca bewusst, dass ihr Wagen noch auf dem Hinterhof des Supermarktes parkte. Sie stöhnte auf und sah auf ihre Uhr. Aaron hatte gesagt, er wolle sie gegen Mitternacht abholen. Bis dahin war noch eine Dreiviertelstunde Zeit, aber ins Krankenhaus wollte sie nicht zurück. Nur einen Block entfernt gab es einen Coffeeshop, der auch nachts geöffnet hatte.

Der Junge ging ihr nicht aus dem Kopf. Wer oder vielmehr *was* war er? Es gab keine geflügelten Wesen, nur in irgendwelchen Mythen und Legenden. *Und weshalb träumte sie dann von ihnen?* Menschen verarbeiteten in ihren Träumen Erlebnisse, die sie bewegten, in symbolhaften Figuren oder Szenen. Eine plausible Erklärung, die vielleicht funktioniert hätte, wenn sie nicht im hellwachen Zustand am Untersuchungstisch gestanden und diese Visionen erlebt hatte.

Kaum hatte sie den Parkplatz verlassen, vernahm sie hinter sich feste Schritte. Sie drehte sich kurz um und erkannte einen Mann in Cargo-Hose und Baumwolljacke, der in geringem Abstand hinter ihr ging, den Hut tief ins Gesicht gezogen. Sie war zwar kein ängstlicher Typ, aber irgendetwas an ihm flößte ihr Angst ein. Als sie schneller ausschritt und auch er sein Tempo erhöhte, wurden ihre Befürchtungen zur Gewissheit.

Im nächsten Moment beschloss Rebecca, doch ins Krankenhaus zurückzukehren. Bevor sie sich umdrehen konnte, versperrte ihr ein anderer, hochgewachsener Mann mit hämischem Grinsen den Weg. Selbstbewusst hob sie das Kinn und wollte an ihm vorbeigehen, als sie seine Augen sah, die rot im Halbdunkel glommen wie Zigarettenglut. Hinter sich hörte sie wieder Schritte. Der Kerl in der Cargohose. Verdammt, jetzt hatten sie sie eingekeilt.

Angst kroch ihr Rückgrat hinauf. Fieberhaft suchte sie nach einer Fluchtmöglichkeit. Niemand außer ihr war weit und breit zu sehen. Ein perfekter Moment für ein Verbrechen. Doch sie würde es ihnen nicht leicht machen.

Die Schritte hinter ihr waren verklungen, woraus sie folgerte, dass der andere stehen geblieben war. Sie wagte nicht, sich noch einmal umzudrehen, sondern konzentrierte sich auf ihre zittrige Hand, die sich um ihr Schlüsselbund schloss. Im gleichen Augenblick, als der Fremde sie abrupt an der Schulter packte, hieb sie ihm die gezackten Schlüssel in die Augen.

Rebecca erschrak, als das keine Wirkung zeigte, sondern der Kerl stattdessen lachte. Mit einer Drehbewegung schaffte sie es sich loszureißen, machte auf dem Absatz kehrt und schleuderte dem Kerl in der Cargo-Hose, der ihr jetzt entgegentrat, mit voller Wucht ihre Handtasche an den Kopf. Dieser brüllte vor Wut auf, während sein Kumpan laut fluchte. Sofort nutzte sie das Überraschungsmoment und rannte zum Eingang des Krankenhauses. Ihre Angst mobilisierte trotz Müdigkeit und bleischwerer Beinen ungeahnte Reserven.

Doch der Kerl in der Cargo-Hose folgte ihr und holte sie schnell ein. Sie schrie laut um Hilfe, aber niemand schien sie zu hören. Parkplatz und Vorplatz des Krankenhauses waren wie ausgestorben. Ein Wagen näherte sich und Rebecca schöpfte Hoffnung. Da traf sie etwas mit voller Wucht am Hinterkopf und brachte sie zu Fall. Kurz bevor sie auf den Boden knallte, packte sie jemand im Genick, dann versank ihr Geist in Dunkelheit.

Als Rebecca aus der Ohnmacht erwachte, vernahm sie ein Motorengeräusch. Sie öffnete vorsichtig die Lider. Sie lag auf dem Rücksitz eines Wagens, Hände und Füße gefesselt und ihr Mund mit einem Klebeband verschlossen. Sie bekam kaum Luft.

In ihrem Hinterkopf pochte es schmerzhaft wie nach einem Schlag. Träge kehrte die Erinnerung zurück. Die beiden Männer vor ihr hatten sie vor dem Krankenhaus entführt. Auf dem Beifahrersitz saß der Kerl mit Hut, der Fahrer war ihr unbekannt. Sie unterhielten sich in einer Sprache, die sie nicht verstand.

Unvermittelt musste Rebecca an Gail und Laura-Jane denken, die auch entführt worden waren. *Hatten die Kerle dasselbe mit ihr vor?* Sie erschauerte und überprüfte den Sitz der Fesseln. Leider waren sie so eng geschnürt, dass sie sich bei jeder noch so kleinen Bewegung tief in ihre Haut schnitten. Das brannte höllisch. Mit der Fußspitze erreichte sie den Türgriff, fuhr darunter, aber die Tür war verriegelt. Frustriert gab sie auf.

Wer waren die Kerle? Vorhin glaubte sie, ein rotes Aufblitzen in den Augen des einen gesehen zu haben. Die Flügelstümpfe des verletzten Jungen, seine Selbstentzündung, die roten Augen des Kerls, die dann wieder völlig normal wirkten, seine enorme Geschwindigkeit, mit der er ihr hinterhergerannt war, das alles konnte nicht menschlich sein.

Sie grübelte weiter. Ihre Eltern waren zwar nicht mittellos, aber auf keinen Fall reich. Wenn sie kein Geld erpressen wollten, was dann? Steckte ihr Vater vielleicht in Schwierigkeiten, von denen sie nichts wusste? Seit heute Morgen schien die Welt, die sie zu kennen geglaubt hatte, eine völlig andere zu sein. Wenn sie wenigstens verstehen könnte, worüber sich die beiden unterhielten.

Rebecca drehte den Kopf, um das Wageninnere zu betrachten, und zuckte vor Schmerz zusammen, als sie mit dem Hinterkopf gegen die Rückenlehne stieß. Wer war ihr Auftraggeber? Ein Feind ihres Vaters? Als Bestsellerautor hatte er viele Neider. Aber würden die so weit gehen? Ihr fiel niemand ein.

Ein Frösteln stieg ihren Rücken hoch. Noch nie hatte sie sich so hilflos gefühlt wie jetzt. Sie dachte an Aaron, der vergeblich vor dem Krankenhaus auf sie warten würde. Bestimmt glaubte er, sie hätte ihn versetzt. Sie kämpfte gegen die aufsteigenden Tränen. Nie würde sie den Typen gegenüber Schwäche zeigen.

Nach einer gefühlten Ewigkeit stoppte der Wagen. Die beiden Männer stiegen aus und gingen fort. Rebecca wartete nicht lange, bis der mit dem Hut zurückkehrte, die Tür aufriss und sie grob aus dem Wagen zerrte. Er packte sie völlig mühelos über seine Schulter und trug sie in ein unbewohntes Haus. Rebecca strampelte so gut es ging und schrie, aber ihre Versuche prallten an ihm ab. Er schleppte sie durch den Korridor zu einer Treppe und stieg mit ihr hinab. Im Keller war es so dunkel, dass sie nicht einmal die Hand vor Augen sehen konnte.

«Sperr sie dort ein», hörte sie eine hohe, krächzende Stimme.

Ihr Blick suchte in der Dunkelheit nach dem Sprecher, konnte aber nichts erkennen. Ihr Peiniger trat eine Tür auf und lief weiter.

Jemand folgte ihnen leichten Schrittes, vermutlich der Sprecher von eben. Unsanft setzte er sie auf einen Stuhl und ging fort.

«Er möchte, dass ihr sie gut behandelt. Nimm ihr die Fesseln ab», krächzte die helle Stimme, von der Rebecca nicht wusste, ob sie einem Knaben oder einer Frau gehörte.

Ein unwilliges Knurren folgte. Für den Bruchteil einer Sekunde flammten seine Augen in der Dunkelheit auf. Er schnitt die Fesseln durch und drehte sich wieder um. Erleichtert rieb Rebecca sich die Handgelenke und zog das Klebeband vom Mund.

«Wer sind Sie und warum haben Sie mich entführt?» Keine Antwort. «Nennen Sie die Lösegeldsumme und Sie werden sie bekommen. Ich rufe meinen Vater an, er wird sie besorgen. Fünfzigtausend? Hunderttausend?»

«Halt's Maul!», herrschte er sie an.

«Schon gut. Du wirst früh genug erfahren, was wir mit dir vorhaben. Bis dahin bleibst du hier.» Das helle Krächzen klang trügerisch sanft.

Rebeccas Mut sank. *Sollte sie etwa länger in diesem dunklen, feuchten Keller ausharren?*

«Versuch ja keine Mätzchen. Du kannst uns nicht entkommen», zischte ihr Peiniger und verließ als Erster den Raum.

Sie spürte die Nähe des anderen, der an der Tür eine Weile verharrte. Ein leises Rascheln und ein Luftzug streifte Rebecca. Sie glaubte, die Silhouette eines Flügels zu erkennen, und ihre Hände krallten sich um die Stuhllehnen. Dann fiel die Tür krachend hinter ihm zu und der Schlüssel drehte im Schloss.

Rebecca atmete erleichtert aus, als sie gegangen waren. Deutlich hatte sie die Feindseligkeit gefühlt. Sie musste von hier fliehen, und zwar so schnell wie möglich. Sie reckte ihre schmerzenden Beine und Arme. Durch ein schmales Kellerfenster fiel für wenige Sekunden Mondlicht, sodass sie die Umrisse von hohen, leeren Regalen erkennen konnte, einen Campingtisch in der Mitte und Fässer zu ihrer Rechten, deren Holz faulig roch. Von der Decke baumelte ein Kabel, das sicherlich für den Anschluss einer Lampe gedacht war. Licht gab es keines, aber der Gedanke, das Fenster einzuschlagen und in die Freiheit zu schlüpfen, verlieh ihr neuen Mut.

Doch der Lichtstrahl erlosch viel zu schnell. Wolken mussten sich wieder vor den Mond geschoben haben. Sie tastete sich durch eine schmale Gasse zwischen den Holzfässern zum Fenster, das ungewöhnlich hoch platziert war. Sie konnte es nur mit den Fingerspitzen am unteren Rand berühren. Sie musste den Stuhl holen.

Da hörte sie plötzlich leise Stimmen auf dem Flur. Sie schlich zur Tür und lauschte. «Pass auf, dass sie dir nicht entwischt. Er hat Besonderes mit ihr vor», vernahm sie die krächzende Stimme.

«Ich würde sie lieber erledigen», antwortete sein Kumpan.

Rebecca schauderte bei dem Gedanken, dass sie ihren Tod planten.

«Idiot! Sie hat erst eine Aufgabe zu erfüllen.»

Die Stimmen verklangen. Welche Aufgabe? Atemlos lehnte sich Rebecca an die Tür. Die aufsteigende Panik ließ sie zittern. Ihr Herz klopfte so heftig und laut, dass sie glaubte, ihre Widersacher könnten es hören. Sie verharrte noch eine Weile reglos, bis sie sich sicher wähnte, dann tastete sie sich zum Stuhl zurück.

Ihr einziger Gedanke galt ihrer Flucht. Zentimeter für Zentimeter schob sie vorsichtig den Stuhl bis unters Fenster, stets bedacht, nirgendwo anzustoßen. Doch im nächsten Moment knallte sie mit dem Fuß gegen eine Metallschiene und unterdrückte einen Aufschrei. Ihr Spann schmerzte, aber zum Glück blieb alles still. Sie verbiss den Schmerz und humpelte weiter. Endlich konnte sie den Stuhl unter dem Fenster abstellen und hinaufsteigen. Das Fenster war doppelt verglast und roch frisch lackiert. Waren außer ihr noch andere hier eingeschlossen gewesen? Waren die schon tot?

Denk nicht daran, konzentriere dich lieber darauf, wie du hier rauskommst, ermahnte sie sich. Flink glitten ihre Finger über den hölzernen Fensterrahmen. Sie zog am Griff, aber das Fenster klemmte. Verdammte Dunkelheit! Sie sah zum wolkenverhangenen Himmel auf und hoffte auf einen Lichtstrahl. Ihre Hoffnung schien sich nicht zu erfüllen und ihr Mut sank, bis der Mond doch noch hinter den Wolken auftauchte. Rebecca stellte sich auf die Zehenspitzen und blickte zwischen die beiden Scheiben. Zwei Haken arretierten die Flügel in der Mitte. Wenn sie diese lösen wollte, musste sie das Fenster aushebeln.

Na klasse, als wenn hier Werkzeug für einen Ausbruch bereitliegen würde. Dennoch war sie entschlossen, danach zu suchen. Sie stieg wieder vom Stuhl und tastete die Regale ab. Jedes war leer und Rebeccas Hoffnung sank immer mehr, als auch die Holzfässer nichts hergaben. Frustriert ließ sie sich auf den Stuhl fallen und grübelte über Alternativen nach.

Ihr Handy! Sie zog es aus der Tasche und ein Zeichen blinkte auf. Der Akku war leer. Wütend stopfte sie es wieder in ihre Hosentasche zurück.

Ihr Spann schmerzte und war geschwollen. Sie rieb darüber und dabei kam sie auf eine Idee. Rebecca kroch auf allen vieren zu der Stelle zurück, an der sie sich gestoßen hatte. Ihre Finger betasteten das Fass, bis sie die Metallspitze fühlte. Der Ring, der das Fass unten zusammenhielt, war rostig und hatte sich an einer Stelle gelöst. Rebecca bog und zerrte daran herum, bis das Stück mit einem leisen Knacken abbrach.

Sie horchte in die Stille, bevor sie zum Fenster zurückhinkte. Die Schiene war nur wenige Millimeter dick, sodass sie sie unter den Fensterflügel schieben konnte. Als sie den Haken anheben wollte, brach die Spitze ab und fiel zwischen die beiden Fensterflügel. Im selben Moment hörte sie das vertraute Geräusch eines Motorrads. Sie erkannte Aaron, der von seiner Honda stieg und sich umsah. Er konnte unmöglich wissen, dass sie sich hier befand. Steckte er mit diesen Kerlen unter einer Decke? Was wusste sie schon über ihn? Nichts.

Mit einem beeindruckenden Messer schlich Aaron auf das Haus zu. Sofort klopfte Rebecca gegen die Scheibe. Aber er schien sie nicht zu hören. Aber er musste! In ihrer Verzweiflung hämmerte sie jetzt mit den Fäusten gegen das Glas und rief nach ihm. Es war ihr egal, ob sie jemand hören konnte. Wenn ihr einer helfen konnte, dann Aaron!

Plötzlich öffnete sich hinter ihr die Tür und rote Augen glotzten sie feindselig an. Doch Aarons Nähe verlieh ihr Mut. Sie kletterte vom Stuhl und drängte sich zwischen die Fässer. Ihr Gegner folgte, aber weil er viel korpulenter war, kam er nicht an sie heran. Rebecca ignorierte den Schmerz im Knöchel, rappelte sich blitzschnell auf und spurtete zur Tür. Jedoch war dieses Mal der Kerl schneller. Er packte sie an den Haaren und riss sie zu Boden.

***

Es war seine Ungeduld, die für sein viel zu frühes Eintreffen vor dem Krankenhaus verantwortlich war. Weil Aaron Rebecca wiedersehen wollte. Zuerst überlegte er, das Gebäude zu betreten und nach ihr zu fragen, aber die kühle und klare Luft draußen war zu verführerisch, um sich die Zeit in einem Warteraum zu vertreiben.

Als er seine Fireblade auf dem Parkplatz abstellte, spürte er plötzlich dunkle Schwingungen. Jemand aus Luzifers Gefolge war hier gewesen. Seine Sinne schlugen sofort Alarm. Das ungute Gefühl bestätigte sich. Im nächsten Moment fand er Dämonenstaub auf dem Boden. Jedes Staubkörnchen könnte Bilder aus dem Gedächtnis des Dämons enthalten und ihm Hinweise liefern. Natürlich nur, wenn nicht zu viel Zeit verstrichen war.

Aaron hockte sich hin, nahm ein wenig Staub zwischen die Finger und verrieb ihn, um die Erinnerungen der Höllenbrut aufzufangen. Er hatte Glück, denn es war noch nicht einmal eine Stunde verstrichen und die Bilder bruchstückhaft, aber scharf. Der Dämon war in Begleitung eines Nephilims hier gewesen, der im Schatten des Gebäudes jemandem aufgelauert hatte. Aaron erstarrte, als er aus der Perspektive des Dämons Rebecca erkannte. Er sah, wie sie zum Parkplatz lief und den Kopf schüttelte. Sie kehrte um und lief zum Krankenhaus zurück. Der Dämon verfolgte sie.

Der Erinnerungsfluss brach ab und Aaron glaubte, dass das alles gewesen war, bis er noch ein wenig Staub zwischen den Fingern verrieb. Der Dämon und sein Kumpan zerrten die bewusstlose Rebecca in einen Wagen und fuhren mit ihr davon. Dann überfluteten sein Hirn Bilder, die ebenso schnell wieder verschwanden.

Unvermittelt riss die Flut ab, als hätte jemand den Ausschaltknopf gedrückt. Enttäuscht sprang Aaron auf. Doch er hatte verstanden, dass die Begegnung mit Jacob kein Zufall gewesen, sondern Rebecca aus irgendwelchen Gründen ins Visier der Apokalyptiker geraten war. Aaron schluckte. *Wusste sie, in welcher Gefahr sie schwebte?* Er musste sie sofort aus den Fängen der Sekte befreien.

Aaron schloss die Augen und versuchte, sich an die Gedanken des Dämons zu erinnern. Er hatte ein Haus aus dem letzten Jahrhundert gesehen, leerstehend am Ende einer Straße, ein Fluss gegenüber. Der Hudson Historic District.

Sofort rannte er zu seinem Motorrad zurück, setzte den Helm auf und schwang sich auf den Sattel. Der tiefe Sound der Honda röhrte durch die Straße, als er Gas gab. Hoffentlich kam er nicht zu spät.

Es gab unzählige Möglichkeiten, was die Apokalyptiker mit ihr planten. Keine davon wollte er sich ausmalen.

Er kam viel zu langsam voran, weil er in keine Radarfalle geraten wollte. Die Cops durften ihn nicht anhalten. Endlich erreichte er den Hudsonbezirk. Wären nicht die dunklen Schwingungen gewesen, hätte er an einen Irrtum geglaubt. *In dieser gediegenen und altehrwürdigen Gegend sollten sich Apokalyptiker aufhalten?*

Er fuhr langsam die Straße entlang. Irgendwo bellte ein Hund, nur in wenigen Häusern brannte Licht. Erst am Ende der Straße befand sich ein leer stehendes Haus, das gut in Schuss war. Ein Schild in Form eines Wals, das typisch für diese Gegend war, baumelte über dem Gartentor mit der Aufschrift «For Sale».

Er parkte die Fireblade ein Stück weiter entfernt auf der anderen Straßenseite und lief langsam zum Haus. Auf dem Weg zog er sein Spyderco-Messer aus der Jacke. Seine Sinne waren aufs Äußerste geschärft.

«Aaron! Hier! Hilf mir!»

Er hörte Rebeccas Stimme in seinem Kopf. Sie musste sich also in diesem Haus befinden. Ein Gefallener war hier gewesen, dessen schwarze Aura über dem Haus lag. Azazeel, Luzifers rechte Hand und Vater der Prophetin Cynthia. Seine Rückkehr war ein Affront gegen die Erzengel und bewies, wie eng der Kontakt der Apokalyptiker mit Luzifers Gefolge war. Aaron schlich an der Frontseite des Hauses entlang. Azazeel hatte zwei Nephilim und einen Dämon zurückgelassen, die Rebecca bewachen sollten. Er war froh, die Shuriken mitgenommen zu haben. Sie enthielten Engelsblut, ein wirksames Mittel, das die meisten Dämonen pulverisierte.

Aaron kletterte lautlos an der Fassade empor aufs Dach. Oben angekommen, hoffte er inständig, eine von den drei Luken würde sich leicht öffnen lassen. Tatsächlich fand er eine, die einen Fingerbreit offenstand. Vorsichtig zog er sie so weit hoch, bis er problemlos hindurchschlüpfen konnte. Lautlos glitt er in den Raum, in dem es nach frischer Farbe roch. Seine Augen erfassten keinen Widersacher. Aaron lief zur Tür und drückte die Klinke hinunter. Mit einem Knarren sprang sie auf.

Er unterdrückte einen Fluch, als er spürte, dass es Rebeccas Bewachern nicht unbemerkt geblieben war. Seine Sinne nahmen jede Schwingung des Dämons auf, der sich ihm näherte. Aaron stellte sich hinter die Tür und zog lautlos einen der Shuriken aus der Jacke. Damit die Waffe ihr Ziel nicht verfehlte, musste er seinen Widersacher genau lokalisieren.

Die roten Augen des Höllenwesens spiegelten sich in der Scheibe des Dachfensters. Mit einer geschmeidigen Bewegung warf Aaron den Shuriken, der wie ein Frisbee durch die Luft flog und mit äußerster Präzision in die Brust des Dämons drang. Sofort entflammte dessen Körper und zerfiel binnen weniger Sekunden zu Asche. Aaron zog die Tür auf und fing den Shuriken auf, bevor er auf den Boden poltern konnte, und verstaute ihn wieder in der Jacke.

Von unten drangen Schreie herauf. Rebecca! Aaron spurtete die Treppe hinunter. Es polterte im Keller, dann folgte ein erstickter Laut. Er überwand die Stufen mit einem gewaltigen Satz. Rebecca kauerte zwischen zwei Fässern und versuchte den Nephilim mit dem Stuhl abzuwehren. Ihr Gegner schwang einen mächtigen Hammer. Aaron spürte ihre Angst. *Wo war der dritte Bewacher?* Der Nephilim packte Rebeccas Arm.

Er musste jetzt einschreiten. «Warum versuchst du es nicht mit einem ebenbürtigen Gegner», sagte er.

Der Nephilim wirbelte herum, Hass sprühte aus seinen Augen.

«Aaron! Oh, mein Gott, pass auf!», rief Rebecca aufgeregt.

Der Nephilim stürzte sich mit Zornesgebrüll auf ihn, aber Aaron wich geschickt aus und wirbelte herum, um das Messer direkt ins Herz seines Gegners zu rammen. Doch auch der drehte sich, weshalb Aaron ihn nur an der Schulter streifte. Blind vor Zorn sprang sein Gegner ihn an und holte mit dem Hammer aus. Wieder war Aaron schneller und dieses Mal gelang es ihm das Messer in das Herz des Dämons zu stoßen. Der Nephilim erstarrte, bevor er auf den Boden knallte.

***

Rebecca fühlte sich nutzlos, weil sie in der Dunkelheit nichts sehen und Aaron nicht helfen konnte. Sie spürte die Luftzüge der Bewegungen. Es machte sie verrückt, tatenlos herumzusitzen. Sie zitterte um Aaron und zuckte bei jedem Geräusch zusammen. Die Gegner keuchten, es folgte das Gebrüll des widerlichen Kerls, dann ein dumpfer Aufprall und Stille.

Plötzlich schoss eine zweifingerdicke Feuerfontäne aus dem Leib des am Boden Liegenden und erhellte für einige Sekunden den Raum, lang genug, dass Rebecca erkennen konnte, wie der leblose Körper sich auflöste und zu Staub zerfiel. *Wie konnte sich ein menschlicher Körper so schnell auflösen?*, schoss durch ihr Hirn.

«Aaron?», flüsterte sie und wollte mit dem Stuhlbein, das sie noch immer in der Hand hielt, aus ihrem Schlupfloch kriechen.

«Bleib, wo du bist», raunte er ihr zu.

Kaum einen Moment später spürte sie einen Luftzug dicht neben sich. Außer ihnen war noch jemand hier. Sie fühlte Aarons Anspannung und bemühte sich vergeblich, ihn im Dunkeln auszumachen. Sie sah eine Silhouette in der Raummitte und wagte nicht, sich zu bewegen. Die Zeit verstrich, ohne dass etwas geschah, und trieb die Spannung in den Bereich des Unerträglichen.

Plötzlich fuhr Rebecca zusammen, ein leises Röcheln kam von der geöffneten Tür. Das musste der dritte sein. Sie musste Aaron warnen. Aber jeder kleinste Fingerzeig könnte sie verraten. Blitzschnell kam ihr eine andere Idee, als der Kerl sich ihr näherte. Reglos kniete sie zwischen den Fässern, nur zwei Schritte von der Tür entfernt. Ihre feuchten Hände umschlossen fest das Stuhlbein. Sie hoffte auf ein Überraschungsmoment. Sie musste verdammt schnell sein, um ihn nicht zu verfehlen.

Als die Wolken für einen Moment den Mond freigaben, erkannte sie den Kerl, der sich hinter der Tür verbarg. Er hatte eine Pistole und schien sie nicht entdeckt zu haben. Er wirkte ganz auf Aaron fixiert. Der fahle Lichtstrahl erlosch, und Rebecca fluchte im Stillen, weil sie sich nun auf ihr Gefühl verlassen musste. Sie konzentrierte sich auf die Schwingungen des Mannes. Ein grünliches Lichtband umgab seinen Körper.

Nun komm schon vor, nur einen Schritt. Als hätte sie ihn beschworen, trat er tatsächlich vor. Sie holte mit dem Stuhlbein aus und traf sein Knie. Er brüllte vor Schmerz auf. Seine Hand schoss unvermittelt vor und zerrte sie an der Schulter hoch. Mit einem tiefen Knurren stieß er sie mit voller Wucht von sich.

Sie knallte gegen ein Regal. Der Schmerz in der Schulter raubte ihr fast die Besinnung. Etwas surrte dicht an ihrem Kopf vorbei und der Kerl jaulte wie ein geprügelter Hund auf. Dann polterte er auf den Boden. Im nächsten Moment herrschte gespenstische Stille. Das gleiche Schauspiel von eben folgte, eine Feuer sprühende Fontäne trat aus seiner Leibesmitte und in Null Komma nichts wurde aus Fleisch und Knochen Staub, der sich verflüchtigte. Das war unheimlich.

Ihr Herz wummerte in der Brust, während sie in die Stille lauschte. Sie wagte nicht nach Aaron zu rufen. Die Beule an ihrem Kopf begann wieder zu pochen.

«Rebecca? Alles okay?», hörte sie seine erlösende Stimme und sie atmete erleichtert aus.

«Ja, und bei dir? Bist du verletzt? Hast du alle erwischt?»

«Ja.»

Er kam auf sie zu, fasste sie am Arm und zog sie hoch. Mit einem Seufzer lehnte sie sich an ihn. Seine Nähe spendete Trost. Sanft strich er ihr übers Haar. Eine Weile standen sie schweigend und eng umschlungen da.

«Was sind das für Kreaturen? Und was wollen die von mir?», fragte sie an seiner Brust.

«Nephilim, die mit dem Teufel im Bund stehen. Sie gehören einer Sekte an, die sich die Apokalyptiker nennen, und sie wollen dich und deine Seele.»

Bei seinen Worten stockte ihr Atem. Ihr Kopf ruckte hoch, und sie sah zu ihm auf, obwohl sie in der Dunkelheit kaum die Konturen seines Gesichts wahrnehmen konnte. «Wie meinst du das? Die wollen mich oder meine Seele?» Rebeccas Kehle war plötzlich eng und trocken.

«So wie ich es gesagt habe.»

Rebecca musste ihre Gedanken ordnen. Nephilim – diesen Begriff hatte sie schon einmal gelesen. «Nephilim? Sind das nicht Kinder von Engeln?»

«Gefallener Engel», korrigierte er.

«Das ist doch absurd. So was gibt es nicht, nicht in der Realität!»

«Rebecca, du hast selbst eben erlebt, wie real das ist.»

Und wie sie das hatte! Wenn sie es nicht gesehen hätte ... Jeder würde sie für verrückt halten, wenn sie davon erzählte. Was für ein Albtraum. Während ihr Verstand noch immer zweifelte, fühlte sie, dass Aaron die Wahrheit sprach. Sie wünschte, dieser Horror wäre ihr erspart geblieben.

«Ich muss das erst einmal verdauen», sagte sie mit erstickter Stimme. Nephilim, gefallene Engel ... Das musste doch jemandem auffallen.

Und deine Gabe? Die hast du doch auch akzeptiert.

Rebecca schrak zusammen, als sie das Flüstern hörte. Nicht das auch noch. Sie war eben sensibler, empathischer als andere, mehr nicht, und sie besaß mehr Intuition. So hatten es ihr immer ihre Eltern erklärt. Doch leise Zweifel stiegen in ihr auf. Sollte sie sich Aaron anvertrauen?

Nein, entschied sie, *sie kannte ihn nicht, jedenfalls nicht gut genug*. In Rebeccas Kopf begann sich plötzlich alles zu drehen, ihre Beine gaben nach und ihr wurde übel. Aaron fing sie auf, als sie zusammensackte, und hob sie auf seine Arme. Der Schock ließ sie zittern.

«Mir ist kalt und ich brauche Ruhe. Bitte, bring mich nach Hause», stieß sie zähneklappernd hervor.

«Du kannst für eine Weile nicht nach Hause. Was ist, wenn dir dort die Sekte auflauert? Sie werden bald erfahren, dass ihre Kumpanen umgebracht wurden.»

«Aber wo ... soll ich ... denn ... hin?»

Das Zittern wurde schlimmer

«Ich bringe dich an einen sicheren Ort. Vertrau mir», antwortete er.

Es blieb ihr nichts anderes übrig, denn sie selbst war zu nichts mehr fähig. «Einer dieser ... Männer besaß ... rote Augen», murmelte sie an seiner Schulter. Ihre Muskeln krampften.

«Sprich jetzt nicht, entspann dich.» Aaron trug sie hinaus zu seinem Motorrad.

«Du ... hast ... gut ... reden.» Ihr fielen die Augen zu.

«Meinst du, du schaffst es, dich an mir festzuhalten?»

Sie musste. Alles, was sie wollte, war von hier wegzukommen. Sie nickte. «Ich denke ... schon.»

Er setzte sie kurz ab und zog ihr sein Sweatshirt über, das er unter der Jacke trug. Seine Waffe verstaute er hastig in der Jackentasche. Sie kuschelte sich dankbar in das warme Fleece. Als er sie wieder hochhob, sank ihr Kopf an seine Schulter und die Lider fielen zu.

Er rüttelte sie sanft. «Du darfst nicht einschlafen, Rebecca.»

Seine Stimme klang besorgt. Sie nickte und sah kurz auf, bevor sie die Augen wieder schloss. Aaron legte ihr seine Hand an die Stirn. Wohlig prickelnde Schauer durchrieselten ihren Körper.

«Rebecca, du wirst nicht einschlafen», wiederholte er mehrmals beschwörend, während seine Hand noch immer auf ihrer Stirn ruhte.

Nicht einschlafen, nicht einschlafen, echote es in ihrem Kopf. Mit jedem seiner Worte fühlte sie sich kräftiger und die Müdigkeit wich, als hätte sie eine Koffeindusche genossen.

«Geht es jetzt besser?», fragte er nach einer Weile und zog seine Hand fort, von der sie sich gewünscht hätte, sie würde dort noch länger verweilen.

«Du solltest dich als Yogi betätigen. Dein Mantra hat gewirkt», sagte sie. Ihre Stimme klang seltsam. Ihre Zunge fühlte sich schwer und pelzig an.

«Wäre eine Überlegung wert.» Sie hörte ihn lachen. «Komm, jetzt steig auf», sagte er und zog sie hinter sich auf den Sitz.

Mit jedem Atemzug wurde sie klarer im Kopf und sie bemerkte, wie ihre Kleidung unangenehm an ihrem schweißigen Körper klebte. «Wenn du mich woanders hinbringst, brauche ich aber unbedingt noch ein paar Sachen. Die hier sind schmutzig», sagte sie und rümpfte die Nase.

«Du willst doch nicht etwa bei deiner Wohnung vorbeifahren?», fragte er ungläubig.

«Wenn das ginge?», antwortete sie und nannte ihm die Adresse. Doch seine Miene drückte aus, dass ihm der Vorschlag nicht sonderlich gefiel. «Bitte, Aaron, ich muss meine Sachen haben. Meine Klamotten stinken wie ein Raubtierpelz.»

Sie roch nach muffigem Keller und Schweiß. In diesen Kleidungsstücken konnte sie unmöglich schlafen. Ehrlich gesagt, sehnte sie sich auch nach einer Dusche. Sie hatte ihre Kleidung sowieso bereits vor zwei Tagen in einer Reisetasche verstaut, weil ihr in den vergangenen Wochen keine Zeit fürs Packen geblieben war.

«Na, gut», gab er widerwillig nach, «wir fahren vorbei. Aber wenn ich etwas Auffälliges bemerke, musst du darauf verzichten. Dann werden wir eine andere Lösung finden. Ist das klar?»

«Klaro.»

«Und wenn alles klappt, nur das Nötigste», schob er hinterher.

«Danke.»

Hoffentlich hatten sie Glück und keiner lauerte ihnen auf. Für heute hatte sie genug. Rebecca legte die Arme um seinen Körper. Sie fröstelte noch ein wenig, als der Fahrtwind unter das viel zu große Sweatshirt kroch, aber das Auflegen seiner Hand schien Wunder bewirkt zu haben. Die Fireblade schoss nach vorn und Rebecca presste sich fest an ihn.

7.

Nach allem, was Rebecca durchgemacht und erfahren hatte, wirkte sie erstaunlich gefasst. Er war froh, dass seine Energie in sie geflossen war, die sie jetzt wachhielt.

Sie war eine starke und mutige Frau. Jemanden mit einem Stuhlbein anzugreifen, verdiente Bewunderung. Er wäre zwar locker mit dem Nephilim fertig geworden, doch ihr Ablenkungsmanöver hatte es ihm erleichtert, ihn zu überwältigen. Jennifer wäre nie so forsch gewesen.

Seine Ex-Freundin hatte oft zugehört, wenn Joel und er sich über einen Kampf unterhielten, und ihr Gesicht missbilligend verzogen. Jennifer hätte sich heulend in einer Ecke verkrochen. *Wie würde Rebecca darauf reagieren, dass er Dämonen jagte und ihnen sogar das Herz aus dem Leib schnitt?*

Seine schlechten Erfahrungen mit Jennifer und ihren Vorgängerinnen hatten ihn geprägt und vorsichtiger werden lassen. Bevor er sich entschloss, mit einer Frau noch einmal eine feste Beziehung einzugehen, musste er sich sicher sein, dass sie sein Leben akzeptierte. Um herauszufinden, wie Rebecca darüber dachte, blieb ihm leider keine Zeit. Es wäre besser, er würde sich von ihr fernhalten …

Dass sie sich an seinen Körper schmiegte, erleichterte ihm die Entscheidung ganz und gar nicht. Er begehrte sie, und es fiel ihm schwer, ihrer sinnlichen Ausstrahlung zu widerstehen.

Wenig später hielt er in der Nähe des Hauses, in dem sich Rebeccas Wohnung befand. Er schloss kurz die Augen, um die Schwingungen der Umgebung aufzunehmen. Zu seiner Beruhigung befanden sich weder ein Dämon noch ein anderes dunkles Geschöpf in der Nähe.

«Was ist?», fragte sie heiser.

«Alles okay. Ich kann dich hier trotzdem nicht allein lassen ...»

«Schon gut, ich bin hart im Nehmen. Ich habe schon mal zwei, drei Nächte durchgearbeitet.»

Dennoch bemerkte er, wie steif sie vom Motorrad stieg. Außerdem humpelte sie. Anscheinend hatte sie seinen fragenden Blick erkannt, denn sie winkte ab.

«Ich habe mich im Keller gestoßen, als ich nach einem Fluchtweg gesucht habe. Es geht schon. Nur ein Bluterguss.»

Fürsorglich stützte er sie mit dem Arm. Sie hinkte zum Fahrstuhl und drückte den Knopf. Im Aufzug lehnte sie sich wie selbstverständlich an ihn.

Die obersten Knöpfe ihrer Bluse waren geöffnet. Ihm wurde ganz heiß, als er sah, dass sie keinen BH darunter trug. Plötzlich wurde ihm der Aufzug zu eng, der Anblick war zu verführerisch und verlockte ihn zu einer Berührung. *Reiß dich zusammen!*, ermahnte er sich in Gedanken. Himmel, diese Frau stellte eine einzige Versuchung dar.

Als sich die Türen des Fahrstuhls öffneten, humpelte Rebecca voran. In der Wohnung hing überall ihr Duft. «Warte hier, ich bin gleich zurück», sagte sie und kehrte nur einen Lidschlag später mit einer Reisetasche in der Hand zurück.

Seine Brauen schossen nach oben. Sie lächelte ihn schwach an und winkte ab. «Das erkläre ich dir später. Bitte, bring mich jetzt weg.»

Er nahm ihr die Tasche ab und schulterte sie.

«Wohin jetzt?», fragte sie, als sie hinter ihm auf dem Sitz Platz nahm.

«Zu einer kleinen Pension, in der du sicher bist. Die Besitzerin ist sehr umgänglich und hilfsbereit. Du wirst sie mögen.»

Während der Fahrt grübelte er darüber nach, Rebecca ins Engelsghetto mitzunehmen, aber dann hätte sie erfahren, was er war. Und er wollte sie unbedingt auf Distanz halten. Außerdem lag die Pension seiner Stiefschwester nur einen Katzensprung vom Ghetto entfernt, und er könnte die ganze Nacht über Rebecca wachen.

Auch durch die Adern seiner Stiefschwester floss Engelsblut, vererbt durch ihre Urgroßmutter, die ebenfalls ein Nephilim gewesen war. Rosie wirkte mit ihren einundzwanzig gereifter als andere ihren Alters. Trotz ihrer harten Kindheit, nach dem grausamen Tod ihrer Mutter, war aus ihr eine aufgeschlossene und lebensbejahende Frau geworden. Er war davon überzeugt, dass sich die beiden Frauen auf Anhieb verstehen würden.

Rebecca hakte sich bei ihm ein und hinkte zur Tür. Er konnte ihre Erschöpfung körperlich spüren. Es dauerte nicht lange, bis seine Schwester öffnete. Aaron hatte sich an den Anblick gewöhnt, aber im grellen Licht der Flurlampe fielen ihre Brandnarben am Hals, die sie gewöhnlich mit einem Kragen oder Tuch verdeckte, sofort auf. Er bemerkte an Rebeccas Blick, dass sie auch ihr nicht entgangen waren. Aber sie schwieg. Nach einer herzlichen Begrüßung bat er Rosie um ein Zimmer für Rebecca.

«Si, bitte kommt rein», sagte sie mit einem Lächeln und trat zur Seite. Der Blick aus Rosies schwarzen Augen glitt prüfend über Rebecca. Sicher hielt seine Schwester sie für seine Geliebte. Hoffentlich verkniff sich Rosie eine Anspielung.

Sie schritt voran und ihr dick geflochtener Zopf schwang auf ihrem Rücken hin und her. Am Empfangstresen schnappte sich Rosie im Vorbeigehen einen Schlüssel vom Brett, bevor es eine Treppe hinauf ging.

Als Rebecca bei der ersten Stufe aufstöhnte, trug Aaron sie hoch. Ihr Kopf sank gegen seine Schulter und sie legte einen Arm um seinen Nacken. Bei jedem ihrer Atemzüge, die seine Haut streiften, erschauerte er. Wäre sie nicht zu müde gewesen, hätte er sie jetzt leidenschaftlich geküsst.

«Bitte.» Rosie schaltete das Licht ein. «Im Bad liegen frische Handtücher bereit.»

Aaron setzte Rebecca vorsichtig ab. Ihre Augen leuchteten, als Rosie das Bad erwähnte. «Ich würde jetzt gerne noch duschen, wenn es niemanden stört ...», sagte Rebecca und warf einen sehnsüchtigen Blick auf die geöffnete Badezimmertür.

«Natürlich. Meine Pension ist zurzeit nicht ausgebucht. Aaron, kommst du bitte mal?» Rosie bedeutete ihm mit einem Kopfnicken, ihr zu folgen.

«Was ist mit ihr, Aaron?», fragte seine Schwester und schürzte die vollen Lippen, als sie sich in der Küche gegenüberstanden.

«Sie wird von den Apokalyptikern verfolgt», antwortete er knapp.

«Und du hast sie vermutlich vor denen gerettet. Weiß sie über dich Bescheid?»

Aaron schüttelte den Kopf. «Nein, und ich wäre dir dankbar, wenn du das für dich behalten könntest.»

Rosie kniff die Lippen zusammen. «Aber den anderen hast du es doch auch gesagt», spielte sie auf seine Ex-Freundinnen an.

«Ja, aber sie ist nicht meine Freundin.»

Sie sog geräuschvoll die Luft ein, bevor sie lächelte. «Nicht deine Freundin? Soso. Ich habe genau bemerkt, wie du sie angesehen hast. Aber du wirst schon wissen ...»

«Nein, sie ist wirklich nicht meine Freundin. Alles klar?»

«Was nicht ist, kann ja noch werden ...» Rosie zwinkerte.

Aaron überhörte die Anspielung und schwieg.

«Meinst du, die Sekte versucht es wieder bei ihr?»

«Ich denke nicht. Ich habe einen Dämon und einen Nephilim umgebracht. Das wird sie vorsichtig machen. Aber Rebecca sollte besser für ein paar Tage hier bleiben.»

Rosies Augenbrauen schossen in die Höhe. Aaron spürte, dass ihr die Frage nach dem Warum auf der Zunge brannte. Doch sie schwieg. Der Ausdruck in ihrer Miene erinnerte ihn schmerzhaft an ihre Mutter, und plötzlich sah er wieder deutlich vor sich, wie er Rosie aus den Flammen gerettet hatte. Halb tot. In den folgenden Jahren waren Rosie und er zusammengewachsen. Sie fragte ihn nie nach seinen Gründen, wenn er sie um einen Gefallen bat, und er war ihr dankbar dafür.

«Keine Angst, ich werde ihr nicht sagen, wer du bist, wenn du das nicht möchtest. Aber sie macht einen intelligenten Eindruck, und sie wird mir sicherlich Fragen stellen.»

«Sie weiß von den Nephilim, von Gefallenen, aber ich wollte sie nicht noch mehr verwirren und belasten, indem ich ihr von mir erzähle. Ich möchte, dass sie mir vertraut.»

«Sag ihr bald, was du bist. Ich denke, sie verkraftet mehr, als du denkst.»

«Kannst du eine Weile auf sie aufpassen? Ich will ins Ghetto zurück. Und morgen möchte ich mich auf die Suche nach der Sekte machen.»

Rosie verdrehte die Augen. «Ich wusste, dass doch immer etwas bei dir nachkommt. Wie stellst du dir das vor? Was ist, wenn sie gehen will? Soll ich sie dann einsperren?»

Er sah zu dem Engelsschwert hinüber, das als Dekoration über der Kommode im Flur hing, obwohl es für einen anderen Zweck bestimmt war. «Nein, natürlich nicht ... Ich weiß, ich verlange viel von dir ... Bitte, hab ein Auge auf sie. Das ist mir wichtig.»

«Okay, werde ich. Versprochen.» Sie tätschelte aufmunternd seine Wange.

«Danke, ich wusste, dass ich mich auf dich verlassen kann», sagte er und drückte sie.

Als Aaron Rebeccas Zimmer betrat, hörte er Wasser rauschen. Die Tür zum Badezimmer stand offen. Deutlich zeichnete sich der Schatten ihres schlanken Körpers hinter dem weißen Duschvorhang ab. Er konnte nicht anders, als stehen zu bleiben und sie zu beobachten.

Ihr nasses Haar hing schwer auf ihre Schultern herab. Sie nahm die Seife und ihre Hände glitten in sanften Kreisen über ihre Brüste, hinab zum Bauch und tiefer bis zu ihrem Venushügel. Ihre Bewegungen waren aufreizend und freizügig, weil sie sich unbeobachtet wähnte.

Aaron verspürte ein schlechtes Gewissen dabei, sie heimlich zu beobachten, aber er konnte sich nicht abwenden. Jede Rundung erschien ihm perfekt, jede Bewegung sinnlich. Sie legte den Kopf in den Nacken und stellte sich unter den Strahl, um das Wasser aus dem Haar zu spülen. Aarons Mund wurde trocken, mühsam unterdrückte er einen Hustenreiz, der seine Anwesenheit verraten hätte.

Wie mochte es sich anfühlen, ihren nassen, seifigen Körper anzufassen, langsam jeden Zentimeter der weichen Haut zu ertasten? Noch nie hatte er das Duschen einer Frau so reizvoll gefunden wie jetzt.

Rebecca beugte sich vor, um das Shampoo vom Hinterkopf abzuspülen. Eine Pobacke drückte sich in den Vorhang. Aaron hielt die Luft an und spürte, wie sein Glied augenblicklich anschwoll. Bevor er die Beherrschung über seinen Körper verlor, musste er gehen. Sofort! Vielleicht sollte er in eines der anderen Zimmer flüchten und sich selbst unter den eiskalten Duschstrahl stellen, der sein erhitztes Gemüt abkühlte. Verdammt! Die Chemie seines verfluchten Körpers schrie nach einer Verbindung.

Auf leisen Sohlen floh er aus dem Zimmer und schloss leise die Tür hinter sich. Im Flur lehnte er sich mit dem Rücken an die Wand, während das Blut in seinen Ohren rauschte. Jeder Muskel schmerzte vor ungestilltem Verlangen. Sein Brustkorb hob und senkte sich im schnellen Rhythmus. Er ballte die Hände und biss die Zähne zusammen im Kampf gegen das Eigenleben seines Körpers.

Eine Weile verharrte er so, bis Atmung und Puls auf ein normales Level zurückgekehrt waren. In der Zwischenzeit lief das Wasser nicht mehr, und er hörte ihre gedämpften Schritte auf dem Teppich. Er musste dringend mit ihr reden.

Warum gibst du nicht zu, dass du mehr als das willst?

Er atmete tief und langsam durch, bevor er an die Tür klopfte.

Auf ihr «Herein!» betrat er das Zimmer. Rebecca stand vor ihm in einem schwarzen Anzug aus weichem Nicki. Ihr feuchtes Haar hatte sie zusammengebunden, und ihr vom Duschen gerötetes Gesicht glänzte. Ob sie ahnte, welche Versuchung sie für ihn darstellte? Die dunklen Schatten unter ihren Augen sprachen von Erschöpfung.

«Hast du alles, was du brauchst? Was ist mit deinem Fuß und Ellenbogen? Soll ich mal nachsehen?», fragte er mit heiserer Stimme.

«Ja, ich habe alles. Das sind nur Blutergüsse, nix Wildes. Ein wenig Eis aus der Maschine und die Schwellungen gehen zurück», sagte sie und sank seufzend auf das Sofa.

Er setzte sich neben sie und legte ihr den Arm um die Schultern. Eigentlich hatte er mit einer abwehrenden Geste gerechnet, doch sie lehnte die Stirn an sein Kinn. Warm streifte ihr Atem seinen Hals und brachte sein Blut erneut in Wallung. Jede Faser seines Körpers verlangte nach ihr.

Es quälte ihn, die Nacht nicht mit ihr verbringen zu können. Das machte es ihm nicht gerade leicht, ihr von seiner bevorstehenden Reise nach Rom zu erzählen. Sie hob den Kopf und spitzte die Lippen. Kurz streifte ihr Mund über seinen.

Als er ihren Kuss nicht erwiderte, rückte sie von ihm ab und räusperte sich. «Woher wusstest du eigentlich, dass die Kerle mich in dieses Haus entführt haben?»

Ihre Stimme klang leicht, doch ihren Augen fehlte der Glanz. Sie wirkte plötzlich zerbrechlich und verletzlich.

«Ich bin früher zum Krankenhaus gekommen und habe gerade gesehen, wie sie dich in den Wagen gezerrt haben.» Das stimmte, wenn nur bedingt. *Wie hätte sie reagiert, wenn er ihr erzählte, dass er Informationen aus Dämonenstaub las?*

«Da habe ich wirklich Glück gehabt.»

Sie gähnte immer öfter. Aaron sah auf die Uhr. Es war bereits nach Mitternacht.

«Wie heißt die Sekte noch?», fragte sie leise.

«Apokalyptiker.»

«Hm, hm.» Ihr Kopf sank wieder an seine Schulter. «Erzähl mir mehr von ... ihnen. Ich ... muss alles ...über sie wissen.»

Während er erzählte, wurde Rebecca immer stiller. «Rebecca?» Sie schwieg. «Rebecca?» Noch immer keine Antwort.

Aaron hob sanft mit dem Finger ihr Kinn an. Sie war eingeschlafen. Behutsam trug er sie zum Bett hinüber. Sie war leicht wie ein Kind, viel zu schmal und doch steckte in ihr eine bewundernswerte Energie. Die oberen Knöpfe ihres Pyjamas hatten sich geöffnet und gaben den Blick auf ihre Brüste frei.

Nur mühsam widerstand er der Versuchung sie dort zu berühren und sog scharf die Luft ein, bevor er das Oberteil hastig zuknöpfte. Er zog die Decke über ihren Körper, und sie rollte sich leise seufzend auf die Seite. Das Haar fiel ihr ins Gesicht. Er strich es zurück, beugte sich hinab und küsste sie sanft auf die Wange. Wenn sie nur ahnte, wie viel Überwindung es ihn kostete, sich nicht neben sie zu legen.

«Schlaf gut, Rebecca.»

Gewaltsam musste er sich von ihrem Anblick losreißen, dann stürmte er aus dem Zimmer. Als er die Pension verließ, zog es noch immer in seinen Lenden vor ungestilltem Verlangen. Seine aufgewühlten Sinne beruhigten sich erst in der kühlen Nachtluft auf dem Weg zur *Hell's Bar.*

8.

Als Aaron ins Engelsghetto zurückkehrte, wurde er von Joel erwartet, der ihn mit ungewohnt ernster Miene empfing. «Mensch, Aaron, wo hast du die ganze Zeit gesteckt? Ham hat versucht, dich zu erreichen.»

«Ein anderes Mal. Was ist denn los?»

«Cynthia will heute Nacht zu irgendeinem Treffen gehen. Auf der anderen Seite des Hudson Rivers. Mir ist nicht wohl dabei.» Joel wirkte sehr besorgt.

«Ein Nephilim-Treffen?» Auch Aaron verspürte plötzlich ein ungutes Gefühl. Cynthia war bisher nie zu einer dieser Versammlungen gegangen.

«Ham meinte, dass es kein gewöhnliches Treffen sei, sondern diese Sekte dabei wäre. Ich wollte mir das ansehen.»

«Ich bin dabei», antwortete Aaron sofort und war froh, dass Joel auf ihn gewartet hatte.

Die dunklen Schwingungen, die er oft wahrnahm, verrieten die Bedrohung durch finstere Mächte. Die Geschehnisse mit Rebecca hatten ihn sensibilisiert.

Eine dunkle Ahnung stieg in ihm auf. «Meinst du, das könnte ein Treffen der Apokalyptiker sein?»

«Vielleicht.»

Aaron knurrte wütend. Diese Satanssekte war wirklich wie die Pest. Allen voran ihr Anführer, der Verkünder. Erst Rebecca, und nun schwebte vielleicht auch Cynthia in Gefahr. Nicht auszudenken, wenn sie mit ihnen sympathisierte. Dann schwebten auch die Nephilim im Engelsghetto in Gefahr. Vielleicht würde er bei der Versammlung auch etwas über die Hintergründe von Rebeccas Entführung erfahren.

Aaron lieh sich kurzerhand den Wagen eines Gastes der *Hell's Bar*, damit Cynthia keinen Verdacht schöpfte, wenn sie ihr folgten, und bestückte den Kofferraum mit Waffen. Während er den Hartschalenkoffer mit den Schwertern verstaute, galten seine Grübeleien ihr.

Seit der Trennung von Jacob war Cynthia stiller, mürrischer geworden. Immer öfter verließ die Prophetin das Engelsghetto. Ihren Job hinterm Tresen übernahmen während ihrer Abwesenheit irgendwelche Aushilfskräfte, die mehr schlecht als recht bedienten. Früher hätte Cynthia die Bar nur im Notfall anderen überlassen, weil sie jedem misstraute und niemand es ihr recht machen konnte.

Daniel vermutete, ein neuer Freund könnte dahinterstecken. Aber müsste sie dann nicht vor Glück strahlen, anstatt von Tag zu Tag mürrischer zu werden? Irgendetwas war faul. Neulich hatte Joel sie gefragt, ob sie Kummer hätte. Sie hatte nur abgewinkt und gemeint, es ginge keinen etwas an.

«Und wenn sie wieder Kontakt zu ihrem Vater hat?»

Cynthia hasste ihren Vater, jedenfalls hatte sie das gesagt. Alles nur Lüge?

«Wie kommst du darauf?», fragte er Joel. Aaron brauchte Beweise.

«Ich habe zufällig ein Telefonat belauscht. Die Tür zum Büro hinter der Bar stand offen. Eigentlich wollte ich ihr im Vorbeigehen nur Hallo zurufen, aber das Geflüster machte mich neugierig. Ich hörte so was wie Höllenfackel, Versammlung, Apokalypse. Ich dachte gleich an die Apokalyptiker und an diesen Verkünder.»

Aaron erinnerte sich daran, dass die Engel den Propheten zuerst nicht ernst genommen hatten, als er noch überall in New York Flugblätter verteilt hatte. Sie hatten geglaubt, er wäre ein harmloser Wichtigtuer. Doch die Anzahl der zu Luzifer überlaufenden

Nephilim vervielfachte sich rasch und der Einfluss der Sekte wuchs mit jedem Tag.

Das Treffen der Nephilim fand in einem verlassenen Haus in New Jersey statt, am Rand des Hudson Rivers auf dem brachliegenden *Colgate*-Fabrikgelände.

Aaron und Joel folgten Cynthias Wagen und parkten selbst in einer Seitenstraße. Nachdem sie ausgestiegen waren, standen sie vor dem digital verschlossenen Koffer, in den Aaron nun eine Zahlenkombination eintippte. Als der Deckel aufsprang, glänzten die Klingen der Engelsschwerter und Shuriken in der Kofferraumbeleuchtung. Er zog ein Schwert heraus und überreichte es Joel. Der steckte es in die Scheide zwischen seinen Schulterblättern. Joel wollte schon losgehen, da stoppte Aaron ihn.

«Hey, jeder würde sofort die Schwerter sehen.» Er zeigte mit dem Finger auf die Waffe, deren Enden über und unter der Jacke herausragten. «Ich habe für solche Fälle vorgesorgt.»

Joel hob fragen die Augenbrauen, während Aaron eine der Türen öffnete. Er zog zwei Kleidungsstücke aus Leder vom Rücksitz. Joels skeptische Miene brachte ihn zum Grinsen. Der Blutengel konnte Leder nicht ausstehen.

«Stell dir einfach vor, das ist Büffelleder und du bist Buffalo Bill», feixte Aaron und spielte auf Joels Westernvorliebe an.

«Ha, ha. Terminator wäre mir lieber», antwortete Joel trocken. «Hasta la vista, Baby.»

Er zielte mit dem Finger auf Aaron, während er mit den Lippen einen Schuss imitierte.

«Hey, krieg dich wieder ein, Kindskopf. Hier, zieh Nathans an.»

Joel streifte sich den Ledermantel über und band sein offenes Haar mit einem Gummiband zum Zopf zusammen. Zum Schluss stellte er den Kragen auf, der so den Schwertknauf verdeckte. Auch

Aaron zog sich seinen Mantel an und verstaute noch zwei Shuriken in der Innentasche, bevor er Koffer und Kofferraum wieder schloss.

Joel lief bereits voran, während Aaron sich darauf konzentrierte, seine Gedanken vor Cynthia abzuschotten. Ausgerechnet jetzt piepte sein Handy. Er zog es aus der Hosentasche und sah, dass Joel ihm die SMS geschickt hatte. Cynthia hatte das Haus bereits betreten.

Aaron kletterte die Hauswand hoch, um über die Dächer schneller ans Ziel zu gelangen. Als er die *Colgate*-Clock vor sich sah, glitt er hinab und huschte an der Lagerhalle vorbei zu einem weiteren Gebäude, unter dessen Traufe Joel auf ihn wartete. Zu seiner Erleichterung war der Hof verwaist und stockdunkel, nur durch die Ritzen der mit Brettern vernagelten Fenster fiel Licht.

Gemeinsam beobachteten sie mehrere Nephilim, die zum Haus eilten. Immer wieder fiel der Name Luzifer. Cynthia konnte intrigant sein, wenn sie ihren Willen durchsetzen wollte, aber würde sie so weit gehen, sich für ihre Ziele mit dem Höllenfürsten zu verbünden? Aaron hielt die Luft an. Er musste ins Haus, um sich Klarheit zu verschaffen.

Joel hielt ihn am Arm zurück. «Was hast du vor?»

«Ich gehe da rein.»

«*Wir* gehen da rein, okay?» Joel trat neben ihn.

Gefahr gehörte zu Aarons Leben, doch dieses Mal spürte er sie besonders intensiv. Lautlos überquerten sie den Fabrikhof, nachdem sie sich vergewissert hatten, dass sie niemand beobachtete. Das Haus roch selbst jetzt noch intensiv nach den Parfümstoffen der Seifenprodukte.

Aaron rümpfte die Nase. «Das riecht schlimmer als dein Aftershave, Joel», stichelte er.

Joel zog eine Grimasse. Aaron zuckte zusammen, als das Engelzeichen unerwartet an seinem Hals schmerzte. Er rieb mit der Hand darüber, was es noch verschlimmerte, wie damals, als seine Mutter und seine Stiefgeschwister umgekommen waren. Es war, als würde es ihn warnen. *Befand sich unter den Anwesenden die Brut des Mörders?*

Nur sein Wunsch nach Vergeltung hatte ihn den Schmerz und die Trauer all die Jahre ertragen lassen. Es würde ihm Genugtuung bereiten, Seraphiel einen Schlag zu versetzen, wenn er seinen Nephilim tötete. Das leise Quietschen der Tür ließ ihn zusammenzucken. Sie lauschten. Nichts regte sich. Joel stieß die Tür weiter auf und sie zogen die Kapuzen über den Kopf.

Nun standen sie in einer quadratischen Halle, deren Marmorfußboden an vielen Stellen herausgeschlagen worden war. Mit jedem Schritt wirbelten sie Staub auf. Es stank nach Urin. Obdachlose verbrachten hier drinnen oft die kalten Nächte. Zahlreiche leere Schnapsflaschen lagen verstreut um die Feuerstelle inmitten der Halle. Gedämpfte Stimmen klangen durch die doppelflügelige Tür auf der anderen Seite.

«Los», raunte Aaron Joel zu und bedeutete ihm mit einer Kopfbewegung, auch die nächste Tür zu öffnen.

Seine Ungeduld wuchs. Sie schlüpften hinein und verharrten hinter der letzten Zuhörerreihe. Die Luft war stickig. Alle Blicke richteten sich nach vorn. Die Bühne bestand aus mehreren zusammengeschobenen Tischen, über denen ein Läufer ausgerollt worden war.

In der Mitte stand Cynthia mit ernster Miene. Kerzen flackerten unruhig in Kandelabern zu beiden Seiten hinter ihr. Die Prophetin hielt ihren Kopf wie immer schräg, damit ihr Haar die Narben im Gesicht verdeckte. Jemand reichte ihr ein Mikrofon, das sie ablehnte.

Aarons Blick schweifte über die Köpfe der Anwesenden und die dunkle Energie schwappte zu ihm herüber. Alle waren Nephilim.

«Ich bin heute Abend gekommen, um euch die Augen zu öffnen», begann Cynthia mit klarer, fester Stimme. «Ihr glaubt, ihr könnt euch befreien, indem ihr euch Luzifer anschließt? Das ist ein Irrtum. Sein Feuer wird euch verzehren. Doch noch ist nicht alles verloren, ihr könnt eure Seelen retten!», rief sie und streckte den Arm vor. «Deine und deine und auch deine!» Sie zeigte mit dem Finger auf die Zuhörer in der ersten Reihe. «Eure Nephilim-Seelen. Wie ich.»

Sie hielt inne und senkte den Blick, als meditiere sie. Es herrschte eine gespannte Stille. Aaron spürte das Misstrauen der Anwesenden. Ruckartig hob Cynthia den Kopf und ihre Augen leuchteten in sanftem Gold.

«Ich bin Azazeels Tochter, ein Engelbastard wie ihr. Unsere Väter haben sich einst nach der Rebellion gegen das Licht entschieden. Auch wir müssen unseren Weg bestimmen. Jetzt, heute, morgen. Doch die Finsternis zieht euch ins Verderben. Wehrt euch!»

Cynthia ereiferte sich. Aus jedem ihrer Worte sprach Überzeugung. Was hatte diesen Sinneswandel bei ihr ausgelöst? Das war nicht mehr die Frau, mit der Aaron unter einem Dach im Engelsghetto lebte. Ihr Gesicht war starr und blass. Ihr Auftritt ließ ihn genauso wenig kalt wie die anderen, in deren Mienen Abscheu und Erstaunen zugleich lagen. Im selben Moment wurde ihm bewusst, wie sehr die Prophetin gegen ihr dunkles Erbe kämpfte.

Ein Raunen ging durch die Zuhörerreihen. Cynthias Lippen umspielte ein zufriedenes Lächeln, als glaubte sie, ihre Worte wären auf fruchtbaren Boden gefallen. Aaron hingegen bezweifelte das Ergebnis ihres Appells, auch wenn es ihr mit der emotionalen Rede gelungen war, die Aufmerksamkeit aller zu gewinnen.

Es war jedoch eine einzige Provokation Luzifers, mit der sie sich auf gefährliches Terrain begab. Worte, die der Höllenfürst nicht ungesühnt lassen würde. Er würde nichts unversucht lassen, auch Cynthia für sich zu gewinnen.

Ein schmächtiger Mann in grauem Anzug, der etwa Ende zwanzig war, trat an die Bühne, drehte sich zu den Zuhörern um und räusperte sich. Sein Auftreten wirkte selbstbewusst, seine Gesten waren bedächtig, wie Aaron es oft bei Klerikern gesehen hatte. Sein blondes, straff zurückgekämmtes Haar glänzte im Licht, was seine markanten Gesichtszüge gut zur Geltung brachte. Sein Blick war durchdringend und bezwingend. Er faltete die Hände und setzte eine ernste Miene auf.

«Der Verkünder!», rief einer voller Ehrfurcht aus und zeigte mit dem Finger auf ihn.

Ein Raunen ging durch die Menge. «Der Verkünder. Ja, der Verkünder», klang es von allen Seiten.

Aaron fühlte Wut in sich aufsteigen. Sofort fürchtete er um Cynthia und war froh, ihr hierher gefolgt zu sein. Er kannte die Prophetin gut genug, um aus ihrem Blick Ungläubigkeit und Entsetzen zu lesen, selbst wenn sie äußerlich gefasst wirkte.

Das Erscheinen des Verkünders versetzte auch Joel in Alarmbereitschaft, in dessen Augen es wütend aufblitzte. Sobald die Situation eskalierte, mussten sie eingreifen. Aarons Engelzeichen brannte wieder, noch stärker wie zuvor, als wollte es ihn an die Vergangenheit erinnern. Sein Wunsch nach Vergeltung wuchs mit jedem Atemzug. Seine Sinne tasteten den Raum ab. Der Verkünder musste Seraphiels Bastard sein.

Aarons Hand zitterte, und er wollte nach dem Schwert greifen, aber Joel fasste seinen Arm und schüttelte den Kopf. «Noch nicht. Cynthia steht zu dicht neben ihm und wir sind zu weit entfernt», schickte ihm der Freund die mentale Botschaft. Aaron ließ den Arm wieder sinken.

«Meine Brüder», sagte der Verkünder, «ihr werdet doch dieser Prophetin nicht glauben?»

Er schüttelte den Kopf, ein boshaftes Lächeln umspielte seine Lippen. Cynthia stemmte die Hände in die Hüften und sah den Redner herausfordernd an.

«Hat mein Herr euch nicht reichlich beschenkt?», wollte der Verkünder wissen.

Wieder folgte ein Raunen. Aaron fragte sich, mit welchen Versprechungen er die Nephilim köderte.

«Erinnert ihr euch noch an die letzte Prophetin? Sie hat euch mit ihren angeblichen Prophezeiungen in den Tod geschickt. Habt ihr das vergessen?» Seine Stimme wurde mit jedem Wort lauter. Er zeigte auf Cynthia.

Aaron spürte ihre wachsende Anspannung.

«Der Verkünder hat Recht. Was erzählst du uns da, Prophetin? Das sind doch auch alles nur wieder Lügen, die wir mit dem Tod bezahlen! Oder hast du die Brände vergessen, das Feuer, das viele von uns tötete?»

Einer der Zuhörer trat vor und hob drohend die Faust. Der Verkünder lächelte triumphierend.

«Was in der Vergangenheit gewesen ist, kann ich nicht ungeschehen machen. Meine Seele möge verdammt sein, wenn ich euch anlüge!», rief Cynthia und legte ihre rechte Hand auf die Brust.

Doch dem Verkünder war es längst gelungen, die Gemüter aufzuwiegeln. «Lügnerin!» Die wütenden Stimmen wurden immer lauter.

«Bitte, so hört mir doch zu!», versuchte Cynthia vergeblich die lauter werdenden Stimmen zu übertönen.

Aaron spürte die wachsende Aggression unter den Anwesenden und befürchtete das Schlimmste. Er und Joel schoben sich durch die Reihen der Nephilim vor, bereit die Schwerter zu ziehen.

Cynthia streckte die Arme nach vorn, um ihre Zuhörer zu beschwichtigen. «Bitte, vertraut mir! Ich spreche die Wahrheit! Kehrt um, bevor es zu spät ist!»

Im selben Augenblick sprang der Verkünder zu ihr auf die

Bühne, riss an ihren Haaren und entblößte die Narbe, die ihre linke Gesichtshälfte entstellte. «Seht her! Sie ist eine Geächtete! Wollt ihr einer Geächteten glauben?», schrie er.

Die anwesenden Nephilim erkannten sofort, dass die Narbe von Engelsfeuer stammte. Nur Verräter wurden so gebrandmarkt. Aaron kannte Cynthias Geschichte. Sie hatte ihren Vater an den Erzengel Gabriel verraten, um ihr eigenes Leben zu retten. Das war der größte Frevel, den ein Nephilim begehen konnte. Für ihren Verrat war sie gezeichnet worden.

«Ja, sie ist eine Geächtete! Wir können ihr nicht glauben!», schrie einer und deutete auf ihr Gesicht.

Aaron winkte Joel zu. Sie mussten Cynthia so schnell wie möglich aus diesem Hexenkessel herausholen, bevor sich die aufgebrachte Meute auf sie stürzte. Sie traten zurück und zogen lautlos ihre Schwerter aus den Scheiden. Die Klingen blitzten im Halbdunkel auf, aber das ging im Tumult völlig unter.

«Ergreift die Lügnerin!»

Der Verkünder verschwand im Mob. Aaron stieß einen Fluch aus. Einerseits wollte er dem falschen Propheten hinterher setzen, andererseits befand sich Cynthias Leben in Gefahr. Die Entscheidung wurde ihm im nächsten Moment abgenommen, als ein Bulle von Kerl an die Bühne trat und Cynthia gewaltsam herunterzerren wollte. Wie Raubtiere lauerten die Nephilim davor, bereit sich auf ihr Opfer zu stürzen.

Cynthia schlug und trat um sich, bis sie sich schließlich befreien konnte. «Hört auf! Ich bin keine Lügnerin!», verteidigte sie sich. «Ich habe in meinen Visionen gesehen, was Luzifer mit euch vorhat. Ihr alle werdet seine Höllenfackeln.»

Ihre letzten Worte gingen in den Rufen unter. Cynthias Brustkorb hob und senkte sich in schnellem Rhythmus. Sie drehte sich um und wollte fortlaufen, doch der bullige Kerl vor der Bühne packte sie an den Beinen und brachte sie zu Fall. Aber es gelang ihr, sich erneut seinem Griff zu entwinden und aufzurappeln.

Das Brennen an Aarons Hals wurde unerträglich, während er sich vorankämpfte. Der Mantelkragen rieb zusätzlich daran. Er spürte das Vibrieren seines Schwertes in der Hand. Die Stimmung stand kurz vor der Explosion. Schon ging die wild gewordene Horde aufeinander los. Aarons Blick suchte nach Cynthia, die in Panik nach rechts ausbrach, um vor dem Mann zu fliehen.

«Ich hole sie da raus. Sichere den Ausgang, ich will diesen Verkünder haben. Niemand darf raus», wies er Joel an, der sich sofort umdrehte.

Aaron bahnte sich weiter seinen Weg durch die tobende Menge. Cynthias Verfolger packte ihren Arm. Sie wehrte sich. Aaron blieb keine Zeit, seine Flügel zu entfalten, sondern er sprintete nach vorn. Mit dem Schwert in der Hand katapultierte er sich in die Luft, sprang auf die Bühne und landete direkt hinter Cynthias Widersacher, dessen Hände sich gerade um die Kehle der Prophetin legten.

Cynthias Augen quollen aus den Höhlen. Sie stemmte die Hände gegen die breite Brust ihres Peinigers. Ohne zu zögern, holte Aaron mit dem Schwert aus und hieb es in die Halsschlagader des Nephilims. In hohem Bogen schoss das Blut aus der Wunde und besudelte seinen Mantel. Mit einem erstickten Schrei kippte der bullige Kerl zur Seite und riss Cynthia mit zu Boden. Die Prophetin schrie auf, als sie auf den Tisch knallten.

«Komm!»

Aaron griff nach ihrer Hand, um sie mit sich zu ziehen. Doch sie wehrte sich und setzte zum Sprung von der Bühne an. Im selben Moment flog ein Geschoss, das einen flammenden Schweif hinter sich herzog, dicht an Aarons Kopf vorbei und bohrte sich in die Brust der Prophetin.

«Nein!»

Aarons Schrei ging in der Geräuschkulisse unter. Cynthias Knie knickten ein, sie sank auf die Bühne. Mit einem Satz war Aaron an ihrer Seite. Ein flammendes Kurzschwert steckte in ihrer Brust, wie es nur Gefallene benutzten. Sein Kopf ruckte zur Eingangstür, von der aus es jemand geworfen haben musste.

Wo, verdammt noch mal steckte Joel, der die Tür bewachen sollte? Dann sah er ihn und ihm gegenüber drei Gefallene mit ausgebreiteten Schwingen. Sofort erkannte Aaron Cynthias Vater wieder. Der Gefallene neben ihm war Luzifer höchstpersönlich. Die strahlenden Corona des Lichtbringers erhellte den Raum.

Aaron blieb keine Zeit, über das Erscheinen Luzifers nachzugrübeln, denn die Prophetin lag schwer verletzt in einer Blutlache zu seinen Füßen. Ihr Brustkorb hob und senkte sich in schnellem Rhythmus. Die Waffe in ihrer Brust glomm noch immer. Aaron steckte sein Schwert zurück in die Scheide und hob sie auf die Arme. Er rannte zu einer Seitentür. Sofort nahm Azazeel die Verfolgung auf.

Aaron verfluchte, jetzt seine Flügel nicht entfalten zu können. Joel und er allein hatten gegen Luzifer und zwei seines Gefolges sowie der aufgebrachten Meute Nephilim keine Chance. Nun hieß es nur noch entkommen. Und dieser verfluchte Verkünder ging ihnen auch noch durch die Lappen.

Wenn er Cynthia retten wollte, musste er sie ins Engelsghetto schaffen. Aaron erreichte die Seitentür und wollte sie öffnen, aber Azazeel hatte ihn eingeholt. Cynthia schrie auf und ihre Augen weiteten sich vor Entsetzen.

«Sie entkommt mir nicht. Dieses Mal wird sie für ihre Taten büßen.»

Ein gehässiges Lächeln kräuselte die schmalen Lippen des Gefallenen. Mit Cynthia auf den Armen konnte Aaron unmöglich gegen Azazeel kämpfen.

«Lass mich runter, damit du ihn vernichten kannst», flüsterte Cynthia und sah zu ihm auf. Aaron nickte. Stöhnend sank die Prophetin zu Boden. «Vernichte ihn, Aaron», flüsterte sie, während er das Schwert aus der Scheide zog und es gegen den Gefallenen schwang.

«Du willst den Kampf, Azazeel? Den kannst du haben.»

«Ich kann es kaum erwarten, Blutengel!»

Sein dröhnendes Lachen ließ Cynthia aufschreien. Die Schwertklingen schlugen klirrend gegeneinander. Aaron verfolgte jede Bewegung seines Gegners. Aus dem Augenwinkel bemerkte er, dass Joel noch immer gegen den anderen Gefallenen kämpfte, während Luzifer einen Nephilim nach dem anderen mit seinem Feueratem niederstreckte und dann deren Seelen einatmete.

Die verängstigten Nephilim hämmerten mit den Fäusten gegen die Eingangstür. Aaron zuckte bei ihren Todesschreien zusammen. Sie verbrannten am lebendigen Leib. Selbst wenn er Azazeel besiegte und Joel seinen Gegner – dem mächtigen Luzifer waren sie kaum gewachsen.

Aaron wich geschickt einem Hieb Azazeels aus und die Klinge seines Gegners zerstörte das Türblatt hinter ihm. Cynthia schob sich zur Seite und hielt schützend einen Arm über den Kopf. Aaron bewegte sich seitwärts, um Azazeel so von seiner Tochter fortzulocken. Die Luft roch nach Blut und verbranntem Fleisch.

Aaron rang die aufsteigende Übelkeit nieder. Das Sterben um ihn herum ließ ihn vor Wut rasen. Er unterdrückte den Schmerz in seinen verkrampften Muskeln. Immer weiter drängte er den Gefallenen zurück, traf ihn an Schulter und Armen und biss die Zähne zusammen, als auch er von Azazeel am Unterarm getroffen wurde. Blut sickerte aus der Wunde und lief an seinem Arm hinab.

Plötzlich hörte Aaron hinter sich einen Knall. Die Eingangstür flog aus den Angeln und sein Vater Uriel erschien in Begleitung der drei anderen Erzengel. Nichts erschien Aaron in diesem Augenblick vollkommener und erlösender als ihre weißen Schwingen. Die Klingen der Flammenschwerter reflektierten das Licht und sandten Strahlen durch den Raum. Als die überlebenden Nephilim die Engel erkannten, rannten sie ihnen entgegen, warfen sich vor ihnen auf den Boden und flehten um Gnade.

Michael und Gabriel forderten Luzifer zum Kampf, während Raphael seinem Sohn Joel zu Hilfe eilte. «Bring die Prophetin in Sicherheit! Sie ist unsere Hoffnung. Lauf, bevor Luzifers Garde eintrifft!», erreichte ihn die mentale Botschaft seines Vaters.

Uriel stürzte sich auf Azazeel und übernahm Aarons Part. Doch Aaron zögerte, es widerstrebte ihm, seinen Vater und die anderen zurückzulassen. «Nun mach schon!», donnerte Uriel und Aaron löste sich aus der Starre.

Als er Cynthia erreicht hatte, brach der Fußboden auf. Flammen schossen aus den Spalten empor und die Nephilim stoben kreischend auseinander. Ein Tor zur Hölle hatte sich soeben geöffnet. Gefallene und Dämonen eilten ihrem dunklen Gebieter zu Hilfe.

Vorsichtig hob Aaron Cynthia auf und eilte mir ihr beschützt von Michael in die Nacht. Ihr Kopf ruhte an seiner Schulter. Sie sah zu ihm auf und röchelte. Blut rann aus ihrem Mundwinkel und ihre Lippen zitterten. «Aaron?», flüsterte sie.

«Du darfst jetzt nicht sprechen, Cyn. Ich bringe dich in Sicherheit.» Er rannte mit ihr über den Fabrikhof zum eisernen Tor.

«Du ... musst ... mir ... zuhören.» Ihre Finger krallten sich in seinen Oberarm.

«Später.»

«Nein, jetzt ... mir bleibt ... keine Zeit.» Ihre Stimme wurde kraftloser.

«Also gut», gab er nach.

«Hüte dich ... vor dem Sohn ... des Lichts. Seine Seele ... ist ...verdammt und er ... sucht ...seinen Nephilim ... der ihn ...» Plötzlich rollte sie mit den Augen und ihr Kopf sank an seine Brust.

Aaron schüttelte sie leicht. «Cyn? Was meinst du damit?» Aber er erhielt keine Antwort. Die Prophetin war wieder ohnmächtig geworden.

Zuerst wollte Aaron zum Wagen zurückrennen, doch mit ihm würde er nicht schnell genug vorankommen. Im Ghetto lebte seit Kurzem der Heiler Ham. Er war ihre letzte Chance!

Aaron kletterte aufs Dach der Fabrikhalle. Er legte Cynthia vorsichtig ab. Ihr Herzschlag war kaum zu spüren, obwohl die Waffe in ihrem Körper nicht mehr glomm. Hastig zog er den Mantel aus und warf ihn achtlos beiseite. Dann beugte er sich vor und konzentrierte sich auf seinen Rücken. Es fiel ihm schwer. Seine Sorge um Cynthia und der ungewisse Ausgang des noch herrschenden Kampfes bedrückten ihn.

Aaron schloss die Augen und atmete in tiefen Zügen ein. Er spürte weder den eisigen Wind, der durch seine Kleidung fuhr, noch die Wunde am Arm. Umso mehr aber die Schwingen, die in rasantem Tempo aus seinem Rücken wuchsen. Die Haut spannte schmerzhaft über den Spitzen. Immer wieder überraschte ihn die Kraft und Geschwindigkeit, mit der sie durchbrachen.

Er biss die Zähne zusammen und stöhnte vor Schmerz. Seine Haut war zum Zerreißen gespannt, bis sie dem inneren Druck nachgab und sich die Flügel ihren Weg nach draußen bahnten. Die Spitzen seiner schwarzen Schwingen schoben sich aus dem Körper und durchstießen sein Sweatshirt. Es brauchte eine Minute, bis sein Körper das Blut in die Flügel gepumpt hatte und sie kräftig genug waren, ihn in die Luft zu heben. Er breitete seine Schwingen aus, hob Cynthia auf die Arme und flog mit ihr in den Nachthimmel davon.

Sie zitterte in seinen Armen. Er wagte es nicht, sie an seinen

Körper zu pressen, weil er befürchtete, das Schwert könnte dann noch tiefer in ihren Leib dringen.

Nach einer gefühlten Ewigkeit hatte er das Engelsghetto erreicht. Doch als er Cynthia durch den Hintereingang in die Bar trug, hörte ihr Herz auf zu schlagen. Ihre Augen starrten ins Leere. In seiner Verzweiflung trat er die Tür auf, warf seine Flügel ab, die sofort zu Asche zerfielen, und schrie nach Ham.

Der Alte kam die Treppe heruntergehumpelt und schaltete das Licht ein. Er brauchte kein Wort zu sagen, das Entsetzen in seinem faltigen Gesicht war unverkennbar. Ham hinkte näher und hielt seine knochige Hand über die Stirn der Prophetin. Seufzend schüttelte er den Kopf.

«Ihre Seele hat uns bereits verlassen. Ich kann ihr den Weg nicht mehr zeigen. Die Hoffnung für die Nephilim ist mit ihrem Tod gestorben.» Er schlug das Kreuz über ihr.

Aaron fühlte sich wie betäubt. Cynthias Körper war noch warm. Eben noch hatte sie auf der Bühne gestanden, lebendig, voller Tatendrang und jetzt lag sie tot in seinen Armen. Was würde aus der *Hell's Bar* und dem Engelsghetto nun werden? Cynthia hatte beidem Seele verliehen. Es war sein Zuhause genauso wie das von Joel, Nathanael, Daniel und Ham.

Von einer tiefen Leere erfüllt stand er einen Moment mit der Toten auf seinen Armen da und blickte auf ihr bleiches Gesicht hinab. Ham schloss sanft ihre Augen, dann öffnete der Alte behutsam Aarons Finger, die noch immer Cynthias Körper umklammerten.

«Lass sie los, mein Sohn. Wir können nichts mehr für sie tun. Gleich wird ihr Körper zu Asche und mit dem Atem des Schöpfers fortgetragen werden.»

Seine Worte hallten dumpf in Aaron nach. So erging es allen Nephilim. Nur wenn ein Blutengel starb, entmaterialisierte sich der Körper in goldglitzernden Staub. Aaron fühlte sich für Cynthias

Tod verantwortlich. Vielleicht würde sie jetzt noch leben, wenn er nicht gezögert hätte. Es waren nur Sekunden ...

«Es ist nicht deine Schuld.»

Hams Hand legte sich auf seine Schulter. Aarons Kehle zog sich zusammen, als er die Leiche vorsichtig auf den Boden legte, damit sie die Reise antreten konnte, die ihnen allen bestimmt war.

Cynthias Haut wurde trocken und brüchig. In Sekundenschnelle verdorrte ihr Körper wie eine Pflanze in der Wüstensonne. Nach wenigen Atemzügen glich sie einer Mumie und zerfiel schließlich zu Asche. Das Kurzschwert, das in ihrem Körper gesteckt hatte, polterte auf den Boden.

Ham hob es auf und steckte es mit einem Seufzen in seine Tasche. Ein Gebet murmelnd zog er mit der Hand über dem Aschehaufen einen imaginären Kreis in der Luft. «Mögen eure Seelen Frieden finden.» Bei diesen Worten hielt er seine Hände so, als wollte er Wasser schöpfen, und die Asche sammelte sich darin.

«Lass es uns vollenden», sagte er und bedeutete Aaron mit einem Nicken, die Tür nach draußen zu öffnen. Der Heiler trat hinaus in die Nacht und hielt die Asche empor. «Wird der Körper auch zu Asche, die Seele folgt der Ewigkeit», sprach er.

Eine leichte Böe wirbelte Cynthias Überreste hoch und trug sie fort. Aarons Blick folgte der Asche, bis sie in der Dunkelheit verschwand. Noch immer glaubte er Cynthia zu spüren, ihre Stimme zu hören und wie sie mit einer Kopfbewegung das Haar über ihre Narben fallen ließ.

«Du bist verletzt, Aaron.»

«Nicht der Rede wert. In einer Stunde ist es verheilt.» Die Wunde schmerzte zwar noch, aber nicht wie zu Beginn. «Was hast du damit gemeint: ‹Mögen *eure* Seelen Frieden finden›?» Aaron wandte sich zu dem Alten um.

«Cynthia war schwanger.»

Diese Neuigkeit verschlug Aaron die Sprache. Keiner von ihnen schien etwas gemerkt zu haben. Joel und die anderen hätten es ihm gesagt.

«Bist du dir sicher, Ham?»

Der Alte nickte.

«Wer ist der Vater?» Aaron fuhr sich mit der Hand durch sein dichtes Haar. *War das der Grund für ihren Gesinnungswandel?*

«Ein Nephilim ... oder ein Gefallener.»

Ham hatte recht. Das Kind eines Menschen wäre nicht mit ihrem Körper zu Asche zerfallen.

«Ein Kind verändert vieles. Vielleicht hat sie nicht allein für die Nephilim, sondern für ihr Kind gekämpft, für eine bessere Welt, in der es aufwachsen sollte.»

«Umso tragischer erscheint mir ihr Ende.»

Aaron seufzte. Er konnte es noch immer nicht fassen. Zu seiner Trauer gesellte sich auch Wut. Wut auf ihre Mörder, Wut auf Luzifers Schergen und unbändige Wut auf diesen Verkünder. Quietschende Bremsen und eilige Schritte ließen ihn herumfahren.

Es war Joel, der außer Atem um die Ecke bog. «Luzifer ist entkommen», stieß er keuchend hervor.

«Und Azazeel und der andere Gefallene?»

Ein triumphierendes Lächeln erschien auf Joels Gesicht. «Azazeel wurde von deinem Vater vernichtet, der andere von mir.»

Aaron klopfte ihm stolz auf die Schulter. Joel hatte seine Ausbildung als Blutengel erst im vergangenen Jahr abgeschlossen. «Und der Verkünder?», hakte Aaron nach.

Joel zuckte mit den Achseln. «Wir haben ihn aus den Augen verloren.» Joel wischte sich mit dem Ärmel den Schweiß von der Stirn. «Wo ist Cyn?»

Er blickte über Aarons Schulter zur geöffneten Tür. Die Frage hatte Aaron befürchtet. Es fiel ihm schwer, dem Freund vom Tod der Prophetin zu erzählen. Joel hatte in ihr die große Schwester gesehen. Aaron schwieg betroffen, als er die Sorge im Blick seines Gegenübers erkannte. Er suchte nach den passenden Worten, doch ihm fielen keine ein.

«Sie ist von uns gegangen», antwortete Ham für ihn und deutete mit der Hand zum Himmel.

Joel wich zurück. «Nein», stieß er entsetzt hervor, «Aaron sag, dass das nicht wahr ist. Nicht Cyn. Du hast sie doch gerettet. Ich habe es selbst gesehen.»

Wie gern hätte er Joel widersprochen, aber die Realität machte ihn genauso betroffen. «Nein, Joel, Cyn hat es nicht geschafft.»

«Aaron hat alles getan, um sie zu retten», beteuerte Ham.

Joel nickte, aber der Schmerz in seinen Augen zog Aaron die Kehle zusammen. «Verdammt, wenn ich doch nur was von diesen Versammlungen geahnt hätte.» Joel stieß einen kurzen verzweifelten Schrei aus und hieb die Faust in die Luft.

«Vorwürfe helfen uns nicht weiter. Wir müssen jetzt nach vorne sehen.»

Seine eigenen Worte klangen in Aarons Ohren so abgedroschen. Nur zu gut erinnerte er sich an den Tag, an dem er selbst seine Familie verloren hatte. Er hatte im Schmerz alle fortgestoßen, die ihn trösten wollten. Obwohl Uriel es nie ausgesprochen hatte, spürte Aaron, dass er ihm die Schuld am Tod seiner Mutter gab. Die Wunden waren zwar verheilt, aber vergessen würde er nie.

«Joel, ich weiß, was du jetzt empfindest ...»

Er legte dem Freund die Hand auf die Schulter, aber der stieß sie fort.

«Ich frage mich, warum Luzifer dort aufgetaucht ist», sinnierte Ham.

Luzifer hatte die Welt der Menschen seit Jahren gemieden. Das musste einen Grund haben, einen ganz besonderen. Die Seelen der Nephilim hätte er auch leichter bekommen können. Wie auf Kommando brannte erneut sein Engelszeichen am Hals.

«Ist mein Vater noch dort?», fragte er.

Joel schüttelte den Kopf. «Nein, unsere Väter haben die wenigen Überlebenden in Sicherheit gebracht. Ich geh dann mal auf mein Zimmer.»

Joel schlurfte mit hängenden Schultern in die Bar. Auch Ham entschuldigte sich und hinkte hinterher. Aaron musste in Ruhe über das Geschehene nachdenken. Die kühle Luft tat ihm gut. Die Erinnerungen, die er seit Jahren verdrängte, waren schmerzhaft präsent. Cyns Tod musste gerächt werden und der seiner Mutter. Er musste diesen verfluchten Verkünder finden und vernichten, bevor er noch mehr Unheil anrichtete.

Aaron sah auf, als er eine Bewegung über sich wahrnahm. Uriel glitt zu Boden wie eine Feder. Aaron liebte und verehrte seinen Vater, auch wenn der ihm nie verziehen hatte, dass er Rosie gerettet hatte, anstatt das Schwert gegen Seraphiel zu erheben, wie es einem Engelskrieger gebührte. Uriel war ehrgeizig und zog sich oft genug den Zorn der anderen Engel zu. Doch im Kampf gegen Luzifer war der unerschrockene Streiter für das Engelsheer unverzichtbar. Selbst der Höllenfürst fürchtete ihn.

Aaron war stolz auf seinen Vater und versuchte ihm nachzueifern, wo es nur ging. Es war einem Blutengel möglich, in den Kreis der «reinen» Engel aufgenommen zu werden. Ein Reiner zu werden, bedeutete jedoch Verzicht auf alles Irdische.

Jophiel, der erste Blutengel und Sohn Uriels, besaß diese Ambitionen. Im Gegensatz zu Aaron hatte er sich stets dem Willen ihres Vaters gebeugt und allen irdischen Versuchungen widerstanden. *Wollte Aaron das auch?*

Allein wenn er an Rebecca dachte, konnte er sich nicht dazu durchringen, auf Sex zu verzichten. Alles aufzugeben, was ihm

Freude bereitete – gutes Essen, Vergnügungen und attraktive Frauen –, dazu war er nicht bereit, selbst wenn er sich noch so sehr wünschte, dass sein Vater stolz auf ihn wäre. Es versetzte ihm jedes Mal einen Stich, wenn er Jophiel lobte. Uriel trat auf ihn zu. Aaron wusste, weshalb sein Vater zu ihm gekommen war.

«Cynthia ist tot», sagte er.

Sein Vater presste die Kiefer zusammen und sog scharf die Luft ein. «Erst die Erleuchtete und jetzt sie. Welch ein Verlust in der Geschichte unseres Krieges. Und die vielen Seelen, die wir in dieser Nacht an Luzifer verloren haben ...»

«Weshalb ist er plötzlich dort aufgetaucht?»

Uriel rieb sich das Kinn. «Cynthias Visionen müssen bedeutsam sein. Hat sie dir irgendetwas darüber erzählt?»

Aaron schüttelte den Kopf. «Nein. Sie hat nie mit mir darüber geredet.»

«Mit wem hat sie sich in letzter Zeit getroffen?»

«Keine Ahnung. Von diesem geheimen Treffen hat Joel auch erst heute erfahren.»

«Prophetinnen sprechen in Rätseln oder Metaphern. Die wichtigsten Prophezeiungen teilen sie nur einem Auserwählten mit. Sie muss etwas angedeutet haben. Etwas, das du vielleicht nicht auf Anhieb verstanden hast.»

Aaron lehnte sich mit dem Rücken an die Mauer und schloss die Augen. Seine Gedanken reisten zu seinen letzten Begegnungen mit Cynthia. Wenn sie miteinander geredet hatten, dann über Alltägliches.

«Aaron, irgendjemandem muss Cynthia sich doch mitgeteilt haben.» Sein Vater stand nun dicht vor ihm und sah ihn eindringlich an.

«Mir ist weder was Ungewöhnliches aufgefallen, noch weiß ich, mit wem sie sich außerhalb des Ghettos getroffen hat. Nur Jacob, und der ist tot.»

«Jeder Hinweis ist wichtig.»

Noch nie hatte er seinen Vater so besorgt erlebt. Die Bedrohung durch Luzifer bestand seit Anbeginn der Zeit und war nichts Neues. Immer wieder war es den Erzengeln gelungen, diese Gefahr abzuwenden. Doch dieses Mal spürte er, dass es um mehr ging, viel mehr.

«Vielleicht wissen wir morgen mehr.»

Uriels Flügel schlugen durch die Luft. Aaron sah die sterbende Cynthia in seinen Armen. Krampfhaft versuchte er sich an ihre letzten Worte zu erinnern.

«Warte, Vater!» Uriels Flügelbewegungen wurden langsamer. «Ich erinnere mich an ihre letzten Worte: *Hüte dich vor dem Sohn des Lichts. Seine Seele ist verdammt.* Das hat sie gesagt.»

Uriel riss die Augen weit auf. «Bist du dir sicher?», stieß er hervor

Aaron verspürte ein beklommenes Gefühl. «Ja, absolut. Sie muss Luzifer damit gemeint haben.»

«Nein, nicht Luzifer. Der Sohn des Lichts wird Seraphiel genannt.»

Aaron erstarrte, als er erneut den verhassten Namen hörte. Die Erinnerungen holten ihn schlagartig ein. Er sah sich wieder in das brennende Haus rennen, um sie zu retten. In seiner Verzweiflung hatte er den Kampf gegen den Feuerengel aufnehmen wollen. Doch als unerfahrener Blutengel hatte er nicht die geringste Chance. Nicht einmal der Gedanke, dass sein ärgster Feind in Ketten liegend die Ewigkeit verbringen musste, versöhnte Aaron.

«Cynthia muss Seraphiel in ihren Visionen gesehen haben.»

«Das wäre durchaus möglich.»

Bei der Vorstellung, Cynthia könnte eine erneute Flucht des Feuerengels vorausgesehen haben, zog sich sein Magen zusammen. Er war bereit, den Kampf gegen seinen Erzfeind aufzunehmen.

«Selbst wenn Seraphiel noch einmal den Gewalten entkommen sollte, dann werde ich es sein, der ihn in die Hölle schickt.» Der unbändige Wunsch nach Rache pulsierte durch seine Adern.

«Das wird nicht mehr geschehen. Carmael und sein Chor wissen, was auf dem Spiel steht.»

Die Überzeugung seines Vaters konnte Aaron jedoch nicht teilen. «Das habt ihr damals auch geglaubt, und doch ist es ihm gelungen», entgegnete er.

Uriels Miene verhärtete sich. Aaron rechnete bereits mit einer harten Zurechtweisung, doch dann entspannten sich die Züge seines Vaters wieder. «Damals war damals. Seraphiel hat einen Nephilim gezeugt. Das stimmt mich viel nachdenklicher. Seine Gaben müssen außergewöhnlich sein. Immerhin war seine Mutter die Erleuchtete. Er kann die Seelen der Verbannten erlösen.»

Wenn er seinen Erzfeind nicht vernichten konnte, dann wenigstens dessen Abkömmling, um die Hoffnung des Feuerengels auf eine Erlösung und seine Rückkehr zu zerschlagen. «Ich muss vorhin die Gegenwart des Nephilims gespürt haben. Es muss der Verkünder sein.»

Uriel hob fragend die Brauen. «Bist du dir sicher?»

«Es würde alles passen. Seine Rolle als Anführer der Apokalyptiker. Dass Luzifer plötzlich aufgetaucht ist ...»

«Vernichte ihn. Wenn er die Verbannten erlöst, werden sie alle Luzifer folgen.» Aaron nickte. «Du darfst niemandem von den Geschehnissen heute Nacht erzählen, es würde noch mehr Unruhe und Angst stiften. Auch nicht deiner Stiefschwester. Die Nephilim könnten wegen Luzifers Erscheinen in Panik geraten und ihm ihre Seelen verkaufen.»

«Das ist mir bewusst.»

Uriel legte ihm die Hand auf, dann verschwand der Erzengel ebenso schnell und lautlos, wie er gekommen war.

9.

Ein Klopfen weckte Rebecca. Sie blinzelte in die einfallende Sonne. Ihre Beule am Hinterkopf pochte dumpf, und ihr Fuß schien ein schmerzender Klumpen zu sein.

Rosie streckte den Kopf herein. «Gut geschlafen?», fragte sie lächelnd.

«Ja, danke.» Rebecca setzte sich auf.

«Hunger auf Eier und Speck und eine Tasse Kaffee?»

Rebecca konnte nicht widerstehen. «Liebend gern.»

«Die Küche ist unten. Schaffst du das mit deinem Fuß?»

Rosies Fürsorge rührte sie. «Ich denke schon. Hast du vielleicht etwas Eis zum Kühlen?»

Rosie nickte, dann ließ sie Rebecca wieder allein.

Wider Erwarten ging das Treppensteigen besser als gedacht. Rebeccas Magen knurrte eindringlich, als ihr der Geruch von frisch gebratenem Speck und Eiern in die Nase drang. Ein starker schwarzer Kaffee dazu ... Dem köstlichen Duft folgend erreichte sie die geräumige Küche.

Rosie hievte gerade Rührei, Toast und Butter auf einen Teller. «Ist für meinen Gast. Bedien dich ruhig. Tassen sind oben und ein Teller steht neben dem Herd. Der Kaffee ist in der Kanne», sagte sie und verschwand durch eine Seitentür.

Rebecca humpelte zum Sideboard und nahm sich eine Tasse, dann goss sie sich den Kaffee ein. Sie trank einen Schluck und lud sich Rührei auf den Teller. Rosie kehrte zurück und setzte sich an den schmalen Tisch am Fenster. Sie streckte die Beine aus und gähnte.

«Komm, setz dich zu mir, Rebecca.»

Rebecca schenkte noch eine Tasse ein, stellte alles auf ein Tablett und trug es zum Tisch hinüber. Rosie sah abgespannt aus.

«Schlecht geschlafen?», fragte Rebecca und schob ihr die Tasse über den Tisch zu.

«Es geht. Und du?»

«Wie ein Stein. Aber ich habe Kopfschmerzen.» Sie tastete nach der Beule und zuckte zusammen.

«Möchtest du vielleicht eine Tablette?», bot Rosie an und Rebecca nickte. Rosie war ihr auf Anhieb sympathisch. *Was mochte sie und Aaron verbinden? Freundschaft? Oder mehr als das?* Ihr Blick suchte in der Küche vergeblich nach benutztem Geschirr oder einem anderen Hinweis, dass Aaron hier gewesen war.

Rosie legte eine Aspirin auf den Tisch. «Aaron ist sicher zu Hause», sagte sie, als hätte sie Rebeccas Gedanken erraten.

Die Tatsache, dass er nicht mit Rosie unter einem Dach lebte, beruhigte sie. «Ach, ich dachte, er wohnt hier.» Rebecca nippte an ihrem Kaffee und sah Rosie über den Tassenrand an.

«Aaron? Bloß nicht, der würde jeden meiner Schritte mit Argusaugen überwachen. Ich brauche meine Freiheit.» Rosie lachte. «Es ist nicht immer leicht mit einem großen Bruder, der nicht akzeptieren will, dass man erwachsen geworden ist.»

Geschwister? Fast hätte Rebecca erleichtert geseufzt. «Bis auf Augen- und Haarfarbe seht ihr euch gar nicht ähnlich», bemerkte Rebecca.

«Genau genommen sind wir Stiefgeschwister. Aber ...» Ein Schatten huschte über Rosies Gesicht.

Rebecca griff nach ihrer Hand. «Wenn ich etwas Falsches gesagt habe, dann tut es mir leid, Rosie.»

Aarons Schwester schüttelte ihr energisch Wuschelhaar. «Nein, ist schon okay. Es hat nur Erinnerungen in mir geweckt. Ich habe Aaron mein Leben zu verdanken. Als ich zehn war, brannte unser Haus. Aaron konnte mich retten, aber meine Mutter und mein Bruder kamen ums Leben.»

Sie lächelte wehmütig. Rebecca schluckte und empfand augenblicklich tiefes Mitleid. Daher stammten ihre Narben also. Gleichzeitig bewunderte sie Aaron, der unter Einsatz seines Lebens das seiner Schwester gerettet hatte.

«Das muss furchtbar für euch gewesen sein.»

«Ja», antwortete Rosie leise.

«War es Brandstiftung oder ein Unfall?» Rebecca konnte Rosies Trauer fühlen, als sie ihre Hand berührte.

«Brandstiftung.»

«Du bist eine sehr starke Frau, Rosie.»

«Das verdanke ich meinem Bruder. Nach dem Tod unserer Mutter habe ich ein halbes Jahr bei meinem Vater gelebt, einem Säufer, der mich oft geschlagen hat. Aaron hat mich fortgeholt und sorgt seitdem für mich.»

«Du bist sicher sehr stolz auf deinen Bruder.»

«Das bin ich. Er war damals erst achtzehn, als er sich meiner angenommen hat.»

Aaron stieg noch weiter in Rebeccas Ansehen. Kaum war er den Teenager-Schuhen entwachsen, hatte er Verantwortung für seine Schwester übernommen. Eine schwere Last. Das erklärte sein fürsorgliches Verhalten.

«Das war sicher eine sehr schwierige Zeit für euch. Aber ihr habt es gemeinsam gemeistert.»

«Aaron hat nie mehr über damals gesprochen, aber ich spüre jeden Tag, dass er es nicht vergessen kann.»

«Jeder reagiert anders nach einem Trauma.»

Rebecca stocherte nachdenklich in ihrem Rührei herum. Der gestrige Tag hatte auch sie traumatisiert, und die Unterhaltung mit Rosie ließ alles wieder aufleben. Immer wieder stellte sich ihr die Frage nach dem Warum. Aber sie fand keine Antwort darauf.

«Schmeckt es dir nicht?», fragte Rosie.

«Doch, doch, entschuldige, ich musste an meine Entführung denken. Diese Kreaturen wollten meine Seele. Man kann jemanden beeinflussen und seinen Geist manipulieren, aber doch nicht die Seele rauben.»

«Die Mitglieder der Sekte leben unter Luzifers Einfluss, sie rauben, intrigieren und töten in seinem Namen. Ihr Leben verliert an Bedeutung und sie werden zum Spielball seiner Herrschaft. Es geht so weit, dass sie sich für ihn mit Freuden in den Tod stürzen. Ist das kein Seelenraub?»

Es erschütterte Rebecca, dass Menschen einen derartigen Fanatismus zeigten und ihr Leben für den Glauben hinwarfen. Wie konnte jemand sich so selbst zerstören? Sie ließ die Gabel sinken.

«Nach dem gestrigen Erlebnis glaube ich langsam an alles, auch wenn mein Verstand protestiert. Es macht mir Angst. Gehören zu dieser Sekte nur Nephilim?»

«Nein, auch viele Menschen. Aber die Nephilim sind durch ihre Mischnatur zwiespältiger und leichter empfänglich für die dunkle Seite.»

Ein eisiger Schauer lief Rebeccas Rückgrat hinab.

«Rebecca, ist dir denn vorher noch nie in deinem Leben etwas Unerklärliches begegnet, etwas, das es eigentlich nicht geben dürfte?» Rosie sah sie forschend an.

«Doch, sicher, aber ich habe bislang immer versucht, dafür eine rationale Erklärung zu finden.»

Durch ihr Medizinstudium war sie sehr wissenschaftlich geprägt. Harte, nachprüfbare Fakten waren alles, was zählte. Dennoch blieb ihr der Feuertod des Jungen im Krankenhaus ein Rätsel. Selbst ihre Gabe erschreckte sie oft. Als Kind hatten ihre Eltern ihr eingebläut, niemals darüber zu sprechen, damit sie sich keinem Gespött aussetzte. Sie zögerte nur einen Moment lang, bis sie Rosie von dem Jungen im Krankenhaus erzählte.

«Diese Narben glichen Stümpfen von Gliedmaßen. Ich habe Ähnliches bei Vogelkadavern gesehen. Als hätte der Junge ebenfalls Flügel besessen, die abgebrannt waren. Es ist mir immer noch schleierhaft, weshalb er in Flammen aufging. Es muss an dieser grünen Substanz gelegen haben.»

Rebecca legte das Besteck auf den Teller und schob ihn von sich. Rosie sah sie prüfend an. «Vielleicht war er ein Engel oder ein Gefallener?»

Rebecca kniff die Augen zusammen und musterte ihre Gesprächspartnerin. *Weshalb erklärten sie und Aaron alles immer mit Engeln?*

«Tja, im Nachhinein wäre das eine Erklärung. Aber sein Körper war so menschlich.»

«Damit sie sich vom Äußeren her nicht von uns unterscheiden. Schließlich würden die Flügel jedem auffallen. In vielen von uns fließt Engelsblut, auch wenn es Generationen zurückliegt.» Rosie senkte den Blick.

«Du und Aaron habt es bestimmt, ihr seid so was wie meine Schutzengel», sagte Rebecca und zwinkerte ihr lächelnd zu. Rosie antwortete nicht, sondern sah aus dem Fenster. «Woher wisst ihr eigentlich so viel über diese Wesen und die Sekte?», sprach Rebecca endlich aus, was sie seit Anfang des Gespräches bewegte.

Rosie sah sie wieder an, ihr Blick war wachsam. Sie zögerte mit einer Antwort, als müsse sie sich ihre Worte genau überlegen. «Ein Engel setzte unser Haus in Brand.»

Rebecca ließ die Gabel sinken. «Ein Engel? Aber sind die nicht die Guten?» Rosie sprach über Engel, als wären sie die selbstverständlichste Sache der Welt.

«Er wurde ausgestoßen und schwor Rache. Ich weiß bis heute nicht, was meine Mutter damit zu tun hatte. Werde ich wohl nie rauskriegen. Aber es ist nicht mehr zu ändern.»

«Und dieser Engel?»

Es wurde immer unglaublicher

«Er fristet sein Dasein an einem Ort, den Menschen und Nephilim niemals betreten dürfen.»

Rebecca öffnete sich eine Welt, von deren Existenz sie nie etwas geahnt hatte. Wenn sie sich hätte entscheiden können, diese dunkle Welt kennenzulernen oder besser darauf zu verzichten, hätte sie sich für Letzteres entschieden.

«Aaron arbeitet seitdem als Bodyguard.»

Das erklärte auch sein spektakuläres und gekonntes Eingreifen. Jedoch wurde Rebecca das Gefühl nicht los, dass Rosie ihr etwas Wichtiges über ihn verschwieg. Bevor sie sie weiter ausfragen konnte, öffnete sich die Küchentür und Aaron kam herein. Sofort beschleunigte sich ihr Puls.

«Hallo.»

Aaron ging zur metallenen Kaffeekanne, die auf dem Herd stand. Rebecca bemerkte seine eingefallenen Wangen und die tiefen Schatten unter seinen glanzlosen Augen. Er sah aus, als hätte er die ganze Nacht nicht geschlafen. Irgendetwas stimmte nicht.

Auch in Rosies Augen trat ein besorgter Ausdruck. «Wenn du magst, mache ich dir Eier, Speck und Toast», schlug sie vor.

«Danke, aber ich habe keinen Hunger.»

Rebecca war beunruhigt durch die besorgten Blicke, die Schwester und Bruder miteinander tauschten, und fühlte sich ausgeschlossen. *Was hatte sie erwartet?* Sie war hier nur eine Fremde, die vom Schicksal zu ihnen geführt worden war. Sie wusste praktisch nichts über das Leben der beiden, nur dass sie gemeinsamer Schmerz verband.

Aaron lehnte sich mit der Tasse dampfenden Kaffees an die Vitrine neben dem Tisch. «Noch Kaffee?», fragte er nach einem Blick in ihre Tasse.

«Ja, danke, nur schwarz ohne Schnickschnack.»

Die plötzliche Spannung im Raum stach auf Rebeccas Haut. Aarons Gesichtszüge waren angespannt, seine Kiefer fest aufeinandergepresst. Irgendetwas bedrückte ihn. Sie wäre am liebsten aufgesprungen, um ihn zum Trost zu umarmen, aber Rosies Gegenwart hielt sie zurück.

«Ist was passiert?», fragte Rosie.

«Nein, nein», sagte er und senkte den Blick.

Rosie hob zu einer weiteren Frage an, als es an der Haustür klingelte. «Ich geh schnell mal nachsehen.»

Sie verließ die Küche. Aarons Schweigen bedrückte Rebecca. «Ich glaube dir nicht, dass nichts geschehen ist. Aber du wirst schon deine Gründe haben. Wenn du jemanden zum Reden brauchst, ich bin eine gute Zuhörerin.»

«Danke», sagte er leise und trank weiter seinen Kaffee.

Wieder senkte sich Schweigen über sie. Das war ja nicht zum Aushalten. Warum sprach er denn nicht? Ihre Blicke tauchten ineinander. Sie spürte den Gefühlssturm in seinem Innern. Schmerz, Wut und Hass. Bilder stiegen in ihr auf. Eine Frau, die sterbend in seinen Armen lag. Plötzlich wurde Rebecca schwarz vor Augen und der Bilderstrom riss abrupt ab. Sie spürte Aarons Widerstand.

«Ich kann spüren, dass etwas Furchtbares geschehen ist», brach sie das Schweigen.

Er atmete tief ein und nickte. «Gestern Nacht wurde eine Frau ermordet, die ich gut kenne», gab er zu.

Es war offensichtlich, dass ihr Tod ihm sehr nahe ging. «Wer war sie?»

Sein Lächeln besaß einen bitteren Zug. *War sie etwa seine Freundin gewesen?* Rebecca schluckte. Klar, ein Mann wie Aaron hatte bestimmt eine Frau oder Geliebte.

«Sie war eine Prophetin, die verhindern wollte, dass sich noch mehr Nephilim der Sekte anschließen. Es kam zu einem Tumult, bei dem sie gestorben ist.»

Er schüttete den Rest seines Kaffees ins Waschbecken und zog eine Grimasse. Rebecca schauderte. Sie kannte die Frau nicht, dennoch empfand sie Mitleid mit ihr. Vielleicht hätte sie das gleiche Schicksal ereilt. Doch ihr Tod war nicht das Einzige, was ihn bedrückte.

«Du machst dir ihretwegen Vorwürfe?»

Er sog scharf die Luft ein, seine Nasenflügel bebten. Sie hatte ins Schwarze getroffen. «Ich konnte sie nicht beschützen, und sie ist in meinen Armen gestorben ...», stieß er hervor.

Rebecca spürte, wie sehr er sich mit Selbstvorwürfen quälte. «Sicher hast du dein Möglichstes getan, aber das Schicksal hat es anders gemeint.» Sie sah zu ihm auf. «Du bist stark genug, darüber hinwegzukommen», flüsterte sie.

«Du hast recht.»

Als sein Blick sich verhärtete, ahnte sie, dass er auf Rache sann. «Du willst Vergeltung, stimmt's?»

«Ja. Wie kannst du dich so gut in andere einfühlen?»

«Empathisch veranlagt.» Er hob die Augenbrauen und schien eine Erklärung zu erwarten. «Als Kleinkind bin ich sehr krank gewesen und wäre fast gestorben. Ich hatte dieses bekannte Tunnelerlebnis mit dem Licht am Ende. Die Ärzte haben mich wieder ins Leben zurückgeholt. Seitdem spüre ich das und auch Krankheiten.»

Sie konnte sich nicht mehr genau an diese Zeit erinnern. Ihre Eltern hatten ihr erzählt, dass sie an einem Virus erkrankt und während eines Fieberkrampfes ihr Herz stehen geblieben war. Aaron musterte sie nachdenklich. *Was mochte er jetzt wohl denken?*

***

Eben hatte er sich Rebecca nahe gefühlt, näher als jedem anderen. Diese Sensibilität besaßen nur wenige. Eine Engelsgabe, die ihr an der Schwelle des Todes gegeben oder bei der Geburt verliehen worden war. *War sie vielleicht ein Nephilim und wusste es nicht?*

Nein, ihr fehlte die innere Zerrissenheit, die jedem Mischwesen eigen war. Bestimmt waren die Apokalyptiker wegen ihrer Gabe hinter ihr her. Aaron kannte Menschen, die reanimiert worden waren und deren Begegnung mit dem Tod ihr Leben radikal verändert hatte und sie seitdem über eine besondere Feinfühligkeit verfügten, manchmal auch über außergewöhnliche Fähigkeiten. Gerade diese Sensibilität schätzte er auch an Rebecca.

«Behalte das als Geheimnis, denn Seelen wie deine sind sehr begehrt.»

«Nur du weißt davon.»

Es bedeutete ihm viel, dass sie sich ihm anvertraut hatte. «Und die Apokalyptiker anscheinend. Du hast erlebt, wozu sie fähig sind. Sie sind auch verantwortlich für den Tod der Prophetin.»

«Aaron!», rief Rosie aus dem Flur.

«Oh, ich glaube, Rosie braucht mich. Danke», sagte er und drückte liebevoll ihre Hand. «Wir sehen uns später.»

Er stellte die Kaffeetasse in die Spüle und eilte aus der Küche.

10.

Rebecca streifte sich gerade ihre Jacke über, als es klopfte. Sie musste ins Krankenhaus, ihre letzten Sachen wegräumen und sich von allen verabschieden.

«Du willst weg?», fragte Rosie erstaunt.

«Ja. Übermorgen fliege ich nach Kalifornien. Ich fange dort als Chirurgin an und muss noch ein paar Dinge regeln.»

Außerdem wollte sie zur Polizei und Anzeige wegen der versuchten Entführung erstatten. Jemand musste doch diese Kriminellen fassen, bevor sie noch weitere Menschen entführten. Hoffentlich würden sie ihr glauben. Die Nephilim würde sie nicht erwähnen. Das Haus, in dem sie gefangen gehalten worden war, musste als Beweis reichen.

Rosie fasste ihren Arm. «Ich weiß nicht, ob das so eine gute Idee ist. Die könnten dir wieder irgendwo auflauern. Aaron wird mir den Kopf abreißen, wenn dir etwas geschieht. Er meinte, du solltest lieber eine Weile hier im Haus bleiben.»

«Rosie, er sprach von Hierbleiben, aber nicht davon, dass ich mich hier einschließen soll. Mein Leben muss weitergehen. Ich habe Verpflichtungen, eine Familie. Verstehe doch bitte.» Rebecca schob ihr Haar aus dem Kragen und knöpfte die Jacke zu.

«Ich könnte dich begleiten», bot Rosie an.

«Das ist wirklich lieb von dir, danke, aber du hast schon mehr als genug für mich getan. Ich werde gleich von einem Kollegen abgeholt. Keine Sorge, der ist ein ganz normaler Mensch. Ich kenne ihn schon lange. Außerdem will ich zur Polizei.»

«Wieder keine gute Idee.» Rosie seufzte.

«Diese Kerle von der Sekte versuchen es vielleicht bei jemand anderem. Ich kann doch die Hinweise nicht verschweigen.» Rebecca sagte es selbstbewusster, als sie sich wirklich dabei fühlte. Doch bestimmt war die Polizei für jeden Hinweis zu dieser Sekte dankbar.

«Ich fürchte, sie werden dir nicht glauben.»

«Diese Sekte muss gestoppt werden. Besitzen Nephilim eigentlich Papiere? Du weißt, was ich meine?»

«Ja, besitzen sie. In ihren Geburtsurkunden steht dann immer ‹Vater unbekannt›. Vielleicht hast du recht und es ist gut, wenn die Sekte ins Visier der Polizei gerät. Aber versprich mir, dass du auf dich aufpasst.»

«Mach ich. Versprochen.»

Rebecca umarmte Rosie, bevor sie das Zimmer verließ und nach unten eilte, wo Flynn auf sie wartete, denn ihr Wagen parkte ja noch im Hinterhof des Supermarktes und wartete darauf, vom Schrotthändler abgeholt zu werden. Sie zückte ihr Handy und besiegelte innerhalb von Minuten das Schicksal des Toyotas.

Eine halbe Stunde später – die sie schweigend verbracht hatten – stiegen Rebecca und Flynn aus seinem Wagen und überquerten den Parkplatz des Krankenhauses. Ein mulmiges Gefühl beschlich Rebecca. Immer wieder warf sie einen Blick über die Schulter. Endlich betrat sie die Empfangshalle, verabschiedete sich herzlich von Flynn und fuhr zu ihrer Station hinauf.

Im Flur begannen ihre Unterarme zu brennen. Ihre Haut war gerötet, als hätte sie kochendes Wasser darübergeschüttet. Bei jedem Patienten hätte sie Verbrennungen diagnostiziert, was jedoch nicht sein konnte. Als sie aufblickte, kam ihr ein Mann entgegen, dessen Züge ihr irgendwie vertraut waren. Sicher ein Patient.

Beim Näherkommen bemerkte sie den weißen Stehkragen über dem schwarzen Pullover, der ihn als Priester auswies. In einer Hand trug er ein Buch mit goldenen Lettern auf ledernem Einband. Wenn er hier Seelsorge betrieb, war sie ihm begegnet. Flüchtig auf dem Gang oder im Krankenzimmer.

Sein Gesicht war schmal geschnitten mit hohen Wangenknochen, und sein Haar maisgelb. Der Blick aus seinen blauen Augen war bohrend. Er musterte sie ungeniert, wie es ihr für einen Geistlichen nicht angemessen erschien.

Als er sie mit dem Ellbogen streifte, durchzuckte sie ein stechender Schmerz. Rebecca eilte weiter zu ihrem Zimmer. Doch sie spürte seinen Blick im Rücken und wandte sich um, während sie die Tür aufschloss. Auch er war stehen geblieben und starrte zu ihr herüber. Er hob das Buch an seine Lippen und küsste es, bevor er sie angrinste.

Die unangenehmen Wellen, die er aussandte, schnitten in ihre Haut wie Rasierklingen. Rebecca atmete erst auf, als sich die Tür hinter ihr schloss. Einen Moment verharrte sie auf der Stelle, bevor sie zum Schreibtisch hinüberlief, in dem sich der schmale Karton befand, der ihre wenigen Habseligkeiten enthielt.

Das Trauma steckte ihr also noch in den Knochen, sie misstraute allem und jedem. Wahrscheinlich hatte sie bei dem Priester nur überreagiert. Das Brennen auf den Armen ließ nach. Die Rötung war verschwunden, aber die Haut noch immer gereizt.

Sie stand auf, holte aus dem Medikamentenschrank eine Brandsalbe und verteilte sie auf ihren Unterarmen. Es musste der Stress sein, anders konnte sie sich das nicht erklären. So wie das Flüstern, das sie hörte. Es existierten Scheinschwangerschaften, warum dann nicht auch Scheinverbrennungen?

Sie zog den Karton aus der Schublade und stellte ihn vor sich auf die Schreibtischplatte. Wenn sie New York verließ, musste sie auch Aaron und Rosie Lebewohl sagen. Trotz der kurzen Zeit, die sie beide erst kannte, fiel es ihr schwer. Einen Mann wie ihn würde sie nicht so schnell vergessen. Wie gern hätte sie ihn näher kennengelernt.

Das kannst du doch immer noch, gleichgültig, ob hier oder in San Francisco, meldete sich eine Stimme in ihr. *Wieder eine Fernbeziehung?*

Sie hatte wegen Martin die Hölle durchgemacht, das konnte und wollte sie nicht noch einmal erleben. Und doch sackte ihr Herz Etagen tiefer, wenn sie nur daran dachte, Aaron Goodbye zu sagen.

Sie stützte den Kopf in die Hände und schrak zusammen, als das Telefon neben ihr läutete. Sie nahm den Anruf entgegen. Es war Chelsea, die ihr die Laborergebnisse der grünen Substanz mitteilen wollte. Das hatte sie doch fast vergessen.

«Hallo, Chelsea. Danke, dass du daran gedacht hast. Weiß Marley, dass du mir die Ergebnisse mitteilst?»

Ein Kichern folgte. «Nee, ganz bestimmt nicht. Ihn interessieren sie nicht, der Junge ist eh tot.»

«Dieser ... ach, vergiss es, ich rege mich nicht mehr auf. Ich bin ja schon nicht mehr hier. Und, was habt ihr herausgefunden?» Rebecca trommelte mit den Fingern auf den Knien.

«Diese Substanz ... ich habe so eine Verbindung noch nie gesehen. Aconitin und ein noch unbekannter Wirkstoff. Es wird wohl einige Zeit dauern, bis wir ihn bestimmt haben, aber die Wirkung scheint absolut tödlich zu sein.»

Der Junge wäre also allein durch das Gift gestorben. Weshalb dann die Selbstentzündung? Rebecca beschrieb Chelsea genau, was dem Jungen widerfahren war.

«Es muss doch einen Grund dafür geben. Vielleicht eine chemische Reaktion im Körper des Jungen?», hakte sie nach.

«Hm, ich muss erst ein paar weitere Tests durchführen, wegen der Eigenschaften, Entflammbarkeit und so. Das kann dauern. Außerdem müsste ich das von Marley genehmigen lassen.»

«Vergiss es, Marley wird nie zustimmen. Und wenn du es heimlich für mich untersuchst?»

«Das Zeug ist total gefährlich. Schon die kleinste Berührung könnte tödlich sein. Wenn das rauskommt, bin ich geliefert.» Chelsea stöhnte am anderen Ende der Leitung.

«Chelsea, ich weiß, du verstößt damit gegen tausend Regeln, aber ich sehe keine andere Möglichkeit herauszufinden, woran der Junge wirklich gestorben ist.»

Rebecca erzählte ihr von ihrem Disput mit Marley. Sie wusste, dass auch die Chemikerin den Oberarzt nicht ausstehen konnte. Worte wie verantwortungslos und herzlos fielen und Rebecca wusste, dass sie Chelsea für sich gewonnen hatte.

«Also gut, ich werde es testen und rufe dich an, sobald ich ein Ergebnis habe, okay?»

Rebecca war erleichtert. «Ich danke dir. Meine Handynummer hast du noch? Jetzt hast du definitiv einen gut bei mir.»

Es würde diesen Wesen fast etwas Menschliches verleihen, wenn Gift sie zu töten vermochte, schoss es Rebecca in den Kopf. Es gab eben nichts Vollkommenes.

Mit dem Karton unter dem Arm verließ Rebecca wenig später das Krankenhaus und lief zum Polizeidepartment auf der gegenüberliegenden Straßenseite. Immer wieder sah sie sich nervös um. Sie schwang die Tür auf und stand vor einem verglasten Schalter, hinter dem eine übergewichtige Polizistin saß und sie skeptisch musterte.

«Der muss hier bleiben.» Sie deutete auf den Karton.

«Ja, ja, natürlich.» Rebecca stellte ihn neben dem Schalter ab. «Ich bin gestern entführt worden und möchte Anzeige erstatten.»

«Name?»

«Rebecca Clancy.»

Nach einigen weiteren Angaben drückte die Polizistin schließlich auf einen Knopf. Mit einem Summen öffnete sich neben Rebecca die Tür ins Polizeigebäude.

«Zweiter Stock, melden Sie sich bei Detective Lattisaw.»

«Danke.»

Rebecca nickte und ging durch die Tür, die sich gleich hinter ihr schloss. Das Büro von Lattisaw lag direkt hinter den Fahrstühlen. Sie klopfte an und trat nach Aufforderung ein. Hinter dem ersten Schreibtisch saß ein Afroamerikaner mittleren Alters, den sie zu ihrer Erleichterung kannte.

Matthew Lattisaw! Er war ihr Patient gewesen. Hinter ihm saßen zwei Polizisten, die vermutlich gerade erst die Akademie verlassen hatten. Einer von ihnen tippte am Computer, der andere stand am Kopierer.

Lattisaw sah auf. «Ah, Dr. Clancy. Was kann ich für Sie tun? Nehmen Sie Platz.»

Rebecca setzte sich auf den Stuhl vor seinem Schreibtisch. «Danke, wie geht es Ihrem Arm?»

Sie deutete auf seinen Oberarm, aus dem sie eine Kugel herausoperiert hatte. Damals, als sie für Marley eingesprungen war. Eine schwierige OP, da das Geschoss in den Knochen eingedrungen war und Nerven beschädigt hatte.

«Dank Ihrer Hilfe und der meiner Physiotherapeutin ausgesprochen gut. Außen ist nur eine kleine Narbe übrig geblieben. Und er ist noch recht steif. Aber mit etwas Übung wird es wohl wieder werden.»

«Schön, das freut mich. Ich bin hergekommen, um Anzeige zu erstatten.»

Bevor Rebecca weiterreden konnte, klingelte das Telefon auf Lattisaws Schreibtisch. Sie sah sich im Büro um. An den Wänden hingen zahlreiche Fahndungsfotos. Ihr Blick blieb an den vermissten Personen hängen. Rebecca stutzte. Eine der Gesuchten war eine Letitia Patterson aus Aberdeen in Idaho, der Stadt, in der sie auch einmal gewohnt hatte. Lattisaw legte auf und entschuldigte sich bei ihr.

«Sorry, Detective, die vermisste Frau dort drüben, Letitia Patterson, gibt es Vermutungen über ihr Verschwinden?»

Sie zeigte auf das Foto der lächelnden Frau.

«Kennen Sie sie?», fragte Lattisaw hoffnungsvoll.

Rebecca schüttelte den Kopf. «Nein, aber sie kommt aus einer Stadt, in der ich mal gewohnt habe. Ist irgendwie ein komisches Gefühl.»

«Sie ist erst kürzlich verschwunden. Scheint irgendeiner Sekte angehört zu haben.»

«Den Apokalyptikern?», platzte sie heraus und ihre Hände verkrampften sich auf ihrem Schoß.

«Sind das nicht die, die glauben, dass 2012 die Welt untergeht?», grinste Lattisaw.

Sie schluckte, dann erzählte sie ihm in wenigen Sätzen von ihrer Entführung, doch sie hätte auf Rosie hören sollen. Lattisaw verhielt sich ihr gegenüber nur so duldsam, weil er ihr wegen der Operation dankbar war.

«Detective Lattisaw, für mich war es auch unfassbar. Es bleibt Ihnen natürlich unbenommen, meinen Worten Glauben zu schenken, aber ich weiß, was ich gesehen habe. Ich habe keine Halluzinationen, falls Sie das meinen.»

Es enttäuschte sie, dass die Apokalyptiker von der Polizei anscheinend als harmlos eingestuft wurden.

«Gut, vergessen wir dieses ... Wesen oder was immer Sie gesehen haben. Ich fasse zusammen: Sie glauben, dass Mitglieder dieser Sekte Sie entführt haben und auch für die Entführungen der genannten drei Frauen verantwortlich sind? Ferner glauben Sie, dass die Ihre Seele wollen?»

Lattisaws Kollegen kicherten im Hintergrund, was Rebecca nur noch wütender werden ließ.

«Sie wollen mir nicht glauben.»

«Selbst wenn ich Ihnen glaube, wir brauchen Beweise, um die Täter zu überführen, keine Horrorgeschichten.»

«In dem leeren Haus am Hudson River, in das sie mich verschleppt haben, müssen Spuren vorhanden sein. Könnten Sie da nicht wenigstens eine Streife hinschicken oder so. Bitte.»

Rebecca beugte sich weit vor und sah ihn bittend an. Lattisaw runzelte die Stirn und schien abzuwägen. Jetzt konnte sie nur hoffen, dass der Detective ihrem Hinweis nachgehen würde. Sie war davon überzeugt, dass dort genügend Beweise existieren mussten.

«Aber nur, weil Sie es sind.» Lattisaw stand auf und nahm seine Jacke von der Stuhllehne.

«Sie wollen *jetzt* mit mir dort hinfahren?»

«Je länger wir warten, desto schneller können Beweise verschwinden.»

Das klang plausibel. Aber wenn sie an diese Kerle dachte, verspürte sie ein mulmiges Gefühl.

«Was ist denn jetzt? Wollen Sie mir nun Ihre Story beweisen, oder nicht?» Lattisaw wippte voller Ungeduld.

«Aber diese Männer sind sehr gefährlich. Wir beide allein haben gegen die wenig auszurichten.»

«Warum sollten die noch in dem Haus sein? Die mussten doch damit rechnen, dass Sie zu uns kommen. Ich bin erfahren genug und zudem ein guter Schütze. Können wir nun?»

Rebecca nickte. Lattisaws Argumente klangen vernünftig, wenn man das Übersinnliche außer Betracht ließ. *Würde er mit einem Dämon oder Nephilim fertig werden?* Die Zweifel ließen sie noch immer zögern.

Lattisaw hielt ihr die Tür auf und bedeutete ihr voranzugehen. Mit einem flauen Gefühl im Magen verließ sie schließlich mit ihm das Department. Wenn sie Beweise finden konnte, dann in dem Haus am Hudson River, davon war sie überzeugt. Aber an Aarons Seite hätte sie sich sehr viel sicherer gefühlt.

Der dichte Nebel über dem Hudson River verschluckte die Schiffe. Nur das Plätschern des Wassers und die Nebelhörner verrieten, dass sich hinter dem weißen Vorhang der Fluss verbarg.

«Hier, das ist es.» Rebecca deutete mit dem Finger durchs Fenster auf eines der Häuser. Sie hatte es an dem Schild in Walform erkannte, das an der Laterne vor dem Eingang im Wind hin und her schwang.

«Lassen Sie uns nachsehen.»

Rebecca und Lattisaw stiegen aus dem Wagen und liefen den schmalen gepflasterten Weg bis zur Haustür. Sie zitterte leicht, die Angst von neulich war wieder gegenwärtig.

«Sind Sie sicher, dass es das richtige Haus ist?», fragte er.

«Ja, bin ich.»

«Sieht aber bewohnt aus.»

Der Polizist zeigte auf die Gardinen an den Fenstern. Sein Hinweis brachte Rebecca ins Grübeln. Sie schloss die Augen und versuchte sich daran zu erinnern, ob sie Gardinen gesehen hatte. Nein, es waren keine da gewesen. Aber vielleicht hatte sie sie übersehen. Lattisaw klingelte und wartete vor der Tür.

«Da wird niemand auf...» Die Worte starben in Rebeccas Kehle, als eine Frau mittleren Alters die Tür öffnete.

«Sie wünschen?»

Das konnte nicht sein. Dieses Haus war gestern unbewohnt gewesen.

«Entschuldigen Sie, bitte», Lattisaw beugte sich zum Klingelschild hinab, «Mrs. Holyfield. Ich bin Detective Matthew Lattisaw.»

Er hielt ihr seinen Dienstausweis vor die Nase. Mrs. Holyfield wich erschrocken einen Schritt zurück und legte die Hand an ihre Brust.

«Du liebe Güte, ist meinem Mann etwas passiert?»

«Nein, nein, keine Sorge», er wandte sich zu Rebecca um und winkte sie zu sich. «Sind Sie erst heute eingezogen?»

Rebecca trat nur zögerlich neben Lattisaw. Hier stimmte etwas nicht, das spürte sie. Als ihr Blick Mrs. Holyfields begegnete, glaubte sie, eine Warnung zu erkennen. Das knochige Gesicht der Frau mit den tief liegenden Augen und der Hakennase verlieh ihr das Aussehen eines Raubvogels.

«Detective, wir wohnen seit über zwanzig Jahren in diesem Haus. Ich weiß nicht, wie Sie zu dieser Annahme kommen.»

Rebecca war enttäuscht und wütend zugleich. Die Frau log.

«Miss Clancy behauptet, gestern Abend in Ihr Haus entführt worden zu sein.»

«In unser Haus? Alfred, hast du das gehört?» Sie rief über die Schulter zurück in den Flur hinein. «Mein Sohn kann Ihnen bestätigen, dass das nicht wahr ist.»

Das Blut sackte in Rebeccas Füße, als sie den Priester aus dem Krankenhaus wiedererkannte, der jetzt neben Mrs. Holyfield, seiner angeblichen Mutter, stand.

«Was gibt es denn, Mom?»

Der Priester hatte seine klerikale Kleidung abgelegt. Er schwenkte ein Glas Wasser hin und her. Augenblicklich kehrte das Brennen an Rebeccas Armen zurück.

«Diese Lady da behauptet, dass sie gestern Abend von uns hierher entführt wurde!», empörte sich Mrs. Holyfield und zeigte auf Rebecca.

«Nicht Sie, Mrs Holyfield, andere haben Miss Clancy in Ihr Haus entführt», korrigierte Lattisaw und warf Rebecca einen eindeutigen Blick zu.

«Das ist völlig unmöglich. Das hätten wir gehört», widersprach der Priester und funkelte Rebecca triumphierend an. Sein Grinsen entging Lattisaw, der sich der Mutter zugewandt hatte. *Wer war der Priester und welches Spiel spielte er hier?* Er musste zu dieser Sekte gehören. Wut keimte in Rebecca auf.

«Auch wenn Sie uns jetzt weismachen wollen, dass das Haus seit Jahren bewohnt ist, ich weiß, dass dieses Haus leer gestanden hat und ich hier gewesen bin.» Rebecca zeigte auf das Kellerfenster mit dem doppelten Feststellhaken.

«Bitte, Sie können sich gern im Keller umsehen.»

Mrs. Holyfield trat beiseite, um Lattisaw und Rebecca hereinzulassen. Rebecca zögerte. Das Brennen an ihren Armen wurde mit jedem Schritt, mit dem sie sich dem Priester näherte, stärker. Es musste doch wenigstens im Keller irgendeinen Hinweis geben. Vielleicht das abgebrochene Metallstück zwischen den beiden Fensterhaken oder die Asche der Nephilim?

Lattisaw verschwand mit Mrs. Holyfield im Hausflur, während der Mann Rebecca plötzlich den Weg verstellte. Seine Augen glitzerten wie bei Patienten, die dem Wahnsinn verfallen waren. Augenblicklich fürchtete sie sich vor ihm.

«Du kannst uns nicht entkommen, gib endlich auf und folge uns», raunte er ihr zu.

«Niemals», entgegnete sie und wollte ihn beiseite drängen.

Er hielt sie am Arm fest, die Haut unter seinen Fingern glühte. «Wenn er weiß, was du bist, wird er nicht zögern, dich zu vernichten. Willst du leben, schließ dich uns an.»

Rebecca riss sich von ihm los. *Wen meinte er?* Sicher bezweckte er mit seinen rätselhaften Anspielungen nur sie einzuschüchtern.

«Sie gehören auch zu dieser Sekte. Ich schließe mich keinen Kriminellen an. Und bestellen Sie Luzifer einen Gruß: Meine Seele bekommt er nicht!» Grob stieß sie ihn mit dem Ellenbogen beiseite und eilte Lattisaw hinterher.

«Wehr dich nur, aber es wird dir nichts nützen!», rief er ihr nach und Rebecca erschauerte.

Lattisaw und Mrs. Holyfield redeten im Keller. Sie lief die Treppe hinab und sah zurück, ob der Priester ihr folgte. Er tat es nicht. Noch nie hatte sie sich in der Gegenwart eines Menschen so unwohl gefühlt wie bei ihm. Wer fasste zu einem so bedrohlich wirkenden Geistlichen Vertrauen?

Mit jeder Stufe klopfte ihr Herz schneller. Lattisaw und Mrs. Holyfield standen im Vorraum. Hinter dem Rücken der Frau befand sich die Tür zu dem Kellerraum, in dem Rebecca eingesperrt worden war.

«Das ist der Raum», sagte sie und ging an den beiden vorbei darauf zu. Gleich musste Lattisaw erkennen, dass sie sich das alles nicht ausgedacht hatte. «Wir brauchen eine Taschenlampe, da drinnen gibt es kein Licht.»

Sie drückte die Klinke.

«Natürlich gibt es Licht.»

Mrs. Holyfield drängte sich an ihr vorbei und betätigte einen Schalter. Eine Lampe ging an, wo gestern noch der Draht aus der Decke gehangen hatte.

Rebecca fühlte sich elend. Das konnte doch nicht wahr sein! Sie sah sich im Kellerraum um. Keine Fässer, die Regale waren ordentlich mit Einweggläsern gefüllt, der zerbrochene Stuhl fehlte und auch auf dem Boden deutete nichts darauf hin, dass hier zwei Nephilim gestorben und zu Asche verglüht waren.

Sie rannte zum Fenster, unter dem jetzt ein Stuhl stand, stieg hinauf und begutachtete es genau. Selbst die Metallspitze hatten sie entfernt. Rebecca hätte vor Enttäuschung und Wut heulen können, aber sie wollte sich vor dem scheinheiligen Priester und seiner angeblichen Mutter keine Blöße geben und biss die Zähne zusammen.

«Und?», fragte Lattisaw.

Rebecca atmete tief ein, um nicht loszuschreien.

«Sehen Sie nun ein, Miss, dass Sie sich geirrt haben.»

Rebecca erkannte das gleiche triumphierende Leuchten in den Augen der Frau wie bei dem Priester.

«Ich weiß nicht, wie Sie es in der kurzen Zeit geschafft haben, dieses Haus so herzurichten, aber ich weiß, was ich erlebt habe.»

Rebecca schnaubte wütend. Sie wollte jetzt nur noch weg von hier, von diesen teuflischen Leuten. Wütend stürmte sie aus dem Haus und wartete am Wagen auf Lattisaw. Seine Miene verriet, dass er an ihrem Verstand zweifelte.

«Bei allem Respekt, Dr. Clancy, Sie sind eine fähige Ärztin, aber ...»

«Ich weiß, dass ich in diesem Haus gefangen gehalten wurde, auch wenn alles gegen mich spricht. Irgendwann werden auch Sie erkennen, wie gefährlich diese Sekte ist.»

Aaron hätte das bezeugen können, aber sie wollte ihn nicht belasten, schließlich hatte er ihre drei Entführer getötet. Wahrscheinlich hätte ihm die Polizei auch nicht abgekauft, dass von den Kerlen nur Staub übrig geblieben war anstatt einer Leiche.

«Ich nehme Sie zum Krankenhaus mit», bot er an.

Rebecca schüttelte den Kopf. «Ich habe dort gekündigt. Für einen neuen Job an der Westküste.»

«Der Wechsel wird Sie auf andere Gedanken bringen.»

Ja klar, ein wenig Abwechslung und sie würde vergessen, als wenn das so einfach wäre.

«Darf ich Sie irgendwo anders absetzen, Doc?»

«Bei der Pension Rosalia.» Sie nannte ihm die Adresse von Rosies Pension.

«Ziemlich verrufene Gegend.»

Rebecca antwortete nicht darauf, vielmehr beschäftigten sie die Worte des Priesters. Der Albtraum nahm kein Ende. Vielleicht hatte Lattisaw recht und der Umzug würde dies alles beenden.

Rebecca war erleichtert, als Rosie ihr die Tür öffnete.

«Rebecca, Gott sei Dank, ich habe mir Sorgen gemacht.»

Rosie wollte sie an sich drücken, aber Rebecca schob sie von sich und stöhnte. «Du hattest recht, ich hätte mir den Besuch auf dem Polizeirevier sparen können.»

«Komm ins Wohnzimmer und erzähl.»

Das Wohnzimmer war hell und gemütlich. Die Sofaecke wirkte wie eine Insel auf dem beigen Teppich inmitten des dunkleren Parketts. Rebecca bemerkte Aaron erst, als sie ein Rascheln hinter sich hörte. Er saß in einem Sessel mit hoher Rückenlehne, die Beine übereinander geschlagen und sah sie mit finsterer Miene an.

«Und? Haben sie dir geglaubt?», fragte er spöttisch.

Rebecca schüttelte den Kopf. Er war offensichtlich sauer auf sie. «Nein, haben sie nicht», gab sie zu.

Aaron schnaubte verächtlich. «Hast du tatsächlich geglaubt, dass dir die Cops die Story abkaufen? Männer, die zu Asche werden oder rote Augen besitzen, eine Sekte, die für den Teufel Seelen sammelt?»

«Lass sie doch erstmal in Ruhe erzählen.»

Rosie zog sie sanft am Arm zum Sofa. Rebecca setzte sich auf das weiche Polster und erzählte alles, ohne ein Detail auszulassen. Selbst die vermissten Frauen aus ihren früheren Wohnorten erwähnte sie.

Eine Weile herrschte Schweigen. Aaron rieb sich nachdenklich das Kinn und zupfte an seiner Unterlippe.

«Und du hast diesen Priester vorher noch nie dort gesehen?», durchbrach Rosie als Erste die Stille.

«Nein, das heißt vielleicht. Im Krankenhaus begegnen einem viele Menschen, und wenn man im Stress ist, nimmt man das nur am Rande wahr. Doch er besaß eine so düstere Ausstrahlung, dass es mir abwechselnd heiß und kalt den Rücken hinunterlief. Den hätte ich vorher bestimmt bemerkt.»

Auf der Fahrt hierher hatte sie sich über ihn vergeblich den Kopf zerbrochen.

«Kannst du ihn beschreiben?», fragte Rosie.

«Blond, etwa mein Alter, nicht viel größer als ich, nicht schmächtig, aber auch nicht muskulös und trug wie gesagt die typische Priesterkleidung. Nur nicht im Haus.»

Sie sah zu Aaron und erschrak über seinen wilden Blick. «Es muss der Verkünder gewesen sein», stieß er hervor und ballte die Faust.

«Der Verkünder?», fragte Rebecca.

Aaron sprang auf, als wollte er sich auf sie stürzen. Das Funkeln in seinen Augen ängstigte sie.

«Der Anführer der Sekte. Deine Aktion war brandgefährlich. Die hätten dich wieder verschleppen können!»

«Aber ich war doch gar nicht allein. Det...»

Aaron riss sie an den Schultern hoch. «Was glaubst du, hätte der gegen die ausrichten können? Nichts!»

«Die Polizisten haben auch eine Kampfausbildung und ich dachte, das Haus wäre leer.»

Ihr Einwand schien Aaron nicht zu überzeugen. «Die sind mit allen Wassern gewaschen. Und der Cop hat keine Erfahrungen mit Nephilim oder Dämonen. Da helfen keine Revolver oder Gewehre.» Er ließ sie los, wandte sich um und fuhr sich stöhnend durch sein dichtes Haar. «Sie werden es wieder versuchen. Ich muss los.»

Aaron eilte zur Tür.

«Wo willst du hin?», rief Rebecca ihm nach.

Sie ahnte, dass er noch einmal zum Viertel am Hudson River fahren würde. Jetzt waren die Sektenmitglieder gewarnt. Sie musste Aaron zurückhalten.

Rebecca rannte ihm hinterher. «Aaron, bitte warte!»

Er hatte seinen Mantel bereits übergestreift und hielt mit dem Rücken zu ihr inne. «Was hast du vor?», fragte sie beklommen.

Doch anstelle einer Antwort wandte er sich nur kurz zu ihr um. Seine Züge waren abweisend und ließen sie frösteln. Sie spürte seine Entschlossenheit wie Nadelstiche auf der Haut und ahnte, dass er nach dem Verkünder suchen wollte. Ein eisiger Ring der Angst legte sich um ihr Herz, als die Tür hinter ihm zufiel. Wäre sie doch nur nicht mit Lattisaw zu dem Haus gefahren und hätte Aaron nicht davon erzählt!

Doch jetzt war es zu spät, auch wenn sie es bitter bereute.

«Aaron weiß, was er tut», sagte Rosie hinter ihr.

Langsam drehte Rebecca sich zu ihr um. «Wenn ich nur geahnt hätte, dass er aufbricht, um nach diesem Priester zu suchen, dann ...»

«Er hätte es sowieso getan.»

Aber Rosies Worte trösteten sie nicht, sie hatte Angst um ihn.

11.

Dieser verfluchte, selbst ernannte Prophet fühlte sich sehr sicher. Rache pulsierte in jeder Faser von Aarons Körper. Ihm war jetzt noch schlecht, wenn er daran dachte, dass Rebecca ihm begegnet war.

Seine harschen Worte bereute er bereits, aber er war außer sich vor Sorge um sie gewesen. Wie konnte sie nur zur Polizei gehen und sich auch noch von dem Cop überreden lassen, zu dem Haus zu fahren?! Doch letztlich gab er sich selbst die Schuld. Er hätte wissen müssen, dass Rebecca niemand war, den er einschließen konnte.

Er entschied, zu dem Viertel am Hudson River zu fahren. Vorher wollte er jedoch einen alten Freund besuchen. Wenn einer mehr über die Apokalyptiker wusste, dann Ernest Macombe.

Aaron stürmte aus der Pension und rannte zur U-Bahn-Station. Er hasste diese Bahnen. Als er auf dem Gleis wartete, erregte ein zerknittertes Flugblatt, das durch den Luftzug zwischen den Wartenden über den Bahnsteig glitt, seine Aufmerksamkeit.

Er lief dem Papier nach und stellte den Fuß darauf, bevor es im Sog des Tunnels auf Nimmerwiedersehen verschwand. Die Schrift darauf war verblasst. Nur die Überschrift war schemenhaft zu lesen, wenn man den Zettel gegen das Licht hielt: *Folgt Luzifer. Die Zeit des Untergangs ist nahe.*

Am oberen Rand waren die Umrisse einer Kirche zu erkennen. Wütend zerknüllte er das Flugblatt und pfefferte es in den Papierkorb, der neben der Fahrplanauskunft hing. Diese Sekte entwickelte sich zur Plage.

Aaron kannte Ernest schon seit vielen Jahren, als er einmal im Kampf gegen Dämonen verletzt worden war und vor Luzifer hatte fliehen müssen. Ernest hatte ihm in seiner Kirche Unterschlupf gewährt. Seitdem trafen sie sich in regelmäßigen Abständen. Der Priester hatte mittlerweile seine Gemeinde an einen Kollegen abgegeben und arbeitete jetzt als Dozent am Manhattan Christian College. Ein ruhigeres Leben, wie er beteuerte. Seine Erfahrungen mit den dunklen Mächten hatten ihn dazu bewogen, die Satanisten zu studieren.

Ernest wohnte seit ein paar Monaten in einem Mietshaus in der Anderson Avenue, nur wenige Schritte vom College entfernt. Aaron hatte ihn angerufen und kurzfristig um ein Gespräch gebeten. Eine Stunde später betrat er den Fahrstuhl, der ihn in den zwanzigsten Stock des Mietshauses zu Ernests Wohnung beförderte. Ein seltsames Gefühl stieg in ihm auf, als er aus dem Lift trat. Jemand beobachtete ihn. Doch sein Blick suchte den langen Flur, der im Halbdunkel lag, vergeblich ab. Es roch muffig nach der Holzdecke, die sicherlich vom Wurm befallen war. An den Wänden blätterte die Farbe ab.

Aarons Muskeln spannten sich sofort an, als über ihm eine Tür zuknallte. Er lauschte. Nichts. Auch das Gefühl eines Beobachters hatte sich verflüchtigt. Seine Hand tastete nach dem Spyderco-Messer und umschlang den Knauf. Noch immer nichts. Nach einer Weile zuckte Aaron die Achseln und drückte den Klingelknopf von Ernests Wohnung, die schräg gegenüber vom Lift lag. Schritte erklangen hinter der Tür, bevor ihm der Afroamerikaner öffnete.

«Hallo, Ernest.»

Die Freude über seinen Besuch im Gesicht seines Gegenübers war offensichtlich und tat gut. «Aaron, schön dich wiederzusehen. Komm rein.»

Ernest trug selbst in seiner Freizeit die für einen Priester typische Kleidung, bestehend aus einer schwarzen Hose, weißem Hemd und schwarzem Pullover. Aaron konnte sich nicht daran erinnern, ihn je in etwas anderem gesehen zu haben.

Er folgte Ernest in das winzige, spartanisch eingerichtete Wohnzimmer, das von dem klobigen Ahornschreibtisch erdrückt wurde, den er aus dem Pfarrhaus der Baptistengemeinde mitgenommen hatte. Anstelle der Shakerstühle stand nun ein cognacfarbenes Sofa an der Wand, direkt neben einem überquellenden Bücherregal.

Aaron zog das Schwert zwischen den Schulterblättern hervor und ließ sich auf das Ledersofa sinken.

«Du kommst wegen der Apokalyptiker? Was ist geschehen?»

Ernest setzte sich hinter seinen Schreibtisch, stützte die Arme auf, faltete die Hände und sah ihn erwartungsvoll an. Der Freund war während seiner Arbeit als Gemeindepriester auf die Apokalyptiker gestoßen und wusste, zu welchen Gräueltaten sie fähig waren.

«Diese Sekte und ihr Anführer sind verantwortlich für den Tod unserer Prophetin.» Aaron beschrieb, was bei der Versammlung der Nephilim geschehen war, auch Luzifers Erscheinen erwähnte er.

Ernests Miene wechselte zwischen Zorn und Fassungslosigkeit. «Das konnten sie nur dank Luzifers Unterstützung wagen!»

«Die Aktivitäten der Apokalyptiker werden immer dreister und ausgeklügelter. Sie haben gestern eine Frau in ein Haus am Hudson River entführt. Durch Dämonenstaub war es mir gelungen, sie ausfindig zu machen und zu befreien. Du hast recht, der Verkünder fühlt sich durch Luzifers Rückendeckung mehr als sicher.»

Aaron umriss in groben Zügen die Geschehnisse der vergangenen Stunden. «Ich suche nach ihrem Anführer. Das unselige Treiben muss ein Ende haben, so schnell wie möglich. Du musst mir dabei helfen.»

Als Aarons Faust auf die Tischplatte knallte, schepperte der metallene Briefbeschwerer.

«Ich weiß nicht, ob ich das kann. Der Verkünder ist wie ein Phantom.» Ernest kratzte sich am Kopf. «Wenn man ihn greifen will, löst er sich in Nichts auf. Manche munkeln in die Hölle.» Er zog eine Grimasse, die Aaron klar machte, wie sehr auch Ernest sich wünschte, dass der Kerl im ewigen Feuer schmorte. Und er selbst würde dafür sorgen, dass er da auch hinkam. Auf Nimmerwiedersehen.

«Rebecca, die Frau, die ich gerettet habe, ist ihm begegnet. Und weißt du was? Er hat sie laufen lassen! Aber wieso? Die ganze Zeit über stelle ich mir die Frage und komme zu keinem Ergebnis.»

Ernest unterbrach ihn nicht. Hinter seiner gerunzelten Stirn schien er zu grübeln. «Wenn die Rebecca nichts angetan haben und auch kein Geld erpressen, bleiben nicht mehr viele Möglichkeiten. Vielleicht besitzen sie oder ihre Eltern etwas, was die Sekte begehrt.»

«Ihre Gabe?»

Ernest schüttelte den Kopf. «Warum gerade sie? Es gibt genügend andere, die über ähnliche Fähigkeiten verfügen. Nein, es muss was anderes sein.»

«Du meinst, dass die Sekte an ihr Wissen gelangen will? Klingt gut. Es würde auch erklären, weshalb er ihr nichts angetan hat.»

«Hast du sie gefragt, ob sie irgendwas über die Apokalyptiker weiß? Oder ihre Eltern?»

«Sie schwört Stein auf Bein, dass sie nichts weiß, und ich glaube ihr. Ihre Angst war nicht gespielt.»

Die Variante, dass ihre Eltern mit der Sekte in Verbindung stehen könnten oder gestanden haben und sie nichts davon gewusst hatte, erschien ihm plausibler.

«Was weißt du über sie?»

Ernests Frage erwischte Aaron kalt. «Ehrlich gesagt, nichts.»

«Du solltest noch mal mit ihr reden. Vielleicht hat sie was übersehen oder vergessen?»

«Du hast recht. Sobald ich zurück bin, werde ich sie nach ihren Eltern fragen.»

Vielleicht waren ihre Eltern Mitglieder der Sekte und besaßen brisante Informationen? Oder hatten ihre Seelen verpfänden müssen?

«Habt ihr eigentlich über die im Internet recherchiert?»

Aaron schüttelte den Kopf.

«Hm, es soll da eine geheime Plattform geben, auf der sie sich austauschen. Leider bin ich eine technische Null und vergesse sogar mein eigenes Passwort. Gibt es da nicht einen unter euch, der quasi ein Informatikgenie ist? Wie hieß der noch gleich ...»

Ernest schnippte mit den Fingern. Aaron wusste sofort, an wen er dachte.

«Du meinst Seth. Der ist seit der Affäre mit deiner Schwester und Greenberg spurlos verschwunden. Wir wissen nicht, ob er überhaupt noch lebt.»

Aber wir könnten ihn jetzt wirklich gut gebrauchen, ergänzte Aaron in Gedanken.

«Schade. Die Sekte agiert im Geheimen. Ich kenne zwar einige ihrer Anhänger, Nephilim und auch Menschen, sie gehörten früher zu meiner Gemeinde, aber leider sind sie nicht gerade kooperativ. Sobald du sie nach der Sekte fragst, schweigen sie. Ich habe wenigstens den Namen ihres Anführers erfahren: Joshua. Seine Herkunft liegt im Dunkeln. Er soll sich eine Zeit lang in Rom aufgehalten haben. Aber das kann niemand mit Gewissheit sagen.»

Wenn der Verkünder tatsächlich in Rom gewesen war, wussten auch seine Lehrmeister davon. Die Gegenwart eines neuen Nephilim sprach sich in ihren Kreisen sehr schnell herum. *Weshalb hatte Alessandro nie etwas erwähnt?*

«Sie sind wie eine Phalanx der Hölle. Alle halten zusammen aus Ehrfurcht vor ihrem Anführer.»

Aaron schnaubte verächtlich. Ernest war still geworden. Irgendetwas beschäftigte ihn. Aaron forschte in der Miene des Freundes, aber nichts verriet etwas über dessen Gedanken. Er hätte sich auch einfach in seinen Geist einklinken können, aber Freunde waren tabu.

«Woran denkst du, Ernest?»

«Du sagtest, der Verkünder und Luzifer hätten einen Pakt wegen der Seelen geschlossen. Aber diese entführten und ermordeten Frauen passen da irgendwie nicht rein.»

Ernest rieb sich nachdenklich übers Kinn. Aaron hasste es im Dunkeln zu tappen. Es war viel leichter einen Dämon zu erledigen, als diesen verfluchten Verkünder zu schnappen. Hinter dessen Stirn konnte er schauen.

Ernest stützte seufzend den Kopf in die Hände. «Der Verkünder braucht Luzifer zur Durchsetzung eines Plans. Diese ganzen Selbstentzündungen, sie deuten darauf hin ...»

Aaron verstand sofort, worauf Ernest hinauswollte. «Dass sie Seraphiel vom Bann befreien wollen. Natürlich. Der Verkünder ist auf Luzifers Hilfe angewiesen. Während Luzifer und seine Schergen die Gewalten überwältigen, könnte der Verkünder seinen Vater vom Bann befreien. Aber wie soll ihm das gelingen?»

Selbst ein Erzengel vermochte die Gewalten nicht zu täuschen.

«Exsolutio», sinnierte Ernest.

«Erlösung? Du glaubst daran?»

Aaron hatte von dieser Legende gehört, sie aber als Wunschdenken der Verbannten eingestuft.

«Vielleicht ist es doch nicht nur ein Mythos.»

Ernests Worte stimmten ihn nachdenklich. Aaron erinnerte sich an das, was ihm seine Mutter einst erzählt hatte. Bereits vor der Rebellion sympathisierten einige Engel mit Luzifer und begehrten gegen die göttlichen Befehle auf. Sie fühlten sich dazu berufen, die Menschen selbst für ihre Sünden zu bestrafen, und handelten in purer Willkür. Dafür wurden sie ins Fegefeuer verbannt. Der Beginn der Rebellion. Und einer dieser Engel war Seraphiel. Der Name seines Feindes schmeckte bitter auf seiner Zunge.

«Aber wie ...?»

«Die Prophezeiung über das Exsolutio ist in einem Buch von der Erleuchteten niedergeschrieben worden. Es wäre für die Apokalyptiker von unschätzbarem Wert. Es konzentriert sich auf den Nephilim, der die Gabe besitzt, die im Fegefeuer gefangenen Engelseelen zu erlösen. Wenn dieses Buch in die Hände des besagten Nephilim gerät, könnte er Seraphiel und all die anderen aus der Verbannung befreien.»

«Und du glaubst, dass der Verkünder dieses Buch bereits besitzt?»

Ernest schüttelte den Kopf. «Ich glaube eher nicht, sonst hätte er doch bereits seinen Vater erlöst.»

«Vielleicht hat er die Frauen entführt in der Hoffnung, dass sie etwas über den Verbleib des Buches wissen?»

Nicht auszudenken, welche Macht der Verkünder besitzen würde, wenn es sich bestätigte, dass er der besagte Nephilim war. Die Vorstellung löste in Aaron Entsetzen aus. Er musste dieses Buch finden, noch bevor es in dessen Hände gelangte. Niemals durfte Seraphiel seinem Gefängnis entkommen und einen Schritt in diese Welt setzen!

«Finde das Buch und verhindere, dass Seraphiel und die anderen ihre Freiheit erlangen. Diese Sekte muss zerschlagen werden.»

Ernest besaß ein persönliches Interesse daran, die Apokalyptiker zu vernichten. Vor einiger Zeit war auch seine Schwester Tessa in die Fänge der Satanisten geraten und nur dank Nathanael ihrem bereits sicheren Tod entronnen.

Aaron sah ihm an, wie sehr die Vergangenheit noch immer an Ernest nagte, wie er sich mit Selbstvorwürfen quälte. «Mach dir keine Vorwürfe, jeder kann sich in Menschen täuschen», versuchte Aaron den Freund zu beruhigen.

«Ich hätte sehen müssen, was um mich herum vorging, aber ich war blind. So blind!» Ernest schlug die Hände vors Gesicht.

«Was meinst du, wie oft ich mir die Frage gestellt habe, ob meine Mutter und mein Stiefbruder noch leben könnten, wenn ich nicht vom Ehrgeiz besessen gewesen wäre. Oder Cynthia, wenn ich eher auf der Versammlung eingegriffen hätte. Aber es ist gelaufen.»

«Tessa wird mir nie verzeihen.» Er stöhnte auf.

«Sie ist doch bei dir gewesen, nicht wahr?»

Ernest nickte.

«Sie hat dir verziehen, nur du selbst kannst es nicht.»

In den Augen des Freundes leuchtete es hoffnungsvoll auf. «Du hast recht. Ich kann einfach nicht vergessen. Fast hätte ich Tessa verloren! Es tut mir leid, dass auch du Menschen verloren hast, die dir etwas bedeuten.»

Aaron schwieg. Seine Rachegedanken waren das Einzige, das ihn am Leben erhalten hatte und ihn jetzt vorantrieb. Ernest sah ihn nachdenklich an. Er lehnte sich im Stuhl zurück und rückte seine Brille zurecht.

«Rache macht blind. Was ist, wenn wir uns irren und der Verkünder doch nicht Seraphiels Sohn ist?»

Aarons Kopf ruckte hoch. «Ich habe bei dieser Versammlung die gleichen dunklen Schwingungen gespürt wie damals, als Seraphiel seinen Rachefeldzug begann und das Haus meiner Mutter anzündete.»

Er hielt kurz inne und holte tief Luft, um alles aus seiner Erinnerung zurückzurufen. Die Schwingungen hatten auf seiner Haut wie Glaswolle gekratzt. Das hatte er sich nicht eingebildet.

«Ich stand in seiner Nähe und habe die Schwingungen gefühlt. Ich bin mir ziemlich sicher, dass der Verkünder Seraphiels Nephilim ist. Meine Sinne haben mich noch nie im Stich gelassen. Und ich werde ihn finden.» Aaron las Zweifel und Angst in Ernests Miene. «Hey, mir wird nichts passieren.» Er lächelte Ernest aufmunternd zu.

«Möge der Herr mit dir sein.» Ernest ging um den Schreibtisch herum und umarmte ihn zum Abschied.

Es war schon dunkel, als Aaron die Wohnung des Priesters verließ. Draußen blies ein kalter Wind. Er stellte zum Schutz den Kragen seines Mantels hoch. Immer wieder blickte er über die Schulter zurück, als er spürte, dass ihm jemand folgte. Es war weder ein Dämon oder Gefallener, noch ein Mensch.

Aaron hasste es, den Verfolger nicht einschätzen zu können. Er versteckte sich hinter der nächsten Hausecke und wartete auf ihn. Aber außer einer Handvoll betrunkener Jugendlicher, die einen aktuellen Hip-Hop-Song grölten, war niemand weit und breit zu sehen. Nachdem ihre Stimmen verklungen waren, hörte er nichts außer dem üblichen Großstadtlärm. Keine Schritte, kein Atmen, kein Rascheln, nichts. Anscheinend hatte der Verfolger aufgegeben.

Dieses Mal bereute er es nicht, sich für die U-Bahn entschieden zu haben, denn das Spiel der Yankees war gerade zu Ende und die Straßen verstopft von den Besuchern, die aus dem Stadion strömten. In der U-Bahn-Station beobachtete er zwei Männer, die die Wartenden auf den Bahnsteigen ansprachen und Flugblätter verteilten.

Nephilim! Die dunkle Ausstrahlung war unverkennbar. Aaron fischte einen ihrer Zettel aus dem Müllkorb. Und wieder die Apokalyptiker. Das hätte er sich denken können. Dieselben Worte wie vorhin.

Er steckte den Zettel in die Manteltasche und lief den beiden Nephilim auf dem Bahnsteig hinterher. Aaron erwog die beiden zu stellen, überlegte es sich aber im letzten Moment anders und beobachtete stattdessen jeden ihrer Schritte. Nach einer Weile packten sie die letzten Flugblätter zusammen und stiegen in die nächste Bahn ein.

Aaron sprintete hinterher in den Wagen. Nach einem Dutzend Stationen verließen sie die Bahn schließlich an der Hochstation in Harlem und liefen die Treppe hinunter. Aaron wusste aus Nathanaels Beschreibungen, dass sich um die Ecke eine stillgelegte U-Bahn-Station befand, in der sich die Apokalyptiker früher getroffen hatten. In dem Tunnel hatte auch ein Höllentor existiert. In der Zwischenzeit hatte Luzifer es sicher versiegelt. Aber vielleicht nutzte die Sekte den Ort noch immer.

Die düstere Ausstrahlung des Höllentors schwebte wie eine Dunstglocke über dem verlassenen Betongebäude. Sein Schwert vibrierte auf dem Rücken. Hätte Nathanael damals das Gleiche gespürt, wäre ihm die unliebsame Begegnung mit dem Gefallenen erspart geblieben. Aber die Fähigkeiten eines Blutengels reiften verschieden aus und wuchsen mit jedem Jahr heran. Aarons Sinne reagierten besonders sensibel auf Schwingungen.

Eine Weile beobachtete er von der gegenüberliegenden Straßenseite aus die verschlossene Tür des Tunnels. Wie schon in Ernests Haus spürte er erneut die seltsamen Vibrationen seines Verfolgers. Absätze klapperten auf dem Asphalt und weckten Aarons Aufmerksamkeit. Eine Blondine näherte sich dem Tunnel. Aaron kniff die Augen zusammen, sein Herzschlag beschleunigte sich. *Rebecca? Steckte sie mit dem Verkünder unter einer Decke?*

Bevor er seinen Gliedern befehlen konnte, ihr zu folgen, verschwand sie schon durch das Tor im Innern des Tunnels. Die beiden Männer mit den Flugblättern folgten ihr. Aaron spürte die Gewaltbereitschaft der beiden und fürchtete um Rebecca. Und er hatte geglaubt, sie hätte aus der Erfahrung mit Lattisaw gelernt.

Aaron eilte über die Straße. Es gelang ihm, das Tor geräuschlos aufzuziehen und genauso wieder hinter sich zu schließen. Leise schlich er im Halbdunkel voran. Unten im Tunnel brannten Fackeln, deren Licht heraufleuchtete und einen Teil des oberen Bereichs erhellte.

Das Klappern der Absätze hallte durch die Station. Bevor er sich die Frage stellen konnte, wo die beiden Nephilim abgeblieben waren, hörte er Stimmen. Aaron erreichte die Treppe, die hinab zu den ehemaligen Bahnsteigen führte. Sein Blick suchte nach dem Höllentor. Nur eine Rußschicht zog sich vertikal über eine Seite der Tunnelmauer, an der Stelle, wo es sich befunden haben musste. Luzifer hatte es tatsächlich versiegelt.

Aaron lehnte sich an die Mauer und blickte über das Treppengeländer nach unten. Rebecca ging auf und ab, dann drehte sie sich zu den Nephilim um, die die Treppe hinabstiegen.

«Wo ist der Verkünder?», fragte sie barsch.

Die Stimme gehörte eindeutig Rebecca. Die Enttäuschung brannte wie Säure in seinen Adern.

«Er wird nicht kommen. Du musst uns schon sagen, was du willst», forderte der Schmächtigere von beiden.

Aaron konnte von oben erkennen, dass sie etwas hinter dem Rücken versteckte. Was wollte sie von dem Verkünder? Er wollte ihr Gesicht sehen. Doch wenn er sich weiter vorbeugte, könnte die Bewegung seine Anwesenheit verraten. Verdammt!

Was trieb sie dazu? Neugier? Verzweiflung? Ihre Eltern?

Aaron presste die Kiefer fest zusammen und unterdrückte ein Knurren.

«Ich lasse mich nicht so leicht abspeisen. Es war abgemacht, dass ich ihn hier persönlich treffe.»

Mutig reckte Rebecca das Kinn vor und straffte die Schultern. Genauso mutig, wie sie den Nephilim mit dem Stuhlbein geschlagen hatte. Und doch lag da ein seltsames Glitzern in ihren Augen, wie er es noch nie zuvor bemerkt hatte.

«Da hast du Pech gehabt, Babe.» Die beiden lachten hämisch.

«Dann ziehe ich den Deal eben allein durch.»

Was hatte sie nur vor?

Die Nephilim rückten dichter zusammen, bis sich ihre Schultern berührten. Eine Gestalt schälte sich aus dem dunklen Tunnel. Aaron hielt den Atem an. Der Verkünder! Seine Engelsrune am Hals pulsierte. Er musste Seraphiels Nephilim sein. Endlich bot sich Aaron die Gelegenheit, sich zu rächen.

«Meinst du *den* Deal?»

Der Anführer ging langsam auf sie zu, die beiden Nephilim wichen beiseite, um ihn durchzulassen. *Was konnte sie nur mit dem Deal meinen?* Wut und Enttäuschung ballten sich in Aaron zu einer explosiven Mischung zusammen.

«Komm herunter, Blutengel. Ich weiß, dass du dort oben bist!», rief der Verkünder zu ihm herauf.

Aaron schlüpfte aus dem Mantel, der ihn im Kampf nur beengt hätte, zog das Schwert aus der Scheide und schwang sich über das Geländer. Nur einen Atemzug später landete er vor seinem Feind. Die schmalen Lippen seines Widersachers verzogen sich zu einem boshaften Grinsen.

«Du willst doch den Kampf? Den kannst du haben.»

Der Verkünder holte unter dem geschlitzten Talar, der einen roten Stehkragen hatte, ein Schwert hervor. Aaron kniff die Augen zusammen. Das eingravierte Symbol auf dem Schwert seines Gegners war eine abstrakte Flamme.

Woher hatte dieser Mistkerl dieses Engelsschwert? Eine solche Waffe musste sich ein Blutengel oder Nephilim während seiner Ausbildung verdienen. In den Reihen der Engel und ihrer Verbündeter gab es also einen Verräter! Aarons Hände umklammerten den

Knauf fester. Er belauerte seinen Gegner. Aus dem Augenwinkel bemerkte er, dass die Nephilim zurückwichen.

«Rebecca, komm hierher!», rief er ihr zu.

Sie antwortete nicht, und als er sich umsah, war sie verschwunden. Irgendetwas stimmte nicht mit ihr. Rebecca wäre niemals blindlings in den Tunnel gelaufen.

Dämonen war es möglich, Trugbilder zu erschaffen. Er musste auf eines hereingefallen sein. Warum spürte er dann nicht dessen Gegenwart?

Aaron wischte diese Gedanken beiseite und konzentrierte sich auf sein Gegenüber. Es gab viele Nephilim, die mit einem Schwert umzugehen vermochten, aber nur besonders Talentierte wurden tatsächlich unterrichtet. Der Verkünder gehörte wegen seines Vaters zu denjenigen, die niemals den Palazzo degli Angeli betreten durften. Aber hatte Ernest nicht davon gesprochen, dass der Sektenführer in Rom gewesen war?

Der Verkünder startete mit einer gezielten Attacke, der Aaron jedoch ausweichen konnte. Die Wendigkeit und Geschicklichkeit seines Gegners überraschte Aaron. Kaum dass er diesen Gedanken beendet hatte, schwang sein Widersacher das Schwert erneut. Blitzschnell drehte Aaron sich und wehrte den Hieb ab. Die Klingen stießen klirrend zusammen, Flammen schossen hervor und verloschen wieder, als die Schneiden sich trennten.

«Du wirst für Cynthias Tod büßen!»

Aarons Wut steigerte die Wucht seiner Schläge, mit denen er den Verkünder in die Defensive trieb.

«Sie hat es nicht anders verdient», keifte sein Erzfeind zurück, sprang hoch und wirbelte dann herum, um seinen Hieb bei Aaron zu platzieren.

Ein typischer Trick seiner Lehrmeister in Rom, kam es Aaron in den Sinn. Die bittere Erkenntnis, dass es in ihren Reihen einen

Verräter gab, entlud sich in seiner Wut und steigerte Tempo und Kraft seiner Schläge. Wie eine silbrig glitzernde Mondsichel sauste sein Schwert nur knapp über dem Kopf des Gegners vorbei, der sich geschickt wegduckte. Er musste diesen teuflischen Priester vernichten.

Seine Routine und die Kampferfahrung zahlten sich jetzt endlich aus und schnell drängte er den Verkünder zurück. Er sah die Schweißperlen auf dessen Stirn und hörte sein Keuchen. Mit einem gezielten Treffer plante Aaron, ihm das Schwert aus der Hand zu schlagen. Er setzte zum entscheidenden Hieb an, als er eine Bewegung neben sich wahrnahm.

Der Verkünder! Wie war das möglich? Der Kerl hatte sich verdoppelt. Aaron unterdrückte einen Fluch. Der Kampf mutierte zu einer ungewohnten Herausforderung. Sein Schwert surrte durch die Luft. Kaum wich der eine Gegner zurück, griff ihn der andere an. Aaron fiel es immer schwerer zu unterscheiden, wen er vor sich hatte oder ob er gegen reine Trugbilder kämpfte. Das schnelle Kreisen, die Attacken, alles zwang ihn dazu, seine Sinne noch mehr zu konzentrieren.

Doch nach einer Weile gelang es ihm, einem der Doppelgänger das Schwert aus der Hand zu schlagen. Es flog in hohem Bogen durch die Luft und krachte gegen Beton.

«Lauf, mein Sohn!», rief der Doppelgänger.

Aaron wollte sich auf den Unbewaffneten stürzen, aber der andere versperrte ihm den Weg. «Jetzt musst du mit mir vorlieb nehmen.»

Der Doppelgänger und die beiden Nephilim rannten davon. Das Echo ihrer Schritte schallte durch den Tunnel. Das Schwert des Gegners sauste auf Aaron nieder. Er konnte sich gerade so mit einem Hechtsprung zur Seite retten. Dieser Widersacher war noch wendiger und kampferprobter als der andere.

Die Züge des Verkünders verschwammen vor seinen Augen und Rebeccas erschienen, dann zeigte sich ihm wieder ein anderes Gesicht. Die blonden Haare wurden dunkler. Das Wesen vor ihm wandelte seine Gestalt so schnell, dass ihm schwindlig wurde.

Binnen weniger Sekunden stand vor ihm ein Engel. Sein schwarzes Haar und die schwarze Kleidung bildeten einen Kontrast zu den weißen Schwingen, die er ausbreitete wie ein Vogel, der seine ersten Flugübungen vollführte. Aaron schüttelte den Kopf, um seine Benommenheit zu vertreiben. Sein Widersacher stand mit dem Schwert in der Hand ihm gegenüber. Wider Erwarten griff er nicht an, sondern taxierte ihn.

«Uriels Sohn.»

Seine Hand fuhr an der scharfen Klinge hinauf und hinab, bis sie leicht vibrierte. Aaron kniff die Augen zusammen, denn im nächsten Augenblick stand er seinem Spiegelbild gegenüber. Kaum hatte er sich an den Anblick gewöhnt, zeigte der Engel wieder seine Gestalt. Unter seinem linken Auge zog sich eine Narbe, die nur von Engelsfeuer stammen konnte. Er war ihm noch nie begegnet und kannte ihn nur aus den Legenden: Ariel, der Engel der tausend Gesichter.

«Ariel», stieß Aaron wütend hervor.

Er ärgerte sich, auf die Täuschung hereingefallen zu sein. Ariel musste seine Gefühle für Rebecca gespürt und deshalb ihre Gestalt angenommen haben. Aaron verwünschte sich, weil er an ihr gezweifelt hatte.

Ariels Lippen verzogen sich zu einem geringschätzigen Lächeln. «Du bist auf meinen kleinen Trick hereingefallen, Blutengel. Ich konnte in deinem Gedächtnis lesen wie in einem offenen Buch. In euch Mischwesen steckt zu viel Menschlichkeit, zu viele Emotionen, die euch schwächen. Schlecht für dich, gut für mich.» Er kicherte.

«Was willst du? Und was hast du mit dem Verkünder zu schaffen?» Aarons Hände umfassten den Schwertknauf noch fester.

«Ich kann nicht länger tolerieren, dass du dich in meine Geschäfte einmischst.» Sein Arm schoss mit dem gezückten Schwert vor. «Halte dich von ihm fern oder ich werde dich vernichten.» Seine sanfte Stimme konnte nicht über seinen kalten Blick hinwegtäuschen.

«Ach, und du glaubst, dass mich deine Drohung beeindruckt? Soll ich mich etwa vor dir fürchten?» Aaron hielt eine Hand hoch und zitterte gespielt.

«Du wirst schon sehen, was du davon hast, dich mit mir anzulegen!», donnerte Ariel.

«Hast du dich jetzt auch auf Luzifers Seite geschlagen? Ist der Verkünder dein Handlanger?»

Ariels Miene blieb ausdruckslos. «Ich gehöre keiner Seite an, merk dir das, und das wird sich auch nicht ändern. Es gibt nichts Besseres, als ein freies Leben zu führen und sein eigener Herr zu sein.» Ein langer Seufzer folgte. «Ihr Blutengel tut mir leid. Immer müsst ihr die Befehle eurer Väter ausführen. Ich konnte immer tun und lassen, was ich wollte. Bin niemandem Rechenschaft schuldig.»

Alle Engel der höheren Chöre besaßen das androgyne Aussehen, das sie auch dann nicht verloren, wenn sie sich Luzifer anschlossen. Auf den ersten Blick hatte jeder Schwierigkeiten, ihnen ein Geschlecht zuzuordnen.

Sie besaßen ja auch nicht wirklich eines, dachte Aaron gehässig.

Er überging die Anspielung des Renegaten. «Irgendwann musst du dich für eine Seite entscheiden, ob du willst oder nicht, Ariel.»

Der Engel legte den Kopf zurück und lachte. Dann verstummte er abrupt und seine Miene verfinsterte sich.

«Schluss jetzt mit diesem Geplänkel!» Ariels Stimme hallte durch den Tunnel wie eine Posaune, bevor er sanfter fortfuhr. «Es langweilt mich. Um der einstigen Verbundenheit zu deinem Vater willen warne ich dich ein letztes Mal. Brich die Suche nach dem Verkünder ab oder ich sorge dafür, dass du in Ungnade fällst und in der Hölle landest.» Die letzten Worte des Engels klangen wie das Zischen einer Schlange.

Doch Aaron dachte nicht daran, sich von ihm einschüchtern zu lassen. «Ich lasse mir nicht von dir drohen, Ariel!»

«Gut, wenn du nicht anders willst, dann beweise ich dir, dass meine Warnung ernst zu nehmen ist.»

Aaron spürte, wie etwas in sein Hirn drang und seinen Körper lähmte. Etwas zwang ihn in die Knie. Die Kraft dieses Engels überstieg bei Weitem die der Gefallenen. Aaron fluchte und versuchte sich darauf zu konzentrieren, die Energie in seinem Innern zu sammeln, um sie gegen seinen Gegner einzusetzen. Je mehr er sich zur Wehr setzte, desto stärker musste Ariel dagegenhalten. Das schwächte auch einen Engel. Aaron presste die Kiefer fest zusammen. Allein seine Willenskraft war gefragt. Die freigesetzte Energie durchflutete sein Hirn, bis er dachte, es würde platzen.

Unzählige Bilder tauchten in rasanter Abfolge vor seinen Augen auf. Sie stammten aus Ariels Erinnerungen. Ein Sammelsurium von Eindrücken, Menschen aus einer anderen Zeit, Kriege, Hungersnöte, bis er den Verkünder sah, Rebecca, seinen Vater und Seraphiel, der aus dem Feuer trat. Abrupt riss der Gedankenstrom ab und Aaron spürte, wie die Kraft Ariels nachließ.

«Du ... wirst mich nicht ...besiegen», stieß Aaron zwischen zusammengebissenen Zähnen hervor.

Ariel hob sein Schwert, um es Aaron in den Leib zu bohren. Da Aarons Arme noch immer steif waren, richtete er seine Anstrengungen auf das Mentale. Sein Atem ging stoßweise, als die Energie seinen Körper verließ.

Ariels Arm begann zu zittern. Die Schwertspitze drückte sich in Aarons Schulter, bohrte sich durch den Pullover und schnitt die darunterliegende Haut auf. Die Klinge glitt tiefer, bis es Aaron endlich gelang, den mentalen Ring des Engels zu sprengen, der sich um sein Hirn geschlossen hatte.

Sofort fiel die Starre von ihm ab. Das Schwert Ariels fiel klirrend zu Boden und der Engel zog sich zurück. Aaron rappelte sich auf und schwankte keuchend. Der Engel breitete seine Flügel aus.

«Das nächste Mal wirst du mich nicht besiegen, Blutengel!», rief er und verschwand im Dunkel des Tunnels.

Dann war nur noch das gleichmäßige Schlagen seiner Flügel zu hören. Aaron war zu erschöpft, um seine Schwingen zu entfalten und ihm zu folgen. Er fluchte laut. Der Gegner hatte seine Unwissenheit und das Überraschungsmoment für sich ausgenutzt.

«Wir sehen uns wieder, Ariel und dann werde ich dich und den Verkünder vernichten! Das schwöre ich!», schrie er ihm hinterher und wischte sich den Schweiß von der Stirn.

Er drehte sich um und zuckte vor Schmerz zusammen. Sein Pullover war blutdurchtränkt. Er hob seinen Mantel auf, der über das Geländer nach unten gerutscht war und hielt vor Schmerz die Luft an, als er ihn überzog. Dieser verfluchte Renegat.

Aaron brüllte wütend auf. In den Erinnerungsfetzen Ariels, die sein Gehirn geflutet hatten, hatte er erkannt, wie nah der Renegat dem Verkünder stand, wie einem Sohn. Sollte er wirklich Ariels Sohn sein und nicht Seraphiels? Doch wen hatte er bei dem Treffen gespürt? Seine schmerzende Rune ...

Er würde die Wahrheit herausfinden, schwor er sich.

12.

Die Furcht um Aaron trieb Rebecca um und auch die letzten Geschehnisse ließen ihr keine Ruhe. Wenn sie sich nicht ablenkte, würde sie noch durchdrehen. Wie ein eingesperrtes Tier wanderte sie ihr Pensionszimmer auf und ab, bis sie sich entschloss, einige letzte Telefonate zu führen – mit ihrem Vermieter, der Telefongesellschaft und Fran. Zum Schluss steckte sie die Wohnungsschlüssel ins Kuvert, notierte die Adresse ihres Vermieters und ging hinunter, um den Brief in den Postkasten zu werfen.

«Ich muss eh morgen zur Post.» Rosie nahm ihr den Brief ab, dann hielt sie inne. «Du siehst schlecht aus, Rebecca.»

«Ich fühle mich auch so. Ich ... ich mache mir Sorgen um Aaron.» Rebecca seufzte.

«Ich auch, aber ich habe mich mit der Zeit daran gewöhnt, dass er ein gefährliches Leben führt. Ich versuche mich dann immer abzulenken.»

«Genau das habe ich auch versucht. Aber es klappt nicht richtig.»

Rosie nahm Rebeccas Hand und drückte sie sanft. «Er weiß, was er tut, glaub mir, und er ist gut darin.»

Die Worte nahmen ihr das beklemmende Gefühl nicht ganz, aber milderten es. In der kurzen Zeit hatte sie in Aarons Schwester eine Freundin gefunden. «Mag sein und trotzdem ... Es ist alles meine Schuld. Hätte ich nicht von ...»

«Mach dir keine Vorwürfe», unterbrach Rosie sie. «Außerdem ist es Aarons Aufgabe ...» Rosie brach erschrocken ab.

«Was heißt, es ist seine Aufgabe? Welche Aufgabe überhaupt?», hakte Rebecca sofort nach.

Rosie schlug sich die Hand vor den Mund. «Ups, ich hätte das nicht sagen dürfen, ist mir so herausgerutscht. Aaron wollte es dir selbst sagen», redete sie sich heraus.

«Anscheinend hat hier jeder ein Geheimnis. Rosie, ich muss es wissen. Seine Aufgabe? Da steckt doch mehr dahinter.» Rebecca sah sie eindringlich an.

«Ich kann nicht, Rebecca, ich habe es versprochen ... bitte, dränge mich nicht. Er wird dir alles erklären.»

Rebecca hasste Andeutungen. «Gut, hoffen wir das Beste. Aber ich muss gestehen, dass ich enttäuscht bin, sehr sogar, weil niemand offen mit mir redet. Ich habe geglaubt, dass du anders bist.»

«Tut mir leid, Rebecca, ich breche kein Versprechen.»

«Schon gut, aber du musst auch verstehen, dass ich Antworten auf meine Fragen haben möchte. Schließlich sind die Kerle hinter *mir* her!»

«Das ist mir klar, aber ...» Rosie zuckte mit den Achseln.

Natürlich konnte Rebecca verstehen, wenn sie schwieg, weil sie es versprochen hatte. Doch diese Geheimniskrämerei war hier fehl am Platz. Diese Typen hatten versucht sie umzubringen.

«Hier geht es um mein Leben!»

Betroffenheit zeichnete sich auf Rosies Gesicht ab. «Ich ... es tut ... mir leid ...»

«Das reicht mir nicht.»

Wie konnten Rosie und auch Aaron dennoch schweigen? Nur wenn Rebecca mehr über die Hintergründe erfahren würde, hätte sie vielleicht eine Chance gegen ihre Gegner vorzugehen. Rosies Verhalten brachte sie auf. Dennoch wusste Rebecca, trotz der kurzen Zeit, die sie sich erst kannten, dass sie von Rosie nicht mehr erfahren würde. Enttäuscht wandte sich sie um und lief die Treppe hinauf zu ihrem Zimmer.

Rebecca schaltete den Fernseher ein. Das hätte sie besser lassen sollen, denn wieder wurde über den Leichenfund einer jungen

Frau berichtet. Veronica Bale aus San Diego. Rebecca erstarrte. Es war ihre ehemalige Kommilitonin, mit der sie viel Zeit verbracht hatte. Auch sie, so hieß es in dem Bericht, sei Opfer religiöser Fanatiker geworden.

Was verband diese Frauen mit den Apokalyptikern? Und was mit ihr? Es musste einen Zusammenhang geben, das spürte sie. Sie kaute im Geist alle Möglichkeiten durch, ohne zu einem Ergebnis zu kommen.

Das Brennen an ihren Armen kehrte schlagartig zurück. Rührte es wirklich nur vom Stress oder warnte es sie vor etwas? Besaßen die anderen Frauen vielleicht ähnliche Fähigkeiten? Warum hatte der Prediger, der vielleicht ihr Anführer war, sie gewarnt, anstatt sie festzuhalten und zu töten?

Die Puzzleteile wollten sich nicht zusammenfügen. Diese Fragen schwirrten unaufhörlich in ihrem Kopf herum, und es deprimierte sie zunehmend, dass sich immer wieder neue zu ihnen gesellten. Ihre Mutter hatte Gail gekannt. Vielleicht brachte sie Rebecca auf eine Idee. Sie wählte die Handy-Nummer ihrer Mutter und trommelte während des Rufzeichens mit den Fingern auf den Knien.

«Hi Mom, wie geht es euch?», fragte sie betont überschwänglich, sonst hätte ihre Mutter ihr gleich angemerkt, dass etwas nicht stimmte.

«Liebes, alles bestens. Und bei dir?»

Es tat so gut, ihre Stimme zu hören und zu wissen, dass sie wohlauf waren. «Gut. Mir geht es gut.»

«Wirklich? Du betonst das so.»

Verdammter Mutterinstinkt, dachte Rebecca.

«Nein Mom, mir geht es wirklich gut. Ich bin nur ein wenig aufgeregt und zähle die Stunden, bis ich bei euch sein kann.» Es bedrückte sie, ihrer Mutter etwas vorspielen zu müssen, aber sie wollte sie nicht beunruhigen. Sie würde sonst sofort zu ihr fliegen. «Mom, kannst du dich eigentlich noch an Gail Sheridan erinnern?»

«Gail Sheridan, Gail Sheridan ... ja natürlich, war das nicht die sympathische, blonde Krankenschwester, mit der du auf dieser schrecklichen Party gewesen bist?»

«Ja Mom, genau diese Gail. Sie wurde ermordet. Sicher hast du in den Nachrichten davon gehört.»

«Nein, habe ich nicht. Das ist ja schrecklich. Becky, hattest du etwa noch ... Kontakt zu ihr?»

Rebecca hörte einen ängstlichen Unterton aus der Frage heraus. «Nein, ich ...»

«Na, dann ist es ja gut», fiel ihre Mutter ihr schnell ins Wort. Sie hörte sich zu erleichtert an, was Rebecca hellhörig werden ließ. Als befürchtete sie, Rebecca könnte weitere Fragen stellen, erzählte ihre Mutter von einer alten Schulfreundin, die sie neulich getroffen hatte.

Aber Rebecca blieb hartnäckig. «Mom, es werden noch weitere Frauen vermisst und es gibt eine Tote. Du kannst dich bestimmt noch an *Mel's Laundry* erinnern?»

«Natürlich», antwortete ihre Mutter leise und Rebecca spürte ihre Anspannung, obwohl sie Tausende von Meilen von ihr entfernt war.

«Laura-Jane, Mel's Tochter gehört auch zu den Opfern.»

Ihre Mutter schrie am anderen Ende der Leitung erstickt auf, dann herrschte bedrückende Stille.

«Mom? Bist du noch dran?», rief Rebecca in den Hörer.

«Ja», kam es leise zurück.

Sie kannte ihre Mutter gut genug, um zu wissen, dass sie diese Nachricht geschockt hatte.

«Eine weitere Frau aus Aberdeen wird ebenfalls vermisst. Und gestern wurde Veronica Bales Leiche gefunden, das habe ich eben in den Nachrichten gesehen. Alles Opfer einer Sekte. Du kanntest doch Veronicas Eltern. Hatten sie je mit einer Satanssekte zu tun?»

Sie mochte sich nicht ausmalen, wie ihre Mutter darauf reagieren würde, wenn sie ihr erzählte, dass auch sie entführt worden war.

«Nein, davon weiß ich nichts. Ich kenne sie nur als Nachbarn, mehr nicht.»

Plötzlich wirkte ihre Mutter kurz angebunden und in Rebecca verstärkte sich das Gefühl, dass sie vielleicht mehr wusste, als sie vorgab. «Mom, jetzt untertreibst du. Irgendeine Veränderung muss dir doch aufgefallen sein. Hat vielleicht im Ort jemand von der Apokalypse gepredigt, Flugblätter verteilt?»

«Nein, nein, da war nichts.»

Ihre Worte klangen nicht ehrlich. Welchen Grund hatte ihre Mutter, das zu verschweigen? *War sie durch ihre Erfahrungen zu misstrauisch geworden?*, fragte sie sich in Gedanken. Vielleicht, aber diese Entführungen und Morde waren nicht wegzudiskutieren.

«Mom, ich habe das Gefühl, dass du aus irgendeinem Grund nicht mit mir darüber reden willst.»

Wieder lachte ihre Mutter auf. «Wie kommst du denn darauf, Liebes?»

«Würdest du das auch noch abstreiten, wenn ich das nächste Opfer wäre?»

Vielleicht konnte sie ihre Mutter damit fangen.

«Liebes, so was darfst du nicht mal denken! Du machst mir Angst! Ist dir jemand gefolgt? Hat dich jemand bedroht?» Die Angst ihrer Mutter war deutlich herauszuhören.

«Wie kommst du darauf, jemand könnte mir gefolgt sein und mich bedrohen, Mom? Du weißt mehr, ich spüre das.»

«Becky, ich ... es ist ... ich kann dir das jetzt nicht am Telefon erklären. Lass uns in Ruhe drüber reden, wenn du zurück bist, ja?»

«Warum nicht jetzt?»

«Bitte, versteh doch, ich werde dir später alles erklären ...»

Rebecca hörte unten die Haustür klappen und Schritte. «Okay, du musst es mir versprechen.»

«Ja, mache ich.»

«Ich muss jetzt Schluss machen, Mom. Bis bald.»

Rebecca legte auf und rannte zur Tür. Sie konnte seine Anwesenheit durch das Hämmern ihres Herzens spüren. Aaron war zurückgekehrt. Es durchströmte sie ein unglaubliches Glücksgefühl. Jetzt hörte sie auch seine und Rosies Stimme unten im Flur. Vor Erleichterung hätte sie fast aufgeschrien.

Als sie die Galerie betrat, sah sie ihn unten vor dem Rezeptionstresen stehen, dominant, Furcht einflößend. Alles an ihm strahlte eine unerbittliche Entschlossenheit aus, die jeden Gegner in die Flucht schlagen würde. Schmerz und Zorn lagen in seinem Blick und weckten in ihr den Wunsch, ihn tröstend zu umarmen. Als sie die Treppe hinunterlief, sah er auf.

«Rebecca.»

Obwohl seine Lippen sich nicht bewegten, schwebte ihr Name durch den Raum. Sein Blick hielt ihren fest, und es schien außer ihm nichts zu existieren. Auch Rosie stand wie gelähmt da und starrte ihn wie einen Geist an. Dann fiel die Starre von ihr ab und sie warf sich mit einem Erleichterungsschrei in die Arme ihres Bruders. Rebecca konnte erkennen, wie er die Lippen zusammenpresste, bevor er seine Schwester sanft von sich schob.

Rosie sah zu ihm auf. «Was ist, Aaron?», fragte sie mit zittriger Stimme.

«Nichts. Alles in Ordnung, Rosie.»

Aaron küsste sie aufs Haar. Er log. Rebecca spürte seine Schmerzen. Die eben noch empfundene Freude über seine Rückkehr wechselte in Besorgnis.

«Du bist verletzt», sagte sie und ging auf ihn zu.

Aaron wich einen Schritt zurück und hob abwehrend die Hände. «Nicht der Rede wert. Nur ein kleiner Kratzer.»

«Das zu beurteilen solltest du mal lieber mir überlassen. Komm, ich möchte mir das ansehen.» Rebecca bedeutete ihm, ihr zu folgen.

«Ich sagte, es ist halb so schlimm», wehrte er barscher ab.

«Aaron, stell dich nicht so an. Sie will dir doch nur helfen.»

«Zieh bitte den Mantel aus.» Rebecca war es gewohnt, energisch mit den Patienten umzugehen, vor allem mit denen, die sich aus Furcht zierten oder wehrten.

«Bitte, Aaron.» Flehend sah Rosie ihn an.

«Hier, das ist nichts weiter.»

Er zog den Mantel ein Stück über die Schulter und gönnte ihnen nur einen flüchtigen Blick. Rebecca entging nicht, wie er erneut die Kiefer zusammenpresste, um einen Schmerzenslaut zu unterdrücken. Außerdem hatte es unter seinem rechten Auge gezuckt. Vielleicht konnte er Rosie täuschen, aber nicht sie.

«Zufrieden?», fragte er, nachdem er den Mantel wieder gerade gezogen hatte.

Rebecca fasste die Knopfleiste und klappte das Revers beiseite. Sie erstarrte, als sie den Fleck auf seinem Sweatshirt sah, der sich über den Brustkorb und die rechte Flanke erstreckte und von einer starken Blutung stammen musste. «Das muss behandelt werden. Sofort. Keine Widerrede. Habt ihr irgendwo Desinfektionsmittel, Verbandszeug und auch eine chirurgische Nadel und passenden Faden im Haus?»

«Das ist doch nur eine Schnittwunde ...»

Aaron winkte ab, doch Rebecca ließ sich nicht abwimmeln.

«Die stark blutet und mit Sicherheit genäht werden muss. Also habt ihr nun was zum Versorgen da? Oder müssen wir in eine Klinik fahren?»

«Auf keinen Fall fahre ich in ein Krankenhaus», protestierte er.

Rebecca warf ihm einen tadelnden Blick zu und wollte etwas erwidern, als Rosie sich einmischte: «In meinem Bad befindet sich ein sehr gut ausgerüsteter Notfallschrank. Kommt mit.» Aarons Schwester öffnete die Tür. «Da hinten im Bad, da müsste alles drin sein, was du so brauchst. Ich lass euch besser allein.»

Rosie zog eine Grimasse.

«Danke.»

Nachdem sie gegangen war, bedeutete Rebecca Aaron, sich auf den Hocker im Badezimmer zu setzen, den sie in die Mitte gerückt hatte. «Und jetzt zieh bitte dein Sweatshirt aus, damit ich mir die Wunde genau ansehen kann.»

Er kniff die Lippen zusammen und zögerte. Rebecca glaubte schon, er würde ihrer Aufforderung nicht nachkommen, doch er tat es, wenn auch widerwillig.

«Ich werde vorsichtig sein», versprach sie.

«Ich habe keine Angst vor Schmerzen, falls du das denken solltest.»

«Dann bist du also nur schüchtern?» Aaron und schüchtern? Nie im Leben. Sie schmunzelte. «Ich habe schon mehr nackte Männer mit durchtrainiertem Körper gesehen, als du dir vorstellen kannst», scherzte sie. *Aber keinen, bei dem sie dieses Kribbeln bei jeder Berührung gefühlt hatte*, fügte sie in Gedanken hinzu.

Aaron hielt die Luft an und zog das Shirt aus. Rebecca unterdrückte einen erschrockenen Ausruf und schluckte nur, als sie die tiefe Schnittwunde sah. Aus der Mitte sickerte noch immer Blut. Ein Teil war am Rand bereits geronnen, der Rest hatte rote Streifen über seinen Oberkörper gezogen, die fast bis zum Hosenbund verliefen und nur von den Haaren gestoppt wurden, die sich zum Bauch hin verjüngten.

«Wie ist das passiert?», fragte sie und öffnete den Schrank.

«Eine Schwertverletzung im Kampf.»

«Ein Schwert? Wer kämpft heutzutage noch damit außer Histofreaks oder Sportler?»

«Ich zum Beispiel und Engel.»

«Ich denke Engel sind die Guten.»

«Nicht alle.» Er grinste schief. «So, jetzt hast du es gesehen und ich kann mich wieder anziehen.»

«Halt, so geht das nicht.» Sie drückte ihn an der Schulter nieder. «Erst muss ich die Wunde versorgen.»

«Das brauchst du wirklich nicht ...» Er wollte wieder aufstehen.

«Jetzt reicht es mir aber! Setz dich wieder», sagte sie streng.

Er folgte ihrer Aufforderung und seufzte. «Bist du jetzt zufrieden? Aber du brauchst das nicht zu machen.»

«Als Ärztin ist es meine Pflicht. Wirklich ein Schwertkampf?» Sie konnte es immer noch nicht fassen.

«Ja, wirklich.»

Rebecca nahm Mull aus dem Schrank, schnitt einen langen Streifen ab und wickelte ihn zu einer Rolle, die sie auf die Blutung presste. Er spreizte die Beine, damit sie sich dazwischen stellen konnte. Als seine Schenkel ihre berührten, wurde ihr heiß.

Lass dich nicht von seiner Nähe irritieren, ermahnte sie sich. Leichter gesagt als getan. Als sie den Mull fest auf die Wunde drückte, zuckte er leicht. Sein herb-männlicher Geruch drang in ihre Nase und weckte in ihr unbeschreibliches Begehren. Während sie darauf wartete, dass es zu bluten aufhörte, betrachtete sie verstohlen seine ausgeprägten Muskeln und seinen flachen Bauch. Alles an ihm war perfekt. Rebecca wagte nicht, ihm ins Gesicht zu sehen, sondern starrte auf sein dichtes, schwarzes Haar.

Als er den Kopf hob und sein Atem ihre Brüste streifte, hätte sie fast aufgeseufzt. Sofort verhärteten sich ihre Brustwarzen und zeichneten sich überdeutlich unter ihrer Bluse ab.

Blick ihm nur nicht in die Augen, wenn du alles im Griff haben willst. Nichts bekäme sie in den Griff. Im Gegenteil. Wenn sie noch länger so dicht bei ihm stand, geriet sie in Versuchung ihre Finger durch sein Haar gleiten zu lassen. Hastig nahm sie den Mull ab.

«Die Blutung wäre fürs Erste gestoppt.»

«Danke. Kann ich jetzt aufstehen?», fragte er.

«Nein, jetzt geht es erst los.»

Er verdrehte die Augen und stöhnte. «Du gehst so richtig darin auf. Aber glaube mir, bei mir musst du nicht ...»

«Und ob ich muss», schnitt sie ihm das Wort ab und nahm einen Waschlappen aus dem Regal neben dem Waschbecken, um das geronnene Blut abzuwaschen. Dabei stützte sie sich mit der anderen Hand auf seiner Schulter ab. Kampfszenen erschienen vor ihren Augen. Sie spürte seinen Schmerz. Ein Schwert bohrte sich tief in seinen Bauch und drang im Rücken wieder hinaus. Als sie ihre Hand fortnahm, erloschen die Bilder.

«Alles okay?», fragte er.

«Ja, ja.»

Ihr wurde schwindlig. Sie legte den Arm um seinen Nacken, als sie sich zu seiner Hüfte hinabbeugte. Wieder fuhr ein Ruck durch sie. Ein Messer bohrte sich in seinen Rücken, dann noch eines und ein Schwert schlitzte seinen Arm auf. Die Bauchverletzung konnte er unmöglich überlebt haben. Rebecca musste sich gewaltsam zusammennehmen, um nicht jedes Mal zusammenzuzucken.

Sie verdrängte die aufsteigenden Bilder und konzentrierte sich wieder auf die Wunde. Es gelang ihr, dafür prickelte es umso mehr in ihren Fingerspitzen, als hätte sie in eine Steckdose gefasst. Sie stellte sich hinter ihn, um den Rest Blut abzuwaschen, und beging den Fehler aufzusehen.

Als sie seinem begehrlichen Blick im Spiegel begegnete, wurden ihre Knie weich. *Alles nur Hormone, Rebecca,* sagte sie sich. Sie verhielt sich völlig unprofessionell, weil ihre Fantasie Loopings drehte. Die Wunde klaffte weit auf und musste sofort genäht werden.

Sie warf den blutdurchtränkten Lappen ins Waschbecken und lief zum Arzneischrank hinüber, froh seiner Nähe zu entkommen. Rosie war für Notfälle bestens ausgerüstet. Sie verfügte so ziemlich über alles, angefangen von Binden bis zu Desinfektionsmitteln und sogar einem Skalpell.

«Nicht schlecht.» Rebecca griff nach der chirurgischen Nadel und Faden. «Wir haben leider kein örtliches Betäubungsmittel. Kannst du das aushalten oder wollen wir doch lieber ins Krankenhaus?»

«Auf keinen Fall! Und das muss nicht genäht werden. Es heilt auch so.»

«Na, klar. Du schnippst mit den Fingern und die Wunde verschließt sich...» Rebecca lachte auf. «Ich muss die Wunde vernähen und basta. Bist du überhaupt gegen Tetanus geimpft?»

«Brauche ich nicht.»

Sie hätte ihn wegen seines Grinsens schütteln können! «Wie kann man nur so leichtfertig sein! Ich werde jetzt deine Wunde desinfizieren.» Rebecca nahm die Flasche mit der Tinktur und einen Wattebausch aus dem Schrank.

Aaron rollte mit den Augen und stöhnte erneut. «Wenn es dich glücklich macht. Aber es ist überflüssig.»

Was redete er denn da? Überflüssig. «Hast du vielleicht Medizin studiert?» Jetzt wurde sie langsam sauer über so viel Penetranz.

«Nein», sagte er ruhig.

«Dann vielleicht doch Schiss? Ich hab doch gesagt ...» Rebecca brach ab. *Wieso lachte er denn jetzt?*

«Du machst dich über mich lustig? Ich fasse es nicht.»

«Nur ein bisschen.» Er zeigte mit zwei Fingern eine Spanne.

«Ich kann es auch lassen und dich zu einem anderen Arzt bringen.»

Sie wollte sich umdrehen, aber er hielt sie am Arm zurück. «Ich will *dich*», sagte er, und es klang so sinnlich, dass sie vibrierte.

«Dann lass mich endlich weitermachen», sagte sie heiser.

Ihre Hand zitterte, als sie seine Wunde desinfizierte. Er zuckte nicht ein einziges Mal zusammen, obwohl es sicher brannte, und grinste noch immer. Rebecca drehte sich ärgerlich zur Seite, um Nadel und Faden zu nehmen. Als sie mit dem Nähen beginnen wollte, stutzte sie. Sie hätte schwören können, dass der Schnitt eben noch weitaus tiefer gewesen war.

Rebecca kniff die Augen zu und öffnete erst eines, dann das andere. Das war unmöglich! Die Wunde begann sich vor ihren Augen zu schließen.

«Das gibt es nicht», stammelte sie.

«Ich glaube, ich muss dir endlich was erklären», sagte er, während sie noch immer Nadel und Faden in den Händen hielt.

«Na, da bin ich aber mal gespannt.»

Sie legte die Utensilien auf den Waschbeckenrand. Er stand auf und drehte sich mit ernster Miene zu ihr um. Eine dunkle Ahnung stieg in ihr auf. Sie dachte an Rosies Worte. Plötzlich sah sie seinen Stunt vor sich, wie er die Nephilim getötet hatte, und ihr dämmerte, was er ihr sagen wollte. Das konnte doch nicht ... und doch ergab alles Sinn. Sie wich einen Schritt zurück und zeigte auf ihn.

«Du ... du bist auch ein Nephilim. Jetzt wird mir alles klar. Dein Wissen über diese Wesen, dein ...», stieß sie heiser hervor.

«Nicht ganz. Mein Vater ist kein Gefallener, sondern ein Erzengel.»

Seine Miene war unergründlich. Ihr schwirrte der Kopf von diesen Begriffen – Nephilim, Gefallene und jetzt auch noch Erzengel. Das war wie in einem Fantasyfilm.

«Ich komm da jetzt nicht ganz mit. Könntest du mir das vielleicht erklären?»

Was dann folgte, stürzte sie vollends ins gedankliche Chaos. Ein Krieg zwischen Himmel und Hölle um Seelen, abtrünnige Engel, Gefallene und Luzifer. Rebecca sank auf den Hocker, auf dem vorher noch er gesessen hatte und schwieg. Aaron war ein Blutengel. Das alles klang unglaublich.

«Ich weiß gar nicht, was ich sagen soll. Ich habe ja gemerkt, dass du irgendwie anders bist, aber deine Erzählungen hauen mich glatt um.»

Sie hatte es irgendwie tief in ihrem Innern gespürt, seine Ausstrahlung, seine Energie, seine Aura. Es war beruhigend, dass sich sein Körper menschlich anfühlte. Herrlich menschlich und höllisch attraktiv.

«Dann habe ich einen Engel geküsst», flüsterte sie. *Und es war himmlisch gewesen*, fügte sie in Gedanken hinzu.

«Halbengel», korrigierte er.

Es war ihr egal, welches Blut durch seine Adern floss, sie begehrte ihn, und das war alles, was jetzt zählte. Aaron stand vor ihr, sein flacher Bauch hob und senkte sich immer schneller. Sein Atem streifte sie und ein erwartungsvoller Schauer lief ihren Rücken hinab. Sie konnte nicht anders, als ihn zu berühren.

Langsam streckte sie die Hand aus und strich über seinen glatten, festen Bauch. Er war samtig und warm. Ihre Hände wurden kühner, als er nicht protestierte, und wanderten höher hinauf zu seinem Brustkorb.

«Du spielst mit dem Feuer, Rebecca», sagte er rau und sog scharf die Luft ein, als ihre Finger hinunter zu seinem Hosenbund fuhren.

Seinen Körper zu erkunden, erregte sie. Das Herz klopfte ihr bis zum Hals. Das Prickeln in ihren Fingern erstreckte sich bald über ihren gesamten Körper. Es war nicht nur Verlangen, sondern sie verspürte eine regelrechte Gier, jeden Zentimeter zu berühren und zu schmecken.

Als sie aufsah, glaubte sie, in der Wärme seines Blickes zu ertrinken. Er hielt ihre Hand fest, zog sie an seine Lippen und küsste jeden ihrer Finger und hielt so ihren Blick fest. Rebeccas Körper stand unter Strom und jede weitere sanfte Berührung weckte die Sehnsucht in ihr nach mehr. Sie wollte seine Hände überall auf ihrem nackten Körper spüren.

«Du fühlst doch genau, was ich möchte. Und ich denke, du willst es auch.»

In seiner sinnlichen Stimme lag ein Versprechen, dem sie nicht widerstehen konnte. Ihr Blick fiel auf seine Wunde, die sich bereits geschlossen hatte. Nur ein roter Streifen zeugte noch davon, dass ihn an dieser Stelle ein Schwert aufgeschlitzt hatte.

Er zog Rebecca hoch und nahm sie bei der Hand, dann führte er sie nebenan ins Gästezimmer. Begierde verschleierte ihren Blick. Es war wie im Rausch. Kaum war die Tür hinter ihm zugefallen, presste er sie mit einem unterdrückten Stöhnen an sich und küsste sie ungestüm. Genau darauf hatte sie seit ihrer ersten Begegnung gewartet.

Er nahm ihr Gesicht in beide Hände und sah sie mit Lust verschleiertem Blick an. «Seit ich dich zum ersten Mal gesehen habe, kann ich an nichts anderes mehr denken, als dich zu küssen. Du bist wie ein Dämon, der mich nicht mehr loslässt, meine Gedanken bestimmt und meine Träume kontrolliert.»

Bevor sie etwas antworten konnte, küsste er sie erneut.

«Tut dir auch nichts mehr weh?», flüsterte sie an seinem Mund und deutete auf die verheilte Wunde.

«Ein bisschen. Ich glaube, da brauche ich noch ein wenig Behandlung.»

Er lächelte. Dieser Aufforderung kam sie viel zu gerne nach. «Hier?»

Sie küsste sanft den roten Strich und fühlte, wie er erschauerte.

«Hm ja, aber weiter oben schmerzt es mich auch.»

Sie zog mit der Zunge eine feuchte Linie. «Und wie ist es hier?», fragte sie und leckte über seine harte Brustwarze.

Er schloss die Augen und stöhnte leise. «Weiter ...»

Ihre Lippen wanderten höher. Rebecca setzte ihre Kussreise fort, bis sie die Arme um seinen Nacken schlang und ihre Lippen hungrig auf seine presste. Seine Zunge umspielte ihre, strich über ihr Zahnfleisch, zog sich zurück, nur um das Spiel von Neuem fortzusetzen.

Er küsste wie kein anderer, und sie konnte nicht genug davon bekommen. Aaron drückte sie sanft gegen die Wand, während seine Finger geschickt die Knöpfe ihrer Bluse öffneten. Rebeccas Verstand schaltete sich aus, und sie gab sich ihrem wilden, ungezügelten Begehren hin. Noch nie hatte sie sich nach einem Mann so gesehnt wie nach ihm.

Ihre Hände glitten über seinen Rücken, seine Schultern und Arme, ertasteten jede Kontur seiner Muskeln. Er stöhnte in ihren Mund und zerrte voller Ungeduld an ihrer Bluse. Leise auflachend half sie ihm und streifte sie ab. Mit einem Rascheln schwebte das hauchdünne Kleidungsstück zu Boden. Rebecca zitterte vor Erregung und massierte seinen Nacken.

Sanft fuhren seine Fingernägel über ihre Schultern, bis sich dort eine Gänsehaut bildete. Sie legte den Kopf keuchend zurück und schloss die Augen, als ihre Hände jeden Zentimeter seines Brustkorbs ertasteten, die seidenweichen Haare, die sich darauf kräuselten. Zärtlich knabberten seine Zähne an ihrem Hals, während er mit einem geschickten Griff den Verschluss ihres BHs öffnete. Er streifte die Träger herab, bis Rebecca hinausschlüpfte und auch das letzte Stück störenden Stoffes zu Boden fiel.

«Du bist schön», flüsterte er ihr ins Ohr und leckte über die Ohrmuschel.

Rebecca fühlte sich begehrenswert wie noch nie zuvor. Ihre Brüste lagen jetzt in seinen warmen Händen, und seine Daumen strichen sanft über ihre harten Knospen. Blitze schossen bei jeder Berührung durch ihren Körper und sendeten heißes Verlangen zwischen ihre Schenkel.

Langsam hauchte er einen Kuss nach dem anderen in ihre Halsbeuge und folgte einer imaginären Linie nach unten, vorbei an ihrem Brustbein, weiter über eine Brust, bis seine Lippen einen ihrer Nippel umschlossen und in die Hitze seines Mundes sogen.

Rebecca stöhnte und stützte sich an der Wand ab, als ihre Knie nachgaben. Seine Zunge leckte über ihre Knospe und gab sie wieder frei, doch nur um sich ihr erneut zu widmen. Eine heiße Welle der Erregung durchflutete Rebecca, das Blut floss wie Lava durch ihre Adern. Dieser Mann brachte sie mit seiner Zärtlichkeit um den Verstand.

Dann widmete er sich ihrer zweiten Brust. Rebecca presste die Lippen zusammen, um nicht laut zu schreien. Sie bog den Rücken durch und fingerte an seiner Hose. Knopf und Reißverschluss waren fix geöffnet. Ihre Hände verschwanden unter seiner Unterhose und umfassten seinen Hintern. Sie wollte ihn nackt spüren, jeden Zentimeter erforschen.

Geschickt schälte sie ihn aus seinen Hosen, die nach unten rutschten. Er stieg aus der Wäsche und schob sie mit dem Fuß beiseite. Rebeccas Hände suchten nach seinem Glied. Als sich ihre Finger darum schlossen und den harten und zugleich samtigen Schaft massierten, stöhnte er ungehemmt.

Es freute sie, wie er auf diese Liebkosung reagierte. Sie wollte ihn ebenfalls reizen, bis er die Kontrolle über sich verlor. Jetzt zerrten seine Hände an ihrer Hose, bis der Knopf absprang und klackernd auf den Boden fiel. Er öffnete den Reißverschluss und schob ihr die Hose über die Hüften. Den Rest erledigte Rebecca selbst.

Dann hob Aaron sie hoch und trug sie zum Bett. Gleich würde sie ihm gehören. Sie legte den Kopf an seine Schulter und spürte unter ihrer Hand seinen Herzschlag, der genauso schnell war wie ihrer. Behutsam legte er ihren erhitzten Körper auf die leise raschelnde Satinbettwäsche. Der kühle Stoff vermochte nicht das Feuer in ihr zu löschen, das sie zu verbrennen drohte.

Aarons Körper war perfekt und stark wie der eines Gottes. Diese Nacht würde ihnen gehören. Alles, was zählte, war dieser Moment der Innigkeit, der gleiche Takt, in dem ihre Herzen schlugen, und die Leidenschaft, die sie in ungeahnte Höhen katapultierte. Rebecca glaubte unter der Geschicklichkeit seiner Zunge zu verbrennen, die in immer schneller werdendem Rhythmus mit ihrer tanzte.

Sein Geschlecht pulsierte hart und fordernd an ihrem Venushügel. Sie hob ihr Becken leicht an, forderte ihn auf, sie zu nehmen. Aarons Sensibilität zeigte sich auch im Zusammenspiel ihrer Körper, denn sanft und behutsam drang er in sie ein. Sie konnte ihre lustvollen Seufzer nicht unterdrücken, als er sie ausfüllte. Es war unvergleichlich. Alles passte zusammen, als wären sie füreinander geschaffen. Sanft bewegte er seine Hüften, zog sich aus ihr zurück, um im nächsten Moment noch tiefer zuzustoßen.

Es war unbeschreiblich, ihm dabei in die Augen zu sehen, die unverhüllte Lust darin zu lesen. Ihre Hände glitten über seinen Rücken und sie dachte an seine Verwundungen, die sie vorhin gespürt hatte. Gerade diese Verletzbarkeit machte ihn für sie umso begehrenswerter.

«Rebecca», flüsterte er immer wieder in der Ekstase.

Das, was sie gerade erlebte, toppte jeden ihrer Träume. Aaron war ein feinfühliger Liebhaber, wie sie es nie zuvor erlebt hatte. Sie konzentrierte sich auf den nahenden Höhepunkt. Sie erlebte Himmel und Hölle zugleich und passte sich seinem immer schneller werdenden Rhythmus an.

Als er sich mit einem erlösenden Schrei in ihr ergoss, überrollte der Orgasmus auch sie mit einer solchen Intensität, dass ihr fast die Sinne schwanden. Sie erbebte und glaubte in unzählige Teile zu zersplittern. Dieser Mann war unglaublich.

Zärtlich umfasste er ihr Gesicht. «Du bist die begehrenswerteste und faszinierendste Frau, die ich kennengelernt habe», flüsterte er und bedeckte ihr Gesicht mit unzähligen Küssen.

Rebecca schwamm in einem Meer der Glückseligkeit und schlang die Arme fest um ihn. *Und du bist der zärtlichste und einfühlsamste Mann, der mir je begegnet ist,* dachte sie. Wieder folgte ein langer Kuss, der ihr versprach, das Erlebte zu wiederholen.

Nachdem sie sich wieder und wieder geliebt hatten, legte Aaron sich neben sie und zog sie an sich. Glücklich erschöpft und mit einem Lächeln auf den Lippen schmiegte sie sich an seinen erhitzten Körper und schloss die Augen.

«Halt mich ganz fest, Aaron, damit ich weiß, dass ich nicht träume», flüsterte sie.

Er legte den Arm um sie und hauchte einen Kuss auf ihre Schulter. Eine Weile lagen sie schweigend nebeneinander und Rebecca schwebte noch immer wie auf Wolken, bis der Rausch abebbte und die Realität sie einholte. Was wäre nach New York? Sie in San Francisco und er hier.

Welche Ironie des Schicksals. Schon wieder dasselbe Problem. Sie konnte und wollte das nicht noch einmal durchmachen. Dass sie mit Aaron geschlafen hatte, komplizierte alles. Er hatte alles durcheinandergewirbelt. Aber sie konnte doch nicht seinetwegen ihren Job aufgeben und ihr ganzes Leben umkrempeln. Eine Nacht wie diese durfte sich nicht wiederholen. Wenn diese Vorstellung nur nicht so schmerzen würde ...

Nach einer Weile setzte sich Rebecca auf, zog die Beine an und legte den Kopf auf die Knie. Das Licht im Bad brannte noch und warf ein Dreieck auf den Boden.

Aaron stützte seinen Kopf in die Hand und sah sie an. «Was hast du?», fragte er und strich ihr eine Strähne hinters Ohr.

«Ich werde übermorgen New York verlassen. Mein neuer Job.»

«Okay. Ich muss auch wieder nach Rom zurück.»

«Rom? Ich dachte, du lebst hier in New York!»

Rom! Noch weiter?

«Nein, ich lebe und arbeite schon seit über einem halben Jahr in Rom. Ich habe hier nur ein paar Freunde besucht. Manhattan war mal für über drei Jahre meine Heimat. Eine lange Zeit, denn meistens bleiben wir nur für eine kurze Weile an einem Ort.»

«Und warum musst du so viel reisen?»

Erstaunt lauschte sie seinen Erklärungen darüber, dass er neben dem Job auch Aufträge seines Vaters zu erfüllen hatte. Es enttäuschte sie, dass er nicht mehr darüber erzählte, außer seiner Jagd auf Dämonen.

Rebecca wurde das Herz immer schwerer. Obwohl sie Aaron sehr mochte und auf dem besten Weg war, sich in ihn zu verlieben, sprachen alle Umstände gegen eine Beziehung mit ihm. Eine Fernbeziehung über den Kontinent hinaus? Einsame Nächte, in denen sie sich nach dem geliebten Mann sehnte? Ein Telefonat anstelle einer Umarmung, eine SMS für einen Kuss? Nie mehr! Könnte sie überhaupt mit einem Mann zusammenleben, um dessen Leben sie tagtäglich bangen müsste?

Sie schüttelte den Kopf. Dazu hatte sie nicht die Kraft. All das sprach gegen ihn.

***

Das Schweigen zwischen ihnen wurde unerträglich. Sie schaltete das Licht ein und sah ihn traurig an. Aarons Herz lag wie ein Stein in der Brust. Er beugte sich vor und strich ihr sanft über die Wange.

Rebecca biss sich auf die Lippe. «Wie lange wirst du in Rom bleiben?»

«Ich weiß es nicht, kommt auf meinen Job und meinen Auftrag an. Es gibt einen Verräter in unseren Reihen und es ist meine Aufgabe, ihn ausfindig zu machen. Glaube mir, ich hätte gern mehr Zeit mit dir verbracht.»

Er konnte nie voraussagen, wie lange ihn ein Auftrag an einen Ort band und ob ihn der nächste hierher zurückführte. So erging es jedem von ihnen. Dass er ausgerechnet in den wenigen Tagen eine Frau treffen würde, die ihn derart fesselte, damit hatte er nicht gerechnet.

«Du hast sicher gespürt, dass du mir nicht gleichgültig bist. Ich mag dich sehr. Ich begehre dich, Rebecca.»

Er wollte sich nicht damit abfinden, dass das, was so verheißungsvoll begonnen hatte, bereits hier enden sollte. Nathanael hatte die passende Frau gefunden, die ihn überallhin begleitete. Ihm hingegen schien es nicht vergönnt zu sein. Aber er konnte nicht einfach sein Leben umkrempeln, seinen Job hinwerfen, um bei ihr zu bleiben, selbst wenn er es sich noch so sehr wünschte. Rebeccas Augen waren blau und klar wie der Taghimmel. Verdammt, noch nie war ihm etwas so schwergefallen. Er entsann sich keiner Frau, die er jemals so sehr gewollt hatte wie sie. Sein Herz schlug in einem härter werdenden Rhythmus.

«Und die Reise nach Rom ist unabänderlich?», fragte sie heiser.

Er nickte nur, beschäftigt damit, den Kloß in seinem Hals hinunterzuwürgen. «Vielleicht ... kennst du Europa? Wärst du ...»

Sie verschloss seinen Mund mit der Hand. Sie wollte ihn nicht begleiten. Das traf ihn härter als befürchtet.

«Aaron, ich möchte offen zu dir sein. Ich finde dich außergewöhnlich interessant, sympathisch und die Nacht mit dir war unglaublich schön ... aber Fernbeziehungen gehen nicht gut. Ich spreche aus Erfahrung. Meine letzte ist daran gescheitert, dass wir uns langsam entfremdet haben. Ich bin zu oft einsam gewesen.»

Er konnte sie durchaus verstehen, dennoch fiel es ihm schwer, einfach so einen Schlussstrich zu ziehen. *Nur ein One-Night-Stand? Das konnte sie doch nicht wirklich wollen?*

«Aber wir könnten doch ...»

«Uns per E-Mail und Telefon unterhalten? Weißt du wie das ist, die Tage damit zu verbringen, nur auf das nächste Gespräch oder die nächste E-Mail zu warten? Das ist kein Ersatz, wenn man den anderen braucht. Und für wie lange? Einen Monat vielleicht, aber ein Jahr oder länger? Nein, das kann und will ich nicht.»

Aaron fühlte sich plötzlich leer und suchte nach den passenden Worten. Er streckte die Hand aus und ließ sie wieder sinken, als er spürte, dass sie sich zurückzog.

«Ist schon okay. Tja ... vielleicht sehen wir uns irgendwann wieder.»

Es war besser so, redete er sich ein. Trotzdem blieb ein bitterer Nachgeschmack.

«Ja, vielleicht», sagte sie.

«Ich möchte dich noch einmal küssen.»

Als sie nicht protestierte, beugte er sich vor und seine Lippen berührten ihre. Jede Sekunde des Beisammenseins wollte er auskosten. Dieser Kuss war bittersüß und verlangte nach mehr.

Er konnte nicht aufhören, doch sie schob ihn von sich. «Aaron, mach es uns nicht noch schwerer. Lass es uns jetzt beenden.»

Sie rückte von ihm ab, was ihn unerwartet hart traf. Ihre Lippen glänzten von seinem Kuss. «Ist das wirklich dein letztes Wort, Rebecca? Keine Chance?»

«Ich kann das nicht», flüsterte sie und in ihren Augen schimmerte es feucht.

Alles in ihm schrie danach, sie weiter zu halten. Doch es war nur vernünftig, jetzt die Notbremse zu ziehen.

Er räusperte sich. «Ich glaube, es ist besser, wenn ich jetzt gehe.»

Sie nickte.

Aaron verließ das Bett und sammelte seine Kleidung ein. Wortlos zog er sich an. Rebecca saß im Bett und beobachtete ihn. Sie wirkte so verloren, was seinen Entschluss, sie zu verlassen, noch einmal ins Wanken geraten ließ. Aber er spürte, dass sie nicht bereit war für ihn.

Deprimiert lief er zur Tür. Insgeheim wartete er auf ein Wort von ihr, doch vergebens. Kurz bevor er das Zimmer verließ, wandte er sich noch einmal zu ihr um. Sie hatte sich hingelegt und das Kissen über den Kopf gezogen. Er sah, wie sie zitterte, und war versucht, zurückzulaufen, um sie in die Arme zu nehmen. Doch er war kein Masochist. Nichts würde sie umstimmen können. Als er die Tür hinter sich zuzog, hörte er sie seufzen.

13.

Aaron verbot sich an Rebecca zu denken. Wenn das so einfach wäre. *Sie hat dich abgewiesen. Es war nur eine Episode in deinem Leben. So was kennst du doch. Schluss. Aus. Kapier das.*

Sein Verstand befahl ihm zu vergessen, nur spielten seine Gefühle leider nicht mit. Die vergangene Nacht hatte alles nur noch schlimmer gemacht. In nur zwei Tagen war sein Leben völlig durcheinander geraten.

Wütend kickte er eine Dose weg. Seine Laune sank auf den Nullpunkt, als er das Engelsghetto erreichte. Die Leuchtreklame über dem Eingang der Bar war ausgeschaltet, in keinem der Fenster brannte Licht. Trostlos, finster, tot. Mit Cynthia war auch das Viertel gestorben. Bis auf Joel und Ham hatten sich die Nephilim aus dem Ghetto zurückgezogen. Einen Treffpunkt wie das Ghetto würde es vielleicht nicht mehr geben. Viele hatten ihr Zuhause verloren. Auch er und die anderen Blutengel.

Wo steckte eigentlich Joel? Er schloss die Tür zur Bar auf. Drinnen herrschte bedrückende Stille, wo ihm vor zwei Tagen noch Stimmengewirr entgegengeschlagen war. Nur der gewohnte Geruch von Alkohol und Rauch hing in der Luft. Zum ersten Mal war Aaron froh, dass New York nur eine Stippvisite war. Rom, so hoffte er, würde ihn ablenken, vor allem von Rebecca. Im Dunkeln stieg er die Treppe zu Daniels Zimmer hinauf, in dem er schlief, solange er hier war. Aaron seufzte. Wie gern hätte er jetzt mit Joel über einem Bier geschwiegen.

Noch lieber wäre er zu Rosies Pension zurückgelaufen. Aber dort war Rebecca. Sie zu sehen und nicht berühren zu dürfen, wäre unerträglich. Er schaltete die Lampe auf dem Tisch ein. Er fühlte sich ausgebrannt und erschöpft und hätte seinen Zustand um ein

Dutzend weiterer Adjektive ergänzen können – wie deprimiert, traurig, ausgelutscht und mehr.

Er fluchte und ließ sich aufs Bett fallen. Eigentlich benötigte er kaum Schlaf, aber die Ereignisse der letzten vierundzwanzig Stunden hatten alle Kraftreserven aufgebraucht. Sein letzter Gedanke galt Rebecca, bevor er in tiefen Schlaf fiel.

Als Aaron aufwachte, war es Nachmittag. Er fühlte sich verkatert. Sein Kopf war schwer und taub und die Lider geschwollen. Er zog eine Grimasse. Auf diese menschlichen Schwächen hätte er gern verzichtet.

Er hatte Rebecca im Traum geküsst. Plötzlich waren sie von dem Verkünder und Dämonen umzingelt gewesen. Feuer loderte zu beiden Seiten auf. Auf einen Wink des Anführers war die Höllenbrut über sie hergefallen. Er wurde von der Kralle eines Dämons getroffen, die ihm Gift injizierte. Seine Glieder waren gelähmt, und hilflos musste er zusehen, wie die dunklen Gesellen die schreiende, um sich schlagende Rebecca ins Feuer zerrten. Als ihr Körper in der Höllenglut zu Asche zerfiel, war er aufgewacht.

Aarons Sweatshirt war klatschnass. Er lief ins Bad. Selbst unter der Dusche konnte er sich nicht entspannen, denn er dachte an die Szene, in der sich Rebeccas Hintern im Duschvorhang abgezeichnet hatte.

Prompt richtete sich sein Glied auf. Er lehnte die Stirn an die Fliesen und schlug mit der Faust gegen die Wand. *Konnte er denn nicht eine Minute verbringen, ohne an sie zu denken?*

Er drehte das kalte Wasser auf, um seine Erregung abzukühlen. Der Schwall eiskalten Wassers ergoss sich über ihm und ließ ihn wieder halbwegs zur Vernunft kommen. Doch noch immer war er versucht, zur Pension zurückzulaufen und sie zu bitten, die Entscheidung noch einmal zu überdenken. Das, was letzte Nacht zwischen ihnen geschehen war ... Hatte sie denn nicht gespürt, dass das etwas Besonderes war?

Willst du eine weitere Abfuhr riskieren?, spottete eine innere Stimme und er verwarf den Gedanken schnell wieder. Vielleicht half ihm eine Trainingsstunde, in der er sich körperlich verausgabte, auf andere Gedanken zu kommen. Wenn er nach Rom zurückreiste, musste sein Kopf klar sein.

Er zog sich an und ging mit dem Waffenkoffer in den Hinterhof der Bar. Der Himmel war wolkenverhangen und passte hervorragend zu seiner trüben Stimmung. Er nahm das Schwert aus dem Koffer und schwang es mit fließenden Bewegungen durch die Luft, bis seine Muskeln warm und geschmeidig waren. Jede Faser seines Körpers vibrierte in der Konzentration.

Tief atmete er ein, dann folgten zwei schnelle Hiebe, bevor er hochsprang und erneut ausholte, eine Drehung in der Luft vollführte, während er den Holzklotz anvisierte, auf dem Cynthia immer Brennholz klein gehackt hatte. Die Klinge sauste nieder und spaltete ein Stück ab, ohne dass das Holz splitterte, so als hätte er Butter geschnitten.

Mit dem Schwert in der Hand nahm er Anlauf, sprang hoch und landete nach einem Salto wieder vor dem Klotz. Immer schneller absolvierte er diese Übung, erweiterte sie, in dem er an der Fassade emporkletterte und vom Dach hinuntersprang. Er wiederholte sie unzählige Male, bis ihn ein brennender Schmerz am Hals stoppte.

Als er mit der Hand über seine Engelsrune rieb, verschlimmerte sich das Brennen. Keuchend lehnte er sich gegen die Hauswand, schloss die Augen und wartete darauf, dass der Schmerz verebbte.

Sein Geist wurde in die Vergangenheit gesogen. Die Rune an seinem Hals hatte auch an jenem verdammten Tag geschmerzt, an dem er seine Mutter und seinen Stiefbruder verloren hatte. Genauso atemlos war er gewesen, als er damals nach Hause gerannt war.

Je mehr er sich dem Ort des Grauens genähert hatte, desto mehr hatte die Rune geschmerzt, als drückte ihm jemand ein glühendes Eisen auf die Haut.

Aaron hatte gespürt, dass etwas Schreckliches geschehen war, und die Angst hatte ihn vorangetrieben, bis er glaubte, seine Lungen würden platzen.

«Nein! Nein!»

Seine Schreie dröhnten in seinem Kopf. Er hielt sich die Ohren zu, weil er sie nicht mehr ertragen konnte. Je mehr er die aufsteigenden Erinnerungen verdrängen wollte, desto eindringlicher wurden sie. Selbstlos war er ins Flammenmeer gerannt, um die Menschen, die er liebte, zu retten, ohne Rücksicht auf sein Leben. Die Fähigkeit eines Seraphims, unversehrt durchs Feuer zu laufen, besaß auch er, allerdings nur, wenn es ihm gelang, Angst und Zweifel zu besiegen. Die Furcht vor Seraphiel, der in der roten Hölle auf ihn lauerte, hatte ihn verwundbar gemacht.

Fast glaubte Aaron wieder das Knistern des Feuers zu hören und den beißenden Rauch einzuatmen. In der lodernden Glut suchten seine Augen vergeblich nach einer menschlichen Kontur, bis Rosalia geschrien hatte. Er war durch die Flammen gesprungen und hatte sie gepackt, mit seinem Körper vor dem herabstürzenden, brennenden Gebälk geschützt. Doch Juan und seine Mutter hatte er nicht mehr retten können, bevor das Dach eingestürzt war.

Seitdem wollten die Bilder nicht weichen, seine Schuldgefühle, seine Schuld. Seine Mutter eine graue Gestalt, die an der Wand kauerte und sich langsam in Staub auflöste. Juan, den die brennenden Balken unter sich begruben. Ihre Schreie ... Rosies Brandwunden ... Schmerz und Trauer überwältigten ihn aufs Neue.

Er hasste Seraphiel aus tiefstem Herzen für seine Tat. Wäre nicht die schwerverletzte Rosie an seiner Seite gewesen, hätte er sich in seiner Wut und Verzweiflung auf den Feuerengel gestürzt. Doch

Rosies Leben war ihm wichtiger gewesen. Er verfluchte den Tag, der ihn zu dieser Entscheidung gezwungen hatte.

Aaron stieß sich mit einem Schrei von der Wand ab und holte immer wieder mit dem Schwert aus, als stünde Seraphiel leibhaftig vor ihm. Irgendwann musste er völlig entkräftet aufhören. Nur langsam beruhigten sich seine Sinne und sein Geist kehrte wieder in die Gegenwart zurück.

Noch immer benommen starrte er verwirrt auf den Holzklotz, der in kleine Teile zersplittert um seine Füße verteilt war. Das Schwert lag schwer in seinen Händen. Die Erinnerung war so intensiv gewesen.

Tief in seinem Innern spürte er eine Gefahr, die sich wie dunkle Wolken am Horizont auftürmte. Nachdenklich nahm Aaron ein Tuch aus dem Koffer und putzte das Schwert. Die Entführungen, die überlaufenden Nephilim, Cynthias Tod, das alles schienen Vorläufer eines Sturms zu sein.

Vor dem Tod seiner Mutter hatte er die Zeichen nicht deuten können, jetzt spürte er die Finger der Hölle, die sich in diese Welt erstreckten, um alles und jeden ins ewige Feuer zu reißen.

Aaron horchte auf, als sich ungleichmäßige Schritte näherten. Sofort umklammerte er das Schwert fester, bis er Ham erkannte. Wenig später hinkte der Alte um die Ecke und hob die Hand.

«Lass dich nicht von mir nicht stören.»

«Nee, ich bin schon fertig. Hast du Lust auf einen Drink?»

Ham nickte. Aaron verstaute die Waffe im Koffer, und gemeinsam betraten sie die Bar.

«Ziemlich einsam hier, was?», fragte der alte Heiler, dem es schwerfiel, auf den Barhocker zu steigen.

Aaron schaltete das Licht über der Theke ein. Über sein trancehaftes Training hatte er nicht bemerkt, dass es bereits dämmerte. «Wem sagst du das. Noch vor ein paar Tagen hast du keinen Platz hier drinnen bekommen. Das Ghetto ist tot wie Cynthia. Was magst du trinken?»

«Ein Soda.»

Aaron reichte Ham eine Coke. Er hatte mal wieder vergessen, dass Ham nie Alkohol trank, und schenkte sich einen doppelten Whiskey ein.

«Du kannst hier nicht länger bleiben. Ohne Cynthia ist es hier nicht sicher und Joel und wir anderen sind zu oft unterwegs. Morgen muss ich wieder nach Rom zurück», sagte er und setzte das Glas an. Der Alkohol brannte in der Kehle.

«Aber wo soll ich hin?»

Hams Lippen zitterten. Der Alte tat ihm leid, denn nach einer langen Odyssee schien er endlich ein Zuhause gefunden zu haben.

«Du könntest bei Rosie wohnen.»

Ham winkte ab. «Wie soll ich das bezahlen?»

«Du könntest es abarbeiten. Rosie braucht Hilfe. Es wird sich schon eine Lösung finden.»

«Die Zeiten sind schlecht geworden. Für welche wie mich gibt es keinen festen Platz.» Ein schmerzlicher Ausdruck lag in der Miene des Heilers. Auch er hatte durch Seraphiel seine Familie verloren, seine Frau, seine Kinder.

«Wir alle sind Figuren in einem Spiel der Mächte. Ich werde mit Rosie reden, bevor ich nach Rom fliege.» Dann hätte er auch einen Grund zur Pension zurückzukehren.

«Ein Auftrag deines Vaters? Oder warum musst du nach Rom?»

Aaron nickte. «Du weißt doch, dass ich bei einem Kardinal im Sicherheitsdienst arbeite und nur ein paar Tage freihatte, bis er aus dem Vatikan zurückkehrt. Gleichzeitig werde ich dort im Auftrag meines Vaters nachforschen.»

Er drehte das Glas nachdenklich in der Hand, bevor er fortfuhr. «In unseren Reihen gibt es einen Verräter.»

Aaron berichtete knapp von seiner Begegnung mit dem Verkünder und Ariel.

Ham runzelte die Stirn. «Bist du dir sicher?»

«Ziemlich. Ich habe dort schließlich einige Jahre im Palazzo verbracht und kenne so ziemlich jeden Trick.»

«Und wer? Deine Lehrmeister?»

Alessandro als sein Freund und Vertrauter schied ebenso aus wie Sabrael, der nur selten im Palazzo verweilte. Er hatte ihre Loyalität im Laufe der Jahre schätzen gelernt. Alessandro, ein Nephilim, war von Sabrael, einem Reinen – wie die Engel bezeichnet wurden –, als Kind gefunden und im Palazzo aufgezogen worden. Alessandro bildete Blutengel aus und unterrichtete die von Sabrael ausgewählten Nephilim, die sich auf die Seite der Erzengel geschlagen hatten.

«Ich würde meine Hand für beide ins Feuer legen. Sie sind meinem Vater treu ergeben. Alessandro ist mir seit vielen Jahren ein guter Freund.»

«Und wenn du dich irrst? Alessandro ist ein Nephilim. Ich habe viele Gegner Luzifers erlebt, die sich ihm eines Tages doch angeschlossen haben. Das Dunkle ist verführerisch. Neid, Eifersucht, Zorn und Hass sind Emotionen, die es dem Höllenfürst erleichtern, die Seelen zu fangen. Vielleicht auch bei ...»

«Niemals! Ich kenne Alessandro fast mein ganzes Leben.» Wenn er den Engeln hätten schaden wollen, dann doch nicht erst jetzt.

«Ich kann dich verstehen. Aber Alessandros Seele ist schon einmal mit der Hölle in Berührung gekommen. Damals als Kind. Keine Mutter, keinen Vater, der ihn liebte. Das ist nicht gut. Du hingegen bist behütet aufgewachsen und wurdest geliebt.»

«Viele Nephilim haben eine schreckliche Kindheit hinter sich. Dennoch folgen nicht alle Luzifer.»

«Vielleicht hast du recht. Und wen verdächtigst du?»

«Es muss einer der Schüler meines Lehrmeisters sein, der die Geheimnisse unserer Kampfkunst weitergegeben hat. Ich werde ihn entlarven.»

«Schlechte Zeiten. Es zieht in meinem steifen Bein. Irgendetwas wird geschehen.»

«Luzifers Einfluss ist gewachsen. Unter den Engeln ist Unruhe ausgebrochen. Du hast recht, es stinkt an allen Ecken und Enden. Der Kardinal bleibt noch eine Weile im Vatikan, bis der neue Papst gewählt ist. Es könnte sein, dass die Apokalyptiker wegen des neuen Kirchenoberhaupts nach Rom reisen. Entführungen, Morde, wir müssen mit allem rechnen. Und Ariel hat sicher auch seine Finger im Spiel.»

Ham legte eine Hand auf Aarons Arm. «Deine Mission ist äußerst gefährlich, wenn du gegen mehrere Fronten kämpfen musst. Du könntest getötet werden.»

«Ich weiß. Aber das ist nun mal mein Leben.»

Aaron leerte das Glas in einem Zug. Eigentlich war er jemand, der sich nicht um die Zukunft sorgte. Alles geschah so, wie es zu Beginn der Zeit festgelegt worden war. Doch die Ereignisse der letzten Zeit beschworen dunkle Ahnungen herauf, und er fürchtete um das Wohl derer, die ihm etwas bedeuteten.

«Wirst du wiederkommen?»

Ham schien sein Fortgehen sehr zu bedauern. Auch Aaron mochte den Alten und würde ihn vermissen.

Er zuckte mit den Achseln. «Ich weiß es nicht. Vielleicht wenn ich meinen Auftrag erledigt habe, eine Rebellion entbrennt oder mein Vater mich hierher zurückbeordert. Vielleicht aber wird Rom der Schauplatz der Mächte. Wir wissen nie, wohin uns das Schicksal führt.»

Er dachte an Rebeccas entsetzte Miene, als er ihr von seinen Aufträgen erzählt hatte. Rebecca! Immer wieder drehten sich seine

Gedanken um sie. *Was sie wohl gerade machte?* Er konnte nicht nach Rom fliegen, ohne sie vorher noch einmal gesehen zu haben. Gleich nachher würde er zu Rosies Pension gehen.

Aaron erzählte dem Heiler von Rebecca und dem, was ihr widerfahren war, und goss sich anschließend einen weiteren Whisky ein.

«Was glaubst du, weshalb sie hinter ihr her sind?»

Diese Frage hatte er sich zigfach gestellt, ohne eine Antwort darauf zu finden. «Ich kann mir noch keinen Reim darauf machen, auch nicht, was die anderen Frauen betrifft. Aber auch das werde ich herausfinden.»

«Davon bin ich überzeugt.» Ham sah ihn nachdenklich an. «Du magst sie sehr, nicht wahr?»

«Dir kann ich nichts vormachen, nicht wahr?», fragte Aaron und grinste.

Sie stießen an und prosteten sich zu. Ham starrte seine Cola-Dose an und drehte sie zwischen den Händen. Irgendetwas schien ihn zu beschäftigen. «Wenn der Verkünder doch Seraphiels und nicht Ariels Sohn ist, wäre die Erleuchtete seine Mutter. Sie war eine Heilerin, viel mächtiger als ich, denn sie stammt aus der Blutlinie Raphaels.»

«Was ist mit ihr damals geschehen?»

Immer wieder fiel ihr Name, dennoch besaß Aaron nur spärliche Informationen über sie.

«Sie ist mit ihrem Kind geflohen, um es vor Seraphiel zu schützen, und fand Asyl bei einer Familie. Leider wurde sie verraten und verschwand plötzlich. Vielleicht wurde sie entführt oder sie konnte fliehen. Niemand weiß, ob sie überhaupt noch lebt. Ein Jammer, sie wäre uns jetzt eine große Hilfe.»

«Wer hat sie verraten?»

«Das weiß ich nicht. Es kam nie heraus.»

«Wann war das etwa?»

Wenn alles zur selben Zeit stattgefunden hatte, könnte er beide Frauen, seine Mutter und die Erleuchtete, verraten haben.

«Mindestens fünfundzwanzig Jahre. Du glaubst, derselbe, der den Verkünder unterrichtet hat, könnte auch deine Mutter an Seraphiel verraten haben?»

«Wäre doch möglich. Und vielleicht auch die Erleuchtete. Ich muss in Rom nachforschen, was wirklich geschehen ...»

Aaron brach ab, als seine Sinne Alarm schlugen. Dämonen befanden sich in der Nähe. Jetzt, wo Cynthia hier nicht mehr lebte, wurde das Engelsghetto zur Zielscheibe der dunklen Mächte.

«Was ist ...?», hob Ham an, aber Aaron legte einen Finger an die Lippen, beugte sich vor und schaltete das Licht aus.

«Hinter der Theke gibt es eine Klappe im Boden zu einem Geheimraum. Versteck dich dort. Du darfst dich so lange nicht rühren, bis ich dir ein Zeichen gebe, dass alles vorbei ist.»

Ham zögerte zuzustimmen, doch dann nickte er, stieg vom Barhocker und kroch hinter die Theke. Die Luke knarrte, als er sie anhob.

«Ziemlich staubig», sagte er heiser und unterdrückte ein Husten.

«Lieber *dieser* Staub als dein eigener.»

Aaron öffnete den Koffer und nahm das Schwert wieder heraus. Er schnallte die Scheide um und arretierte sie mit dem Ledergurt um seinen Bauch, bevor er die Waffe darin verschwinden ließ. Dann schlüpfte er in den Mantel, den er vorhin achtlos über die Stuhllehne geworfen hatte, und steckte noch drei Shuriken in die Innentasche. Noch nie waren Dämonen dem Engelsghetto so nahe gekommen.

Wo steckte eigentlich Joel? Allein wäre Ham dieser Teufelsbrut hilflos ausgeliefert gewesen.

Leise öffnete Aaron die Tür zum Hinterhof und lugte hinaus. Zwei dieser Kreaturen bewegten sich im engen Radius um die Bar.

Er versuchte, sich mental in ihren Geist einzuklinken, doch ihr Schöpfer hatte gute Arbeit geleistet und ihren Geist geschützt. Doch Aaron ließ sich nicht entmutigen. Er folgte ihrer Spur über den Hinterhof. Die Dämonen bewegten sich in Richtung Norden und trennten sich dann. Nach kurzem Abwägen entschied er, dem zu folgen, der in Richtung Hudson River abgedreht war. Nahm der Wind zu, wäre es schwieriger ihn am Fluss auszumachen.

Plötzlich begann der Dämon Haken zu schlag wie ein Hase. *Ich kriege dich trotzdem.* Aaron grinste, kletterte über die Feuerleitern aufs Dach des Hochhauses und entschied, die Jagd oben fortzusetzen, von wo aus er einen besseren Überblick hatte. Manhattan mit seinem Lichtermeer und dem Straßenlärm lag ihm zu Füßen.

Wie hatte er das vermisst. Rom war aus der Vogelperspektive längst nicht so spektakulär. Das Chrysler-Building ragte wie eine glitzernde, silberne Speerspitze in die Wolken. Eiskalter Wind blies ihm ins Gesicht und trug den Straßenlärm zusammen mit den Wolken in Richtung Meer.

Der Dämon lief eine schmale Straße entlang, in der sich viele Obdachlose aufhielten, bis er in eine weitere einbog, die zum Flussufer führte. Nach wenigen Häuserblocks hatte Aaron ihn eingeholt, kletterte in rasantem Tempo an der Fassade hinab und sprang die letzten Stockwerke auf den Boden.

Sein Gegner drehte sich um und rannte zum Hafen, Aaron setzte ihm nach. Er zückte einen der Shuriken aus der Tasche, drückte auf die Mitte, dass die Spitzen heraussprangen und warf ihn mit einer schwungvollen Bewegung auf seinen Gegner. Das Geschoss erreichte seinen Widersacher, bevor Aaron den nächsten Atemzug tun konnte. Gleich würde sich der Shuriken in die Kehle des Dämons bohren und ihn lähmen. Zeit genug, um dem Höllenwesen das Herz aus dem Leib zu schneiden.

Doch als der Shuriken den Dämon berührte, entflammte er ihn. Das Höllenwesen verwandelte sich in eine brennende, sich drehende Fackel. Aaron erschrak. Nur Luzifer vermochte Feuerdämonen ins Leben zu rufen. Diesen Dämonen musste der Kopf mit einem Schlag abgetrennt werden, wollte man sie besiegen.

Die körperlose Feuergestalt flackerte vor seinen Augen, sodass es schier unmöglich erschien, Körperpartien zu bestimmen. Aaron hatte schon einmal Bekanntschaft mit diesen Wesen geschlossen. Nur weil er sich damals in Ernests Kirche hatte flüchten können, war er ihren Attacken entgangen.

Funken stoben und die Konturen des Höllenwesens lösten sich auf, bis nur noch flackernde Flammen die Dunkelheit erhellten. Der Shuriken durchdrang den feurigen Körper des Dämons, als wäre er Luft und kehrte wie ein Bumerang zu Aaron zurück, der ihn mit der Hand auffing. Der Feuerdämon drehte sich immer schneller, nahm die Form eines rot glühenden Kegels an und schoss auf ihn zu. Sofort zog Aaron das Schwert, um ihn abzuwehren.

Mit beiden Händen umfasste er den Knauf und erwartete den Angriff. Doch bevor er abwehren konnte, drehte der Dämon ab, materialisierte sich wieder und rannte lachend in die entgegengesetzte Richtung davon. Aaron nahm die Verfolgung wieder auf. Der Dämon lief in einem Bogen wieder zurück in Richtung Engelsghetto. *Was sollte denn das Katz-und-Maus-Spiel?*

Aaron sprang auf ein Garagendach und wieder hinunter in einen Hinterhof, um dem Gegner den Weg abzuschneiden. Zum Glück kannte er sich in dieser Gegend aus. Er lauerte dem Dämon hinter einer Ecke auf, zog das Schwert und sprang mit einem gewaltigen Satz auf ihn zu. Fast wäre es ihm auf Anhieb gelungen, dem Höllenwesen den Kopf abzuschlagen.

Doch dieses wirbelte zur Seite und Aaron verfehlte es nur knapp. Genau diese Schnelligkeit war ihm damals zum Verhängnis geworden. Heute war er durch sein Training und die Erfahrung routinierter, geübter, sodass er nicht mehr so leicht in die Defensive zu drängen war. Mit harten Schlägen, in die er seine ganze Wut legte, trieb er es zurück. Da nahte der zweite Dämon. Die Rune an seinem Hals brannte nun wie verrückt. Der Kragen des Mantels scheuerte daran, und er hätte ihn am liebsten abgerissen.

Die geballten Attacken beider Dämonen trieben Aaron jetzt zurück. Immer wieder musste er den feurigen Eruptionen ausweichen und gleichzeitig mit dem Schwert seine Gegner zurückdrängen. Funken brannten sich in seine Haut. Seine Kraft und Konzentration ließ nach, wofür sicher auch das harte Training von vorhin nicht ganz unschuldig dran war. Er musste auf eine Gelegenheit hoffen, zu bluffen, um eine erfolgreiche Offensive zu starten.

Mit einem Wutschrei stürmte Aaron vor und schwang sein Schwert. Die beiden Dämonen mutierten erneut zu Wirbeln, die sich in immer schnellerem Tempo um die eigene Achse drehten. Aus den Funken wurden Feuerschweife, von deinen einer sein Bein traf. Das Engelsfeuer fraß sich augenblicklich durch die Hose in seine Haut.

Aaron schrie auf. Doch er war es gewohnt, den Schmerz im Kampf zu verdrängen. Er presste die Zähne fest zusammen und schwang das Schwert erneut, obwohl ihm bei jedem Auftreten ein Blitz durchs Bein schoss. Seine Chancen zu gewinnen waren gerade beträchtlich gesunken. Es dauerte zu lange, bis die Wunde verheilte. Da spürte er einen Luftzug neben sich. Er wandte den Kopf und erkannte Joel, der mit gezücktem Schwert an seiner Seite stand.

«Wurde auch Zeit!», rief er dem Freund heiser zu.

«Ich habe doch geahnt, dass du mal wieder in Schwierigkeiten steckst. Was zur Hölle ist *das*?», brüllte Joel und deutete mit einer Kopfbewegung auf die Feuerwirbel.

«Luzifers Feuerdämonen. Schlag ihnen den Kopf ab.»

Der Schmerz im Bein brachte Aaron fast um. Er keuchte erstickt.

«Wenn du mir noch verrätst, wo der bei denen sitzt!»

«Immer nach Nase und Bauchgefühl gehen.»

«Na, klasse! Wenn's weiter nichts ist», frotzelte Joel.

Er sprang vor und holte aus. Es zischte, als hätte er Wasser über die Flammen gegossen. Tatsächlich erlosch das Feuer und der Wirbel materialisierte sich zu einem kopflosen Körper, der auf den Boden sank. Der Kopf rollte als Feuerball über die Straße, bis er mit einem dumpfen Knall zu Asche zerfiel.

«So macht man das!», rief Joel.

«Du musst ihm noch das Herz herausschneiden. Dir bleibt nicht viel Zeit, bis sich der Körper regeneriert!», antwortete Aaron und wehrte erneut seinen Gegner ab. Aus dem Augenwinkel erkannte er, wie Joel neben den Dämonenkörper sprang, ein Messer aus der Tasche zog und ihm, begleitet von einem schmatzenden Geräusch, das Herz aus dem Leib schnitt.

Nun gelang es auch Aaron, motiviert von der Tat des Freundes, nach wenigen Hieben dem anderen wirbelnden Dämon den Kopf abzuschlagen. Keuchend beugte er sich über den leblosen Körper, zog sein Spyderco heraus und schnitt auch ihm das Herz heraus, das in wenigen Sekunden in seiner Hand zu schwarzer Asche zerfiel.

Irgendwie war alles – bis auf seine Wunde am Bein – für Aarons Geschmack zu glatt verlaufen. Nachdenklich fing er den Dämonenstaub, der vom Wind aufgerührt wurde, mit der Hand auf und zerrieb ihn zwischen den Fingern, um einen Blick in die Gedanken des Höllenwesens zu werfen. Der Staub beschwor Visionen herauf von einem brennenden Haus. Fast hätte er geglaubt, es gehörte zu seinen Erinnerungen, bis er begriff, dass er die Pension Rosalia sah. Mehr über das Schicksal der beiden Frauen zu erfahren, blieb ihm jedoch verwehrt. Rebecca! Rosie! Oh, nein! Sein Herz stolperte in der Brust. Aaron drehte sich um und rannte hinkend los.

Joel hielt ihn zurück. «Was ist los?»

«Dieser Dämonenangriff diente nur einem einzigen Ziel: Uns abzulenken, damit sie in Ruhe Rosies Pension angreifen konnten.»

Joels Augen weiteten sich vor Entsetzen. «Dann nichts wie hin.»

Sie rannten die Straßen entlang. Aarons Bein schmerzte bei jedem Schritt. Er biss die Zähne zusammen. Sein Kopf war leer und sein Herz drohte seinen Brustkorb zu sprengen. Er konnte nicht auch noch die beiden verlieren. Wie sollte er das ertragen? Warum war er vorhin nicht gleich umgekehrt? Jetzt war vielleicht alles zu spät.

14.

Nachdem Aaron gegangen war, quälten Rebecca Zweifel. Sie bereute bereits, ihn zurückgewiesen zu haben. Sie war auf dem besten Weg, sich in Aaron zu verlieben. Sie versuchte sich gegen diese starken Gefühle zu wehren. Sie wollte keine Fernbeziehung mehr.

Voller Enthusiasmus und dem Glauben, ihre Liebe zu Martin würde auch über die Distanz ewig halten, war sie damals nach New York gezogen. Doch viel zu schnell musste sie ihren Irrtum erkennen. Ohne Martin hatte sie sich einsam gefühlt. Das Geld und auch die Zeit hatten nicht ausgereicht, ihn regelmäßig zu treffen. Vor lauter Sehnsucht hatte sie sich viele Nächste lang in den Schlaf geweint. Und mit der Zeit wuchs die Distanz zwischen ihnen, die Gespräche und Besuche wurden unterkühlter, bis sie sich nichts mehr zu sagen hatten. Anstatt offen darüber zu reden, schwiegen sie ihre Probleme tot.

Als dann noch Martins Eifersucht und Misstrauen ins Spiel kamen, war ihr bewusst geworden, in eine Sackgasse geraten zu sein. Traurig dachte sie an die Zeit zurück, in der sie und Martin glücklich gewesen waren. Aber zwischen New York und San Diego war ihre Liebe verloren gegangen. Vielleicht wäre alles anders gekommen, wenn sie sich nicht für New York entschieden ... Vielleicht, vielleicht, vielleicht ...

Jetzt stellte Aaron sie vor die gleiche Entscheidung. Vom ersten Moment an war zwischen ihnen dieses besondere Knistern gewesen. Sie hatten Gefahren gemeinsam bewältigt und harmonierten im Bett, dennoch störte sie sein Engelsblut. Unter dieser Voraussetzung eine Beziehung aufrecht erhalten, noch dazu auf Distanz?

Es war nicht zu leugnen, dass sie etwas für ihn empfand, ob sie wollte oder nicht. Vielleicht sollte sie noch einmal mit ihm reden.

Ihre Hoffnung, er könnte am Morgen noch in der Pension sein, zerschlug sich schnell, als Rosie sie fragte, weshalb Aaron das Haus so früh verlassen hatte.

«Ich weiß nicht», log Rebecca und mied Rosies Blick.

Sie wollte Aaron lieber vergessen. *Schaffst du doch nie!*, verspottete sie eine innere Stimme.

«Ihr mögt euch doch? Ich möchte mich nicht einmischen, aber ... letzte Nacht ...»

Rosie besaß ein feines Gespür und sicher wusste sie längst, dass Rebecca und Aaron sich im Gästezimmer geliebt hatten.

«Schon, aber morgen ist er in Rom und ich in Kalifornien. Aus den Augen aus dem Sinn.»

«Aber, Entfernungen spielen doch heutzutage keine Rolle mehr ...»

«Rosie, ich habe erst eine solche Beziehung hinter mir und ich habe gelitten.»

«Aber Aaron ist anders. Ich kenne meinen Bruder.»

«Das mag sein, aber wenn sein Auftrag ihn in Rom für Jahre festhält? Mein Leben ist in Kalifornien, bei meiner Familie, meinen Freunden, meinem Job! Ich kann doch nicht einfach alles so hinschmeißen. Würde er alles für mich aufgeben oder vielmehr kann er das überhaupt? Ich denke nicht. Und wenn auch Aaron und ich scheitern? Ich will das nicht noch einmal durchmachen. Versteh mich bitte Rosie.»

Rosie nickte. «Ich verstehe dich. Doch ich finde, ihr passt gut zusammen. So wie dich hat mein Bruder noch keine Frau angesehen.»

Rebecca zog Rosie an sich. «Ich wünschte, wir hätten uns unter anderen Umständen getroffen. Ich bin euch für alles so dankbar.»

«Was ist, wenn dir diese Sekte auch in Kalifornien auflauert?»

«Das glaube ich nicht.»

Sollte sie etwa ihren Job wieder kündigen, nur weil sie sich von Dämonen und Mischwesen verfolgt fühlte, von deren Existenz die meisten Menschen nicht einmal etwas ahnten? Wenn sie nur an Detective Lattisaw dachte und seinen belustigten Blick, als sie von Übersinnlichem gesprochen hatte.

«Außerdem haben die Morde an den Frauen die Polizei aufmerksam gemacht. Sie werden diese Sekte aufspüren. Es sind sicher nicht alle so ignorant wie Lattisaw.»

Selbst in ihren Ohren klangen die Worte abgedroschen. Sie hatte keine Lust, dass sich das noch einmal wiederholte. Andererseits konnte sie sich doch nicht den ganzen Tag lang im Haus einsperren.

«Solltest du noch einmal beobachtet werden oder dich verfolgt fühlen, dann ruf mich bitte an. Versprich mir das. Wir werden eine Lösung finden. Meine Nummer hast du ja. Von uns leben auch einige in Kalifornien und könnten dir helfen», bat Rosie Rebecca.

«Danke für dein Angebot. Ich verspreche, mich dann zu melden. Aber ich glaube nicht, dass die mich bis dorthin verfolgen werden, dafür bin ich zu unbedeutend.»

«Hoffentlich. Ich würde mich natürlich auch so über einen Anruf von dir freuen. Und vielleicht willst du dann auch wissen, wie es Aaron geht?»

Sie stupste Rebecca sanft in die Seite und lächelte. Natürlich brannte sie darauf zu erfahren, wie es ihm in Rom erging. *Aber wie sollte sie es ertragen, womöglich von einer anderen Frau zu erfahren?*

«Okay, verspreche ich. Ich weiß gar nicht, wie ich euch für alles danken soll.»

«Lass uns Freundinnen bleiben, das reicht.»

Rebecca hatte angeboten für Rosie die Büroarbeit zu übernehmen, um sich wenigstens etwas revanchieren zu können und nicht immer an Aaron denken zu müssen. Aarons Schwester schien sich mit der Buchhaltung nicht auszukennen, denn in ihrem winzigen Büro regierte das Chaos. Auch Rebecca war kein Freund administrativer Dinge, aber es war ein unabdingbares Muss, selbst im Krankenhaus.

Rosie wirbelte durch die Zimmer. Für den kommenden Tag hatten sich Gäste angemeldet und die Betten mussten frisch bezogen werden. Rebecca hatte ihr dabei helfen wollen, aber ihr schmerzte jeder Knochen im Leib und ihr Fuß war trotz der Eispackung noch immer geschwollen.

Zwischendurch ertappte Rebecca sich oft, wie ihre Gedanken immer wieder zu Aaron schweiften. Er war stark, intelligent, fürsorglich, zärtlich und sexy, aber sein unstetes, gefährliches Leben und die Welt drumherum flößten ihr Furcht ein. Sie hatte die richtige Entscheidung getroffen, selbst wenn Aaron ihr mehr als jeder andere Mann gefiel. Und jetzt konnte sie noch loslassen. Es verband sie schließlich nur die schreckliche Erinnerung ihrer Entführung. Wahrscheinlich würde sie in wenigen Tagen, sobald sie der Krankenhaustrubel beanspruchte, kaum noch einen Gedanken an ihn verschwenden.

Belüg dich doch nicht ständig!, ermahnte sie eine Stimme. *Verdammt, sie musste ihn aus dem Kopf kriegen! Sie hatte sich gegen ihn entschieden und Schluss*, beschloss sie energisch.

In Rosies Büro stand ein PC und ihr kam eine Idee. Rebecca schaltete ihn an und gab die Namen der vermissten Frauen ein. Nacheinander las sie die Berichte verschiedener Zeitungen. Gail, Laura-Jane und die anderen waren kurz vor ihrem Verschwinden, Gast bei Versammlungen einer Sekte gewesen. *Gail ein Mitglied der Apokalyptiker?* Das passte nicht zu der lebenslustigen Frau, die sie kannte.

Sie suchte weiter und stieß auf einen Artikel über Veronica Bale, die sich aus Liebe zu einem Mann ebenfalls der Sekte verschrieben hatte. Ein paar Einträge weiter wurde auch der Name Bonnie

Harper erwähnt, die entführt worden war. Die Vermisstenanzeige lag nur zwei Tage zurück. Bonnie Harper!

Rebecca lehnte sich zurück. Ihr wurde schlecht. Bonnie hatte in Monterrey in ihrer Straße gewohnt, nur zwei Häuser weiter. *Die Siebenundzwanzigjährige wird seit Donnerstag vermisst,* stand dort. Laura-Jane, Veronica, Bonnie und Gail ... Die Wege aller hatten sich gekreuzt, das musste etwas zu bedeuten haben. Das konnte kein Zufall mehr sein.

Sie kannte doch die Telefonnummer von Gail. *Wie lautete sie noch mal?* Rebecca trommelte mit den Fingern auf der Schreibtischplatte, während sie über der Nummer grübelte. Sie besaß ein gutes Gedächtnis und die Telefonnummer war sehr eingängig gewesen. 56310 oder 53610?

Rebecca wählte die erste Nummer. Das Rufzeichen erklang und nach wenigen Tönen meldete sich Gails Mutter am Apparat. Sie lallte, als hätte sie getrunken.

«Hallo, Mrs. Sheridan, hier ist Rebecca, Rebecca Clancy. Können Sie sich noch an mich erinnern? Gail und ich haben vor zwei Jahren im selben Krankenhaus gearbeitet.»

Sie musste behutsam vorgehen. Sicherlich trauerten Gails Eltern noch. Wenn sie dahinter kam, weshalb die anderen entführt worden waren, könnte sie Schlüsse auf sich ziehen.

Am anderen Ende der Leitung herrschte Stille, dann folgte ein Räuspern. «Ja, ich kann mich noch an dich erinnern. Bist du nicht ... Ärztin gewesen?» Mrs. Sheridan hatte Mühe, die Worte zu artikulieren.

«Ja, stimmt. Ich habe von Gails Tod gelesen und wollte Ihnen mein Beileid aussprechen. Ich habe Gail wirklich sehr gemocht.»

Rebecca hörte am anderen Ende der Leitung ein Schniefen. «Danke, alle haben meine Gail sehr gemocht ...» Mrs. Sheridans Stimme wurde von Schluchzern erstickt.

Rebecca wartete, bis sie sich wieder beruhigt hatte. «Es tut mir leid, falls ich Ihnen irgendwie zu nahe getreten sein sollte.»

«Gerade heute habe ich ihre letzten Sachen aus dem Zimmer geräumt. Es ... es ...ist mir so schwergefallen ist.»

Mrs. Sheridan schnäuzte sich.

«Das kann ich mir vorstellen.»

Rebecca verspürte ein schlechtes Gewissen. Sie beschloss, aufzulegen und auf ihre Fragen zu verzichten.

«Es ist schön, nach so langer Zeit wieder deine Stimme zu hören», sagte Mrs. Sheridan und klang jetzt etwas klarer. «Seit Gails Tod ist alles unerträglich still geworden.»

Rebecca hörte, wie sich Mrs. Sheridan eingoss. Beide schwiegen sie und Rebecca spürte, dass Gails Mutter jetzt jemanden zum Reden brauchte. Nach einer Weile fragte Mrs. Sheridan Rebecca schließlich nach ihrer Zeit, nachdem sie Pendleton verlassen hatte.

«Ich bin nach New York gegangen und habe in der Notaufnahme gearbeitet.» Knapp umriss Rebecca ihre Erlebnisse.

«Gail wollte auch immer Medizin studieren. Sie war so ehrgeizig.»

Rebecca erinnerte sich daran, dass Gail sich bereits während ihrer Arbeit als Krankenschwester in Seminare an der Universität eingeschrieben hatte. So wie Mrs. Sheridan Gail beschrieb, passte es immer weniger ins Bild, dass sich diese selbstbewusste Frau den Apokalyptikern verschrieben haben sollte.

«Was ist mit Gail geschehen?»

Mrs. Sheridan atmete tief ein. «Sie wollte nach dem Dienst auf eine Party, ist aber nie dort angekommen. Leute haben beobachtet, wie sie in ein Auto gezerrt wurde ...»

Mrs. Sheridan stockte. Rebecca hörte, wie ihre Gesprächspartnerin ein Schluchzen unterdrückte, und wartete ab, obwohl ihre noch Fragen auf der Zunge brannten. Aber sie wollte sie nicht bedrängen.

«In den Nachrichten wurde berichtet, dass Gail Opfer einer Sekte geworden wäre.»

Mrs. Sheridan lachte bitter auf. «Oh, ja. Gail hatte sich gerade von ihrem Freund getrennt und war ziemlich deprimiert. Da hat sie eine Kollegin gefragt, ob sie sie zu irgendeiner Versammlung begleiten würde. Wir wussten nichts davon, erst später, als sie für diese Sekte irgendwelche Flugblätter verteilt hat.»

«Wissen Sie noch, wie die Sekte hieß?»

«Nein, weiß ich nicht mehr.»

«Nannten sie sich vielleicht ... die Apokalyptiker?» Rebeccas Fingernägel bohrten sich vor Aufregung in ihre Handflächen.

«Ich ... ich weiß es nicht. Gehörst du auch zu denen?»

«Nein, nein.» Rebecca erzählte Gails Mutter von ihrer Entführung und denen der anderen. «Ich habe das Gefühl, dass es da einen Zusammenhang gibt. Gail wurde doch 1984 geboren, nicht wahr?»

«Ja.»

«Können Sie sich daran erinnern, was in dem Jahr geschehen ist? Gab es ein besonderes Ereignis? Vielleicht nicht in Pendleton, aber in der Nähe?» Es musste doch einen Grund haben, dass alle Betroffenen im gleichen Jahr geboren waren. «Und später?»

«Ich wüsste nicht ... nein, da war auch nichts ... jedenfalls nichts ... oder doch? Ich kann mich nur noch an diese schrecklichen Brände erinnern. Wann war das noch?»

«Brände? Was für Brände?», hakte Rebecca nach.

«Jemand hat Häuser, Kirchen in Brand gesteckt. Viele sind ums Leben gekommen.»

«Wann war das?»

«Im selben Jahr? Nein, es muss später gewesen sein. In einem Sommer. Ja, als ich mit Pete schwanger war. 1987 in San Francisco. Aber was hat das mit den Entführungen zu tun?»

«Das weiß ich leider auch nicht, aber ich werde den Grund herausfinden. Danke, Mrs. Sheridan.»

Rebecca verabschiedete sich und legte auf. Nach dem Telefonat sah sie nachdenklich auf den Bildschirm. Sie tippte mehrere Begriffe in das Feld der Suchmaschine ein und erhielt eine Flut von Daten über die Brände. Der Brandstifter war nie gefasst worden. Ein Haus auf einem Foto kam ihr seltsam vertraut vor. Sie runzelte die Stirn. Wahrscheinlich ähnelte es nur einem anderen, das sie kannte.

«Na, bist du schon an meinem Chaos verzweifelt?»

Rosie streckte den Kopf zur Tür herein. Rebecca schrak ertappt zusammen. Hastig schloss sie die Internetseiten und sah zu Rosie.

«Na, ja ...»

«Du bist verzweifelt», stellte Rosie fest und holte Rebecca aus den Grübeleien zurück.

«Nein, keine Sorge, mich haut so schnell nichts um.» Rebecca schaltete den Computer aus und stand auf, um Rosie zu zeigen, wo sie was abgelegt hatte. «Also, in diesem Ordner befinden sich alle bezahlten Rechnungen, die offenen liegen hier in der Ablage. Den Schriftverkehr habe ich im blauen Ordner abgeheftet.»

«Ich weiß gar nicht, was ich dazu sagen soll. Danke! Alles sieht so ... ordentlich aus.» Rosie kicherte. «Ich bin nun mal chaotisch.»

«Irgendwie musste ich mich doch revanchieren, wenn du kein Geld von mir willst.» Sie reckte sich. «Ich mache mir noch ein Sandwich und lege mich früh schlafen. Mein Fuß schmerzt.»

Rebecca humpelte zur Tür. Die ersten Schritte fielen ihr noch immer schwer, danach ging es leichter.

«Vielleicht kommt Aaron später noch vorbei», rief Rosie ihr hinterher.

Rebecca antwortete nicht darauf. Allein sein Name ließ ihr Herz schneller schlagen. Doch er würde nicht ihretwegen kommen.

Nachdem Rebecca geduscht und ihr Sandwich gegessen hatte, legte sie sich ins Bett und fiel sofort in tiefen Schlaf. Sie träumte davon, wieder ein kleines Mädchen zu sein, das in einem von Sonnenlicht durchfluteten Hof mit ihrem Teddy spielte.

«Rebecca, ich bin gekommen, um dich zu holen», hörte sie eine tiefe Männerstimme hinter ihr.

Langsam drehte sie sich um und stand einem Mann gegenüber, unter dessen einem Auge eine Narbe zu erkennen war. Ihre Mutter hatte ihr eingeschärft, niemals Fremden zu folgen. Er streckte die Hand nach ihr aus, aber sie wich zurück. Riesige Flügel ragten weit über seine Schultern hinaus.

«Komm mit mir. Ich werde dir jeden Wunsch erfüllen.»

Rebecca begann sich zu fürchten und schüttelte den Kopf. «Nein, ich komme nicht mit. Ich darf nicht mit Fremden mitgehen.»

«Aber du kennst mich doch.»

«Nein, nein, nein.»

Rebecca schüttelte den Kopf und wich zurück, bis sie mit dem Rücken gegen die Hauswand stieß. Seine Hand schnellte vor, packte ihren Arm und zog sie hoch, als wäre sie leicht wie eine Feder. Sie fand sich unter seinen Arm eingeklemmt wieder. Wild begann sie zu strampeln. Ihr Teddy war auf den Boden gefallen. Rebecca streckte vergeblich die Arme nach ihm aus.

«Ich will meinen Teddy wiederhaben», schluchzte sie.

«Sei still», zischte er und wandte sich um.

«Nein! Nein, lass mich runter, ich will nicht mit dir gehen. Nein!»

Rebeccas Fäuste trommelten auf ihn ein. Aber es ließ ihn unberührt. Stattdessen fasste er nur noch fester zu.

«Unartiges Balg», zischte er.

Tränen kullerten über ihre Wangen. «Mummy! Mummy!», schrie sie.

Plötzlich loderte Feuer aus dem Boden.

«Hier ist sie», sagte er.

Er würde sie doch nicht etwa ins Feuer werfen? Dann hob er sie hoch und hielt sie in die Flammen. Rebecca schrie vor Schmerz auf und strampelte, bis er sie ins Feuer warf.

«Aus dem Feuer geboren», flüsterte eine Stimme, bevor sie aus weiter Ferne Chopins Mazurka spielen hörte. Rebecca wachte auf. Ihr Herz hämmerte laut in der Brust. Die Mazurka spielte noch immer.

Sie stöhnte, öffnete die Augen und starrte ins Dunkle. Chopins Mazurka? Das war doch der Klingelton ihres Handys. Sie streckte den Arm aus und tastete nach dem Nachttisch. Aber der war nicht da. Was ...?

Da fiel ihr ein, dass sie gar nicht in ihrer Wohnung schlief, sondern in Rosies Pension. Chopins Mazurka verstummte, der Anrufer hatte aufgegeben. Erleichtert sank sie aufs Kissen zurück. Sie fühlte sich kaputt und in ihrem Kopf pochte es dumpf.

Der blaue Kombi, der Junge, der in Flammen aufging, der Kerl mit den roten Augen, Aaron, die entführten Frauen, das Telefonat mit Mrs. Sheridan ... *Würde dieser Albtraum enden, wenn sie in San Francisco war?*

Mühsam setzte sie sich auf, zog die Knie an und umschlang sie mit den Armen. Das Handy dudelte erneut. Aus dem Bad. Sie tastete im Dunkeln nach dem Lichtschalter und blinzelte ins grelle Licht der Stehlampe. Ihr Handy tanzte durch die Vibrationen auf der Ablage im Badezimmer. Jetzt fiel ihr wieder ein, dass sie es nach dem letzten Telefonat ins Ladegerät gestöpselt hatte.

Rebecca quälte sich aus dem Bett. Sie schrie auf, als sie mit dem verletzten Fuß gegen den Hocker stieß, bevor sie ins Bad hinüberhumpelte. Sie sah auf ihre Armbanduhr. Vier Uhr morgens. Als sie das Handy in die Hand nahm, stoppte die Mazurka. Über dreißig

Anrufe in Abwesenheit, davon fünf einer unbekannten Nummer und der Rest war Martin!

Was wollte der denn? Der erste Anruf war kurz nach Mitternacht gewesen, er hatte eine Nachricht hinterlassen. Rebecca rief sie ab.

«Rebecca, hier ist Martin. Ruf mich so schnell wie möglich zurück. Egal wie spät es ist.»

Etwas in seiner Stimme verursachte ihr eine Gänsehaut. Wenn er sie mitten in der Nacht anrief, musste etwas geschehen sein. Mit zittrigen Fingern drückte sie die Rückruftaste und hörte das Rufzeichen. In San Francisco war es erst ein Uhr nachts. Martin ging selten früher zu Bett. Es dauerte nicht lange, bis es in der Leitung klickte.

«Martin, ich bin's Rebecca. Was ist los?», fragte sie und spürte, wie sich etwas in ihrer Kehle zusammenballte.

«Endlich, Rebecca, ich versuche schon seit Stunden dich zu erreichen. Hattest du wieder das Handy ausgeschaltet?»

Sie überhörte den Vorwurf. Irgendetwas Schreckliches war geschehen, sie konnte es fühlen.

«Sag mir lieber, weshalb du mich anrufst.» Sie konnte nicht noch eine Hiobsbotschaft ertragen.

«Deine Eltern ...»

Seine Stimme klang erstickt. Eine eisige Hand fasste nach ihrem Herzen.

«Was ist mit ihnen?», hauchte sie.

«Sie hatten gestern Abend einen schweren Unfall. Mit dem Wagen, in der Nähe der Golden Gate.»

Rebecca hatte das Gefühl, als würde ihr jemand den Boden unter den Füßen wegziehen. Ihre Hand, die das Handy umklammerte, zitterte. Mit der anderen Hand klopfte sie auf den Waschbeckenrand.

Stille am anderen Ende der Leitung, dann ein Seufzen. «Es tut mir wirklich sehr leid.»

Tausend Fragen wirbelten durch ihren Kopf. *Weshalb erfuhr sie erst jetzt davon? Und dann noch ausgerechnet von Martin?*

«Warum hast du mich nicht eher angerufen?», rief sie aufgebracht in den Hörer. «Und wieso weißt du das eher als ich?»

«Weil du nicht zu erreichen warst. Wie oft habe ich dich damals gefragt, wozu du ein Handy hast, wenn man dich nicht darüber erreichen kann? Hättest du es nicht ausgeschaltet, wüsstest du längst von dem Unfall.»

Sie erinnerte sich noch genau an seine Vorwürfe. Und sie waren wohl berechtigt. *Warum war sie nicht aufmerksamer gewesen?* Sie könnte sich ohrfeigen. Doch jetzt überwog die Sorge um ihre Eltern.

«Wie geht es ihnen?», flüsterte sie.

Sag nicht, dass sie gestorben sind. Bitte nicht, flehte sie im Geist und spürte, wie ihr die Tränen in die Augen schossen.

«Sie ... sie sind beide ohne Bewusstsein. Es gibt wenig Hoffnung, ihre inneren Verletzungen sind schwer.»

Seine Worte hallten in ihr nach.

«Nein! Nein!», rief sie und schluchzte auf.

Nicht ihre Eltern. Nicht sie.

Martin schwieg, und sie hörte ihn atmen.

«Wie ... wie konnte das geschehen?» Rebecca stützte sich am Waschbeckenrand ab. Ihr Vater war kein Raser, sondern ein verantwortungsbewusster Fahrer, der nie ein Risiko einging.

«Ein betrunkener Truckfahrer hat sie gerammt. Ihr Wagen kam von der Straße ab, hat sich überschlagen und ist eine Böschung hinuntergerutscht.»

Rebecca sank auf den Toilettendeckel und weinte still vor sich hin. Das alles musste ein Albtraum sein. Erst gestern noch hatte sie mit ihrer Mutter telefoniert.

«Rebecca? Bist du noch dran?», rief Martin aus dem Hörer.

«Ja, bin ich.» Sie riss ein Kosmetiktuch aus dem Spender über dem Waschbecken und tupfte die Tränen ab, die unaufhörlich aus ihren Augen quollen.

«Wann wirst du kommen?», fragte er und Ungeduld schwang in seiner Stimme mit.

Sie könnte es nicht ertragen, wenn ihre Eltern sterben würden, bevor sie sie ein letztes Mal gesehen hatte. Angst umspannte ihr Herz wie ein eiserner Ring.

«Mit dem nächsten Flug », antwortete sie.

Da hatte sie sich so auf die gemeinsame Zeit in San Francisco gefreut und jetzt das.

«Ich habe schon im Internet nachgesehen. In zwei Stunden geht eine Maschine von JFK. Es sind noch Plätze frei. Ich könnte dir einen buchen.»

Sie war ihm für das Angebot dankbar. Sie fühlte sich so kraftlos. «Danke, Martin.»

«Becca, es tut mir alles so leid.» Martin seufzte.

«Wie ... wie hast du davon erfahren?»

«Ich war auf Bitten deines Vaters kurz vorher bei deinen Eltern wegen des Verkaufs eures alten Hauses. Die Polizei war dort und hatte wohl versucht, dich zu erreichen. Leider vergeblich. Sie haben mich nach dir gefragt und ich habe ihnen deine Handynummer gegeben. Aber ich wollte es dir zuerst sagen. Schonend. Schließlich sind wir doch noch immer Freunde.»

Die unbekannte Telefonnummer im Display! Sie hätte zurückrufen und die Mailbox abhören sollen. Rebecca stöhnte innerlich auf. «Ich breche sofort zum Flughafen auf. Kannst du mich bitte später in Frisco abholen?»

Es missfiel ihr, ihn darum bitten zu müssen, aber sie wollte Fran nicht aus dem Bett klingeln.

«Ja, ja, natürlich.»

Danach legte sie auf. Sie wusch sich ihr Gesicht mit kaltem Wasser, bevor sie Kleidung aus ihrer Reisetasche nahm und Pyjama gegen Jeans und Sweatshirt eintauschte. Hoffentlich kam sie nicht zu spät. Wäre sie doch nur eher nach San Francisco geflogen, wie ihre Eltern sie gebeten hatten. Aber nein, sie hatte ja immer wieder wegen ihres Jobs verschoben. Aus Pflichtgefühl.

Ein kurzes Klingeln aus dem Handy schreckte sie aus ihren Gedanken. Martin hatte ihr die Nummer des elektronischen Flugtickets per SMS mitgeteilt. Rebecca wusste nicht, woher sie die Energie nehmen sollte, die vor ihr liegende Zeit zu überstehen. Ein Mann an ihrer Seite, der sie liebte, hätte ihr sicher die Kraft für die schweren Stunden gegeben.

Sie war Martin dankbar für den Anruf und die Buchung des Tickets, aber er konnte ihr keinen Trost spenden. Aarons Gesicht tauchte vor ihren Augen auf. Sie spürte die Wärme seines Körpers und wünschte sich, er wäre bei ihr. Aber er flog nach Rom und sie würden sich nicht mehr wiedersehen. Rebecca schüttelte gedankenverloren den Kopf. Am besten, sie vergaß ihn.

Wenig später stand sie neben dem Rezeptionstresen der Pension und drückte ihr Ohr gegen die Tür mit der Aufschrift «Privat». Es war mucksmäuschenstill. Einen Moment überlegte sie, ob sie Rosie wecken sollte, um sich zu verabschieden, doch sie entschied sich anders.

Sie hangelte über den Tresen nach Stift und Zettel und schrieb der jungen Frau eine kurze Nachricht. Zuletzt legte sie fünfzig Dollar in den gefalteten Zettel. Rosie hätte das Geld nie angenommen, wenn sie es ihr gegeben hätte. Aber sie konnte doch hier nicht umsonst wohnen und essen, auch nicht bei einer Freundin.

Sie klemmte den Zettel mit dem Geld unter einen Briefbeschwerer, als sich neben ihr unerwartet die Tür öffnete. Rosie stand im froschgrünen Frotteebademantel in der Tür und sah erst auf die Reisetasche und dann sie fragend an.

«Du willst einfach so verschwinden, ohne dich von mir zu verabschieden?»

Ihre enttäuschte Miene weckte Rebeccas schlechtes Gewissen. Zu recht, aber sie wusste, dass Rosie immer sehr früh am Morgen aufstehen musste und sie ein anstrengender Tag erwartete. Eine blöde Ausrede.

«Bitte, entschuldige, aber ich wollte dich nicht wecken.» Rebecca nahm den Zettel und zerknüllte ihn.

«Darf ich fragen, warum du fort willst und wohin?»

Bei Rosies Frage brach Rebecca erneut in Tränen aus. «Meine Eltern sind schwer verunglückt. Ich muss sofort nach Kalifornien zurück.»

Sie zitterte am ganzen Körper und mochte sich nicht vorstellen, wie es wäre, die beiden nicht mehr lebend anzutreffen. Himmel, sie hatte eine Scheißangst. Es war ihre Pflicht, jetzt an ihrer Seite zu sein.

«Oh, Rebecca, das tut mir unendlich leid. Aber was ist, wenn dir diese Kerle von der Sekte draußen auflauern?»

«Du hast doch auch deine Mutter verloren und weißt, wie schrecklich sich das anfühlt. Würdest du an meiner Stelle hier bleiben? Ich liebe meine Eltern über alles. Vielleicht kann ich ihnen helfen. Und wenn nicht, möchte ich sie auf ihrem letzten Weg begleiten. Kannst du das nicht verstehen?»

Rebecca wischte mit dem Handrücken die Tränen von den Wangen.

«Komm her.» Rosie zog sie liebevoll an sich. «Ich würde mich auch für meine Eltern entscheiden.»

«Danke.» Rebecca löste sich aus der Umarmung.

«Aaron wird mir trotzdem den Kopf abreißen, wenn ich dich gehen lasse», sagte Rosie und lächelte unsicher.

«Ich glaube, wenn du Aaron das erklärst, wird er es verstehen.»

Skepsis lag in Rosies Miene. «Ich werde mit ihm reden. Ach, ich vermisse dich jetzt schon.»

«Danke für alles. Und richte das auch bitte Aaron aus.»

Rebecca umarmte Rosie noch einmal.

«Wirst du abgeholt? Oder soll ich Aaron anrufen, damit er dich fährt?», schlug Rosie vor und griff nach dem Telefonhörer.

Rebecca war schon bedrückt genug und ein Abschied von Aaron würde ihre Kräfte übersteigen. «Danke, nicht nötig. Ein Taxi tut es auch.»

«Kommt nicht in Frage. Ich werde dich fahren.»

«Danke.»

Rosie an ihrer Seite zu wissen, tröstete sie.

«Komm, lass uns zu meinem Wagen gehen.»

Sie war froh, dass Rosie während der Fahrt schwieg. In ihrem Kopf drehte sich alles nur um ihre Eltern. Der dumpfe Druck in ihrer Brust wollte nicht weichen. Wenn sie doch nur schon in San Francisco wäre. Andererseits fürchtete sie sich vor dem, was sie erwartete.

Rosie hielt den Wagen direkt vor dem Haupteingang des Flughafens JFK. Da Rebecca nur wenig Zeit bis zum Abflug blieb, verabschiedete sie sich hastig von ihr, holte ihr Gepäck aus dem Kofferraum und stürmte in die Flughafenhalle.

«Meld dich mal!», rief Rosie hinter ihr her.

15.

Rebecca! Rosie! Aarons Herzschlag setzte einen Moment lang aus, als Joel auf den rot erleuchteten Himmel deutete. Sirenengeheul näherte sich und zwei Einsatzwagen der New Yorker Feuerwehr bogen in die Seitenstraße ein, in der Rosies Pension lag. Aaron versuchte den Gedanken, es könnte den beiden etwas geschehen sein, zu verdrängen.

Joel legte ihm die Hand auf die Schulter. «Du darfst jetzt nicht an das Schlimmste denken.»

Aaron glaubte Ariels Präsenz zu spüren. Sicher hatte der Renegat sein Wissen an Luzifer verkauft. Der Gedanke machte ihn rasend. Aus dem Dachstuhl schlugen schon meterhohe Flammen und im unteren Stockwerk splitterten die Fenster. Schaulustige hatten sich hinter dem Feuerwehrwagen eingefunden und verfolgten die Szene.

Was er beim Training gesehen hatte, war keine Vision, sondern eher eine Vorahnung gewesen. Mit einem erstickten Aufschrei rannte er auf das Flammeninferno zu. Die Angst um die beiden fraß sich heiß durch sein Inneres.

«Aaron, warte!», rief Joel ihm nach und fasste seine Schulter.

«Lass mich, ich muss.»

Aaron riss sich los. Nicht auszudenken, wenn er auf einen Schlag die beiden Frauen verlieren würde, die ihm etwas bedeuteten.

«Aaron! Um Himmels willen, bleib stehen!»

Eine vertraute Stimme stoppte ihn. Langsam drehte er sich um und sah seine Schwester, die ihm tränenüberströmt entgegenlief. Schluchzend fiel sie ihm in die Arme und barg ihr Gesicht an seiner Brust. Joel folgte ihr.

«Die Pension ... meine Sachen ... ich ... alles vorbei», stammelte sie.

Sanft strich Aaron ihr übers Haar. Sein Blick suchte unter den Gaffern vergeblich nach Rebecca. Rosie sah ihn aus geschwollenen Augen an. Sie rang um Fassung.

«Wo ist Rebecca?», fragte er, und Furcht kroch erneut in ihm hoch.

«Sie ist fort.»

Rosie nagte an ihrer Unterlippe. Aaron zog ein Taschentuch aus seiner Jackentasche und tupfte ihr liebevoll die Tränen ab. «Was heißt das, sie ist fort?»

«Ihre Eltern ... sie hatten einen schweren Autounfall. Vorhin ... bekam sie ... einen Anruf ... ich habe sie zum JFK gebracht.»

Sie schniefte. Fassungslos starrte er seine Schwester an. Rebecca war fort. Freude und Enttäuschung stritten ihn ihm. Sie war dem Feuer entgangen, dennoch hatte er sie verloren.

«Wie konntest du sie nur gehen lassen?», fragte er aufgebracht und bereute im selben Moment seinen Vorwurf. Er war frustriert, weil er nicht mehr mit ihr hatte reden, sie sehen können.

«Du hättest sehen sollen, wie verzweifelt sie war. Die Ärzte wissen nicht, ob ihre Eltern durchkommen. Ich hätte genau wie sie gehandelt.»

«Rosie hat recht. Jeder von uns hätte das getan», mischte Joel sich ein.

Auch Aaron konnte Rebecca verstehen. Damals war er in seiner Verzweiflung und Angst um seine Mutter in das brennende Haus gerannt, ohne an die Folgen zu denken. Heute hätte er es für Rosie und Rebecca wieder getan. «Du hast recht. Bitte entschuldige.»

Rosie nickte schniefend. «Ich kann dich ja verstehen. Du magst sie ...»

«Schon gut, mach dir keine Sorgen. Erzähl mir lieber, wie das Feuer ausgebrochen ist.»

Aaron legte den Arm um Rosies Schultern. Wenn die Apokalyptiker oder gar Ariel die Pension in Brand gesteckt hatten, würden sie das noch bitter bereuen.

«Ich … ich weiß es nicht. Ein Nachbar hat die Feuerwehr alarmiert. Als ich zurückkam, war schon der erste Einsatzwagen hier. Jetzt … ist alles vorbei. Wie … soll es nun weitergehen?» Wieder brach Rosie in Tränen aus.

«Rosie, es tut mir so leid. Wir schaffen das schon. Viel wichtiger ist es, dass dir nichts geschehen ist.»

Er wiegte sie in den Armen wie damals nach dem Tod ihrer Mutter. «Wo ist Rebecca hin?», fragte er, als Rosie endlich zu weinen aufgehört hatte.

Sie rückte ein wenig von ihm ab und putzte sich die Nase. «Nach Kalifornien.»

«Gut, aber wohin genau? L.A.?»

Es ärgerte ihn, nicht zurückgekehrt zu sein.

«Ich weiß es nicht genau, sie hat die ganze Fahrt nur geweint. Ich wollte sie nicht noch mit Fragen bedrängen. Ich dachte, du wüsstest, wo sie lebt.»

«Fuck!» Aaron ballte die Faust und schlug durch die Luft.

«Hast du ihre Adresse nicht?», fragte Joel.

«Nein», gab Aaron kleinlaut zu.

«Ihre Handy-Nummer?»

Wieder musste er die Frage verneinen.

Rosie stöhnte auf. «Du bist doch sonst immer so hinterher, wenn dich eine Frau interessiert», tadelte sie ihn.

«Ja … schon, aber … zwischen uns ist alles irgendwie schiefgelaufen.»

Was war er doch für ein Idiot! Das Schicksal schien sich in letzter Zeit gegen ihn verschworen zu haben.

«Ich bin überzeugt davon, dass du sie wiederfinden wirst.

Wenigstens ist sie damit aus dem Fokus der Apokalyptiker verschwunden», sinnierte Rosie.

«Vielleicht auch nicht.»

«Was heißt das denn jetzt?»

Er erzählte Rosie von seiner Begegnung mit Ariel.

«Aber was will *der* von ihr?»

«Vielleicht ihre Seele, um sie an Luzifer zu verkaufen oder sie an den Verkünder ausliefern. Aber das kriege ich noch raus. Jetzt lass uns ins Engelsghetto gehen. Dort solltest du bleiben, bis du was anderes gefunden hast.»

Abrupt blieb Aaron stehen. Ham fiel ihm ein. Verdammt! Den hatte er doch glatt vergessen. Er saß bestimmt noch immer in dem Versteck unter der Theke und wartete.

«Was ist? Spürst du was?», fragte Joel.

«Nein, ich habe Ham vergessen. Er hockt schon seit Stunden in dem kleinen Raum unter der Theke.»

«Dann werde ich mich mal sputen und ihn da rauslassen. Bis gleich.»

Aarons Bein schmerzte noch immer und mit Rosie an seiner Seite war er nicht so schnell wie sein Freund. Es würde eine Weile dauern, bis diese Wunde verheilt war. Er legte Rosie wieder den Arm um die Schultern und humpelte mit ihr zur Hell's Bar, während hinter ihnen der Lebenstraum seiner Schwester zu Asche zerfiel.

16.

Rebecca drängte sich energisch durch den schmalen Gang des Flugzeugs. Ihr Nacken war verspannt und schmerzte. Die Stunden hatten sich endlos hingezogen und die Angst erstickt. Während des gesamten Fluges hatte sie nur durchs Fenster in die Dunkelheit gestarrt und geweint.

Dass Martin sie am Flughafen erwartete, spendete ihr trotz der Differenzen zwischen ihnen, einen gewissen Trost. Dennoch hätte ihr Aarons Nähe mehr gegeben. In seiner Gegenwart spürte sie eine unglaubliche Kraft in sich, die sie beflügelte, sich in der größten Angst zur Wehr zu setzen. Seine Hand auf ihrer Stirn war mehr als nur eine einfache Berührung gewesen, so als wäre es ihm möglich, seine Stärke und Energie auf sie zu übertragen.

Aber jetzt war er nicht da. *Du bist doch immer allein klar gekommen.* Dennoch sehnte sie sich nach ihm. Sie lehnte sich mit dem Rücken an eine der Glasscheiben, die den Bereich der Gepäckausgabe von der Ankunftshalle trennten und betrachtete die Koffer, die im Kreis auf dem Band fuhren. Sie schrak zusammen. Neben ihr klopfte jemand ans Glas.

«Becca!»

Sie drehte sich um und erkannte Martin. Er bedeutete ihr mit Gesten, am Ausgang der Halle auf sie zu warten. Als sich ihre Reisetasche auf dem Band näherte, stand Rebecca auf. Nur einen Atemzug später lief sie durch die Schwingtür in die Ankunftshalle. Doch Martin war nirgends zu sehen.

Erschöpft und verärgert ließ Rebecca sich etwas abseits vom Trubel auf einen Sitz sinken, der ihr dennoch einen guten Überblick bot. Wenn er nicht bald zurückkehrte, würde sie sich eben ein Taxi rufen. Nach einer Weile sah sie ihn von den Toiletten auf sie zukommen.

Rebecca erhob sie sich und wollte zu ihm laufen. Dabei prallte sie gegen einen Mann, der plötzlich wie aus dem Boden gewachsen vor ihr stand. Der Fremde, ganz in Schwarz gekleidet, strahlte etwas Gefährliches und Bezwingendes aus. Der eisige Blick aus seinen schwarzen Augen ließ sie frösteln. Für einen Mann waren seine Züge ungewöhnlich weich.

Seine sanft geschwungenen, herzförmigen Lippen lösten ein Déjà-vu aus. Sie kannte diesen Mann, aber sie konnte ihn nicht einordnen, etwas irritierte sie an ihm. War es die Narbe unter seinem linken Auge, die ihr bekannt vorkam? Eine Brandnarbe. Wie auf Kommando prickelte es wieder unangenehm auf ihren Armen. Keiner der Vorbeilaufenden schenkte ihm Beachtung, als wäre er Luft. Auch Martin schien ihn nicht zu sehen. Dabei stach er aus der Menge der Buntgekleideten wie ein Fremdkörper heraus.

«Der Platz wird jetzt frei», sagte Rebecca mit belegter Stimme und wollte seiner Gegenwart so schnell wie möglich entkommen. Hastig griff sie nach ihrer Tasche.

Als sie sich an ihm vorbeidrängen wollte, verstellte er ihr erneut den Weg. Rebecca war nicht ängstlich, aber die Erlebnisse in New York hatten sie gelehrt, vorsichtig zu sein. Der Kerl jagte ihr eine Gänsehaut über den Rücken, mehr als der Dämon und die Nephilim zusammen.

«Was soll das? Lassen Sie mich bitte vorbei, mein Freund holt mich ab. Da drüben ist er», sagte sie forsch und deutete mit dem Kinn zu Martin.

Ihr Herz schlug hart gegen ihren Brustkorb. *Zeig ihm nicht, dass du dich fürchtest. Darauf wartet er doch nur.*

Die Lippen des Fremden verzogen sich zu einem abfälligen Lächeln. Rebecca unterdrückte ihre Angst, obwohl sie innerlich vibrierte. Erneut startete sie einen Versuch, an ihm vorbeizugehen. Doch sie hatte seine Schnelligkeit unterschätzt, mit der er ihr auch dieses Mal entgegentrat. Er packte ihren Arm, um sie fortzuziehen. *Wo blieb denn nur Martin?*

«Genug mit diesen Spielchen.»

Er fasste fester zu, sodass sich seine Finger schmerzhaft in ihr Fleisch drückten. Die Szene war ihr vertraut.

«Lassen Sie mich sofort los!» Rebecca schlug nach ihm, aber ihr Hieb verpuffte wirkungslos.

«Zwing mich nicht, andere Maßnahmen zu ergreifen», sagte er mit der melodischen Stimme eines Chorknaben vor dem Stimmbruch, und doch milderte die Tonlage keinesfalls die Drohung.

«Ich gehe nirgendwo mit Ihnen hin. Und drohen lasse ich mir schon gar nicht. Also lassen Sie mich jetzt endlich los und treten beiseite, oder muss ich den Flughafen zusammenschreien?»

Sie wusste selbst nicht, woher sie die Kraft nahm, aber sie musste ihn endlich loswerden.

«Schrei doch, wenn du willst. Es wird dir nichts nützen. Hast du vergessen, wer du bist? Deine Verfolger wissen sicher auch längst, dass du hier bist. Es ist deine Bestimmung.»

Rebecca erstarrte. Was redete er denn da von Verfolgern und Bestimmung? Bezog er das auf die Sekte? Und was meinte er, sie hätte vergessen, wer sie war? Shit! Wie konnte sie auch nur einen Moment annehmen, in San Francisco würde sich alles ändern.

«Sie müssen mich mit jemandem verwechseln! Lassen Sie mich endlich los.»

Rebecca schob ihn mit dem Arm zurück. Kaum hatte sie ihn berührt, zuckten Schmerzensblitze durch ihre Finger. Sie riss die Hand hoch und sah sich nach allen Seiten um. *Wo war Martin? Eben noch war er auf sie zugekommen. Hatte er sie nicht gesehen?*

Der Fremde schwieg und zog sie mit sich.

«Wer sind Sie, und was wollen Sie von mir, verdammt noch mal?», stieß sie hervor, während sie unermüdlich nach Martin Ausschau hielt.

«Meine Geduld ist am Ende. Also los», zischte er.

Seine Augenbrauen schoben sich über der Nasenwurzel zusammen und seine Miene wurde noch eisiger. Rebecca stemmte sich gegen ihn und wollte schreien. Er hob seine Hand und ihre Stimmbänder waren plötzlich wie gelähmt.

Wer war er? Luzifer persönlich?

«Ihr kriegt meine Seele nicht», flüsterte sie und presste die Hand gegen die Kehle.

«Du glaubst doch nicht wirklich, dass ich mir das entgehen lasse. Nicht noch mal», säuselte er und zerrte sie fort in einen Nebengang.

Rebecca wehrte sich vergeblich mit Schlägen und Tritten. Er durchbrach mit der freien Hand eine Metalltür, als wäre sie aus Papier, und lief weiter. Rebecca erkannte, dass sie sich in einem Sicherheitsraum befanden. Unter seinen Fingern glühte ihr Arm und ihre Fingerkuppen kribbelten.

Sie musste sich etwas einfallen lassen. Martin wartete sicher schon voller Ungeduld draußen auf sie, und sie würde es sich nie verzeihen, wenn sie zu spät zu ihren Eltern käme. Schon einmal war sie von dem Fremden fortgezogen worden. Der Nebel in ihrem Kopf lichtete sich.

Jetzt erinnerte sie sich wieder an ihn, an ihren Traum, der keiner gewesen war. Der Mann mit den schwarzen Augen und der Narbe unter dem linken Auge. Draußen im Hof, als sie mit dem Teddy gespielt hatte. Er hatte sie trotz aller Gegenwehr gepackt und sie ins Feuer gehalten. Die Angst aus Kindertagen war präsenter denn je. Damals hatte sie keine Chance gegen ihn gehabt, doch heute würde sie alles daransetzen, es ihm schwer zu machen. Er würde sie nicht noch einmal ins Feuer verschleppen, um ihre Seele zu bekommen.

Wut und Verzweiflung wuchsen in ihrem Innern, dass sie glaubte, zu explodieren. Sie spürte wie ihre Haut unter seiner Hand sich heiß auflud. Es pulsierte in ihrem Arm in gleichmäßigen Wellen. Feiner Rauch quoll zwischen seinen Fingern hervor wie bei einem Dampfbügeleisen.

Rebeccas Herz hämmerte im Kopf, ihr Blut schien zu kochen und ihre Wut auf diesen Mann stieg noch mehr. Ihr Körper bebte, als wirkten Kräfte von außen auf sie ein. *Was geschah mit ihr?*

Mit einem plötzlichen Aufschrei ließ der Fremde sie los und hielt seine Hand in die Höhe. Seine Augen richteten sich hasserfüllt auf sie. «Elender Bastard!», brüllte er mit schmerzverzerrter Miene.

Rebecca sah noch die Brandwunde in seiner Handfläche, bevor sie sich umdrehte und zurückrannte. «Du kannst mir nicht entkommen, Nephilim!», rief er hinter ihr her.

Nephilim! Nephilim!, hämmerte es ununterbrochen in ihrem Kopf, während sie den Gang entlangraste. Sie war kein Nephilim. Niemals! Das hätte sie doch gewusst. Oder gespürt.

«Du kannst deine wahre Natur leugnen, aber sie wird dich immer einholen.» Jemand hatte das einst zu ihr gesagt. Leider konnte sie sich nicht mehr daran erinnern, von wem diese Worte stammten.

Als sie die schnellen Schritte des Fremden wieder hinter sich hörte, pumpte die Angst das Adrenalin durch ihren Körper und sie verdoppelte das Tempo. Keuchend erreichte sie die Ankunftshalle.

Wie hatte er sie genannt? Nephilim? War sie das wirklich? Aber wie konnte das sein, wenn ihre Eltern menschlich waren? Unmöglich, und doch fühlte es sich auf eine Art richtig an. Aber jetzt war nicht der richtige Zeitpunkt, um darüber nachzugrübeln, wenn sie ihm entgehen wollte.

Erleichtert erkannte sie Martin, der mit wütendem Blick an einer Säule stand. Er hatte ihre Reisetasche an sich genommen und sah verärgert aus. Erst jetzt stoppte Rebecca und warf einen Blick über die Schulter zurück zu dem Fremden, der aus dem Gang gestürzt kam, die verletzte Hand unters Revers gesteckt.

Eine Schar Asiaten drängte sich schnatternd zwischen sie, sodass sie ihren Verfolger aus den Augen verlor. Sie mussten hier so schnell wie möglich verschwinden.

Nephilim! Nephilim! Das Wort dröhnte immer noch in ihren Ohren und die Sorge um ihre Eltern verhinderte jeden klaren Gedanken.

«Wo hast du gesteckt? Ich habe dich schon überall gesucht, Becca!» Martin nahm ihren Arm.

«Hast du den Mann gesehen, ganz in Schwarz, der mich verfolgt hat?», fragte sie, noch immer heiser und schluckte gegen das kratzige Gefühl in ihrer Kehle, das sich nur zäh löste.

Martin sah über ihre Schulter und zuckte mit den Achseln. «Ich sehe niemanden.»

Rebecca drehte sich noch einmal um, aber auch sie konnte den Fremden nirgends entdecken. «Bitte, lass uns sofort ins Krankenhaus fahren.» Sie hakte sich bei Martin unter.

«Erst trödelst du und dann drängst du mich zur Eile», beschwerte er sich.

Rebecca ignorierte seinen Vorwurf und hoffte, dass der Fremde ihnen nicht folgte.

«Es war übrigens leichtsinnig von dir, deine Tasche neben dem Sitz stehen zu lassen.»

«Ich bin nur zum Papierkorb gegangen und da hat mich dieser Kerl verfolgt», log sie und schob Martin weiter. Wie hätte sie ihm alles erklären können? New York, die Welt der Engel und Dämonen? Er hätte sie nur ausgelacht.

Martin reichte ihr die Reisetasche. *Aaron hätte sie mir abgenommen,* dachte sie. Aber sie war mit ihrem ganzen Emanzipationsgerede Martin gegenüber selbst schuld. Sie hatte immer für sich selbst bezahlen und allein entscheiden wollen, und er hatte es widerspruchslos akzeptiert. Dennoch glaubte sie, dass Aaron sich davon nicht hätte beeindrucken lassen.

Sie spürte noch immer die Hitze in ihrem Körper und konnte nicht fassen, was eben geschehen war. War es wirklich sie gewesen, die dem Fremden diese Brandwunde zugefügt hatte? Sie ein Nephilim? Nein, unmöglich. Das hätte sie doch spüren müssen.

Sie schob den Ärmel hoch und betrachtete ihren Arm, der völlig normal aussah. Vorsichtig strich sie mit dem Finger darüber. Nichts. Alles wie immer. *Hatte sie eben eine Halluzination gehabt?* Nein, ihr Arm schmerzte immer noch vom festen Griff des Fremden.

«Willst du nicht einsteigen, Becca?»

Verwirrt sah sie Martin an. Wenn er nur wüsste, was sie gerade erlebt hatte. Er hätte es ihr nie geglaubt.

«Ja, ja, natürlich», antwortete sie und zog die Beifahrertür auf.

Während der Fahrt warf sie einen verstohlenen Blick auf Martin, der so ganz anders war als Aaron, irgendwie steifer, konservativer, angefangen von dem hellen Trenchcoat bis zum beigen Anzug. Neuerdings gelte er sich das Haar, was sie überhaupt nicht leiden konnte, und während sie und Martin fast gleich groß waren, musste sie den Kopf in den Nacken legen, um zu Aaron aufzusehen.

Aaron war lässig, sexy und sensibel, und durch ihn war ihr bewusst geworden, was sie all die Jahre vermisst hatte: einen Mann, bei dem sie nicht immer stark und unabhängig sein musste, in dessen Armen sie Vergessen fand und der zugleich Leidenschaft in ihr entfachte. Zu spät, alles zu spät. Sie würde ihn nicht mehr wiedersehen.

Martin schwieg während der ganzen Fahrt. So konnte Rebecca

ungestört ihren Gedanken nachhängen. Immer wieder dachte sie an den bedrohlichen Fremden. Wer außer diesen Apokalyptikern konnte noch ein Interesse an ihr haben und weshalb? Was war an ihrer Seele so besonders?

Wie gern hätte sie sich jetzt jemandem anvertraut, der sich damit auskannte, wie Rosie oder Aaron. Aber so jemanden gab es nicht. Nicht mehr.

Der Kloß in ihrem Hals wuchs mit jeder Meile, die sie sich dem Krankenhaus näherten. Ihre zittrigen Hände verkrampften sich auf dem Schoß. Ihr war vor Aufregung schlecht. Gleich müsste sie der grausamen Wahrheit ins Auge sehen.

«Ich habe schon viele schwerverletzte Patienten gesehen. Aber immer habe ich den Gedanken weit von mir geschoben, es könnte Menschen, die ich liebe, widerfahren.»

«Das ist Selbstschutz.»

«Ja, so ist es. Du kannst es tausend Male wissenschaftlich beschreiben und beurteilen, doch wenn es dich selbst trifft, stehst du dem Schicksal fassungslos gegenüber.»

«Deine Eltern wurden in das Krankenhaus eingeliefert, in dem du nächste Woche deinen Dienst antreten wirst. Ich dachte, du wolltest bei ihnen sein.»

«Danke, Martin», antwortete sie, überrascht über seine plötzliche Sensibilität. Unerwartet zog er ihre Hand an seine Lippen und küsste sie. Rebecca entzog sie ihm schnell. «Bitte, Martin, das bringt doch nichts.»

«Ich habe in letzter Zeit viel über uns nachgedacht», fuhr er unbeirrt fort. «Jetzt, wo du in San Francisco arbeitest, könnten wir uns wieder öfter sehen.»

Sie stöhnte innerlich auf. «Martin, ich glaube nicht, dass das jetzt der geeignete Zeitpunkt ist, darüber zu reden. Ich habe jetzt ganz andere Sorgen. Meine Gedanken sind bei meinen Eltern.»

Er seufzte und nickte schließlich. «Okay, wenn du den Kopf wieder frei hast, lass uns noch einmal in Ruhe reden.»

Rebecca war froh, dass sie vor dem Krankenhaus parkten, bevor sie hatte antworten müssen. Noch vor wenigen Stunden hatte sie sich darauf gefreut, hier arbeiten zu dürfen. Doch jetzt wirkte es auf sie nur bedrückend.

Wie in Trance lief sie neben Martin zu den Aufzügen. Als sich die Türen zum Fahrstuhl schlossen, begann ihr Herz zu rasen. Sie presste die Hand gegen den Brustkorb, als könnte sie es damit beruhigen. Dann schloss sie die Augen und atmete langsam tief ein und aus. Ein heftiger Schmerz in der Brust ließ sie zusammenzucken.

Sie riss die Augen auf, als er sie zu überwältigen drohte. Von plötzlicher Kälte umhüllt schien ihr Herz zu erstarren. Rebecca wurde schwindlig und sie geriet ins Taumeln. Ihr Herz setzte kurz aus. Martin fing sie gerade noch rechtzeitig auf, bevor sie zu Boden stürzte.

So also fühlt sich der Tod an, dachte sie, als ihr Herz wieder zu schlagen begann. Angst und Dunkelheit zogen sie in einen Strudel. Bilder trieben in schnellen Sequenzen vor ihren Augen vorbei, Bilder von schwarzen Flügeln, die ihren Vater umarmten und auf ihre Mutter zuschwebten. Nicht ihre Eltern.

«Nein!»

Rebecca begann zu schreien und konnte nicht mehr aufhören. Martin redete auf sie ein, zog sie an sich und strich ihr übers Haar. Aber seine Versuche, sie zu beruhigen, schlugen fehl. Sie erkannte den Ausdruck der Hilflosigkeit in seinem Blick und wollte aufhören, nur war es ihr nicht möglich. Sie begriff ja selbst nicht, was mit ihr geschah.

«Rebecca, um Himmels willen, komm zu dir.»

Er packte sie an den Schultern und schüttelte sie so lange, bis der Schleier der Angst von ihr abfiel. Keuchend lehnte sie sich gegen die Wand und bedeckte ihr Gesicht mit den Händen. Die

Bilder in ihrem Kopf wurden schärfer und sie wusste, sie hatte den Todesengel gesehen, sein bleiches Gesicht, das so schön war wie das einer Porzellanfigur.

Nicht er! Er war gekommen, um die Seelen ihrer Eltern zu holen. Sie musste zu ihnen, sofort, aber ihre Beine fühlten sich wie Gummi an und gehorchten nicht. «Martin», stieß sie hervor und krallte die Finger in seinen Arm.

Sie sterben deinetwegen, Rebecca. Niemand darf zwischen uns stehen! Niemand! Der Schicksalstag ist nah.

Das Flüstern war zurückgekehrt. Die Worte schnitten sich in ihr Herz. Ihre Eltern sollten für sie sterben? Was ergab das für einen Sinn? Rebecca rang nach Atem und rieb sich die Unterarme.

«Was ist denn bloß los mit dir?», hörte sie Martins Stimme wie aus weiter Ferne.

«Meine Eltern ... sie werden ... sterben», stammelte sie mit tränenerstickter Stimme, «ich habe ihren ... Tod gesehen.»

Rebecca schluchzte. Sie wusste nicht, woher sie die Gewissheit nahm, dass es keine Halluzination war.

«Was redest du da? Du machst mir Angst, Becca. Lass uns lieber mit dem Arzt reden. Wir sind gleich da.»

Rebecca schüttelte den Kopf. «Sie werden sterben», flüsterte sie und sah Martins ungläubige Miene. Er zweifelte an ihren Worten, wahrscheinlich auch an ihrem Verstand. «Tot, tot, verstehst du nicht?», schrie sie ihre Verzweiflung hinaus.

«Rebecca, bitte, sei vernünftig, wir reden jetzt erstmal mit dem Arzt ...»

Im gleichen Augenblick öffneten sich die Aufzugtüren, und Martin schob sie hinaus in den Gang der Intensivstation. Mit Kittel, Haube und Mundschutz bekleidet betrat Rebecca das Krankenzimmer. Sie hatte Martin fortgeschickt. Sie wollte allein sein mit ihren Eltern.

Die Beatmungsgeräte pumpten in gleichmäßigem Rhythmus. Zwar waren all die Apparaturen für sie ein gewohnter Anblick, aber diese geliebten Menschen so zu sehen, ließ sie verzweifeln. Rebecca konnte die Tränen nicht zurückhalten. Innere Blutungen und ein Lungenriss bei ihrer Mutter und bei ihrem Vater ein Schädelbruch. Niederschmetternde Diagnosen.

Es gab viele Vermutungen darüber, dass Menschen, die innerlich eng miteinander verbunden waren, spürten, wenn dem anderen etwas zustieß.

Dennoch kannte sie kein Beispiel, bei dem jemand beschrieben hätte, den Tod des anderen empfunden oder erlebt zu haben. Und das hatte sie definitiv. Ihre Fähigkeiten entsetzten sie. *Floss durch ihre Adern wirklich Engelsblut?*

Ein erschreckender Gedanke, der sie nicht mehr losließ. Nephilim! Es würde ihre Gabe erklären. Doch weshalb hatte Aaron das nicht gespürt? Warum hatten ihre Eltern ihr nichts davon erzählt? Ihr Verstand sträubte sich, das zu glauben, obwohl sie tief in ihrem Innern spürte, dass es der Wahrheit entsprach.

Rebecca trat ans Bett ihrer Mutter und fasste ihre eiskalte Hand. Eine Kanüle, die durch einen Schlauch mit dem Infusionsbeutel verbunden war, ragte aus dem Handrücken.

«Mom, Dad», flüsterte Rebecca, «bitte verlasst mich nicht.»

Ihr Herz wurde schwer. Rebecca schloss die Augen und spürte die Nähe des Todes. Tränen quollen unter ihren Lidern hervor. Sie lief zu ihrem Vater und nahm auch seine Hand. Sie wollte ihren Eltern das Gefühl geben, dass sie bei ihnen war.

«Becky?»

Rebecca sah auf, als sie Francescas Stimme hörte. «Fran!»

Sie breitete die Arme aus und zog die Freundin an sich. Francescas Nähe tröstete sie mehr, als Martin es vermocht hatte.

«Es tut mir so leid», flüsterte Fran. «Du darfst die Hoffnung nicht aufgeben. Deine Kollegen hier sind wirklich gut und tun ihr Möglichstes.»

Rebecca nickte, obwohl sie fühlte, dass das Schicksal längst anders entschieden hatte.

«Du bist so blass. Magst du vielleicht einen Kaffee?»

Rebeccas Zunge klebte am Gaumen. Vielleicht würde der Kaffee sie wachhalten. Sicher lag eine lange Nacht vor ihr. «Okay, aber ich möchte schnell wieder zurück sein, Fran.»

«Ja, ja, natürlich.»

Francesca führte Rebecca ins Schwesternzimmer, das nur zwei Türen weiter lag. Der heiße, starke Kaffee beendete schließlich ihr Frösteln. Durch eine Scheibe konnte sie hinaus in den Korridor blicken.

Rebecca war Fran für ihr Schweigen dankbar. Angespannt saß sie auf dem Stuhl, umklammerte die Tasse und starrte in den Flur hinaus. Noch vor wenigen Tagen war ihre Welt völlig normal gewesen, ihre Eltern gesund und munter. Nichts hatte auf die Existenz dunkler Wesen hingedeutet. Wie schnell war diese sichere Welt eingestürzt.

«Wenn du reden magst, bin ich für dich da. Manchmal tut es gut, über die Ängste zu sprechen.»

Francesca drückte Rebeccas Hand.

«Danke, vielleicht später.»

Sie brauchte Zeit, um sich zu sammeln und über das nachzudenken, was geschehen war. Nephilim! Das Wort ging ihr nicht aus dem Kopf. Wenn sie wirklich einer wäre, müsste auch durch die Adern eines Elternteils Engelsblut fließen. Nephilim lösten sich im Tod in Staub auf. Einem von beiden würde das widerfahren. Und ihr selbst und Aaron. Sie schloss die Augen und fühlte seine Nähe.

Aaron, ich wünschte, du wärest bei mir. Wie schnell konnte alles vorbei sein. Das Leben war viel zu kurz und jeder Tag kostbar, um die Chancen nicht zu nutzen. *Sie würde Rosie anrufen und sich nach beiden erkundigen*, beschloss sie.

Als ein eisiger Hauch ihr Gesicht streifte, öffnete sie die Augen. Etwas presste ihr Herz zusammen. Ein schwarzer Schatten huschte am Fenster des Schwesternzimmers vorbei. Rebecca setzte die Tasse so heftig ab, dass der Kaffee überschwappte und sich über den Tisch ergoss. Sie sprang vom Stuhl auf und rannte aus dem Zimmer.

«Becky, was ist denn los?», rief Fran ihr hinterher.

Bitte nicht, flehte Rebecca im Geist, als sie durch den Korridor rannte. Alle Vorschriften missachtend riss sie in dunkler Vorahnung die Tür zum Krankenzimmer auf. Ein durchdringender Piepton alarmierte jetzt auch die Schwestern. Zu spät. Rebecca blickte auf die starren Augen ihrer Eltern. Sie waren gestorben, während sie Kaffee getrunken hatte.

Eine dunkelhaarige Ärztin trat neben ihre Mutter, wandte sich zu Rebecca um und schüttelte mit ernster Miene den Kopf. Rebecca konnte nicht weinen, der Tod, alles wirkte so irreal. Sie fühlte sich wie betäubt. Rebecca schwankte und Fran fing sie auf.

«Komm, Becky.»

Die Freundin bugsierte sie am Ellenbogen zu dem Stuhl, auf dem sie vorhin noch gesessen und die Hand ihrer Mutter gehalten hatte. Sie nahm alles nur durch einen Nebel wahr. Eine der Schwestern schloss die Augen der Toten und zog die Decken über ihre Gesichter. In Rebeccas Kopf rotierte es.

«Sind ihre Körper schon zerfallen?», fragte sie leise.

Die Ärztin sah auf und hob die Augenbrauen. «Zerfallen? Sie sind doch eben erst gestorben.»

Wenn die Körper ihrer Eltern nicht zerfallen waren, konnte sie auch kein Nephilim sein. Oder doch? Es sei denn ... Nein, ihre

Gedanken wurden immer verworrener. Sie wusste nicht mehr, was sie denken sollte.

Rebecca stützte die Ellenbogen auf die Knie, als eine schwarze Feder vor ihrem Gesicht herabschwebte und auf ihrer Handfläche landete. Die Feder war ungewohnt kiellos. Es musste eine Feder des Todesengels sein, den sie vorhin gespürt hatte.

17.

Aaron war froh, dass Rosie im Engelsghetto sicher untergebracht war und eine Aufgabe besaß. Hams heilenden Händen war es gelungen, ihm die Schmerzen im Bein zu nehmen. Über seinen Oberschenkel zog sich eine zweifingerbreite Wulst, die in ein paar Tagen verschwunden wäre.

«Dann kannst du eben in Rom keine Bermudas tragen», hatte Joel gescherzt.

Eigentlich schade, denn bei der Wärme war es angenehmer in kurzen Hosen herumzulaufen, dachte Aaron. Er trank sein Bier aus und reichte der Stewardess das leere Glas. Das gleichmäßige Brummen des Flugzeugs und der Alkohol entspannten ihn. Er stellte die Rückenlehne zurück, streckte die Beine aus und schloss die Augen.

Doch sein Versuch zu schlafen schlug fehl. Immer wieder sah er Rebecca vor sich. Wenn es ihm möglich gewesen wäre, ihr nach Kalifornien nachzureisen, hätte er nicht eine Minute gezögert. Aber wenn er den oder die Verräter nicht entlarvte, schwebte diese Welt in großer Gefahr. Außerdem war beendet, was so vielversprechend begonnen hatte. Ihm blieb nur die Erinnerung an diese eine gemeinsame Nacht.

Wow! Diese Frau liebte mit einem Temperament und einer Hingabe, die ihn um den Verstand brachte. Allein eine flüchtige Berührung ihres Körpers hatte in ihm das Verlangen entfacht. Alles an ihr faszinierte ihn. Ihr Charisma, ihre Stärke und ihre selbstbewusste Art.

Doch das Schicksal hatte sich gegen ihn entschieden, Rebecca wollte ihn nicht. *Es wäre zu perfekt gewesen,* dachte er bitter, bevor er einschlief.

Aaron lief über die Tiberbrücke und betrat das Centro Storico, in dem Kardinal Rossi wohnte. Vom Meer blies ein kräftiger Wind dunkle Wolken in die Stadt herauf. Die Ewige Stadt, das Machtzentrum der Engel, aber auch für Luzifer und sein Gefolge. Wenn er an Informationen über den Verkünder und seine Sekte gelangen konnte, dann hier.

Sein ehemaliger Lehrmeister Alessandro besaß gute Kontakte zu den Nephilim. Alle Hoffnungen Aarons ruhten auf ihm, um mit seiner Hilfe den Verräter zu finden. Doch zuerst war es an der Zeit, den Kardinal aufzusuchen und mit ihm Aarons Dienst zu besprechen.

Sein Weg über das Kopfsteinpflaster führte ihn an pastellfarbenen Renaissance- und Barockbauten vorbei, deren Farben unter dem dunklen Himmel grau wirkten. In diese Gegend verirrten sich nur wenige Touristen, die Sightseeing-Touren klapperten einzig die Hauptattraktionen ab, die Rom bot. In der Altstadt, fernab von Hektik und Konsum, war alles beschaulicher und traditioneller.

Der erste Blitz am Himmel zuckte, als er an der Titelkirche des Kardinals vorbeilief. Aaron fühlte Schwingungen, stoppte und sah empor. Gewitterwolken, dazwischen erleuchteten über ein Dutzend Blitze wie skelettierte Hände den Himmel, um sich mit einem Donnerschlag zu entladen. Er hatte schon manches Unwetter erlebt, aber hier schien sich etwas zusammenzubrauen, was alles übertraf. Wie damals, nach dem Tod seiner Mutter.

Drohte Luzifer eine Seele in die Finsternis zu reißen, waren Schockwellen spürbar. Irgendetwas würde in Kürze geschehen. Aarons Körper stand unter Strom, als hätte er in eine Steckdose gefasst. Die Haare im Nacken sträubten sich. Der Wind wurde stärker und riss Geschirr und Decken von Restauranttischen. Unzählige Blütenblätter wirbelten über den Boden.

Erkannte er da nicht ein schwarzes Flügelpaar, das im Sturm segelte? Er kniff die Augen zusammen. Doch es war nichts mehr zu sehen. Er hätte schwören können, dass da eben noch etwas gewesen war.

Den Kopf vorgebeugt kämpfte er sich gegen den Sturm auf dem Weg zum Palazzo mit dem vorgelagerten Säulengang voran, den er vor Monaten zum ersten Mal betreten hatte. Sein Arbeitgeber, der Kardinal, war ein gütiger Mann, um dessen Gesundheit es jedoch nicht zum Besten stand. Bei seinem schwachen Herz war Aufregung Gift. Der Geistliche stand im engen Kontakt mit dem Erzengel Raphael, Joels Vater. Auch Uriel war ein gern gesehener Gast seines Hauses.

Aaron klopfte mit der Faust gegen das hölzerne Eingangsportal. Schlurfende Schritte näherten sich und ein Mann, noch betagter als der Kardinal, öffnete. Es war der alte Giovanni, ein Priester im Ruhestand und alter Freund des Kardinals.

Aaron stellte sich vor. Die Miene seines Gegenübers blieb reglos. «Ah, jetzt erinnere ich mich. Sie sollten doch morgen Ihren Dienst beginnen, nicht wahr? Ihre Eminenz ist heute nicht zuhause», sagte er und wollte die Tür schließen.

Doch Aaron sah durch eine geöffnete Tür die rote Kardinalskappe auf dem Tisch im Nebenraum liegen. *Warum log der Alte?*

«Ich weiß, dass der Kardinal da ist.»

«Ihre Eminenz hat aber Besuch von seiner Nichte Julia und kann Sie nicht empfangen. Bitte kehren Sie morgen zum Dienst wieder zurück.»

Besuch von Julia? Sie hatte ihn nie besucht, weil ihr Onkel sie nicht leiden mochte. Auch Aaron hatte sie nie zu Gesicht bekommen. Dass der Geistliche ausgerechnet sie nach den anstrengenden Tagen empfangen wollte, erschien ihm ungewöhnlich.

«Ist sie allein?»

«Ja», antwortete der Alte.

Plötzlich erfassten seine Sinne dunkle Schwingungen. Der Kardinal schwebte in Lebensgefahr. Blitze erhellten den dunklen Flur und Donnergrollen ließ den betagten Mann vor ihm zusammenzucken.

«Lassen Sie mich durch! Sofort!»

Er schob den verdutzten Alten beiseite und holte in Windeseile sein Schwert aus dem Koffer.

«Sie können aber nicht ...», protestierte er.

«Ich diskutiere jetzt nicht mit Ihnen. Wo ist er?»

«Wie kommen Sie darauf. Sie können ...»

«Wo ist er? Begreifen Sie doch, das Leben des Kardinals ist in Gefahr!», herrschte Aaron ihn an.

Der alte Mann wurde bleich. «In der Bibliothek», antwortete er mit zittriger Stimme und deutete auf eine Tür am Ende des Korridors.

Aaron rannte in den Flur. Die Tür zur Bibliothek stand einen Spaltbreit offen. Stille. Mit dem Schwert in der Hand stürmte er hinein. Doch der Kardinal, der zusammengesunken im Lehnstuhl saß, war allein, die dunklen Schwingungen erloschen. Eine Wolke schweren Parfüms schwebte im Raum.

Der Kardinal starrte ihn leblos an. Blut rann aus seinem Mundwinkel und tropfte auf die Soutane. Wäre Aaron nur einen Moment früher eingetroffen, hätte er den Geistlichen retten können. Er unterdrückte einen Fluch und horchte auf, als sich Schritte näherten. Der Alte war ihm nachgeeilt und schrie entsetzt auf, als er das Zimmer betrat.

«Großer Gott, Euer Eminenz!»

Er wollte zu seinem Dienstherrn rennen. Aaron stoppte ihn mit dem Arm. «Er ist tot», sagte er.

«Aber wer ...? Und wie ...?», stammelte der Alte.

«Ich weiß es noch nicht.»

Aaron umrundete den mächtigen Eichenholzschreibtisch und trat neben den Toten, um ihn auf Wunden zu untersuchen. Doch nichts war zu sehen, keine Stichverletzung, kein Einschuss, nichts. Vor dem Kardinal lag eine aufgeschlagene Bibel auf dem Schreibtisch. Ein Vers war rot eingekreist: *Geht weg von mir, ihr Verfluchten, in das ewige Feuer, das bereitet ist dem Teufel.*

Aaron tippte mit dem Finger auf die rote, unregelmäßige Linie und führte ihn an die Nase. Blut. Dann sah er die Fingerabdrücke am unteren Rand der Seite. Er hob die Hände des Toten. Am rechten Zeigefinger klebte Blut und die Rillen passten zum Abdruck. Entweder war er gezwungen worden oder er hatte freiwillig die Textstelle gekennzeichnet. Was bedeutete das?

Aaron wollte sich abwenden, als er stutzte. Er kniff die Augen zusammen, denn unter einer Ecke des Buches lugte Papier hervor. Vorsichtig hob er die Bibel an und griff nach dem Zettel. Es wirkte fast so, als hätte der Geistliche das Papier darunter versteckt. In krakeliger Schrift standen zwei Wörter geschrieben: Seraphiel und Exsolutio.

Aaron hielt den Zettel hoch. «Ist das die Schrift des Kardinals?», wandte er sich an Giovanni.

Der Alte nickte. Zusammen mit der Bibelstelle wies alles auf die Apokalyptiker hin. Aaron spürte fast die Todesangst des Kardinals, die wie eine unsichtbare Wolke immer noch im Raum schwebte. Wer hatte ihn aufgesucht? Was bedeutete diese Botschaft auf dem Zettel? Aaron blickte zu Giovanni hinüber, der blass und zitternd im Türstock stand.

«Was wollte Julia wirklich vom Kardinal?»

Dabei betonte Aaron jedes Wort.

Giovanni suchte offensichtlich nach Worten. «Ich ... äh ... sie sagte, sie müsse ihn in dringender Angelegenheit sprechen ... Es ginge um ihre Seele.»

«War sie allein?»

Giovanni legte den Finger an die Lippen und schien nachzudenken. «Ja. Ja, sie kam allein.»

«Haben Sie denn gar nicht bemerkt, wann sie wieder gegangen ist?»

Der Alte schüttelte den Kopf. «Nein, an mir ist niemand vorbei.»

Aaron glaubte ihm. Sicher sollte vermieden werden, dass Giovanni die Polizei rief. Sie musste einen anderen Weg nach draußen gewählt haben.

Die Lösung ließ nicht lange auf sich warten. Ein leichter Luftzug streifte Aarons Wange. Er blickte sich um und erkannte, dass eines der Fenster nur angelehnt war und etwas von außen dagegengestellt war. Er stürzte zum Fenster und stieß es auf. Die Zeder im Topf davor kippte zur Seite. Julia musste den Kübel vors Fenster geschoben haben. Aaron blickte auf die Straße hinab. Es goss noch immer in Strömen. Weit und breit war niemand zu sehen. Seine Sinne forschten vergeblich nach Dämonen. Er wandte sich zu Giovanni um, der immer noch mit bleichem Gesicht an derselben Stelle stand.

«Hatte sie etwas bei sich?»

Der Alte schlurfte auf ihn zu und sackte auf einen der Stühle vor dem Schreibtisch. Er war ein Häufchen Elend und bedeckte sein Gesicht mit den Händen, als könnte er den Anblick des Toten nicht ertragen.

«Ich weiß ... nicht ... ging alles so schnell. Hat sie etwa ... Eminenz ...?»

Giovanni sah auf und ein schmerzlicher Ausdruck glitt über sein faltiges Gesicht. Aaron spürte seine Verzweiflung und legte ihm die Hand auf die Schulter.

«Sie oder auch ein Komplize, den sie durchs Fenster hereingelassen hat. Rufen Sie besser die Polizei.»

Er wollte den Alten für eine Weile loswerden, um vor dem Eintreffen der Polizei den Leichnam genauer zu untersuchen. Der Alte setzte sich nur langsam in Bewegung. Der Tod des Kardinals änderte viel, auch weil er dadurch seinen Job verlor. Doch weshalb hatte der Geistliche sterben müssen?

Nachdem Giovanni das Zimmer verlassen hatte, beugte sich Aaron über den Toten. Unter dem Ärmel der Soutane lugte ein frisch eingebranntes Feuerzeichen hervor. Als er darin Seraphiels Zeichen erkannte, wallte sein Hass wieder auf. Die Puzzleteile fügten sich langsam zusammen: Luzifers Gefolge plante, den Verbannten zu befreien, und brandmarkte alle Gegner, bevor sie sie töteten.

Aaron schob den Körper des Toten vorsichtig nach vorn und untersuchte dessen Rücken. Heiß wie bei einem Fiebernden, aber keine Wunde. Aarons Finger tasteten erneut über seinen Brustkorb und stoppten. Er fühlte einen fingerbreiten Riss in der Soutane direkt über dem Herzen, der auf den ersten Blick nicht sichtbar war. Der Riss musste von einer nur millimeterbreiten und sehr spitzen Klinge stammen. Vielleicht war die Spitze vergiftet gewesen?

Aaron kannte nur eine Waffenform aus dem Mittelalter, auf die diese Beschreibung passte: das Fauchard. In Engelskreisen gab es nur einen, der solch eine antike Waffe besaß: Alessandro. *Konnte sein Mentor wirklich zu solch einer Tat fähig sein?*

Aaron presste die Kiefer so fest aufeinander, dass seine Zähne knirschten. Als seine Finger den Stoff an der Stelle auseinanderzogen, entwich plötzlich Rauch. Im Körper des Toten glomm Seraphimfeuer, das sicher in wenigen Minuten nach außen brechen würde. Der Mörder musste ihm die Klinge mitten ins Herz gestochen haben. Es war gut, dass Kardinal Rossi bereits an der Stichverletzung gestorben war und nicht bei lebendigem Leib hatte verbrennen müssen.

Als Polizeisirenen ertönten, beschloss Aaron, das Haus so schnell wie möglich und vor allem ohne Spuren zu verlassen. Er stürmte in den Flur, um Koffer und Reisetasche zu holen. Ein leises Knistern ließ ihn innehalten. Aaron drehte sich um und sah, wie die ersten Flammen aus der Leibesmitte des Geistlichen drangen. Schnell eilte er in den Flur, wo Giovanni aufgeregt auf die Polizei wartete.

Der Priester könnte ihn verraten und der Verdacht würde auf ihn fallen. Wenn Aaron Fragen der Polizei aus dem Weg gehen wollte, musste er jetzt handeln. Nur ungern benutzte er seine Engelsgabe, den menschlichen Geist zu beeinflussen, doch die Mission stand über allem.

Er packte den überraschten Alten am Arm und legte seine Hand auf dessen Stirn. Sofort fielen Giovannis Augen zu.

«Wenn du deine Augen wieder öffnest, wirst du dich nicht mehr an mich erinnern», flüsterte Aaron.

Giovanni würde einen kurzen Augenblick schlafen. Zeit genug für ihn, übers Dach zu fliehen. Als die Beine des Alten einknickten, legte Aaron ihn behutsam auf den Boden. Schließlich schulterte er Reisetasche und Koffer und sprintete die Treppe ins Obergeschoss hinauf.

Als er übers Dach des Palazzos kletterte, schallten die Stimmen der Polizisten schon zu ihm herauf. Vielleicht fand er Antworten im Palazzo degli Angeli. Es hatte zwar zu regnen aufgehört, aber nun war es drückend schwül. Noch immer grollte Donner in der Ferne. Das Regenwasser plätscherte in Bächen durch die Straßenrinnen. Er fühlte die Nähe der Hölle, als öffneten sich auf einen Schlag deren Feuerspalten, um alles Leben zu vertilgen.

Die arglosen Römer, die den Guss abgewartet hatten, strömten zur U-Bahn. Aaron beschloss, dem Andrang zu entgehen, und setzte seinen Weg zum Palazzo degli Angeli zu Fuß fort. Dabei grübelte er über den Tod des Kardinals nach.

Weshalb hatte dessen Körper sich selbst entzündet? Hatte auch er womöglich seine Seele Luzifer verschrieben? Warum hatte man den Kardinal getötet? Die Fragen rissen nicht ab. Aaron stöhnte innerlich auf. Er setzte alle Hoffnung auf Alessandro.

«Aaron!»

Er zuckte leicht zusammen, als er plötzlich die Stimme seines Vaters hörte. Der Erzengel trat mit starrer Miene auf ihn zu. Die weißen Schwingen funkelten im Licht der Laternen, als wären sie mit unzähligen Edelsteinen bestückt.

«Was willst du, Vater? Ist es wegen des Kardinals?»

Sicher wusste Uriel bereits vom Tod des Geistlichen. Aaron wartete auf die Vorwürfe seines Vaters, weil er den Mord an Rossi nicht verhindert hatte.

«Sein Tod stellt uns vor ein großes Problem.» Die steile Falte zwischen Uriels fein gezeichneten Brauen verriet, wie besorgt er war. Aaron sah ihn fragend an. «In seinem Besitz befand sich das Exsolutio.»

Jetzt wurde Aaron klar, was der Kardinal mit seinen letzten Worten hatte ausdrücken wollen, und ... Wut stieg in ihm hoch.

«Dann hast du deine Hände im Spiel gehabt, damit ich den Job bei Rossi bekomme, um Luzifers Gefolge abzuhalten?»

Aaron fühlte sich von seinem Vater hintergangen.

«Du brauchtest einen Job und Rossi war mir einen Gefallen schuldig. Das Buch war sicher verwahrt. Als er bedroht wurde, blieb mir keine Wahl.»

«Du hättest mir sagen müssen, dass er dieses verfluchte Buch aufbewahrt!» Aaron stemmte die Hände in die Hüften und funkelte seinen Vater vorwurfsvoll an.

«Ich konnte nicht. Niemand durfte davon erfahren. Deine

Gedanken hätten dich womöglich verraten. Je weniger Eingeweihte, desto besser.»

Die Erklärung seines Vaters leuchtete Aaron ein, dennoch enttäuschte ihn das mangelnde Vertrauen des Erzengels in seine mentalen Fähigkeiten. «Nun ist es doch ans Licht gekommen.»

«Rossi muss sich noch jemandem anvertraut haben. Jemandem vor Ort, vielleicht unserem Verräter.»

Uriel ballte die Faust und verhehlte nicht, wie sehr ihn das aufbrachte. Der Verräter konnte nur jemand sein, der Rossi und den Engeln nahe stand und gleichzeitig mit der Sekte kooperierte. Und dieser jemand könnte durchaus im Palazzo degli Angeli zu finden sein. Aaron fühlte sich elend, wenn er daran dachte, Freunde zu verdächtigen.

«Und du glaubst, dass der Verräter im Palast der Engel zu suchen ist.»

Der Erzengel nickte. Die Ausbildung des Verkünders, Rossis Tod, die Teile fügten sich zusammen.

«Suche nach dem Buch. Es darf weder Rom verlassen, noch in die Hände des Nephilim gelangen. Uns bleibt nicht mehr viel Zeit.»

«Du kannst dich auf mich verlassen, Vater», bekräftigte Aaron, doch Uriel war bereits verschwunden.

Eine Stunde später stand Aaron vor dem gelben Gebäude mit den romanischen Torbögen, die sofort die Erinnerungen an seine Ausbildung aufkommen ließen. Sein Blick glitt über die Fassade, von der Putz und Stuck abbröckelten. Alles sah noch genauso aus wie damals. Aaron lief an der Mauer entlang.

«Aaron? Ich glaub es nicht. Du wieder zurück?»

Ganz in Gedanken versunken hatte Aaron die Schritte überhört. Er wandte sich zu Alessandro, seinem ehemaligen Lehrmeister, um. Die dunklen Schwingungen, die ihn als Nephilim identifizierten, prickelten auf Aarons Haut. Früher hatte er das nicht gespürt. Sollte sich Hams Vermutung bestätigen oder war er nur im Laufe der Jahre sensibler geworden?

Manche Mischwesen wuchsen als Kuckuckskinder in der Obhut von Menschen auf, um sie vor Luzifer zu schützen. Ihnen fehlte die frühe Berührung mit den Mächten der Finsternis und damit die innere Zerrissenheit, die die dunkle Ausstrahlung prägte. Alessandro hatte seine Kindheit bei Verwandten seiner irdischen Mutter verbracht. Hams Worte fielen ihm wieder ein und stimmten ihn nachdenklich: *Aber Alessandros Seele ist schon einmal mit der Hölle in Berührung gekommen. Damals als Kind. Keine Mutter, keinen Vater, der ihn liebte. Das ist nicht gut.*

Immer wieder diese Zweifel.

Der schmächtige Mann im schwarzen Anzug kam mit ausgebreiteten Armen und einem Lächeln auf Aaron zu und umarmte ihn. «Ich freue mich, dich wiederzusehen.»

«Ich mich auch», antwortete Aaron und schämte sich seines Misstrauens, angesichts der offenen Herzlichkeit seines Freundes. Vielleicht hätte er den Freund schon eher besuchen sollen.

«Ich dachte schon, du machst einen großen Bogen um uns. Bist Monate hier und lässt dich nicht mal sehen.» Alessandros Vorwurf war gerechtfertigt, aber jetzt musste er ans Handeln denken. «Ich muss mit dir reden. Dringend. Ich brauche deine Hilfe.»

Alessandros Brauen schossen in die Höhe. «Klingt nicht gut.» Er sah sich suchend um. «Lass uns reingehen. Man kann nie sicher sein, wer mithört.»

Aaron nickte und folgte seinem Mentor durch den ersten Torbogen, der zum gepflasterten Innenhof führte. Sie überquerten den Hof bis zu einer Holztür. Im Palazzo war es angenehm kühl und trocken. Alessandro lief voran und stieg die Treppe hinauf. «Dieses Unwetter ... als wenn sich was zusammenbraut ...»

«Vielleicht eine Rebellion.»

Alessandro stoppte abrupt und drehte sich zu Aaron um. «Eine Rebellion?»

Oben angekommen bog er in den Trakt mit dem Essenssaal ab. Auch Alessandros Büro und die Unterkünfte der Nephilim lagen dort.

«Du kannst übrigens dein altes Zimmer haben, wenn du magst», schlug er Aaron vor.

«Danke.»

Aaron erinnerte sich gut an sein spartanisch eingerichtetes Zimmer, in dem er nächtelang wach gelegen und gegrübelt hatte. Am Ende des Flures öffnete Alessandro die Tür zu seinem Büro, an das sich sein Schlafzimmer anschloss. Im daran angrenzenden Ankleidezimmer befand sich ein Waffenschrank. In ihm bewahrte sein Mentor wertvolle historische Waffen auf, die Aaron als Jugendlicher bewundert hatte.

Aarons Blick schweifte durch den rechteckigen Raum mit den gekalkten Wänden. Neben Alessandros Sekretär stand ein ovaler Tisch, umringt von einem halben Dutzend gedrechselter Stühle. Sein Lehrmeister bedeutete ihm, Platz zu nehmen. Aaron stellte Reisetasche und Waffenkoffer ab und folgte seiner Aufforderung.

«Möchtest du vielleicht einen Kaffee? »

«Da sage ich nicht nein.»

Alessandros Kaffee war stark, schwarz und mit einer Prise Kakao, so wie er es mochte. Aaron sah zum Fenster hinaus, während Alessandro Geschirr und Kanne herbeiholte und eingoss. Diese Gemütlichkeit hatte er in den letzten Monaten vermisst. Noch immer erhellten Blitze den Himmel und der Regen peitschte jetzt wieder gegen die Scheiben.

«Jetzt erzähl mir, was geschehen ist.»

«Kardinal Rossi wurde ermordet.»

Alessandro wirkte weder erstaunt noch beeindruckt.

«Er hat sich viele Feinde gemacht.»

«Hast du ihn öfter gesehen, Sandro?»

Aaron entging nicht der plötzliche, wachsame Ausdruck in den Augen seines Lehrmeisters.

«Nur hin und wieder zufällig.» Alessandro senkte den Blick. «Warst du eigentlich dabei, als Rossi ermordet wurde?»

«Nein, er war schon tot, bevor ich im Palazzo ankam.»

«Kennst du den Mörder?»

Alessandro setzte sich auf den Stuhl Aaron gegenüber, schlug die Beine übereinander und betrachtete ihn nachdenklich über den Rand seiner Tasse. Er wirkte angespannt.

«Giovanni hat eine Frau hereingelassen. Sie muss durchs Fenster geflohen sein, als sie mich gehört hat.»

Alessandro lehnte sich sichtlich entspannter zurück. «Und du meinst, dass sie die Mörderin ist?»

«Vermutlich.»

Es verwunderte Aaron, dass sein Lehrmeister nicht danach fragte, wie der Geistliche gestorben war.

«Dann bist du vor allem wegen des Kardinals aus den Staaten zurückgekommen?»

«Nicht nur. Ich suche nach dem Verkünder und dem, der ihn ausgebildet hat.»

«Den wirst du hier nicht finden», antwortete sein Lehrmeister bestimmt.

«Bist du sicher?»

«Absolut.»

Lag es nur an den Zweifeln, die Ham in ihm geschürt hatte, oder signalisierten ihm seine Sinne, dass Alessandro etwas verschwieg? Er berichtete seinem Mentor von den Apokalyptikern.

«Und du glaubst, dass sie hinter allem stecken? Hier ist es ziemlich still um sie geworden.» Alessandro runzelte die Stirn und blickte nachdenklich in seine Tasse.

«Rossi wurde ihr Opfer, davon bin ich überzeugt. Doch das ist es nicht allein, was mir Sorge bereitet.» Aaron berichtete von den Ereignissen in den Staaten, ohne ein Detail auszulassen. Alessandro unterbrach ihn kein einziges Mal, während ihn etwas hinter seiner gerunzelten Stirn zu beschäftigen schien.

«Ariel ...» In Alessandros Augen lag einen Moment lang ein Ausdruck von Ehrfurcht, der Aaron irritierte.

«Du hast mir früher nie etwas über ihn erzählt.»

Bei Aarons Worten gefror die Miene seines Lehrmeisters, dann entspannten sich seine Züge wieder.

«Ich dachte immer, er wäre eine Legende.»

Aaron wurde den Verdacht nicht los, dass Alessandro mehr über den Renegaten wusste, als er zuzugeben bereit war.

«Tja, ist er nun mal nicht. In seinen Gedanken konnte ich sehen, dass der Verkünder zu ihm eine besondere Beziehung hat, eine Art Vater-Sohn-Verhältnis, was mich an meiner Vermutung, der Verkünder könne Seraphiels Sohn sein, zweifeln ließ, aber ....»

«Aber?»

Aaron entging das Zucken unter Alessandros Auge nicht. «Ich glaube noch immer, dass Seraphiel sein Vater ist.»

«Ich habe keine Ahnung», antwortete sein Mentor, als würde es ihn nicht interessieren, und sah zur Seite.

«Was weißt du, Sandro?», bohrte Aaron weiter.

«Nicht mehr als du.»

Die Antwort kam schnell, viel zu schnell und machte Aaron stutzig. «Und ich dachte immer, wir wären offen zueinander.»

Alessandro stellte seine Tasse auf den Tisch. «Ich weiß nicht, wie du darauf kommst, ich könnte dir was verschweigen? Ich weiß ebenso wenig wie du darüber, glaub mir. Aber wir können es gemeinsam herausfinden.»

Aaron musterte seinen Lehrmeister, dessen Angebot, gemeinsam nach der Wahrheit zu suchen, ihn für den Augenblick besänftigte. Vielleicht hatte er sich tatsächlich getäuscht und sein Mienenspiel falsch interpretiert. *Warum war dann die zweifelnde Stimme in seinem Innern nicht totzukriegen?*

«Ich weiß dein Angebot zu schätzen.»

«Deine Kämpfe, der Mord an Rossi .... Ich glaube, du brauchst ein wenig Ruhe. Und auch was zu essen. Wie wäre es mit einer Portion Spaghetti ?»

Wie auf Kommando knurrte Aarons Magen. Er konnte seinem Lieblingsgericht nicht widerstehen. Sein Mentor stand lächelnd auf, ging zur Tür und rief im Flur nach Giorgio.

Nur wenige Minuten später trug der gerufene Nephilim einen Teller Nudeln herein. Er war ein klapperdürrer Teenager von vielleicht fünfzehn Jahren mit klugem Blick, der eifrig bemüht war, es ihm recht zu machen. Seine Hände zitterten, als er den Teller vor Aaron hinstellte.

Der köstliche Duft ließ Aaron das Wasser im Mund zusammenlaufen. Seit über zwölf Stunden hatte er nichts mehr gegessen. Er bedankte sich bei Giorgio, der jedoch stehen blieb und ihn fragte, ob er ihm noch helfen könne. Sein Verhalten erinnerte Aaron an sich selbst, als er im gleichen Alter gewesen war. Der Junge trat von einem Fuß auf den anderen und sah zu Alessandro hinüber.

«Darf ich heute mit dem Schwert bei den Übungskämpfen mitmachen, Sandro?»

Hoffnungsvoll ruhte sein Blick auf dem Mentor.

«Nein, heute noch nicht.»

Der Junge zog einen Schmollmund. «Aber du hast mir versprochen ...»

«Ich sagte, wenn die Zeit dafür reif wäre. Du bist noch nicht so weit.»

Aaron schmunzelte, weil ihm diese Ungeduld nur allzu bekannt war. Damals hatte Alessandro nachgegeben. Heute blieb er zu seiner Verwunderung unnachgiebig.

«Doch, ich bin so weit, ich ...» So leicht wollte Giorgio nicht aufgeben. Seine Hartnäckigkeit gefiel Aaron.

«Schluss jetzt. Du kannst die Schwerter putzen, wenn du magst.»

Dieser Vorschlag weckte wenig Begeisterung. Dennoch wagte Giorgio nicht, es abzulehnen. Mit einem Seufzer verschwand er.

«Er ist besonders ehrgeizig. Zu ehrgeizig», sagte Alessandro, als der Junge den Raum verlassen hatte.

«Ich war auch nicht anders. Wer ist sein Vater?»

«Jetrel, Luzifers Günstling.»

Alessandro beschrieb den Gefallenen. Aaron wusste nicht viel über Jetrel. Nur dass er als Heißsporn unter den Engeln galt, einer der Ersten, die sich der Rebellion angeschlossen hatten. Doch den Erläuterungen seines Lehrmeisters zufolge, konnte der zweite Gefallene, der mit Luzifer bei der Nephilimversammlung erschienen war, nur Jetrel gewesen sein.

«Jetrel war demnach der Dritte im Bunde», sprach er seine Vermutung aus.

«Was meinst du damit?»

«Bei der Nephilimversammlung, als Cynthia getötet wurde.» Aaron seufzte, während sein Lehrmeister schwieg. «Cyn hinterlässt eine Lücke. Ohne sie wirkt das Engelsghetto wie ausgestorben.»

Alessandros Augen verengten sich zu Schlitzen. Sein Mund verzog sich verächtlich. «Wie konnte sie auch nur zu dieser Versammlung gehen! Einfach nicht an die Folgen denken. Aber sie hat sich immer bedenkenlos auf waghalsige Unternehmungen eingelassen und den Mund oft zu voll genommen.»

Die Kritik und der ungewohnt kühle Ton ließen Aaron aufhorchen. Er hielt mit dem Essen inne und sah seinen Gesprächspartner an. Ein ungutes Gefühl stieg in ihm auf.

«Es war riskant, da stimme ich zu. Cynthia hatte gehofft, die Nephilim überzeugen zu können, den richtigen Weg zu wählen.»

In Alessandros Augen trat ein lauernder Ausdruck. «Hah, überzeugen! Als wenn das so einfach wäre. Hattest du was mit ihr, weil du sie so verteidigst?», fragte er barsch.

«Nein. Cynthia war für uns alle die Seele des Engelsghettos und eine begabte Prophetin.»

Alessandro schnaubte verächtlich. «Begabte Prophetin. Ich glaube nicht mehr an das Geschwätz von Propheten.»

Er lehnte sich mit düsterer Miene zurück und leerte seine Tasse.

«Man kann Cynthia alles mögliche vorwerfen, aber sie war keine Schwätzerin.»

Sie hatte damals in ihrer Eifersucht Tessa an die Dämonen ausgeliefert. Das war niederträchtig gewesen, begründete aber nicht Alessandros negative Haltung allen Propheten gegenüber. Ham gehörte auch zu ihnen, wenn er auch nicht diese ausgeprägte Gabe besaß, die Cynthia in die Wiege gelegt worden war.

«Die wenigsten ihrer Prophezeiungen treffen ein. Ihre Aussagen sind so vage, dass man alles mögliche hineininterpretieren kann. Sie nutzen das nur zu ihrem Vorteil aus. Die Erleuchtete war die Schlimmste von allen. Hat nur Unruhe unter den Nephilim verbreitet, sie verängstigt und sich selbst als die Gute hingestellt. Dabei war sie eine Verräterin.»

«Die Erleuchtete eine Verräterin?»

Aaron hatte von Ham und seinem Vater nur Lob gehört. Die scharfe Kritik aus dem Mund Alessandros überraschte ihn.

«Sie hat ihr eigen Fleisch und Blut verraten», ereiferte sich sein Lehrmeister. Verachtung sprach aus seiner Miene.

«Sie hat ihr Kind verraten? Nach allem, was ich über sie weiß, passt das nicht in das Bild, das ich mir von ihr gemacht habe.»

Ham hatte ihn noch nie angelogen.

«Du kennst doch nur die Version deines Vaters. Sie war eine Blenderin, eine Lügnerin der schlimmsten Sorte. Und ich weiß, wovon ich spreche. Ich kann es bezeugen, denn ich bin damals dabei gewesen.»

«Das ist doch nicht alles?»

«Sie hat sich Seraphiel hingegeben und ihm Zwillinge geboren.»

Hätten die Gewalten davon gewusst, wäre die Erleuchtete getötet worden, bevor die Kinder das Licht der Welt erblickten. Allein der Name seines Erzfeindes ließ Aarons Rachegelüste auflodern. Zorn und Hass brannten aufs Neue in ihm. Dass Seraphiel einen Abkömmling besaß, bedeutete Frevel. Doch gleich zwei! Wie konnten die Engel das zulassen? Hatten alle wirklich nur aus Unkenntnis darüber geschwiegen?

«Zwillinge?»

Kinder aus der Verbindung einer Prophetin mit einem abtrünnigen Seraphim bedeuteten ein unkalkulierbares Risiko, die vereinten Kräfte waren nicht abzuschätzen. Oft war es einem von ihnen möglich, die Seelen verbannter Engel zu befreien und vielleicht noch mehr.

«Ja, mehr weiß ich nicht.»

«Die Gewalten haben die Kinder getötet?»

Alessandro schüttelte den Kopf. «Sie waren bereits tot, als die Engel eintrafen. Deine Mission hat sich in diesem Punkt erledigt. Du läufst einem Phantom hinterher.»

Aaron weigerte sich daran zu glauben. Die Mission beenden, bevor sie richtig begonnen hatte? Warum hatte sein Vater ihn dann darum gebeten, den Nephilim zu suchen? Hatte vielleicht eines der Kinder doch überlebt und sein Lehrmeister wusste nichts davon?

«Und wenn du dich irrst?»

«Ich habe die Leichen mit eigenen Augen gesehen», antwortete sein Mentor im Brustton der Überzeugung.

«Das liegt doch mehr als zwanzig Jahre zurück! Und wenn eines der Kinder doch nicht tot war? Oder vertauscht wurde? Der Verkünder zum Beispiel.»

Alessandro lief rot an, eine Zornesfalte bildete sich auf seiner Stirn. «Das ist doch absurd! Sie sind tot. Tot!»

Aaron erlebte zum ersten Mal einen Gefühlsausbruch des sonst so gelassenen Freundes. Eine Reaktion, die er nicht verstehen konnte. Es schien, als kenne er die genauen Hintergründe, sonst hätte er sicherlich gelassener reagiert. Die anfänglich so herzliche Atmosphäre war gekippt, Alessandro stiller geworden.

«Das waren von mir eben reine Spekulationen», versuchte Aaron einzulenken und sein Gegenüber zu besänftigen. Er musste auf eine andere Gelegenheit warten und seinen Mentor dann in die Enge treiben. Alessandros Lippen bildeten noch immer einen schmalen Strich. Aaron schob seinen leeren Teller beiseite und ließ sich von ihm eine weitere Tasse Kaffee einschenken. Vielleicht könnte er noch einen zweiten Vorstoß wagen.

«Was hast du vorhin damit gemeint, die Erleuchtete hätte noch mehr Schuld auf sich geladen?»

Er konnte jetzt nicht locker lassen.

«Sie hat deine Mutter verraten.»

Die vertraute Bitterkeit stieg in Aaron auf. Der Schmerz über ihren Tod glomm wie Glut in seinem Herzen und flammte immer wieder auf.

«Warum hast du mir nicht eher davon erzählt?»

Sein Lehrmeister lehnte sich zurück und verschränkte die Arme vor der Brust. «Es macht keinen wieder lebendig.»

«Aber sie hätte dafür bestraft werden müssen!»

Aaron schlug mit der Faust auf den Tisch.

«Sie ist tot.»

Tot! Tot!, hallte es in ihm nach. Aaron fiel es schwer, das zu akzeptieren. Plötzlich waren da Zweifel, die er nicht begründen konnte. Als Giorgio wieder hereinkam, um das schmutzige Geschirr abzuräumen, nahm Aaron diese Gelegenheit wahr, sich zu verabschieden und auf sein Zimmer zurückzuziehen. Er musste in Ruhe nachdenken.

18.

«Erde zu Erde, Asche zu Asche, Staub zu Staub.»

Die Worte des Priesters zogen ungehört an Rebecca vorbei. Ihre Gedanken schweiften zu dem Brief ihrer Mutter ab, den sie einen Tag nach dem Tod ihrer Eltern vom Notar erhalten hatte. Sie wollte und konnte immer noch nicht glauben, dass sie ein Adoptivkind war, selbst als ihr die Adoptionspapiere vorgelegt worden waren.

Ihre Geburtsurkunde gefälscht! Und niemandem war das in all den Jahren aufgefallen! Sie hatte das Gefühl, in das Leben einer Fremden geschlüpft zu sein. Leibliche Mutter unbekannt, leiblicher Vater unbekannt stand da. Ein Rest Zweifel blieb bestehen. Weil sie sich an die Hoffnung klammerte, es möge nicht wahr sein. Doch ihr Leben entsprach einer Lüge. Die Erkenntnis bedrückte sie und machte sie wütend auf ihre Eltern.

Nephilim hatte sie der Fremde am Flughafen genannt und in ihr damit eine Tür geöffnet, die lieber verschlossen geblieben wäre. Rebecca lächelte bitter. Es enttäuschte sie, all die Jahre angelogen worden zu sein. Ihre Gabe, die vielen Umzüge, die spürbare Angst ihrer Mutter, als sie sie auf Gail und Veronica angesprochen hatte, das ergab jetzt alles einen Sinn. Doch die Frage nach ihren wirklichen Eltern konnte auch der Anwalt nicht beantworten.

Aber sie würde es herausfinden. Es schauderte sie bei der Vorstellung, der Spross eines dunklen Wesens zu sein, dessen Seele womöglich Luzifer versprochen war. Ihr Leben war zu einem einzigen Albtraum mutiert.

Rebecca konnte sich noch gut daran erinnern, wie kalt Rosies und Aarons Stimmen geklungen hatten, als sie über die gefallenen Engel gesprochen hatten. Gestern hatte sie Rosies Nummer gewählt und erfahren, dass es die Pension nicht mehr gab. Ihre Hoffnung, Antworten auf ihre Fragen zu finden, hatte sich damit zerschlagen.

Sie schluckte gegen den Kloß im Hals und tupfte mit dem Taschentuch die Tränen weg, die unaufhörlich unter ihren Lidern hervorquollen. Sie sah zu Martin, der mit versteinerter Miene neben ihr saß und gebannt der Predigt zu lauschen schien. Das kurze Haar zurückgegelt, im schwarzen Nadelstreifenanzug sah er sehr distinguiert aus und ... unnahbar.

Francesca hatte ihr versprochen, sie bei der Beerdigung nicht allein zu lassen. Doch jetzt lag sie krank im Bett. Dabei hätte sie den Trost der Freundin gut gebrauchen können. Martin würde ihr niemals glauben, dass sie ein Nephilim wäre, er hielte sie womöglich für verrückt.

Trompetenklänge holten Rebecca in die Realität zurück. Martin nahm ihren Ellenbogen und zog sie vom Platz hoch, damit sie für ihre Eltern ein letztes Gebet sprachen, bevor sie die Gruft verließen. Draußen erwartete sie die Trauergemeinde, darunter auch viele Kollegen ihres Vaters.

Wie in Trance schritt Rebecca an Martins Seite an den Reihen vorbei. Alle bedachten sie mit mitleidigen Blicken. Rebecca sehnte sich nur danach, alles schnell hinter sich zu bringen, um mit ihrer Trauer allein zu sein.

Plötzlich durchflutete sie Wärme. Rebecca stoppte und wandte sich um. Ihr Blick begegnete dem einer Frau mit grauem Haar, die in der hintersten Reihe stand. Rebecca war sich sicher, das Gesicht schon einmal gesehen zu haben. Die feinen Züge hatten etwas Edles. Sie trug das Haar zu einem Dutt hochgesteckt, aus dem sich eine Strähne gelöst hatte. Der Stil ihres schwarzen Kostüms war einfach, aber elegant und zeitlos. Rebecca versuchte sie einzuordnen, aber es wollte ihr nicht gelingen.

Martin deutete mit dem Kinn auf die Fremde, bevor er ihr ins Ohr flüsterte: «Kennst du sie?»

Rebecca zuckte mit den Achseln. «Ich weiß nicht, irgendwas an ihr kommt mir bekannt vor. Wie ist es mit dir?»

«Nein. Vielleicht eine Verlegerin? Bestimmt jemand aus der Literaturbranche», mutmaßte er.

«Vermutlich.»

Nur mühsam löste sich Rebecca vom Anblick der Fremden und schritt mit Martin weiter zum schmiedeeisernen Friedhofstor. Plötzlich wurde ihr schwindlig. Ihre Finger krallten sich in Martins Arm. Doch es war nicht Martin, der sie stützte, als sie schwankte, sondern Henry Buster, der beste Freund und Agent ihres Vaters.

«Mein Gott, Rebecca, das war alles ein wenig viel für dich heute. Du bist so blass.»

«Ich hole besser den Wagen», antwortete Martin und eilte zum Parkplatz.

Rebecca sank erschöpft an Henrys Brust. An seiner Kleidung haftete noch der Geruch von Tabak, der sie schmerzhaft an ihren Vater erinnerte. Die gleiche Marke, die auch ihr Vater geraucht hatte. «Danke, Henry. Das war wirklich alles viel.»

«Ich bewundere deine Stärke, Becky.»

Wenn sie sich doch nur halb so stark fühlen würde. Könnte sie ihm doch nur von ihrem Geheimnis erzählen ...

Während sie auf Martin warteten, plauderte Henry mit einem anderen Schriftsteller. Rebecca lief unruhig auf und ab. Für San Francisco war es für diese Jahreszeit schon sehr warm. Sie spürte, wie ihre Lebensgeister langsam zurückkehrten.

Da nahm sie aus dem Augenwinkel einen beweglichen Schatten wahr und sah zur Gruft zurück. Die grauhaarige Fremde stand davor, den Kopf geneigt, als wäre sie tief in Gedanken oder einem

Gebet versunken. In ihren Händen hielt sie zwei dunkelrote Rosen, die sie zu Füßen der Engelsstatue legte, die auf einem Sockel neben dem Eingang thronte. Ihre Eltern hatten die marmorne Statue bereits in ihrer Kindheit gekauft.

«Unser Schutzengel», so hatten beide ihn immer lächelnd genannt und den Marmor liebevoll gestreichelt, als wäre er lebendig.

Ein weiterer Beweis dafür, dass sie über ihre Natur Bescheid wussten, kam es Rebecca.

Die düstere Miene des Engels hatte ihr als Kind Furcht eingeflößt, weshalb sie immer einen großen Bogen um ihn gemacht hatte. *Lux vel Ignis Dei,* das Feuer Gottes. Sie hatte der Gravur auf dem Sockel wenig Aufmerksamkeit geschenkt, weil sie weder Kunst noch Engel interessiert hatten. Doch jetzt würde sie jedem kleinsten Hinweis nachgehen. Mit dem Einzug der Statue ins elterliche Haus hatten das Geflüster und die Albträume begonnen.

Die Frau wandte sich um, als hätte sie ihren Blick gespürt.

«Hallo! Könnte ich Sie vielleicht kurz sprechen?»

Rebecca winkte ihr zu. Die Augen der Fremden weiteten sich erschrocken. Sie stutzte einen Moment, bevor sie sich umdrehte und den Weg entlang eilte, der hinter die Kapelle führte.

«So warten Sie doch!», rief Rebecca. «Ich bin gleich wieder zurück», wandte sie sich an Henry, bevor sie der Grauhaarigen nachlief. Rebecca folgte ihr zur Kapelle. Sie umrundete das Gotteshaus und holte die Fremde auf dem Grasweg zwischen den Plattengräbern ein.

Kurz bevor sie durchs Friedhofstor schlüpfen konnte, packte sie sie am Arm. «Warum laufen Sie vor mir davon? Ich möchte Sie doch nur was fragen.»

Rebecca keuchte genauso wie die Fremde, deren Blick abweisend und ängstlich zugleich war. «Lassen Sie mich los.»

Rebecca zögerte und musterte sie. Wo waren sie sich schon einmal begegnet?

«Lassen Sie mich. Sie hätten mir nicht folgen dürfen. Zu gefährlich.» Die Fremde sah sich ängstlich um.

«Gefährlich? Wieso? Ich verstehe nicht ...»

«Es war ein Fehler, ich hätte nicht herkommen dürfen. Aber ich habe den Clancys so viel zu verdanken ... und ... ich ... musste Sie ...» Ihre Augen füllten sich mit Tränen, und sie wandte den Kopf ab.

«Kommen Sie, wir sollten uns irgendwo in Ruhe unterhalten.»

Die Fremde schüttelte den Kopf. «Ich muss jetzt gehen. Sie beobachten uns bestimmt schon.»

Wieder wollte sie wegrennen. Rebecca jedoch hielt sie fest.

«Wer? Weshalb sollte ich in Gefahr sein?»

Die in New York erlebte Furcht kehrte eisig zurück. Die Fremde zuckte, als etwas neben ihnen scharrte.

«Bitte sagen Sie mir endlich, was los ist. Sie wissen, was ich bin, stimmt's?»

«Ja», kam die schlichte Antwort.

Die Fremde sah sich noch einmal um, bevor sie ihr mit einer Geste bedeutete, in die Kapelle zu folgen. Hastig zog sie hinter sich die Tür zu, legte ihr Ohr daran und lauschte.

«Sie werden bald hier sein. Ich spüre ihre Schwingungen.» Sie sah auf. «Sie sind eine Nephilim.»

Es aus dem Mund der Fremden zu hören, ließ Rebecca zurückweichen. *Weil du im Stillen gehofft hast, dass es nicht so ist.*

«Wer ... wer sind meine Eltern? Sagen Sie es mir! Ich flehe Sie an!», rief Rebecca.

Draußen näherten sich eilige Schritte. Die Grauhaarige erbleichte, ihre Augen weiteten sich vor Angst. «Ich ... ich muss jetzt gehen. Mir ist ein Dämon gefolgt.»

Als sie die Kapelle verlassen wollte, verstellte Rebecca ihr den Weg. «Nicht bevor Sie mir gesagt haben, was die von mir wollen.»

«Die einen Ihre Seele, die anderen Ihren Tod.»

Bei diesen Worten rieselte es Rebecca eiskalt das Rückgrat hinab. «Wen meinen Sie mit *die?* Reden Sie!»

«Die Apokalyptiker, die im Auftrag Luzifers handeln.»

«Und die anderen?»

Die Fremde stöhnte auf. Rebecca sah sie flehend an.

«Die Jäger. Sie wurden ausgeschickt, um Sie zu töten.»

Rebecca verstand gar nichts mehr. Jetzt sollten auch noch zwei verschiedene Parteien hinter ihr her sein. «Jäger?»

Blutengel. Die Lippen der Frau hatten sich nicht bewegt und doch hörte sie klar dieses Wort. Rebecca wurde schwarz vor Augen. *Aaron jagte sie?* Das konnte doch nicht sein, wo er ihr doch geholfen hatte. In New York hätte er genügend Chancen gehabt.

«Das glaube ich nicht», widersprach Rebecca fest.

Aaron hätte nie mit ihr geschlafen, wenn sie seine Feindin wäre. Oder doch?

«Sie müssen ihre Aufträge erfüllen. Ohne Ausnahme. Der Gefährlichste ist Uriels Sohn. Hören Sie auf Ihre Engelskräfte. Sie werden Sie führen.»

«Wer sind Sie?»

Rebecca lehnte sich Halt suchend an die Tür. Anstelle einer Antwort nahm die Fremde ihre Hand, drehte ihren Arm so, dass die Innenseite nach oben zeigte und strich sanft darüber. Blitze durchzuckten Rebeccas Hirn und teilten den Nebel des Vergessens. Bilder drängten sich ihr auf, von Menschen, die brennend aus Häusern liefen. Ein schwarzhaariger Junge mit verzweifelter Miene betrachtete ebenso reglos wie sie das Geschehen. Rebeccas Hand hielt ein geflügelter Mann, vor dem sie sich fürchtete, weil er sie zwang, dem grausamen Schauspiel zuzusehen.

«Nein! Nein!», hörte sie ihre Schreie .

«Sieh hin Rebecca. Jeder, der sich gegen mich stellt, wird meine Rache spüren», dröhnte seine voluminöse Stimme in ihrem Kopf.

Sie hasste ihn, seine Gewalt, seine finstere Seele. Seine andere Hand hielt einen blonden Jungen, nicht älter als sie. Mit versteinerter Miene beobachtete auch er das Geschehen. Nur in seinen Augen leuchtete es auf, weshalb Rebecca erschrak.

Schlagartig erloschen die Gedankenbilder, als die Fremde ihre Hand fortzog. Es dauerte eine Weile, bis die Benommenheit wich. Rebecca war sofort klar, dass dies Erinnerungen waren aus der hintersten Ecke ihres Gedächtnisses. Im Laufe der Jahre musste ihre Psyche das schreckliche Ereignis verdrängt haben. *Wer war der Junge? Wie konnte diese Frau diese Erinnerungen heraufbeschwören?*

Die Fremde sah sie an.

«Wie konnte ich das vergessen? Wa...», flüsterte Rebecca und stockte, noch immer benommen von dem eben Erlebten. «Sie sind nicht dort gewesen und doch kenne ich Sie. Woher kenne ich Sie dann? Was versuchen Sie vor mir zu verbergen?»

Plötzliche Schritte und ein dumpfes Geräusch auf dem Dach ließen sie zusammenschrecken.

«Fliehen Sie durch den Nebenausgang, bevor es zu spät ist. Ich versuche ihn abzulenken. Versprechen Sie mir, dass Sie nicht nach mir suchen werden. Die Jäger werden mich finden und dann auch Sie. Vertrauen Sie niemandem. Niemandem!» Ihre Lippen bebten.

«Verraten Sie mir wenigstens Ihren Namen?», rief Rebecca verzweifelt.

Diese Frau wusste mehr über sie, kannte ihre Eltern. Sie konnte sie doch jetzt nicht einfach so gehen lassen.

«Meine Name ist Asche und ich gelte als tot. Laufen Sie, bevor es zu spät ist.»

Die Fremde schubste sie weg und stürzte hinaus. Erst nach einer Weile löste Rebecca sich aus der Starre und sprintete zum Nebeneingang. Unzählige Fragen schwirrten in ihrem Kopf.

Vorsichtig lugte sie durch den Türspalt ins Freie. Niemand war weit und breit zu sehen. Was hatte die Fremde gesagt? Ihre Kräfte wären erwacht und sie solle sich auf sie besinnen? Rebecca wusste zwar nicht, wie das ging, aber sie versuchte sich zu konzentrieren.

Sie lief zum Kiesweg zurück, während ihre Augen nach einer verräterischen Bewegung suchten. War da nicht eben etwas gewesen, hinter den Zedern am Rande des Friedhofs? Rebecca stoppte und sah hinüber. Sie hatte sich nicht geirrt. Ein Mann in Jeanskleidung schälte sich aus dem Schatten eines Baumes und blickte der Grauhaarigen mit einem hämischen Grinsen hinterher. Da knirschte der Kies unter Rebeccas Schuhen. Prompt ruckte der Kopf des Mannes herum.

Mist! Der Blick aus seinen roten Augen sprach von Mordlust. Deutlich wie nie zuvor spürte sie die Schwingungen, die wie Schmirgelpapier über ihre Haut schabten. Rebecca rannte wie von Furien gehetzt den Weg weiter. *Nur nicht die Nerven verlieren, nicht umdrehen,* redete sie sich zu.

Obwohl sie ihn weder hörte noch sah, wusste sie, dass er ihr folgte. Sie umrundete keuchend die Kapelle und prallte mit voller Wucht gegen Martin.

«Rebecca, was treibst du denn hier? Wir haben dich überall gesucht.»

Sie warf einen Blick über die Schulter zurück. Ihr Verfolger war spurlos verschwunden.

«Ich bin der Frau nachgegangen, die vor der Kapelle gestanden hatte.»

Martin hob fragend die Brauen.

«Na die, die ich nicht kannte», erklärte sie weiter.

«Ach, so. Um zu erfahren, wer sie ist? Dafür lässt du mich und die Trauergemeinde stehen? Ich fass es nicht.» Wütend lief er zum Tor zurück.

«Es war wichtig!», rief sie, aber er winkte nur ab. Rebecca eilte ihm hinterher und war froh, dass der Dämon nicht folgte. Ein schriller Schrei ertönte in der Ferne und ließ ihr Herz springen. Die Fremde?

Henry wartete am Tor, um sich zu verabschieden. Martin, noch immer verärgert, stürmte an ihm vorbei zum Wagen.

Henry sah sie fragend an. «Wo hast du gesteckt?», fragte er und es klang mehr nach Besorgnis als Vorwurf.

«Ich bin einem Trauergast nachgelaufen, einer Frau. Sie hat neben dir in der Reihe gestanden. Grauhaarig, feines Gesicht, elegant. Kennst du sie?»

Henry hob die buschigen Augenbrauen. «Eine Grauhaarige?»

«Ja, die die Rosen auf den Sockel der Statue gelegt hat.»

Rebecca zeigte auf die Blumen, die wie Blutstropfen auf dem weißen Marmor wirkten.

Henry wirkte unvermutet nachdenklich. «Nein, ich habe niemanden gesehen. Und eine Grauhaarige, die auf der Trauerfeier gewesen ist, muss ich übersehen haben. Liegt vielleicht daran, dass mir jüngere Semester eher gefallen.»

«Wirklich nicht? Bist du dir sicher? Ich glaube, sie von irgendwoher zu kennen, aber es fällt mir nicht mehr ein. Ich habe das Gefühl, dass sie etwas über meine richtigen Eltern weiß.»

Rebecca entging nicht, wie Henrys Miene sich anspannte. «Lass die Vergangenheit ruhen, Rebecca. Was bringt es dir, deine richtigen Eltern zu kennen? Vielleicht würdest du dir sogar wünschen, dass es besser wäre, nichts über sie zu wissen.»

Der letzte Satz ließ sie aufhorchen. Er wusste mehr, das spürte sie, aber er würde es nicht so ohne Weiteres preisgeben. Sie hakte sich bei ihm ein und schlenderte mit ihm zum Tor.

«Weißt du eigentlich was über diese Engelsskulptur?»

Mit dem Kinn deutete sie zur Gruft. Sie hatte den Köder ausgeworfen und wartete begierig auf seine Antwort. Doch zu ihrer Enttäuschung blieb seine Miene gleichmütig, als er antwortete.

«Ein kitschiges Faible deiner Eltern.»

«Ich dachte, der Engel hätte noch eine besondere Bedeutung für sie», schob Rebecca nach und musterte Henry.

«Welche denn?»

Henrys Blick war offen. Er schien nichts über ihre wahre Herkunft zu ahnen. Vermutlich existierten diese Wesen in seiner Welt nicht. Sie konnte ihn verstehen, denn auch in ihrer hatte es sie vor einer Woche noch nicht gegeben.

«Es ist schon seltsam, dass Dad nie etwas zu dir über die Adoption gesagt hat.»

Henry runzelte die Stirn. «Er hatte sicher seine Gründe dafür.»

Alles glich einer Verschwörung, in die sie gegen ihren Willen hineingezogen worden war. Wenn tatsächlich so viele Nephilim auf der Welt lebten, was wollten die dann ausgerechnet von ihr? Irgendetwas musste doch herauszufinden sein. Bevor Rebecca antworten konnte, hupte Martin vor dem Tor.

«Soll ich dich noch zum Wagen begleiten?», bot Henry ihr an.

«Lieb von dir, aber es geht schon wieder. Ich werde dich in den nächsten Tagen besuchen. Dad wollte immer, dass du seine Münzsammlung bekommst. Ich bringe sie dir vorbei.»

Nach einer herzlichen Umarmung schlüpfte sie durchs Tor. Martin erwartete sie mit grimmiger Miene im Wagen. Während der Fahrt zu ihrem Haus, schwieg er. Rebecca grübelte über die letzten Minuten nach. Immer wieder hörte sie im Geist die Worte der Fremden. Hatten Aaron und Rosie denn nie gespürt, dass sie ein Nephilim war? Oder hatten sie ihr das auch verschwiegen?

Rebecca kam zu dem Schluss, dass Rosie es ihr offen gesagt hätte. Rosie. Was war mit ihr geschehen? Sie hätte doch nie freiwillig ihre Pension aufgegeben. Diese Fragen ließen ihr keine Ruhe und sie war drauf und dran wieder nach New York zu fliegen, um die Freundin zu besuchen.

Rebecca bat Martin nicht mehr ins Haus. Sie wollte jetzt mit ihren Gedanken allein sein. Als sie die Tür aufschloss, empfing sie der Geruch von frischer Farbe. Noch vor wenigen Tagen hatten Handwerker das Haus im Auftrag ihrer Eltern renoviert. Das Sonnengelb, in dem der Flur gestrichen war, trieb Rebecca erneut die Tränen in die Augen. Die Lieblingsfarbe ihrer Mutter. Ihre Mutter! Sie würde es immer bleiben.

Rebecca schlurfte durchs Haus, das für eine Person viel zu groß war. Hier leben? Nein, mit dem Tod ihrer Eltern verspürte sie keine Lust mehr darauf. Alles erinnerte sie an das, was hätte sein können und auf tragische Weise zerschlagen worden war.

Sie lief in ihr Zimmer im Obergeschoss und ließ sich aufs Bett fallen, um zu weinen. Aber sie konnte nicht, obwohl sie sich nichts mehr wünschte. Sie fühlte sich ... einsam. So hatte sie sich nicht einmal in der Zeit mit Martin gefühlt. Alles hatte sie verloren, ihre Eltern, Martin, ihre Identität und Aaron.

Aaron.

Die Fremde hatte mit ihrer Warnung Zweifel in ihr gesät. Konnte sie ihr vertrauen? Sie wusste doch nichts über sie. Doch etwas in ihr sagte, dass sie recht hatte. Warum hatte Aaron sie dann in New York gerettet? Das wollte ihr nicht in den Sinn. Wenn doch diese verdammten Gefühle nicht wären, dieses Herzklopfen, wann immer sie an ihn dachte.

Dieses verfluchte Engelsblut! Sie wollte es nicht haben, wollte nicht zu seiner Welt gehören. Rebecca vergrub ihr Gesicht stöhnend in den Kissen. Wuchsen ihr vielleicht auch Flügel? Sie dachte an den Jungen, der vor ihr auf dem Untersuchungstisch gelegen hatte.

Sofort sprang sie auf und rannte ins Bad. Hastig zog sie ihr Shirt aus. Sie rollte den fahrbaren Spiegel von nebenan heran und betrachtete ihren Rücken. Wahrscheinlich drehte sie jetzt völlig durch. Allein bei dem Gedanken, ihr könnte etwas aus dem Körper wachsen, grauste es sie. Ihr Rücken sah aus wie immer, glatt und ohne Narben. Nicht mal ein Pickel. Rebecca atmete erleichtert aus. Wuchsen allen Nephilim Flügel? Woran erkannten sie sich?

Sie sank auf einen Hocker und stützte den Kopf in die Hände. Was wusste sie von deren Leben? Nichts. Die Nephilim, die Aaron in dem Haus am Hudson River getötet hatte, waren zu Staub zerfallen. Lebten Nephilim länger als Menschen?

Da hatte sie Jahre Medizin studiert, glaubte sich anatomisch auszukennen und scheiterte an sich selbst. Ihr Blut war zumindest menschlich, sonst wäre ihr bei den Untersuchungen eine Abweichung aufgefallen.

Das war doch alles verrückt. Rebecca zog das T-Shirt an und lief hinunter ins Büro ihres Vaters. Doch als sie sich an den Schreibtisch ihres Vaters setzte und den Computer startete, kam sie sich wie ein Eindringling vor. Ein gemeinsames Foto ihrer Eltern zusammen mit ihr flimmerte im Hintergrund. Sie streckte die Hand aus, um es zu berühren. Alles in ihr zog sich vor Schmerz zusammen. Es würde nie wieder so sein. Nichts mehr. Sie wischte sich eine Träne aus dem Augenwinkel. Das Leben ging weiter, ob sie wollte oder nicht.

Rebecca atmete tief ein, bevor sie die Suchmaschine aufrief und den Begriff Nephilim eintippte. Riesenhafte Mischwesen, altisraelische Mythologie, Bibel, Buch Henoch. Rebecca surfte sich durch unzählige Seiten. Alles, was sie las, entsetzte sie. Aber sie musste sich damit auseinandersetzen, weil sie dadurch den Teil ihres Lebens kennenlernte, der ihr bislang verborgen geblieben war.

Ihr fiel die Gravur aus dem Sockel der Engelsstatue ein und ihre Finger flogen über die Tastatur. «*Lux Ignis vel dei*, das Feuer Gottes, Name des Erzengels Uriel», las sie laut.

Uriel? Die Frau hatte doch in der Kapelle seinen Namen genannt. «Der Gefährlichste von ihnen ist Uriels Sohn.»

Ihre Worte hämmerten in ihrem Hirn. Aaron hatte doch davon gesprochen, dass er ein Sohn eines Erzengels war. Als sie auf der Internetseite weiterscrollte, stieß sie auf ein Engelszeichen. Rebecca erstarrte, denn es war dieselbe Rune, die auch Aaron am Hals trug. *Er* war Uriels Sohn.

Hatte sie tatsächlich mit ihrem Feind geschlafen? Die Vorstellung, Aaron könnte sie wirklich jagen und töten, löste blankes Entsetzen in ihr aus. Nein, die Frau musste sich geirrt haben. Er war kein Mörder.

Und was war mit den Nephilim? Die hatte er kaltblütig vernichtet, meldete sich eine gehässige Stimme. Aber das hatte er doch nur ihretwegen getan, um sie zu befreien. Sie hingegen hatte er mit absoluter Zärtlichkeit geliebt. Sie konnte ihm nicht gleichgültig sein.

Wem konnte sie noch vertrauen? Die Bilder des höllischen Luzifers und der angeblich herzensreinen Erzengel bekamen einen gewaltigen Riss. Die Konturen von Gut und Böse verwischten. Und sie steckte mittendrin.

Beethovens Fünfte erklang. Rebecca brauchte einen Moment, um sich zu besinnen. Sie hatte den Klingelton ihres Handys geändert. Sie zog es aus der Tasche und sah aufs Display. Der Anrufer war unbekannt. Rebecca zögerte abzuheben. Sie wollte jetzt mit niemandem sprechen. Doch dann überwog ihre Neugier und sie drückte die Taste.

«Hallo?» Sie hörte jemanden am anderen Ende atmen. «Hallo?» Wenn der sich nicht gleich meldete, würde sie auflegen.

«Rebecca?»

Mit allem hätte Rebecca gerechnet, nur nicht mit Rosie. «Rosie!»

«Ich habe deine Nummer von dem Zettel», fuhr Rosie fort.

Der Zettel. Er musste ihr auf dem Weg zum Flughafen aus der Tasche gefallen sein. Sie konnte sich nicht mehr erinnern. Doch die Worte der Fremden hatten Rebecca verunsichert und zwangen sie, der Freundin mit Vorsicht zu begegnen. *Vielleicht hat Aaron sie vorgeschickt, um zu erfahren, wo du dich aufhältst, damit er dich finden und töten kann?*

Aber die Stimme der Freundin klang warm wie immer. Nichts darin verriet schlechte Absichten. Dennoch war sie auf der Hut.

«Es tut mir leid, wenn ich störe. Aber ich muss wissen, wie es deinen Eltern geht.»

Die Anteilnahme rührte Rebecca. Würde Rosie auch so empfinden, wenn sie wusste, dass sie ein Nephilim war?

«Meine Eltern sind gestorben.»

Diese Worte fielen ihr noch immer schwer.

«Oh, das tut mir sehr leid. Wenn ich das geahnt hätte ...»

Rosie war ohne Falschheit und vielleicht würde sie sie nicht zurückweisen, wenn sie von Rebeccas Natur erfuhr. Dennoch klang in ihrem Hinterkopf die Aussage wieder an, dass der Sohn des Uriel der gefürchtetste unter den Jägern war. Sie selbst hatte sich davon überzeugen können, mit welcher Leichtigkeit und Präzision Aaron die Nephilim getötet hatte. Ein eiskalter Schauder überlief sie.

«Schon okay.»

Eine Scheu hielt Rebecca davon ab, nach Rosies Pension zu fragen. Sie kam sich hinterhältig vor, der Freundin etwas zu verschweigen und sie womöglich anzulügen.

Rosie atmete erleichtert auf. «Da bin ich aber froh.»

Für einen kurzen Moment herrschte Stille. Rebecca fühlte sich schlecht, weil sie nicht offen mit der Freundin umging, der offensichtlich an ihrer Freundschaft sehr gelegen war. Wie gern hätte sie Rosie ihre Befürchtungen anvertraut. Allein das geschürte Misstrauen hielt sie zurück. Rosie könnte es Aaron erzählen und dann, wenn die Fremde recht behielt ... Nein, sie wollte diese Möglichkeit nicht in Betracht ziehen.

«Meine Pension ist abgebrannt. In der Nacht, als du abgereist bist.»

Rebecca hörte deutlich heraus, welcher Schlag das für Rosie gewesen war. «Das ist ja eine Katastrophe. Etwa meinetwegen?»

Rosie verstand sofort, dass sie auf die Sekte anspielte. «Wir haben auch zuerst die Apokalyptiker vermutet, aber ein Kurzschluss in einer uralten Leitung war verantwortlich.»

Rebecca war erleichtert. «Gott sei Dank. Und wie geht es jetzt mit dir weiter?»

Rebecca konnte gut verstehen, wie es sich anfühlte, wenn das Leben nur noch ein Scherbenhaufen war.

«Ich bin fürs Erste ins Engelsghetto gezogen und werde Cynthias Bar übernehmen. Wenigstens für eine Zeit lang, bis ich was anderes gefunden habe. Es gibt ja sonst keinen Platz für uns.»

Für uns – zu denen Rebecca jetzt auch zählte. Im Gegensatz zu vielen Nephilim besaß sie Freunde wie Henry, Fran und Flynn und viele Bekannte. *Die sich aber von dir abwenden würden, wenn sie von deinem zweiten Ich erfuhren.* Rebecca schluckte, sie wusste nicht mehr, wer sie war und wohin sie gehörte.

«Das ist gut, Rosie. Du musst was um die Ohren haben.»

«Finde ich auch. Und wie geht es dir? Haben die dich endlich in Ruhe gelassen?»

«Ja, ja, natürlich», log sie und fühlte sich mies dabei, der Freundin etwas vorzuspielen.

«Du hörst dich aber so komisch an. Da war doch was, ich spüre das. Vielleicht kann ich dir helfen?»

Rosie könnte ihr vermutlich weiterhelfen, aber die Vorsicht hielt Rebecca zurück.

«Ich spüre doch, dass was nicht stimmt. Du kannst mir doch vertrauen.»

Rebecca dachte an New York und dass Rosie und Aaron die Einzigen gewesen waren, die ihr geholfen hatten. «Als ich auf dem Flughafen in Frisco auf mein Gepäck gewartet habe, wurde ich von einem Mann bedrängt. Kein Dämon, aber auf jeden Fall sehr Furcht einflößend.»

Rebecca biss sich auf die Zunge. Gegen ihren Willen hatte sie Rosie verraten, in welcher Stadt sie war. Mist! Zu spät.

«Wie sah er aus? Kannst du ihn beschreiben? Vielleicht kenne ich ihn.»

Das Gesicht würde sie nie vergessen, weil es seit Jahren in ihrem Kopf nistete. Mit wenigen Sätzen umriss Rebecca sein Aussehen.

«Ariel. Das muss Ariel gewesen sein.»

Rosie wirkte aufgebracht. Sie erzählte Rebecca von Aarons Begegnung mit Ariel in der stillgelegten U-Bahn-Station.

«Ariel? Und wer ist das?» Rebecca wurde seltsam beklommen zumute. *Sollte der besagte Ariel ihr Vater sein?*

«Wir nennen ihn den Renegaten. Ein abtrünniger Engel. Unberechenbar.»

Das wurde immer kurioser und die Bezeichnung *abtrünnig* verhieß nichts Gutes. Rosie erklärte ihr, dass seine Bedeutung mit einem Anarchisten vergleichbar war. Das Blut sackte in Rebeccas Füße. War ihr Vater auch ein Abtrünniger? Wurde sie deshalb verfolgt?

«Und was ... bedeutet das?»

Sein Schicksal war eng mit ihrem verknüpft, das spürte sie. Was ihm widerfuhr, würde sie wahrscheinlich auch treffen. Mit Abtrünnigen und Verrätern gingen Menschen auch nicht gerade rücksichtsvoll um.

«Es ist ihm egal, wie er ans Ziel gelangt. Er ist gerissen und kann als einziger Engel, seine Gestalt beliebig ändern. Irgendwann wird auch er sich Luzifer anschließen.»

«Dann wird auch er zu den Gefallenen zählen ...», murmelte Rebecca. Sie erinnerte sich an Aarons Erklärung, dass es die Aufgabe der Blutengel wäre, diese zu vernichten.

«Ja, das wäre so. Die Blutengel würden ihn und seine Brut so lange jagen, bis sie ausgelöscht sind.»

Ihn und seine Brut – damit war auch sie gemeint. Rebecca hielt den Atem an, ihr wurde übel. Nur mühsam konnte sie ein Würgen unterdrücken. *Freunde wurden zu Feinden und das Licht wandelte sich in Finsternis.* Woher kannte sie diesen Satz? Er war treffend und beschrieb ihre Zukunft als hoffnungslos.

«Sie wollen deine Seele», hatte Aaron zu ihr gesagt. Rebecca presste die Hand gegen die Kehle, in der ihr Herz trommelte. Wie lange würde sie ihr anderes Wesen verbergen können?

«Du bist doch in San Francisco? Gut. In der Westfield Mall in einer Buchhandlung arbeitet Joels Ex-Freundin. Ihr Name ist Alegra. Sie ist auch ein Nephilim, nett und vertrauenswürdig. Wie hieß diese Buchhandlung noch? Ach, ja, richtig *Lighthouse – Books and more.* Such sie auf und sag ihr, dass ich dich geschickt habe. Erzähl ihr von Ariel. Sie wird dir helfen.»

«Danke, vielleicht komme ich darauf zurück.»

«Mach es bitte.»

Unter anderen Umständen hätte Rebecca sich jetzt in Rosies Fürsorge gesonnt. «Okay, ich werde es machen, sobald mir was seltsam vorkommt.»

Wahrscheinlich würde sie nie die Hilfe dieser Alegra in Anspruch nehmen, aber sie wollte Rosie nicht ängstigen. Rebecca wurde es immer schwerer ums Herz.

«Das ist gut. Ich werde Aaron berichten, dass du Ariel ...»

Rebecca zuckte zusammen. «Nein, bitte tu das nicht», fiel sie Rosie ins Wort.

«Aber warum denn nicht?» Ein langer Seufzer folgte. «Auch wenn ihr kein Paar seid, dann wenigstens Freunde. Du solltest wissen, wie sehr er gelitten hat, als er dachte, du wärst in der Pension umgekommen. Und dann seine Enttäuschung, als du ohne ein Wort des Abschieds gegangen bist. Bevor er nach Rom geflogen ist, hat er nur von dir gesprochen. Ich kenne meinen Bruder. Er mag dich wirklich sehr, und es hat ihm einen Schlag versetzt, dass du ihn zurückgewiesen hast. Egal, was zwischen euch vorgefallen ist, aber er ist der Einzige, der dir wirklich helfen kann.»

Ihr helfen? Wo er Ariel hasste und töten wollte? Und dann seine Brut? Ein dumpfer Druck lag auf ihrer Brust. Wenn sie sich sicher gewesen wäre, dass Ariel nicht ihr Vater war, hätte sie Rosies Vorschlag zugestimmt und Aaron wahrscheinlich selbst angerufen. Vielleicht sollte sie sich jetzt besser eine neue Handynummer zulegen. Noch ein Telefonat mit Rosie, die sie anlügen müsste, könnte sie nicht mit ihrem Gewissen vereinbaren. Dafür schätzte sie die Freundin zu sehr.

«Rosie, bitte versprich mir, dass das alles unter uns bleibt.»

Zögernd stimmte die Freundin zu. «Okay, ich werde Aaron nichts sagen.»

Sie plauderten noch ein wenig über die Bar, und es war wieder wie in Manhattan. Traurig verabschiedete Rebecca sich von Rosie mit der Gewissheit, dass dies das letzte Gespräch zwischen ihnen war.

19.

Aaron trat auf der Stelle. Es nervte ihn, dass sich statt Antworten immer wieder neue Fragen auftaten. Jetzt hielt er sich schon ein paar Tage im Palazzo auf und war nicht einen Schritt weitergekommen und das, obwohl er alle mit Argusaugen beobachtete.

Überall in der Presse wurde über die erfolglose Suche nach dem Mörder des Kardinals berichtet. Die Frau, die ihn besucht hatte, wurde mit keinem Wort erwähnt. Es gab viele Spekulationen und Vermutungen, die den Fall auch nicht weiterbrachten. Es war zum Verrücktwerden.

Grübelnd stand er am Fenster und blickte hinaus in die Dunkelheit. Der Sturm heulte seit seiner Ankunft um das alte Gemäuer und peitschte das Laub des alten Olivenbaumes, der im Hof stand. Das Unwetter zog nicht weiter, als wäre Rom ein Magnet. Er konnte das drohende Unheil spüren wie die Gewitterluft, die sich wie ein feuchter Film auf seine Haut legte.

Die unnachgiebige Art, mit der Alessandro seine Schüler behandelte, war ihm fremd. Schnelle Strafen waren an der Tagesordnung. Was war aus dem verständnisvollen Freund geworden? In den Augen seines ehemaligen Lehrmeisters lag ein argwöhnischer Ausdruck, wenn er sich unbeobachtet fühlte. Wenn Aaron durch den Palazzo lief, war er stets in seiner Nähe, als würde er jeden seiner Schritte überwachen. Wenn er über Propheten sprach, ließ er kein gutes Haar an ihnen.

Noch vor wenigen Tagen hätte Aaron vehement bestritten, dass Alessandro sich Luzifer verschrieben haben könnte, bis er seinem Lehrmeister gegenüber gesessen und dieses Glitzern in seinen Augen erkannt hatte, als er von Ariel gesprochen hatte. Seitdem wurde Aaron das Gefühl nicht los, dass die beiden sich begegnet waren. Und wenn schon, das war weder ein Beweis dafür, dass sein Mentor den Verkünder unter seine Fittiche genommen hatte, noch dass er mit den Apokalyptikern kooperierte. Doch so sehr er Alessandro glauben wollte, der Argwohn blieb.

Er fasste den Entschluss, sich unter den Nephilim umzuhören und die Übungsräume heimlich zu inspizieren. Auch Alessandros Zimmer könnte ihm mehr Aufschluss geben. Es musste sich nur noch die passende Gelegenheit ergeben.

Fuck! Er kam sich dabei so mies vor, hinter dem Rücken des Freundes zu schnüffeln. Aber seine Mission verlangte nach der Wahrheit, selbst wenn sie Dinge ans Licht brachte, die ihn erschütterten. Doch es gestaltete sich als äußerst schwierig, Alessandros Schüler auszufragen, weil er sich immer in der Nähe aufhielt, als würde er ahnen, was Aaron plante. Nach einigen erfolglosen Befragungen gab Aaron schließlich auf. Die Ausbildung des Verkünders musste ohnehin vor ihrer Zeit gewesen sein.

Als Alessandro eines Abends den Palazzo für einen längeren Besuch verließ, nahm Aaron die Gelegenheit wahr, sich in den privaten Räumen seines Lehrmeisters umzusehen. Während eine Gruppe in einem der Säle übte, betrat er Alessandros Zimmer und durchwühlte Schubladen – alles vergebene Liebesmüh. Es war wie verhext. Irgendwo in diesem verfluchten Palast musste doch ein Hinweis zu finden sein.

Der Fauchard. Aaron fiel der Waffenschrank wieder ein, in dem Alessandro, der eine besondere Vorliebe für antiquierte Degen und Schwerter besaß, seine Sammlung aufbewahrte. Als Kind hatte ihm der Lehrmeister gezeigt, wo er den passenden Schlüssel für diesen Schrank aufbewahrte. Wenn sich das Versteck nicht geändert hatte, müsste er noch heute in dem Geheimfach des Sekretärs liegen.

Aaron lief zu dem Möbel hinüber, das am Fenster stand. Mit einem flauen Gefühl im Magen zog er die oberste Lade auf und streckte die Hand hinein, um nach dem Knopf zu suchen. Tatsächlich wurde er fündig und mit einem Klicken sprang die hintere Wand der Lade auf. Aaron fingerte nach dem Schlüssel. Mit seinen Kinderhänden war es ihm wesentlich leichter gefallen, das Metall in dem schmalen Fach zu ertasten. Mit dem kleinen Finger zog er den Schlüssel schließlich an den Rand, bis er ihn herausnehmen konnte.

Noch immer fühlte er sich unwohl dabei, in den Schränken seines Freundes zu wühlen, aber der Verdacht lastete zu schwer auf Alessandro, als dass Aaron aufgeben konnte. Der Waffenschrank befand sich in der angrenzenden Ankleidekammer.

Als er die Tür öffnete und das Licht einschaltete, fiel sein Blick auf die gebügelten schwarzen Anzüge, die sein Lehrmeister trug. Früher hatte Alessandro den Schrank offen im Büro aufgestellt, bis Aaron und Daniel, ohne ihn zu fragen, zwei Schwerter für einen Kampf herausgenommen hatten. Scharfe Klingen, die dem Ganzen einen gewissen Nervenkitzel verliehen hatten. Alessandro hatte sie dabei ertappt und für mehrere Wochen von den Trainingskämpfen ausgeschlossen. Eine harte, aber wirksame Bestrafung.

Aaron steckte den Schlüssel ins Schloss und öffnete den Schrank. Degen, Florette und Schwerter aus vergangenen Jahrhunderten glänzten vor dunklem Hintergrund. Jede Waffe trug eine Gravur, jedoch kein Engelssymbol. Aaron fiel auf, dass eine Halterung leer war, und er suchte nach der fehlenden Waffe. Im untersten Fach fand er sie. Es war eine Glefe, eine stangenförmige Kriegswaffe mit einem ornamentverzierten Knauf, das Prunkstück eines Ritters aus dem 14. Jahrhundert, auf die sein Lehrmeister besonders stolz war.

Vorsichtig zog Aaron sie heraus und erkannte eine Verfärbung an der Spitze. Mit den Fingernägeln schabte er eine dünne, rotbraune

Kruste ab und roch daran. Ein metallischer Geruch, der auf Blut schließen ließ, noch nicht sonderlich alt.

Vermutlich hatte Alessandro seine Gegenwart im Haus des Kardinals gespürt, war durch das Fenster getürmt und hatte nach seiner Rückkehr in den Palazzo die Waffe in aller Eile zurückgelegt, ohne das Blut abzuwischen. Danach schien er sie vergessen zu haben. Doch wo war die Frau geblieben?

Aaron war sich ziemlich sicher, dass es sich um die Waffe handelte, mit der Kardinal Rossi ermordet worden war. Alessandro war der Täter oder er wusste, wer den Mord verübt hatte. Die Enttäuschung traf Aaron dennoch stärker als erwartet, und er brauchte einen Moment, bis er sich gefasst hatte. Dann legte er die Glefe wieder zurück in den Schrank und schloss die Tür.

Plötzlich hörte er eilige Schritte auf dem Korridor und löschte das Licht. Die Tür zu Alessandros Zimmer öffnete sich. Sofort wusste Aaron, dass sein Mentor zurückgekommen war. Er konzentrierte sich darauf, seine Gedanken abzuschotten, so wie er es ihm einst beigebracht hatte. Einen Augenblick lang erwog er, die Glefe zu nehmen und ihn mit der Wahrheit zu konfrontieren, doch dann hörte er Alessandro telefonieren.

«Wir haben ein Problem, Joshua.»

Sein Mentor rückte den Stuhl zurecht und setzte sich. Joshua? Der Verkünder? Aaron hielt den Atem an und lauschte.

«Ja, es ist Aaron. Er ist plötzlich hier aufgetaucht und schnüffelt überall herum.»

Alessandro steckte sich einen Zigarillo an, dessen süßlicher Duft zum Ankleidezimmer herüberwehte und Aaron zum Husten reizte. Mühsam unterdrückte er ein Räuspern. Er hatte Rauch noch nie vertragen.

«Keine Sorge, ich kümmere mich um ihn. Ist Julia endlich mit dem Exsolutio angekommen? Gut. Ich werde den Blutengel hier so lange ablenken, bis ihr eure Aufgabe erledigt habt. Was ihr jetzt mit dieser Veronica Bale machen sollt? Luzifer wartet auf ihre Seele. Seid schneller als Ariel. Ihr wisst Bescheid.»

Aaron ballte die Hände. Hatte Rebecca nicht Veronica Bale erwähnt? Aaron wollte seinen Mentor zur Rede zu stellen, als Alessandro sich plötzlich seinem Versteck näherte. Im letzten Moment beschloss er, sich ihm nicht zu zeigen, und presste sich dicht an die Wand. Doch es bestand die Gefahr, dass er seine Gegenwart spürte.

Aaron bereute, sein Schwert nicht dabei zu haben. Die Waffen im Schrank waren für einen Kampf ungeeignet. Alessandro blieb vor der Tür stehen. Aaron hielt den Atem an und lauschte. Leider war es ihm nicht möglich, Alessandro durch den Türspalt zu sehen, und er wagte keine Bewegung.

Sein Lehrmeister verharrte und Aaron glaubte, er spüre seine Gegenwart. Doch dann drehte er sich um und verließ das Zimmer. Aaron wartete noch ein paar Minuten, bevor er sich vorbeugte, den Schlüssel abzog und zum Sekretär lief, um ihn wieder im Geheimfach zu deponieren. Auf Zehenspitzen trat er wenig später hinaus auf den Korridor und eilte zu seinem Zimmer.

Vor seiner Zimmertür begann sein Handy in der Hosentasche zu vibrieren. *Rosie* leuchtete im Display.

«Aaron?» Seine Schwester klang angespannt.

«Hi, Rosie, was gibt's? Hat dich einer der Lieferanten versetzt?», scherzte er.

Doch Rosie ging auf seinen Scherz nicht ein. «Nein, da läuft alles glatt ...»

«Daran habe ich nie gezweifelt.»

Stille am anderen Ende. Etwas schien sie zu bedrücken. «Rosie, was ist los? »

«Ich habe lange überlegt, ob ich dir davon erzählen sollte ...»

«Nun sag schon, ich reiß dir den Kopf nicht ab.»

«Ich ... ich habe mit Rebecca telefoniert.»

Aaron erstarrte augenblicklich. Er schloss die Augen und sah ihr Gesicht wieder vor sich. Rebecca! Es verging keine Stunde, in der er nicht an sie dachte. Dank Rosie wurde ihm wieder schmerzlich bewusst, wie sehr er sie vermisste. Ihre Nähe, ihr Lachen, ihre Ausstrahlung. Er schluckte den bitteren Geschmack im Mund hinunter.

«Und?», fragte er heiser, bemüht zu verbergen, wie begierig er war, mehr über sie zu erfahren. Wie es ihr wohl ging? Bestimmt besser als ihm. Wollte er das überhaupt hören? Und wie er das wollte. *Hoffte er nicht insgeheim von Rosie zu erfahren, dass sie ihn genauso schmerzlich vermisste?*

«Sie wollte nicht, dass ich dir davon erzähle. Aaron, ich komme mir wie eine Verräterin vor, aber ich mache mir große Sorgen um sie.»

Rosie verhaspelte sich vor Aufregung bei jedem zweiten Wort. Sie mochte Rebecca genauso wie er. Nein, er mochte sie nicht nur, sondern hatte sich in sie verliebt – und war krank vor Sehnsucht nach ihr.

«Du meinst es ja nur gut. Also was ist los?»

Ihm wurde flau im Magen. Hoffentlich war sie nicht erneut in Gefahr geraten.

«Sie ist Ariel begegnet. Er wollte sie zwingen ...»

«Ariel?» Dieser verfluchte Renegat. Wut stieg in ihm auf und ballte sich in seinem Magen zu einem Klumpen zusammen. Wenn er ihn doch nur neulich hätte erledigen können.

«Wo?», rief er ins Handy.

«In San Francisco.»

Aaron stieß einen derben Fluch aus. Der Gründer der Apokalyptiker stammte aus San Francisco. Anscheinend lebte die Sekte an ihrem Ursprungsort wieder auf. Rebecca war in Gefahr und er saß in Rom wegen seiner Mission fest. Für einen Moment erwog er, sofort aufzubrechen und in die Staaten zu reisen. *Hier geht es nicht um deine persönlichen Gefühle, sondern um die Menschen, denen gegenüber du eine besondere Verantwortung besitzt*, ermahnte ihn sein Gewissen.

«Ich habe sie gebeten, sich mit Alegra zu treffen. Aber Rebecca war so komisch und hörte sich an, als wollte sie meinem Rat nicht folgen. Da stimmt was nicht.»

«Wie meinst du das?»

Die Angst um Rebecca ließ ihn fast durchdrehen. Sie wäre Ariel und den Apokalyptikern hilflos ausgeliefert. Sein Pflichtgefühl und der Wunsch ihr zu Hilfe zu eilen, stürzten ihn in einen Zwiespalt. Wenn er ihr hinterherreiste, gefährdete er seine Mission, und das konnte er nicht verantworten, weder vor seinem Vater und erst recht nicht vor seinem Gewissen. Andererseits hatte er das starke Verlangen sie zu beschützen.

«Schwer zu erklären. Ich hatte den Eindruck, sie wollte das Telefonat mit mir schnellstmöglich beenden. Und von dir wollte sie gar nichts wissen. Das ist nicht die Rebecca, die ich in Manhattan kennengelernt habe. Was sollen wir jetzt machen?»

«Ich habe keine Ahnung. Ich kann hier nicht weg. Kardinal Rossi wurde ermordet. Umso dringender wird es, dass ich den Verräter finde.»

«Aaron, ich verstehe dich ja, aber du kannst Rebecca doch nicht ihrem Schicksal überlassen.»

Rosie sprach seine Bedenken aus. Er schnaubte. «Aber meine Mission ...»

«Und ich dachte, du hättest was für sie übrig.»

Rosie verstand es in seiner Wunde zu bohren.

«Meine Mission steht über allem.» Selbst wenn es ihn noch so sehr verlangte, nach San Francisco zu reisen.

«Deine Mission. Und was ist mit deinem Herz?»

«Meine Gefühle sind jetzt nicht wichtig.»

«Hoffentlich wirst du das nicht eines Tages bereuen.»

«Es ist mein Leben, meine Bestimmung, da gibt es nichts zu bereuen», antwortete er mit fester Stimme, obwohl ihm das noch nie so schwergefallen war wie jetzt. Reue war etwas, was es in seinem Leben nicht geben durfte.

«Ich sende dir ihre Telefonnummer, falls du es dir anders überlegst.»

Bevor Aaron protestieren konnte, hatte Rosie aufgelegt. Aufgewühlt wanderte Aaron eine Weile im Zimmer auf und ab und sah immer wieder unentschieden auf Rebeccas Telefonnummer, die Rosie ihm gesimst hatte. Sollte er sie anrufen? Besser nicht. Oder doch?

Anrufen. Er musste wissen, wie es ihr ging. Sein Unterbewusstsein hatte sich längst entschieden und ließ seine Finger die Nummer eintippen. Vielleicht würde er es bereuen, aber er konnte nicht anders. In San Francisco war es jetzt früher Vormittag. Das Rufzeichen ertönte und Aaron war versucht aufzulegen. Rebecca wollte ihn nicht sprechen. Doch die Sorge um sie überwog.

«Hallo?»

Allein ihre Stimme weckte Sehnsüchte in ihm. Sein Herz schlug so heftig, dass er glaubte, es wollte aus seiner Brust springen.

«Hallo? Wer ist denn da? Melden Sie sich gefälligst.»

«Rebecca, ich bin's, Aaron», sagte er schnell, bevor sie wieder auflegte.

Stille. Er glaubte zuerst, sie hätte aufgelegt, bis er sie atmen hörte. «Hallo, Aaron», antwortete sie nach einer Weile heiser.

Wie kühl sie klang. Er konnte die Kluft zwischen ihnen spüren. «Du hast meine Nummer sicherlich von Rosie.»

Sicher fühlte sie sich von seiner Schwester verraten.

«Ja, stimmt. Sie macht sich große Sorgen um dich. Sie weiß nicht, dass ich dich anrufe. Sie hat mir von deiner Begegnung mit Ariel erzählt. Er ist extrem gefährlich. Er ist ein ...»

«Renegat, ich weiß», ergänzte sie. «Aaron, danke, eure Sorge rührt mich, aber ich muss da allein durch. Die haben mich bisher in Ruhe gelassen. Bestimmt haben die längst aufgegeben.»

Aufgeben? Weder Ariel noch die Apokalyptiker würden sich von ihrem Vorhaben abbringen lassen. Nachdem sie mehrmals in deren Fänge geraten war, musste Rebecca doch einleuchten, in welcher Gefahr sie weiterhin schwebte. Allein die Tatsache, dass Ariel ihr jetzt in San Francisco aufgelauert hatte, musste sie doch überzeugen. Diese Unvernunft passte nicht zu der sonst so überlegten Rebecca. Irgendetwas stimmte nicht. Vielleicht wurde sie erpresst oder bedroht?

Verdammt, wenn er doch jetzt nur bei ihr sein könnte!

«Das glaubst du doch selbst nicht. Die geben nicht auf, die warten eine Zeit ab und versuchen es wieder. Ich werde so schnell wie möglich Alegra ...»

«Bitte, Aaron, das ist lieb von dir, aber ich möchte das nicht. Ich komme schon allein klar.»

Hatte er sie eben richtig verstanden? Was war nur in sie gefahren? Er rannte verzweifelt im Zimmer auf und ab und suchte nach Argumenten, die sie überzeugen würden.

«Hast du vergessen, was dir in New York passiert ist?», rief er verzweifelt über ihre Unvernunft.

«Nein, natürlich nicht.» Sie seufzte.

«Rosie hat dir doch die Adresse von der Buchhandlung gegeben, in der Alegra arbeitet. Du musst so schnell wie möglich zu ihr. Hörst du, du *musst.* Versprich mir das. Und vermeide es irgendwo allein hinzugehen, vor allem in der Dunkelheit.»

Die Angst um sie brachte ihn fast um den Verstand. Rosie hatte recht, sein Herz befahl ihm, Rebecca zu Hilfe zu eilen. Doch wenn er den Auftrag in Rom nicht erfüllte, riskierte er ebenso ein Verstoßener zu werden wie Ariel. Verdammt! Die Zeit rannte ihm davon.

«Ich werde darüber nachdenken.»

Noch nie hatte er sich so hilflos gefühlt wie jetzt. «Rebecca, ich erkenne dich nicht mehr wieder. Was ist denn los?»

Schweigen am anderen Ende der Leitung. Warum zur Hölle antwortete sie denn nicht?!

«Du brauchst meine Hilfe. Ich werde zu dir kommen», entschied er. «Bis ich in San Francisco eintreffe, wird Alegra sich um dich kümmern.»

«Nein, auf keinen Fall!», wehrte sie ab. «Bitte, Aaron, das brauchst du wirklich nicht. Du hast doch deinen Job und Auftrag und bist nicht ...»

«Der Mann an deiner Seite. Das meinst du doch?» Die erneute Zurückweisung schnitt sie wie ein Messer in sein Herz.

«Du und Rosie ... ihr seid meine Freunde und ... »

Freund? Er wollte ihr nicht nur ein guter Freund sein.

«... und Freunde helfen sich.»

«Ja, schon, aber das geht nicht.»

«Warum denn nicht?»

Vielleicht verstand sie, wenn er ihr klar machte, was er für sie fühlte: «Es gibt etwas, dass ich dir schon damals sagen wollte. Als Rosies Pension brannte, habe ich befürchtet, du wärst darin umgekommen. In diesem Augenblick habe ich begriffen, dass du mir etwas bedeutest. Ich habe zigfach bereut, dass ich es dir nicht mehr sagen konnte, bevor du nach San Francisco geflogen bist. Dass ich dich nicht gebeten habe, uns eine Chance zu geben. Und auch dass es mir wegen deiner Eltern leid tut. Ich wollte, dass du das weißt.»

«Danke. Wenn es dich beruhigt, werde ich sie aufsuchen. Aaron, das mit uns, das darf nicht ... es hat keine Zukunft. Bitte ruf mich nicht mehr an», sagte sie mit erstickter Stimme.

«Rebecca, warum ...?»

Ehe er die Frage beenden konnte, hatte sie aufgelegt. Ihre Stimme hatte traurig, fast verzweifelt geklungen, als hielte sie die Tränen zurück. Er war davon überzeugt, dass sie ihn aus einem ganz bestimmten Grund abgewiesen hatte, und nicht, weil sie nichts für ihn empfand. *Was war nur in San Francisco vorgefallen?*

Um das herauszufinden, musste er sie wiedersehen. Sobald er seine Mission erfüllt hatte, würde er nach San Francisco fliegen. Aaron ließ sich aufs Bett fallen. Das Telefonat mit Rebecca hatte ihn aufgewühlt. Die Sorge und Ungewissheit machten ihn wahnsinnig. Wenn er doch hier bereits alles hinter sich gebracht hätte.

Immer wieder stand er auf, rannte durchs Zimmer, warf sich wieder aufs Bett, nur um gleich darauf erneut aufzuspringen. Rebecca schwebte in Gefahr, und er konnte nicht bei ihr sein. *Nur ein guter Freund?*

Er lachte bitter auf. Wenn er sie wiedersah, würde er seine Empfindungen nicht verbergen können. Sie wie ein Freund zu umarmen, ohne sie küssen zu dürfen? Begehren zu spüren und zu wissen, dass es keine Erwiderung fand? Das konnte er nicht.

Immerzu kreisten seine Gedanken um das Telefonat, das Erinnerungen an die gemeinsame Nacht hervorrief. Wider Erwarten schlief er irgendwann ein und träumte wirres Zeug, bis ihn ein dumpfes Poltern weckte. Erleichtert darüber, dass der Albtraum ein Ende hatte, wischte er sich den Schweiß von der Stirn und sah auf sein Handy. Fünf Uhr morgens.

Feste Schritte hallten gedämpft über den Flur. Irgendjemand übte im Trainingssaal. Neugierig schwang er sich aus dem Bett, zog sich Jeans und T-Shirt an und lief durch den Korridor. Ein Blick aus dem Fenster verriet, dass der Himmel aufgeklart war. Ein roter Streifen am Horizont kündigte den Sonnenaufgang an. Hinter der Saaltür erteilte jemand Kommandos. Aaron drückte vorsichtig die Klinke hinunter, um hineinzuspähen.

Durch den offenen Spalt erkannte er Giorgios schlaksige Gestalt, die ein Schwert in der Hand hielt und ziemlich unbeholfen hin und her schwang. Die Kommandos kamen von einem älteren Burschen mit schwarzem Strubbelhaar.

«Mann! Du musst so ausholen, mit mehr Gefühl.»

Giorgio bemühte sich offensichtlich, doch es wollte ihm nicht recht gelingen. Die Szene entlockte Aaron ein Schmunzeln. Es erinnerte ihn an seine ersten eigenen Versuche, nur war er damals viel jünger gewesen. Eine Weile beobachtete er die beiden, bis der Ältere kapitulierte und durch die Seitentür den Saal verließ.

Giorgio stand mit hängenden Schultern auf dem Parkett und sah traurig auf das Schwert in seiner Hand herab. Er tat Aaron leid. Der Junge besaß Talent, aber keinerlei Übung. Aaron klopfte an die Tür, um sich bemerkbar zu machen. Der Kopf des Jungen ruckte herum.

«Na Giorgio, schon so fleißig?»

Die Mundwinkel des Halbwüchsigen zogen sich nach unten, er zuckte mit den Schultern. «Ich pack es einfach nicht. Egal, wie sehr ich mich anstrenge.»

«Es ist noch kein Meister vom Himmel gefallen. Um das Schwert perfekt zu beherrschen, bedarf es jahrelangen Trainings. Du stehst doch erst am Anfang.»

Die Miene Giorgios entspannte sich etwas. «Ich muss nur oft genug üben?»

«Klar. Dein Trainer von eben hat recht. Du musst das Schwert im Bogen führen, nicht aus dem Handgelenk, sondern aus dem Arm heraus. Darf ich?»

Aaron zeigte auf das Schwert. Nickend reichte ihm Giorgio die Waffe. Sie war unerwartet schwer, vor allem für den Jungen, der kaum Muskulatur besaß. Aaron streckte den Arm aus. «Siehst du, beide bilden eine Linie. Betrachte die Waffe als Verlängerung deines Armes. Nach und nach kriegst du dann das Gefühl dafür und deine Muskeln bauen sich auf.»

Aaron schwang das Schwert betont langsam durch die Luft. Mit offensichtlicher Begeisterung verfolgte Giorgio jede seiner geschmeidigen Bewegungen.

«So und jetzt mit leichtem Schwung von oben nach unten und hochwerfen ... und wieder auffangen.»

Wie ein silbriger Bogen surrte die Klinge durch die Luft bis an die Stuckdecke und landete wieder sicher in Aarons Hand.

«Wow, geil. Das möchte ich auch können. Du bist ein Blutengel, oder? Ich habe noch nie einen kennengelernt.»

Die Augen des Jungen leuchteten voller Bewunderung.

«Ja, bin ich. Aber diese Dinge kannst auch du irgendwann, du musst nur üben. Versuch es noch mal», ermunterte Aaron ihn.

Als er Giorgio das Schwert reichte, stutzte er plötzlich. Schuld daran war die Gravur unterhalb des Knaufs. Aaron kniff die Augen zusammen. Das konnte doch nicht sein! Es war Seraphiels Feuerzeichen. Das Zeichen des verhassten Engels darauf zu erkennen, erinnerte ihn an seine Mission, die er in Giorgios Gegenwart beinahe vergessen hatte.

Anscheinend war dies die Übungswaffe des Verkünders gewesen. Ein weiterer Beweis dafür, dass sich der Verräter im Palazzo aufhielt. Aaron bemühte sich, seinen aufwallenden Zorn vor dem Jungen zu verbergen.

«Ist das dein Schwert?», fragte er.

«Ja, nein, nicht direkt ...» Giorgios Wangen färbten sich rot. «Bitte, bitte verrate mich nicht, ich habe es mir nur genommen, weil ich üben wollte. Da drüben aus dem Schrank hinter den Spiegeln. Sandro lässt mich einfach nicht kämpfen. Immer vertröstet er mich. Aber ich will es lernen und ein eigenes Schwert möchte ich auch. Und du hast gesagt, ich brauche Übung.»

Jeder der Zöglinge musste sich sein Schwert durch Erfolge im Kampftraining verdienen. Kannte der Junge überhaupt die Bedeutung der Gravur?

«Schon gut, ich werde es niemandem verraten. Weißt du, wem es einmal gehört hat?»

Giorgio schüttelte den Kopf. «Nein. Dort drüben stehen viele Waffen von Schülern, die einmal hier gewesen sind. Ich habe es wahllos gegriffen. Ist das etwa deins?»

Giorgio wollte es ihm zurückgeben.

«Nein, das gehört mir nicht.»

«Hey, gut. Ich kenne mich nicht so gut mit den Engelssymbolen aus. Du wirst mich doch auch jetzt nicht verpfeifen?»

Ängstlich blickte er aus braunen Augen zu Aaron auf.

«Werde ich nicht. Beantwortest du mir noch eine Frage?»

Vielleicht hatte der Junge eine Ahnung, ob der Verräter aus dem Palazzo stammte.

«Okay.»

«Ist jemand aus dem Palazzo zu Besuch bei Kardinal Rossi gewesen?» Aarons Blick heftete sich auf den Jungen.

«Wer ist denn das?», stellte Giorgio die Gegenfrage.

Aaron seufzte innerlich, der Junge wusste nichts. «Schon gut. Vergiss es.»

«Wer ist eigentlich dein Vater, Aaron?»

«Uriel.»

Aaron lächelte den Jungen an, der von einer erfrischenden Offenheit war, die er nur selten bei einem Nephilim des Palazzos entdeckt hatte.

«Oh Mann, das ist doch der, der Sodom in Schutt und Asche gelegt hat.»

Die kindliche Begeisterung rührte ihn. «Und deiner ist Jetrel, sagte mir Sandro.»

Giorgio bestätigte das nicht, sondern blickte auf seine Schuhspitzen hinab.

«Das ist also gelogen», stellte Aaron fest und Giorgio errötete bis zu den Haarwurzeln.

«Sandro will, dass ich das niemandem sage. Aber du bist anders als die anderen hier.»

Aus welchem Grund wollte sein Mentor, dass der Junge log? Aaron war auf die Erklärung gespannt.

«Warum darfst du das nicht sagen?»

«Weil mein Vater ... Ariel ist, ein Renegat.»

Fast wäre Aaron das Schwert entglitten. Vermutlich war so auch Seraphiels Sohn in den Palazzo eingeschleust worden.

«Sagt dir der Name Joshua was?»

Giorgio nickte und wollte gerade den Mund öffnen, um zu antworten, als Alessandros Stimme durch den Saal tönte. «Giorgio, hatte ich es dir nicht ausdrücklich verboten, mit dem Schwert zu üben?»

Aaron wandte sich um. *Wie viel von ihrer Unterhaltung mochte sein Mentor belauscht haben?* Aaron entgingen dessen zusammengepresste Lippen nicht.

«Lass es gut sein, Sandro, das ist meine Schuld. Ich habe dem Jungen nur ein paar Übungen gezeigt. Er ist talentiert. Du solltest ihn an den Trainingskämpfen teilnehmen lassen, damit er ...»

Giorgio warf ihm einen dankbaren Blick zu.

«Das entscheide immer noch ich», fuhr Alessandro ihn an. Nur einen Atemzug später entspannte sich jedoch dessen Miene. Langsam kam er auf Aaron zu. Mit jedem Schritt, den sich sein ehemaliger Lehrmeister näherte, spürte er ein unangenehmes Prickeln auf der Haut, ausgelöst von den Schwingungen, die jedes Geschöpf begleitete, das sich der Finsternis verschrieben hatte.

«Na, Lust auf einen kleinen Kampf? So wie früher?», fragte sein Mentor und deutete auf das Schwert in Aarons Händen.

«Warum nicht?»

Es würde nicht wie früher sein, aber Aaron nahm die Herausforderung an. Alessandro war ein versierter Kämpfer, der Technik und Taktik aus dem Effeff beherrschte.

Sein Mentor öffnete die Tür zum angrenzenden Trainingssaal. Ein quadratischer, verspiegelter Raum mit Holzfußboden, der auch leicht mit einem Ballettsaal verwechselt werden konnte. Nur die Stangen vor den Spiegeln fehlten, an denen Tänzer ihre Übungen vollführten. Alessandro drückte mit den Fingern gegen eine der Glasflächen und der Spiegel schwang auf. Dahinter befand sich ein Sammelsurium an Schwertern, Degen und Säbeln in allen Größen und Gewichten, fein säuberlich in einem Regal aufgereiht.

Er zog ein Schwert heraus und deutete auf Aarons. «Möchtest du mit diesem kämpfen oder dir von denen eines aussuchen?»

«Ich würde gern mein eigenes holen», entgegnete Aaron.

«Diese hier sind genauso gut. Oder suchst du nach einem Grund, dem Kampf auszuweichen?»

Aaron überging die Provokation. Das Schwert mit der Feuergravur war zwar schwerer als sein eigenes, aber ausreichend.

«Ich entscheide mich für das hier.» Er schwang es durch die Luft, schleuderte es hoch und fing es wieder auf.

«Willst du nur dem Jungen imponieren oder hast du noch mehr drauf?», provozierte ihn Alessandro, bevor sie sich in die Mitte des auf den Boden gezeichneten Kreises stellten.

Sie hielten die Schwerter vors Gesicht. Aaron war klar, dass es hier um mehr als nur einen Übungskampf ging. Auf Alessandros Kommando hin traten sie rückwärts, bis sie die äußere Kreislinie erreichten. Aaron musterte seinen Gegner aus zusammengekniffenen Augen. Wenn sich Alessandros Taktik mit den Jahren nicht geändert hatte, würde er sich defensiv verhalten und auf seinen Angriff warten. Sie umkreisten sich auf der Linie und taxierten einander.

«Mal sehen, wie viel du verlernt hast, Aaron! Gegen Dämonen zu bestehen ist schließlich keine Kunst!», rief sein Lehrmeister aus und lachte.

Ach, ja? Du musst dich auch keinem stellen, dachte Aaron verärgert, doch er durfte sich nicht provozieren lassen.

«Gleich werden dir die Augen übergehen», antwortete er.

«Dann beweise es, Blutengel.»

Alessandro schoss nach vorn und holte mit dem Schwert aus. Aaron reagierte blitzschnell und sprang zur Seite. Der unerwartete Angriff und die Schnelligkeit seines Mentors verblüfften ihn. Er startete eine weitere Attacke, die Aaron ebenfalls erfolgreich abwehrte.

Alessandro wirkte nicht mehr so souverän und ruhig wie früher, sondern kämpfte mit einer ungewohnten Verbissenheit. Die Schwertklingen schlugen in immer schnellerem Rhythmus gegeneinander.

Sein Lehrmeister sprühte vor Kampflust und schwang das Schwert, als ginge es um Leben und Tod. Sein Gesicht war maskenhaft und die Schläge voller Wucht und Entschlossenheit, als wollte er Aaron um jeden Preis töten.

Angriff auf Angriff folgte, härter, präziser. Sie forderten Aaron alle Konzentration ab. Er erschrak über das düstere Glitzern in den Augen seines Mentors. Es schien, als wäre dessen Maske gefallen, und er zeigte nun sein wahres Gesicht. Giorgio schrie auf, als Alessandros Schwert nur knapp Aarons Schulter verfehlte.

«Sandro, ich dachte, das wäre ein Trainingskampf.»

Aaron sah flüchtig zu Giorgio hinüber, dessen Blick ängstlich von einem zum anderen flog. Aaron ließ sein Schwert sinken, bereit es fortzuwerfen.

«Du hättest den Schlüssel im Waffenschrank nicht stecken lassen sollen.»

Alessandro hatte also gewusst, dass er im Ankleidezimmer war. Er hätte umsichtiger sein müssen. Zu spät.

«Deshalb werde ich dir eine Lektion erteilen, die du nicht vergessen wirst.»

Eine weitere Attacke seines Mentors folgte. Im letzten Augenblick gelang es Aaron, sich zu ducken. Alessandro schien wie im Rausch. Unter den heftigen Hieben brach Aarons Schwertspitze ab, fiel klirrend auf den Boden und schlitterte über das Parkett.

Triumph und Mordlust lagen in Alessandros Augen. «Wie schnell sich das Blatt doch wenden kann, Blutengel.»

«Noch ist der Kampf nicht zu Ende.»

Anstelle einer Antwort holte sein Mentor erneut aus, sprang in die Luft und vollführte eine Schraube, um Aaron im Flug mit dem Schwert zu treffen. Genau so hatte es der Verkünder versucht. Das Feuerzeichen auf dem Schwert sowie diese Taktik sprachen dafür, dass Alessandro Seraphiels Nephilim ausgebildet hatte.

«Du?! Du hast den Verkünder unterrichtet? Entgegen des Verbots!», brüllte Aaron durch den Saal und wehrte den nächsten Schlag ab.

Alessandro lachte höhnisch. «Eure Verbote kümmern mich nicht.»

Seine Stimme klang nun eine Oktave tiefer und verzerrt. Schweiß perlte von seiner Stirn und er keuchte, als Aarons Attacke ihn zurückdrängte.

«Warum?», rief Aaron und wich dem nächsten Hieb aus.

Mit diesem Stumpf hatte er kaum eine Chance gegen das Engelsschwert seines Lehrmeisters. Ein weiteres Aufeinanderprallen ließe seine Klinge in alle Teile zersplittern. Er sah zum verspiegelten Schwerterschrank hinüber.

«Weil die Zeit gekommen ist, dass ihr für das büßt, was ihr uns angetan habt! Immer habt ihr in uns Nephilim Abschaum gesehen.

Ihr Blutengel glaubt, etwas Besonderes zu sein, aber ihr seid genauso Sklaven eures Schicksals wie wir.»

«Wie kommst du darauf, ich könnte auf dich herabsehen?»

«Schweig. Du warst der Schlimmste von allen. Du wolltest so sein wie dein Vater, hast ihm nachgeeifert, damit er stolz auf dich ist. Und deine dich ach so liebende Mutter, die für dich gestorben ist, ohne preiszugeben, wo du bist. Ich habe dich dafür gehasst.»

Erst jetzt wurde Aaron bewusst, wie sehr Alessandro unter der mangelnden Zuwendung und Anerkennung seiner Eltern tatsächlich gelitten haben musste, spürte seine Verzweiflung, seinen Schmerz. Wie gut sein Mentor seinen Hass all die Jahre vor ihm verborgen hatte. Dabei hatte er immer geglaubt, sie wären Freunde. Das erschütterte ihn. Vor ihm schien ein Fremder zu stehen. Wahnsinn glitzerte aus den schwarzen Augen seines Lehrmeisters. Das war nicht mehr der Alessandro, dem er blind vertraut hatte.

«Wie konntest du dich nur Luzifer anschließen? Warum, verdammt noch mal hast du das getan?», rief Aaron voller Verzweiflung.

«Weil mein Platz dort ist», schleuderte Alessandro ihm entgegen. «Ich werde an seiner Seite kämpfen, euch niederwerfen und ausrotten.»

«Dann hast du die Rechnung ohne mich gemacht.»

«Zu spät, Aaron, zu spät. Die Weichen sind gestellt. Seraphiel ist den Gewalten entkommen, um endlich seine Rache zu vollenden. Er wird sich mit Luzifer verbünden und seinen Nephilim finden, der die Seelenkette lösen wird. Nichts kann ihn daran hindern. Weder du noch die übrige Engelsbrut. Die Apokalypse ist nah.»

«Du bist ja völlig übergeschnappt!»

«Nein, ich habe die Wahrheit erkannt!»

Aarons Zorn ballte sich in seinem Inneren zu einer eisigen Faust. Seraphiel frei? Bluffte Alessandro nur oder war der verhasste Feuerengel tatsächlich den Gewalten entkommen?

Jeder Muskel in Aarons Körper spannte sich an, bereit zum Schrank zu sprinten und eines der Schwerter aus dem Regal zu greifen, um diesen unseligen Kampf zu beenden. Es waren nur wenige Schritte, aber er wusste, Alessandro war blitzschnell. Er besaß nur eine Chance, wenn er seinen Gegner ablenkte, ihn mit Worten provozierte, bis er die Beherrschung verlor und unaufmerksam wurde.

«Warum hast du Kardinal Rossi ermordet?»

Alessandros Miene verfinsterte sich. «Weil er die Nephilim gegen mich aufgehetzt hat und mir das Exsolutio nicht aushändigen wollte! Der Alte war so einfältig, seiner Nichte zu vertrauen. Sie hat es gefunden und an sich genommen. Ich habe es genossen, ihm das Fauchard in sein verbohrtes Herz zu rammen.» Er kicherte, dann versteinerte sich seine Miene schlagartig. «Und jetzt werde ich endlich das tun, worauf ich seit Jahren gewartet habe: dich vernichten, Aaron.»

Mit lautem Gebrüll stürzte sich Alessandro auf ihn, bereit, ihm das Schwert ins Herz zu stoßen. Auch jetzt gelang es Aaron auszuweichen, aber die Schwertklinge seines Mentors schlitzte ihm den Arm auf. Blut sickerte aus der Wunde, tropfte auf den Boden und bildete binnen weniger Sekunden eine Lache. Der Schnitt brannte höllisch und steigerte seinen Zorn. Alessandro wirbelte herum, ein zweiter Versuch folgte.

Aus dem Augenwinkel sah Aaron Giorgio, der atemlos mit dem Schwert in den Saal gerannt kam. «Hier!», rief er und warf es Aaron zu, der mit seinem Mentor gleichzeitig hochsprang.

Aaron verdankte es seiner Körpergröße, dass er den Knauf vor seinem Widersacher greifen konnte. «Danke!», rief er im Flug dem Jungen zu.

Dann krachte er auf den Boden, rollte sich ab und rappelte sich im nächsten Moment wieder auf. Mit dieser Waffe gelang ihm nach wenigen Hieben ein präziser Treffer, der das Schwert seines Gegners hochwirbelte. Es flog gegen den nächsten Spiegel und zertrümmerte ihn. Splitter regneten auf den Boden.

«Schnell, Giorgio!», rief er dem Jungen zu, der sofort verstand und sich nach der Waffe bückte.

Alessandro brüllte wütend auf und visierte den Schrank mit den Schwertern an. Aaron setzte ihm nach, packte ihn an der Jacke und riss ihn um. Sein Lehrmeister knallte frontal gegen den Spiegel, der in der Mitte riss, und rutschte mit dem Gesicht am Glas hinunter. Aaron zerrte ihn wieder auf die Beine und drehte ihn um, bevor er ihm die Schwertklinge an die Kehle drückte. Nur ein winziger Schnitt mit der scharfen Schneide würde genügen, um das Leben seines Mentors auszulöschen.

«Warum zögerst du, Aaron? Ist es dein Gewissen, was dich zurückhält? Ein Schnitt und ich zerfalle zu Staub und kehre in Gehenna ein. Los!»

Aarons Finger spannten sich fester um den Schwertknauf, die Spitze vibrierte an Alessandros Kehle. Er biss die Zähne zusammen.

«Wo wird Seraphiel beginnen? Sprich!»

Er drückte die Klinge fester an den Hals seines Mentors, bis ein roter Strich darunter erschien.

«Du wirst nichts von mir erfahren. Ich werde mein Geheimnis mitnehmen», antwortete er gepresst.

Das vertraut sanfte Geräusch schlagender Flügel ließ Aaron aufhorchen. Sein Vater war gekommen. «Töte den Verräter, Aaron!»

«Dein Sohn ist ein Versager, Uriel. Er war es schon immer.»

Alessandros Kichern entflammte Aarons Zorn erneut. Dennoch hielt ihn sein Gewissen zurück, das Leben seines Mentors zu beenden. Aarons feuchte Hände umspannten den Griff so fest, dass das Weiße der Knöchel hervortrat.

«Sei still», zischte er.

«Ihre Seele wird bald Luzifer gehören», flüsterte Alessandro und lachte leise.

Aaron wusste, dass er Rebecca meinte. Er musste sein Telefonat mit ihr belauscht und die Informationen weitergegeben haben. «Niemals!»

«Du kannst nicht gewinnen, Blutengel.»

«Aaron, töte ihn endlich!», befahl sein Vater.

«Rebecca», säuselte Alessandro und kicherte.

Das boshafte Glitzern in seinen Augen ließ keinen Zweifel. Mit einem unterdrückten Schrei stieß Aaron die Klinge in die Kehle seines Mentors. Er hörte Giorgio schreiend davonrennen. Alessandros schwarze Augen weiteten sich und blickten ins Leere. Von einem Röcheln begleitet knickten seine Knie ein.

Als Aaron das Schwert aus dem Körper seines Lehrmeisters zog, sackte dieser auf den Boden. Fassungslos blickte er auf den Toten hinab. Die Geheimnisse, die er ihm anvertraut hatte, seine Sorgen, seine Ängste. Immer hatte er Verständnis bei seinem Mentor gefunden und an ihn geglaubt. Sein Verrat erschütterte ihn zutiefst.

Die Leiche zerfiel sofort und der Staub stieg als dunkelgraue Säule empor, bis sie sich verflüchtigte. Sie nahm die Erinnerungen mit sich in eine Welt, die jenseits der Irdischen lag. Wie betäubt blickte Aaron ihr nach.

Die Hand seines Vaters legte sich auf seine Schulter. «Es war deine Pflicht. Verräter müssen bestraft werden.»

Tränen brannten in Aarons Augen. *Freunde werden zu Feinden, aus dem Licht die Finsternis,* dachte er bitter. Die Worte der Erleuchteten. Doch nur einen Wimpernschlag später hatte er seine Fassung zurückgewonnen.

«Seraphiel ist den Gewalten entkommen?»

Aaron betrachtete das Spiegelbild seines Vaters. Die steile Falte zwischen den Brauen des Erzengels bestätigte die Worte seines Mentors.

«Du musst sofort aufbrechen und den Feuerengel stoppen. Das Exsolutio befindet sich in den Händen der Sekte. Wenn sie den einen Nephilim finden, ist diese Welt verloren und die Rebellion bricht aus.»

Viele Nephilim und Menschen würden ihr Leben in der flammenden Spur der Zerstörung lassen. Wie seine Mutter und Juan. Aaron ballte die Fäuste. All die Jahre hatte er darauf gewartet, nun war endlich der Tag der Rache gekommen.

«Wo ist er?»

Aarons Muskeln spannten sich an, wie immer, wenn ein Kampf bevorstand.

«In Oakland. Sicher sucht er zuerst dort nach seiner Brut. Joel erwartet dich bereits.»

Die Erleuchtete, die Mutter von Seraphiels Kindern, hatte nach den Brandanschlägen des Feuerengels in Oakland gelebt, bis sich ihre Spur im Dunkel der Vergangenheit verloren hatte. Es war wahrscheinlich, dass Seraphiel tatsächlich dort seine Suche begann.

«Lebt die Prophetin noch?»

«Wir wissen es nicht, aber es wäre möglich. Du musst jetzt aufbrechen.»

Aaron nickte und Uriel breitete seine weißen Schwingen aus. Immer stärker verblassten die Konturen seines menschlichen Aussehens, und er verwandelte sich in einen schwebenden Geistkörper, der schließlich emporstieg und die Decke durchdrang.

Aaron raste in sein Zimmer, um seine Sachen zu packen. Auf dem Flur begegnete er Giorgio, der bleich an der Wand lehnte und ihm entgegensah. «Trommle die anderen Schüler zusammen und berichte ihnen, was geschehen ist. Sabrael wird sicher bald bei euch sein. Ich lege die Verantwortung in deine Hände. Ich weiß, du wirst mich nicht enttäuschen.»

Der Junge nickte, Angst und Stolz lagen in seinem Blick. «Wirst du wiederkommen?», fragte er leise.

«Irgendwann vielleicht.»

Aaron klopfte ihm im Vorbeigehen freundschaftlich auf die Schulter. Die enttäuschte Miene des Jungen ließ ihn nicht unberührt, er hätte ihm gern etwas anderes geantwortet. Doch dieser Auftrag war weitaus gefährlicher als jeder davor, und es war fragwürdig, ob es ein Irgendwann danach noch geben würde.

«Sie haben Glück, dass das Unwetter sich verzogen hat. Ihre Maschine geht in einer halben Stunde, Signor, Gate C, Flugsteig 7.»

Die platinblonde pummelige Frau hinter dem Ticketschalter schob Aaron lächelnd den Bordingpass über den Tisch. Oakland, das lag gegenüber von San Francisco in derselben Bucht. Bald würde er in Rebeccas Nähe sein, könnte sie vor der Gefahr beschützen. Dennoch bedauerte Aaron, einen Freund verloren zu haben. Doch so war nun mal seine Welt.

Das Flugzeug rollte in der Morgendämmerung über die Startbahn. Voller Ungeduld sah er seiner Ankunft in Oakland entgegen. Er lehnte den Kopf an die Scheibe und schloss die Augen. Langsam musste er sich auf die bevorstehende Aufgabe konzentrieren, die gefährlicher war als alles, was er bislang hatte bewältigen müssen. Doch seine Gedanken kreisten einzig um Rebecca. *Wie würde es sein, wenn sie sich wiedersahen?*

So döste er vor sich hin, bis er schließlich einschlief und von Rebecca träumte – wie sie sich liebten. Auf glänzend rotem Satin. Voller Ekstase. Plötzlich schlugen Flammen aus dem Boden neben dem Bett. Rebecca schrie wie am Spieß und strampelte, als unsichtbare Hände sie auf die brennenden Kissen niederdrückten. Aaron zerrte an ihr, bis es ihm tatsächlich gelang, sie loszureißen. Während er seine Flügel entfaltete, verzerrte sich ihr Gesicht zu einer dämonischen Fratze.

«Jetzt sollst du brennen, Aaron! Deine Seele gehört uns!», rief sie mit tiefer, verzerrter Stimme, die ihn an die Gefallener erinnerte. Sie öffnete den Mund und spie eine Feuerfontäne aus, die seine Flügel in Brand setzte.

«Du kannst mir nicht entkommen. Deine Seele gehört mir.»

Aaron schlug mit den Flügeln, aber das Feuer fraß sich in Sekundenschnelle durch das weiche Gefieder bis zu seiner Haut. Der Schmerz überwältigte ihn und ließ seine Sinne schwinden.

Eine Hand stupste ihn an. «Möchten Sie Tee oder Kaffee, Sir?»

Die melodische Stimme durchdrang das Wattegefühl in seinem Kopf. Benommen setzte er sich auf und starrte auf den Servierwagen mit den dampfenden Kannen. Die schwarzhaarige Stewardess hielt eine Tasse in der Hand und wartete. Ihr Lächeln war ebenso frostig wie ihr Blick.

«Kaffee», murmelte er, noch immer bemüht, den Anflug von Schwindel aus seinem Kopf zu vertreiben.

Mit dem Handrücken wischte er sich über die feuchte Stirn, bevor er nach der Tasse griff. Nach dem Albtraum hoffte er, dass das Koffein seine Lebensgeister wecken würde. Dumme Träume. Er schüttelte über sich selbst den Kopf. Da hatte doch sein Unterbewusstsein alles durcheinandergemischt. *Oder bedeutete der Traum, dass Rebecca sich bereits in Gefahr befand?*

Aarons Ungeduld wuchs mit jeder Meile. Als er zum Fenster hinaussah, drehte die Maschine eine letzte Kurve über der Golden Gate Bridge und der dahinter liegenden San Francisco Bay, bevor sie zur Landung auf den Oakland International Airport ansetzte. Aaron war bislang nur einmal hier gewesen.

20.

Rebecca hatte sich lange im Bett hin und her gewälzt, bis sie endlich eingeschlafen war. Doch auch im Schlaf hatte sie ihre Probleme nicht vergessen können. Sie hatten erneut Albträume heraufbeschworen, stärker denn je.

Mit jedem verstreichenden Tag spürte sie Veränderungen an sich, fühlte, wie sich Energie in ihren Fingern auflud. Ein Patient hatte sich sogar bei der Untersuchung beschwert, und das alles nur, weil sie ihre Gabe nicht mehr beherrschte. Es verunsicherte sie so sehr, dass sie nur noch Handschuhe trug. Und gleich während der Operation bedurfte es ihrer vollen Konzentration. Sie musste alle diese Gedanken beiseiteschieben.

Sie scheuerte mit der Bürste ihre Hände und Unterarme, bis sie rot waren. Als sie den Kopf hob, sah ihr aus dem Spiegel über dem Becken ein bleiches Gesicht entgegen, mit dunklen Ringen unter den Augen. Heute noch schlimmer als gestern. Kein Wunder. Seit dem Tod ihrer Eltern hatte sie kaum geschlafen, und dann der Anruf gestern ...

Obwohl sie sich nach Aaron sehnte, sträubte sich alles in ihr, ihn wiederzusehen. Sicher würde er den Nephilim in ihr erkennen, den verhassten Nephilim Ariels, und sie töten wollen. Als Aaron am Telefon gesagt hatte, er wolle nach San Francisco kommen, war sie in Panik geraten und hatte sich nicht anders zu helfen gewusst, als ihn erneut abzuweisen, in der Hoffnung, er würde dann seinen Plan fallen lassen. Auch wenn ihr Herz ihn sich so sehr herbeiwünschte.

Sie legte die Bürste weg und griff nach dem Handtuch. *Konzentrier dich.* Leichter gesagt als getan. Nie hatte sie sich so verwirrt und ausgelaugt gefühlt wie jetzt. Als sie ihre Arme trocken rieb, zuckte sie vor Schmerz zusammen. Ihre Haut brannte wieder, und sie griff nach der Brandsalbe, die auf der Ablage lag. Während Rebecca sie vorsichtig auf den schmerzenden Stellen verrieb, drängten sich ihr Visionen auf. Ihr wurde schwindlig und sie musste sich abstützen.

Sie sah sich wieder auf der Flucht vor einem Unbekannten eine endlose Straße zwischen brennenden Häusern entlangrennen. Die Verzweiflungsschreie Sterbender erklangen aus den Häusern und schwollen bis zur Unerträglichkeit an. Ein rotes Backsteinhaus am Ende der Straße stoppte ihren Lauf.

Sie hörte die Schritte ihres Verfolgers dicht hinter sich und konnte sich nicht umdrehen, ihre Füße waren mit dem Boden verwachsen. Ihr Herz dröhnte wie ein Hammer, der auf einen Amboss schlug. Mit einem Knall zersplitterte eine Scheibe vor ihr. Die Erde brach auf und eine Feuermauer loderte daraus empor.

Augenblicklich verstummten die Schreie und eine bleierne Stille legte sich über alles. Sie spürte den Tod, der hinter ihr seine schwarzen Flügel nach ihr ausstreckte.

Geh endlich durchs Feuer und du wirst erneut geboren werden. Folge der Spur der Flammen und erkenne die Wahrheit, wer du bist und welches Schicksal dich erwartet.

Trotz des Feuers fröstelte sie. «Wer bist du? Zeig dich! Ich will dein verfluchtes Gesicht sehen!», schrie sie.

Tief in ihrem Innern spürte sie, dass dieses Geflüster Macht über sie gewänne, wenn sie diesen Schritt machte. Es würde seine glühenden Finger um ihr Herz schließen und es verbrennen.

Ein Blick von mir lässt dich wie ein Stück Holz verglühen. Geh ins Feuer und ich zeige mich dir.

«Damit du meine Seele frisst? Niemals!»

Du musst. Es ist deine Bestimmung oder deine Seele wird für immer in die ewige Finsternis verdammt, die wir Gehenna nennen.

Aus den Häusern krochen Flammenschlangen und schnitten ihr den Rückweg ab. Glühende Zungen schossen aus ihren weit aufgerissenen Mäulern hervor und zwangen Rebecca, sich dem Feuer zu nähern, wenn sie ihnen entgehen wollte.

Panik stieg in ihr auf. Eher würde sie sterben, bevor sie einen Schritt in die Flammen trat. Es musste doch einen Ausweg geben! Die Flammenschlangen züngelten nach ihr und ihre Furcht schlug in Verzweiflung um.

Du kannst mir nicht entkommen, Rebecca. Es ist der Ring des Feuers, der unsere Seelen für immer vereint. Folge mir.

Jetzt trennte sie nur noch eine Handbreit von der Feuermauer. Die Hitze brannte auf ihrem Gesicht und raubte ihr den Atem. Gleich wäre alles vorbei. Es gab keinen Ausweg, keine Rettung, keine Hoffnung.

Doch wie durch ein Wunder entstieg ein Mann unversehrt dem Feuer. Jede Kontur seines Körpers zeichnete sich unter seiner Kleidung ab.

Aaron! Er musterte sie mit durchringendem Blick, als könnte er bis in ihre Seele blicken. Hoffnung keimte in ihr auf. Er würde sie retten.

Aber dann sah sie das Schwert in seiner Hand aufblitzen und die Entschlossenheit in seinem Gesicht, die ihr seine Absicht verriet. Er holte mit dem Schwert aus ...

Schweißgebadet und keuchend war Rebecca aus dem Albtraum erwacht. Immer wieder war es Feuer, das eine wichtige Rolle spielte.

Eine Hand legte sich auf ihre Schulter. Sie zuckte wie unter einem Stromschlag zusammen. In ihrem Kopf drehte sich alles. «Rebecca, ist alles okay mit dir?»

Fran klang weit entfernt. Rebeccas Hände zitterten.

«Nur eine Minute, Fran», antwortete sie. «Mir war eben etwas schwindlig.»

«Soll vielleicht jemand anderes übernehmen?»

Fran klang besorgt.

«Nein, nein, es geht schon wieder. Ehrlich.»

«Sind Sie so weit, Dr. Clancy?»

Die volltönende Stimme des Anästhesisten Craig Farlow holte sie schließlich mit einem Ruck in die Realität zurück.

«Ja, ja, natürlich», antwortete sie noch immer leicht benebelt und ließ sich von einer der Schwestern die Latex-Handschuhe überstreifen, bevor sie ihrem Kollegen in den OP folgte. Zu ihrer Erleichterung verflog die Benommenheit, als sie an den Operationstisch herantrat und ihr Geist wie ein Scanner den vor ihr liegenden Körper abtastete.

«Bericht», forderte sie von Francesca, die ihr heute assistierte.

Eigentlich wusste sie auch so, wie es dem Patienten ging. Doch keine Fragen zu stellen, hätte den Argwohn der anderen geweckt. Niemand würde ihr glauben, dass ihre Sinne mehr erfassten als alle hochtechnischen Geräte zusammen.

Fran, die ihre schwarze Lockenmähne unter einer Haube gebändigt hatte, nickte. Gedämpft durch den Mundschutz zählte sie ihr die Reihenfolge der bevorstehenden Operationen auf. Rebecca erinnerte sich an jeden einzelnen Patienten, seine Ängste, die Schmerzen. Dieses Vertiefen kostete sie Energie, laugte sie aus, doch das war es ihr um das Wohl der Patienten wert.

«Erst der Blinddarm, danach der alte Herr mit dem Leistenbruch von Station 7 und zum Schluss die Frau mit dem offenen Armbruch, die vorhin eingeliefert worden ist. Das wäre alles, wenn nicht noch ein Notfall dazwischenkommt.»

Rebecca nickte. «Dann wollen wir mal loslegen. Craig, wie sehen die Werte aus?»

«Top.» Er zeigte mit dem Finger auf die Skala neben ihm, auf der Puls und Atmung aufgezeichnet wurden.

«Gut. Francesca, Skalpell.»

Rebeccas Anweisungen waren knapp, aber präzise. Sie arbeitete mit höchster Konzentration und hasste es, wenn Kollegen während eines Eingriffs Witze rissen, als säßen sie gemeinsam in einem Pub oder beim Poker. Francesca reichte ihr das Skalpell vom Bestecktisch. Rebecca setzte die Spitze an, um die Bauchdecke zu eröffnen.

Ein langer Nachmittag stand ihr bevor und aus dem Dinner mit Martin würde sicher wieder nichts werden. Sie hatte nur aus Dankbarkeit seiner Einladung zugestimmt.

«Tupfer. Zange.»

«Ist was?», fragte Fran, während sie ihr beides reichte.

«Nein, ich habe nur an Martin gedacht, den ich heute wieder versetzen muss», log sie und seufzte.

Sie wollte jetzt nicht mit Fran über ihre Albträume reden. Und schon gar nicht vor den Kollegen. Craig würde es überall herumposaunen. Er war zwar ein kompetenter Anästhesist, aber die größte Klatschbase im Krankenhaus.

«Wenn du willst, ruf ich ihn an», raunte Francesca ihr zu.

Ein warmes Gefühl stieg in Rebecca auf. Dann meldete sich erneut ihr schlechtes Gewissen, dass sie der Freundin ihre Nephilimnatur verheimlichte.

«Danke, das ist lieb von dir, aber ich mache das lieber selbst», flüsterte sie zurück.

Es war schon weit nach sechs, als Rebecca endlich Martin anrief.

«Rebecca, wir waren doch zum Lunch verabredet. Wieso hast du dich nicht gemeldet?»

«Weil ich die ganze Zeit im OP gestanden habe. Tut mir leid, aber es ging nicht anders.»

Ihr war nicht nach einem Streit zumute.

«Rebecca, so kann das doch nicht weitergehen. Gestern hast du zwölf Stunden im OP gestanden und heute hättest du mittags Dienstschluss gehabt. Wenn du so weitermachst, kippst du noch um.»

Sicher hatte er recht, aber sie konnte einfach nicht anders. Sobald sie zu Hause allein war, begann sie zu grübeln und sich zu beobachten.

«Danke, dass du dich um mich sorgst, aber Arbeit ist bekanntlich noch immer die beste Medizin. Lass uns irgendwann anders essen gehen. Heute bin ich hundemüde.»

Sie stellte sich gerade seine enttäuschte Miene vor und fühlte sich schlecht.

«Und ich hatte gehofft, dass wir nach New York wieder zusammenfinden würden. Stattdessen gehst du mir aus dem Weg.»

Also doch. Die Vorwürfe. Sie wollte sie nicht hören. «Martin, noch mal im Klartext: Ein Uns wird es nicht mehr geben. Wir können gern miteinander essen gehen, aber ich möchte nicht, dass du dir noch irgendwelche Hoffnungen machst. Wir bleiben Freunde, mehr nicht.»

Sie konnte es anscheinend nicht oft genug sagen, damit er endlich begriff.

«Steckt da vielleicht ein anderer Mann dahinter? Ich werde das Gefühl nicht los, dass du in New York jemanden kennengelernt hast.»

Rebecca sah keinen Grund darin, ihn anzulügen. «Ja, habe ich. Aber wir haben uns getrennt. Ich möchte mich jetzt nur meinem Job widmen.»

Aaron! Er bestimmte noch immer ihre Gedanken und Gefühle. Sein Anruf hatte sie mit einer Vorfreude erfüllt, wie es bei Martin nie der Fall gewesen war. Dennoch nagten die Zweifel an ihr, die die Worte der grauhaarigen Fremden in ihr ausgelöst hatten.

«Welcher Mann mag es schon, wenn eine Frau nur an ihren Job denkt.»

Ihre Erschöpfung machte sie gereizt. «Herrgott noch mal Martin, wenn ein Mann nicht akzeptieren kann, wie wichtig mir mein Beruf ist, dann ist er eben nicht der Richtige.»

Am anderen Ende der Leitung wurde es still. Schließlich hörte sie ihn atmen.

«Wichtig schon, aber New York war dir wichtiger als ich.»

Sie hatte diese Vorwürfe so satt. «Wer ist denn zuerst weggezogen? Dich trifft genauso viel Schuld wie mich. Und jetzt lass uns nicht mehr darüber reden. Es ist aus. Ich möchte nur noch nach Hause.»

«Wenn du irgendwann Zeit und Lust hast, mit mir essen zu gehen, melde dich.»

Er klang verärgert. Es klickte in der Leitung, bevor sie etwas erwidern konnte. Seufzend klappte sie das Handy zu und hängte den Kittel in den Schrank. Irgendwie war sie erleichtert. Fran wartete sicher schon draußen. Meistens nahmen sie nach Dienstschluss noch einen Drink, aber heute wollte sie zu dem Buchladen, Alegra besuchen.

«Könntest du bitte an der Westfield Mall halten?», fragte Rebecca, als Frans Chrysler vom Parkplatz fuhr.

«Du willst nach diesem Tag noch shoppen? Wollen wir das nicht auf morgen verschieben, unseren freien Tag? Wir haben zusammen schon lange keinen Schaufensterbummel mehr unternommen.»

«Ich will nicht shoppen, sondern was erledigen. Das habe ich jemandem versprochen.»

Eigentlich hatte sie sich nach dem Telefonat mit Aaron dagegen entschieden, diese Alegra aufzusuchen. Doch irgendetwas trieb sie zu ihr. Vielleicht auch nur die bloße Neugier.

Ihre Freundin warf ihr einen fragenden Seitenblick zu. «Rosie bat mich, eine Bekannte von ihr zu besuchen, um ihr etwas auszurichten», log Rebecca und fühlte sich mies dabei. So viel wie in den letzten Tagen hatte sie in ihrem ganzen Leben nicht gelogen.

Doch jetzt war nicht die passende Gelegenheit, um Francesca einzuweihen oder sie wegen der Begegnung mit der Fremden oder Ariel zu ängstigen. Das musste sie auf einen späteren Zeitpunkt verschieben.

«Seit du aus New York zurück bist, bist du irgendwie anders.»

Sie konnte Frans Vorwurf durchaus verstehen. «Der neue Job, Moms und Dads Tod und dann noch die Neuigkeit, dass ich nur adoptiert wurde, das muss ich erst verdauen. Gib mir bitte Zeit.»

«Natürlich, entschuldige bitte, Liebes. Ich weiß, was du durchgemacht hast.»

Fran drückte Rebeccas Hand.

«Danke.»

Sie steuerte den Wagen die Market Street hoch und überholte die überfüllte Cable Car, die langsam den Hang hochkroch, bevor sie links in eine schmale Seitenstraße vor der Mall abbog. Dichte Wolken türmten sich auf, die Regen verkündeten. Es war kälter geworden und ein heftiger Wind fegte durch die Straßen und wirbelte das Laub von den Bäumen. «Ich glaube, da braut sich was zusammen. Soll ich dich später abholen?»

Fran deutete auf den schwarzen Himmel.

«Nein, nein, das ist nicht nötig. Ich nehme mir ein Taxi.»

Francesca hielt am Straßenrand. Rebecca stieg aus und winkte der Freundin noch einmal zu, bevor sie zum Eingang der Mall eilte. Der Wind fuhr durch ihre Kleidung und ließ sie frösteln. Sie zog den Kragen ihrer Jacke enger um den Hals.

Plötzlich nahm sie Vibrationen wahr, unangenehm, wie Katzenkrallen, die sich in die Haut bohrten. Ein Wesen aus Luzifers

Kreisen. Doch sie konnte es nicht bestimmen. Sie fragte sich, ob alle Mischwesen diese Fähigkeit besaßen und sich diese mit mehr Übung im Laufe der Zeit entwickelte, so wie ihre Gabe sich in die Patienten hineinzufühlen.

Rebecca warf einen Blick über die Schulter zurück, konnte aber nichts Verdächtiges erkennen. Als sie die gläserne Schwingtür zur Mall aufzog, waren die Schwingungen verflogen.

21.

Die Schwingungen waren überall zu spüren, auf dem Rollfeld und auch in der Flughafenhalle, und glichen einer dichten Wolke. Es kribbelte auf Aarons Haut, als würden Insekten darüberlaufen. Die Rune in seinem Nacken brannte. Wie damals fühlte er überall Seraphiels Gegenwart.

Er fragte sich, ob dem Verkünder bereits das Exsolutio ausgehändigt worden war. Noch vor dem Start der Maschine in Rom hatte er Joel eine SMS geschickt, damit er Julia Rossi abpassen konnte.

Die Menschen am Flughafen schienen die drohende Gefahr nicht zu spüren. Dabei würde keiner von ihnen verschont bleiben. Wie Juan und seine Mutter. Der Schmerz brandete erneut in ihm auf. Der Tag der Abrechnung stand bevor.

Seine Finger schlossen sich fester um den Griff des Waffenkoffers, als hielte er das Schwert schon in der Hand. Ihm blieb nicht viel Zeit, um den flammenden Feldzug zu stoppen. Aarons Nasenflügel blähten sich bei jedem Atemzug. Alle Muskeln seines Körpers spannten sich an. Er war mehr als bereit, den Feind zu vernichten.

Er suchte in der Menge vergeblich nach Joel. Nachdem er seine Reisetasche vom Band gegriffen hatte, strebte er dem Ausgang zu. Am Ende der Halle unter einem Werbeplakat des Flughafens sah er den Freund schließlich.

Joel winkte ihm zu. Vom Äußeren entsprach er dem Klischee kalifornischer Surfer: braun gebrannt, stonewashed Jeans, darüber ein ausgeblichenes Muscleshirt. Das maisblonde Haar hatte er wie gewohnt zu einem Zopf zusammengebunden, und wie immer kaute er Kaugummi – eine Marotte, mit der er Aaron oft in den Wahnsinn getrieben hatte.

«Hi, Aaron.»

Sie umarmten sich, und Joel boxte ihn freundschaftlich mit der Faust gegen die Schulter.

«Ich spüre bereits überall Seraphiel. Habt ihr die Rossi abgefangen?»

Aarons Müdigkeit war wie weggeblasen und die Schwingungen der dunklen Macht schabten wie Glaswolle auf seiner Haut.

«Leider nein. Wir müssen sie verpasst haben. Eine Freundin Alegras, die beim Bodenpersonal arbeitet, hat alle Passagierlisten durchgesehen. Eine Julia Rossi war nicht dabei.»

Aaron stieß einen derben Fluch aus. Vielleicht hatte sie seine Anwesenheit gespürt und ihre Pläne geändert.

«Seraphiel hat gestern Nacht bereits zugeschlagen. Drüben in Frisco. Hat ein Gemeindehaus für kranke Obdachlose in Brand gesetzt.»

Aaron ballte die Hände. «Gibt es Überlebende?»

Joels Grinsen erlosch. «Keinen. Die armen Kerle sind alle verbrannt. Das ganze Areal wurde heute Morgen abgeriegelt. Die Cops suchen nach Hinweisen auf Brandstiftung.»

«Und? Bist du schon dort gewesen?»

«Klar, in der Nacht. Der Hinweis kam von einem Nephilim. Aber es war zu spät, ich konnte keinen mehr retten.»

«Wir müssen dorthin. Vielleicht hast du was übersehen. Jeder kleinste Partikel Dämonenstaub könnte uns einen Hinwies geben. Hast du was über den Aufenthaltsort des Verkünders rausgefunden?»

«Noch nicht. Aber eine Frau hat ihn gestern gesehen. Ich weiß aber nicht, ob sie sich nur wichtigmachen wollte.»

«Glaub mir, er *ist* hier, damit er seinen Vater aus dem Bann befreien kann. Er kann Carmael nur entkommen, wenn sein Sohn die Seelenkette sprengt.»

Joel sog hörbar die Luft ein. «Wir wissen übrigens, dass Ruth noch lebt.»

Aaron stoppte. «Sie lebt? Ist das sicher? Wo ist sie?»

Joel hob die Hände. «Ariel hat sie aufgespürt, unten am Hafen. Aber sie ist ihm entwischt. Eine Gruppe von Nephilim sucht sie bereits.»

Aaron hatte von Anfang an gewusst, dass diese Mission kein Zuckerschlecken werden würde, aber jetzt lief ihm die Zeit davon. Seine Angst um Rebecca wuchs. Er mochte sich gar nicht ausmalen, was geschehen würde, wenn sie ein Opfer des Feuerengels werden würde. Er musste sie warnen. Sofort!

Als sie aus dem klimatisierten Flughafengebäude traten, raubte Aaron die Schwüle für einen Moment den Atem. Es war ungewöhnlich schwül. San Francisco war nicht gerade für seine tropischen Temperaturen bekannt.

«Wie war es in Rom?», fragte Joel und lief voran zum Parkplatz.

Aaron berichtete kurz von den Ereignissen.

Joel stoppte und drehte sich um. «Ein schwerer Schlag. Ich hätte nie geglaubt, dass ausgerechnet Alessandro ...»

«Lass uns lieber von was anderem reden», unterbrach ihn Aaron. Die Enttäuschung saß wie ein Stachel in seinem Herz. Über den Wagendächern flirrte die Luft und am Horizont türmten sich graue Gewitterwolken auf.

«Ich habe eine kleine Überraschung für dich.»

Joel zwinkerte ihm zu. Als sie den Pick-up erreichten, sprang er auf die Ladefläche und hob die Plane hoch.

Aaron strahlte. Darunter lag seine geliebte Fireblade. «Yeah!», rief er aus und ballte die Faust.

«Ich dachte mir, dass du dich freust.»

«Mensch, danke.»

Er legte Joel den Arm um die Schulter und drückte ihn an sich.

Der Anblick seines Motorrads vertrieb für einen flüchtigen Augenblick seine trübe Stimmung. Gleichzeitig erinnerte es ihn wieder an Rebecca. Er spürte ihre Arme an seinem Körper und ihre kleinen festen Brüste an seinem Rücken. Sein Puls schoss bei dieser Vorstellung in die Höhe.

Mit einem Seufzer verstaute Aaron sein Gepäck auf der Rückbank und setzte sich neben Joel. Joel steuerte den Pick-up vom Flughafengelände auf den Freeway 880 zur Bay Bridge, die über die Bucht nach San Francisco führte. Der typische Geruch von Salz und Fisch hing in der Luft und die aufgeraute Wasseroberfläche erinnerte ihn an ein Waschbrett.

Aaron zog sein Handy heraus und wählte Rebeccas Nummer. Hoffentlich war sie seinem Rat gefolgt und hatte Alegra aufgesucht. Sie nahm den Anruf nicht entgegen. Am besten, er vergewisserte sich gleich persönlich, sobald Joel die Hafengegend erreicht hatte. Er schob das Handy in die Hosentasche zurück und starrte aus dem Fenster. Aus dem Augenwinkel bemerkte er die fragenden Blicke Joels.

«Eine Frau?», grinste Joel.

«Ja», antwortete Aaron knapp.

«Kenne ich sie?»

Joel konnte es nicht lassen, nachzuhaken.

«Nein.»

«Wenn du so zugeknöpft bist, muss sie eine Wucht sein.»

Und was für eine.

«Ist sie etwa hier in Frisco?», ließ er nicht locker.

«Vielleicht.»

«Glaubst du, ich könnte auch bei ihr landen?»

Aarons Kopf ruckte herum. Er schnaubte und warf Joel einen warnenden Blick zu. «Das könnte dir so passen. Als wenn jede Frau auf dich fliegen würde.»

«Meinem Charme kann keine widerstehen», entgegnete er feixend und lachte.

Es bereitete Joel anscheinend noch immer Spaß, ihn zu provozieren. Rebecca einem anderen überlassen? Niemals. *Aber sie gehört doch gar nicht dir!*

Joel ruderte zurück. «Hey, war nur Spaß. Ich würde einem Freund niemals die Frau ausspannen.»

Aaron nickte nur.

«Da ist doch noch was, oder?», fragte Joel.

Mit wenigen Worten berichtete Aaron von seinem Telefonat mit Rebecca. «Irgendwas stimmt nicht. Sie war ganz seltsam am Telefon.»

«Warum habt ihr euch getrennt, wenn du so verrückt nach ihr bist?»

«Als ich nach Rom ging, hat sie mir gesagt, dass sie nicht noch einmal eine Fernbeziehung möchte.»

«Hört sich fast nach Alegra an.»

Aaron erinnerte sich, dass auch Joels Beziehung daran zerbrochen war, dass Alegra ihn nicht nach New York hatte begleiten wollen.

«Gut, dass du sie erwähnst. Zu der will ich übrigens gleich.»

Joel warf ihm einen überraschten Blick zu.

«Rosie und ich haben Rebecca geraten, sie aufzusuchen. Weil sie aber so komisch reagiert hat, weiß ich nicht, ob sie meinem Ratschlag befolgt ist. Ich muss mich vergewissern», erklärte Aaron.

«Ist mir recht, solange ich Alegra nicht sehen muss ...»

Joel und Alegra hatten sich im Streit getrennt und gingen sich selbst drei Jahre später noch aus dem Weg.

«Irgendwann solltet ihr das Kriegsbeil begraben. Es brechen harte Zeiten an, in denen wir zusammenhalten müssen. Lass mich bitte an der Market Street raus, ich fahre mit der Fireblade zur Mall. Wir treffen uns dann am Brandort.»

Nachdem sie die Bay Bridge überquert hatten, folgte Joel dem Freeway ein Stück in Richtung Norden. Währenddessen berichtete er von dem Brandanschlag. Father Johnson, der Leiter der Einrichtung, war ein Verbündeter der Engel und Schützling von Aarons Vater.

«Father Johnson ist auch tot, meinten die Cops. Und noch zwei Ordensfrauen und eine Handvoll freiwilliger Helfer.»

Aaron fluchte. Seraphiel würde nacheinander alle umbringen, die seinem Vater einmal geholfen hatten. Aus der einstigen Freundschaft der beiden Engel war eine tiefe Feindschaft geworden. Vor Tausenden von Jahren hatte Seraphiel die mächtige Engelgruppe der Seraphime angeführt, zu denen einst auch sein Vater Uriel gehört hatte. Seraphiel verfügte über beeindruckende Kräfte. So konnte er allein mit seinem Blick alles Irdische entflammen.

Uriels göttliche Berufung zum Erzengel hatte Seraphiels Neid geweckt, vor allem als der Feuerengel sich in Uriels Heer hatte einreihen müssen.

Nachdem Aarons Vater Sodom zerstört hatte, forderte Seraphiel von ihm, auch Gomorrha auszulöschen. Doch Uriel weigerte sich, dieses ohne göttlichen Befehl auszuführen.

Seraphiel vernichtete Gomorrha allein und zog sich damit den Zorn der Engel und des Schöpfers zu. Zur Strafe wurde ihm eine Feuerkette ums Herz gelegt, die seine Seele bis in alle Ewigkeit verdammte. Nur Luzifer und seine Anhänger ergriffen für ihn Partei. Es kam zum Aufstand und Sturz der Rebellen. Der Feuerengel schloss sich Luzifer an, um Rache an Uriel zu üben, dem er die Schuld an seiner Verdammung gab.

Aaron wurde aus seinen Grübeleien gerissen, als Joel den Wagen auf einem Parkplatz am Hafen stoppte. Aaron stieg auf die Ladefläche des Pick-ups und reichte Joel die Honda hinunter.

«Ich lasse meine Sachen solange im Wagen.»

Aaron deutete mit dem Kinn auf die Reisetasche und den Waffenkoffer, dem er ein Messer und einen Shuriken entnahm.

«Kein Problem. Also bis dann.»

Aaron setzte sich den Helm auf und hob die Hand zum Gruß, bevor er sich aufs Motorrad schwang. Der Sturm trieb die dunklen Wolken vom Meer ins Land. Der TV-Sender im Flugzeug hatte von Naturkatastrophen rund um den Globus berichtet. Gewitter, sintflutartige Regenfälle und an manchen Küsten Tsunamis.

Aaron wusste aus den Erzählungen seines Vaters, dass sich der Himmel blutrot färben würde, je mehr Menschen durch Seraphiel starben. Er hatte Angst um Rebecca. Während der Fahrt stellte er sich immer wieder ihr erstes Aufeinandertreffen im Supermarkt vor. Es kribbelte in seinem Magen vor Vorfreude, obwohl er nicht glaubte, dass das auf Gegenseitigkeit beruhte.

Die Honda bewältigte die steile Market Street mit Leichtigkeit. Der Betrieb der Cable Car war wegen des starken Regens eingestellt worden. Aaron fuhr ins Parkhaus. Auf den ersten Blick wirkte die Mall sicher. Doch selbst hier drang die Finsternis der Hölle durch jede Ritze.

Aaron lief an den unzähligen Shops vorbei, ohne ihnen Beachtung zu schenken. Die Buchhandlung befand sich im ersten Stockwerk. Seine Sinne registrierten unter den Vorbeigehenden Nephilim, die ihm verstohlene Blicke zuwarfen. Er fuhr die Rolltreppe hinauf und im nächsten Moment stand er vor dem Schaufenster der Buchhandlung.

Er spähte durchs Glas, konnte aber Alegra nirgends entdecken. Wahrscheinlich wäre es besser gewesen, vorher anzurufen, anstatt es auf gut Glück zu versuchen. Egal, wenn er schon mal hier war, würde er nach ihr fragen.

Aaron betrat den Laden. Stimmengewirr schlug ihm entgegen. Die Buchhandlung erstreckte sich über zwei Etagen. In der oberen, auf einer Empore, gab es ein gemütliches kleines Café, das er vor längerer Zeit schon einmal mit Joel besucht hatte. Von dort aus besaß man einen guten Überblick über das Geschehen im Laden.

Er lief auf den Informationsschalter zu und fragte nach Alegra. Die zierliche Blondine mit den unzähligen Sommersprossen im Gesicht lächelte ihn an. Sie war Schwedin.

«Hi, ich möchte bitte zu Alegra. Ist sie heute im Haus?», fragte er sie in ihrer Muttersprache.

Einen Moment lang schien sie verblüfft zu sein, bis sie lächelte. Die Blutengel verstanden jede menschliche Sprache, ohne sie lernen zu müssen.

«Sind Sie ein Landsmann?», fragte sie.

«Nein, ich habe nur eine Zeit lang in Schweden gelebt», antwortete Aaron, obwohl es nicht der Wahrheit entsprach. Wie hätte er ihr das auch erklären sollen?

«Ah, ja. Alegra? Ich schau mal nach», antwortete sie und blätterte in einem Buch, das vor ihr auf dem Tresen lag. Zwischendurch sah sie lächelnd zu ihm auf. «Moment noch.» Ihr Finger zog eine Linie über das Papier, dann hob sie den Kopf. «Ja, sie ist im Haus. Vielleicht musste sie ins Lager oder hat gerade Pause. Wollen Sie vielleicht oben im Café auf sie warten? Ich sage ihr Bescheid.»

Aaron bedankte sich und wollte sich umdrehen, als sie ihn zurückhielt. «Ach, einen Moment. Ein Bestseller für die Wartezeit. Lassen Sie ihn einfach oben liegen.»

Sie drückte ihm ein Buch in die Hand.

«Danke.»

Aaron lief damit zur Treppe. Oben angekommen beobachtete er die Schwedin, die nach dem Telefonhörer griff. Er setzte sich an einen der Tische direkt an der Brüstung, wo ihm nichts entging, und schlug das Buch auf. Eine Karte mit dem Namen Marlie und einer Handynummer lag darin. Früher hätte ihn nichts davon abgehalten, das Mädchen anzurufen, aber seitdem er Rebecca kannte, interessierten ihn keine anderen Frauen mehr. Die Schwedin sah lächelnd zu ihm hinauf und Aaron nickte ihr freundlich, aber distanziert zu.

22.

Als Rebecca vor dem Lift stand, glaubte sie, beobachtet zu werden, aber sie konnte zwischen den parkenden Wagen nichts erkennen. Dennoch legte sich das Gefühl nicht, und sie sehnte die Ankunft des Fahrstuhls herbei. Kaum öffneten sich die Türen, stürmte sie hinein.

Durch die gläserne Kuppel, die sich über die Westfield Mall spannte, beobachtete Rebecca, wie der Himmel sich verdunkelte. Dabei hatte der Wetterbericht keinen Regen vorhergesagt. Rebecca lief zur Informationstafel und entdeckte die Buchhandlung sofort, die sich im dritten Stock befand.

Sie wählte anstelle des gläsernen Lifts die Rolltreppe, von der aus sie das elegante und moderne Einkaufszentrum überblicken konnte. Während sie nach oben fuhr, betrachtete sie die anderen Besucher auf der Rolltreppe abwärts. *Wer von ihnen war ein Nephilim, wer ein Mensch?*

Sie versuchte ihre Auren auszumachen. Viel zu spät erkannte sie das Ende der Rolltreppe und trat daneben. Sie geriet ins Stolpern und breitete die Arme aus, dabei prallte sie mit jemandem zusammen. Ihre Sinne schlugen sofort Alarm. Seine Energiewellen schabten wie ein Rasiermesser über ihr Gesicht.

Als sie aufsah, erkannte sie den blonden Prediger, der ihr in New York im Krankenhaus über den Weg gelaufen war. Und von dem Aaron glaubte, dass er der Verkünder war.

«Er ist brandgefährlich», erklangen Aarons Worte in ihr.

Erstaunen zeichnete sich auf seinem Gesicht ab, dann blitzte es in seinen blauen Augen triumphierend auf. Was machte der Kerl hier?

Rebecca stand wie angewurzelt da und starrte ihn an. Eine Frau stieß sie beiseite und zwängte sich an ihr vorbei, weil Rebecca immer noch den Weg vor der Rolltreppe versperrte. Das riss sie aus der Starre.

Sie wollte dem Verkünder ausweichen, aber er fasste blitzschnell ihren Arm. Rebecca zuckte zusammen, als wäre sie von einem Stromschlag getroffen worden. Ihr Arm brannte unter seiner Hand. Bilder flackerten vor ihren Augen auf. Sein Gesicht, die Haare, die Augen ... das war ihr alles vertraut. Jetzt erkannte sie ihn. Er war der Junge, der neben Ariel gestanden hatte. Ihr Blut pulsierte in den Adern.

Er zog seine Hand zurück, als hätte er sich verbrannt. «Du bist es wirklich ...», raunte er.

«Was wollen Sie von mir?»

Rebecca stieß ihn mit dem Ellenbogen zur Seite.

Seine Hand schnellte vor und stoppte sie erneut. «Halt, Rachel.»

Wie hatte er sie genannt? *Rachel, Rachel,* echote es in ihrem Kopf.

«Ich heiße nicht Rachel und jetzt lassen Sie mich durch.»

Bevor er etwas antworten konnte, drängte sich eine Gruppe Jugendlicher mit unzähligen Tüten in den Händen zwischen sie. Er ließ ihren Arm los und wurde von dem Pulk, der sich auf die abwärtsfahrende Rolltreppe zubewegte, mitgerissen.

Rebecca nutzte die Gelegenheit sofort und nahm die nächste Rolltreppe aufwärts. Sie wagte nicht, sich umzusehen, sondern heftete den Blick starr nach vorn. *Rachel! Rachel!* Der Name klang vertrauter, als ihr lieb war.

Sie spürte, dass er sich ihr wieder näherte. Mit unzähligen Entschuldigungen zwängte sie sich an den Leuten auf der Treppe vorbei. Immer wieder warf sie einen Blick zurück und sah, wie er sich vergeblich an einer übergewichtigen Frau vorbeizuschieben versuchte.

Nur noch diese Treppe, dann hast du es geschafft, sprach sie sich Mut zu. Erleichtert erkannte sie das beleuchtete Reklameschild der Buchhandlung in der Nähe der Rolltreppe. Die letzten Stufen hastete sie nach oben.

Atemlos stürmte sie in den Laden. *Vielleicht war es doch keine so gute Idee gewesen hierherzukommen*, überlegte sie. Dennoch wollte sie Alegra jetzt auch kennenlernen. Vielleicht erhielt sie von ihr Antworten auf ihre Fragen.

Hinter der Infotheke stand eine blonde Frau mit sommersprossigem Gesicht und starrte auf einen Bildschirm. «Hallo, ich suche Alegra. Könnten Sie sie bitte rufen.»

Die Blondine namens Marlie, wie das Schild an ihrer Bluse verriet, sah nur kurz auf. «Ist wohl zur Pause», antwortete sie mit stark nordischem Akzent.

Das unhöfliche Verhalten der jungen Frau machte Rebecca sauer. «Hören Sie, ich möchte bitte mit Alegra sprechen. Wären Sie so gut, nachzufragen.»

Rebecca rang sich ein Lächeln ab. Ihr Gegenüber betrachtete sie abweisend und schien zu überlegen, bevor sie nach dem Telefonhörer griff. «Hi, Marlie hier. Weißt du vielleicht, wo Alegra steckt? Hier ist 'ne Kundin für sie.»

Dann lauschte sie und legte schließlich auf.

«Kommt gleich», wandte sie sich knapp an Rebecca und widmete sich schließlich wieder dem Bildschirm.

«Danke.»

Rebecca wanderte vor dem Informationstresen auf und ab, während sie immer wieder durch die Scheibe nach dem Verkünder Ausschau hielt.

«Sie wollten mich sprechen?», hörte sie hinter sich eine melodisch warme Frauenstimme.

Als Rebecca sich umdrehte, stand sie einer attraktiven Brünetten mit dunklen Kulleraugen gegenüber, die sie prüfend musterte.

«Hallo, mein Name ist Rebecca Clancy. Ich ...»

«Ah, du bist die Freundin von Rosie und Aaron. Du wurdest schon angekündigt. Aber ich habe noch keinen Dienstschluss.

Erst in einer Stunde. Willst du vielleicht noch ein wenig durch die Mall bummeln?»

Rosie hatte nicht zu viel versprochen, Alegra wirkte recht sympathisch. Rebecca beugte sich zu ihr vor. «Nein, besser nicht», flüsterte sie.

«Ich verstehe. Lass uns kurz nach hinten ins Lager gehen, wo wir ungestört sind. Tu einfach so, als wärst du eine Kundin. Der Verkaufsleiter dort drüben hat mich ein wenig auf dem Kieker.»

Sie deutete auf einen Mann mittleren Alters, der mit strenger Miene zu ihnen herüberschielte. Rebecca nickte. Alegras Haar glänzte im Licht rötlich. Mit elegantem Hüftschwung lief sie auf hohen Absätzen voran. Ihre wohlgeformten Beine steckten in einem giftgrünen Mini-Stretchkleid. Der Duft exklusiven Parfüms folgte ihr. Eine Mischung aus Jasmin und Amber. Rebecca kam sich in Jeans und T-Shirt gegenüber der eleganten Erscheinung wie eine graue Maus vor.

Am Ende eines langen Korridors öffnete Alegra eine Tür zu einem quadratischen Raum, in dem sich mit Büchern vollgestopfte Regale aneinanderreihten und Kisten stapelten. Sie hielt die Tür auf und bedeutete Rebecca, sich auf einen der Stühle zu setzen.

«Ist irgendwas passiert?»

Zuerst wollte Rebecca Alegra von ihrer unfreiwilligen Begegnung mit dem Verkünder berichten, doch dann überlegte sie es sich anders. Sie kannte Alegra nicht gut genug, um ihr zu vertrauen.

«Ich bin total erledigt, habe den ganzen Tag im OP gestanden.» Hoffentlich kaufte Alegra ihr das ab. Sie fühlte sich unter deren prüfendem Blick unwohl.

«Bist du mit Aaron zusammen?»

Die Frage Alegras überraschte Rebecca. Verwundert hob sie die Brauen. «Nein.»

Aber du hättest es anders haben können, meldete sich ihre innere Stimme.

«Er ist so gewissenhaft und ernst. Ganz anders als Joel. Kennst du Joel?»

Das unverhohlene Interesse Alegras an Aaron weckte die Eifersucht in Rebecca. Sie schüttelte den Kopf. «Nein, ich habe nur von ihm gehört.»

«Ich bin mal mit ihm zusammen gewesen. Er ist unglaublich spontan, charmant und sexy, aber er nimmt nichts ernst. Und Frauen auch nicht. Du bist Ärztin, hat mir Rosie erzählt.»

Rebecca war froh, dass sie auf ein anderes Thema lenkte. Über Aaron wollte sie am allerwenigsten sprechen, zumindest nicht, was seine Anziehungskraft betraf.

Alegra setzte sich ihr gegenüber und schlug ihre langen wohlgeformten Beine übereinander. «Du bist hier, weil du Ariel begegnet bist und dich die Sekte verfolgt. Aaron hat mich angerufen.»

Aha, daher die Frage, kam es Rebecca in den Sinn.

Alegra stützte sich mit dem Ellenbogen gegen ein Regal und musterte Rebecca unverhohlen. Das hätte Rebecca sich gleich denken können, dass er sich einmischte.

Sie stöhnte innerlich auf. «Stimmt.»

«Jetzt erzähl mir alles.»

Rebecca berichtete von der Begegnung mit Ariel und ihren Erlebnissen in New York.

Alegra zog die Stirn kraus. «Da passt einiges zusammen, anderes aber nicht.»

Rebecca sah die junge Frau nachdenklich an. «Wie meinst du das jetzt?»

«Kannst du dich denn gar nicht an deine Kindheit, ich meine die Zeit vor den Clancys erinnern?»

Rebecca schüttelte den Kopf. «Nein, das ist es ja, was mich verrückt macht. Als wäre ein Teil meines Gedächtnisses ausradiert. Nur an Ariel erinnere ich mich deutlich.»

«Diese jungen Frauen, die verschwunden und ermordet worden sind, kanntest du sie alle?»

Rebecca nickte. «Nicht nur das. Wir sind alle im selben Jahr geboren, haben blonde Haare, waren Nachbarinnen ...»

Rebecca stockte, ein grausiger Verdacht stieg in ihr auf.

«Ja, und?»

Alegra war mit Aaron und Rosie befreundet und sicher würde sie über dieses Gespräch berichten.

«Ach, nichts weiter», wehrte sie ab. Der Gedanke, die Sekte könnte auf der Suche nach ihr diese Frauen entführt und getötet haben, ließ sie frösteln.

Alegra legte die Hand auf Rebeccas. «Du solltest Frisco für eine Weile verlassen, bis hier alles wieder im Reinen ist.»

Vielleicht hatte Alegra recht, und sie könnte ihre Verfolger auf diese Weise abschütteln. Andererseits war sie auch hier aufgespürt worden.

Vor ein paar Tagen war sie noch fest davon überzeugt gewesen, dass Aaron derjenige war, der sie beschützen konnte. Doch das Bild des Retters hatte Risse bekommen. Und wo sollte sie hin? Selbst wenn sie eine Lösung fand, sie riskierte ihren Job.

«Ich kann hier nicht weg. Ich habe erst vor Kurzem einen neuen Job angetreten. Das kann ich doch nicht alles einfach hinschmeißen. Außerdem wüsste ich auch nicht wohin, in New York war ich auch nicht sicher.»

«Du könntest eine Weile bei mir wohnen, wenn du magst.»

«Danke für dein Angebot, Alegra, aber damit würdest auch du in Gefahr geraten. Das möchte ich nicht. Woher kennst du Rosie und Aaron eigentlich?»

Rebecca musterte Alegra.

«Durch Joel. Er hatte hier einen Auftrag zu erledigen. Aaron kam ihn besuchen. Wir haben uns nur wenige Male getroffen. Ich bin dann mit Joel mal nach New York geflogen. Ins Engelsghetto. Kennst du das?»

Rosie hatte es erwähnt, aber sie wusste nichts darüber. Rebecca schüttelte den Kopf.

«Hier in San Francisco gibt es so was nicht. Es ist ein geheimer Treffpunkt für Mischwesen. Kanntest du Cynthia?»

Rebecca schüttelte den Kopf.

«Cynthia war so was wie die Schöpferin des Ghettos. Die Seele.» Alegra runzelte die Stirn und starrte ins Nichts.

«Was ist geschehen?»

«Sie wurde vor einiger Zeit ermordet. Alle waren in heller Aufruhr. Hat Rosie nichts erzählt? Oder Aaron?»

«Nein, das heißt doch. Aaron berichtete vom Tod einer Prophetin. Ist sie das?»

Alegra nickte. Deutlich erinnerte sich Rebecca an das Gespräch in Rosies Küche. Sie hatte alles gespürt, die Qual in seinem Innern genauso wie den Wunsch, Vergeltung an den Mördern zu üben. Aaron führte zwei Leben, das des sensiblen zärtlichen Mannes und das des unerbittlichen Kriegers. Hinter Letzterem verbarg sich vielleicht der Schlüssel zu allem.

«Was genau war geschehen?»

Alegra berichtete ihr in wenigen Sätzen davon. «Sie ist in seinen Armen gestorben. Er fühlt sich für ihren Tod mitverantwortlich.»

Aarons Leben schien nur aus Kampf, Tod und Schmerz zu bestehen, dachte Rebecca niedergeschlagen.

«So wie am Tod seiner Mutter und seines Stiefbruders. Das hat er nie verwunden. Und jetzt ist der Mörder entflohen und Aaron bekam den Auftrag ...» Alegra brach ab und schüttelte den Kopf.

«Es ist der gefährlichste Auftrag, den ein Blutengel je bekommen hat. Ein Himmelfahrtskommando.»

Aaron in gefährlicher Mission? Rebecca musste sich anlehnen.

«Von welchem Auftrag sprichst du?» Ihre Kehle war schlagartig trocken und ihr Herz schlug im Hals.

«Seraphiel ist entflohen und hat seinen Rachefeldzug begonnen. Es gab schon Tote. Aaron wurde von seinem Vater hierher beordert. Er soll ihn stoppen und seinen Nephilim, den Verkünder, töten.»

Rebecca erstarrte. Seraphiel. Sie kannte diesen Namen, aber ihr Gedächtnis streikte mal wieder. Ihre feuchten Hände krallten sich ins Holz des Regals. Sie fürchtete um Aaron.

«Seraphiel ...», stammelte sie und sah das brennende Haus aus ihren Visionen vor sich und Aaron, wie er durchs Feuer sprang.

Das waren keine verschlüsselten Botschaften ihrer Seele, sondern eine Vorahnung. Es musste zwischen ihr, Ariel, Aaron und dem Feuerengel eine Verbindung geben. Aber welche?

«Weißt du mehr über den Feuerengel? Hey, was ist los? Du bist so blass.»

«Liegt wohl an der miesen Luft hier drinnen», log sie.

Aus dem Feuer geboren, hatte die Stimme geflüstert.

Feste Schritte näherten sich. «Alegra, sind Sie immer noch im Lager?» Die Männerstimme klang verärgert.

Alegra rollte mit den Augen.

«Du musst mir noch mehr darüber berichten», sagte Rebecca hastig. Sie spürte, dass alles etwas mit ihrer Vergangenheit zu tun hatte.

«Ja, klar, später. Ich muss wieder in den Laden zurück, wenn ich meinen Job behalten will. Meine Chefin ist ziemlich streng und der Verkaufsleiter wartet nur auf eine Gelegenheit, mich loszuwerden. Aber ich habe in einer knappen Stunde Dienstschluss, dann können wir uns länger unterhalten. Oben im ersten Stock haben wir ein nettes Café. Magst du dort auf mich warten?»

«Okay», antwortete Rebecca wie benommen.

Alegra zog den Rock glatt und eilte aus dem Raum. Nachdenklich sah Rebecca ihr hinterher. Vielleicht würde ihr ein Kaffee tatsächlich gut tun. Irgendwie musste sie die Wartezeit rumbringen. Sie brannte darauf, von Alegra mehr zu erfahren.

Der Verkaufsleiter stand im Türrahmen und musterte sie abweisend. «Wir sehen es nicht gern, wenn unsere Angestellten Privatgespräche während der Dienstzeit führen.»

«Ja, ja, natürlich», sagte Rebecca abwesend und verließ das Lager.

Bevor sie die Treppe hinaufstieg, fiel ihr Blick auf den Chronicle, der neben der Kasse lag. Sie nahm die Zeitung in die Hand und las: *Feuerteufel in San Francisco!*

Es überlief es sie abwechselnd heiß und kalt. Das konnte nur das Werk des Feuerengels sein, den Aaron vernichten sollte. Ihr wurde schlecht. Rebecca überflog den Artikel. Bei dem Brand waren über hundert Menschen ums Leben gekommen. Eine erschütternde Bilanz. Schon kehrten ihre Visionen zurück. Sie hörte die Schreie der Sterbenden und jemand flüsterte zu ihr: *Sie sind für dich gestorben, Rachel.*

Waren es Ariels Worte? War Rachel ihr wahrer Name? Wer war sie und wer ihre Eltern? Sie warf die Zeitung achtlos auf den Stapel zurück und presste die Fäuste gegen die Schläfen. Wenn doch nur endlich ihre Erinnerung vollends zurückkehren würde. Das machte sie wahnsinnig.

Sie atmete ein paar Mal tief ein und aus, bis sie sich wieder gefasst hatte, und wandte sich zur Treppe um. Dabei sah sie durchs Schaufenster nach draußen und stoppte. Vor einem Tabakwarenladen gegenüber der Buchhandlung stand Henry Buster und redete auf jemanden ein. Eine schmale Hand mit rotlackierten Fingernägeln legte sich auf seinen Arm. Henry besaß ein Privatleben, zu dem eben auch Frauen gehörten. Na und?

Rebecca schüttelte über sich selbst den Kopf und wollte sich abwenden. Sein Liebesleben ging sie nichts an. Doch als Henry zur Seite trat und den Blick auf seine Gesprächspartnerin freigab, war sie vom Donner gerührt. Die grauhaarige Fremde vom Friedhof, bei der Henry vorgegeben hatte, sie nicht zu kennen. Auch er hatte sie angelogen.

Sie rannte aus dem Laden und winkte ihm zu. «Henry!»

Aber ihr Rufen ging in der Geräuschkulisse der Mall unter. Sie lief auf die beiden zu. Als sie sie bemerkten, trennten sie sich und eilten in entgegengesetzte Richtungen davon.

So ein Mist! Morgen würde sie auf jeden Fall zu Henry fahren und ihn fragen, warum er sie angelogen hatte. Tränen der Enttäuschung brannten in ihren Augen. Das hätte sie nie von ihm gedacht. Wenn sie einem blind vertraut hatte – neben ihren Eltern –, dann ihm.

Rebecca machte auf dem Absatz kehrt und ging in den Laden zurück. Alegra stand hinter dem Infotresen und winkte sie mit dem Finger zu sich. «Wolltest du nicht im Café auf mich warten?»

«Ich habe eben den besten Freund meines Vaters zusammen mit der grauhaarigen Fremden vom Friedhof gesehen, von der ich dir erzählt habe. Dabei hat er mir versichert, sie nicht zu kennen. Bin ich denn nur noch von Lügnern umgeben?»

Rebecca stützte sich seufzend auf den Tresen.

«Das tut mir leid. Aber ich kenne das. Lass uns später darüber reden, ich darf mich nicht zu lange mit einem Kunden beschäftigen.»

«Oje, ich möchte nicht, dass du meinetwegen Ärger kriegst.»

«Schon okay, hätte ich auch so bekommen.»

«Ich bin dann oben im Café und warte auf dich.»

Rebeccas Herz klopfte plötzlich schneller. Zuerst schob sie es darauf, dass die Entdeckung von Henrys Lügen sie mehr mitgenommen hatte als gedacht, doch dann spürte sie Aarons Gegenwart. Das konnte doch nicht möglich sein. *Bestimmt bildete sie sich das nur ein, weil sie so durcheinander war,* versuchte sie sich erfolglos einzureden.

Aber oben angekommen wurde ihr Gefühl zur Gewissheit. Er hatte es also wahr gemacht. Wie hatte sie nur daran zweifeln können. Ihr Blick saugte sich an seinen breiten Schultern fest. Er saß mit dem Rücken zu ihr an einem der Tische weiter hinten, direkt an der gläsernen Balustrade und studierte die Karte.

Sie hielt die Luft an und umklammerte das Geländer. Wie konnte er wissen, dass sie heute hier war? Unschlüssig blieb sie stehen. Ihr Herz hämmerte so laut im Kopf, dass sie dachte, alle anderen müssten es auch hören. Himmel, wie hatte sie ihn vermisst!

Ihre Beine setzten sich von allein in Bewegung, bis die aufkommenden Zweifel sie wieder zurückhielten. Sicher würde er gleich erkennen, was mit ihr los war, das Engelsblut in ihren Adern spüren. Sie freute sich, ihn wiederzusehen, aber ihr Verstand riet ihr, auf Abstand zu gehen, bis sie mehr über seine Absichten erfahren hatte. Doch wie sollte sie das anstellen? Ihn ausfragen?

Sie konnte sich nicht verstellen, und er würde ihre Absichten sofort durchschauen. Nein, es war besser, sofort zu gehen. Bevor ihr Gehirn ihren Gliedern den Rückzug hatte befehlen können, stand er bereits vor ihr mit diesem atemberaubenden Lächeln.

Er schien sich ehrlich zu freuen, sie wiederzusehen. Sich so verstellen konnte nicht einmal der beste Schauspieler. Dennoch hatte sich der Zweifel in ihr wie ein Widerhaken festgesetzt. Sie forschte in seinem Gesicht, ob er ihre dunkle Hälfte spürte. Nichts deutete daraufhin.

Aaron war hier, und allen Bedenken zum Trotz musste sie sich eingestehen, dass auch sie sich freute. Vergessen waren die Worte, die sie längst bereut hatte. Allein seine kraftvolle Ausstrahlung verlieh ihr mehr Zuversicht als die tröstenden Worte aller anderen zusammen.

Bartstoppeln zeichneten sich auf seinen Wangen und seiner Oberlippe ab. Trotz des Lächelns wirkte er abgespannt. Kein Wunder, nach allem, was Alegra ihr erzählt hatte.

«Hi, Aaron», begrüßte sie ihn mit belegter Stimme.

Es kostete sie Mühe, ihre aufwallenden Emotionen unter Kontrolle zu halten.

«Hallo, Rebecca.»

Er zögerte, bevor er ihre Schultern fasste und sie flüchtig auf beide Wangen küsste. *Wie ein guter Freund,* dachte sie enttäuscht. Doch was hatte sie nach dem letzten Telefonat erwartet? Es war besser so.

Sein Duft, sein Gesicht, seine Lippen und die glänzenden Augen erinnerten sie sofort wieder an die gemeinsame Nacht, in der sie sich so oft geliebt hatten. Er hatte damals nicht nur ihren Körper berührt, sondern auch ihr Herz. Umso mehr bedrückte sie deshalb ihr eigenes Misstrauen, das wie eine unüberwindbare Mauer zwischen ihnen zu stehen schien.

«Woher wusstest du, dass ich hier bei Alegra bin?»

Rebecca, du bist völlig verkrampft. Bleib locker und zeig ihm, dass es nett ist, ihn zu treffen, mehr aber nicht.

Wie sollte sie das nur durchhalten, wenn Körper und Herz sie verrieten!

«Ich habe es nicht gewusst, sondern gehofft. Wie schön, dass du Rosies Rat gefolgt bist. Wie geht es dir?»

Er streckte seine Hand aus, als wollte er ihren Arm berühren, zog sie jedoch hastig wieder zurück.

«Naja, ich habe eine harte Zeit hinter mir, aber das weißt du ja. Wollen wir uns nicht setzen? Ich brauche jetzt einen Kaffee.»

«Ja, natürlich.»

Er rückte ihr den Stuhl zurecht, bevor er sich setzte, und winkte die Bedienung herbei. «Einen simplen schwarzen Kaffee bitte für meine Begleitung und für mich noch einen Espresso», bestellte er, ohne Rebecca zu fragen.

Erstaunt sah sie ihn an. «Danke. Woher weißt du, wie ich meinen Kaffee trinke?»

Er lächelte. *Bitte nicht dieses Lächeln,* seufzte sie in Gedanken.

«Einfach schwarz ohne Schnickschnack. Du hast es zu Rosie gesagt, damals in der Küche.»

«Das hast du dir gemerkt?»

Mein Gott, wie hatten ihr diese kleinen Aufmerksamkeiten gefehlt.

«Ich erinnere mich an alles, was dich betrifft.»

Gut, dass sie bereits Platz genommen hatte. Ihr Körper vibrierte unter dem sinnlichen Klang seiner Stimme. Eine Weile saßen sie sich schweigend gegenüber. Konnte er sie wirklich so liebevoll ansehen, wenn er plante, sie zu ermorden? Sie kam zu dem Schluss, dass er nichts von ihrem zweiten Ich spürte, und war erleichtert. Doch nur für einen Moment, lange würde sie es sicherlich nicht verheimlichen können.

Sie verhielten sich so gehemmt wie zwei verliebte Teenager bei ihrem ersten Date. Rebecca war aufgekratzt und versuchte, ihre Befangenheit abzuschütteln. In New York hatten sie sich viel zwangloser unterhalten. Vielleicht war jetzt die Gelegenheit, mehr über seinen Auftrag erfahren.

«Seit wann bist du in Frisco?», brach sie als Erste das Schweigen.

«Seit einer knappen Stunde.»

Er wirkte so beneidenswert lässig, während ihr Herz wie wild raste. «Und du bist sofort hierhergekommen?»

Dass er hier war, erschien ihr wie ein Traum. Er beugte sich so weit vor, dass sein Atem ihr Gesicht streifte. Pures Verlangen pulsierte in jeder Faser ihres Körpers. Als ihr Kaffee serviert wurde, lehnte Aaron sich wieder zurück. Doch seine Gelassenheit war nur Fassade, wie ihr das Zucken seines Mundwinkels jetzt verriet.

«Am Telefon warst du so seltsam. Ich habe gefühlt, dass du einen Freund brauchst, nach der Begegnung mit Ariel.»

«Danke, aber ...»

«Ich bin immer für dich da, Rebecca.»

Er legte seine Hand auf ihre. Zuerst wollte sie ihre wegziehen, aber seine Hand fühlte sich stark an und die Wärme seiner Finger besaß etwas Tröstliches. Es löste in ihr den Wunsch aus, ihn zu küssen. *Du wolltest doch auf Abstand gehen!* Ihr verräterischer Körper spielte da nur nicht mit.

Sein Daumen fuhr über ihren Handrücken und hinterließ eine prickelnde Spur. Das Blut jagte heiß durch ihre Adern und weckte in ihr das Verlangen, die gemeinsame Nacht zu wiederholen. Erst jetzt, wo sie ihn wiedersah, wurde ihr schlagartig bewusst, dass sie sich in New York in ihn verliebt hatte, in seine Sanftheit und seine Stärke.

Doch sie durfte sich von ihren Gefühlen allein nicht leiten lassen, wenn sie etwas über seine Absichten erfahren wollte. Als wenn das so einfach wäre, bei dem Sturm, der in ihr tobte.

«Kein Auftrag zurzeit?», fragte sie. Es erstaunte sie, wie fest sich ihre Stimme anhörte.

Seine Miene wurde ernst. «Doch, aber ich musste mich erst vergewissern, dass es dir gut geht. Warum wolltest du nicht, dass ich komme?»

Rebecca saß völlig verkrampft auf dem Stuhl. Was sollte sie ihm darauf antworten? Ich habe erfahren, dass ich einer deiner Feinde bin ... Sicherlich nicht.

Sie senkte den Blick. «Ich kann doch nicht von dir verlangen, dass du meinetwegen alles stehen und liegen lässt.» Hoffentlich kaufte er ihr die Lüge ab. «Dein Job in Rom ...»

«Ist beendet. Kardinal Rossi wurde ermordet.»

Er seufzte und stützte den Kopf in die Hand. Der Tod des Geistlichen nahm ihn offensichtlich mit.

«Oh, das tut mir sehr leid.»

«Mir auch. Ich mochte ihn.»

Ein schmerzlicher Ausdruck lag in seiner Miene und Rebecca fragte sich, was in Rom alles geschehen sein mochte, denn noch etwas anderes schien ihn zu bedrücken.

«Wärest du bei ihm gewesen, hättest du das sicher verhindert.»

Da war es wieder zurück das Lächeln, das jedes Eis brechen konnte. «Danke für dein Vertrauen.»

«Ich habe mich in deiner Nähe immer sicher gefühlt», versicherte sie ihm.

Aber kann ich das jetzt auch noch? Diese Frage hätte sie am liebsten hinterhergeschoben. Dieses Misstrauen zermürbte sie. Sie unterhielten sich, als würde nichts zwischen ihnen stehen, und doch trennten sie Abgründe.

«Und welchen Auftrag hast du hier?»

Sie erschrak vor seiner finsteren Miene und den zornig blitzenden Augen, in denen jetzt ein rötlicher Schimmer lag, der an einen Dämon erinnerte. *Der Gefährlichste von ihnen ist Uriels Sohn*, hatte die Fremde gesagt.

So sanft und liebevoll wie er sie behandelte, konnte er seinen Feinden gegenüber unerbittlich sein. Im Kampf tötete er präzise und ohne schlechtes Gewissen. Er vereinte Helligkeit und Finsternis in einer Person. Vielleicht war es diese Gegensätzlichkeit, die sie anfangs magisch angezogen hatte.

Doch jetzt erschreckte sie dieses zweite Gesicht Aarons und verstärkte ihre Zweifel. *Jäger* hatte ihn die Fremde genannt. Wenn sie an die Entschlossenheit dachte, mit der er sich auf die Suche nach dem Verkünder begeben hatte, fröstelte sie erneut.

«Ein verbannter Engel ist entflohen und befindet sich auf einem Rachefeldzug gegen meinen Vater.»

Sie musste endlich wissen, woran sie war. «Und was ist mit Ariel? Wirst du ihn auch jagen?»

«Nicht gezielt, aber wenn er dich noch einmal bedroht oder mir in die Quere kommt schon.»

«Auch seine Nephilim?»

Die Zeit schien stillzustehen, als sie gespannt auf seine Antwort wartete. Aaron sah sie forschend an. Ahnte er etwa, weshalb sie ihm die Frage gestellt hatte. Irgendetwas in seinem Blick warnte sie.

«Wenn es bestimmt wird, sie zu jagen, werde ich das tun.»

Sie rang nach Atem. «Du suchst nach diesem Feuerengel, nicht wahr?»

Das, was er ihr dann erzählte, die wahre Geschichte vom Untergang Sodom und Gomorrhas stand in keinem Lehrbuch, und sie hätte sie für fantastisch gehalten, wenn sie nicht selbst Höllenwesen begegnet wäre. Es fiel ihr noch immer schwer, sich an diese fremde Welt zu gewöhnen.

Aaron zog seine Hand zurück und ballte sie zur Faust. In seinem Blick lag jetzt die gleiche Entschlossenheit wie in New York. *Und wenn er auch dich töten will?* Die Angst um ihn drängte ihre Zweifel jedoch in den Hintergrund.

«Er hat bereits zugeschlagen. Gestern Nacht wurde ein Heim für kranke Obdachlose niedergebrannt. Und das ist erst der Anfang.» Er presste die Kiefer fest zusammen und all sein Zorn brandete zu ihr herüber.

«Du sollst ihn stoppen. Allein?», fragte sie aufgebracht.

«Natürlich allein! Seit Jahren habe ich auf diesen Moment gewartet, ihn zu vernichten. Ihn und seine verdammte Brut. Er hat meine Mutter und meinen Bruder getötet. Und auch Rosie wäre fast draufgegangen. Ich werde mir diese Gelegenheit doch nicht entgehen lassen, ihn endgültig in die Hölle zu schicken.»

Der Hass, den er all die Jahre verdrängt hatte, brach wieder hervor. Erschüttert lauschte sie seinen Worten, spürte seine Verzweiflung und den Schmerz, den er seit damals mit sich trug. Ihr Herz sackte Etagen tiefer, geschockt über sein riskantes Vorhaben.

«Du könntest dabei ums Leben kommen.»

Ihre Finger krallten sich in seine Hand. Schon in New York hatte sie immer wieder um sein Leben bangen müssen. Sie hatte doch erst ihre Eltern verloren. Nicht auch noch Aaron.

«Das ist meine Bestimmung, Rebecca. Mein Leben. Du ahnst nicht, wie dicht diese Welt vor dem Abgrund steht. Der Feuerengel wird alles vernichten, was sich ihm entgegenstellt. Verstehst du nicht, dass es keine andere Lösung gibt, als ihn zu vernichten?»

Hass und Zorn trieben ihn womöglich in den Tod. Egal, welch widersprüchliche Gefühle in ihr stritten, sie konnte dabei nicht einfach zusehen. «Bitte Aaron ... du kannst doch nicht blind ins Verderben rennen.»

Ihre Angst beschwor die Bilder aus ihren Albträumen und Visionen herauf. Seraphiel, Ariel, Feuer ... Die Zusammenhänge waren noch nicht klar, aber sie kam dem Kern immer näher.

«Nur ich kann den Feuerengel besiegen, weil auch in mir das Blut eines Seraphims fließt. Und glaube mir, dieses Mal wird er mir nicht entkommen. Doch zuerst muss ich seinen Sohn finden.»

Aarons Muskeln spannten sich wie bei einem Raubtier vor dem Sprung an. Er verströmte etwas Wildes, Gefährliches.

«Ich bin vorhin dem Verkünder begegnet. Hier in der Mall.»

Sofort bereute sie ihre Worte.

«Warum hast du mir das nicht gleich gesagt?»

Sie ignorierte den anklagenden Unterton. «Ich war so überrascht, dich hier zu finden, dass ich keinen Gedanken mehr an ihn verschwendet habe.»

Weil ich nur deine Nähe spüren wollte, ergänzte sie in Gedanken. Dann berichtete sie detailliert von ihrem Zusammentreffen.

Aarons Augen weiteten sich. «Seltsam, ich habe keine Schwingungen gespürt.»

Er holte mit der Faust aus und besann sich im letzten Moment anders. Stattdessen stieß er einen unterdrückten Fluch aus.

«Ich habe ihn vorher auch nicht gespürt und dann war er ganz plötzlich verschwunden. Als hätte er sich in Luft aufgelöst.»

«Wenn wir Blutengel ihn nicht gespürt haben, ist er es nicht gewesen.»

«Wer sonst?» Rebecca wartete gespannt auf seine Erklärung.

«Ariel. Sie nennen ihn den Engel der Tausend Gesichter, weil er seine Gestalt beliebig wandeln kann. Du hast mich doch nach ihm gefragt und ich habe dir von Anfang an gesagt, er wird es wieder versuchen. Du musst mir versprechen, nirgendwo mehr allein hinzugehen.»

«Wie stellst du dir das vor? Ich muss doch zur Arbeit und auch wieder nach Hause. Und wenn er ins Krankenhaus kommt? Es gibt zig Möglichkeiten. Wenn er mich erwischen will, schafft er es auch.»

«Aber du musst besonders wachsam sein und darfst dich auf kein Risiko einlassen.»

Aaron fingerte an seiner Jacke und zog einen silbernen Gegenstand hervor. «Ich möchte dir etwas geben. Ein spezielles Messer, das mit Dämonengift bestückt ist. Die Klinge ist stumpf, aber wenn du hier in der Mitte draufdrückst, springt die Sichelklinge mit dem Gift heraus. Ein Ritz in der Haut genügt, um jemanden zu töten. Du kannst sie mehrmals verwenden.»

Jemanden umbringen? Rebecca wollte etwas erwidern, aber er kam ihr zuvor. «Denk immer daran: Nur einer kann überleben – dein Gegner oder du.»

Er schob ihr die Waffe in die Hand. Das Metall war leicht und glänzte im Lampenlicht. Rebecca schob den Daumen über die Klinge, in deren Mitte sie eine Delle fühlte. «Vorsicht! Nicht drücken. Du könntest dich daran verletzen, die verborgene Klinge ist sehr scharf. Dämonengift ist tödlich, nicht nur für Menschen, auch für Engel, wenn es nicht rechtzeitig ausgebrannt wird.»

Irgendwie fand Rebecca es trotz allem faszinierend, eine solche Waffe in den Händen zu halten. «Keine Sorge, mit scharfen Messern kenne ich mich aus. Schließlich benutze ich jeden Tag eines.»

Er schloss sanft ihre Finger und sofort durchzuckte es sie wie ein Blitz. «Steck es ein und zeig es niemandem. Aber trage es immer bei dir, egal wo du bist. Du darfst es nur am Schaft anfassen. Und wenn du in Gefahr bist, dann lass es mich wissen. Ich kann deine Gedanken empfangen.»

Waffen, Telepathie, was gab es denn noch alles?

«Einfach an dich denken, oder wie?»

Dann musste er ja auch wissen, wie sehr er ihre Gedanken in den vergangenen Tagen beherrscht hatte. Sie forschte vergeblich in seiner Miene. Hastig verstaute sie das Messer in ihrer Handtasche, als jemand am Tisch vorbeiging. Rebecca trank von ihrem Kaffee, der in der Zwischenzeit nur noch lauwarm war. Sie sah Aaron nachdenklich über den Tassenrand an. So viele Dinge gingen ihr durch den Kopf, die es zu ordnen galt.

«Wann ist das damals mit deiner Mutter genau geschehen?»

«Im Sommer 1987», antwortete er knapp.

1987! Da war sie drei Jahre alt. «Wo war das?»

«In New York, genauer gesagt in Harlem. Warum?»

In New York. Sie konnte sich nicht daran erinnern, schon einmal vorher dort gewesen zu sein. Es gab so viele Erklärungsmöglichkeiten. Sie wollte ihm gerade von ihren Vermutungen berichten, als Alegra neben dem Tisch auftauchte.

«Hallo, Aaron», begrüßte sie ihn, und Rebecca entging nicht, wie die junge Frau ihn anhimmelte.

Aaron stand auf, um Alegra zu umarmen. Es versetzte Rebecca einen Stich, als er sie ebenso auf die Wangen küsste wie sie.

«Hat Rebecca dir schon erzählt, dass sie vorhin mit dem Verkünder zusammengestoßen ist?»

«Ich glaube nicht, dass es der Verkünder war, sondern eher Ariel», erklärte Aaron.

Alegra setzte sich dicht neben ihn. Für Rebeccas Geschmack zu dicht.

«Ariel? Ich dachte, der wäre nur eine Legende.»

«Leider nicht.»

«Was will er denn von Rebecca?»

Alegra stützte sich auf den Tisch und sah sie an. Lag da mehr als nur Neugier in ihrem Blick?

«Vermutlich meine Seele.» Rebecca gähnte, sie war hundemüde. «Bitte, nehmt es mir nicht übel, aber ich habe einen langen, anstrengenden Tag hinter mir und möchte nur nach Hause.»

«Bist du mit dem Wagen hier?», fragte Alegra.

«Nein, meine Freundin hat mich vorhin hier abgesetzt.»

«Ich fahre dich», schlug Alegra vor. «Mein Wagen steht im Parkhaus.»

«Danke.»

Rebecca lächelte müde. Sie spürte den prüfenden Blick Aarons, der sich ebenfalls erhoben hatte.

«Joel und ich wollen den Brandort genauer unter die Lupe nehmen», sagte er, bevor er sich an Rebecca wandte. «Ich werde später bei dir vorbeisehen, ob alles in Ordnung ist.»

«Das kann ich doch auch tun, wenn du willst ...», bot Alegra schnell an.

«Nein, schon gut, ich bin sowieso unterwegs. Meine Gegenwart wird sie vorsichtiger agieren lassen», bremste Aaron sie aus.

«Wirst du heute Nacht bei Joel schlafen, Aaron?»

Alegras Frage sollte beiläufig klingen, aber Rebecca horchte auf und wartete gespannt auf seine Antwort.

«Wir werden die ganze Nacht unterwegs sein. Du weißt doch, wir brauchen längere Zeit keinen Schlaf.»

«Falls du dich doch anders entscheiden solltest, in meiner Wohnung gibt es ... ein breites Sofa.»

Sie lächelte zuckersüß und weckte Rebeccas Eifersucht. *Deutlicher konnte das Angebot nicht sein,* dachte Rebecca verärgert. Doch sie bemühte sich, ihre Missstimmung zu verbergen. Würde Aaron tatsächlich bei Alegra nächtigen? Ihre Fingernägel bohrten sich in die Handflächen, als sie auf seine Antwort wartete.

«Danke für das verlockende Angebot, aber du weißt ja, mein Auftrag ...»

Fast hätte Rebecca erleichtert geseufzt.

«Schade.» Alegra zog einen Schmollmund, bevor sie sich Rebecca zuwandte. «Wollen wir?» Rebecca nickte. «Und deine Adresse?»

«Franklin Street.»

«Wow!», entfuhr es Alegra. «Du wohnst im Nobelviertel.»

Rebecca verkniff sich einen Kommentar. Sie war viel zu müde.

«Naja, dann lass uns fahren. Ich möchte nicht so spät zu Hause sein.» Alegra zog den Wagenschlüssel aus ihrer Handtasche und drehte sich mit einem «Ciao, Aaron» um.

«Ciao, Aaron», sagte auch Rebecca und hob die Hand zum Gruß.

Sein Blick hielt ihren fest. Wie sehr sehnte sie sich danach, ihn zu spüren. Aber er hatte die Zweifel in ihrem Inneren nicht zerstreuen können. Er würde auch sie jagen, wenn er den Befehl dazu erhielt. Sie wandte sich ab, um Alegra zu folgen, als er sie am Ellenbogen festhielt. Augenblicklich begann es in ihr zu kribbeln. Sein Blick besaß etwas Sehnsüchtiges, Verlangendes.

«Nur ein Wort von dir genügt ...», raunte er ihr zu, und sie wusste sofort, worauf er anspielte.

«Ich weiß nicht, ob das so eine gute Idee ist ...»

Ihr Körper verlangte nach ihm.

«Ich würde nie etwas tun, was du nicht willst. Doch jetzt bin ich hier und werde nicht nach Rom zurückkehren.»

Ihr wurde heiß, als er sich zu ihr herabbeugte und sein warmer Atem ihre Haut streifte. So war es auch damals gewesen. Er hatte recht, die gemeinsame Zeit, die sie miteinander verbracht hatten, die Leidenschaft dieser einen Nacht ... es hatte ihr viel bedeutet.

Sein Daumen strich über ihren Arm. Diese Berührung brach jeden Widerstand in ihr. Sie starrte auf seine halb geöffneten Lippen und ihr verräterischer Körper strebte ihm wie von selbst entgegen.

«Bitte, Rebecca ...», flüsterte er.

«Ja», hauchte sie.

Hatte sie das eben wirklich geantwortet? Was war nur in sie gefahren? Wären sie allein, würden sie sich erneut lieben, und er käme schnell hinter ich Geheimnis. Sie wollte ihre Antwort revidieren, doch da wandte er sich bereits mit einem «Bis später» um und rannte die Treppe hinunter. Und jetzt? Ratlos sah sie, wie er die Buchhandlung verließ.

«Wo bleibst du denn?»

Alegra winkte ihr vor dem Fahrstuhl ungeduldig zu. Nur langsam setzte sich Rebecca in Bewegung. Sie bereute Aarons Bitte nachgegeben zu haben. Genau davor hatte sie sich die ganze Zeit gefürchtet. Kaum war er aufgetaucht, konnte sie sich in seiner Nähe nicht mehr kontrollieren. *Bravo! Du hast dich ihm soeben ausgeliefert*, höhnte ihr Gewissen.

23.

Aaron war beim Anblick Rebeccas von seinen Gefühlen überrollt worden. Es hatte ihn viel Kraft gekostet, sich zurückzunehmen, obwohl er sich danach sehnte, sie in seine Arme zu ziehen, um sie zu küssen. Doch etwas in ihrem Blick hielt ihn zurück. Misstrauen? Angst?

Das war fast noch schlimmer, als abgewiesen zu werden. Nie hatte er ihr Anlass gegeben, an ihm zu zweifeln. Dann ihre seltsamen Fragen zu Ariel und seinem Nephilim. Sie verbarg etwas von ihm, er war sich ganz sicher, aber er würde schon dahinterkommen. Wenig später verließ er mit der Fireblade das Parkhaus in Richtung Südosten.

Joels Pick-up stand nur wenige Schritte vor der Absperrung und Aaron parkte seine Honda direkt daneben. Der Himmel war noch immer schiefergrau, doch wenigstens hatte der Wind nachgelassen. Brandgeruch war ihm entgegengeweht, lange bevor er das Viertel erreicht hatte. Jetzt konnte er nur noch hoffen, dass noch genügend Dämonenstaub vorhanden war.

Joel stand vor den Absperrbändern und blickte zu einer Reihe verkohlter Balken, die wie skelettierte Finger aufrecht standen. Die einzigen Zeugen des Holzgebäudes in dem riesigen Ascheteppich. Mehrere Cops patrouillierten entlang der Absperrung und forderten jeden Näherkommenden auf, sich zu entfernen. Nur Joel ließen sie gewähren.

Ein weiterer Polizist regelte auf der anderen Seite des Geländes den Verkehr. Ein vierköpfiges Spurensicherungsteam untersuchte die verkohlten Reste. Ihre schwarzen Jacken trugen das Emblem des FBIs.

«FBI? Was machen die hier?», raunte er Joel zu.

«Sie haben einen Hinweis bekommen, dass die Apokalyptiker dafür verantwortlich sind.»

«Und den hast nicht zufällig du ihnen gegeben?»

Joel grinste ihn an. «Wer denn sonst? Sie ermitteln gegen die Sekte wegen der Ritualmorde an den Frauen rund um Kalifornien und suchen nach Beweisen.»

Die Morde, die auch Rebecca erwähnt hatte. So würde der Verkünder von mehreren Seiten unter Druck geraten. Vielleicht verließ er dann endlich seinen Unterschlupf und Aaron bekäme ihn zu fassen.

Das FBI hatte an verschiedenen Stellen Strahler aufgestellt, damit die Untersuchungen auch im Dunkeln fortgeführt werden konnten. Das waren ja tolle Aussichten. Wenn sie das Areal nicht betreten durften, wäre die Suche sinnlos.

«Wenn die bis in die Nacht rein Spuren sichern, ist der Dämonenstaub längst verflogen», gab Aaron zu bedenken. Wichtige Informationen würden ihnen so entgehen.

Joel grinste ihn an. «Dank meiner guten Kontakte dürfen wir.»

Aaron horchte auf und sah ihn skeptisch an. «Echt jetzt?»

«Ich sagte doch, mir kann keine Frau widerstehen. Wilma, die brünette FBI-Agentin da drüben, ist unsere Eintrittskarte. Wir dürfen uns umsehen, allerdings nur mit ihr.»

Das beruhigte Aaron. Die Figur der Agentin war üppig und ihre Jacke spannte über dem Busen. Sie steckte in hautengen, blauen Hosen, bei denen Aaron sich fragte, wie sie da hineingekommen war.

«Na, dann lass mal schnell deinen Charme spielen, Sonnyboy. Bis zum nächsten Feuersturm bleibt nicht mehr viel Zeit.»

«Ja, klar.»

Joel lief auf Wilma zu und Aaron folgte ihm. Die Agentin stand mit dem Rücken vor ihnen und notierte etwas auf einem Block, während ihre Kollegen wenige Meter weiter mit Latex-Handschuhen und Pinzetten winzige verkohlte Überreste in Plastiktüten füllten.

«Hi, Wilma.»

Joel beugte sich weit vor und tippte der jungen Frau über das Band hinweg auf die Schulter. Mit strenger Miene wandte sie sich um, bereit einen weiteren Neugierigen abzuweisen, bis sie Joel erkannte und ihn anstrahlte.

«Hi, Joel.»

Sofort begannen die beiden zu flirteten und nahmen von Aaron keine Notiz mehr. Dabei trug Joel so dick auf, dass er mit den Augen rollte. Nachdem er sich mehrfach geräuspert hatte, drehte sein Freund sich endlich zu ihm um.

«Darf ich dir meinen Freund Aaron vorstellen? Agentin Wilma Masters.»

«Hi», begrüßte Aaron sie freundlich.

«Sie weiß übrigens über uns Bescheid», ergänzte Joel und warf ihm einen bedeutungsvollen Blick zu.

Aaron war der Ansicht, dass Joel manchmal mit seinem Wissen ein wenig zu sorglos umging. Er hingegen wollte die Menschen erst näher kennenlernen, bevor er sich jemandem anvertraute.

Wilmas Lächeln vertiefte sich. Joel zuckte mit den Achseln.

«Joel hat uns schon oft geholfen, wenn wir nicht weitergekommen sind. Keine Angst, ihr Geheimnis ist bei uns gut aufgehoben. Wir sind genauso daran interessiert wie Sie, diese Sekte und Brandstifter zu stoppen», erklärte Wilma.

Wie viel hast du ihr erzählt?, schickte Aaron die Gedankenbotschaft an seinen Freund. Sich telepathisch unterhalten zu können, besaß gewisse Vorteile.

Nur einiges über die Apokalyptiker, denn selbst der routinierteste FBI-Agent könnte es mit keinem Gefallenen oder Dämon aufnehmen. Sie weiß nichts von deren Existenz.

Diese Antwort beruhigte Aaron, dennoch hielt er es für klüger, so wenige Menschen wie möglich in ihre Welt hineinzuziehen.

«Wir sind froh über jeden Hinweis.»

Wilma lächelte Aaron an, wenn auch nicht auf die eindeutige Weise wie Joel. Der schaffte es doch tatsächlich immer wieder mit seiner lässigen Art die Frauen zu beeindrucken.

«Kannst du uns jetzt ein bisschen herumführen, Wilma?»

Joels Blick hing an ihren Brüsten. Sie nickte, drehte sich um und bedeutete ihnen mit einem Wink, ihr zu folgen. «Nicht, was du denkst», raunte Joel ihm zu. «Alles rein geschäftlich. Nur der Infos zuliebe.»

«Ach, ja?» Jetzt musste auch Aaron grinsen. «Wenn du das sagst.»

Aarons Sinne waren aufs Äußerste geschärft, als sie das Aschefeld betraten. Der schwarze Staub wirbelte vor seinen Füßen hoch, was seine Konzentration erschwerte, auch wenn er in jedem Körnchen Seraphiels Präsenz spürte.

«Aber nur ein paar Minuten, länger hat mir Eugene das nicht genehmigt. Und wenn ihr etwas finden solltet, gebt mir Bescheid. Fasst bitte nichts außer der Asche an», sagte Wilma und warf einen Blick zu ihren Kollegen hinüber, die in ihre Aufgabe vertieft schienen. Eugene war vermutlich ihr Boss.

Joel hob die Hände. «Keine Sorge, du kannst dich auf uns verlassen. In ein paar Minuten sind wir wieder verschwunden. Wir konzentrieren uns nur auf die Asche, wie versprochen.»

«Okay. Ich muss in eurer Nähe bleiben. Unter manchem Aschehaufen könnte sich ein Beweisstück verbergen. Seid vorsichtig.»

Joel und Aaron schlugen entgegengesetzte Richtungen ein. Das FBI hatte das Areal großzügig abgesteckt, sodass rings um das Brandfeld ein Saum existierte, damit die Asche nicht betreten werden musste. Aaron beugte sich hinunter und verließ sich ganz auf seine Sinne. Jeder Blutengel besaß die Kraft, dämonische Schwingungen zu fühlen, auch wenn die Verursacher schon längst den Ort des Geschehens verlassen hatten.

Immer wieder lief er die ganze Seite ab, ohne etwas zu entdecken, als ihm plötzlich ein weißer Chevrolet älteren Baujahrs auf der gegenüberliegenden Straßenseite auffiel. Der Fahrer des Wagens blickte in seine Richtung. Sein Gesicht war im Schatten des überdimensionalen Stetsons verborgen. Die Silhouette kam ihm bekannt vor, Doch es war die Art, wie er seine Zigarettenkippe wegschnippte, die ihn schließlich verriet.

Nur einer verdrehte dabei auf diese unnachahmliche Weise den Arm: Seth! Nach der Greenberg-Affäre war der Nephilim spurlos verschwunden und jetzt saß er Doch tatsächlich gelassen hinter dem Steuer seines Wagens und starrte in seine Richtung.

Aaron tat so, als hätte er ihn nicht bemerkt, und sah auf den Boden. Er schickte eine Gedankenbotschaft an Joel. Joel warf ihm einen bedeutsamen Blick zu und nickte. Ein Jahr lang hatten viele an Seths Tod geglaubt. War es nur seine Sensationslüsternheit, die ihn hierher gelockt hatte, oder steckte noch etwas anderes dahinter?

Jeder wusste, dass er nicht nur die Engel, sondern auch Luzifers Seite mit Informationen versorgte, wenn es sich für ihn lohnte. Aaron schlenderte an der Absperrung entlang und näherte sich Joel, der ihm mit einer Augenbewegung klar machte, dass Seth im Begriff war loszufahren.

Aarons Muskeln spannten sich an. Der würde ihm nicht entkommen. Aus dem Augenwinkel erkannte er, wie der Chevrolet blinkte und aus der Parklücke fuhr. Seth war wegen der Absperrung am Ende der Straße gezwungen zu wenden. Die Chance für Aaron, den Chevrolet zu stoppen. Er musste nur schnell genug sein.

Aaron übersprang mit einem Riesensatz das Absperrgitter und landete auf der Straße vor dem Wagen, der mit quietschenden

Reifen nur eine Handbreit vor ihm stoppte. Der Stetson war Seth bei dieser Aktion vom Kopf gerutscht. Sekundenlang saß er bewegungslos und mit aschfahlem Gesicht vor dem Steuer und starrte mit geweiteten Augen durch die Windschutzscheibe.

Langsam ging Aaron vorne um den Wagen herum und öffnete die Tür auf der Beifahrerseite. Der Nephilim umklammerte das Lenkrad, als wollte er es zerquetschen. Er war noch dürrer als in New York, seine Haut von einer wächsernen Blässe, die verriet, dass er sich die meiste Zeit noch immer hinter seinem Computer verkroch. Sein Vollbart konnte vielleicht manchen täuschen, aber nicht Aaron.

«Hallo, Seth», begrüßte er ihn lässig.

«Sie müssen mich mit jemandem verwechseln. Könnten Sie bitte die Tür schließen.»

Er sah noch immer starr nach vorn.

«Nephilim wie dich spüre ich auf, selbst wenn sie sich im hintersten Winkel verstecken.» Aaron entging das nervöse Zucken um Seths Mundwinkel nicht.

«Ich sagte doch schon, Sie müssen mich verwechseln. Diesen Se... wie hieß er noch gleich ... kenne ich nicht.»

Er lehnte sich vor, um die Beifahrertür zuzuziehen. Doch Aaron hielt sie fest.

«Schluss mit dem Schmierentheater. Ich weiß, dass du das bist.»

Seth stieß die Luft aus, seine Hände zitterten.

«Hier in Frisco hast du dich also verkrochen. Wann immer es die finsteren Mächte an einen Ort zieht, trifft man dort auf dich. Du hast dich nicht geändert.»

Seth wirkte unsicher, als er sich zu Aaron umwandte. «Ich ... ich dachte, du wärst noch in Rom.»

Er war wie immer gut informiert. Wahrscheinlich war sein Hirn bereits mit dem Computernetz verschmolzen.

«Heute noch nicht dein elektronisches Hirn angezapft? Seraphiel ist entkommen und ich bin hier auf der Jagd nach ihm und seinen Verbündeten. Steckst du vielleicht mit denen unter einer Decke?»

Aaron deutete mit dem Kinn zur Brandstelle.

Der Nephilim zog die Hände vom Lenkrad und hielt sie hoch. «Nein, nein, ich hab mit all dem nichts zu tun. Ehrlich. Nach der Sache von damals will ich nur in Ruhe meinen Geschäften nachgehen. Ich habe jetzt auch eine neue Identität.»

Wer's glaubt, wird selig, dachte Aaron. Seth war in der Vergangenheit schon einmal untergetaucht, bis er wie Phönix aus der Asche ins Engelsghetto zurückgekehrt war.

«Klar, reine Neugier.»

Aaron funkelte den Nephilim warnend an.

«Ist es vielleicht verboten, sich einen Tatort anzusehen?»

In seinen wasserblauen Augen lag Angst. Der Nephilim roch nach altem Schweiß und Zigarettenqualm.

Sich nur den Brandort ansehen! Das konnte er einem anderen erzählen, aber nicht ihm. Seth war immer zur Stelle, wenn er einen Deal witterte, sonst verließ er den Stuhl vor seinem PC nie. Entweder war er direkt beteiligt oder darin verstrickt, wie zuletzt in den Seelenhandel mit Greenberg und Leviathan. Und jetzt vielleicht mit dem Verkünder oder Ariel.

Aaron hatte dem Nephilim noch nie getraut. Hinter dem knochigen Gesicht verbarg sich ein Hackergenie. Es war durchaus vorstellbar, dass er virtuellen Kontakt zu Seraphiel oder dessen Brut hatte. «Ein verschlagenes Hirn wie du ist nicht wegen eines Brandes hier.»

Aaron zeigte mit dem Arm auf das schwarze Areal des Todes. Der Nephilim war damals aus New York geflohen, weil er geheime Daten der Sekte und ihrer Partner an Nathanael weitergereicht hatte, um die Machenschaften des Pharmaunternehmers Greenberg aufzudecken. Luzifers Seite vergaß nie und verzieh nie. Ein Wort und Seth wäre ihnen ausgeliefert. Wer weiß, welche seiner dubiosen Geschäftspartner noch darauf warteten, ihn zu finden.

Das war Aarons Trumpf, den er jetzt auszuspielen gedachte. «Ich könnte mir vorstellen, dass es einige gibt, die sich dafür interessieren, wo du abgeblieben bist. Nur ein Anruf ...»

Seth zuckte zusammen, als hätte er ihn geschlagen. «Bist du verrückt? Dann bin ich dran. Wenn die mitkriegen, dass ich Nathanael damals die CD mit den Daten der Sekte gegeben habe, bringen die mich um. Das kannst du nicht machen.»

«Ach, wirklich nicht? Nenn mir einen Grund, weshalb ich Mitleid zeigen sollte.»

Seth presste die Lippen zusammen und umfasste das Steuer. Anstelle einer Antwort heulte der Motor auf. Ehe er das Gaspedal ganz durchtreten konnte, war Aaron auf den Beifahrersitz gesprungen. Erschrocken stieg Seth mit voller Wucht auf die Bremse. Mit quietschenden Reifen rutschte der Wagen wenige Meter weiter, bis er schließlich stoppte.

Seth rang nach Atem.

«Du wolltest doch nicht so unhöflich sein und mich hier stehen lassen?» Aaron schnalzte mit der Zunge.

Seth wandte sich langsam zu ihm um. «Was willst du wirklich, Blutengel?»

«Informationen.»

«Ich habe nichts, was dich interessieren könnte.»

Schweißperlen glitzerten auf seiner Stirn.

«Aber sicher weißt du, wo sie zu beschaffen sind. Also?»

Aaron lehnte sich im Sitz zurück und verschränkte die Arme vor der Brust. Auch wenn er ihn für einen Moment verunsichert hatte, durfte er Seths Gerissenheit nicht unterschätzen. Seth schwieg noch immer.

Aarons Hände schnellten vor und packten den Nephilim am Revers. «Du weißt ganz genau, dass Seraphiel ausgebrochen ist. Der Verkünder opfert Nephilim-Seelen für Luzifers Hilfe. Nur ein Wort von mir und du bist vielleicht der Nächste. Gestern Nacht gab es über hundert Opfer, auch Mischwesen. Und es werden noch weitere folgen. So wie Cynthia.»

«Cynthia?»

«Sie hat es erwischt.»

Seths Augen weiteten sich, Entsetzen spiegelte sich in seinem Blick. Die Überraschung war nicht gespielt, so gut konnte sich keiner verstellen.

«Das habe ich nicht gewusst», stammelte er und in seinen Augen schimmerte es feucht.

Zum ersten Mal zeigte der Nephilim Gefühle. Vor der Sache mit Tessa und Nathanael war er ein oft gesehener Gast in der *Hell's Bar* gewesen und hatte sich ausgesprochen gut mit der Prophetin verstanden. Aaron und die anderen hatten damals sogar geglaubt, dass aus ihnen ein Paar hätte werden können.

Aaron berichtete knapp von den Geschehnissen in New Jersey. «Ich weiß, dass Cynthia dir etwas bedeutet hat. Soll ihr Tod ungesühnt bleiben? Bricht eine neue Rebellion unter den Engeln aus, sind wir alle Verlierer. Luzifer und seinem Gefolge ist es egal, ob du mit ihnen einen Deal hattest. Ich muss Seraphiel aufhalten, und zwar schnell. Doch dazu brauche ich wichtige Informationen, die du mir geben kannst. Kapiert?»

Schweigen senkte sich über sie. Hinter seiner gerunzelten Stirn schien es zu arbeiten. Seth nickte.

«Okay, aber lass uns woanders hinfahren, wo uns niemand belauschen kann», gab er nach.

«Abgemacht.»

Seth trat aufs Gaspedal, und der Wagen fuhr die steile Straße hinab. Der Nephilim steuerte den Parkplatz am Bower Viewpoint an, neben der Golden Gate Bridge. Wegen des Sturmes würde sich niemand so schnell hierher verirren.

Das Meer war aufgewühlt. Der Geruch von Salz und Fisch wehte zu ihnen herüber. Eine Schar Möwen segelte über der Bucht. Seth stellte den Motor aus und fingerte aus seiner Hemdtasche Zigarettenschachtel und Feuerzeug.

«Was dagegen?», fragte er und zog mit zitternden Fingern eine Zigarette heraus.

Aaron schüttelte den Kopf und kurbelte das Fenster herunter. Seth zündete sich eine an und zog gierig daran.

«Also, was willst du wissen?», fragte er gelassener und blies den Rauch aus.

«Was weißt du über den Brandanschlag vergangene Nacht?»

«Nicht mehr als ihr. Die Sekte hat sich richtig abgeschottet.»

«Sicher weißt du auch vom Mord an Kardinal Rossi. Seine Nichte, die zu den Apokalyptikern gehört, hat ihm etwas gestohlen, das ich dringend haben muss. Das Exsolutio.»

«Das Buch der Erleuchteten?»

Aaron war nicht entgangen, wie Seth zusammengezuckt war. Er hasste es, dem Nephilim jedes Wort aus der Nase ziehen zu müssen.

«Du weißt doch was über den Verbleib des Buches. Mach mir nichts vor.»

Seth schüttelte den Kopf. «Nein, aber vor einiger Zeit hat jemand im Internet danach gesucht.»

Aaron ruckte herum. Wer außer dem Verkünder könnte noch ein Interesse daran haben? Ariel?

«Wer? Wann?»

«Ich weiß nicht mehr genau, liegt schon eine Zeit zurück.»

Obwohl Seth sich ahnungslos stellte, verriet das wachsame Aufblitzen in seinen Augen, dass er ihm etwas verheimlichte.

«Jetzt lügst du schon wieder.» Aaron sog scharf die Luft ein. «Ich warne dich, Seth.»

«Schon gut. Eine Frau bat mich, es für sie zu finden, und zahlte mir im Voraus eine hohe Summe.»

Die Aussage, dass es sich um eine Frau handelte, erstaunte Aaron. Er packte Seth an der Schulter.

«Wie war ihr Name?»

«Ich habe geschworen zu schweigen.»

«Verdammt, Schluss damit!», fuhr Aaron Seth an und beugte sich so weit zu ihm vor, dass er jede Pore im blassen Gesicht des Nephilims erkennen konnte.

«Ihr Name war Clancy.»

Aaron erstarrte. «Sagtest du eben Clancy?»

Sollte Rebecca ihm die ganze Zeit etwas verheimlicht haben? Stand dieses Geheimnis zwischen ihnen?

Seth nickte. «Ja, Clancy.»

«*Rebecca* Clancy?»

Aarons Magen krampfte sich vor Anspannung zusammen. Clancy war ein seltener Name. *Sollte er sich so in ihr getäuscht haben?*

«Victoria Clancy. Kennst du sie?»

Es konnte sich nur um ihre Mutter handeln. Aaron fiel ein Stein vom Herzen. Dennoch strichen andere beunruhigende Gedanken durch sein Hirn. Wusste Rebecca von der Existenz und der Bedeutung des Buches? Warum hatte ihre Mutter danach gesucht? Waren sie und ihr Mann gestorben, weil sie zu viel wussten?

«Dieses Buch muss vernichtet werden. Hör zu, ich brauche dringend ein Foto von Claudia Rossi und die Adresse in San Francisco, wo sie untergetaucht ist. Vielleicht ist es dieselbe wie die des Verkünders. Möglichst bis vorgestern.»

«Ich schick es dir aufs Handy. Bin ich jetzt fertig? Können wir zurück?»

«Nein, noch nicht ganz. Im Internet existiert eine geheime Seite der Sekte. Ich weiß aus sicherer Quelle, dass das ihr Kommunikationsmedium ist. Kannst du dir Zugang verschaffen?»

«Soll das ein Witz sein? Ich komme überall rein.»

«Gut. Wenn du es geschafft hast, ruf mich an.»

«Ich brauche dazu einen neutralen Computer. Ich will nicht, dass jemand meine Adresse zurückverfolgen kann. Sonst mach ich das nicht.»

Das leuchtete Aaron ein. Wenn Seth ihnen tatsächlich half, war es fair, ihn nicht auffliegen zu lassen. Joel besaß einen Computer. Aber da musste er erst Überzeugungsarbeit leisten.

«Okay, ich rufe dich an, sobald ich einen aufgetrieben habe.»

Seth reichte Aaron sein Handy, damit er sich die Nummer einspeichern konnte. Hoffentlich würde der Nephilim keinen Fluchtversuch starten.

«Vergiss nicht, dass ich dich jederzeit aufspüren kann, Seth.»

«Is mir klar. Jetzt lass uns zurückfahren.»

Aaron kehrte mit gemischten Gefühlen zu Joel zurück, der ihn schon voller Ungeduld erwartete. Wenigstens hatte ihn Alegras zwischenzeitliche SMS beruhigen können, dass bei Rebecca alles in Ordnung war. Selbst in der Dunkelheit untersuchten die FBI-Agenten noch immer das verbrannte Areal.

Joel drehte sich um, als Aaron auf ihn zuschritt. «Na, endlich. Ich hab schon gedacht, du kommst nicht mehr.»

«Ich musste Seth ein wenig ... überzeugen. Erst nachdem er von Cyns Tod erfahren hatte, zeigte er sich kooperativ. Davon schien er tatsächlich nichts gewusst zu haben. Es ging ihm ganz schön nahe.»

«Die haben doch früher immer die Köpfe zusammengesteckt, und er hat ihr so manches auf illegalem Weg beschafft. Lass uns später weiter darüber reden. Ich möchte unbedingt vor dem FBI den Treffpunkt der Apokalyptiker unter die Lupe nehmen. Auf der Fahrt berichte dir mehr.»

Joel eilte zum Pick-up und sprang hinein und Aaron folgte ihm. Der Motor jaulte auf, als Joel das Gaspedal durchtrat und der Wagen schoss vor.

«Hast du was herausgefunden?»

Aaron brannte darauf, alles zu erfahren.

«Ich wollte erst aufgeben, aber dann fand ich Dämonenstaub. Die Obdachlosen wurden im Schlaf überrascht und wollten aus dem brennenden Haus fliehen. Doch die Dämonen haben ihnen den Weg versperrt. In Panik sind die Flüchtenden umgedreht und im Feuer umgekommen. Seraphiel hat Luzifer ihre Seelen versprochen.»

Joel setzte den Blinker und bog auf den Lincoln Highway, bevor er erneut Gas gab. Aaron wartete voller Ungeduld, was der Freund ihm noch zu berichten hatte.

«Der Verkünder ist auch hier gewesen. Vor dem Anschlag. Hat sich als Seelsorger ausgegeben und alles ausspioniert.»

«Und weiter?», drängte Aaron.

«In der Erinnerung des Dämons sah ich ein Haus. Die Straße kam mir sofort bekannt vor. Jones Street in Tenderloin. Dort ist ihr Versteck zwischen den Nachtclubs. Mann, ich bin schon tausend Mal dort gewesen und es ist mir nichts Ungewöhnliches aufgefallen.» Joel fluchte.

«Bist du dir sicher?»

Das wäre ein Glückstreffer. Das Viertel war bekannt für seine Kriminalität, ein Schmelztiegel von Immigranten verschiedener Nationen, wo ethnische Auseinandersetzungen an der Tagesordnung waren.

Von den vielen Obdachlosen ganz zu schweigen. Die meisten Häuser waren Stundenhotels oder zwielichtige Nachtclubs und boten die besten Voraussetzungen für jemanden, der untertauchen musste.

«Absolut.»

«Und das FBI?»

«Glauben, dass sich die Apokalyptiker dort treffen. Vielleicht ist sich auch eine der vermissten Frauen dort. Öffne mal das Handschuhfach. Da liegen ein paar Zeitungsausschnitte, die mir Wilma gegeben hat.»

Er zeigte auf die verrostete Klappe vor dem Beifahrersitz. Aaron öffnete sie und zog einen Stapel zusammengefaltetes Zeitungspapier heraus.

«Hast du dem FBI davon erzählt?»

«Nur Wilma und ihrem Partner. Sie wollen das Nest der Sekte in Tenderloin ausheben und die Mitglieder verhaften. Wilma hat mir erzählt, dass der, der sich Verkünder nennt, sich an die jungen Frauen rangemacht und sie zu Sektentreffen eingeladen hat, bei denen sie umgebracht wurden.»

Ritualmorde waren nichts Ungewöhnliches, sie kamen öfter vor, mehr als es den Menschen bewusst war. Aaron las die Zeitungsartikel. Es waren genau die Namen, die auch Rebecca erwähnt hatte. Er stutzte, als er das Alter der Frauen verglich und noch mehr, als er deren Fotos betrachtete.

«Was ist?», fragte Joel und stieß ihn mit dem Ellenbogen an.

Aaron lehnte sich im Sitz zurück. Immer wieder und wieder betrachtete er die Fotos. Je öfter er sie nebeneinander hielt, desto mehr wurde ihm klar, dass sie alle eine gewisse Ähnlichkeit mit Rebecca besaßen. Als er Joel seine Vermutung mitteilte, pfiff der durch die Zähne.

«Der Verkünder hat immer nach demselben Typ wie Rebecca gesucht? Dafür muss es eine Erklärung geben.»

Aaron wurde schlecht. «Trotzdem passt es einfach nicht. Alle anderen haben rund um Kalifornien gelebt, nur Rebecca nicht.»

«Vielleicht ist die Sekte auf ihre Spur gekommen und deshalb in den Osten gewechselt», mutmaßte Joel.

«Nein, das glaube ich nicht. Alle sind gleich alt, ihre Wege haben sich gekreuzt ... es muss noch eine Gemeinsamkeit geben, eine, auf die ich noch nicht gekommen bin.»

Sie schwiegen eine Weile.

«Du hast mir übrigens noch gar nicht erzählt, was Seth dort zu suchen hatte?», durchbrach Joel schließlich die Stille.

«Angeblich nur umsehen. Ich habe ihm natürlich kein Wort geglaubt. Er war sich ziemlich sicher, ich würde ihn in seiner Verkleidung nicht erkennen, und umso geschockter, als ich seinen Wagen gestoppt habe. Er ist hier in Frisco untergetaucht, weil Luzifer und Co. noch immer hinter ihm her sind, nach der Sache mit Greenberg.»

«Hast du ihm etwa Geld versprochen?»

«Nein, ich habe mit ihm einen Deal abgeschlossen. Ein Computer gegen das Versprechen, ihn nicht auffliegen zu lassen.»

Aaron warf einen prüfenden Seitenblick auf seinen Freund.

«Wenigstens kein Geld.» Joel nickte.

Als Aaron schwieg und ihn noch immer von der Seite ansah, schluckte er. «Nee, ne? Du denkst doch jetzt nicht im Ernst daran, ihm meinen zu geben? Der kann sich doch einen von sonst woher beschaffen.»

«Aber nicht auf die Schnelle. Hast du vielleicht eine andere Idee? Hast du nicht ein Häschen bei Apple oder IBM, das uns heute Nacht einen besorgen kann?»

«Nein, habe ich nicht.» Joel war sauer. «Shit! Der ist neu und war sauteuer. Ich fasse es nicht.»

Sein Freund tat ihm leid. Aber sie alle mussten Opfer bringen. Was bedeutete schon Computerschrott gegen Menschenleben?

«Du bekommst von mir das Geld für einen neuen», lenkte er ein.

«Echt jetzt? Das gleiche Modell?»

Wenigstens strahlte Joel wieder, was ihn versöhnte.

«Ja, versprochen ist versprochen.»

«Danke!» Joel klopfte ihm auf die Schulter. «Du bist ein wahrer Freund. Ruf Seth an, er kann sich gleich zu mir auf den Weg machen.»

Joel nannte ihm seine Adresse und wo er den Schlüssel deponiert hatte. Erleichtert wählte Aaron Seths Nummer. Der Nephilim meldete sich nach nur einem Rufzeichen am anderen Ende der Leitung und versprach zu kommen.

Sie durchquerten Union Square. Aaron war viel zu nervös, um den Neonreklamen der Shops und Theater einen Blick zu gönnen. Im Gegenteil, die flackernden Lichter nervten ihn heute, und er schloss die Augen.

Aaron gab sich dem Schaukeln des Pick-ups hin und öffnete sie erst wieder, als Joel den Wagen anhielt. Sie stiegen aus und Joel kletterte auf die Ladefläche, auf der die Honda wieder unter der Plane verborgen war. Er öffnete eine Kiste daneben und holte seinen Mantel heraus, bevor er Aaron seinen überreichte.

«Hoffentlich sind Wilma und ihre Kollegen noch nicht vor Ort.»

Aaron boxte ihn freundschaftlich gegen den Arm. «Du magst sie wohl?»

«Sie ist ganz nett.»

Aaron schüttelte den Kopf und seufzte. Was Frauen anbetraf, war Joel im Gegensatz zu ihm kein Kostverächter, aber seine Beziehungen hielten nie länger als ein halbes Jahr. Keine von ihnen schaffte es, ihm die Flausen auszutreiben und sein Herz zu berühren. In Alegra war er zwar verliebt gewesen, hatte sich von ihr aber in seiner Freiheit beschnitten gefühlt, wenn er ihretwegen auf Partys hatte verzichten sollen.

«Irgendwann wird eine Frau auch dich zähmen», grinste Aaron.

«Aus mir wird niemals ein Pantoffelheld.»

«Ha, ha.»

Joel schnitt eine Grimasse, klappte den Rücksitz hoch und zog die Lederscheide mit dem Schwert hervor, die er sich auf den Rücken schnallte. Auch Aaron nahm sein Schwert aus dem Waffenkoffer, verschnallte es und steckte zwei Shuriken in die Mantelinnentasche.

«Dann los.»

Joel stapfte voran. Dunkle Schwingungen waren hier an jeder Ecke präsent. Ein Surren ließ ihn stoppen. Unzählige Nachtfalter schwirrten vom Licht angezogen über die Neonlampen. Jeder zweite Passant war ein Nephilim, der sie mit argwöhnischen Blicken verfolgte. Vor einem Nachtclub, über dem die gelbe Neonreklame *Little Saigon Club* prangte, hielt Joel inne. Sein Blick flog umher.

«Irgendwo hier muss das Haus sein. Ich bin mir ziemlich sicher.» Er drehte sich langsam im Kreis, bis er mit dem Finger in eine Richtung zeigte. «Hier lang.»

Auf Joels Orientierungssinn war Verlass.

Männer torkelten grölend aus den Nachtclubs. Einer von ihnen erbrach sich unter einer Straßenlaterne, nur wenige Schritte vor einem Obdachlosen, der mit einer Schnapsflasche auf dem Schoß eingeschlafen war. Zwei Nephilim traten aus einem Sexkino und beäugten sie, bevor sie davoneilten.

Je weiter sie vordrangen, desto düsterer wurde der Anblick abseits der Neonbeleuchtungen. Zu beiden Seiten der bergab führenden Straße reihten sich Häuser aneinander, deren Blütezeit ein Jahrhundert zurücklag. Am ihrem Ende bog Joel in eine schmale Seitenstraße ein, in der es nach Benzin, Urin und Alkohol stank. Aus einer geöffneten Tür schallte lautstark ein aktueller Popsong, dessen

Bässe so aufgedreht waren, dass sie noch hier draußen Aarons Brustkorb vibrieren ließen. Huren stolzierten auf dem Pflaster auf und ab und sprachen sie im Vorbeigehen an.

«Da hinten, das ist Wilmas Wagen!»

Joel deutete auf einen schwarzen Ford, der vor einem zurückgesetzten Backsteinhaus parkte. Ein Betrunkener schwankte ihnen entgegen und suchte Halt an einer Straßenlaterne. Aus glasigen Augen sah er zu ihnen herüber.

Ein grüner Buick bog in die Straße ein und hielt auf der gegenüberliegenden Seite des Hauses. Der Fahrer blieb im Wagen sitzen, schaltete die Innenbeleuchtung ein und notierte etwas in einem Buch.

Joel eilte weiter voran. Rechts befand sich eine Baustelle und auf der anderen Seite ein völlig verwahrlostes Haus.

«Das ist es. Ich habe es in der Erinnerung des Dämons gesehen!», rief Joel.

Ein verwittertes Schild mit der Aufschrift *For Sale* baumelte noch über der Tür des Abrisshauses. Die Fensterscheiben im Erdgeschoss waren eingeschlagen worden. Plötzlich spürte Aaron wieder das Brennen im Nacken. Er fuhr mit der Hand über seine Engelsrune und zuckte zusammen. Etwas Feuchtes klebte daran.

Blut.

Seraphiel war in der Nähe. Jetzt spürte er deutlich dessen Gegenwart. Wenn sich Wilma und ihr Kollege im Haus befanden, schwebten sie in größter Gefahr.

Er rannte Joel hinterher und riss ihn an der Schulter zurück. «Halt!»

Eine steile Falte schob sich zwischen Joels Brauen. «Was ist?»

«Seraphiel ist hier.»

«Bist du dir sicher?»

«So sicher wie noch nie. Meine Rune blutet.»

Joels Augen weiteten sich vor Entsetzen. «Oh mein Gott. Wilma ist da drin. Und ihr Kollege!»

«Wir müssen sie so schnell wie möglich rausholen, Joel. Das Haus wird gleich in Flammen aufgehen!»

«Worauf warten wir noch?»

Sie stürmten auf den Eingang zu. Im selben Augenblick gab es einen Knall, der den Boden zum Beben brachte. Der Betrunkene stürzte zu Boden und blieb wimmernd liegen. Ein Splitterhagel regnete aus dem ersten Stock auf ihn herab. Der Mann im Wagen duckte sich und hielt schützend die Arme über den Kopf. Wieder folgte eine Detonation und die Männer schrien auf. Flammen loderten aus dem Dachstuhl des Abrisshauses und erhellten den Himmel.

Aaron packte den Betrunkenen, zog ihn hoch und legte ihm die Hand auf den Kopf. «Rennen Sie!», brüllte er den verängstigten Mann an.

Die Botschaft schien in sein vom Alkohol vernebeltes Hirn gedrungen zu sein, denn er riss die Augen auf und schwankte weiter. Der Mann im Buick wendete und brauste mit quietschenden Reifen davon. Türen und Fenster öffneten sich in den Nachbarhäusern. Jemand schrie nach der Feuerwehr.

«Du sicherst draußen, ich gehe rein!», rief Aaron Joel zu, der sich sofort vor dem Eingang positionierte.

Aaron rannte auf die Eingangstür zu. Mittlerweile stand auch das Erdgeschoss in Flammen und seine Hoffnung sank, Wilma und ihren Kollegen lebend anzutreffen. Es war wie damals.

Wut und Angst stiegen in ihm auf. Dort drinnen lauerte sein Feind. Doch dieses Mal würde er ihn vernichten. Er sprang hoch und trat mit voller Wucht gegen die Tür, die aus den Angeln flog. Krachend knallte sie auf den Boden. Stichflammen schossen ihm entgegen, denen er nur mit Glück durch einen Sprung zur Seite ausweichen konnte.

Die Hitze brannte auf seiner Haut und der Qualm in Nase und Augen. Aus dem Rauch wankte ihm eine Gestalt entgegen, die Hand aufs Gesicht gepresst. Aaron kniff die Augen zusammen. Wilma. Sie kippte nach vorn, doch er fing sie rechtzeitig auf, bevor sie auf den Boden fiel, und hob sie hoch.

Sie hustete und zitterte am ganzen Leib. Ihre Finger krallten sich in seinen Mantel. «Mein Partner, er ist dort drin ... Ich muss ... zurück.»

Sie streckte den Arm über seine Schulter aus.

«Das ist zu gefährlich. Ich bringe Sie jetzt zu Joel.»

«Nein, ich ... muss zurück. Ich kann ihn doch ... nicht sterben lassen.»

Tränen liefen über ihre schmutzigen Wangen.

«*Ich* gehe da rein», antwortete Aaron.

Ihre Finger krallten sich in seinen Mantel. Flehend sah sie zu ihm auf. «Retten Sie meinen Partner. Bitte ...»

Sie hustete und barg ihr Gesicht an seiner Schulter. Unter Tränen bat sie ihn immer wieder darum, ihren Kollegen aus dem Feuer zu retten.

«Ich werde ihn lebend rausholen», versprach Aaron, bevor er sie Joel übergab. «Los, ruf einen Krankenwagen.»

Auf der Straße hatten sich bereits mehrere Schaulustige versammelt, die im Halbkreis standen und zu den Flammen emporsahen. Aaron gönnte ihnen nur einen flüchtigen Blick, bevor er in das flammende Inferno zurückkehrte. Irgendwo da drinnen wartete der Feuerengel auf ihn, das spürte er.

Das Feuer fraß sich gnadenlos durch die Wände und erfasste die ersten Treppenstufen. Es war wie ein Déjà-vu. Aarons Körper stand unter Hochspannung, seine Sinne erfassten jede Flamme, die nach ihm züngelte. Die Holzdecke brannte bereits und ein Teil stürzte jetzt vor ihm herunter und landete vor seinen Füßen.

Im letzten Augenblick konnte er sich durch einen Satz zur Seite retten. Wo war der Agent? Aaron zog sein Sweatshirt über die Nase. Der Qualm löste einen Hustenanfall bei ihm aus. Seine Augen tränten und das Bild vor seinen Augen verschwamm.

Seraphiel war über ihm, wieder spürte er seine Gegenwart. Da sich der Agent nicht im Erdgeschoss befand, hatte der Feuerengel ihn vielleicht in seiner Gewalt. Aaron suchte nach einer Möglichkeit, nach oben zu gelangen. Gebückt preschte er auf die Treppe zu, während hinter ihm brennende Deckenbalken herunterkrachten.

Mit einem Satz übersprang er die ersten Stufen und mit einem weiteren stand er bereits im ersten Stockwerk. Auch hier rannte er vergeblich von Raum zu Raum, bevor er die Wendeltreppe aus Metall ausmachte, die ins oberste Stockwerk führte. Da oben mussten sie sein, Seraphiel und Wilmas Partner.

Sein Herz wummerte in der Brust. Endlich würde er seinem Feind gegenüberstehen. Jede Faser seines Körpers vibrierte. Mit jeder Stufe brannte die Hitze stärker auf seiner Haut, wie der Atem der Hölle. Er umklammerte den Schwertknauf noch eine Spur fester. Er hörte ein Röcheln über seinem Kopf. Eine Hand ragte über den Bodenrand hinaus. Die Finger zuckten wie unter Stromstößen.

Aaron spürte den unregelmäßigen Herzschlag des Mannes. Seine Engelsrune blutete nicht mehr, dafür brannte sie unerträglich und der Kragen des Mantels scheuerte zusätzlich daran. Am liebsten hätte er ihn sich vom Leib gerissen. Doch das Leder schützte ihn ein wenig vor den Flammen.

Als er das Ende der Treppe erreicht hatte, lugte er vorsichtig über den Rand. Im dichten Qualm konnte er nur Schemen erkennen. Der Agent lag auf dem Rücken, mehr tot als lebendig, aber solange sein Herz schlug, hatte er eine Chance.

Das Feuer bildete eine Wand, die sich von einer Seite zur anderen zog. Doch wo war Seraphiel?

Aaron kniff die Augen zusammen und versuchte vergeblich, im Qualm eine Kontur auszumachen, dann kniete sich neben Wilmas Partner. Er legte ihm seine Hand an den Hals. Sein Herzschlag war unregelmäßig, sein Atem flach.

Jetzt zählten Sekunden. Das Feuer fraß sich immer näher. Doch wenn er den Agenten in Sicherheit brachte, würde ihm der Feuerengel entwischen. Wieder stand er vor der Entscheidung, ein Leben zu retten oder den Engel endlich zu vernichten.

Aaron stieß einen Fluch aus. Sein Vater hätte von ihm verlangt, dass er den Mann sterben ließ, um Seraphiel endgültig in die Hölle zu schicken. Was zählte schon ein Menschenleben, wenn es Hunderte zu retten galt. Aber Aaron konnte ihn hier nicht einfach sterben lassen. Wilmas Verzweiflung hatte ihn berührt.

Der Kopf des Agenten rollte auf die Seite, sein Körper krümmte sich unter einem Hustenanfall, der in einem Röcheln endete. Aaron sah Wilmas flehende Augen vor sich und dachte an Juan. Er konnte nicht tatenlos zusehen, wie die Flammen den Mann verschlangen. Er zog den Bewusstlosen hoch und schulterte ihn.

Als er sich umdrehte, nahm er eine Bewegung wahr. Seraphiel beobachtete ihn. Mit dem Schwert in der Hand und der Last auf der Schulter wandte er sich zum Fenster, um ins Freie zu spurten. Im selben Augenblick griff Seraphiel an.

Aus Mund und Händen des Feuerengels schossen Flammen, die Aaron mit seinem Schwert parierte. Doch durch den Mann über seiner Schulter war er in der Bewegung stark eingeschränkt und konnte seinen Widersacher nur mit einem Arm abwehren.

Verfluchter Mist! Alles schien sich gegen ihn verschworen zu haben. Er spürte, wie das Leben mit jedem Atemzug aus dem Körper des Mannes wich. Wenn er ihn retten wollte, musste er mit ihm hier raus.

Hohe Flammen loderten jetzt auch die Treppe empor und schnitten ihm den Rückweg ab. Auf der anderen Seite versperrte ihm der verhasste Engel den Weg. Wut und Enttäuschung ballten sich in Aaron zusammen. Nun stand er vor dem Mörder seiner Mutter und konnte nicht gegen ihn kämpfen, weil er wieder ein Leben retten musste.

«Du hast keine Chance, Blutengel. Er gehört mir», flüsterte Seraphiel und lächelte triumphierend, bevor eine weitere Feuerattacke aus seinem Schlund folgte.

«Das werden wir ja sehen!», rief Aaron, wirbelte herum und sprang mit dem Ohnmächtigen durch die Flammen vors Fenster.

Seraphiel folgte ihm. Wie ein lebendiger Flammenwerfer attackierte er Aaron, dem es jedes Mal gelang auszuweichen.

«Wir sehen uns wieder, Seraphiel», stieß er hervor und trat das Fenster auf.

Hastig steckte Aaron das Schwert zurück in die Scheide und zog den Verletzten an seine Brust, bevor er durchs Fenster nach draußen in die Tiefe sprang. Er schaffte es, die Wucht des Aufpralls abzufedern. Der Mann in seinen Armen lebte noch.

Er sah über die Schulter zum Fenster hinauf und erkannte das Gesicht des Feuerengels in den Flammen. Sein Lachen dröhnte in seinem Kopf. Seraphiel drehte sich im Kreis, bis er nur noch ein wirbelnder Feuerkegel war. Flammen schlugen aus dem Dachstuhl. Wie eine brennende Rakete schoss Seraphiel hinaus in den Nachthimmel, begleitet von einem Funkenregen.

Die Leute auf der Straße sahen nach oben und schrien auf, als er wie ein glühender Drachen mit ausgebreiteten Flammenflügeln für Sekunden über den Dächern schwebte und schließlich erlosch. Wieder hatte Aaron eine Chance vertan.

Verdammt! Verdammt! Verdammt!

Wut und Enttäuschung drohten ihn zu ersticken. Sanitäter nahmen ihm den Verletzten ab. Immer mehr Gaffer hatten sich eingefunden und umringten den Ohnmächtigen. Wilma, die im Krankenwagen auf der Trage saß, schluchzte auf, als sie in dem Bewusstlosen ihren Partner erkannte. Sie stieß den Arzt mit dem Ellenbogen beiseite und humpelte aus dem Wagen. Tränen rannen über ihre Wangen, aber ihre Augen leuchteten voller Dankbarkeit.

«Das FBI wird gleich hier sein. Wir sollten besser verschwinden», raunte Joel ihm ins Ohr.

Aaron nickte. Sie überquerten die Straße und eilten zu Joels Pick-up zurück, bevor die Leute ihnen Beachtung schenken konnten. Dass er Seraphiel ungestraft ziehen lassen musste, ließ ihn vor Zorn fast platzen. Er kletterte an einer Hausfassade hoch, um den Weg zum Wagen über die Dächer zurückzulegen. Joel folgte ihm.

Aaron rannte und sprang über die Häuser, bis er glaubte, seine Muskeln würden reißen. Endlich sah er den Pick-up unter sich auftauchen und glitt hinunter. Joel schwieg, aber er betrachtete Aaron mit sorgenvoller Miene, als er den Wagen aufschloss. Aaron schlug mit der flachen Hand auf die Motorhaube.

«Fuck! Ich hätte ihn heute besiegt!»

Knurrend presste er die Kiefer zusammen.

«Ich weiß. Aber du hast dem Mann das Leben gerettet.»

Joels Worte trösteten ihn nicht. «In den Augen meines Vaters habe ich wieder versagt, weil mir ein Menschenleben wichtiger war als das Wohl aller. Weil ich ein Mensch bin mit Schwächen», brach es aus ihm heraus. «Ich hätte ...»

Aaron schnaubte wütend.

«Du hast dich richtig entschieden. Ich hätte genauso gehandelt. Du wirst darüber hinwegkommen. Es wird eine neue Chance geben.»

Joel klopfte ihm auf die Schulter.

Hoffentlich! *Jophiel hätte sich sicher anders entschieden*, dachte Aaron grimmig. Zu viel Menschliches steckte in ihm, zu viel Mitleid, zu viel irdische Emotionen. Doch er konnte sie nicht einfach aus sich herausreißen. Sie gehörten zu ihm wie das Atmen. Nachdenklich blickte er aus dem Fenster.

«Lass uns zu meiner Wohnung fahren. Ich brauche jetzt dringend eine Dusche. Und du sicher auch. Du wolltest doch noch zu ihr, oder?», schlug Joel vor.

Aaron seufzte. Die pragmatische Art seines Freundes kühlte sein Gemüt. Der Gedanke, in Rebeccas Armen Vergessen zu finden, verlieh ihm Zuversicht. Bald würde sich ihm eine weitere Gelegenheit bieten, Seraphiel zu vernichten.

24.

Auf der Fahrt nach Hause hörte Rebecca Alegra nur mit halbem Ohr zu. Ihre Gedanken kreisten einzig um Ariel. *Engel der tausend Gesichter*, so hatte Aaron ihn genannt. Weshalb hatte Aaron in ihr nicht Ariels Nephilim erkannt? Liebend gern hätte sie geglaubt, doch nur ein ganz normaler Mensch zu sein. Ein Trugschluss, denn tief in ihrem Innern spürte sie die Nähe der Hölle.

Höre auf dein Gefühl, das dir sagt, dass du ein Nephilim bist, ob es dir passt oder nicht. Aaron würde es sicher bald spüren. Auf keinen Fall konnte sie ihn heute noch einmal sehen. Das würden ihre Nerven nicht verkraften. Zum Glück hatte sie seine Handynummer gespeichert. Am besten, sie schrieb ihm eine SMS.

Doch würde er sich davon abhalten lassen? Und täte sie es gleich, könnte er womöglich Verdacht schöpfen, dass etwas nicht stimmte. Gleichgültig wie sie sich entschied, lange würde sie ihm nicht verheimlichen können, was sie war. Sie war eine schlechte Lügnerin. Vorhin hatte er sie so seltsam gemustert, als würde er das Engelsblut in ihr spüren. Vielleicht sah sie in ihrem aufgewühlten Zustand auch nur Gespenster.

Rebecca war todmüde und ihre Arme schmerzten unerträglich. Selbst der leichte Baumwollstoff kratzte auf der Haut. Zu Hause würde sie gleich zu Bett gehen. Die Autofahrt kam ihr wie eine Ewigkeit vor und sie rutschte unruhig auf dem Sitz hin und her. Zum Glück schien Alegra es nicht zu bemerken.

Rachel, wo bist du?

Das verfluchte Geflüster war wieder zurück. Rebecca zuckte zusammen und warf einen Seitenblick auf Alegra, ob sie etwas bemerkt hatte. Doch die sah nach vorn auf die Straße und redete noch immer.

Rachel!

Nein, sie würde nicht darauf hören. Auf keinen Fall. Rebecca schloss die Augen und versuchte das Geflüster zu ignorieren. Sie war erleichtert, als Alegra den Wagen vor dem Haus parkte.

«Ich beneide dich. Was für ein Haus. Von so einem habe ich immer geträumt. Und die Hortensienbüsche.»

Alegra kam aus dem Schwärmen nicht mehr heraus. Aber die Villa im viktorianischen Stil mit der großzügigen Veranda war auch wahres Schmuckstück. Rebecca wollte zur Tür laufen, als Alegra sie zurückhielt. Vor dem Wagen blieb sie stehen und schloss die Augen.

«Ich muss mich konzentrieren, wenn ich einen von denen fühlen will», sagte sie.

Rebecca nahm keine Schwingungen wahr, verschwieg es aber, weil sie nicht wollte, dass Alegra das Aaron brühwarm erzählte. Ihre Nerven lagen blank. Sie wollte Alegra nur noch so schnell wie möglich loswerden. Diese war in ihrer Begeisterung jedoch nicht zu stoppen und fragte sogar um Erlaubnis für einen Rundgang durch Haus und Garten.

«Ja, natürlich», gab Rebecca nach und verbiss den Schmerz in ihren Armen. Das Blut rauschte in ihren Ohren und ihr wurde schwindlig.

Rachel! Rachel!

Einfach ignorieren. Leider fiel ihr das immer schwerer, so erschöpft wie sie war. Der Rundgang mit Alegra wurde zur Tortur. Immer wieder verschwamm das Bild vor ihren Augen und der Schmerz breitete sich weiter aus. Nach einer eiskalten Coke wollte sie nur noch ins Bett fallen. Gott sei Dank war morgen ihr freier Tag und sie konnte ausschlafen. Nein, konnte sie nicht. Sie wollte doch Henry besuchen.

«Ich muss mich jetzt hinlegen. Danke, Alegra, dass du mich nach Hause gefahren und alles überprüft hast.»

«Gern geschehen. Soll ich vielleicht noch eine Weile bei dir bleiben, für den Fall, dass du unerwünschten Besuch bekommst?»

Sie musterte Rebecca aus ihren Kulleraugen.

«Nein, brauchst du nicht. Dein Tag war sicher anstrengend genug. Und ich werde gleich tot ins Bett fallen. Also, dann, mach's gut. Wir hören sicher bald wieder voneinander.»

Nur mit Mühe konnte Rebecca die Augen offen halten. Dabei war es nicht mal neun Uhr.

«Ja, dann bis bald. Du weißt ja jetzt, wo du mich finden kannst und meine Visitenkarte mit Adresse und Telefonnummer hast du auch. Kannst mich zu jeder Zeit anrufen, falls du etwas Ungewöhnliches bemerkst. Aber ich glaube nicht, dass du heute Nacht behelligt wirst. Gute Nacht.»

Rebecca lehnte sich mit dem Rücken an die Tür und seufzte. Eine Weile verharrte sie so, bis das Brennen an ihren Armen nachließ. Sie stieg die Treppe hinauf und lief ins Bad. Nach einer lauwarmen Dusche cremte sie sich vorsichtig ein. Sobald sie jedoch die Haut berührte, sog sie scharf die Luft ein und zuckte zusammen. So schlimm war es noch nie gewesen, dass es ihr die Tränen in die Augen trieb.

Die Creme hatte ihr doch sonst geholfen? Versagte sie etwa heute ihren Dienst? Der Schmerz wollte einfach nicht verebben. Rebecca war zum Heulen zumute und sie betrachtete ihre Arme unter dem grellen Licht. Nicht nur dass der Schmerz stärker war, irgendetwas war anders als sonst. Sie fühlte sich, als hätte sie Fieber. Ihr Körper glühte wie nach einem starken Sonnenbrand. Unter der Lampe erkannte sie dicht über ihren Handgelenken zwei rote Stellen und in ihrem Kopf hörte sie permanent einen tiefen Ton, der wie ein monotones Signal an- und wieder abschwoll.

Wurde sie krank oder erging es jedem Mischwesen so? Sie nahm noch eine Kopfschmerztablette, bevor sie unter die kühle Satinbettdecke schlüpfte und das Licht ausschaltete. Ruhe, Ruhe und nochmals Ruhe. Wenn sie wieder aufwachte, würde der Schmerz hoffentlich weg sein. Durch das geöffnete Fenster hörte sie den Frosch im Gartenteich, der sie in den Schlaf quakte.

Sofort umarmte sie ein Albtraum, in dem sie wieder das kleine Mädchen im Sommerkleid war, das im Hinterhof spielte.

«Rachel? Du musst jetzt mit mir kommen», hörte sie eine tiefe Stimme sagen.

«Nein, ich will nicht!», rief sie trotzig und rannte, ohne sich umzudrehen, mit dem Teddy im Arm fort.

Doch er holte sie ein und packte sie grob am Arm. «Deine Mutter ist tot. Du *musst* mit mir kommen!»

Tränen schossen in ihre Augen. Ihre geliebte Mom sollte wirklich gestorben sein? Das konnte sie nicht glauben.

«Nein, nein!», schrie sie und zwickte in seine Hand.

Doch er ließ nicht los. Es war Ariel, der sich zu ihr mit finsterer Miene herabbeugte. Sie ekelte sich vor seiner Narbe unter dem linken Auge, die rot und wulstig war. Rebecca hatte beobachtet, wie er gegen einen Mann mit weißen Flügeln gekämpft hatte. Der Unbekannte hatte ihn mit seinem Schwert getroffen. Blut spritzte und Flammen schlugen aus der Wunde. Aber Ariel hatte seinen Gegner getötet. In ihrer Angst hatte sie sich unter einem Stapel Kisten im Hinterhof verkrochen. Doch Ariel fand sie und zerrte sie heraus.

«Kommt jetzt oder du wirst sterben.»

Sie wollte nicht sterben, denn sie hatte gesehen, wie sich die Körper der anderen in Staub aufgelöst hatten. Sie wollte nicht das gleiche Schicksal teilen. Rebecca schrie und konnte nicht mehr aufhören, selbst dann nicht, als er sie hochhob und davontrug. Sie trommelte mit den Fäusten vergeblich auf ihn ein. Als sie um die Hausecke bogen, loderte Feuer vor ihnen auf. Er lief mit ihr direkt darauf zu, bereit, hindurchzugehen. Sie kreischte so laut und lang, bis sie heiser war, während er sie erbarmungslos weiterschleppte.

Er drehte sie um und hielt ihre Arme in die Flammen. Sie wimmerte vor Schmerz, aber er zeigte keine Gnade. Rebecca hasste ihn für das, was er ihr antat, und für das, was ihrer Mutter geschehen war. Ihre Arme fingen Feuer. Die Flammen fraßen sich in ihr Fleisch, tiefer und tiefer und brannten ihr ein Zeichen ein: zwei seltsam geschwungene Bögen, die wie zwei Schlangen nebeneinander krochen.

Er zog sie wieder aus der lodernden Glut und stellte sie auf den Boden. «Und jetzt sieh es dir an.»

Er drehte ihre Arme mit der Innenseite nach oben. Vor Entsetzen gelähmt starrte sie auf die beiden blutroten Schlangen.

«Der Schmerz wird bald vorbei sein. Nur wer aus dem Feuer geboren wurde, kann es besiegen. Sprenge die flammenden Fesseln und die Ewigkeit gehört dir. Merk dir diese Worte. Wenn der Tag gekommen ist, musst du sie benutzen. Die Zeichen machen dich zu etwas Besonderem, Rachel. Du musst mir versprechen, dass du sie vergisst, damit sie niemand sieht. Hast du gehört?»

«Warum?», fragte sie und sah zu ihm auf.

«Weil sie dich hassen, dich jagen werden, bis sie dich getötet haben. Du wirst sie vergessen, bis du sie eines Tages brauchst.»

Sie nickte unter Tränen. Seine Worte ängstigten sie. Sie verstand nicht, weshalb man sie wegen dieser Zeichen töten wollte.

«Irgendwann wirst du verstehen.»

Er nahm ihre Arme in seine Hände und eine Flut von Bildern strömte auf sie ein. Bilder von geflügelten Wesen mit Schwertern in den Händen, in deren Augen Mordlust glitzerte. Sie wollte das nicht sehen und kniff die Augen fest zusammen. Er sollte aufhören sie zu quälen. Ihr Herz galoppierte in der Brust und in ihrem Kopf drehte sich alles.

«Nein! Nein!», schrie sie.

Rebecca wachte von ihren eigenen Schreien auf. Das war kein Albtraum, sondern wieder eine Erinnerung gewesen. Ariel musste ihr Vater sein. *War er vielleicht hier gewesen während sie geschlafen hatte?*

Sie lauschte in die Dunkelheit und konzentrierte sich auf ihre Sinne. Keine Schwingungen, kein außergewöhnliches Geräusch. Selbst der Frosch draußen war verstummt. Sie lag noch immer keuchend auf dem Bett, die Hände ins Laken gekrallt.

Plötzlich krampfte sich ihr Magen zusammen, die Übelkeit ließ sie würgen, bis Säure in die Speiseröhre aufstieg. Sie schaltete das Licht ein und wankte ins Badezimmer. Vom Neonlicht geblendet, schloss sie die Augen und stützte sich am Türrahmen ab. Es dauerte einen Moment, bis sie sich an die Helligkeit gewöhnt hatte. Sie wollte zur Toilette, schaffte es aber nur zur Waschschüssel und übergab sich.

Erschöpft sank sie auf den Badewannenrand und wartete, bis sich Atem und Puls wieder beruhigt hatten. Ihr Körper glühte. Es war also doch ihr hohes Fieber schuld an diesem Albtraum. Sie durchsuchte den Badezimmerschrank nach fiebersenkenden Tabletten. Doch weil sie nicht fror, stellte sie sie wieder zurück.

Was ging nur mit ihr vor? Es schien, als würde ihr Engelsblut das menschliche verbrennen wollen.

Nach einer Weile stand sie langsam auf und betrachtete zitternd ihre Arme. Sie stieß einen erstickten Schrei aus. Auf ihrem rechten Unterarm prangte eines der Zeichen aus ihrem Albtraum. Das konnte nicht möglich sein und doch war es da.

Als sie es sanft berührte, brüllte sie vor Schmerzen. Auf den ersten Blick sah es aus wie ein Tierbrandzeichen. Erst bei genauerem Hinsehen erkannte sie, dass sich die Linien unter ihrer Haut wie lodernde Flammen bewegten. Im Albtraum hatte sie sogar auf beiden Armen eines besessen. Noch einmal schraubte sie den Verschluss des Brandgels auf und verteilte die kühle Paste auf der schmerzenden Stelle, während sie die Zähne zusammenbiss. *Was würden die anderen dazu sagen, wenn sie es entdeckten?*

Sie sah auf die Uhr. Ein Uhr nachts und Aaron war nicht da. Oder hatte sie das Klingeln nicht gehört? Sie schöpfte die leise Hoffnung, er hätte es sich vielleicht anders überlegt. Aber sie kannte ihn gut genug, um zu wissen, dass er einhielt, was er versprach. Zeit spielte für einen Blutengel anscheinend keine Rolle. Er brauchte ja nicht mal Schlaf.

Auf keinen Fall durfte er dieses Zeichen sehen. Sie eilte hinüber ins Ankleidezimmer und zog eine Schublade nach der anderen auf, bis sie gefunden hatte, was sie gesucht hatte. Dann streifte sie das Schweißband über. Es erfüllte nicht nur seinen Zweck, sondern linderte durch den sanften Druck wider Erwarten auch den Schmerz. Das Fieber hatte sie durstig gemacht. Barfuß lief sie auf den Flur zur Treppe, als sie plötzlich ein Geräusch im Erdgeschoss innehalten ließ. Hatte sie nicht vorhin die Haustür abgeschlossen?

Sie war sich sicher gewesen. Bitte nicht auch noch einen Einbrecher. Das wäre zu viel. Im Schlafzimmer stand ihre Handtasche, in dem das Messer war. Auf Zehenspitzen schlich sie sich zurück und öffnete den Reißverschluss. Vorsichtig zog sie das Dämonenmesser heraus, das obenauf lag.

Was hatte Aaron gesagt? Sie dürfe es nur am Knauf festhalten. Ihre zittrige Hand umklammerte den Messerschaft. Im Flur lauschte sie noch einmal, bevor sie sich entschloss, die Treppe hinabzusteigen, das Messer fest in der Hand.

***

Aaron fühlte sich schlecht, als er in Rebeccas Haus einbrach. Aber dass sich dort vielleicht das Exsolutio befinden könnte, ließ ihm keine Ruhe. Nachdem er sich mit einem Blick durch Rebeccas Schlafzimmerfenster vergewissert hatte, dass sie fest schlief, kletterte er die Fassade wieder hinab und überquerte die Terrasse. Er überprüfte die Tür, die leichtsinnigerweise nur angelehnt war. Wie konnte sie das vergessen, das lud Einbrecher ein, geschweige denn Dämonen und anderes Höllenpack!

Er drückte die Tür vorsichtig auf und schlich hinein, bevor er sie hinter sich wieder leise verschloss. Einen Moment blieb er stehen und lauschte in die Stille. Als sich nichts regte, begann er mit der Suche. Gut, dass er keine Lampe benötigte, um in der Dunkelheit sehen zu können.

Zuerst öffnete er den Schrank. Der war leer. Etliche unausgepackte Kartons im Flur deuteten darauf hin, dass deren Inhalt noch eingeräumt werden musste. Danach widmete er sich dem Sekretär, aber außer Sterbeurkunden und irgendwelchem Schriftwechsel fand er nichts.

Ein Haus in dieser noblen Gegend besaß bestimmt einen Safe. Er überprüfte nacheinander die Bilder, ob sich dahinter eventuell ein Tresor verbarg. Sogar den Boden suchte er vergeblich ab, eine Abstellkammer und schließlich den angrenzenden Raum mit den Gartenmöbeln.

Dann blieb ihm nur noch das obere Stockwerk. Mit einem flauen Gefühl im Magen stieg er lautlos die Treppe hinauf. Als Stoff raschelte, fuhr er herum. Rebecca warf sich im Bett hin und her. Sie musste so müde gewesen sein, dass sie früh schlafen gegangen war.

Er konnte der Versuchung nicht widerstehen, sie im Schlaf zu betrachten, und stellte sich neben das Bett. Die Decke, von der sie sich freigestrampelt hatte, war auf den Boden geglitten. Er hob sie wieder auf. Sie trug einen kurzen Schlafanzug, dessen Oberteil nach oben gerutscht war und ihren nackten Bauch entblößte. Nur mit Mühe widerstand er dem Verlangen, ihre Haut zu küssen. Unter dem Trägertop zeichneten sich deutlich ihre Brustwarzen ab.

Aaron spürte, wie sich sein Atem beschleunigte, und presste die Kiefer fest zusammen. Nicht auszudenken, wenn sie ihn an ihrem Bett entdecken würde, wie er sie heimlich beobachtete. Es würde sie nur noch mehr gegen ihn aufbringen. Was war er doch für ein Mistkerl, dass er in ihrem Haus herumschlich und ihre Sachen durchwühlte, anstatt sie offen zu fragen, ob sie von dem Exsolutio wusste.

Unter größter Anstrengung konnte er sich von ihrem Anblick lösen, der seine Hormone in Wallung brachte. Wie gerne hätte er sich zu ihr gelegt, nur um sie in den Arm zu nehmen, selbst wenn ihm der Sinn nach etwas anderem stand. Sein Glied drückte sich gegen den Stoff seiner Hose. Er musste sofort dieses Haus verlassen, bevor er sich vergaß.

Mit einem Ruck drehte er sich herum und lief zur Treppe, als er sie weinen hörte. Er konnte es nicht ertragen, wenn sie traurig war, und war versucht, sie zu wecken und zu trösten. Doch dann entschied er sich dagegen und lief die Treppe hinunter. *Wie hätte er ihr sein Verhalten erklären sollen?* Sicherlich trauerte sie um ihre Eltern.

Doch in diesem aufgewühlten Zustand konnte er sie unmöglich allein lassen. Er setzte sich auf die Treppe, bereit sofort nach oben zu sprinten, falls sie ihn brauchte. Ihre Unruhe schien sich in einen Albtraum zu verwandeln. Sie weinte, murmelte Unverständliches, dann wimmerte sie wie ein Kind.

Aaron war bereits zweimal aufgesprungen und wollte nach oben stürmen, um sie endlich aus diesem verfluchten Traum zu reißen. Er fuhr sich durch die Haare und unterdrückte einen Seufzer. Lange konnte er sie nicht mehr weinen hören.

Plötzlich riss es ab. Dann hörte er Schritte. Sie musste sich übergeben. Sie atmete schwer, Wasserrauschen folgte und sie gurgelte. Als sie sich der Treppe näherte, sprang er auf und lief zur Haustür. Hastig schlüpfte er hinaus und zog sie hinter sich zu. Durch die Scheibe neben der Tür sah er sie eine Weile später die Treppe herunterkommen. Sie hielt das Dämonenmesser in der Hand und blickte sich ängstlich um.

Er suchte vergeblich nach einem Klingelknopf und klopfte schließlich an. Mann, kam er sich schäbig vor, sie so zu täuschen. Wenn sie wüsste, was er getan hatte.

Sie näherte sich der Tür und spähte durch die Scheibe nach draußen, bevor sie sie öffnete. «Aaron, du? Gott sei Dank. Ich hatte Geräusche gehört ...»

Sie atmete erleichtert auf und ließ die Hand mit dem Messer sinken.

«Gut, dass du es bei dir trägst. Schließlich konntest du nicht wissen, wer vor der Tür steht.»

Sein Blick wanderte ungeniert über ihren verführerischen Körper und blieb schließlich an ihrem Gesicht hängen. Schon schoss erneut die Hitze in seine Lenden. Er nahm ihr vorsichtig das Messer aus der Hand und schob sie sanft rückwärts, bis sie im Hausflur waren. Dann legte er die Waffe auf das Fensterbrett neben dem Eingang. Sein Herz pochte vor Erregung schneller.

«Komm her», raunte er und sie folgte seiner Aufforderung.

Er zog sie fest an sich und versenkte seine Lippen auf ihren. Wie sehr hatte er davon geträumt, mit der Zunge in die Süße ihres Mundes einzutauchen. Nur mit Mühe konnte er sich beherrschen, sie nicht hart und fordernd zu küssen. Stattdessen öffneten seine Lippen quälend langsam die ihren, bis sich seine Zunge für das verlockende Spiel dazwischenschob.

Sie stöhnte leise auf und schlang die Arme um ihn. Als ihre

Finger begannen seinen Nacken zu kraulen, rannen wohlige Schauer seinen Rücken hinab. Sie schob die Hände unter sein Shirt. Ihre Nägel kratzten auf der Haut und wanderten zu seinen Schultern. Er vergrub sein Gesicht in ihrem duftenden Haar und bedeckte ihren Hals mit Küssen, bevor er über ihre Ohrmuschel leckte.

«Rebecca, du hast keine Ahnung, wie sehr ich mich nach dir gesehnt habe», flüsterte er ihr ins Ohr und spürte, wie sie erschauerte. «Tag und Nacht.»

Er küsste ihre Lider, ihre Nase, ihre Wangen, bevor er wieder zu ihrem Mund zurückkehrte, um die feuchte Höhle erneut zu erkunden. Sie presste sich an ihn und bewegte ihre Hüften seitwärts. Die sanfte Reibung an seiner Erektion erregte ihn so, dass er fast kam. Seine Finger glitten hinab zu ihrem Po und drückten sich voller Verlangen in die weichen Rundungen.

Als er die Augen öffnete, erkannte er ihre harten Brustwarzen unter dem Schlafanzugtop. Seine Hand fuhr unter den dünnen Stoff und schob sich zu ihrem Busen hoch. Er umfasste eine Brust und massierte sie sanft. Sie legte den Kopf in den Nacken und seufzte.

Das verstand er als Einladung den Bund des Tops nach oben zu schieben und eine ihrer Knospen in die Hitze seines Mundes zu saugen. Alles, was er wollte, war sie. Die harte Perle in seinem Mund, die er sanft mit der Zunge hin und her schob, schmeckte köstlich.

Rebecca stöhnte ungehemmt und gab sich seinem verführerischen Spiel hin. In diesem Moment bestimmte einzig die Begierde sein Handeln. Er hob sie auf die Arme und trug sie die Treppe hinauf. Sie schmiegte den Kopf an seine Schulter und küsste ihn auf die stopplige Wange.

Behutsam legte er sie aufs Bett, wo er sie noch vor kurzem betrachtet hatte, und schob sich über sie, um dort fortzufahren, wo sie unten im Flur aufgehört hatten.

Im Schein des einfallenden Lichts aus dem Badezimmer betrachtete er liebevoll ihr Gesicht. Mit vor Lust verschleiertem Blick war sie betörend schön. Der verheißungsvolle Ausdruck brachte das Blut in seinen Adern zum Kochen. Gleich würde sie ihm gehören.

Hatte er sich beim ersten Mal noch viel Zeit gelassen, konnte er es jetzt kaum erwarten, ihren nackten Körper zu liebkosen. Nie hatte er eine solche Lust verspürt wie in diesem Augenblick. Zuerst küsste er ihre Brustwarzen, bevor seine Finger den Saum des Oberteils griffen und weiter nach oben zogen. Mit dem linken Arm richtete er ihren Oberkörper auf.

Als er den Stoff über ihren Kopf streifte, berührte er etwas Flauschiges. Rebecca zuckte zusammen und stieß einen unterdrückten Schmerzenslaut aus. Aaron warf das Top achtlos auf den Boden und nahm ihren Arm. Sie trug ein Schweißband um ihr Handgelenk. Er wollte es abziehen, als sie ihm blitzschnell die Hand entzog.

«Nur eine kleine Schnittwunde, nichts Wildes», erklärte sie und legte den Arm unter den Kopf, als wollte sie ihn vor ihm verbergen.

«Ich möchte mir gern deine Verletzung ansehen.»

Er spürte ihre Schmerzen und war davon überzeugt, dass es sich nicht nur um eine unbedeutende Wunde handelte, sondern um mehr.

«Ich sagte doch, ist nicht nötig. Schließlich bin ich Ärztin und kann das beurteilen. Außerdem habe ich sie bereits in der Klinik versorgt.»

«Du hast damals auch darauf bestanden, dass ich dir meine Wunde zeige. Bitte, ich mache mir Sorgen.»

Aaron erschrak, als er ihre versteinerte Miene bemerkte. Eben noch hatte die Luft vor Lust und Leidenschaft geflirrt, jetzt war sie abgekühlt wie nach einem Regenguss. *Weshalb sperrte sie sich so dagegen, dass er sich die Verletzung ansah?* Wieder dieses Misstrauen, das er am Telefon und auch im Café der Buchhandlung gespürt hatte. *Weshalb vertraute sie ihm nicht?*

Er kitzelte sie unter der Achsel, sodass sie automatisch den Arm unter dem Kopf hervorzog. Doch als er ihr das Schweißband erneut abziehen wollte, stieß sie ihn grob mit dem Ellenbogen von sich.

Erschrocken rollte er sich von ihr. «Was ist denn daran so schlimm, dass ich mir das ansehe? Ich werde das Gefühl nicht los, dass du mir etwas verschweigst, Rebecca?»

Sie drehte sich auf die Seite und legte den Kopf erneut auf den verletzten Arm. «Quatsch. Warum sollte ich dir misstrauen? Es tut mir weh, das Schweißband abzuziehen, weil es durch das Wundsekret an der Haut festgeklebt ist. Das ist alles», erklärte sie ihm.

Sie mied seinen Blick und er spürte, wie sie sich innerlich wieder zurückzog. Das verstärkte in ihm den Verdacht, dass sie ihm etwas verschwieg. Seit sie in San Francisco war, schien aus ihr eine andere geworden zu sein. Vorhin, als sie sich an der Haustür gegenübergestanden hatten, war es wieder wie damals in New York gewesen.

Der Puls an ihrem Hals pochte unter der Haut und ihr Atem ging immer noch schnell. Er beugte sich vor und hob mit Daumen und Zeigefinger ihr Kinn an. Ihr Blick war abweisend und machte ihm bewusst, dass sie in diesem Moment weder gewillt war, ihr Geheimnis preiszugeben, noch sich ihm hinzugeben. Auf keinen Fall würde er sie bedrängen, auch wenn sein Körper noch so sehr vor ungestillter Begierde schmerzte.

Eine Gänsehaut überzog ihren Körper. Er küsste sie zart auf den Mund, bevor er ihr das Schlafanzugoberteil reichte, das er kurz zuvor auf den Boden geworfen hatte. Sie streifte es sich hastig über, ohne ihn dabei anzusehen.

Deutlich fühlte er ihre Traurigkeit. Er setzte sich auf und nahm sie tröstend in den Arm. Jedes Wort hätte in diesem Augenblick gestört. Er wiegte sie und küsste sie aufs Haar, bis sie eingeschlafen war. Als er ihre gleichmäßigen Atemzüge hörte, legte er sie behutsam nieder und stand auf. Es war Zeit zu gehen.

Als die Haustür leise hinter ihm ins Schloss fiel, vibrierte sein Handy. Seth hatte Wort gehalten und ihm das Foto von Julia Rossi zugesandt, das Aaron verblüffte. Da hatten sie die ganze Zeit nach einem Passagier ihres Namens gesucht und jetzt musste er herausfinden, dass Julia Rossi Stewardess an Bord seines Flugs von Rom nach San Francisco gewesen war. Deutlich erinnerte er sich noch an ihren seltsam Blick, mit dem sie ihm den Kaffee eingeschenkt hatte.

Als er die Adresse las, hätte er fast aufgelacht. Es war das Haus in Tenderloin, das gestern niedergebrannt war. Also fing die Suche wieder von vorne an. Wenigstens wusste er jetzt, wie sie aussah und konnte die Info an die Nephilim weitergeben, die sich an der Suche beteiligten. Er klappte das Handy zu und steckte es wieder in seine Hosentasche, bevor er sich auf seine Honda schwang und auf den Weg zu Joel machte, wo sie Seth erwarteten.

25.

Rebecca erwachte vom Regen, der gegen die Fensterscheiben prasselte. Sie sah auf die Uhr. Zehn Uhr morgens. Ihr Blick fiel auf die zerwühlte andere Betthälfte. Aaron.

Gestern Nacht war er bei ihr gewesen ... das Schweißband ... er hatte nachsehen wollen, was sich darunter befand ... Sie war so in ihrer Begierde gefangen gewesen, dass sie sich fast erneut geliebt hätten. In seiner Nähe spielten ihr Körper und ihr Herz jedes Mal verrückt.

Ernüchtert hatte sie ihn schließlich von sich gestoßen. Dann war er gegangen. Und wenn er vorher einen Blick riskiert hatte, als sie geschlafen hatte? Der Schweiß brach ihr aus allen Poren. Das Band saß noch an derselben Stelle. Sie hätte es sicher gemerkt, wenn er daruntergelugt hätte. Oder?

Die Tatsache, dass er ihr nichts angetan hatte, ließ nur einen Schluss zu: Er hatte die Rune nicht entdeckt oder sie war nicht mehr da.

Hoffnung keimte in ihr auf, die sich gleich wieder zerschlug, als sie das Frotteeband wegzog. Dieses verfluchte Zeichen prangte noch immer an ihrem Arm. Die beiden dunkelroten Linien bewegten sich wie lebende Würmer unter ihrer Haut. Sie strich mit den Fingern entlang der Narbenränder und überlegte, wie es wäre, sie mit dem Skalpell zu entfernen und Haut zu transplantieren. Eine innere Stimme warnte sie davor.

Rebecca kratzte mit den Fingernägeln leicht über die Wulst und schrie sofort vor Schmerz auf. Blitze schossen durch ihren Körper und bohrten sich ihr ins Herz. Augenblicklich dachte sie an den Jungen, der beim Röntgen in Flammen aufgegangen war. Sein Zeichen hatte ähnlich ausgesehen. Bei ihren Internetrecherchen hatte sie herausgefunden, dass jeder Engel eines besaß. Dann traf das auch auf Gefallene oder Abtrünnige wie Ariel zu.

Sie betrachtete das andere Handgelenk. Es war stark gerötet und reagierte empfindlich auf Berührungen. Dennoch war nichts zu erkennen. Rebecca war froh, dass heute ihr freier Tag war. Francesca hätte sie bestimmt gefragt, weshalb sie während des Dienstes ein Schweißband trug und darauf bestanden, einen Blick darunter zu werfen.

Ihr war klar, dass sich ihr zweites Ich nicht mehr lange verheimlichen ließ. *Sollte sie vielleicht San Francisco verlassen, wie Alegra es vorgeschlagen hatte?* Ein Besuch bei Henry würde sie möglicherweise einen Schritt weiterbringen.

Sie stand auf und lief ins Badezimmer. Eine halbe Stunde später war sie zwar geduscht, aber wenig erfrischt. Noch immer klatschte der Regen an die Scheiben und unterstrich ihre trübe Stimmung. Rebecca stieg die Treppe hinab. Unten im Flur angekommen sah sie, dass das rote Lämpchen des Anrufbeantworters blinkte. Ein Anruf in Abwesenheit, der schon zwei Tage zurücklag. Das war ihr gestern entgangen. So selten wie sie die Post ihrer Eltern aus dem Briefkasten genommen hatte, so wenig hatte sie sich deren Anrufbeantworter gewidmet.

Sie hatte das Gefühl, etwas Verbotenes zu tun, als sie die Taste drückte, um die Nachricht abzuspielen. «Hallo, Mr. Clancy. Ich habe jetzt das Buch und würde es Ihnen gern überreichen. Bitte rufen Sie mich doch an, damit wir uns verabreden können. Meine Nummer lautet ...»

Dann leierte die Frauenstimme Ziffern herunter. Rebecca notierte sie sich. *Was für ein Buch?* Wenn sie irgendwann Lust hatte, würde sie die Frau zurückrufen und danach fragen. Rebecca nahm das Telefon von der Basisstation und wählte die Nummer von Henrys Agentur. Während die Sekretärin sie in die Warteschleife hängte, überlegte sie sich ihre Worte. Sie war noch immer enttäuscht und sauer wegen gestern.

Als er abnahm, verhielt sie sich jedoch so wie immer. Es war besser, solche Dinge im persönlichen Gespräch zu klären. Doch das Schauspielern fiel ihr schwer.

«Hallo, Henry, ich habe dir doch auf dem Friedhof von Dads Münzsammlung erzählt. Du erinnerst dich? Heute ist mein freier Tag und da dachte ich mir, ich könnte sie dir vielleicht vorbeibringen ...»

Henry wirkte freudig überrascht und lud sie ein, gleich bei ihm im Büro vorbeizuschauen.

Wenig später fuhr Rebecca mit dem Toyota ihrer Eltern zur Transamerica Pyramid, wo im 35. Stock Henrys Agenturbüro lag. Die Kassette mit der Münzsammlung auf dem Rücksitz. Es goss noch immer in Strömen. Der Scheibenwischer schaffte es kaum, für freie Sicht zu sorgen. Rebecca fluchte an jeder Ampel, an der sie halten musste. Nach einer gefühlten Ewigkeit erreichte sie die Parkgarage des Wolkenkratzers.

Henrys Büro bot normalerweise einen fulminanten Ausblick auf San Franciscos Skyline, doch heute lag über der Stadt ein dichter Grauschleier. Selbst Alcatraz verschwand in den tief hängenden Wolken. Auf den ersten Blick fielen jedem Besucher sofort die Regale mit den unzähligen Büchern auf. Romane von Henrys Autoren.

Tania, Henrys Sekretärin, bat sie noch einen Moment im Vorzimmer Platz zu nehmen. Rebecca trommelte mit den Fingern auf ihrer Handtasche, die auf ihrem Schoß lag. Nach einer Weile öffnete sich die Tür zu Henrys Büro. Er lächelte sie wie immer offen und warm an, als wäre nichts geschehen. Doch in ihrem Magen hatte sich die Enttäuschung zu einem Stein zusammengeballt.

«Hallo, Rebecca, wie schön. Komm rein.»

Er winkte sie zu sich und umarmte sie herzlich. Sie ließ es geschehen. Henry schob sie ins Büro und schloss hinter ihnen die Tür.

«Ist etwas geschehen?»

Sie hörte die Besorgnis in seiner Stimme. Rebecca hielt es nicht lange aus und redete offen heraus.

«Wie man's nimmt. Ich habe euch gestern gesehen.»

Seine buschigen Brauen zogen sich zusammen und er rückte die Brille auf der Nase zurecht. «Wen meinst du?»

«Na, dich und die Grauhaarige, die du ja angeblich nicht kennst», sprudelte es aus ihr heraus. «Du brauchst es gar nicht abzustreiten, ihr standet vor dem Tabakwarengeschäft in der Westwood Mall.»

Henry erblasste und schien nach den passenden Worten zu suchen. «Ich streite es nicht ab. Ich bin dort gewesen, Rebecca», gab er nach einer Weile zu.

«Warum hast du mir gesagt, dass du die Frau nicht kennst? Gerade dir hätte ich zu lügen nicht zugetraut. Ich verstehe das nicht.»

Rebecca kämpfte gegen die aufsteigenden Tränen.

«Bitte, setz dich. Ich muss dir was erklären.»

Mit einer einladenden Geste deutete er auf das Sofa der englischen Polstergarnitur. Nur zögerlich folgte Rebecca der Aufforderung. Henry setzte sich ihr gegenüber.

«Hast du was dagegen, wenn ich rauche?», fragte er höflich und seine Hand lag bereits auf dem Holzkistchen auf dem Tisch.

«Ehrlich gesagt schon. Seit New York rauche ich nicht mehr.»

Henry zog die Hand wieder zurück und lehnte sich im Sessel zurück. «Meinen Glückwunsch.»

«Spann mich nicht länger auf die Folter und erklär mir stattdessen, woher du die Frau kennst.»

Ihre Hände umklammerten fest den Griff ihrer Tasche.

«Sie ist deine Mutter.»

Mutter, Mutter, echote es in Rebecca nach. Sie fühlte sich mit einem Mal wie betäubt und starrte Henry schweigend an. Es dauerte eine Weile, bis sie sich wieder gefasst hatte.

«Wow, das haut mich jetzt doch um. Ich dachte, du hättest nichts von meiner Adoption gewusst.»

Schon wieder eine Lüge.

«Habe ich auch zuerst nicht, bis dein Dad, entschuldige, dein Adoptivvater sich mir anvertraute.»

«Ist schon okay. Er wird immer mein Dad bleiben», warf sie ein.

«Ich beginne besser von vorne.»

Henry spielte nervös mit dem Feuerzeug zwischen seinen Fingern.

«Okay», stimmte sie zu. Sie wollte jetzt alles hören.

«Deine Eltern hatten vor einiger Zeit eine Suchanzeige im Internet aufgegeben. Nach irgendeinem Buch. Zuerst hat keiner geantwortet und sie dachten, die Sache hätte sich erledigt, als sich schließlich ein Mann bei ihnen per E-Mail meldete und behauptete, es befände sich in seinem Besitz.»

«Was denn für ein Buch?»

Rebecca lehnte sich vor und sah Henry forschend an. Sie dachte an die Nachricht auf dem AB.

«Das kann ich dir nicht sagen. Auf alle Fälle haben deine Eltern nach dieser E-Mail seltsame Anrufe von einer Sekte erhalten.»

«Die Apokalyptiker?»

«Ich glaube so hieß die.» Henry nickte. «Sie haben deine Eltern bedroht, wollten von ihnen wissen, wo sich dieses Buch befindet. Aber die hatten ja selbst nur die E-Mail. Dein Vater ist dann mit den Drohbriefen zur Polizei gegangen. Er hatte Angst um dich, kam zu mir und weihte mich in sein Geheimnis ein. Ich war sehr überrascht von der Adoption. Er gab mir schließlich die Adresse deiner richtigen Mutter und bat mich, sie zu informieren, falls ihnen etwas zustoßen würde. Gleich nach dem Tod deiner Eltern habe ich sie angerufen. Ich kannte sie nicht, bitte, das musst du mir glauben. Auch auf der Trauerfeier wusste ich nicht, wer sie war und dass sie dort auftauchen würde. Erst als sie mich einen Tag später in meinem Büro besucht hat, habe ich davon erfahren. Ihr gehört übrigens die Buchhandlung in der Mall.»

Rebecca zitterte am ganzen Körper vor Aufregung. Endlich kam sie der Wahrheit über ihre Vergangenheit näher. Ihre Finger krampften sich ineinander. Konnte es sein, dass ihre Eltern gar nicht verunglückt, sondern ermordet worden waren? Rebecca fröstelte bei der Vorstellung.

«Weißt du denn, was das für ein Buch sein kann?»

Henry schüttelte den Kopf. «Leider nein.»

«Ich glaube fast, meine Eltern sind nicht verunglückt, sondern ... ermordet worden.»

«Dieser Gedanke ist mir auch schon gekommen. Aber ...»

Henry rieb sich nachdenklich das Kinn.

«Ich möchte meine richtige Mutter kennenlernen. Kannst du mich bitte zu ihr bringen?»

«Was, jetzt?»

«Bitte, Henry.»

Sie nahm seine Hand und sah ihn flehend an. Er seufzte, bevor er nach dem Telefon neben sich auf dem Beistelltisch griff.

«Du lässt wohl nicht locker.» Er wählte eine Nummer. «Tania, bitte sagen Sie bis zum Nachmittag alle Termine ab. Danke.» Nachdem er aufgelegt hatte, stand er auf. «Ich kann dir nicht versprechen, dass sie da ist, aber dann weißt du, wo sie wohnt.»

«Danke, Henry.»

Henry lotste sie die Serpentinen in Richtung Süden nach San Matteo County hinauf. In Rebeccas Kopf herrschte Chaos. Die Informationen, die sie von Henry erhalten hatte, schürten ihre Ungeduld. Sie fühlte sich wie in einem Wechselbad der Gefühle. Die Grauhaarige war ihre Mutter. *Warum hatte sie sich auf dem Friedhof nicht als solche zu erkennen gegeben?* Rebecca brannte darauf, endlich Antworten auf ihre Fragen zu erhalten.

Während der Fahrt berichtete Henry ihr von seinem ersten Besuch dort. Es war ein seltsames Gefühl, etwas über jemanden zu erfahren, der einem näher stand als die meisten und dennoch fremder war als viele andere.

Nach einer Weile bog sie in eine beschauliche Straße. Viele der Häuser erinnerten Rebecca an ihre Zeit in Aberdeen. Jedes Haus quadratisch gebaut und von weißen Veranden umgeben. Bei Sonnenschein hätte alles viel einladender gewirkt. Der Regen hatte zwar aufgehört, aber noch immer hingen dunkle Wolken am Himmel.

Henry deutete auf das letzte Haus der Straße. Mit einem beklemmenden Gefühl stieg Rebecca aus und folgte ihm zur Haustür. Ihr Herz klopfte wie verrückt, als er auf den Klingelknopf drückte. Wieder verstrich Zeit, die ihr endlos lang erschien.

«Vielleicht ist sie doch nicht zu Hause.»

Rebecca war enttäuscht. Henry schüttelte den Kopf.

«Tut mir leid, Rebecca.»

Als sie sich umdrehen wollten, hörten sie Schritte. «Moment, bitte.»

Es war unverkennbar die Stimme der Fremden vom Friedhof. Ruth Lighthouse. Ihr jetzt gegenüberzustehen im Bewusstsein, dass sie ihre Mutter war, erschien ihr so irreal.

Ruth Lighthouse öffnete mit einem Lächeln die Tür, das bei ihrem Anblick schlagartig verschwand. «Bist du verrückt, mit ihr hierher zu kommen?»

Ruth stellte sich auf die Zehenspitzen und warf einen Blick über Rebeccas Schulter. «Ist euch jemand gefolgt?», fragte sie etwas milder.

Rebecca schüttelte den Kopf. «Nein, ich glaube nicht.»

Ruth packte ihren Arm und zog sie in den Flur, Henry folgte ihr. Hastig schloss sie hinter ihnen die Tür, bevor sie sie ins Wohnzimmer winkte. Der Raum war in Pastellfarben gehalten, angefangen von der hellblauen Sesselgarnitur, über die Gardinen bis zu den Teppichen. Rattanmöbel verliehen dem Raum karibisches Flair. Alles strahlte Geborgenheit und Heiterkeit aus. Rebecca fühlte sich auf Anhieb wohl. Vor der Terrassentür stand ein ovaler Tisch mit einem halben Dutzend Stühlen.

Ruth lief voran und bedeutete ihnen mit einem Wink, sich hinzusetzen. Henry räusperte sich, sein Blick flog von Rebecca zu Ruth und wieder zurück.

«Das habe ich immer befürchtet. Nicht nur, dass du sie hierher bringst und die Aufmerksamkeit der Dämonen weckst ... Sicher plauderst du unsere Geheimnisse aus. Wie konntest du nur? Du weißt doch, wie gefährlich das ist», warf sie Henry vor, und Rebecca fühlte sich in der Verantwortung, ihn zu verteidigen.

«Es war mein Vorschlag, ich habe Henry dazu gedrängt. Nachdem ich dich und ihn in der Westwood Mall gesehen habe, hat es mir keine Ruhe gelassen. Ich musste die Wahrheit herausfinden.»

«Ich wünschte, sie wäre dir erspart geblieben, Rachel.»

Als sie so ansprach, lief es Rebecca kalt den Rücken hinunter. Rachel, es hörte sich richtig und gleichzeitig fremd an.

«Ist das wirklich mein Name?», flüsterte sie und betrachtete Ruths strenge Miene.

Diese nickte. «Der Name, den dir dein Vater gegeben hat.»

Rebecca dachte mit Grausen an Ariel. *Konnte sie tatsächlich ihren Namen vergessen haben?*

Henry beugte sich über den Tisch. «Ich warte draußen im Wagen auf dich, Rebecca.»

Er erhob sich schwerfällig vom Stuhl und verließ das Zimmer. Genau diese Feinfühligkeit hatte Rebecca immer an ihm geschätzt. Widersprüchliche Gedanken und Gefühle stritten in ihr. Einerseits war sie froh, mehr über ihre Vergangenheit zu erfahren, auf der anderen Seite wollte sie diese vergessen. Ihr Blick blieb an Ruth hängen. *Sie knetet die Finger auf die gleiche Art wie ich,* dachte Rebecca und sah an sich hinab, bevor sie lachte.

Ruth stimmte ein. «Die Marotte hat sich wohl vererbt. Du bist hierhergekommen, um Antworten auf deine Fragen zu finden ...» Ihre eiskalte Finger legten sich auf Rebeccas Hand. «Wirst du die Wahrheit für dich behalten?»

Rebecca nickte.

«Sicherlich hast du dich gefragt, warum du dich nicht an alles erinnern kannst?»

Rebecca saß angespannt auf dem Stuhl. Sie war viel zu aufgeregt, sodass sich ihre Nägel in die Handflächen bohrten.

«Ich musste dir deine Erinnerung nehmen, damit du dich nicht selbst verrätst. Es genügt nur ein Gedanke, um die Jäger auf deine Fährte zu lenken. Auf der Trauerfeier der Clancys musste ich dich sehen, mich vergewissern, dass es dir gut geht. Als ich deine Verzweiflung gespürt habe, musste ich dir deine Vergangenheit zurückgegeben.»

Nur zu deutlich erinnerte Rebecca sich an die simple Berührung, die die Visionen heraufbeschworen hatte.

«Warum gerade die Clancys?»

Seit dem Tod ihrer Adoptiveltern ging Rebecca diese Frage nicht mehr aus dem Sinn. Ruth runzelte die Stirn. An ihrem Blick erkannte Rebecca, dass sich der Geist ihrer Mutter in der Vergangenheit befand. Eine schwarzhaarige Frau überreichte den Clancys ein Baby, eingewickelt in eine Decke. Rebecca wusste, dass sie sich selbst sah. Die Frau, die sie trug, ähnelte Rosie. Victoria Clancy nahm den Säugling in den Arm und wiegte ihn. Ihr Gesicht leuchtete vor Glück, als sie auf das Kind hinabsah. Ruth schloss die Augen und die Bilder erloschen schlagartig.

«Ich habe sie bewusst ausgewählt, denn ich wollte mein Kind nur jemandem anvertrauen, der es von Herzen liebte. Ich war verzweifelt und musste dich vor deinem Vater verstecken. Wenn du bei mir geblieben wärst, hätten die Engel uns getötet. Glaub mir, mein Herz brach, als ich dich weggeben musste. Aber ich wollte, dass du lebst und glücklich wirst. Nicht so wie ich.»

Ruths Augen füllten sich mit Tränen und Rebecca griff über den Tisch hinweg nach ihrer Hand.

«Mich von dir zu trennen, fiel mir unendlich schwer. Eine Freundin brachte dich zu den Clancys. Wir haben uns so sicher gefühlt. Und dann hat dein Vater sie beobachtet ... Er hat sie und ihre Familie dafür getötet.»

Ruth schniefte.

«Du hast nur das Beste gewollt. Ich kann dich verstehen.»

Ruth nickte, zog ein Taschentuch aus ihrer Rocktasche und schnäuzte sich.

«Ich erinnere mich an meinen Vater. All die Jahre habe ich von ihm geträumt, immer denselben Traum, wie er mich ins Feuer hält.»

Ruth sah erstaunt auf. «Das ist nicht dein Vater gewesen.»

Rebecca fehlten die Worte. «Aber ich dachte, Ariel ...»

Sie schüttelte den Kopf. «Das wäre er gern gewesen. Ariel und ich, wir haben uns geliebt, bis zu dieser einen Nacht. Er hat mir nie verziehen.»

Ruth stockte und unterdrückte ein Schluchzen.

«Was ist geschehen?»

«Ich habe im Engelsghetto als Heilerin gelebt. Ariel hat mich beobachtet. Ich wusste damals nicht, wer Ariel war, und ich verliebte mich auf den ersten Blick in ihn. Wir trafen uns außerhalb des Ghettos. Doch dann kam die Nacht, in der mich Seraphiel entführte.»

Genauso fasziniert wie ihre Mutter von Ariel war Rebecca von Aaron gewesen. Die Entführung ... wer weiß, was ihr widerfahren wäre, wenn Aaron sie damals nicht aus dem Haus am Hudson River befreit hätte. Ruths Leben und ihres glichen sich fast wie Spiegelbilder.

«Und weiter?»

«Nephilim haben mich in einem düsteren Haus eingesperrt. Niemand außer Seraphiel durfte zu mir. Er stellte mir täglich die gleiche Frage: Wo ist Uriels Sohn? Ich habe mich vor ihm gefürchtet, ihn gehasst, verweigerte mich ihm. Jeden Tag habe ich vergeblich versucht zu fliehen. Fünfzig Tage musste ich ohne Sonnenlicht verbringen. Als er einmal tagelang nicht erschien, dachte ich, er hätte mich vergessen und ich müsste in diesem Gefängnis bleiben, bis ich sterbe. Doch dann kam diese besagte Nacht, in der er mich vergewaltigt hat.»

Bitterkeit schwang in Ruths Stimme mit. Rebecca musste sich mit der anderen Hand an der Tischkante festhalten, als ihr schwindlig wurde. Hatte sie eben richtig verstanden? Nicht Ariel, sondern ...

«Seraphiel ist mein Vater? Nein, Ariel ist es. Ich spüre das, ihn habe ich in meinen Visionen gesehen. Er hat mich doch ins Feuer gehalten ...»

Rebecca wurde übel bei der Vorstellung und doch ergab alles einen Sinn. Aus dem Feuer geboren ...

Ruth sah sie voller Mitgefühl an. «Nein, Seraphiel ist dein Vater. Ariel war durch ein Versprechen gebunden und musste dich brandmarken.»

Sie nahm Rebeccas Arm und schob vorsichtig das Schweißband nach oben. «Das Feuerzeichen der Seraphime. Wenn das zweite Zeichen auf deinem Arm durchbricht, hat er dich gefunden.»

Sie sahen sich einen Moment lang in die Augen. Alle Farbe war aus Rebeccas Gesicht gewichen, dann fuhr Ruth fort zu berichten: «Als ich mich damals wimmernd auf dem Boden krümmte, warf er mir eine Schriftrolle hin. Die Prophezeiung über den Nephilim, der die Seelenketten der Verbannten lösen kann. Niemand hat daran geglaubt. Doch mir wurde alles klar.»

«Und was besagt diese Prophezeiung?», fragte Rebecca. Ihr Hals fühlte sich plötzlich eng und rau an.

«Zwei mächtige Engelslinien müssen sich im Blut verbinden, um diesen Nephilim zu erschaffen. Mein Großvater ist der Erzengel Raphael, dein Vater der mächtige Seraphim. Die Vereinigung von Feuer und Wasser, damit dieser Nephilim gezeugt wird. Nur eines haben die Propheten nicht vorausgesehen: die Geburt zweier Nephilim, Feuer und Wasser. Nur der Feuernephilim kann die Seelen erlösen.»

Ruths Blick glitt über Rebeccas Arm.

«Und der soll ich sein?» Fassungslos betrachtete sie Ruths Miene, dann schüttelte sie den Kopf und stammelte immer wieder: «Nein, nein, das kann ich nicht, das will ich nicht, nicht ich ...»

«Du musst dein Schicksal annehmen, Rachel. Auf dir ruhen alle Hoffnungen dieser Welt.»

Sie konnte es nicht fassen, was Ruth ihr eben offenbart hatte. Der blonde Junge an Ariels Hand ... Sie hatte sich nicht in ihren Gefühlen geirrt.

«Dein Zwillingsbruder Joshua», erklärte ihre Mutter, als hätte sie ihre Gedanken gelesen.

Joshua, der Name des Verkünders. Sie hatte es gespürt und nicht wahrhaben wollen. Dann sah sie Aarons Gesicht wieder vor sich, den Ausdruck der Qual und Abscheu darin, nachdem er die Rune gesehen hatte.

«Zwei Engelslinien dürfen sich nicht verbinden, es ist wider die Natur und die Gebote, und trotzdem ist es geschehen. Dein Vater will von dir erlöst werden. Er wird diese Welt mit seiner flammenden Spur kennzeichnen und vielen den Tod bringen.»

Rebecca erinnerte sich daran, als Kind Zeugin der Grausamkeit ihres Vaters geworden zu sein. Die Schreie der Sterbenden in den brennenden Häusern klangen noch heute in ihren Ohren. Ihre Albträume waren ein Sammelsurium von Erinnerungsbruchstücken. Ruth hatte es nicht vollständig geschafft, ihr Gedächtnis zu leeren.

«Und wenn ich mich weigere, mich ihm widersetze?»

Rebecca reckte das Kinn in die Höhe.

«Stirbt einer der Zwillinge, geht die Kraft des anderen auf den Überlebenden über. Joshua weiß das. Wenn er klug ist, wird er dich zwingen, euren Vater zu befreien, und dich dann töten.»

Ausgerechnet Joshua. Der Gedanke daran, einen Bruder zu besitzen, der ihr nach dem Leben trachtete, erschütterte sie.

«Wo ist er jetzt?»

«Das weiß ich nicht. Als Anführer dieser Apokalyptiker-Sekte zeigt er sich nur selten. Aber er wird nach dir suchen, um dich zu töten.»

Der seltsame Unterton Ruths beunruhigte Rebecca. «Bist du ihm denn nie begegnet? Hast du nie nach ihm gesucht?», fragte sie Ruth, die den Kopf schüttelte.

«Ich hätte mich verraten. Außerdem habe ich erst spät erfahren, dass er mein Sohn ist. Viel zu spät.»

«Aber die müssen doch irgendeinen Unterschlupf haben.»

Es wollte nicht in Rebeccas Kopf, dass jemand wie ihr Bruder nicht zu fassen war.

«Ariel hat sich seiner angenommen. Joshua hat sich auf Luzifers Seite geschlagen und würde nicht zögern, auch mich zu töten, wenn er es für notwendig hielte. Doch um die Seelen befreien zu können, bedarf es auch eines Buches.»

«Ich glaube, ich weiß, welches du meinst. Ich hatte einen Anruf von einer Frau. Ihren Namen hat sie nicht genannt. Sie behauptete im Besitz des Buches zu sein und wollte sich mit meinem Adoptivvater treffen.»

«Dann geh du hin. Du musst das Buch an dich nehmen und es zerstören. Sobald du auch nur eine Zeile daraus liest, werden die Seelenketten gesprengt. Seraphiel und die anderen Verbannten wären frei und schlügen sich auf Luzifers Seite. Das bedeutet Rebellion. Doch dieses Mal wird sie auf Erden ausgetragen.»

«Aber was soll das Theater? Die wissen doch, dass mein Vater tot ist!»

«Welche Zeilen tatsächlich wichtig sind, weißt nur du. Joshua will dir das Buch zuspielen. Anscheinend glaubt er, dass du die Hintergründe nicht kennst, und wiegt sich in Sicherheit. Versprich mir, dass du das Buch vernichten wirst!»

«Ich verspreche es.»

«Danach musst du San Francisco auf der Stelle verlassen. Hier», Ruth zog aus ihrer Tasche eine Visitenkarte, «diese Frau kann dir helfen. Versprich mir, zu ihr zu fahren.»

Rebecca fühlte die Angst und Sorge ihrer Mutter und drehte die Karte in der Hand. Tina Milton, Medium und Engelseherin, Cherokee Street, Denver Colorado, stand darauf. Colorado lag Hunderte Meilen entfernt und ihr würden ihre Verfolger, allen voran Aaron, im Nacken sitzen. Welche Chance hätte sie schon? Und doch war es womöglich die einzige, wenn sie überleben und nicht in die Fänge ihres Vaters gelangen wollte.

Ruth fasste erneut nach ihrer Hand und sah sie eindringlich an. «Du darfst uns nicht im Stich lassen. Seraphiel wird nicht eher ruhen, bis er dich in seiner Gewalt hat. Feuerengel gehören zu den mächtigsten unter den Engeln. Ich spüre, wie stark die Kraft der Feuerengel auch in dir ist.»

Da erzählte Rebecca ihr von ihrer Begegnung mit Ariel am Flughafen.

«Besinne dich auf deine Engelsnatur, um deine Feinde zu besiegen.»

Nach dieser Enthüllung verabschiedete sich Rebecca hastig von ihrer Mutter und fuhr mit Henry nach San Francisco zurück. Der Besuch hatte sie nicht nur ihrer Vergangenheit, sondern auch Ruth näher gebracht. Rebecca verstand ihre Beweggründe und fühlte eine gewisse Zuneigung für ihre Mutter. Sicher würde es nie das Verhältnis sein wie zu Victoria Clancy, aber Freundschaft vielleicht.

Sie blickte auf die Karte dieser Tina Milton, die sie vor sich aufs Armaturenbrett gelegt hatte. Ob auch in ihr Engelsblut floss? Sie war gespannt darauf, sie kennenzulernen.

27.

Erschöpft fuhr Rebecca den Toyota in die Garage. Sie war Henry für sein Schweigen dankbar gewesen. Das Gespräch mit Ruth hatte sie nicht nur aufgewühlt, sondern es ließ sie verzweifeln. Jetzt, wo sie die Wahrheit kannte, durfte sie Aaron auf keinen Fall wiedersehen. Er würde nicht zögern, sie zu töten, wüsste er um ihre Identität.

Rebecca schloss wie betäubt die Haustür auf. Ihre Schritte hallten durchs leere Haus. Da hatte sie gehofft, in San Francisco Frieden zu finden, und nun stand sie vor einem Scherbenhaufen. Sie pfefferte ihre Handtasche auf den Boden und rannte die Treppe hinauf. In ihrem Zimmer warf sie sich aufs Bett, schrie und trommelte ihre Verzweiflung in die Kissen.

Aaron! Noch immer spürte sie seine Hände und Lippen auf ihrem Körper. Niemals würde sie den Mann bekommen, nach dem sie sich sehnte. Unerreichbar, unmöglich, unerträglich. Die Tränen rannen unaufhörlich über ihr Gesicht. Wie sollte sie diesen Gedanken nur ertragen, ihn nicht mehr sehen, nicht mehr berühren zu können? Auch San Francisco musste sie auf Nimmerwiedersehen verlassen, sobald sie dieses verfluchte Buch vernichtet hatte. Kein Gedanke erschien ihr schrecklicher, als vor dem Menschen zu fliehen, der ihr am meisten bedeutete.

Nach einer Weile versiegte ihrer Tränenfluss. Sie zog die Beine an und umschlang sie mit den Armen. In dieser Haltung konnte sie am besten nachdenken. Seraphiels Tochter. Niemand konnte sich seine Eltern oder sein Schicksal aussuchen, sondern musste versuchen das Beste daraus zu machen. Das Beste! Sie lachte bitter auf. Nichts wäre mehr gut. Aaron würde sie genauso hassen wie ihren Vater. Und sie konnte ihn gut verstehen.

Was Seraphiel ihnen angetan hatte, war schlimmer als der Tod. Was musste ihre Mutter all die Jahre gelitten haben, wenn sie ihre Kinder zwar sehen konnte, sich ihnen aber nicht nähern durfte. Obendrein noch den Sohn an die Finsternis zu verlieren. Auch sie hasste ihren Vater für diese Tat. Joshua war ihr Gegenpol, ihre dunkle Seite und doch war er ihr Bruder, ob sie das wollte oder nicht.

Rebecca lief ins Bad und stellte die Dusche an. Sie zog sich aus und sprang unter den kalten Strahl. Sofort überzog ihren Körper eine Gänsehaut. Aber es tat ihr gut. Sie hatte das Gefühl, dadurch das Feuer in ihrem Innern zu löschen.

Rachel, bald sind wir vereint! Schon bald, flüsterte ihr Vater. *Du kannst dich nicht gegen dein Schicksal wehren.*

Und ob sie das konnte. Niemals würde sie seine schwarze Seele befreien, selbst wenn es sie das Leben kostete. Rebecca hielt sich die Ohren zu, weil sie das Geflüster nicht mehr ertragen konnte und sank auf den Boden.

Wut und Verzweiflung brachten ihren Körper zum Glühen. Schon sammelte sich die Energie in ihren Fingern. Ruth hatte recht, sie spürte die Kraft des Feuers in sich. Es war Zeit, dass sie diese Fremde anrief. Sie stand auf und drehte den Wasserhahn zu.

Nachdem sie sich abgetrocknet und angezogen hatte, ging sie hinunter und wählte die Nummer. Nur wenige Rufzeichen später meldete sich die weibliche Stimme mit dem südländischen Akzent, die auf den AB gesprochen hatte. «Hallo?»

«Hallo, mein Name ist Rebecca Clancy. Sie hatten versucht, meinen Vater zu erreichen. Es ging um irgendein Buch.» Rebecca war über sich selbst erstaunt, wie nüchtern ihre Stimme klang, obwohl sie innerlich vor Aufregung vibrierte.

«Si, natürlich, ich erinnere mich. Ich bin Julia Rossi. Schön, dass Sie zurückrufen. Ihr Vater hat mich beauftragt, das Buch zu suchen.»

«Ich habe nicht viel Zeit. Also wenn Sie mir bitte etwas mehr über dieses Buch sagen könnten.»

Rebecca war gespannt darauf, welche Erklärung folgen würde.

«Si. Hat Ihr Vater Ihnen denn nichts erzählt?»

So viel Scheinheiligkeit war kaum zu ertragen. Rebecca schluckte eine scharfe Erwiderung herunter, denn sie musste möglichst arglos erscheinen.

«Meine Eltern sind leider beide tödlich verunglückt.»

«Madonna mia Santa, das tut mir sehr leid.»

Selbst einem Ungeübten wäre der aufgesetzte Tonfall nicht entgangen. *Aber gut, ich spiele dein Spiel mit,* dachte Rebecca und lächelte vor sich hin.

«Danke. Aber was ist das für ein Buch?»

«Ihr Vater hatte vor längerer Zeit eine Suchanfrage im Internet nach diesem Buch gestartet. Er braucht es für Recherchezwecke.»

Rebecca hätte fast losgelacht. Diese Julia hätte sich besser informieren sollen. Ihr Vater schrieb Komödien fürs Theater und heitere Romane. Dazu brauchte er bestimmt kein okkultes Buch.

«Aber mein Vater ist tot, wenn ich Sie daran erinnern darf.»

Mit welcher Ausrede würde sie versuchen, es Rebecca dennoch aufzuschwatzen?

«Si, aber er hat schon für das Buch bezahlt und ich habe dafür keine Verwendung. Und es ist sehr wertvoll. Deshalb dachte ich, dass Sie ...»

«Dass ich es nehmen könnte? Gut, wenn es wirklich bezahlt ist, nehme ich es natürlich.»

«Favoloso! Wann kann ich es Ihnen vorbeibringen?»

Sie wirkte hörbar erleichtert.

Zu ihr nach Hause? Auf keinen Fall. Ihre Mutter hatte gesagt, sie sollte sich an einem neutralen Ort mit Julia Rossi treffen. Da fielen ihr nur die Restaurants in der Nähe der Piers ein. Falls ihr Bruder und seine finsteren Kumpanen ihr dort auflauerten, könnte sie sich unter die Touristen mischen.

«Ach, wissen Sie, ich bin kaum zu Hause. Wie wäre es mit dem *Blue Mermaid* heute Abend zum Dinner? So gegen acht?»

Julia Rossi schwieg. Rebecca hörte gedämpfte Stimmen. Anscheinend hatte sie mit der Hand den Hörer abgedeckt und schien mit jemandem im Hintergrund über ihren Vorschlag zu diskutieren. Rebeccas Hände verkrampften sich vor Anspannung. Hoffentlich würde Julia Rossi zustimmen.

«Ja, ist in Ordnung. Um acht im *Blue Mermaid*.»

«Gut, bis nachher.»

Rebecca legte auf und ballte siegesgewiss die Faust. Jetzt musste sie bei dem Gespräch bloß darauf bedacht sein, sich nicht zu verraten. Sie sah auf die Uhr. Ihr blieben noch gut zwei Stunden Zeit. Wenn sie sich doch nur nicht so leer und ausgelaugt fühlen würde. Wie ein Roboter räumte sie auf und verbot sich, ständig auf die Uhr zu sehen.

Als es unten an der Haustür klingelte, fuhr sie zusammen. Sofort war ihr klar, wer dort unten stand. Aber sie konnte und durfte ihn nicht mehr sehen. Voller Traurigkeit setzte sie sich aufs Bett und hoffte, er würde schnell aufgeben. Ihre Rune brannte unter dem Schweißband.

Doch Aaron klingelte hartnäckig weiter. Nie war ihr etwas so schwergefallen wie in diesem Moment. Es gab für sie keine Zukunft, hatte sie nie gegeben.

«Rebecca, ich weiß, dass du zu Hause bist. Warum zum Teufel öffnest du mir nicht?», rief er durch die Tür.

Sie schlang die Arme um den Körper und ließ sich rückwärts aufs Bett fallen. Nur so konnte sie der Versuchung widerstehen, nach unten zu rennen und ihm zu öffnen.

Geh doch endlich, Aaron! Geh! Geh!

Sie konnte doch nicht ihrem Mörder die Tür öffnen.

«Rebecca, bitte, wenn es wegen gestern Nacht ist, es tut mir leid. Ich wollte dich nicht bedrängen. Bitte, mach auf, ich muss mit dir reden.»

Seine Stimme klang so flehend und brachte ihren Entschluss ins Wanken. Aber es durfte nicht sein. *Bitte geh und lass mich in Ruhe*, dachte sie voller Verzweiflung.

«Ich werde wiederkommen, bis du bereit bist, mit mir zu reden. Die ganze Zeit über muss ich nur an dich denken. Rebecca, mach doch auf.»

Es brach ihr das Herz, ihn vor verschlossener Tür stehen zu lassen. Nach einer Weile gab er endlich auf. Wie in Trance stand sie schließlich auf, zog sich um und fuhr zur Verabredung ins *Blue Mermaid.*

Es war bereits acht, als Rebecca den Toyota in der Nähe des Restaurants parkte. Immer wieder warf sie einen ängstlichen Blick über die Schulter. Wenn sie gehofft hatte, hier viele Touristen anzutreffen, wurde sie bitter enttäuscht. Ein Grund war sicher der Regen, der alle in die Häuser trieb. Das nasskalte Wetter war für das sommerliche San Francisco recht ungewöhnlich.

Der Wind blies noch immer dicke Wolken in die Bucht. Verwaiste Restaurantterrassen, wo sonst die Touristen die lauen Nächte bei Barbecue und kaltem Bier genossen. Ausgerechnet heute musste schlechtes Wetter alle vertreiben.

Die dunklen Schwingungen, die sie umgaben, beschworen ihre Angst herauf. Vielleicht war das Restaurant doch keine so gute Wahl gewesen, und sie hätte sich besser für eine Shoppingmall entscheiden sollen. Zu spät. Jetzt musste sie das durchziehen. Sie zuckte zusammen. *War da nicht eben ein Schatten an der Hausmauer gewesen?*

Ihre Sinne spielten verrückt. Sie reagierte auf jede Bewegung und jeden Laut hysterisch. Dennoch blieb das Gefühl, beobachtet zu werden. Sie hatte von Anfang an gewusst, auf welch riskantes Unterfangen sie sich einließ. Doch es blieb ihr keine andere Wahl, als das Buch zu vernichten.

Rebecca atmete ein paar Mal tief ein und aus, bevor sie die Klinke zum Restaurant hinunterdrückte. Ihr Herz pochte vor Aufregung, als sie das Blue Mermaid betrat. Gleich hinter der Tür wurde sie gefragt, ob sie reserviert hatte. In all der Aufregung hatte sie das glatt vergessen. Aber vielleicht war Julia Rossi …? Zum Glück hatte diese tatsächlich reserviert.

Die Empfangsdame führte sie zum Tisch, der ihr nicht nur einen guten Blick über die Terrasse und die Piers bot, sondern auch auf die Eingangstür. Nur flüchtig registrierte sie das rustikale Flair des Restaurants, das ihr unter anderen Umständen sicher gefallen hätte. Rote Ziegelmauern, Balken mit Tauen umwickelt und mitten im Restaurant die hölzerne Nachbildung einer Meerjungfrau.

Rebecca trommelte mit den Fingern auf dem Tisch, ohne die Tür aus den Augen zu lassen. Nach einer Weile vergeblichen Wartens befürchtete sie, Julia Rossi könnte sie durchschaut haben und nicht erscheinen. Sie orderte eine Flasche Mineralwasser und vertröstete die Bedienung, die eine Bestellung aufnehmen wollte.

Es verging eine halbe Stunde, bis eine einzelne Frau ihres Alters das Restaurant betrat und sich suchend umsah. Ihre lackschwarzen Haare waren zu einem Dutt hochgesteckt. Der pinkfarbene Lippenstift und die breiten Kajalstriche unter dem Lid waren für Rebeccas Geschmack zu dick aufgetragen und verliehen ihr eine Verruchtheit, die sich in ihrem Outfit fortsetzte. Eng anliegende Jeans und ein T-Shirt mit tiefem Ausschnitt betonten ihre schmale Figur. Den krassen Gegensatz dazu bildeten die ausgetretenen und unmodernen Ballerinas. Das musste Julia Rossi sein.

Eine Bedienung führte sie an Rebeccas Tisch. «Ms. Clancy, Signora Rossi.»

«Ja, danke.»

Julia Rossis Blick zur Begrüßung war bohrend und abweisend. «Mein Beileid. Ich habe im TV einen Bericht über Ihren Vater gesehen. Ein feiner Mann. Er hat immer von seiner Familie geschwärmt.»

Lügnerin. Es fiel Rebecca schwer mitzuspielen, aber sie wollte alles schnell hinter sich bringen. «Danke. Schön, dass das Treffen so kurzfristig geklappt hat. Bitte setzen Sie sich doch.»

Rebecca deutete auf den Stuhl ihr gegenüber. Julia Rossis Blick glitt prüfend durch den Raum, als fürchtete sie sich.

«Gut, dass Sie das Restaurant ausgesucht haben. Ich liebe Fisch.»

Sie wirkte verkrampft, ihre Worte klangen wie einstudiert. Die Kellnerin überreichte ihnen die Menükarten und wartete mit Block und Stift in der Hand auf die Bestellungen.

«Möchten die Damen vielleicht vorher einen Aperitif? Oder lieber ein Glas Wein?»

Rebecca nickte. «Wein wäre nicht schlecht. Für mich bitte dazu den Haussalat. Und Sie, Signora Rossi? Sie sind natürlich eingeladen.»

«Das ist sehr nett von Ihnen, aber ich habe keinen Hunger.»

Julia Rossi wollte die Karte zurückreichen, aber Rebecca hielt ihre Hand fest. Dabei glaubte sie, einen Eisblock zu berühren.

«Kommt nicht infrage. Sie wären schließlich auch Gast meines Vaters gewesen. Bitte, suchen Sie sich wenigstens eine Kleinigkeit aus.»

Julia Rossis Blick flog ängstlich umher, so als fühlte sie sich verfolgt. «Also, gut, aber ich kann nicht lange bleiben», gab sie nach. Unruhig rutschte sie auf dem Stuhl hin und her.

Rebecca bestellte zwei Gläser Pinot Grigio, eine weitere Flasche Mineralwasser und zwei Calamarisalate. Julia Rossi schwieg, taxierte Rebecca jedoch ausgiebig.

«Was ist das denn nun für ein Buch, nachdem mein Vater gesucht hat? Ich bin schon sehr neugierig.»

«Ein okkultes Buch. Fragen Sie mich bitte nicht nach dem Inhalt.»

Julia lachte gekünstelt auf. Rebecca hätte ihr am liebsten an den Kopf geworfen, dass sie den Inhalt sehr wohl kannte. Sie schlang hektisch das Essen hinunter, ohne zwischendurch ein Wort zu verlieren. Ihre Hände zitterten dabei und ihre Augen suchten immer wieder den Raum ab.

«Sind Sie Verlegerin? Oder Buchhändlerin?», fragte Rebecca, deren Ungeduld das Schweigen nicht mehr ertrug.

Julia schüttelte den Kopf. «Keines von beidem. Ich bin nur per Zufall auf seine Frage im Internet gestoßen. Mein Onkel besitzt ein gut sortiertes Antiquariat mit seltenen Stücken», erklärte sie und betupfte sich den Mund mit der Serviette.

Der rote Lippenstift auf dem weißen Damast wirkte wie Blutstropfen, was ein seltsames Gefühl in Rebecca auslöste. Das Gespräch verlief zäh und nervte sie. Alles, was sie wollte, war dieses verdammte Buch, um dann so schnell wie möglich zu verschwinden.

«Darf ich das Buch jetzt bitte sehen?»

Rebecca konnte ihre Ungeduld kaum zügeln. Ein Buch, das über das Schicksal der Welt entschied. Nur mühsam unterdrückte sie ein Zittern. Ein dicker Kloß saß ihr im Hals.

«Uno momento, per favore.»

Julia öffnete ihre Handtasche und zog einen elektronischen Organizer und einen in Stoff gewickelten Gegenstand heraus. Beides legte sie auf den Tisch.

«Mein Hirn. Ohne das bin ich aufgeschmissen.» Sie tippte lächelnd auf den Organizer. «Ich bin viel unterwegs. Termine, Sie wissen schon.»

Anschließend schob sie das Stoffpäckchen zu Rebecca.

«Wollen Sie es nicht auswickeln?», fragte Rebecca und stellte befriedigt fest, wie sich die Augen ihres Gegenübers weiteten. *Das Exsolutio in den falschen Händen bedeutete den Tod*, erinnerte sie sich.

«Ach, wissen Sie, ich kenne es ja. Machen Sie es ruhig selbst.»

Rebecca verkniff sich ein Grinsen. Stattdessen wickelte sie das in Leder gebundene Buch aus, das nicht größer als ein Oktavheft war, aber um ein Vielfaches dicker.

«Vorsicht, es ist brüchig.»

Exsolutio – Die Prophezeiung der Erlösung stand in goldenen Lettern auf dem Einband gedruckt.

Julia Rossi lehnte sich zurück und beobachtete sie mit ernster Miene. Sanft strich Rebecca über das glatte Schweinsleder. Das war es also. Kaum zu glauben und doch fühlte es sich wie ein gewöhnliches Buch an. Als sie es aufschlug, hörte sie wieder die Stimme ihres Vaters.

Rachel, die Zeit ist nah, in der du die Fesseln sprengen wirst.

Hinter ihren Schläfen begann es schmerzhaft zu pochen. Die Stimme wurde eindringlicher. Rebecca legte ihre kühlen Finger an die Stirn.

«Ist Ihnen nicht gut?», fragte Julia Rossi und lächelte böse.

Rebecca hatte die Wirkung des Buches unterschätzt. Ihr linker Arm brannte wie verrückt und auch die Rune unter dem Schweißband schmerzte. Sie fühlte sich, als hätte sie ein Schlafmittel genommen.

Besinne dich auf deine Kräfte, hallten Ruths Worte in ihr nach.

«Nein, nur etwas schwindlig. Ich hatte sehr viel Stress in den vergangenen Wochen ...»

Das Bild vor ihren Augen verschwamm. *Bleib ganz cool, Rebecca.* Sie atmete noch ein paar Mal tief ein. Zu ihrer Erleichterung wich die Benommenheit, die Schmerzen ebbten ab und gingen in ein dumpfes Pulsieren über.

«Geht es jetzt wieder?», fragte Julia scheinbar besorgt und machte Rebecca damit nur noch wütender.

«Ja, danke.»

Rebecca schlug erneut das Buch auf und blätterte darin. Wider Erwarten handelte es sich um kein gedrucktes Exemplar, sondern um eine handgeschriebene Ausgabe, die in Latein begann und in Hebräisch fortgeführt wurde.

Das Exsolutio trug weder ein Datum noch einen Hinweis auf den Schreiber. Die Seiten waren vergilbt und zum Teil an den Kanten versengt, als hätte es im Feuer gelegen. Rebecca blätterte weiter. Irgendwo musste doch dieser Vers stehen.

Es folgten in Latein ein paar religiöse Texte, die sich auf den Untergang Gomorrhas bezogen. Verse aus dem Alten Testament, 1. Kapitel Mose, Vers 19: Die zwei Engel kamen gen Sodom des Abends ...

Die Schrift wurde krakeliger. Dann folgten Skizzen vom Untergang beider Städte, jedoch mit hebräischen Texten versehen. Auch hier Feuerzeichnungen, die sich durch das ganze Buch fortsetzten.

«Ich spreche leider kein Latein. Was bedeuten denn diese Sätze? Können Sie sie übersetzen?»

Rebecca antwortete nicht, sondern suchte fieberhaft weiter nach dem Vers. Irgendwo, verdammt noch mal musste er doch sein! Sie musste ihn überlesen haben. Sie blätterte zurück.

Rebecca stieß auf Skizzen sechsflügliger Wesen und darunter eine unbekannte Schrift. Manche Buchstabenbögen erinnerten sie an ... Sie drehte das Buch auf den Kopf. Da war der Vers, gespiegelt und verborgen in einem Wust aus Schnörkeln.

«Und können Sie es nun übersetzen?»

Julia Rossi klang verärgert.

«Es ist sehr schwierig, diese Schrift zu entziffern», antwortete Rebecca ausweichend, denn sie wusste, dass Julia sie drängen wollte, den Vers vorzulesen.

Wo bist du? Wo bist du? Das Flüstern echote wieder durch ihr Hirn. *Du kannst mir nicht entkommen, auch wenn du das Buch zerstörst.*

Er wusste also bereits, dass sie es in den Händen hielt. Rebecca sah sich um. *Befand Seraphiel sich vielleicht schon unter den Gästen?*

Hinter ihren Schläfen pochte es wieder schmerzhafter. Das Buch entglitt ihren zittrigen Händen. Ihr linkes Handgelenk brannte, als hätte sie jemand gebrandmarkt. Ihr Vater befand sich in der Nähe. Es kribbelte unangenehm auf ihrer Haut. Sie musste so schnell wie möglich das Buch vernichten.

Verschwinde endlich aus meinem Kopf!, wehrte sie sich. Zu ihrer Erleichterung verstummte das Geflüster sofort. Doch aus dem anfänglichen Kribbeln wurde ein brennender Schmerz, der zu ihren Handgelenken hinaufwanderte. Es war kaum auszuhalten. Rebecca stand mit einer Entschuldigung auf.

Ein diabolisches Lächeln umspielte die Lippen Julia Rossis. «Si, natürlich.»

Benebelt erreichte Rebecca den Toilettenraum. Sie stolperte auf die Waschbecken zu. *Warum hatte ihre Mutter sie nicht darauf vorbereitet, wie schmerzhaft die Berührung des Buches für sie war?* Rebecca beugte sich übers Waschbecken und drehte den Hahn auf, dann hielt sie die Arme unter das kalte Wasser. Der Schmerz raubte ihr den Atem.

Die Creme! Sie hatte die Brandsalbe vorhin zusammen mit dem Dämonenmesser eingesteckt. Vorsichtig verteilte sie die Creme auf der geröteten Haut. Bei jedem Strich zuckte sie zusammen. Immer deutlicher zeichnete sich eine dunkelrote Linie auf der Innenseite ihres linken Unterarms ab.

Die zweite Rune.

Voller Entsetzen starrte sie auf das sechsflüglige Wesen, das jetzt auf ihrer Haut prangte. Als das Zeichen vollendet war, verebbte der Schmerz.

Seraphiel hatte sie gefunden.

Diese Erkenntnis versetzte sie in Panik. Noch vor wenigen Tagen hätte sie jeden ausgelacht, der behauptete, sie würde irgendwann ein Brandmal tragen. Weder Julia Rossi noch ein anderer durfte es sehen. Sie zog den Ärmel der Bluse weit herunter. Der Stoff kratzte auf der verbrannten Haut.

Nachdem sie noch einen prüfenden Blick in den Spiegel geworfen hatte, verließ sie die Toilette. Draußen steuerte sie gleich auf die Bedienung zu und bat um die Rechnung. Als Rebecca zum Tisch zurückkehrte, war Julia Rossi verschwunden. Und das Buch? Julia musste ihre Absicht gespürt haben. Rebecca fluchte im Stillen.

Die Bedienung tippte ihr auf die Schulter. «Ihre Freundin erhielt eben einen Anruf und ist gegangen.»

«Ja, danke.»

Die Bedienung beugte sich zum Tisch herab, um das schmutzige Geschirr wegzuräumen. Sie hob die Serviette an und stutzte, als das Buch darunterlag. Bevor sie es aufheben konnte, hielt Rebecca es schon in der Hand. Sie reichte der jungen Frau ihre Kreditkarte und stopfte das Buch hastig in ihre Handtasche. Im Restaurant konnte sie es auf keinen Fall vernichten.

Der Sturm drückte die Restauranttür weit auf und riss Rebecca fast um. Der Nieselregen hatte sich in einen Guss verwandelt. Sie setzte die Kapuze auf und eilte zum Wagen. Jemand verfolgte sie. Deutlich spürte sie die dunklen Schwingungen. Rebecca fluchte im Stillen. Ihr Wagen stand am anderen Ende des Parkplatzes.

Niemand war weit und breit zu sehen, aber ihr Verfolger kam näher. Das spürte sie. Doch sie wagte nicht, sich umzudrehen, sondern verdoppelte das Tempo. Kaum hatte sie die erste Wagenreihe hinter sich, versperrte ihr ein Kerl mit roten Augen den Weg, der wie aus dem Nichts aufgetaucht war.

Ein Dämon. Das hatte ihr gerade noch gefehlt.

Atemlos stoppte Rebecca und starrte ihm entgegen. Von der Seite näherten sich ihr ein weiterer Dämon sowie Julia Rossi und kreisten sie ein. Im gleichen Moment preschte ein Wagen um die Ecke und schnitt Rebecca den Rückweg ab.

Julia Rossi öffnete die Tür zum Fond. «Los, steig ein!», herrschte sie Rebecca an.

«Und wenn ich mich weigere?», begehrte Rebecca auf.

Sie spürte, wie sich ihre Fingerkuppen aufheizten. Der Feuernephilim in ihr erwachte zum Leben. Julia und ihren dämonischen Begleitern schien es zu entgehen.

Julia stieß Rebecca nach vorn. «Wird's bald.»

Rebecca schlug mit dem Arm gegen den Rahmen der geöffneten Tür. Der Schmerz ließ sie für einen Moment die Luft anhalten. Julia wollte ihr einen zweiten Schubs geben, als Rebecca zur Seite sprang.

«Macht schon, zwingt sie in den Wagen», wies sie die beiden Dämonen an, die Rebecca sofort ergreifen wollten.

«Lasst mich gehen. Ihr könnte das Buch meinetwegen wieder haben.»

Rebecca öffnete ihre Handtasche, in der sich das Dämonenmesser befand.

«Das könnte dir so passen, aber wir brauchen dich und das Buch!», keifte Julia und lachte höhnisch.

Einer der Dämonen fasste nach Rebeccas Arm, die den Messerschaft in ihrer Handtasche umklammert hielt. Einen Wimpernschlag später rammte sie es dem Dämon in den Arm. Der starrte auf die Wunde und sank auf die Knie. Das Überraschungsmoment nutzte Rebecca, sich an den anderen beiden vorbeizudrängen und zu ihrem Wagen zu rennen.

Julia und der zweite Dämon setzten ihr nach, als plötzlich zwei schwarze Gestalten zwischen den Reihen der parkenden Autos auftauchten und ihre Verfolger stoppten.

27.

Aaron hatte Rebeccas Haus am Morgen mit gemischten Gefühlen verlassen. Sein Misstrauen war geweckt worden, als sie sich geweigert hatte, ihm ihre Wunde zu zeigen. Sie vertraute ihm nicht mehr, und das enttäuschte ihn maßlos. Seit sie in San Francisco war, schien sie eine andere zu sein. *Doch warum erwiderte sie dann seine Küsse mit der gleichen Leidenschaft wie in New York?*

Sein Bauchgefühl sagte ihm, dass sie ihm etwas verschwieg. Vielleicht wurde sie von der Sekte erpresst oder bedroht? Ihre Frage nach Ariels Nephilim musste einen Grund haben. Am besten, er würde zu ihr zurückfahren und sie offen fragen. Er hielt seine Fireblade direkt vor ihrem Haus und lief zur Eingangstür. Die Garage stand offen, der weiße Toyota parkte darin. Doch er brauchte diesen Beweis nicht, um zu wissen, dass sie sich im Haus befand. In ihrer Nähe begann sein Herz sofort zu hämmern.

Er drückte den Klingelknopf und wartete auf ihre Schritte. Doch im Haus herrschte Totenstille. Schlief sie etwa? Geduldig wartete er vor der Haustür. Als sich nach dem zweiten Klingeln noch immer nichts regte, klopfte er an.

«Rebecca, ich weiß, dass du da bist. Bitte mach auf, ich muss mit dir reden. Wegen gestern Nacht.»

Keine Antwort. Nichts. *Was bezweckte sie damit, ihn so stehen zu lassen?* Alles hätte er besser ertragen, Vorwürfe, Beschimpfungen, aber mit diesem Schweigen konnte er nicht umgehen. Für einen Moment überlegte er tatsächlich, die Tür gewaltsam zu öffnen. Es machte ihn wahnsinnig, nicht zu wissen, was los war.

Eine Weile lehnte er sich mit dem Rücken an die Tür, in der Hoffnung, sie würde es sich noch einmal überlegen, bis er schließlich verzweifelt aufgab und zu seinem Motorrad zurücklief. Er wollte und konnte Rebecca nicht aufgeben. Dann würde er eben morgen wiederkommen und übermorgen und den Tag darauf, bis sie zum Reden bereit war.

Als er sich auf seine Honda setzte, blickte er zu den Fenstern im Obergeschoss hinauf. Nicht einmal ihre Silhouette war zu sehen. Er stellte die Fireblade die Straße etwas weiter hinunter ab, im Schatten eines Vans, bevor er zurücklief und sich hinter den Büschen im Vorgarten verbarg. Wenn er den Grund für ihr Verhalten herausfinden wollte, musste er sie heimlich beobachten. Auch wenn er sich schlecht dabei fühlte.

Durchs Fenster sah er, wie sie die Treppe herabkam und mit jemandem telefonierte. Danach ging sie wieder nach oben. Geduldig harrte Aaron aus, bis sie nach einer guten Stunde das Haus verließ und in ihren Wagen stieg. Aaron sprang über die Ligusterhecke und rannte zu seinem Motorrad. Als er sich auf den Sattel setzte, sah er, wie sie mit dem weißen Toyota das Grundstück verließ und an der nächsten Kreuzung in Richtung City abbog. Sofort nahm er die Verfolgung auf.

Rebecca fuhr ins Parkhaus der Transamerica Pyramid. Aaron wartete eine Weile, bis er ihr folgte. Auf dem Parkdeck angelangt sah er, wie sie in den Aufzug einstieg. Zuerst überlegte er, ihr zu folgen, verwarf diesen Plan aber wieder. Irgendwann würde sie zu ihrem Wagen zurückkehren. Nach einer halben Stunde begleitete sie ein älterer Mann. Sie stiegen in den Toyota und fuhren los.

Aaron schwang sich auf seine Honda, um die Verfolgung aufzunehmen, doch sein Handy klingelte. Joel. Er konnte den Anruf nicht einfach wegdrücken.

«Hi, was gibt's?»

«Alegra hat Julia Rossi gesehen», erklärte ihm sein Freund. «In der Market Street hat sie Flugblätter der Apokalyptiker verteilt und versucht zwei Nephilim anzuwerben. Außerdem ist Seth jetzt bei mir und sitzt vor meinem Laptop. Es wäre gut, wenn du so schnell wie möglich zu uns kommen könntest. Seth steht kurz davor, das Passwort zu knacken.»

«Okay, bin gleich da.»

Vielleicht hätte er Rebecca und ihren Begleiter noch einholen können, aber wenn er etwas über die Pläne der Apokalyptiker und auch Seraphiels erfahren wollte, musste er zu Joel. Seufzend startete er den Motor seiner Fireblade und machte sich auf den Weg zu seinem Freund.

Als er den Hausflur von Joels Apartmenthaus betrat, stand plötzlich sein Vater vor ihm. Uriel wirkte wie eine Fantasyfigur in einem Hollywoodstreifen. Seine missbilligende Miene verhieß nichts Gutes. Das konnte Aaron jetzt nicht auch noch gebrauchen.

«Hallo, Vater.»

Seine Stimme hörte sich gelassener an, als er es war.

«Ich sehe keine Erfolge.» Uriels Stimme war schneidend.

«Ich komme gut voran», erwiderte Aaron, obwohl er selbst unzufrieden war.

«Mir geht das alles zu langsam. Jede Stunde, die Seraphiel sich in dieser Welt aufhält, bedeutet einen Tag weniger, der uns vom Abgrund trennt. Seit du aus Rom zurückgekehrt bist, trittst du nur auf der Stelle! Du hattest die Gelegenheit, Seraphiel endlich zu vernichten. Und? Du hast die Chance vertan. Wie damals. Du enttäuschst mich. Ich habe keine Lust mir stets Ausreden einfallen zu lassen, weshalb dein Auftrag noch nicht beendet ist. Unsere Reihen wollen endlich Erfolge sehen.»

Dass er seinen Vater enttäuschte, wurmte ihn fast genauso wie seine zähen Fortschritte. Doch das Schicksal ließ sich nicht zwingen. Und zaubern konnte er auch nicht. Einerseits musste er Informationen sammeln, um einen erneuten Brandanschlag zu verhindern, und gleichzeitig nach Julia Rossi und diesem verdammten Buch suchen. Sollte er sich vielleicht zweiteilen?

Wut brandete in ihm auf. «Ich muss mir mühsam die Informationen zusammenklauben und ...»

Uriel winkte ab. «Aaron, ich habe mich für dich eingesetzt, damit du den Auftrag bekommst. Ich wollte stolz auf dich sein. Und du machst nichts daraus. Hast du vergessen, wer und was ich bin?»

Als Aaron die Enttäuschung seines Vaters spürte, fühlte er sich wie ein Versager, so wie damals, wenn er einen Kampf gegen Daniel verloren hatte oder Jophiel ihm als Beispiel vorgeführt worden war. Gleichgültig, was er tat und wie er es ausführte, seinem Vater würde es niemals genügen.

«Hast wohl Schiss vor deinem Vater?», hatte Daniel ihn stets verspottet.

Damals hatte er sich vorm Zorn seines Vaters gefürchtet und in jedem einen Konkurrenten gesehen. Das ermüdete. Und das alles nur, weil er wollte, dass sein Vater genauso stolz auf ihn war wie auf Jophiel. Aber dass er ein Menschenleben gerettet hatte, schien für seinen Vater bedeutungslos zu sein.

Der Tod seiner Mutter hatte alles, auch seinen Vater verändert. Immer wieder spürte Aaron die unterschwelligen Vorwürfe, las sie aus seinen Blicken. Warum sprach er nicht offen aus, dass er allein ihm die Schuld am Tod seiner Mutter gab? Er hätte nie etwas gegen einen Engel wie Seraphiel ausrichten können, und Rosie einfach ihrem Schicksal überlassen? Niemals.

Dann sah er wieder die feuchten Augen der FBI-Agentin vor sich, die ihn anflehte, ihren Partner aus den Flammen zu retten. Die Entscheidung dafür und gegen den Kampf war ihm weiß Gott nicht leicht gefallen.

Uriel schien zu ahnen, was in ihm vorging, denn seine Miene versteinerte schlagartig. «Ich hoffe, dir ist klar, worum es hier geht! Noch einmal darf dir Seraphiel nicht entkommen. Hast du verstanden?»

«Natürlich, Vater.» Aaron unterdrückte mühsam seinen aufwallenden Zorn. «Das Buch wird bald uns gehören und die Seelen von Seraphiel und seinen Nephilim in der Hölle schmoren.»

«Das will ich für dich hoffen.»

Die Konturen von Uriels Körper begannen zu verblassen, bis nur noch eine kleine weiße Feder durch die Luft schwebte. Wütend schlug Aaron sie fort.

Seit zwei Stunden saß Seth in Joels Apartment vor dem Computer und hämmerte in die Tasten ohne brauchbares Ergebnis. Der Zugangscode für den Secret Space der Apokalyptiker war in der Zwischenzeit geändert worden. Während der Nephilim eine Zigarette nach der anderen paffte, wanderte Aaron im Zimmer auf und ab und rief ihm alle möglichen Passwörter zu.

Joel hingegen saß auf dem Balkon. «In diesem Qualm und Gestank kann ich mich nicht konzentrieren», meuterte er.

«Entweder ihr wollt, dass ich was herausfinde oder nicht. Dazu brauche ich meine Glimmstängel», giftete Seth zurück.

Da Aaron die Zeit unter den Nägeln brannte, gab er Seths Wunsch nach, ob es ihm gefiel oder nicht. Er massierte seinen verspannten Nacken und ging im Geist noch einmal alle Vorschläge durch. Es konnte doch nicht so schwer sein, ein Wort herauszufinden.

Aaron stellte sich ans Fenster und beobachtete den Verkehr und die Fußgänger. Joels Wohnung lag im ersten Stock und bot einen guten Ausblick über die Straße mit den zahlreichen Geschäften und Restaurants. Plötzlich wurde seine Aufmerksamkeit von einer blonden Frau gefesselt, die vor dem Schaufenster einer Boutique stand und die Auslage betrachtete. Sie hatte sich bei ihrem Begleiter eingehakt, der ihr Interesse nicht zu teilen schien. Der blonde Zopf, die hohen Wangenknochen ...

Aaron beugte sich vor. «Rebecca?»

«Ja, das ist es!», rief Seth plötzlich hinter ihm aus und klatschte in die Hände.

«Was ist los? Hast du es?»

Joel stürmte ins Zimmer. Aaron wirbelte herum und sah beide verwirrt an.

«Das war das Passwort! Ein simpler Name!»

Seth sprang auf und drehte sich im Kreis.

«Wie seid ihr auf diesen Namen gekommen? Genial!»

Joel strahlte.

«Er war es!»

Seth zeigte auf Aaron, dem langsam dämmerte, was eben geschehen war. *Rebecca sollte das Passwort sein?* Das konnte nur Zufall sein.

«Echt jetzt? Das hätte ich dir gar nicht zugetraut.»

Joel lächelte und beugte sich über Seths Schulter. Er starrte auf den Bildschirm mit der animierten Version der Apokalyptiker.

«Na, dann kann es losgehen.»

Seths Finger flogen über die Tastatur. Der Secret Space war wie ein Spiel aufgebaut. Sie mussten sich eine Figur aussuchen, die anschließend das virtuelle Gewölbe betrat, an dessen Wänden Sprüche aus der Satansbibel prangten.

«Das ist richtig geil gemacht, findet ihr nicht auch?»

Seth steckte sich eine weitere Zigarette an.

«Deine Technikverliebtheit ist mir egal, wir brauchen die Infos», forderte Aaron voller Ungeduld.

«Schon gut. Wir müssen erst durch dieses Labyrinth laufen.»

Aaron stöhnte auf. Was sollte denn dieses alberne Versteckspiel? Plötzlich stoppte die Figur vor dem Gitter eines Verlieses. Die

Menüfelder waren hell unterlegt und ließen sich per Mausklick nicht öffnen.

«Und jetzt?», fragte Joel.

«Wir müssen da durch. Dazu brauchen wir ein neues Passwort, damit sich das Tor öffnet», erklärte Seth.

Das konnte doch nicht wahr sein. Schon wieder ein Wort.

«Die machen es einem wirklich nicht leicht», schimpfte Seth und blies den Rauch aus.

«Aaron, du hast es doch schon einmal erraten. Was meinst du?»

Joel sah ihn forschend an. Aaron fuhr sich mit der Hand durchs Haar und schloss die Augen.

«Ein Tor, das es zu öffnen gilt. Aber wie?», sinnierte Seth.

«Mit einem Schlüssel.»

Diese Antwort war Aaron spontan in den Sinn gekommen.

«Na, toll. Und wie heißt der, Mr. Einstein?»

Seth sah zu ihm auf. Aaron zuckte mit den Achseln.

«Es ist bestimmt was Symbolisches», warf Joel ein.

Etwas Symbolisches?

«Etwas, das nur Insider wissen. Ich meine, die zu den Apokalyptikern gehören. Das Passwort wurde übrigens vor drei Tagen geändert.»

Seth öffnete per Mausklick ein weiteres Fenster, das technische Daten enthielt, die Aaron überhaupt nicht zuordnen konnte. Aber er war auch kein Technikfreak. Es musste mit einem Ereignis zusammenhängen. Der Brand lag kaum zwei Tage zurück. Vor drei Tagen ... er tippte mit dem Finger auf sein Kinn und kramte in seinem Gedächtnis.

«Vor drei Tagen wurde das Exsolutio gestohlen. Ein Schlüssel zu Satans Welt», murmelte Aaron vor sich hin.

Seth tippte den Begriff sofort ein. Der Cursor blinkte und langsam öffnete sich das Tor zu einem weiteren Gang.

«Bin ich hier das Informatikgenie, oder du?»

Dass nicht er es gewesen war, der die Codes geknackt hatte, schien Seth gewaltig zu wurmen. «Scheißegal, Hauptsache wir finden was heraus.»

Ihre Spielfigur begegnete anderen, die wie Ameisen durch die Labyrinthgänge liefen. Aaron kniff die Augen zusammen.

«Halt!», rief er und sofort stoppte Seth die Bewegung.

Aaron tippte mit dem Finger gegen den Bildschirm auf die Figur einer Frau.

«Hinter dieser Figur verbirgt sich vielleicht Julia Rossi. Sie trägt ein Buch in der Hand. Klick mal drauf.»

«Bingo!», schrien Joel und Seth wie aus einem Mund.

Das Buch der Figur öffnete sich. Ziffern und eine Meerjungfrau schwirrten ungeordnet über den Bildschirm.

«Was heißt denn das jetzt schon wieder?»

Aarons Hirn war leer.

«Die Zahlen, wartet mal ...»

Seth gruppierte sie in einer neuen Anordnung, bis sie das heutige Datum und eine Uhrzeit anzeigten.

«Das Exsolutio soll heute gegen acht Uhr übergeben werden. Das muss es bedeuten, da bin ich mir ziemlich sicher. Wie spät ist es jetzt?», fragte Seth.

Aaron blickte auf seine Armbanduhr. «Kurz nach sieben. Aber dann stellt sich noch die Frage wo.»

Seth drückte die Zigarette im Ascher aus und runzelte die Stirn.

«Ha, jetzt weiß ich vielleicht auch mal was.»

Joel strahlte, als Aaron und Seth ihn fragend ansahen. «Diese Meerjungfrau ... Unten an den Piers gibt es ein Restaurant mit dem Namen *Blue Mermaid*. Bin früher öfter dort mit Alegra essen gewesen.»

«Das ist es!»

In Gedanken war Aaron bereits auf dem Weg dorthin. Er griff nach seinem durchlöcherten Mantel und der Scheide. «Ich werde mich sofort auf den Weg machen.»

«Moment, warte mal!» Seth hielt ihn am Arm zurück.

«Ich muss jetzt los. Julia wird dem unbekannten Zwilling das Exsolutio aushändigen. Ich muss das verhindern.»

«Ja, das verstehe ich, aber hier habe ich noch etwas entdeckt.»

Widerwillig folgte Aaron dem Wink des Nephilims und beugte sich noch einmal hinab. Auf Knopfdruck bewegten sich die Spielfiguren wieder im Bild. Seth klickte auf eine Fackel an der Wand des Labyrinths und öffnete damit einen codierten Chatroom.

«Ja, und? Brauchen wir dafür schon wieder ein Passwort?»

So langsam ging ihm das auf die Nerven.

Seth grinste und schüttelte den Kopf. «Nein. Die sind so einfältig gewesen und haben seit damals den Code nicht mehr geändert. Ich hatte für Nathan eine CD erstellt, du erinnerst dich?»

Aaron nickte.

«Listen von Patienten, die wegen ihrer Migräne in Behandlung waren. Es sind dieselben Zeichen wie diese. Ich muss nur eine Schablone darüberlegen ... so ... und voilà ...»

Die seltsamen Zeichen mutierten zu Buchstaben und ergaben einen Sinn. Heute Nacht plante die Sekte in Seraphiels Namen einen weiteren Brandanschlag, der vielen Menschen das Leben kosten könnte.

Im Namen des Verkünders versammelt euch vor dem Waisenhaus Twin Peaks, stand dort geschrieben.

«Ich kenne das, das ist nicht weit. Corbett Avenue. Von Oakland aus über die Bay Bridge und dann noch ein Stück weiter rein, den Berg hoch.»

«Die wollen unschuldige Kinder sterben lassen?», rief Aaron voller Entsetzen und hatte das Bild seines Stiefbruders vor Augen, als ihn das brennende Gebälk begraben hatte.

«Lass uns endlich aufbrechen», sagte Joel und griff ebenfalls nach Schwert und Mantel.

«Danke, Seth.»

Aaron legte die Hand auf dessen Schulter.

«Dann mache ich mich gleich an die Arbeit und schrotte den Laptop.»

Seth schloss den Secret Space und wieder hämmerte er in rasantem Tempo auf der Tastatur herum. Während Joel sich die Scheide umschnallte, betrachtete er mit schmerzlicher Miene Seths Aktion.

«Komm, gehen wir lieber.»

Aaron zog ihn am Arm und nahm den Waffenkoffer mit.

Joel hielt den Pick-up nur zwei Straßen weiter nördlich vom *Blue Mermaid*. Er und Aaron wählten den Weg über die Dächer, um schneller und unerkannt voranzukommen. Binnen weniger Minuten waren sie vom Regenguss durchnässt. Das feuchte Haar klebte an Aarons Gesicht. Immer wieder musste er sich Strähnen aus der Stirn streichen, um etwas sehen zu können.

Das *Blue Mermaid* lag dicht am Hafen. Meerwasser klatschte gegen die Kaimauer aus Beton, spritzte empor und bildete Pfützen. Je mehr sie sich vom Wasser entfernten, desto intensiver spürte er die Schwingungen von Dämonen, die in seine kalte Haut wie Nadeln stachen. Als das Schwert auf seinem Rücken zu vibrieren begann, kribbelte es in seinen Fingern, wie immer, wenn ihn das Jagdfieber erfasste.

Gebückt liefen sie über ein Hausdach, während der Sturm unaufhaltsam die eiskalten Regentropfen in ihre Gesichter peitschte.

Aaron stoppte und bedeutete seinem Freund mit einer Geste, sich zu trennen. Zu ihren Füßen lag bereits der Parkplatz des Restaurants.

Joel glitt lautlos auf die Terrasse. Aaron sah, wie er sein Schwert zückte und sich mit dem Rücken an der Mauer langsam zum Parkplatz vorarbeitete. Er hingegen drehte um und sprang auf eine halbhohe Mauer. Einer der Dämonen musste sich direkt vor ihm befinden, in Begleitung eines Menschen. Aarons Sinne tasteten die Umgebung ab, auf der Suche nach dem Verkünder. Da seine Rune am Hals nicht brannte, fehlte Seraphiels Nephilim.

Aaron setzte auf dem Boden auf und schlich unterhalb der Fenster entlang. Immer wieder blieb er stehen, um einen Blick ins Innere des Restaurants zu werfen, ob Julia Rossi sich unter den Gästen befand. Er unterdrückte einen Fluch, als er sie nicht entdeckte. Nicht einmal einen Nephilim. War Rossi gewarnt worden oder spürte sie seine Gegenwart?

Die Dämonen änderten die Richtung, teilten sich, einer von ihnen lief zum Parkplatz. Aaron rannte im Schatten der Häuser auf die andere Seite des Parkplatzes, während Joel sich vom Pier aus näherte. Der Regen hatte etwas nachgelassen, doch der Sturm fegte noch immer über den Pier und riss auf der Restaurantterrasse einen Tisch um, der auf die Holzplanken krachte.

Aaron schlich zwischen den Wagen zur Mitte des Platzes. Der Dämon stand neben einer schwarzhaarigen Frau, die Aaron als Julia Rossi erkannte. Sie sprach mit jemandem, den die massige Gestalt des Dämons neben ihr verdeckte.

Plötzlich preschte ein Wagen heran und stoppte. Julia Rossi gestikulierte heftig. Unerwartet taumelte der Dämon und sank auf die Knie. Aaron erstarrte, als er Rebecca mit dem Dämonenmesser in der Hand dahinter auftauchen sah. Julia Rossi stieß Rebecca in den Wagen.

Der Zorn ließ Aaron voranstürmen. Während seines Spurtes warf er den Shuriken auf den Dämon, der neben Julia Rossi kniete und Rebeccas Arm packte. Fast lautlos und schnell flog die Waffe durch die Luft und trennte mit einem Hieb den Kopf des Höllenwesens ab. Julia Rossi sprang mit einem entsetzten Aufschrei zur Seite. Im selben Augenblick stürzte Joel sich auf den zweiten Dämon, der in den Wagen flüchten wollte.

«Rebecca?», rief Aaron erstaunt aus.

Doch ihm blieb keine Zeit, sie nach dem Grund ihres Hierseins zu fragen, denn im selben Augenblick wollte Julia Rossi die Flucht antreten.

«So ein Pech, dass ich schneller bin. Gib mir das Buch!», forderte er.

Julia Rossi funkelte ihn hasserfüllt an. «Zu spät, Blutengel. Ich habe es nicht mehr. Und jetzt lass mich los.»

War die Information im Internet eine Ente gewesen? Nein, das konnte er nicht glauben.

«Zum letzten Mal, gib mir das Buch!»

Aber Julia Rossi ließ sich nicht einschüchtern. «Würde ich ja, aber sie hat es.»

Sie zeigte auf Rebecca. Ungläubig ruhte Aarons Blick auf Rebecca. Was wollte sie damit? Das ergab doch keinen Sinn. Julia wollte nur von sich ablenken. Er presste ihr die Schwertklinge an die Kehle.

«Hör auf, mich zum Narren zu halten, und sag mir, wo es ist oder ...»

«Sie hat recht. Ich habe es», sagte Rebecca leise.

Aarons Kopf ruckte herum. Das war ein schlechter Scherz. Rebecca und das Exsolutio? Sie musste mit den Apokalyptikern zusammenarbeiten. Doch weshalb dann das ganze Theater mit der Entführung? Um ihn von seiner Mission abzulenken?

Rebecca hielt noch immer das Dämonenmesser in ihrer zittrigen Hand. Ihre Augen erschienen übernatürlich groß und schimmerten feucht. Deutlich erkannte er die Furcht in ihren Augen.

«Aaron, ich ...», flüsterte sie und ließ das Messer fallen.

Aaron nahm die Kampfgeräusche neben sich nur verschwommen war. Aus dem Augenwinkel erkannte er, wie Joel mit einem Schwertschlag seinem dämonischen Gegner den Kopf abhieb und anschließend das Herz aus der Brust schnitt. Rebecca zuckte zusammen. Entsetzen spiegelte sich in ihrem Blick. Sein Freund kam auf sie zu, während sein Blick zwischen ihm und Rebecca hin und her flog. Dann packte er Julia am Arm.

«Um die kümmere ich mich.»

«Bring sie zum Pick-up. Sie soll uns den Weg zum Verkünder zeigen», wies Aaron ihn an.

Joel nickte und zog Julia mit sich.

«Rachel, töte ihn, bevor er dich umbringt!», rief Julia ihr zu.

Rebeccas Lippen bewegten sich tonlos. Eine Träne löste sich von ihrem Augenwinkel und rollte über ihre Wange. In diesem Moment wirkte sie so verloren und verzweifelt. Eine dunkle Ahnung stieg in Aaron auf.

«Rachel?», fragte er heiser.

«Das ist ihr wirklicher Name!», schrie Julia und lachte hysterisch.

«Sei still!», fuhr Joel sie an.

Langsam ging Aaron auf Rebecca zu, die noch immer bewegungslos dastand und kein Wort über die Lippen brachte.

«Rebecca, stimmt es wirklich, dass du das Buch besitzt? Wenn ja, kannst du mir das sicher erklären?», fragte er mit belegter Stimme. Seine Rune im Nacken brannte von Neuem. «Sag, dass das nicht wahr ist. Sag es mir!», brüllte er.

Die Enttäuschung brannte wie Säure in seinem Herzen. Unaufhörlich rannen Tränen über ihre Wangen.

«Es ... stimmt», schluchzte sie.

«Warum ...?»

Seine Ahnung nahm Formen an. Die Entführung, die für sie nicht tödlich geendet hatte, ihre Gabe ... Doch noch immer sträubte er sich, die Wahrheit zu akzeptieren, weil er nicht wusste, ob er sie ertragen konnte. Sein Blick fiel auf das Schweißband an ihrem Handgelenk, glitt wieder zu ihren tränenfeuchten Augen.

«Ich ... konnte es dir nicht ... sagen.»

Grob packte er ihren Arm und zerrte das Frotteeband herunter. Er erstarrte, als er die Rune Seraphiels darauf erkannte. «Du ... du bist ... Seraphiels Nephilim?», stieß er hervor.

Die Tochter des verhassten Feuerengels, die dieser Welt den Untergang bescheren würde. Fassungslos blickte er in ihr bleiches Gesicht. Wie oft hatte er sich ausgemalt, Seraphiels Brut zu vernichten. Es war zu seinem Lebensinhalt geworden.

Doch nicht Rebecca, nicht sie. Die Frau, die ihm mehr als alles andere bedeutete, war seine Feindin!

Sein Herz krampfte sich schmerzhaft zusammen. Das Schicksal hätte nicht grausamer sein können.

«Gib mir das Buch, Rebecca.»

Jedes Wort stieß er mühsam hervor. Er streckte die Hand aus, aber sie schüttelte den Kopf und wich zurück.

«Willst du, dass ich es mir mit Gewalt nehme?», rief er verzweifelt.

«Ich ... kann es ... dir nicht geben!», rief sie unter Tränen.

Aaron hob das Schwert und legte ihr die Klinge an die Kehle. Seine Hand zitterte, und er presste die Kiefer zusammen. Ihre zarte Haut schimmerte im fahlen Licht der Straßenbeleuchtung und erinnerte ihn wieder daran, wie sie in seinen Armen gelegen und er jeden Zentimeter ihres Körpers liebkost hatte.

«Du ... musst», raunte er und wäre fast an seinen eigenen Worten erstickt.

Rebecca öffnete die Handtasche und zog es heraus. Mit starrem Blick hielt sie es in der Hand.

«Gib es mir endlich», forderte er.

Sie wirkte plötzlich entrückt und schien ihn nicht zu hören. Er streckte den Arm aus, um das Buch an sich zu nehmen, als er spürte, wie ihr Körper sich aufheizte und wie ein Tauchsieder zu glühen begann. Die Spitze der Klinge, die an ihrer Haut lag, leuchtete rötlich, als würde sie neu geschmiedet werden.

«Aus dem Feuer geboren, zieht er eine flammende Spur. Brennen soll seine Seele», murmelte sie.

Voller Entsetzen sah Aaron auf das Buch hinab, das sofort in Flammen aufging. «Nein!»

Er ließ das Schwert sinken und versuchte, ihr das brennende Buch zu entreißen. Zu spät, das Feuer fraß sich unaufhaltsam durch die vergilbten Seiten, bis es zerfiel. «Was hast du getan?»

Er umfasste ihre Schultern und schüttelte sie.

«Das Richtige», antwortete sie und öffnete die Hand.

Kleine Funken wirbelten durch die Luft, während das Papier in schwarzen Flocken vom Wind aufs Meer hinausgeweht wurde. Rebecca rollte mit den Augen, bevor ihre Knie einknickten. Aaron fing sie auf.

Du musst sie töten, hallte die Stimme seines Vaters in seinem Kopf.

«Töte mich. Lieber sterbe ich durch deine Hand als die meines Vaters», verlangte sie und legte den Kopf in den Nacken.

In seiner Verzweiflung drückte er die Schneide an die zarte Haut ihrer Kehle. Sie sah zu ihm auf. Die Liebe, die er in ihren Augen las, ließ ihn zögern.

Töte sie, Aaron, töte den Nephilim oder diese Welt wird untergehen.

Die Stimme seines Vaters wurde immer eindringlicher und hallte in seinem Schädel. Seine Hand umklammerte das Schwert fester, bereit, es tief in ihre Kehle zu stoßen. Doch seine Gefühle überrollten ihn aufs Neue. Er hörte ihr Lachen, spürte ihre Hände verlangend auf seiner Haut.

Aaron schluckte und kämpfte mühsam gegen die aufsteigenden Tränen. Wenn er sie tötete, würde auch ein Teil von ihm sterben. Der Wunsch Rache zu nehmen, hatte sein ganzes Leben überschattet.

Töte den Nephilim!

Er startete einen weiteren Versuch und schloss die Augen, weil er ihren Blick nicht mehr ertragen konnte. Gleich würde sich die Klinge in ihrem Hals versenken und alles wäre vorbei.

***

Rebeccas Herz krampfte sich zusammen, als sie die Qual in seinen Augen las. Sie spürte den Zorn und Schmerz, die sich in all den Jahren in ihm auf aufgestaut hatten und Rache forderten. Sie fürchtete sich nicht mehr vor dem Tod, im Gegenteil, er würde den unsäglichen Schmerz beenden.

«Worauf wartest du?», flüsterte sie mit tränenerstickter Stimme. «Lass deiner Rache freien Lauf. Töte mich!»

Sie sah, wie seine Hand zitterte. In seinen Augen schimmerten Tränen. Dann ließ er das Schwert sinken und brüllte wie ein Tier.

«Nein! Ich ... ich kann es nicht!», schrie er und stieß sie von sich.

Rebecca schlug die Hände vors Gesicht. Es war ihr gleichgültig, dass sie fröstelte. Alles, was sie fühlte, war die Gewissheit, ihn für immer verloren zu haben, und den Schmerz, der sie innerlich zerriss. Sie senkte den Blick, weil sie die Qual in seinen Augen nicht ertragen konnte. Sie hörte, wie er davonrannte, und fühlte sich elend wie nie zuvor. Schluchzend fiel sie auf die Knie und weinte hemmungslos.

Eine Weile verharrte sie auf der Stelle, bis sie sich mit letzter Kraft aufrappelte und zu ihrem Wagen lief. Sie musste fort aus San Francisco, alles hinter sich lassen.

Du fliehst vor deinem Leben, aber vergessen kannst du nie!

Sie wischte sich die Tränen fort und startete den Wagen.

28.

Aaron rannte zu Joels Pick-up. Seine Beine fühlten sich schwer wie Blei. In den Augen seines Vaters hatte er versagt. Uriel würde ihm nie verzeihen. Damit gehörte er nun zu den Ausgestoßenen wie Ariel. Er war ein Renegat, ein Geächteter. Die Jagd auf ihn würde beginnen.

Dennoch würde ihn das nicht daran hindern, die Mission zu beenden. Heute Nacht würde er Seraphiel und den Verkünder vernichten. Und Rebecca?

Er würde sie nicht wiedersehen ...

Joel lehnte vornübergebeugt am Kotflügel seines Pick-ups. Beim Näherkommen erkannte Aaron dessen verzerrte Miene. Sein Freund drückte seine Hand gegen den Bauch, unter der sich ein dunkler Fleck auf dem T-Shirt abzeichnete.

«Was ist passiert?»

«Als ich mit Julia Rossi zum Pick-up zurückgekehrt bin, lauerte uns ein Dämon auf. Er hat sie getötet. Julia dachte wohl, er käme, um sie zu befreien, und rannte zu ihm. Und dann hat er sie mit seiner Giftklaue erwischt», erklärte er und stöhnte auf, als er seinen Oberkörper aufrichtete.

Mit dem Arm zeigte er auf die Leiche. Julia Rossis lebloser Körper lag auf dem nassen Asphalt. Über ihren Brustkorb zog sich grüner Schaum.

Verdammt! Er hätte Joel nicht allein lassen dürfen. Mit Julias Hilfe hätten sie den Verkünder schneller gefunden. Er starrte auf die Tote. Er konnte sie nicht wie einen überfahrenen Straßenköter auf dem Asphalt liegen lassen. Er ging um den Pick-up herum, schloss ihre Augen und hob die Tote auf die Ladefläche neben seine Honda. Mit der Plane bedeckte er die Leiche.

«Warum hat Seraphiels Dämon sie umgebracht?», sinnierte Aaron.

Joel schüttelte den Kopf. «Da hab ich auch keine Ahnung.»

«Hat er dir Gift injiziert?»

Aaron hob Joels T-Shirt an und erschrak über die tief klaffende Schnittwunde.

«Ich glaube nicht», antwortete Joel.

Aaron besah sich die Wunde genauer und war beruhigt, als er nichts entdecken konnte. «Du hast echt Schwein gehabt.»

Bis die Wunde verheilt war, würde es ein paar Stunden dauern. Joel würde sich in diesem Zustand in keinem Kampf behaupten können.

«Lass uns zu dem Waisenhaus fahren. Bis dahin sind die Schmerzen bestimmt fort.»

«Ich fahre», bestimmte Aaron und setzte sich ans Steuer.

Joel kletterte umständlich neben ihn auf den Beifahrersitz. «Hast du ... Rebecca getötet?», fragte er.

Aaron stieß die Luft aus. «Nein.»

«Du hast sie verschont?! Wie willst du das deinem Vater erklären?»

Aaron zuckte mit den Schultern. «Gar nicht. Sicher weiß er es schon und wird mich verstoßen.»

Joel sah ihn erschrocken an. «Aber ...»

«Ich habe versagt. Mir ist klar, dass er das nicht dulden kann.»

«Aber du kannst doch unmöglich jemanden töten, den du liebst. Ich habe keine dunkle Aura bei ihr gefühlt. Ich hätte wahrscheinlich genauso wie du gehandelt.»

Es war rührend, wie sein Freund ihn verteidigte. Aber es war klar, dass dieses Versagen nicht ungestraft bliebe. «Nein. Du darfst niemals so handeln wie ich, Joel. Ein Leben als Renegat, ständig auf der Flucht ... Vielleicht wirst du mich sogar eines Tages jagen.»

«Das würde ich nie tun! Du bist mein Freund!», protestierte Joel und legte ihm die Hand auf den Arm.

Aaron fühlte sich elend, die Worte seines Freundes spendeten nur wenig Trost. «Sag niemals nie. Ich habe mir geschworen, niemals Seraphiels Nephilim laufen zu lassen, niemals meinen Vater zu enttäuschen. Und ich habe es dennoch getan.»

Er würgte die aufsteigende Bitterkeit hinunter.

«Gleichgültig, was geschieht, ich bleibe dein Freund», versicherte Joel.

Doch Aaron hatte gelernt, wie schnell aus Freunden Feinde werden konnten. Er dachte an Alessandro und auch an Rebecca und umklammerte das Steuer fester.

Da klingelte Joels Handy. «Es ist Alegra.»

Joel nahm das Gespräch an. «Hi, wir sind unterwegs», sagte er hastig, bevor er sich zu Aaron umwandte. «Seraphiel ist bereits dort. Und sie glaubt, den Verkünder auch vor einer Weile gesehen zu haben.»

Sofort trat Aaron das Gaspedal durch und der Pick-up schoss nach vorn. Joels Verletzung würde nicht so schnell verheilen, wie er sich es wünschte. Doch Aaron war froh, einen Grund zu haben, Seraphiel und den Verkünder allein zu vernichten.

Als er die Straße in Richtung Twin Peaks hinauffuhr, verriet der rot erleuchtete Himmel sofort, dass das Waisenhaus brannte. Als sie sich näherten, loderten bereits Flammen aus der westlichen Seite des Dachstuhls. Mit quietschenden Reifen stoppte Aaron den Wagen.

Vor dem zweistöckigen Haus standen Kinder in Pyjamas, einige von ihnen lehnten sich an ihre Betreuer und starrten voller Angst auf das, was eben noch ihr Zuhause gewesen war.

«Oh, mein Gott! Sally? Brian? Sie müssen noch da drin sein! Wo bleibt denn die Feuerwehr!», schrie eine Frau in Panik, die kurz zuvor die Kinder gezählt hatte.

Aaron griff nach der Lederscheide mit dem Schwert, die auf dem Rücksitz lag, schnallte sie sich um und sprang aus dem Wagen, bevor er auf die Frau zueilte. In ihren Augen lag Panik.

«Wo haben Sie die beiden zuletzt gesehen?»

Die schmal gezupften Brauen der Frau zogen sich zusammen. Seine Worte schienen nur langsam zu ihr durchzudringen. Hinter der Stirn der Afroamerikanerin arbeitete es fieberhaft.

«Oben ... oben vor ihrem Zimmer.»

«Wo lag das genau?», hakte Aaron nach.

«Auf der Ostseite, am Ende des Ganges», antwortete sie geistesabwesend.

Sofort drehte Aaron sich um und rannte los.

«Aber Sie können doch nicht ...», protestierte sie noch, doch Aaron ignorierte es.

«Warte!», rief Joel ihm hinterher.

Aaron warf einen Blick über die Schulter zurück. Sein Freund folgte ihm keuchend, einen Arm gegen den Bauch gepresst. Aaron stoppte kurz und hob die Hand.

«Du kannst mich nicht begleiten! Nicht mit dieser Verletzung!», rief er zurück.

«Und ob ich kann.»

Joel rang sich ein Grinsen ab. Schweiß perlte von seiner Stirn.

«Du bleibst hier. Und basta», entschied Aaron.

«Hey, mir geht es schon wieder besser. Ehrlich.»

«Ich gehe da rein, und zwar allein.»

Er musste handeln, solange die Flammen diese Seite des Gebäudes noch nicht erreicht hatten und eine Überlebenschance für die Kinder bestand. Aaron wandte sich um, sprang mit einem Satz hoch und krallte sich am Fensterbrett fest. Ohne Mühe zog er sich daran hoch, trat das Fenster ein und kroch durch die zerbrochene Scheibe. Ein Schatten tauchte hinter ihm auf. Es war Joel, der ihm folgte.

Aaron stöhnte genervt und wandte sich zu seinem Freund um. «Du bist verletzt und außerdem kannst du nicht so lange im Feuer bleiben wie ich.»

«Ich lasse dich trotzdem nicht allein. Los, suchen wir die Kinder.»

Aus der Ferne ertönten Feuerwehrsirenen. Die Flammen beherrschten bereits das Erdgeschoss und hatten die Treppe zerstört. Aaron hielt für Sekunden inne, konzentrierte sich auf seine Sinne, bevor er weiterlief. Er spürte Seraphiels Nähe und der Wunsch nach Rache wurde schier übermächtig.

«Er ist hier», raunte er dem Freund zu.

Vorsichtig tasteten sie sich voran. Der Boden war heiß und an einer Seite schwelte bereits die Holzverkleidung an der Wand. Der Rauch biss in Aarons Nase und kratzte im Hals. Er zog sein T-Shirt übers Gesicht. Dichte Rauchschwaden im Flur machten es unmöglich, etwas zu erkennen.

Aaron stoppte, als er ein ersticktes Husten hörte. Er deutete in die Richtung. Sie zückten ihre Schwerter und schlichen vorwärts. Immer stärker kratzten Seraphiels Schwingungen auf Aarons Haut und die Rune an seinem Hals brannte unerträglich.

Wieder folgte das Husten. Es kam von einem der Zimmer, die hinter der Galerie lagen. Der Rauch lichtete sich, aber Aarons Augen tränten. Er zwinkerte ein paar Mal, bis das Brennen nachließ, und suchte den Raum ab. In der hintersten Ecke des Zimmers erkannte er die Kontur eines Schuhs. Er kniff die Augen zusammen und sah das Mädchen, das schluchzend in der Ecke kauerte. Ihr starrer Blick war auf den leblosen Körper eines Jungen gerichtet, der am Boden lag. Über ihn beugte sich ein sehniger Mann mit nacktem Oberkörper. Sein schwarzes Haar glänzte wie eingefettet.

Seine Gestalt würde Aaron unter Tausenden wiedererkennen: Seraphiel.

Sofort umklammerte seine Hand den Schwertknauf fester. Der Feuerengel beugte sich tief über den Reglosen und öffnete dessen Mund, um seine Seele einzusaugen. Ohne zu zögern, stürzte sich Aaron auf den Feuerengel. Seraphiel wirbelte herum und wehrte ihn mit einem Feuerstrahl aus seiner Hand ab. Immer hatte Aaron sich vorgestellt, wie es war, dem verhassten Engel gegenüberzustehen, um ihn endlich zu vernichten.

«Schon wieder Uriels Bastard. Sieh an, Raphaels ist auch dabei. Es wird mir ein Vergnügen sein, beide zu erledigen.»

Seraphiel legte den Kopf schief und schnaubte verächtlich. Seine Obsidianaugen musterten Aaron kalt. Der Feuerengel öffnete den Mund und spie Flammen.

Aaron sprang zurück. Doch eine der Stichflammen traf ihn an der Wange und verbrannte seine Haut. Es brannte so höllisch, dass er bei der kleinsten Muskelbewegung zusammenzuckte.

Verdammt, dieser Höllensohn sollte dafür büßen! Er schrie vor Wut und Schmerz auf, als ihn eine weitere Flamme streifte. Er durfte sich nicht vom Schmerz ablenken lassen, sondern musste sich besser konzentrieren. So wie er es gelernt hatte.

Die nächste Attacke Seraphiels erfolgte. Aber dieses Mal war Aaron schnell genug und wehrte sie mit dem Schwert ab. In Seraphiels Augen flackerte für einen Moment ein Ausdruck der Unsicherheit auf, was Aaron mit Befriedigung erfüllte. Tja, auch ein mächtiger Feuerengel besaß Schwächen.

Aaron verspürte Genugtuung und stürzte sich mit einem Schrei auf den Gegner. Das Schwert sauste surrend durch die Luft und traf auf die Flammen aus Seraphiels Mund. Funken stoben und ergossen sich wie ein Feuerregen auf den Boden. Das Mädchen in der Ecke schrie ängstlich auf und schlang ihre dürren Ärmchen um den kleineren Jungen.

Rette die Kinder!, schickte er seine Gedanken auf die Reise. Dann warf er sich mit einem Schrei und erhobenem Schwert seinem verhassten Widersacher entgegen, während Joel zu den Kindern eilte und sie hochzog.

Seraphiel spuckte erneut Feuer, dem Aaron durch einen Sprung zur Seite auswich. Aus dem Augenwinkel bemerkte er erleichtert, wie Joel mit den Kindern das Zimmer verließ, bevor er eine neue Attacke gegen den Feuerengel startete, der nur besiegt werden konnte, wenn er ihm den Kopf abtrennte. Leichter gedacht als getan.

Seraphiel war schnell und konnte sein Höllenfeuer weit speien. Aarons Nerven waren zum Zerreißen gespannt. In der Zwischenzeit hatten die Flammen aus dem Korridor das Zimmer erreicht und die Betten in Brand gesetzt. Aaron übersprang eines davon und versuchte dabei den Feuerengel zu treffen. Doch eine weitere Stichflamme aus dessen Mund zwang ihn zu einer zusätzlichen Drehung, weshalb er sein Ziel um Haaresbreite verfehlte.

Aaron krachte mit voller Wucht auf das zweite Bett und es brach durch. Von nebenan hörte er die Kinder schreien, dann Kampfgeräusche. Weitere dunkle Schwingungen kündigten Dämonen an. Aaron dachte an den verletzten Freund, der jetzt allein gegen sie kämpfte und gleichzeitig die Kinder schützen musste. Aber es blieb keine Zeit, lange darüber nachzugrübeln.

Seraphiel stürzte sich mit Gebrüll auf Aaron, der im Lattenrost feststeckte. Im letzten Moment gelang es ihm, sich daraus zu befreien und mit einem Rückwärtssprung dem Feuerschlund zu entgehen. Seraphiels Gesicht verzerrte sich vor Zorn. Keuchend hielt Aaron das Schwert vor sich, während sein Hirn verzweifelt nach einer Lösung suchte, wie er seinen Gegner in die Enge treiben konnte, um ihm den entscheidenden Schlag zu verpassen.

Das Feuer hatte die Gardinen erfasst. Der zunehmende Rauch brannte in seinen Augen, sodass er fast nichts mehr sehen konnte, und noch schlimmer in seiner Kehle, die sich rau und eng anfühlte. Seine Stimme klang heiser, als er aufstöhnte.

Wie lange würde er den beißenden Rauch noch ertragen können, der ihm den Atem raubte? Ein weiterer Hustenreiz schüttelte Aarons Körper. Er wischte sich mit dem Handrücken die Tränen fort. Die Kampfgeräusche nebenan waren verklungen.

Immer mehr wuchs in ihm die Angst um Joel und die Kinder. *Joel war ein erfahrener Dämonenjäger,* versuchte er sich zu beruhigen. Aber seine Verletzung war mit Sicherheit noch nicht verheilt und würde ihn beeinträchtigen.

«Du kannst mich nicht besiegen, Aaron. Niemand wird mich stoppen. Rachel wird mich erlösen. Die Rebellion beginnt. Und Luzifer und ich werden als Sieger hervorgehen!»

«Noch hast du nicht gewonnen, Roter», stieß Aaron hervor und schwang erneut sein Schwert.

Er vervielfachte das Tempo und die Wucht seiner Schläge, sodass Seraphiel kaum Zeit blieb, um Luft zu holen und Feuer zu spucken. Doch das kostete Kraft. Aarons Muskeln wurden mit jedem Hieb härter und schwerer. Allein die Erinnerung verlieh ihm ungeahnte Reserven, und es gelang ihm, den Feuerengel immer weiter zurückzudrängen. Sein Erzfeind war nur noch damit beschäftigt, Aarons Attacken abzuwehren.

Da übersah er ein Spielzeug auf dem Boden hinter sich, trat darauf und stolperte. Er ruderte wild mit den Armen, um sich abzufangen. Sofort holte Aaron mit dem Schwert aus, um ihm den Kopf vom Rumpf zu trennen.

Unvermittelt spürte er hinter sich einen Dämon. Aaron drehte sich schnell um. Ein Feuerdämon wirbelte vor ihm, dessen Funken seinen Mantel trafen und weitere Löcher hineinbrannten. Die fingerlangen Krallen der Höllenkreatur schoben sich aus dem feurigen Strudel. Aaron wand seinen Körper wir eine Schlange, um nicht getroffen zu werden, aber eine Kralle erwischte ihn dennoch und schlitzte seinen Hals auf. Der folgende Schmerz schien sein Gehirn zu versengen. Alles verschwamm vor seinen Augen.

Da spürte er eine Bewegung hinter sich. Seraphiel. Mit einem wütenden Schrei schlug Aaron dem Dämon den Kopf ab und drehte sich blitzschnell zu dem Feuerengel um. Im selben Augenblick traf ihn dessen Flamme und verbrannte sein Gesicht. Der Schmerz war so überwältigend, dass Aaron sich kaum auf den Beinen halten konnte.

«Jetzt wirst du brennen!», schrie Seraphiel.

Auf dem rechten Auge geblendet sank Aaron auf den Boden. Mit dem linken konnte er die Brandblasen auf seiner Wange erkennen. Seine Haut war rot und an einigen Stellen schwarz. Eine weitere Stichflamme schoss aus Seraphiels Mund und bohrte sich wie eine Klinge in Aarons linke Iris. Er brüllte vor Schmerz und Zorn auf und schlug das Schwert keuchend durch die Luft.

Mit seinen verletzten Augen konnte er nur noch schwach die Konturen des Feuerengels ausmachen. Seraphiels höhnisches Gelächter entfachte Aarons Zorn erneut und er hieb die Waffe durch die Luft.

Einmal, zweimal und noch einmal vergeblich, bis er ausgelaugt die Arme sinken ließ. *Du musst durchhalten*, versuchte er sich zu sagen. Nur leider folgten seine Glieder keinem Befehl. Aber noch immer umklammerten seine Finger den Schwertknauf. Die Konturen jedoch verwandelten sich zu Schlieren. Er hatte verloren, sein Tod war gewiss.

Er hatte Seraphiel gejagt, ihn endlich gestellt, und nun versagte er auf ganzer Linie. Sein Vater würde sich seiner schämen, wie er es selbst bereits tat.

Vorbei, vorbei, vorbei. Er hatte verloren.

Flammen kreisten ihn ein und fraßen sich durch den Holzboden. Ihr Knistern wurde mit jedem Zentimeter, den sie näherkamen, lauter. Das Feuer war wie eine gefräßige Raupe, das auch vor ihm nicht Halt machen, sondern ihn gnadenlos verschlingen würde.

Rebecca! Sein Geist schrie verzweifelt nach ihr. Seine Sinne schwanden allmählich, er hatte keine Kraft mehr, um dem Feuerengel etwas entgegenzusetzen. Der Rauch drang tief in seine Lungen, die Flammen brannten sich in seine Haut. Das also war sein Tod ...

Plötzlich zerrte ihn etwas rückwärts, tiefer in die lodernde Glut. Bevor Aaron die Besinnung verlor, fiel sein Körper in einen Abgrund.

29.

Rebecca fuhr ziellos durch die Gegend, bis ihr bewusst wurde, dass sie die Twin Peaks passierte und sich auf der Straße zum Wohnort ihrer Mutter befand.

Mutter, das klang fremd, und passte irgendwie nicht zu Ruth Lighthouse, die zwar auf Anhieb sympathisch wirkte, aber nichts Fürsorgliches besaß wie Rosie. Sie war froh und dankbar dafür, dass Ruth sie in die Obhut der Clancys gegeben hatte, die für sie immer ihre Eltern bleiben würden.

Hinter den Bergen ließ der Regen nach, und sie schaltete den Scheibenwischer aus. Die nasse Kleidung klebte an ihrem Körper. Die Luft war schwül und drückend. Auf den Serpentinen kam sie nur langsam voran. Die Straße war nass und an manchen Stellen rutschig.

Sie atmete erleichtert auf, als eine längere, gerade Strecke folgte, auf der ihr nur wenig Autos entgegenkamen. Die Szene auf dem Parkplatz wollte ihr nicht aus dem Kopf. Nie würde sie den abweisenden Ausdruck in Aarons Augen vergessen können, als sein Blick auf die Rune gefallen war. Es war, als hätte sich ein Eiszapfen in ihr Herz gebohrt.

Vor diesem Moment hatte sie sich die ganze Zeit gefürchtet. Warum musste sie ausgerechnet Seraphiels Nephilim sein? In einer Sekunde hatte sich ihre Hoffnung zerschlagen. Aaron war unerreichbar geworden.

Sie wischte sich eine Träne aus dem Augenwinkel. Ihr Leben hatte sich so schnell verändert, dass sie gar keine Chance hatte, sich daran zu gewöhnen. Wäre ihr doch nur die Wahrheit verborgen geblieben, dann könnte sie das ruhige Leben der Ärztin Rebecca Clancy weiterführen.

Ein Trugschluss, denn die Welt, die sie kannte, gab es nicht mehr und hatte auch nie existiert. Was machte es für einen Sinn, längst Vergangenem nachzutrauern?

Es war Zeit für einen Neubeginn, unter einem anderen Namen. Doch für wie lange? Einen Monat, zwei oder drei? Ein Jahr? Sie wusste es nicht. Alle würden sie verfolgen, bis sie tot war. Ihre Mutter war momentan vermutlich die Einzige, die ihr bei ihrer Flucht helfen könnte. Schließlich war es ihr gelungen, sich jahrelang erfolgreich zu verstecken.

Rebecca atmete auf, als sie ihren Toyota vor Ruths Haus parkte. Sie stieg aus dem Wagen und wurde vom schweren Duft feuchter Erde und Nachtblüten empfangen, die sie bis zur Haustür begleiteten. Vom Dach über der Veranda tropfte Regenwasser auf die Holzstufen und bildete Pfützen.

Sie wollte gerade klopfen, als sie drinnen gedämpfte Stimmen hörte. Ruth hatte Besuch. Einen Moment überlegte Rebecca, ob sie stören könnte. Bevor ihre Faust gegen die Tür klopfen konnte, glitt sie von allein auf, und sie trat in den Flur. Stimmen drangen aus dem Wohnzimmer, die Ruth und einem Mann gehörten. Das weckte ihre Neugier. Rebecca schlich zur Tür.

«Warum sollte sie hier sein, Joshua?», hörte sie Ruth fragen.

Joshua? Ihr Bruder, der Verkünder, hier im Haus der Mutter? Er hatte sie also gefunden, doch ihre Mutter wirkte nicht, als fürchtete sie sich vor ihm. Was ging hier vor?

Rebecca schlich auf Zehenspitzen näher heran und drückte ihren Rücken gegen die Wand neben der Tür. Der Spalt ermöglichte es ihr, einen Blick auf ihren Bruder zu werfen. Breitbeinig und mit vor der Brust verschränkten Armen stand Joshua vor Ruths Tisch und blickte kalt auf sie herab. Rebecca hielt den Atem an und wartete gespannt auf die Antwort ihres Bruders, während sie die Mimik ihrer Mutter beobachtete.

«Wo ist sie? Sie war doch bei dir.»

Joshuas Stimme klang ungehalten. Rebecca befürchtete, die beiden könnten ihre Gegenwart spüren. Doch zum Glück waren sie so in ihr Gespräch vertieft, dass sie sie nicht bemerkten.

«Na und? Was weiß ich!», schnaubte Ruth.

Zwischen Ruth und Joshua herrschte eine gewisse Vertrautheit, die Rebeccas Befürchtungen bestätigte, die beiden würden sich schon länger kennen. Weshalb hatte Ruth ihr das verschwiegen?

Unzählige Fragezeichen schwirrten durch ihren Kopf und schürten nicht nur ihre Neugierde, sondern auch ihre Enttäuschung. Obwohl durch alle Anwesenden das gleiche Blut floss, spürte sie keine Verbundenheit oder Nähe. Ruth hatte sie getäuscht, ihr Warmherzigkeit vorgespielt. Die Runen an ihren Unterarmen begannen zu pulsieren. Rebecca wagte nicht, sich zu bewegen.

Joshua wandte sich ab und wanderte im Zimmer auf und ab.

«Setz dich wieder hin, du machst mich ganz nervös.»

Ruths strenger Tonfall ließ ihn kurz innehalten, bis er ihrer Aufforderung nachkam und in den Plüschsessel vor dem Tisch sank.

«Bist du dir sicher, dass sie Seraphiel vernichten wird?»

Joshua überschlug die Beine. Seine Gelassenheit schien nur gespielt, denn seine Finger krallten sich in die Lehnen.

«Ja, natürlich. Hat sie das Exsolutio vernichtet?»

Rebecca horchte auf.

Joshua fuhr sich durchs blonde Haar. «Das habe ich dir doch schon zigmal gesagt. Was ist, wenn sie den Spruch behalten hat und Seraphiel befreit?»

Ruth schüttelte den Kopf. «Ich habe ihren Zorn gegen ihn gespürt. Sie wird es nicht tun, davon bin ich überzeugt. Außerdem wird einer der Blutengel sie vorher getötet haben.»

Das war nicht mehr die Ruth, die mit ihrer tragischen Geschichte ihr Mitleid errungen hatte. Diese Skrupellosigkeit erschreckte Rebecca. Und dieser Frau hätte sie fast ihre Fluchtpläne anvertraut.

«Wo ist Julia eigentlich? Sie wollte doch schon längst hier sein.»

Ihr Bruder sah zur Uhr.

«Sie wird nicht kommen», antwortete Ruth ruhig, aber bestimmt.

Joshuas Brauen ruckten empor. «Wie meinst du das jetzt? Sie wird nicht kommen? Hast du ihr etwa einen Auftrag gegeben?»

Zorn schwang in seiner Stimme mit.

«Nein, sie hat ihre Pflicht und Schuldigkeit getan. Wir brauchen sie nicht mehr.»

Die Kälte in Ruths Stimme ließ Rebecca frösteln. Aaron hatte Joel und Julia weggeschickt. Waren die beiden auch ermordet worden? Rebecca schluckte.

Joshua sprang auf. «Was hast du getan, Mutter?»

Ein boshaftes Lächeln kräuselte Ruths Lippen.

«Du ... du hast sie umbringen lassen? Ich war mit ihr zusammen!»

Ihr Bruder erbleichte, dann packte er Ruth an den Schultern und zerrte sie grob hoch.

«Lass mich sofort los.»

Ihre Mutter blieb erstaunlich ruhig und sah auf seine Hände. Widerwillig ließ Joshua von ihr ab.

«Sie war ein junges, naives Ding. Finde dich damit ab.»

«Du kannst nicht einfach ...»

«Und ob ich das kann. Du vergisst, wer dich zum Verkünder gemacht hat.»

Jedes ihrer Worte war scharf wie ein Messer.

Joshuas Miene verzerrte sich vor Wut. «Wie könnte ich das vergessen, Mutter? Du sagst es mir doch jeden Tag.»

Rebecca glaubte von einer Ohnmacht in die nächste zu fallen. All das hatte Ruth ihr verschwiegen.

Ruth lachte gehässig auf. «Anscheinend noch nicht genug. Du

versagst immer wieder. Auf ganzer Linie. Vor allem bei der Suche nach Rachel. Diese anderen Frauen, die du und Julia mir angeschleppt habt ... Wie blöd kann man nur sein, immer wieder die Falsche zu entführen ...?»

Wütend sprang Joshua auf. «Du hast doch gut an ihren Seelen verdient!», schleuderte er ihr zornig entgegen.

Deutlich schwoll eine Ader an seinem Hals an. Rebecca wurde schlecht. Bonnie und die anderen waren alle ihretwegen gestorben, weil sich Julia und Joshua geirrt hatten. Fassungslos lauschte Rebecca weiter der Unterhaltung. Wie leichtfertig die beiden über Leben sprachen. Von Joshua hatte sie nichts anderes erwartet, aber dass sie sich derart in Ruth getäuscht hatte, erschütterte sie. Aber was wusste sie denn schon von ihr?

«Du aber auch. Lässt dich noch erwischen! Wäre Ariel nicht gewesen, hätte der Blutengel dir die Kehle durchgeschnitten. Wenn du nur halb so viel Mut und Kraft in dir hättest wie Rachel ...»

Ruth betrachtete ihren Sohn abweisend.

Joshuas Mundwinkel zogen sich nach unten, dann stieß er seine Mutter von sich. «Ich hätte ihn allein besiegt!»

Siegesgewiss ballte er die Faust.

«Idiot! Aaron ist dir haushoch überlegen. Du? Du könntest keinen Blutengel besiegen.»

Joshuas Miene erstarrte für einen kurzen Moment, dann lächelte er höhnisch. «Ich habe ihn längst erledigt, als ich ihn in dieses Haus gelockt habe. Sein Körper brennt bereits wie eine Fackel. Ich war es, der ihn vernichtet hat. Ich ganz allein!»

Er schlug sich mit der Faust auf die Brust. Rebecca horchte auf. Joshua hatte Aaron in irgendein Haus gelockt?

Aaron tot?

Ihr Herz setzte einen Moment aus. Sie presste eine Hand gegen den Mund, um nicht aufzuschreien. Nicht Aaron. Auf keinen Fall war er tot, im Gegenteil, stark, viel stärker als alles, was sie kannte. *Und wenn doch?*

Ihr wurde übel und ihre Knie gaben nach. Sie stand kurz vor einem Zusammenbruch. *Nein! Nein!*, antwortete eine Stimme in ihr.

«Du lügst, er ist nicht tot. Ich spüre es!», rief Ruth, während ihre Faust auf die Tischplatte niedersauste.

«Dann musst du dich dieses Mal irren, Mutter. Ich habe ihn selbst in das brennende Waisenhaus laufen sehen, in dem Seraphiel ihn erwartet. Er kann dem Feuer niemals entkommen, das der Feuerengel gelegt hat.»

Rebecca wollte sofort loslaufen und nach San Francisco zurückfahren. Diese Ungewissheit konnte sie nicht länger ertragen. Doch irgendetwas hielt sie zurück.

«Du bist ein Versager! Ariels Erziehung hat nichts gefruchtet. Er hätte dich niemals mit Feuer taufen dürfen.»

Als Ruth von einer Feuertaufe sprach, kehrte das letzte fehlende Stück Erinnerung zurück, als hätte sich ein gordischer Knoten gelöst. Rebecca begann zu zittern. Alles sah sie jetzt wieder vor sich – den Hof, aus dem Ariel sie entführt hatte. Das Feuer, um sie zu brandmarken – zu taufen, wie sie es nannten. Ruths Hand auf ihrer Stirn, um ihr die Erinnerung zu nehmen.

«Bring sie nach Rom, Ariel», hörte sie ihre Mutter sagen, als wäre es erst gestern gewesen.

Über ihnen kreisten riesige Schwingen. Dann war sie Ariel davongerannt direkt in die Arme einer Frau. Sie konnte sich noch sehr gut an ihr Gesicht erinnern und den gütigen Ausdruck darin. Rosie war ihrer Mutter wie aus dem Gesicht geschnitten.

Nicht Ruth, sondern Aarons Mutter hatte sie schließlich zu den Clancys gebracht, die ihr einziges Kind kurz zuvor verloren hatten. Ihr Leben als Rebecca war das Leben einer Fremden und im Laufe der Jahre hatte sie selbst an diese Identität geglaubt. Ihre

Adoptiveltern waren von Ort zu Ort gezogen, stets auf der Flucht vor der Vergangenheit. Aarons und Rosies Mutter war ihretwegen gestorben.

Tränen stiegen in ihre Augen. Die Stille war beklemmend. Rebecca fuhr zusammen, als Ruth schrie, und wirbelte herum. Sie sah wie ihr Bruder ihre Mutter an den Schultern gefasst hatte und sich mit geöffnetem Mund zu ihr beugte.

«Jetzt reicht es mir, Mutter», sagte Joshua gepresst.

Verächtlich zogen sich seine Mundwinkel nach unten. Hass sprühte aus seinen Augen. Ein Hass, der Rebecca fremd war. Er öffnete den Mund. Flammen schossen zwischen seinen Lippen hervor direkt in Ruths Gesicht.

Nur mühsam konnte Rebecca bei diesem Anblick einen Aufschrei unterdrücken. Flammen fraßen sich durch Ruths Haut und in ihr Fleisch. Die Heilerin schrie und warf sich auf den Boden. Sie wand sich und flehte um Gnade.

Gleichgültig wie ihre Mutter war, aber sie blieb ihre Mutter. Rebecca konnte nicht tatenlos zusehen, wie Joshua sie tötete. Ohne weiter nachzudenken, stürmte sie ins Zimmer. Ruths Gesicht war so verunstaltet, dass selbst Rebecca Mühe hatte, darin noch menschliche Züge zu erkennen.

Jeder andere hätte sich vermutlich bei dem grauenvollen Anblick abgewandt. Aus Ruths Kehle drang nur noch ein Wimmern, ihre Knie knickten ein und die Arme hingen schlaff herunter. Joshua wandte abrupt den Kopf und musterte sie feindselig. Rebecca erschrak über die Mordlust in seinen Augen. Seine Muskeln spannten sich an und verzerrten seine Züge, die sie an ein Monster erinnerten.

Besinne dich auf deine Kräfte und du wirst deine Feinde besiegen. In dir schlummert die Macht eines Seraphims. Nutze sie.

Ruths Worte klangen noch immer in ihr nach. Hoffentlich würden diese sich bewahrheiten.

Joshuas stieß seine Mutter von sich, die wie eine schlaffe Gliederpuppe röchelnd auf den Boden sank. Rebecca spürte ihren immer schwächer werdenden Herzschlag und wusste, dass es für Ruth keine Rettung mehr gab. Sie wandte den Blick von Ruths leblosem Körper. Mitleid regte sich. So einen Tod hatte selbst sie nicht verdient.

«Was bist du nur für ein Teufel, dass du deine eigene Mutter umbringst!»

Sie legte alle ihre Abscheu in die Worte.

Joshua lächelte kalt. «Schwesterchen, verrate mir freiwillig den Spruch und du wirst schnell sterben.»

Darauf konnte er lange warten. «Das könnte dir so passen. Ich nehme mein Geheimnis mit ins Grab.»

Joshuas Züge verhärteten sich. Seine eben noch blauen Augen einschließlich des weißen Augapfels verfärbten sich schwarz, als wäre er Luzifers Sohn. Seine Miene verfinsterte sich.

«Du wirst es mir jetzt sofort verraten oder ...»

Wieder öffnete er den Mund weit und eine Stichflamme loderte Rebecca entgegen. Allein durch die Kraft ihres Willens gelang es ihr, sie abzublocken, bevor sie auf ihre Haut traf, als umgäbe ihren Körper eine transparente Schutzhülle.

Joshua erschien erstaunt und sein Kopf ruckte kurz zurück. Der Fehlschlag schürte seinen Zorn. «Du hast es ja nicht anders gewollt, Rachel.»

Rebecca konzentrierte sich auf ihre Sinne, ihre Adern erhitzten sich wie Glühdrähte, bis es in ihren Fingerkuppen kribbelte. Ehe Joshua ausweichen konnte, trafen ihn ihre Flammen, die aus den Händen schossen, am Hals.

Er brüllte auf und attackierte sie aufs Neue. Ein feuriger Schlagabtausch nach dem anderen folgte, den keiner von ihnen zum Vorteil nutzen konnte. Rebeccas Kräfte ließen allmählich nach.

Keuchend taumelte sie. Sie hatte Mühe zu stehen. Ihre Knie fühlten sich wie Gummi an und zitterten vor Erschöpfung.

Reiß dich zusammen, Rebecca, du musst den anderen helfen! Wie sehr wünschte sie sich das, doch bis dahin wäre es noch ein qualvoller, langer Weg. Sie wusste, irgendwann wäre sie zu schwach, um den Angriffen ihres Bruders rechtzeitig ausweichen zu können und gleichzeitig ihre unsichtbare Schutzhülle zu stärken.

Während sie verzweifelt darüber nachgrübelte, wie sie ihrem Bruder entgehen könnte, drängte der sie immer weiter in die Defensive. Sie musste sich etwas einfallen lassen. Seine Aggression wuchs mit jedem Vorstoß. Immer wieder und wieder spie er Feuer. Noch gelang es Rebecca irgendwie, seinem Angriff zu entgehen. Lange würde sie das aber nicht mehr durchhalten.

Joshuas Gesicht glich einer Fratze. Mordlust funkelte in seinen Augen. Rebecca hielt mit aller Kraft dagegen, obwohl ihr die Angst die Kehle zuschnürte. Sie musst einfach vergessen, dass er ihr Bruder war. Aber wie konnte sie das? Vor allem, wo sie spürte, dass sie aus dem gleichen Blut waren.

Du musst. Du musst, wenn du überleben willst.

Diese Worte rüttelten sie auf, sodass sie neuen Mut fasste. Sie hörte Ruths Stimme in ihrem Kopf.

Du kannst ihn nur besiegen, wenn du sein Herz verbrennst, Rachel.

Wie sollte denn das gehen? Ihr Hirn suchte fieberhaft nach einer Lösung. Während sie immer wieder Joshuas Feuerattacken abwehrte, bemerkte sie, dass ihre Flammen sich zu geradlinigen Strahlen formten.

«Sag mir jetzt endlich den Spruch oder ich versetze dir den Todesstoß.»

Aus Joshuas Hand loderte eine meterlange Flamme. Wenn er seine Faust ballte, unterschied ihn nichts von einem lebendigen Flammenwerfer. Nur knapp verfehlte er sie und versengte eine

Haarsträhne. Immer weiter drängte er sie zurück, bis Rebecca mit dem Rücken gegen die Zimmerwand stieß.

Ihr Blick flog fieberhaft umher. Sie versuchte an ihrem Bruder vorbeizulaufen, aber sofort sprühten Funken aus seinem Arm und trafen ihre Haut. Sie schrie auf und sah auf die frischen Brandbläschen hinab. Joshua war stärker als befürchtet.

«Netter Versuch. Vergiss es. Der Schmerz wird dich zum Reden bringen.»

Seine Hände zogen eine imaginäre Linie vor ihrem Gesicht.

«Ich werde dein hübsches Gesicht verbrennen, deine Augen, dann deinen Mund ... Wie gefällt dir das?»

«Ich fürchte mich nicht vor dem Tod. Du kannst dir also die Mühe sparen.»

Rebecca erinnerte sich an Ruths Worte, dass sie der Feuernephilim sei und nicht Joshua. Ihre Mutter hatte ihm vorgeworfen, nicht halb so viel Mut und Kraft zu besitzen wie sie. Doch widerwillig musste sie zugeben, dass er seine Kräfte gezielter benutzte.

«In uns fließt das gleiche Blut», versuchte sie an sein Gewissen zu appellieren.

Er lachte laut. «Das zählt hier nicht, sondern einzig der Seelenbund.»

Rebecca ahnte sofort, was er meinte. «Du hast dich auf einen Pakt mit Luzifer eingelassen?»

Joshuas Miene verfinsterte sich. «Der einzige Weg, der uns zur Erleuchtung führt», ereiferte er sich. «Bekehre dich zu ihm und ich werde dich verschonen. Wir könnten mit unseren Kräften so viel erreichen. Die Apokalypse ist nah, und wir ... kämpfen an der Seite des Siegers!»

Ihr Bruder wirkte wie berauscht. In seinen Augen lag nun ein infernalischer Glanz.

«Ich würde niemals auf eurer Seite kämpfen!», schleuderte sie ihm entgegen.

Joshua versteifte sich und kniff die Lippen zusammen. «Dann ist dein Ende besiegelt», presste er hervor.

Er breitete die Arme aus und schon spürte Rebecca, wie sich sein Körper erhitzte. Sie duckte sich und sprang vor, tauchte unter seinem Arm durch und knallte der Länge nach auf den Boden. Ehe sie sich aufrappeln konnte, spürte sie einen stechenden Schmerz im Rücken. Sie stöhnte, aber dann biss sie die Zähne zusammen und rollte sich auf den Rücken. Joshua stand mit triumphierendem Lächeln über ihr, die Arme nach vorn gestreckt, aus denen noch immer Flammen züngelten.

Wenn sie nicht sterben wollte, musste sie handeln. Sie sammelte die Energie in ihren Fingerkuppen und versuchte, sich einen Laserstrahl vorzustellen. Eine simples Bild, das ihr tatsächlich half, das Feuer ihrer Hände zu formen.

Joshua holte mit dem Arm aus. Rebecca reagierte sofort und die Flamme ihrer Hand wurde zu einem goldroten Strahl, der seine Kleidung durchdrang und tief in seinen Brustkorb fuhr. Er erstarrte, seine Augen weiteten sich, bevor er voller Entsetzen an sich herab auf die Flamme sah, die in seiner Brust glomm. Was hatte sie nur getan?

Seraphimfeuer, hörte sie Ruths Stimme in ihrem Kopf.

Joshua verbrannte vor ihren Augen wie der Junge im New Yorker Krankenhaus. Entsetzt betrachtete sie ihre zitternden Hände, die eben den Bruder getötet hatten. Dass es so weit kommen musste, hatte sie nicht gewollt.

Sie wusste, dass sie für Joshua nichts mehr tun konnte, und kniete sich weinend neben ihn und Ruth. Die Brauen ihrer Mutter waren versengt, ebenso die dichten Wimpern, um die Rebecca sie beneidet hatte. Ruth wollte sich aufrichten, sank aber sofort stöhnend wieder zurück. Als Rebecca ihr aufhelfen wollte, hob sie abwehrend die Hand. Es war nur eine schwache Geste, die Rebecca dennoch verstand.

Zu spät, erklang Ruths Stimme erneut in ihrem Kopf. *Alles zu spät.*

Ihr Blick glitt zu Joshua hinüber, dessen Körper zu Asche zerfiel.

«Das habe ich nicht gewollt!», rief Rebecca voller Verzweiflung aus.

Die verdorbene ... Frucht meines ... Leibes. Der dunkle Zwilling musste ... getötet werden. So steht ... es ...

Aus Ruths verzerrter Miene sprach so viel Hass, dass Rebecca erschauderte. Joshua und sie hatten der Mutter nur als Rachewerkzeug gedient.

«Wohin hat der Hass geführt, Mutter? Dass wir uns gegenseitig umbringen?», rief Rebecca unter Tränen.

Doch sie erhielt keine Antwort mehr. Ruths Herz schlug nicht mehr. Einen Moment lang blieb Rebecca nachdenklich neben ihr sitzen, bis die Angst um Aaron sie nach San Francisco zurückforderte.

Wie in Trance fuhr Rebecca nach San Francisco. Sie konnte nicht mehr weinen, sie fühlte sich wie betäubt. Aaron war tot. Ihr Feind vernichtet. Jeder hätte Erleichterung gespürt. Sie nicht. Deutlich erinnerte sie sich an die Entschlossenheit in Aarons Blick.

Ausgerechnet in diesem Augenblick war ihr bewusst geworden, dass sie ihn liebte. Dass auch sie ihm nicht gleichgültig war, bewies die Tatsache, dass er ihr Leben verschont hatte. Vielleicht wäre es besser gewesen, er hätte sie getötet, damit der Schmerz in ihrem Innern endlich endete.

Seit sie wusste, dass sie ein Nephilim war, gab es nur noch Leid, Verzweiflung und Tod. Die dunkle Welt hatte sie in dem Moment verschlungen, als sie ihren Bruder getötet hatte. Auch wenn es aus Notwehr geschehen war, sie fühlte sich schuldig. Die Hölle konnte nicht schlimmer sein als ihr Leben.

Rebecca schrak zusammen. Ihr Handy klingelte. Sie schaltete die Freisprechanlage ein und hörte Francescas Stimme aus dem Lautsprecher.

«Becky? Gott sei Dank. Ich versuche dich schon die ganze Zeit zu erreichen. Hast du etwa deinen Pieper ausgestellt?»

Rebecca seufzte. Sie hatte ihn in all der Aufregung zu Hause vergessen. «Sorry. Was ist denn los?»

«Wir haben hier mehrere medizinische Notfälle und arbeiten rund um die Uhr. Ein Waisenhaus wurde in Brand gesteckt.»

Sofort fielen ihr Joshuas Worte wieder ein, Aaron hätte wie eine Fackel gebrannt. War er dort gewesen? Alles um sie herum begann sich zu drehen. Frans Worte nahm sie nur noch am Rande wahr.

«Es gibt eine Menge Verletzte bei uns. Rauchvergiftungen, Verbrennungen. Es herrscht totales Chaos auf der Station. Wir brauchen dich dringend. Miller ist auf einer Konferenz. Wann kannst du hier sein?»

«In ein paar Minuten.»

30.

Rebecca eilte auf die Station, die speziell für die Brandopfer kurzfristig umgerüstet worden war. Überall spürte sie den Tod, wie vor wenigen Tagen, als ihre Adoptiveltern gestorben waren, und sie kämpfte gegen die aufsteigenden Erinnerungen.

Francesca kam ihr im Flur entgegen. «Gut, dass du so schnell gekommen bist. Es werden andauernd neue Verletzte eingeliefert. Das Feuer hat auf benachbarte Häuser übergegriffen. Wir haben alle Kollegen zusammengetrommelt. Rauchvergiftungen, Verbrennungen ersten und zweiten Grades, Schnittwunden und einen besonders schwierigen Fall auf der Intensiv.»

«Ich zieh mir schnell den Kittel über.»

Rebecca schloss die Tür zu ihrem Arztzimmer auf. In Windeseile streifte sie den Kittel über, tauschte ihre Sneakers gegen die bequemen Chiro Clogs und hängte sich das Stethoskop um. Dann wusch sie sich gründlich die Hände. Ihre Runen pulsierten unter den Schweißbändern.

Ich komme zu dir, Rachel!

Rebecca zuckte zusammen, als sie die Stimme ihres Vaters hörte. Sie zwang sich, ihn zu ignorieren, und nach einer Weile verstummte er tatsächlich. Als sie ihr Zimmer verließ, kam Francesca ihr bereits mit den Krankenblättern entgegen.

«Ich höre», sagte Rebecca knapp, während sie den Korridor zu den Patientenzimmern ansteuerte.

Die Freundin wusste sofort, was sie forderte. Francesca spulte die Liste herunter. «Und dann haben wir noch in Zimmer 2 ein Mädchen mit Schnittwunden, circa fünf Jahre alt. Es ist durch ein Fenster des Waisenhauses gesprungen. Die Kinder in den Zimmern 1 und 3 sind bereits versorgt. Große Sorgen bereitet uns ein Mann in Zimmer 7 Intensiv. Brandwunden dritten Grades in Gesicht und am Brustkorb, eine weit klaffende Schnittwunde am Hals, unterhalb der Halsschlagader und ...»

Francesca stockte.

«Und?», hakte Rebecca nach.

«Nach Doktor Hallstroms Bericht sickert aus der Schnittwunde des Patienten eine grünliche Substanz. Er hat hohes Fieber. Es steht ziemlich schlecht um ihn. Er soll gleich zum Röntgen»

Rebecca stoppte sofort. «Auf keinen Fall. Er darf unter keinen Umständen geröntgt werden.»

Sie war sich sicher, dass es sich nur um Dämonengift handeln konnte. Die Erinnerungen an den Jungen in New York stiegen wieder in ihr auf. Sie rannte zu ihrem Zimmer zurück, riss das Telefon von der Basis und tippte die Kurzwahl der Intensivstation ein.

«Hier ist Dr. Clancy. Der Patienten darf auf keinen Fall zum Röntgen. Ich muss bitte sofort mit Dr. Hallstrom sprechen», erklärte sie der Krankenschwester.

«Einen Moment, ich hole ihn ans Telefon.»

Rebecca hörte Schritte im Hintergrund, bis ihr Kollege sich am anderen Ende der Leitung meldete. Ohne Umschweife erklärte sie ihre Vermutung.

«Dr. Hallstrom, der Patient mit der grünen Substanz in der Wunde darf auf keinen Fall geröntgt werden.»

«Aber, die Schnittwunde am Hals ...»

«Vertrauen Sie mir bitte. Ich hatte in New York einen ähnlichen Fall. Es handelt sich um ein Gift, das durch Röntgenstrahlen entflammt wird. Der Patient, ein Junge im Teenageralter, ist damals vor unseren Augen verbrannt. Wir konnten nichts machen.»

Einige Sekunden herrschte Stille am anderen Ende der Leitung. «Gut. Ich werde es sofort stoppen. Können Sie bitte zu mir heraufkommen?»

Keine halbe Stunde später war Rebecca auf dem Weg zur Station. Nachdem sie sich neue sterile Kleidung übergezogen hatte, betrat sie die Schleuse. Eine dunkle Ahnung stieg in ihr auf. Handelte es sich bei dem Schwerverletzten etwa um Aaron?

Die Tür zum Patientenzimmer öffnete sich und Dr. Hallstrom kam ihr entgegen. «Hallo, Dr. Clancy», begrüßte er sie freundlich.

«Hallo, Dr. Hallstrom. Wie lautet Ihre Diagnose?»

«Hypovolämie, Kreislaufsuppression und Inhalationstrauma. Er hat bereits eine Sepsis mit hohem Fieber, was auf ein Gift hinweist, wie Sie richtig annahmen. Organdysfunktionen kann ich nicht ausschließen.»

Allein diese wenigen Fakten beschrieben den kritischen Zustand des Patienten und seine geringen Überlebenschancen. Es berührte sie immer wieder tief, wenn die Aussicht auf Heilung derart gering war.

Das konnte, nein durfte nicht Aaron sein!

«Außerdem hat er diese tiefe Schnittwunde, aus der diese grüne Substanz fließt. Wir haben eine Probe ins Labor geschickt. Sie wissen, was das ist?»

Rebecca nickte und berichtete ihrem Kollegen von dem Jungen in New York. «Ich werde anschließend mit meiner New Yorker Kollegin telefonieren, ob sie herausgefunden hat, wie das Gift aus dem Körper zu schwemmen ist. Aber zuerst möchte ich mir noch den Patienten ansehen, um mich zu vergewissern, dass das Gift genauso aussieht, wie das, das ich in New York entnommen habe.»

Sie zitterte vor Aufregung und ihr Herz raste wie verrückt. Würden sich ihre Befürchtungen bewahrheiten?

«Selbstverständlich.»

Hallstrom drehte sich um und lief zum Krankenbett, Rebecca folgte ihm. Als sie nach unten sah, erstarrte sie. Eine eisige Hand packte ihr Herz.

Aaron!

Ihr wurde schwarz vor Augen, und sie schwankte. Dr. Hallstrom stützte sie am Ellenbogen.

«Was ist mit Ihnen, Doc?»

«Ich ... ich kenne diesen Mann ...», stammelte Rebecca und spürte, wie sich ihre Augen mit Tränen füllten. «Wissen Sie, wie das geschehen konnte?», fragte sie rau.

Ihre Beine drohten erneut nachzugeben. Sie war froh, dass Hallstrom sie noch immer festhielt.

«Er war im Feuer des Waisenhauses eingeschlossen, zusammen mit einem anderen Mann und zwei Kindern. Sie wollten die Kinder retten, hat eine Frau erzählt. Das Mädchen liegt mit ihren Schnittwunden oben auf der Chirurgischen.»

«Und die anderen?»

«Der andere Mann war bis auf zwei Kratzer unverletzt, und der Junge liegt mit einer leichten Rauchvergiftung auf Station 4.»

Rebeccas Herz krampfte sich bei Aarons Anblick zusammen. Dieser vor Kraft strotzende Mann wirkte auf einmal so zerbrechlich. Über eine Gesichtshälfte zogen sich Brandbläschen, die andere war durch die Verbrennungen völlig entstellt. Schwarze, verbrannte Hautkrusten rollten sich nach oben, darunter schimmerte das rote Fleisch.

Es musste an dem Gift liegen, dass seine Haut nicht wie gewohnt schnell regenerierte. Sein Puls war schwach. Obwohl sie mit dem Schlimmsten gerechnet hatte, war sie nun schockiert, ihn so hilflos zu sehen.

Mühsam unterdrückte sie ein Schluchzen. «Wir müssen alles unternehmen, um ihn zu retten.»

Hallstrom sah sie fragend an.

«Er hat mir das Leben gerettet. In New York», sagte sie leise und blickte aus tränenverschleierten Augen zu ihm auf.

Der Arzt nickte. «Sie können versichert sein, dass wir unser Möglichstes tun werden, Frau Kollegin. Aber Sie wissen ja selbst, wie schlecht die Prognosen sind. Das Wissen Ihrer Kollegin über das Gift könnte vielleicht helfen, das Fieber zu senken.»

«Das hoffe ich. Ich werde mit ihr reden. Danke, Dr. Hallstrom. Und bitte, halten Sie mich auf dem Laufenden.»

«Okay.»

Hallstrom nahm ihren Arm.

«Ich möchte gern noch einen Moment bei ihm bleiben.»

Der Arzt nickte zustimmend, bevor er das Zimmer verließ. Rebecca trat näher an das Bett heran und legte ihre Hand auf Aarons unverletzte. Seit sie sich kannten, waren Tod und Angst zu ständigen Begleitern geworden. Noch vor wenigen Stunden hatte sie Aarons Lebendigkeit gespürt.

Wie sollte sie es ertragen, wenn er das nicht überlebte?

Sie liebte ihn doch. Ja, sie liebte ihn von ganzem Herzen, bedingungslos, auch wenn er ihr Feind war. Das wusste sie nun ganz genau, spürte es in ihrem Herzen.

«Aaron, du darfst jetzt nicht sterben. Bitte. Du bist stark. Kämpfe, denk an Rosie und auch an ...», beschwor sie ihn und drückte seine Hand.

Das Wort *mich* ließ sie weg. Er lag reglos im Bett. Nichts verriet, ob er sie verstanden hatte. Rebecca sah zu den Monitoren hinüber. Keine Veränderung in seinen Vitalfunktionen und doch spürte sie, dass es ihm schlechter ging. Sie schloss die Augen.

Es dauerte nicht lange, bis ihr Geist sich aus ihrem Körper löste und in seinen eintauchte. Deutlich hörte sie seinen unregelmäßigen Puls. Sie fühlte seine Schmerzen und das Krampfen seiner Muskeln, ausgelöst durch das Gift, das sich bereits in seinem Körper verteilt hatte. Die Vergiftung war schon weit fortgeschritten, und es war nur eine Frage der Zeit, wann Aaron den Kampf verlieren würde. Ihre Hilflosigkeit ließ Rebecca verzweifeln. Sie konnte doch nicht einfach so zusehen, wie er starb!

Nur mühsam konnte sie sich von ihm losreißen. In ihrem Zimmer angekommen stützte sie den Kopf in die Hände und weinte hemmungslos. Sie bemerkte Francesca erst, als sie dicht neben ihr stand und ihr ein Taschentuch reichte.

«Der Patient auf der Intensiv?», fragte sie leise, zog sich einen Stuhl heran und setzte sich neben Rebecca. «Kennst du ihn etwa?»

Rebecca zögerte nur kurz, dann erzählte sie der fassungslosen Freundin alles.

«Warum hast du dich mir nur nicht eher anvertraut?»

Fran saß bleich auf dem Stuhl.

«Weil ich dachte, dass du mich für verrückt hältst. Entschuldige, es war dumm von mir. Mir hätte sofort klar sein müssen, dass du eine wirkliche Freundin bist. Danke, Fran.»

Rebecca drückte sie an sich.

«Liebst du ihn?», fragte Francesca.

«Ja, ich liebe ihn. Und ich weiß nicht, wie ich es ertragen soll, ihn auch noch zu verlieren.»

Ihre Freundin wischte sich eine Träne fort. «Ich werde für dich beten. Das hilft doch auch bei Engeln, oder?»

«Ich hoffe. Ich werde jetzt Chelsea anrufen, ob sie etwas herausgefunden hat.»

Fran nickte und verließ das Zimmer. Rebecca wählte die Handynummer der Biochemikerin. Die Angst um Aaron schnürte ihr die Luft ab. Nervös trommelte sie mit den Fingern auf der Tischplatte und war erleichtert, als die Wissenschaftlerin abhob.

«Hi, Chelsea, ich bin's Rebecca.»

«Hi, Rebecca. Wie geht es dir so in San Francisco? Schon Heimweh nach Manhattan?»

«Nein, es gefällt mir hier ganz gut. Aber ich vermisse Ben's Hot Chili Nachos.»

Chelsea lachte. «Ich kann dir ja welche schicken. Du rufst mich doch nicht zum Plaudern an, oder?»

«Nein.»

In wenigen Sätzen erklärte sie Chelsea den Grund ihres Anrufs.

«Leider muss ich dich enttäuschen. Wir haben kein Gegenmittel gefunden. Es ist absolut tödlich. Ich habe es sogar an ein biologisches Institut für Versuchszwecke gegeben. Du weißt doch Larry ...»

Rebecca hörte Chelseas Ausführungen nicht mehr zu. *Absolut tödlich!*, dröhnte es in ihrem Kopf. Aber sie wollte sich nicht damit abfinden.

Aaron musste leben! Verdammt, irgendeine Lösung gab es doch immer.

Hastig bedankte sie sich bei Chelsea und beendete das Telefonat. Rebecca sprang auf und suchte im Zentralcomputer vergeblich nach ähnlichen Fällen. Hatte nicht einer der Ärzte in der Ambulanz Erfahrungen mit Giften? Sie stürmte aus dem Zimmer. Auf dem Weg zur Ambulanz winkte ihr Francesca zu.

«Jemand will dich unbedingt sprechen. Ein Joel. Kennst du ihn?»

Rebecca hatte nur von ihm gehört, begegnet war sie ihm noch nie. War es Aarons Begleiter vom Parkplatz? Hoffnung keimte in ihr auf. «Wo ist er?»

«Am Empfang.»

Als Rebecca Joel gegenüberstand, erkannte sie ihn wieder. Nur zu gut erinnerte sie sich daran, wie präzise er den Dämonen die Herzen herausgeschnitten hatte. Seine besorgte Miene allerdings dämpfte ihre Hoffnung.

«Wie geht es Aaron?», fragte er sofort.

«Schlecht. Können wir uns in meinem Zimmer unterhalten? Ungestört.»

Sie deutete auf das Türschild neben sich und Joel nickte.

«Ein Dämon hat ihm mit der Kralle Gift in den Hals gespritzt», sprudelte es aus ihm heraus, gleich nachdem die Tür hinter ihm zugefallen war.

«Ich weiß. Aaron schwebt in Lebensgefahr. Kann man seinen Körper entgiften?»

Rebecca wurde übel, als Joel den Kopf schüttelte. Sie sah ihm an, wie sehr es auch ihn bedrückte.

«Nur mit Engelsfeuer. Ich habe ihm das Schwert in die Wunde gedrückt, aber es war bereits zu spät.»

Joel bedeckte sein Gesicht mit den Händen.

«Ich hätte ihn davon abhalten sollen, da hineinzugehen, aber er wollte unbedingt Seraphiel vernichten. Ich war verletzt, wollte die Kinder aus dem Haus bringen, als Seraphiels Dämonen auftauchten. Ich habe gespürt, dass was passieren wird.»

«Dich trifft keine Schuld.» Erneut kämpfte Rebecca gegen die Hilflosigkeit in ihrem Innern. «Es muss einen Ausweg geben. Sein Körper regeneriert doch schnell ...»

Joel nickte. «Um die Wunden mache ich mir keine Sorgen, aber das Gift. Nicht einmal ein Engel würde es überleben. Er wird in ein Fieberdelirium fallen, Krämpfe werden ihn schütteln und er wird bei lebendigem Leib verwesen.»

Rebecca fasste sich an die Kehle, gegen die ihr Herz heftig pochte. Diese grauenvolle Vorstellung schockierte sie.

«Er hat nur eine Chance, wenn das Gift noch nicht sein Herz erreicht hat.»

Rebecca war froh, dass Hallstrom gleich nach ihrem Telefonat Aarons Kopf- und Halspartie tiefer gelagert hatte als den Brustkorb. Dennoch verbesserte sich Aarons Zustand nicht. Mit jeder Stunde sank die Hoffnung.

«Was kann ich tun?», flüsterte Rebecca erstickt.

«Nur abwarten und hoffen.»

«Was? Ich kann doch nicht tatenlos rumsitzen, während er mir unter den Händen wegstirbt? Auf keinen Fall. Es muss doch eine andere Möglichkeit geben. Sein Vater? Oder irgendein Heiler, was weiß ich.»

Joel nahm sie in den Arm und strich ihr sanft übers Haar. Aber nichts vermochte sie zu trösten. Alles erschien hoffnungslos.

«Er liebt dich, das fühle ich. Vielleicht kannst du ihn mental erreichen? Es könnte ihm helfen seine Kräfte zu mobilisieren.»

Dankbar sah Rebecca zu ihm auf. «Ich werde sofort zu ihm gehen.»

Sie schob Joel sanft von sich und stürmte mit neuer Hoffnung aus dem Zimmer.

«Sie haben alles getan, was nur möglich ist, Dr. Clancy. Wir können jetzt nur noch abwarten. Wollen Sie sich nicht ein wenig hinlegen? Sobald sich etwas ändert, wecken wir sie», versprach Hallstrom.

Rebecca schüttelte den Kopf. «Nein, ich finde keine Ruhe. Mein Platz ist an seiner Seite.»

«Gut, wie Sie wollen.»

Hallstrom lächelte sie aufmunternd an, bevor Rebecca durch die Schleuse Aarons Zimmer betrat. Sie setzte sich auf einen Hocker und nahm seine Hand, dann schloss sie die Augen und konzentrierte sich auf ihn.

Aaron, du musst gegen dieses Gift kämpfen. Bitte.

Doch sein Geist schien in einer anderen Welt zu schweben und die Gedankenbotschaft ihn nicht zu erreichen. Sie startete einen weiteren vergeblichen Versuch.

Mit fortschreitender Zeit verschlechterte sich sein Zustand, der Cursor auf der Werteskala flackerte und die Amplitudenkurven wurden flacher, als sein Herz mit jeder Minute schwächer schlug.

Sie musste sich etwas einfallen lassen, wenn sie nicht verrückt werden wollte.

Rebecca tauschte den leeren Elektrolytinfusionsbeutel gegen einen neuen aus. Für einen Moment schlug sein Herz wieder gleichmäßig, doch nur um nach wenigen Schlägen wieder abzuflachen. Sie versuchte erneut, ihn mental zu erreichen, aber Aaron schien immer weiter von ihr wegzudriften, als wolle er es nicht.

«Du darfst mich nicht verlassen», flehte sie ihn an, während die Tränen unaufhaltsam über ihre Wangen rollten.

Mit jedem seiner Atemzüge sank ihre Hoffnung, und sie fühlte sich elender. Das Gift auf der Wunde schäumte. Allmählich wich das Leben aus ihm.

«Verdammt, Aaron, du kannst nicht einfach so gehen!»

Sie presste seine Hand immer fester in ihrer. Plötzlich spürte sie, wie sich ihre Finger erhitzten und der Pulspfeil auf dem Monitor in die Höhe schoss. Sobald der Energiefluss aus ihrer Hand schwächer wurde, verlangsamte er sich wieder.

Rebecca schöpfte Hoffnung und schloss die Augen. Vielleicht könnte sie ihn ins Leben zurückholen, wenn sie ihre Energie auf ihn übertrug. Sie legte ihre andere Hand auf die Wunde, in der das Gift noch immer schäumte.

Kaum hatte sie seine Haut berührt, spürte sie, wie ihr Geist ihren Körper verließ und immer tiefer in eine Welt des Lichts und der Wärme tauchte. Es war ein angenehmes Gefühl der Schwerelosigkeit. Sie spürte Aarons Nähe, hörte das Pochen seines Herzens und das Blut in seinen Adern rauschen. Wärme und Geborgenheit hüllten sie ein, wie sie es bei jeder seiner Berührungen oder Blicke empfunden hatte.

Rebecca.

Seine Stimme drang von allen Seiten zu ihr, aber sie konnte ihn in dem Nebel, der sie umgab, nicht sehen. Sie fürchtete sich nicht, sondern verspürte ein unbeschreibliches Glücksgefühl.

Aaron, ich bin hier.

Ich sehe dich Rebecca.

Wo bist du?

Langsam lichtete sich der Nebel und sie erblickte ihn vor sich als Lichtgestalt, die im Nichts schwebte. Rebecca ahnte, dass sich ihre Geister auf einer anderen Ebene trafen und sie nicht weitergehen durfte.

Du musst bei mir bleiben. Ich brauche dich.

In diesem Moment fühlte sie sich ihm so nah wie nie zuvor, mehr als es ihr körperlich je möglich wäre. Es schien, als blicke sie in seine Seele, und alles, was sie darin erkannte, war Liebe. Ihr Herzschlag und seiner strebten nach Gleichklang.

Ich werde zu dir zurückkehren, Rebecca, wenn du mich wirklich liebst.

Sie fühlte, dass es ihr nicht mal einen Atemzug lang vergönnt war, diese Liebe zu bestätigen.

Ja, ich liebe dich, Aaron, mehr als alles andere auf der Welt.

Nichts erschien ihr vollkommener wie das synchrone Schlagen ihrer Herzen, und das Unfassbare geschah: Ihre Geistkörper verschmolzen für einen einzigen kurzen Moment.

Wir nennen es den Seelenkuss. Nur einmal ist es einem Blutengel vergönnt, dieses Erlebnis mit der Auserwählten zu teilen. Unsere Seelen sind jetzt eins. Für immer, hallte seine Stimme in ihr nach.

Am liebsten hätte sie diesen einen Augenblick für immer festgehalten. Doch schon fühlte sie, wie sich sein Geist immer mehr von ihr entfernte. Aarons Gestalt verblasste und auch Rebeccas Geist glitt in ihren Körper zurück.

Es dauerte eine Weile, bis sie sich wieder an ihre Körperlichkeit gewöhnt hatte. Als sie die Augen aufschlug, fühlte sie sich erschöpft und gleichzeitig glücklich wie nie zuvor. Sie sah zu den Monitoren hinüber und stellte zufrieden fest, dass seine Werte sich stabilisierten. Sicher würden auch seine Wunden schnell verheilen.

Plötzlich stutzte sie, als sie in ihrer Brust einen zweiten Herzschlag spürte: Aarons. Es würde eine Weile dauern, bis sie sich daran gewöhnt hatte. Sie nahm seine Hand und küsste sie. Eine Weile saß sie so neben ihm und genoss den Zustand der vollkommenen Harmonie. Seine Lider flatterten noch, aber immer kräftigere Atemzüge hoben seine Brust.

Er hatte es geschafft.

31.

Irgendetwas hatte Aaron geweckt. Mühsam hob er seine geschwollenen Lider an. Sein Blick fiel auf die Zimmerdecke, bevor er durch den Raum wanderte und an einer Reihe von Monitoren hängen blieb, auf denen ein Punkt auf- und absprang. Ein Krankenzimmer. Wie zur Hölle war er hierher gekommen? Und was war geschehen?

Er drehte den Kopf und zuckte zusammen. Es war, als hielte ihm jemand ein glühendes Eisen ins Gesicht. Seine Hand fuhr zu der schmerzenden Stelle, und er bemerkte die Kanüle, die in seinem Handrücken steckte. Vorsichtig entfernte er die Nadel. Vor Schmerz sog er scharf die Luft ein, als er gegen eine Brandblase stieß. Verbrennungen, Krankenhaus ... Was suchte er hier?

Etwas bohrte sich in seinen Kopf. Der Schmerz ließ ihn die Zähne fest zusammenbeißen. Eine Weile blieb er ruhig liegen, bis es sich legte. Bumm-bumm-bumm, bumm-bumm-bumm. Aaron horchte bei dem Nachhall seines Herzens auf und versuchte, sich an die letzten Stunden zu erinnern.

Eine Weile starrte er an die Decke, bis bruchstückhaft Bilder in ihm aufstiegen. Rebecca, Feuer und ... Seraphiel. Ein Kampf. Jemand hatte ihn aus dem Feuer gezogen und er war ohnmächtig geworden. Rebecca hatte ihn von der Schwelle des Todes ins Leben zurückgeholt. Durch einen ... Seelenkuss.

Er wollte sich aufsetzen und zuckte erneut vor Schmerz zusammen. Was hatte er getan? Er war mit seiner Feindin einen Seelenbund eingegangen und riskierte, von den Engeln verstoßen zu werden. Die Reaktion seines Vaters mochte er sich gar nicht ausmalen. Zu spät, es war nicht mehr rückgängig zu machen.

Bereute er den Schritt wirklich? Die Liebe zu Rebecca und ihren Herzschlag in sich zu spüren, erfüllte ihn mit einem Glücksgefühl.

Oft hatte er es sich ausgemalt, wie es wäre, den Herzschlag einer Seelenpartnerin zu fühlen.

Die Erfahrung stellte alles in den Schatten. Sein Versuch zu lächeln scheiterte, denn selbst das schmerzte und erinnerte ihn an Seraphiel und seinen noch nicht erfüllten Auftrag. Es war Zeit, aufzubrechen, um es zu beenden.

Er fühlte sich kräftig genug und stand auf, um seine Kleidung zu suchen. Durch die Fensterscheibe sah er ins leere Schwesternzimmer und streckte seinem hässlichen Spiegelbild die Zunge heraus. Er sah wie ein gekochter Hummer aus. Hoffentlich wäre er bald wieder der Alte.

Aaron öffnete einen Schrank und rollte mit den Augen. Er war leer. Doch im Krankenhemd mit nackter Kehrseite konnte er unmöglich das Krankenhaus verlassen. Als sich die Tür öffnete, wirbelte er herum. Eine Schwester mit Haube, Mundschutz und Handschuhen betrat den Raum und stoppte erschrocken.

«Was machen ... Sie ... denn da?»

Aaron unterdrückte ein Grinsen.

«Ich ... äh ... hole besser ... sofort ... Dr. Clancy», stotterte sie.

Als sie Rebeccas Namen erwähnte, verspürte er Vorfreude. «Ich bitte darum.»

Sie nickte und eilte wieder durch die Schleuse aus dem Zimmer. Er setzte sich zurück aufs Bett und starrte voller Ungeduld auf die Tür, weil er es kaum erwarten konnte, sie zu sehen. Lange bevor sie eintrat, fühlte er ihren schnellen Herzschlag in seiner Brust. So würde es fortan immer sein.

Rebeccas schmale Augenbrauen zogen sich zusammen, als sie in der Tür stand. «Aaron, was soll denn das? Leg dich sofort wieder hin. DU musst dich schonen», befahl sie streng.

Er ignorierte es. «Danke, dass du mir das Leben gerettet hast», sagte er leise.

«Schon gut. Als Ärztin ist es meine Aufgabe ...», antwortete sie, ohne ihn anzusehen.

«Aber nicht mit einem Seelenkuss ...», fiel er ihr ins Wort.

«Es war die einzige Möglichkeit, dich zu retten. Ich konnte doch nicht zusehen, wie du ...»

«Du hast mich nicht nur gerettet, sondern mir deine Liebe offenbart.»

Ihr Herz raste, doch sie schwieg noch immer. Ihr Blick offenbarte ihre Gefühle, aber noch wollte sie es sich nicht eingestehen.

«Ich hätte es nie zugelassen, wenn ich dich nicht ebenfalls lieben würde. Auch wenn du die Tochter meines ärgsten Feindes bist.»

In ihren Augen schimmerten Tränen. «Wie kannst du mich lieben, wo mein Vater deine Familie getötet hat?»

Er zog sie an sich. «Wir können nichts ungeschehen machen, aber lernen, damit zu leben. Ich kann dich nicht hassen. Sieh mich an, Rebecca.»

Er hob sanft ihr Kinn an. Eine Träne löste sich aus ihrem Auge und rollte über ihre Wange. Aaron küsste sie fort, dann zog er ihren Mundschutz herunter und drückte seine Lippen sanft auf ihre.

«Ich liebe dich entgegen aller Gebote und wider alle Vernunft», flüsterte er an ihrem Mund.

«Ich dich auch, Aaron.»

Nach einem weiteren innigen Kuss wand sie sich aus seiner Umarmung. «Ich habe Angst um dich ... Wenn dir etwas geschieht ... dein Körper ist noch geschwächt. Bitte leg dich wieder hin.»

«Das geht nicht, solange dein Vater noch in dieser Welt wütet. Außerdem könnte ich Bäume ausreißen.»

Er konnte Rebeccas Furcht durchaus verstehen, aber er fühlte sich gut und musste seine Mission beenden. Das war er sich und den anderen schuldig.

«Dein Vater ist da draußen, und es könnten noch mehr sterben. Ich *muss* gehen. Bitte versteh das. Wo sind meine Sachen?»

Ihre Hände krallten sich in sein Krankenhemd. «Ich hätte dich fast verloren, Aaron. Das könnte ich nicht noch einmal ertragen. Ich gehe mit dir!»

Entschlossen reckte sie das Kinn in die Höhe. Sie meinte es tatsächlich ernst. Unmöglich konnte er sie dieser Gefahr aussetzen.

«Auf keinen Fall.»

Seine Finger krallten sich in ihre Oberarme, während er sie eindringlich ansah.

«Er ist auf der Suche nach mir. Durch mich kannst du ihn schneller finden und dann ...»

Rebecca als Lockvogel für Seraphiel? Was sie ihm da vorschlug, war mehr als riskant. Niemals würde er leichtfertig ihr Leben aufs Spiel setzen. Als versierter Jäger konnte er seinen Feind allein finden.

«Nein!», widersprach er.

«Versteh doch, ich bin deine Chance. Außerdem bist du doch in meiner Nähe und ...»

«Rebecca, das werde ich nicht zulassen. Ich werde ihn auch ohne dich finden. Ich rufe Joel an, er soll auf dich achtgeben. Bitte, ich brauche schnell meine Sachen, vor allem mein Handy.»

Rebecca runzelte die Stirn und kaute grübelnd auf ihrer Unterlippe. Es dauerte eine Weile, bis sie sagte: «Okay, ich hole dir alles.»

Nachdenklich sah er ihr nach, als sie das Zimmer verließ. Der Seelenkuss verband sie nicht nur für immer, sondern zog sie tiefer in seine Welt voller Schmerz und Gefahr Aaron stöhnte. Kostbare Minuten vergingen, in denen der Feuerengel sich bereits neue Opfer gesucht haben könnte.

***

Wieder musste Rebecca um Aarons Leben zittern. Und der Seelenkuss, durch den sie alles noch intensiver erlebte, machte es nur noch schlimmer. Sie musste ihm gegen ihren Vater helfen. Wenn sie an die Kinder dachte, die durch Seraphiels Schuld fast ums Leben gekommen waren.

Sie fühlte, dass ihnen nicht mehr viel Zeit bis zum nächsten Anschlag blieb. Sie musste sich ihrem Vater zu erkennen geben, um ihn direkt zu Aaron führen. Natürlich durfte ihr geliebter Aaron nichts davon wissen, er würde mit aller Macht versuchen, sie an der Ausführung des Plans zu hindern. Und wenn er den Kampf gegen Seraphiel verlor?

Rebecca unterdrückte die aufsteigenden Ängste und Zweifel. Wenn es einer schaffen konnte, dann Aaron. Sie musste an ihn und das Schicksal glauben. Nachdem sie Aaron seine Kleidung ausgehändigt hatte, würde sie ihren Plan in die Tat umsetzen. Selbst auf die Gefahr hin, ihr Leben zu verlieren, konnte sie nicht zulassen, dass noch mehr Unschuldige starben.

Sie fand Aarons Kleidung gereinigt und zusammengelegt in einem Patientenspind. Jetzt musste sie die Sachen nur unbemerkt an den Schwestern vorbeischleusen, denn Straßenkleidung war auf der Intensivstation untersagt. Vielleicht hatte sie Glück und das Schwesternzimmer war in diesem Moment nicht besetzt.

Ihre Hoffnung zerschlug sich, als sie in den Korridor einbog. Schwester Meadows, eine rundliche Frau mit Nickelbrille, sortierte Tabletten in Schachteln. Rebecca wusste von der jungen Frau, dass sie überaus korrekt war und ungerechtfertigte Vorwürfe nicht leiden mochte. Rebecca legte von ihr unbemerkt hastig die Kleidung auf einen der Stühle im Flur und trat vor die geöffnete Tür zum Schwesternzimmer. Sie studierte den Dienstplan. Wenn sie an der Krankenschwester vorbei wollte, musste sie sich etwas einfallen lassen, und zwar schnell.

Ihr kam eine Idee. Sie lief zu den Schränken zurück und durchsuchte sie. Rebecca kramte in den persönlichen Sachen der Patienten und fand das Handy eines Patienten, der am Nachmittag auf eine andere Station verlegt worden war. In der Hektik hatten alle übersehen, ihm die Sachen nachzutragen. Das war ihr Glück.

Sie nahm es heraus und legte es ein Stück weiter hinter den Schränken auf eine Taschenablage im Korridor, bevor sie zufrieden zum Schwesternzimmer zurückkehrte.

«Ah, Schwester Meadows, der Patient von Nr. 12 wurde auf die Innere verlegt und bat darum, dass man ihm sein Handy bringt. Ich habe bereits den Spind durchsucht, aber nichts gefunden. Vielleicht wissen Sie ...?»

«Bei allem Respekt, Doc, aber das kann nicht sein. Ich habe alles in seinen Spind gelegt», wehrte sich die Schwester und ihre schwarzen Augen funkelten sie an.

Sie tat Rebecca leid.

«Dann seien Sie doch bitte so gut und sehen noch einmal nach. Falls es sich findet, wäre ich Ihnen sehr dankbar, wenn Sie es ihm gleich bringen könnten.»

Die Schwester nickte. «Gut, mache ich sofort.»

Rebecca atmete erleichtert auf, als Schwester Meadows davonstob. Hastig schnappte sie sich Aarons Kleidung und eilte zu ihm zurück.

34.

Aaron starrte voller Ungeduld auf die Tür. Wo blieb denn nur Rebecca?

Die Minuten krochen nur so dahin. Lange konnte er nicht mehr warten. Er fühlte Seraphiels Nähe, die wie eine Klinge auf seiner Haut kratzte. Stöhnend sank er aufs Bett zurück und boxte die Faust ins Kissen. Wertvolle Minuten verstrichen. Zeit, die er nicht besaß.

Plötzlich erreichte ihn eine mentale Botschaft seines Vaters. Er wusste sofort, was er von ihm wollte, und stöhnte innerlich auf.

«Deine Mission ist noch immer nicht erfüllt. Also, was bist du noch hier ...?»

Uriels Worte waren scharf, trotz der sanft klingenden Stimme. Aaron musste sich zusammennehmen, seinem Vater seine Emotionen nicht zu offenbaren. Sicher war Uriel über alles Geschehene bestens informiert. Rebeccas Gesicht tauchte vor seinen Augen auf. Wenn sein Vater von dem Seelenkuss erfahren würde, wurde sie zur Zielscheibe der Engel.

«Seraphiel ist in der Nähe, ich breche gleich auf.»

«Und was ist mit seinen Nephilim?»

Nur nicht an sie denken. Krampfhaft versuchte Aaron seine Gedanken vor Uriel zu verbergen. Zu spät.

«Es ist ... diese Ärztin? Warum lebt sie noch?»

Der Vorwurf Uriels dröhnte in seinem Kopf. Aaron verfluchte, dass es seinem Vater gelungen war, seine Gedankenblockade zu durchdringen. Er musste seine Gedanken stärker abschirmen.

«Ah, jetzt verstehe ich. Du willst sie als Lockvogel einsetzen. Eine hervorragende Idee. Setz sie um», befahl ihm der Erzengel.

Hoffentlich gelang es ihm, seine Gedanken vor seinem Vater zu verbergen. Aaron war nicht dazu bereit, Rebecca in Gefahr zu bringen, selbst wenn sein Vater es von ihm verlangte. Er konnte Seraphiel auch so finden. Ihm blieb nichts anderes übrig, als ihm vorzutäuschen, dass er genau diesen Plan verfolgte, um Rebeccas Leben nicht zu riskieren. Er fühlte sich miserabel dabei, seinen Vater zu hintergehen. Aber blieb ihm etwas anderes übrig?

Wenn diese Mission beendet war, würde er wie Ariel irgendwo untertauchen müssen. Das bedeutete auch, seinen Vater nicht mehr wiederzusehen.

«Wenn sie ihren Zweck erfüllt hat, töte sie. Finde Seraphiel und vernichte ihn!»

Vernichte ihn! Vernichte ihn! Die Worte echoten in seinem Kopf. Aaron war froh, als sein Vater daraus verschwand.

Er ruckte hoch, als jemand die Schleuse betrat: Es war Rebecca, die über dem Arm seine Kleidung trug.

«Hier, schnell, du musst dich beeilen», erklärte sie und hielt ihm die Kleidung hin.

Er riss ihr die Sachen aus der Hand und zog sich in Windeseile an. «Wie willst du erklären, dass ich verschwunden bin?», fragte er und zog den Reißverschluss seiner Jeans zu.

«Mir wird schon was einfallen. Komm jetzt. Ich sehe mich um, ob die Luft rein ist.»

Rebecca betrat die Schleuse und winkte ihm zu. Im Korridor standen seine Stiefel, in die er sofort schlüpfte.

«Ich bringe dich nach unten zum Haupteingang. Es würde eher auffallen, wenn du einen Seiteneingang benutzt.»

Rebecca sah zu ihm auf, und er spürte ihr Herz wieder schneller in seiner Brust pochen. Sie hatte Angst, Angst um ihn. Unbehelligt verließen sie die Intensivstation. Unten in der Empfangshalle kam ihnen Joel mit ernster Miene entgegen. Aaron umarmte den Freund.

«Ich habe schon das Schlimmste befürchtet. Mann, bin ich froh, dass du okay bist.»

Joel klopfte ihm auf den Rücken, bevor er sich Rebecca zuwandte. «Danke», sagte er schlicht zu ihr.

Aaron wollte sich nicht länger aufhalten lassen. «Wo sind meine Waffen?»

«Im Pick-up, draußen auf dem Parkplatz. Deine Fireblade auch.»

Joel deutete mit dem Kopf zum Ausgang des Krankenhauses. Aaron seufzte erleichtert.

«Kann ich dich mal kurz unter vier Augen sprechen?», bat Joel ihn.

«Doch nicht jetzt! Seraphiel ...»

«Deshalb ja.»

«Okay ...»

Aaron war gespannt, was Joel zu berichten hatte.

Rebecca hob die Hände. «Schon gut, ich hab verstanden.»

Sie wollte gehen, doch Aaron hielt sie am Arm zurück. «Nur einen Moment.»

Sie sah zu ihm auf und nickte lächelnd. Er wollte sich von ihr verabschieden, bevor er gegen den Feuerengel kämpfte. Sanft strich er mit dem Daumen über ihre Lippen, dann wandte er sich Joel zu.

«Seraphiel ist durch ein Höllentor zu Luzifer. Da hast du keine Chance. Dein Vater will, dass du Rebecca als Lockvogel einsetzt. Ich konnte das nicht vor ihr sagen», erklärte ihm der Freund.

«Schon gut, ich weiß.»

«Und? Was wirst du tun?»

«Verdammt, Joel! Ich kann es nicht ... wir ...»

Er stockte und fuhr sich stöhnend mit der Hand durchs dichte Haar. Joel riss die Augen weit auf und trat einen Schritt zurück.

«Du hast sie doch nicht zu deiner Seelenpartnerin gemacht?»

Aaron nickte. «Ich liebe sie.»

«Aber du weißt doch, was dir blüht, wenn du dich deinem Vater widersetzt. Noch dazu ist sie Seraphiels Nephilim.»

Er konnte Joels Vorwurf verstehen, aber ohne Rebecca hatte dieses Leben keinen Sinn für ihn und er wäre nicht zurückgekehrt. «Mein Vater wird es nicht verstehen, dessen bin ich mir bewusst.»

«Dann beende endlich die Mission! Wenn nicht, wirst du nicht nur verstoßen, sondern du verlierst dein Leben!»

Joel schlug sich mit der flachen Hand gegen die Stirn, hieb mit dem Arm durch die Luft und lief ein paar Schritte hin und her. «Und wenn Rebecca doch ...»

«Sprich nicht weiter. Niemals! Ich spiele nicht mit ihrem Leben.»

Er trat auf seinen Freund zu und legte die Hände auf dessen Schultern. «Bitte, pass auf sie auf, wenn ich mich auf die Suche nach Seraphiel begebe. Sollte mir irgendwas geschehen, kümmere dich um sie. Versprichst du mir das?»

Zwischen Joels Augenbrauen erschien eine steile Falte. «Wie könnte ich das meinem Freund abschlagen? Keine Sorge, du wirst Seraphiel besiegen, das weiß ich.»

Aaron umarmte den Freund, bevor er sich zu Rebecca umwandte. Doch die war in der Zwischenzeit gegangen. Er lief durch die Halle bis zu den Aufzügen, ohne sie zu sehen. Verdammt, wo steckte sie nur? Ihr Herz schlug dumpf und schwer in seiner Brust. Sie hatte Angst. Doch wovor? Aaron konzentrierte sich auf sein Inneres. Etwas stimmte nicht.

«Rebecca ist weg!», rief er Joel zu.

«Sie war doch eben noch hier.»

«Sie muss unser Gespräch belauscht haben. Vorhin sprach sie davon, als Lockvogel ... Fuck!»

«Sie versucht ihren Vater anzulocken? Los, zum Pick-up.»

Joel drehte sich um und rannte durch den Seiteneingang hinaus und Aaron folgte ihm.

***

Rebeccas Neugier überwog, als Joel Aaron bat, ihn unter vier Augen zu sprechen. An Aarons beschleunigtem Herzschlag spürte sie, wie aufgewühlt er war. Vornüber gebeugt schlich sie hinter den Hydro-Blumenkästen entlang, die die Empfangshalle zierten, bis sie sich in fast gleicher Höhe mit den Männern befand. Zum Glück hatten sie ihre Anwesenheit nicht bemerkt. Sie hockte sich hin und lauschte gespannt.

Und schon bereute sie es. Ihretwegen schwebte Aaron erneut in Gefahr, nicht nur wegen der Jagd auf ihren Vater, sondern weil er sie zu seiner Seelenpartnerin erwählt hatte. Das Schicksal schien stets gegen sie zu sein. Sie konnte auf keinen Fall zulassen, dass er verstoßen oder sogar getötet wurde.

Aber in einem hatte Joel recht: Sie war dazu in der Lage Seraphiel zu Aaron zu führen. Es war ihr gleichgültig, was mit ihr geschah, Aaron war ihr wichtiger. Lieber wäre sie tot, als ohne ihn oder mit der Schuld zu leben, ihn zu einem Leben auf der Flucht zu zwingen, wie sie es selbst erfahren hatte.

Sie schlich hinter den Grünpflanzen zurück und lief unbemerkt in den nächsten Seitentrakt. Ihren Arztkittel warf sie achtlos auf einen Stuhl und verließ das Krankenhaus. Die Luft draußen war klar und frisch. In der Ferne hörte sie das Meer rauschen. Sie stellte sich in den Schatten des Eingangs, verschränkte fröstelnd die Arme vor der Brust und schloss die Augen.

Ich bin hier, Vater, schickte sie die mentale Botschaft weiter, auch wenn sie dabei den größten Widerwillen empfand.

Ihr Herz klopfte vor Aufregung und sie spürte, wie auch Aarons Herzschlag schneller wurde. Vielleicht fühlte er, was sie vorhatte. Jetzt konnte sie nur noch hoffen, dass Seraphiel so schnell wie möglich zu ihr käme, damit Aaron ihn endlich vernichten konnte.

Rachel, endlich!

Seraphiels Stimme war kein Flüstern mehr, sondern eindringlich und klar, als stünde er direkt neben ihr.

Rebecca zuckte zusammen und sah sich um, während sie ihre feuchten Hände gegen die Jeans presste. Nichts war zu sehen. So sehr sie sich auch anstrengte, sie konnte in der Dunkelheit keine Kontur erkennen. Überall spürte sie Schwingungen, die ihre Kleidung durchdrangen, ihr in die Haut stachen und in ihrem Körper ein unangenehmes Prickeln bewirkten, als stünde sie unter Strom. Ihre feinen Härchen stellten sich auf und eine Gänsehaut überzog ihren Rücken.

Rebecca hielt die Spannung nicht länger aus. *Wann würde sie ihrem Vater gegenüberstehen?*

Sie verdrängte die Gedanken an ihre Mutter und ihren Bruder, die bereits den Tod gefunden hatten. Furcht durfte sie in diesem Moment auf keinen Fall zeigen. Aaron würde Seraphiels Nähe spüren, davon war sie überzeugt.

Sie öffnete die Augen und trat ein paar Schritte vor.

Ich bin hier!

Die Stimme dröhnte im Kopf, als wäre sie dort eingesperrt.

Ich weiß, wo du bist. Gleich wirst du bei mir sein.

Nein, komm du zu mir.

Aaron war hier, sie musste ihren Vater dazu bringen, sich an diesen Ort zu begeben. Sie hoffte es. Rebecca sah hoch, als sie unerwartet einen Luftzug über sich spürte. Im fahlen Schein der Krankenhausbeleuchtung erkannte sie die Silhouette riesiger Flügel, die sich über ihr herabsenkten. Schon folgte ein weiteres Paar und noch eines ...

Furcht kroch in ihr hoch, sie wollte sich umdrehen und davonrennen, aber ihre Muskeln gehorchten nicht. Ihre Beine klebten am Boden fest. Gleich würden sie die Schwingen berühren, die Federn über ihr Gesicht streichen. Ein sanfter Tod.

Rachel, du bist mein, ertönte die Stimme ihres Vaters, die sie aus der Starre riss.

Rebecca flog herum und visierte die Tür an.

Aaron!

Zu spät. Kräftige Hände packten sie und zerrten sie empor. Rebecca wollte schreien, doch es kam kein Laut über ihre Lippen. Engel mit schwarzen Flügeln trugen sie immer höher hinauf in die Dunkelheit.

Gefallene, dachte sie, deren Gesichter im Dunkel wie bleiche Lampions leuchteten.

Eisiger Wind fuhr durch Rebeccas Kleidung und ließ sie zittern, bis ihre Zähne laut aufeinanderschlugen. Sie hatte sich in Gefahr begeben und sie unterschätzt. Sie schloss die Augen und dachte an Aaron. Würde er ihr folgen?

Sie hatte nicht mit Verbündeten ihres Vaters gerechnet und bereute ihren Entschluss bitter, der auch Aaron in Gefahr brachte. Als sie die Augen wieder öffnete, sah sie hinunter und erschauerte angesichts der Höhe, in der sie schwebte. Unter ihren Füßen erkannte sie die Silhouette der Twin Peaks.

Immer weiter flogen sie, bis sie unter sich im Mondlicht die Schaumkronen der Wellen sah, die sich an der Steilküste brachen. Point Reyes. Rebeccas Glieder fühlten sich vor Kälte steif an. Die dunklen Engel setzten zum Landeanflug an, direkt auf den Kamm der Steilküste. *Hier sollte ihr Vater sein?*

Ihre Augen suchten nach einem Hinweis, ihre Sinne nach seiner Nähe. Nichts. Die Geflügelten setzten sie mitten auf dem Grat ab. Fröstelnd verschränkte Rebecca die Arme vor der Brust, als eisige Brisen ihre Kleidung blähten. Was sollte das bedeuten? Weshalb war sie hierher gebracht worden, wenn Seraphiel nicht hier war?

Ich bin hier!, schickte sie erneut eine mentale Botschaft an ihren

Vater und erhielt keine Antwort. Wo zur Hölle steckte er? Waren alle Bemühungen umsonst gewesen?

Sie spürte Aarons heftigen Herzschlag in der Brust.

Aaron! Aber auch zu ihm fand sie keine Verbindung. Ihre Sinne spielten verrückt, als würden Störfrequenzen ihre Gehirnwellen manipulieren.

Niemand würde sie hier vermuten, auch Aaron nicht, wenn es ihr nicht endlich gelänge, ihn mental zu erreichen. Warum hatten die Engel sie an diesen gottverlassenen Ort gebracht, wenn Seraphiel nicht hier war? Sie drehte sich im Kreis und suchte in der Dunkelheit vergeblich nach einem Hinweis seiner Nähe.

Wo bist du?, rief sie in Gedanken ihrem Vater zu, ohne eine Antwort zu erhalten. Von unten herauf erklang das Tosen der Brandung gegen die Felsen. Das einzig Reale an diesem Ort neben dem Sternenhimmel, der sich über ihr wölbte.

Plötzlich bebte der Boden unter ihren Füßen, und sie hatte Mühe, sich auf den Beinen zu halten. Rebecca breitete die Arme aus, um sich auszubalancieren. Hitze durchdrang ihre Schuhe und brannte auf ihren Sohlen. Sie begann von einem Bein aufs andere zu treten.

Die sonst ach so besonnene Rebecca Clancy war blind ins Fiasko gerannt. Sie hatte sich zu sehr auf ihre Sinne und die Verbindung zu Aaron verlassen und musste jetzt feststellen, versagt zu haben. Die felsige Erde begann sich rot zu verfärben. Rebecca starrte auf das unglaubliche Schauspiel, bis sie begriff, dass sich das Gestein in Lava verwandelte.

Sie verfluchte sich. Sie musste hier weg. Schnell!

Immer heftiger bebte der Boden. Rebecca verlor das Gleichgewicht und stürzte rückwärts. Erde und Gestein waren kochend heiß und sie schrie auf. Mühsam rappelte sie sich auf. Doch zu ihrem Erstaunen zeichneten sich keine Brandblase auf ihren Händen ab.

Im nächsten Moment brach vor ihr der Boden auf. Flammen schossen meterhoch aus der Spalte empor und färbten den nächtlichen Himmel rot. Seraphiel war hier, seine Schwingungen durchdrangen ihren Brustkorb wie feine, lange Nadeln. Aber sie konnte ihn nicht sehen, was ihre Nervosität ins Unermessliche steigerte.

Die Hitze des Feuers brannte auf ihrer Haut. Sie wollte zurückweichen, als auch die Erde hinter ihr aufbrach. Flammen bahnten sich ihren Weg nach oben. Im Nu war sie in einem Feuerkreis, aus dem ihr kein Fluchtweg blieb.

«Zu spät, Rachel», dröhnte die Stimme ihres Vaters.

Er hatte offenbar ihre Gedanken gelesen. In der lodernden Glut vor ihr zeichnete sich jetzt ein Gesicht ab, dann formten sich Konturen. In ihren kindlichen Fieberträumen war sie ihm begegnet: Seraphiel.

Ruth hatte diese Erinnerung in ihr gelöscht. Doch die Furcht aus Kindertagen war wieder präsent. Er war es gewesen, der ihre Arme gebrandmarkt hatte, als Ariel sie ins Feuer hielt. Gebrandmarkt mit seinem Zeichen, damit er sie wiederfand.

Fast glaubte sie den überwältigenden Schmerz aufs Neue zu spüren. Die Bilder aus der Vergangenheit spulten sich vor ihren Augen ab. Wieder hörte sie die Todesschreie der im Feuer eingeschlossenen Menschen. Sie hatten sich in ihrem Gedächtnis festgesetzt.

Seraphiel sah auf sie herab. Der Blick aus seinen Obsidian-Augen schien sie zu durchbohren. Obwohl sie sich wehrte, spürte sie dennoch auf Anhieb die tiefe Verbindung zwischen ihnen. Ihr Blut floss heiß und zäh wie Lava durch ihren Körper und lud sie mit Energie auf, bis sie glühte.

Ihr Vater war die Verkörperung von Mordlust, Gier und Rache. Rebecca erfasste Abscheu. Sie wollte unter keinen Umständen diesen grausamen und kalten Feuerengel von seinem Bann erlösen. Niemals. Eher würde sie sterben.

Sie sah an sich herab und erkannte, dass sie wie ein Leuchtstab die Nacht erhellte. Es war das Seraphimfeuer, das in ihr glomm. Es schützte sie. Aus ihren Fingern züngelten bereits die ersten Flammen und verbanden sich mit den bereits vorhandenen. Kaum schlossen sich die Feuer zusammen, leuchtete ihr Vater wie eine Fackel. Aus seiner Haut loderten Flammen, selbst in seinen schwarzen Augen züngelte es. Es wirkte irreal, bedrohlich und doch starrte sie fasziniert auf das Schauspiel.

«Endlich bist du da, Rachel.»

Er bewegte die Lippen nicht, aber seine Stimme schwang in ihrem Innern und ließ sie wie eine Glocke vibrieren. Sie musste den Kopf in den Nacken legen, um zu ihm aufzusehen. Die seltsamen Schwingen breiteten sich hinter seinem Körper wie ein schwarzer Fächer aus. Rebeccas Herz hämmerte in der Brust.

Sie warf einen Blick zurück über die Schulter. Selbst wenn sie den Kamm der Steilküste bis ans Ende zurücklief, musste sie irgendwann ins Meer springen, um diesem Ort zu entkommen. Ein nicht minder gefährliches Unterfangen. Die Gefahr auf den Felsen aufzuschlagen war hoch. Was konnte sie also tun?

Seraphiel trat auf sie zu und breitete die Arme aus. «Befreie mich, Rachel. Jetzt!»

Unwillkürlich wich sie zurück. *Aaron!*, rief sie in Gedanken. Zwar spürte sie seinen beschleunigten Herzschlag, aber er antwortete nicht.

Hielten ihn die Verbündeten ihres Vaters womöglich zurück? Verzweiflung wollte sich an die Oberfläche kämpfen. Ihre Idee war ein Fehler gewesen. Jetzt war sie der Macht und Willkür ihres Vaters ausgesetzt, die sie bereits als Kind kennengelernt hatte. Gegen diesen mächtigen Engel vermochte sie nichts auszurichten.

«Befreie mich, Rachel!», donnerte Seraphiel, und der Boden bebte allein von seiner gewaltigen Stimme.

Rebecca schüttelte den Kopf. «Nein!»

Obwohl sie fast vor Angst umkam, wagte sie es dennoch, ihm die Stirn zu bieten. Er konnte sie quälen, sie töten, aber sie würde ihn niemals befreien. Niemals!

«Du wagst es, dich mir zu widersetzen? Mein Blut, mein Fleisch?»

Seine lodernde Gestalt baute sich drohend vor ihr auf. Mit verkniffener Miene starrte er auf sie herab. Er öffnete den Mund und ließ Flammen hervorzüngeln, die schmerzhaft über ihr Gesicht leckten.

Doch es gelang Rebecca, sich auf ihre Kräfte zu konzentrieren, die seine Attacke im Nichts verpuffen ließ. Seraphiels Brauen zogen sich über der Nase zusammen. Sein attraktives Gesicht nahm die Züge eines Raubvogels an. Wieder öffnete er den Mund und spie Feuer. Auch dieses Mal konnte Rebecca es abwehren. Doch sie spürte bereits ihre Kräfte schwinden.

«Wirst du mich jetzt befreien?», herrschte er sie an.

Ihr Gesicht brannte höllisch, aber sie schüttelte den Kopf. «Du kannst mich nicht dazu zwingen», stieß sie hervor.

Ihre Fingernägel bohrten sich in ihre Oberschenkel.

«Und ob ich das kann.»

Seraphiel streckte einen Arm aus, Blitze zuckten hervor. Einer traf Rebecca. Sie hatte das Gefühl, als bohre sich ein spitzer Gegenstand durch ihre Stirn. Benommen vom Schmerz sank sie auf die Knie. Ihre Glieder zuckten unkontrolliert, als stünde sie unter Strom.

Rebeccas Versuche, eine neue Blockade aufzubauen, schlugen trotz aller Bemühungen fehl. Die Energie ihres Vaters bezwang ihren Körper und lähmte sie. Nie hatte Rebecca sich hilfloser gefühlt wie in diesem Moment. Ihre Glieder ignorierten die Befehle ihres Gehirns, als hätte sie jemand umprogrammiert. Ihre Energien verbanden sich zu einem verheerend explosiven Gemisch.

Unscharfe Bilder tauchten vor ihren Augen auf, die sich manifestierten und zu Buchstaben und Zeichen formten. Schriften aus dem Exsolutio. In rasantem Tempo zogen sie vorbei.

«Sprich es», verlangte ihr Vater.

Rebecca wehrte sich mit aller Kraft gegen seine Manipulation. Lange würde sie dieser Gewalt nicht mehr widerstehen können. Brächte er sie um, würde sie das Wissen um den Spruch mit ins Grab nehmen.

«Sprich es endlich!», brüllte er.

Rebecca ballte die Hände zu Fäusten. Der Druck auf ihren Kopf wuchs mit jeder weiteren Aufforderung, sodass sie glaubte, er würde ihr Hirn zerquetschen. Tränen schossen in ihre Augen und quollen unter ihren Lidern hervor, rollten heiß über ihre Wangen und tropften auf ihre Brust.

«Niemals!», krächzte sie.

Aaron!

Nur er vermochte ihren Vater zu bezwingen und sie zu retten. Aber er war nicht da und würde nicht kommen. Und wenn er doch ihre Botschaft aufgefangen hatte?

Rebecca besaß nicht mehr die Kraft, ihre Sinne auf ihn zu konzentrieren. Die energetischen Wellen ihres Vaters schienen sie in Stücke zu reißen. Sie keuchte und wehrte sich verzweifelt. Ihre Muskeln verkrampften sich und in ihrem Kopf drehte sich alles, bis ihr die Sinne schwanden und sie erschöpft auf den Boden sank. Der heiße Fels drohte sie zu versengen.

Steh auf, Rebecca, wenn du überleben willst.

Mit letzter Kraft rappelte sie sich auf, bis sie schwankend vor ihrem Vater stand.

«Schluss mit deiner Widerspenstigkeit. Jetzt sag ihn auf oder du wirst es bereuen», stieß er hervor, bevor er erneut Flammen spie.

«Nie...mals», wisperte sie und spürte, wie das flüssige Gestein ihren Körper umschloss.

33.

Das gab es doch nicht. Eben war Rebecca noch hier.

«Vielleicht ist sie hinauf zu ihrer Station?», warf Joel ein.

Das hätte Aaron auch gern geglaubt, wenn da nicht das heftige Schlagen ihres Herzens in seiner Brust gewesen wäre. Rebecca musste in Gefahr sein. Eben noch hatte sie nur wenige Schritte von ihnen entfernt gestanden. *Weshalb konnte er ihre Gedanken nicht erreichen?* Irgendjemand musste es blocken.

Joel lief zum Aufzug, aber Aaron hielt ihn zurück. «Ich glaube nicht, dass sie oben ist.»

Fragend sah Joel ihn an.

«Ihr Herz schlägt schwer und hart, das bedeutet Gefahr.»

Plötzlich stieg in ihm eine Ahnung auf, die ihm die Kehle zuschnürte. Ihren Vorschlag von vorhin, Seraphiel anzulocken, würde sie doch nicht tatsächlich in die Tat umsetzen?

«Seraphiel», flüsterte Aaron. «Luzifer schützt ihn. Nur er kann die Gedanken zweier Seelenpartner abschirmen.»

«Gibt es denn keine Möglichkeit, die Barriere zu durchbrechen?», fragte Joel besorgt.

«Vielleicht, wenn sich unsere Engelsenergie verbindet», sinnierte Aaron.

Jedenfalls hoffte er das, und es war die einzige Möglichkeit, herauszufinden, wo Rebecca war. Doch nie zuvor waren Blutengel dieses Risiko eingegangen. Es gewährte schließlich Einblick in ihre Seelen. Zudem war sich keiner sicher, dass es funktionierte.

Aarons Angst um Rebecca stieg ins Unermessliche. Seraphiel würde nicht zögern, seine eigene Tochter zu töten. Die Vorstellung machte Aaron wahnsinnig.

«Worauf warten wir noch?», fragte Joel.

«Nicht hier.»

Aaron deutete auf den Seiteneingang und sein Freund nickte. Als sie vor die Tür traten, spürte Aaron wieder dieses unangenehme Prickeln auf der Haut, wie damals, als er in San Francisco gelandet war. Gefallene mussten kurz zuvor hier gewesen sein.

Aaron und Joel stellten sich gegenüber auf, hoben die Arme, legten die Hände aneinander und schlossen die Augen. Aarons Haut brannte, als hätte jemand Säure darübergegossen. Der Schmerz fraß sich weiter durch seinen Körper und in seine Eingeweide. Er schrie auf. Seine Glieder zitterten und jeder Versuch, das Zittern zu kontrollieren, misslang.

Joel schien es ähnlich zu gehen, denn als Aaron kurz blinzelte, erkannte er die verzerrten Züge seines Freundes. Er spürte Joels Schmerz, als wäre es sein eigener. Die Kräfte wollten sie zerreißen. Aaron versuchte, sich von Joel loszumachen.

Zu spät. Ihre Hände schienen miteinander verschmolzen zu sein. Nur eine gewaltsame Trennung könnte ihre Verbindung jetzt noch lösen. Er spürte, wie Joel immer mehr mit seinem Innern zusammenwuchs. Sie waren nicht mehr zwei, sondern verbanden sich zu einem. Energie drang in Aaron ein. Joels Energie.

Plötzlich krallte sich etwas in seinen Nacken und zog ihn mit aller Kraft rückwärts. Dann sah er seinen Körper vor sich. Etwas hatte seinen Geist aus der leiblichen Hülle gezerrt. Das war der Moment der höchsten Gefahr. Wenn sein Geist nicht zurückkehrte, würde sein Körper zu Staub zerfallen.

Ihre Geister wurden in einen Strudel gerissen. Aaron hatte das Gefühl, sich selbst nicht mehr unter Kontrolle zu haben – einen Zustand, den er hasste. Je mehr er sich anstrengte, seinen Geist zurückkehren zu lassen, desto mehr schien er von den unsichtbaren Händen zurückgezogen zu werden. Wie sollte er nur den Rückweg schaffen?

Zweifel an dieser Mission stiegen in ihm auf und er bereute, diesen Schritt gewagt zu haben. Er könnte seinen Tod bedeuten. Für einen Moment erfasste ihn ein Schwindelgefühl, und er glaubte, in eine eisige Dunkelheit zu tauchen. Ihr Experiment hatte versagt.

Plötzlich fing er einen Gedankenfetzen Rebeccas auf. Verzweiflung und Todesangst lagen darin.

«Zeig mir, wo du bist», flüsterte Aaron.

Eine Weile geschah nichts, bis er eine ihm bekannte Steilklippe vor sich sah. Aaron öffnete die Augen und ließ seine Arme sinken. Auch Joel blinzelte.

«Point Reyes», sprach er seine Gedanken aus. «Dort soll es vor langer Zeit einmal ein Höllentor gegeben haben.»

«Ein idealer Ort. Abgelegen. Ich muss sofort dorthin. Rebecca schwebt in höchster Gefahr. Ich brauche meine Flügel.»

Aaron entledigte sich seines Ledermantels und warf ihn achtlos auf den Boden, um Platz für seine Schwingen zu schaffen.

«Dein Schwert.»

Aaron nickte, neigte den Kopf und atmete tief ein, bevor er sich auf seinen Rücken konzentrierte. Er spürte bereits wie sich seine Haut über den wachsenden Flügel spannte. Der Schmerz überwältigte ihn aufs Neue. Sein Oberkörper krümmte sich. Er ballte die Hände zu Fäusten und biss die Zähne zusammen. Schweiß perlte von seiner Stirn.

Wie zwei scharfe Messer schnitten sich die Schwingenspitzen durch seine straffe Haut. Er riss den Kopf hoch und presste die Luft aus den Lungen, um nicht laut loszuschreien. Mit jedem Zentimeter, den die Haut platzte und den Flügeln Platz verschaffte, steigerte sich der Schmerz in seinem Rücken. Es erschien ihm endlos lang, bis sich seine Schwingen den Weg nach außen gebahnt hatten und kräftig genug waren, ihn zu tragen.

Einen Moment lang musste er verschnaufen. Rebeccas Herz raste wie ein Trommelwirbel in seiner Brust. Die Angst um sie verlieh ihm ungeahnte Reserven. Oder war es die Kraft ihres Herzens, die ihn beflügelte?

Joel trat ihm aus der Dunkelheit entgegen. Die Klingen der Schwerter leuchteten. Auch Joel hatte seine Schwingen wachsen lassen. Er reichte Aaron das Schwert.

«Worauf warten wir noch?»

«Diese Mission muss *ich* allein beenden», widersprach Aaron, der seinen Freund nicht in Gefahr bringen wollte.

«Ich lasse dich nicht allein zum Höllentor. Seraphiel wird nicht der Einzige dort sein. Du kannst nicht allein den Kampf gegen ihn und andere Gefallene aufnehmen. Ich komme mit, ob es dir passt oder nicht.»

Der bestimmende Tonfall seines Freundes ließ Aaron aufhorchen. «Ich will keine Zeit mehr verlieren. Luzifers Schergen sind sicher schon gewarnt.»

Mit kräftigen Flügelschlägen erhoben sich Aaron und Joel in den Nachthimmel. Rebeccas Herzschlag in Aarons Brust wurde unerwartet schwächer. Unter ihnen glitzerte die Meeresoberfläche im Mondlicht. Die Luft war eisig, aber Aaron spürte es kaum, zu sehr war er in seiner Sorge um Rebecca gefangen.

Er liebte sie mehr als sein Leben, und wenn ihr etwas zustieße, würde auch er aus diesem Leben scheiden wollen. Nein, er durfte nicht an diese Möglichkeit denken. Solange ihr Herz in seiner Brust schlug, lebte sie.

Der Flug dauerte lange, bis sie endlich die Silhouette von Point Reyes am Horizont erkannten. Der schwarze Nachthimmel, der eben noch mit der Steilküste verschmolzen war, schimmerte rot. Das Höllentor öffnete sich. Aaron verdrängte den Gedanken an Rebecca. Es war nur eine Frage der Zeit, bis ihre Seele in den gefräßigen Schlund Luzifers gerissen werden würde.

Ihr Herzschlag wurde mit jedem Flügelschlag schwächer. Immer schneller teilten Aarons Schwingen die Luft, bis er Rebecca endlich unter sich auf dem felsigen Kamm der Steilküste liegen sah. Reglos, bleich und mit weit aufgerissenen Augen, von Höllenfeuer eingeschlossen.

Das Höllentor war fast geöffnet, überall konnte er bereits die Gegenwart von Luzifers Schergen spüren, die nur darauf warteten, durch das Tor Seraphiel zu Hilfe zu eilen. Er würde nicht nur gegen den Feuerengel kämpfen müssen, sondern auch gegen Luzifers Leibgarde, wenn er Rebecca befreien wollte.

Seine Lage war mehr als bescheiden, wenn nicht katastrophal. Und jetzt steckte auch noch Joel mit drin. Er hätte den Freund nicht mit reinziehen dürfen. Rebeccas Herz stolperte und stoppte für den Bruchteil einer Sekunde, bevor es weiterpochte. Sie rang mit dem Tod.

Aarons Angst um sie wuchs ins Unermessliche. Er konnte und wollte sie nicht verlieren.

Rebecca! Ich bin hier!

Konnte sie seinen stummen Schrei hören oder befand sich ihr Geist bereits auf der Reise in die Ewigkeit? Sie durfte nicht sterben! Nicht jetzt.

Als er über ihr schwebte, spürte er deutlich Seraphiels Gegenwart, die wie feine Glassplitter auf seine Haut prasselte. Aaron erkannte, dass die Feuerspalten bereits weit aufklafften und es nicht mehr lange dauerte, bis die Gefallenen ihre düstere Welt verließen.

Schon schossen Schatten aus den Feuerspalten empor. Aaron hörte Joels Flügelschlag dicht hinter sich, er wurde langsamer und glitt tiefer. Als er den Boden berührte, erkannte er seinen Erzfeind, der wie eine lebendige Fackel aus dem Feuer trat und sich vor Rebecca aufbaute.

Aaron spürte ihr Herz in seiner Brust springen. Alles, was er empfand, war ein Gemisch aus unbändigem Zorn und Hass. Die Bilder der Vergangenheit holten ihn erneut ein. Er sah die graue Aschegestalt seiner Mutter vor sich, hörte Juans Schreie und fühlte Rosies Angst. Jetzt war der Tag der Abrechnung gekommen, den er stets herbeigesehnt hatte. Heute würde er Seraphiel vernichten und Rebecca retten, gleichgültig, ob auch er dabei starb.

Der Feuerengel sah voller Mordlust auf seine Tochter herab. Seraphiel streckte die Arme vor, um ihr mit seinen Flammen den Todesstoß zu versetzen. Im selben Augenblick stürzte Aaron sich mit gezücktem Schwert auf den verhassten Gegner. Seraphiel reagierte blitzschnell und spie eine Feuerfontäne, der Aaron jedoch rechtzeitig ausweichen konnte. Funken sprühten und eine Handvoll Federn stoben durch die Luft.

Seraphiels Gesicht verzog sich vor Zorn, als er einen weiteren Angriff startete. Er reckte den Arm empor, aus dem Stichflammen schlugen, die Aaron erneut mit dem Schwert abwehren konnte. Immer schneller folgten Seraphiels feurige Attacken. Aaron benötigte alle Konzentration, um gegen ihn bestehen zu können.

Er wagte es nicht, zu Rebecca zu sehen. Es beruhigte ihn ein wenig, als er ihr Herz noch immer fühlte. Der Schlagabtausch mit dem Feuerengel erschien Aaron wie eine Ewigkeit. So kam er nicht weiter. Außerdem wuchs die Bedrohung durch Luzifers Garde, von denen bereits der Erste das Höllentor in diese Welt passiert hatte und nun gegen Joel kämpfte.

Mittlerweile leuchtete der nächtliche Himmel durch das geöffnete Höllenfeuer scharlachrot. Mit ihm wurde es unerträglich heiß. Doch dieses Mal gelang es Aaron, die Flammen zu blocken. Dennoch könnte er seinen Gegner mit dem Schwert allein nicht besiegen, das wurde ihm mit jeder weiteren Attacke klarer.

Zwei weitere Gefallene entstiegen dem Höllentor. Der Wind nahm zu, sodass seine Schläge an Präzision verloren. Wolken ballten sich zusammen und die ersten Blitze zuckten bereits am Himmel. In einem Moment der Unachtsamkeit traf ihn Seraphiels Feuer. Es fraß sich wie ein Laserstrahl durch seine Schulter und trennte seine Schwinge ab. Aaron schrie auf und kippte zur Seite, doch eisern hielt er das Schwert in der Hand. Der Schmerz drohte ihn zu überwältigen und vor seinen Augen begannen bunte Punkte zu tanzen.

Aber er biss die Zähne zusammen und griff wieder an. Doch der Wind trieb ihn von der Steilküste. Mit nur einem Flügel war es nahezu unmöglich, zur Küste zurückzufliegen. Aber er konnte weder Rebecca noch diese Welt der Willkür des Feuerengels überlassen.

Du bist mein Sohn, mach mir keine Schande und bezwinge deinen Gegner, hörte er die Worte seines Vaters in seinem Kopf, als er ihn damals in Rom vor einem Kampf ermuntert hatte.

Wenn sich seine Glieder nur nicht so bleiern und hart anfühlen würden. Aaron segelte im Wind wie ein Blatt, unfähig, die Richtung zu bestimmen. Unter Mühen schaffte er es, sich zu stabilisieren. Er kam nur langsam voran, immer wieder musste er mit nur einem Flügel gegen den Wind steuern. Aber die Angst um Rebecca trieb ihn voran, bis er die Steilküste erreicht hatte.

Er beobachtete mit zunehmender Besorgnis, wie Joel sich gegen drei Gefallene behauptete und aus den Tiefen der Felsen weitere emporstiegen. Rebecca versank langsam in der rot glühenden, flüssigen Erde. Ihr Körper zitterte und zuckte. Aaron spürte ihre Schmerzen.

«Sag mir endlich den Spruch!», schrie Seraphiel sie an.

Doch Rebecca schüttelte schwach den Kopf.

«Dann stirb!», brüllte der Feuerengel und sah voller Hass auf sie herab.

«Nein!»

Aaron verbiss den Schmerz und hob sein Schwert, als er direkt über dem Widersacher schwebte. Seraphiel, der ihn anscheinend nicht bemerkt hatte, hob nun den Kopf.

«Niemand wird mich mehr stoppen können, auch du nicht, Blutengel! Die Apokalypse beginnt! Es lebe der Krieg!», schrie er ihm entgegen.

«Nicht, wenn ich das verhindern kann!»

Aaron wurde wieder vom Aufwind erfasst und musste aufpassen, nicht erneut abgetrieben zu werden. Blitze zuckten am Himmel und tauchten den Körper des Feuerengels in gleißendes Licht. Einer von ihnen fuhr in Aarons Flammenschwert und mit einem mächtigen Knall lud sich das Metall mit Elektrizität auf.

Seraphiels Augen weiteten sich. Schwerter der Verdammnis, so berichteten Sagen, und Aaron hielt nun eines in den Händen. Auch sein Vater hatte ein solches während der Rebellion getragen und den Sieg für das göttliche Heer errungen.

Als er den Feuerengel wieder angriff, wich dieser zurück. Aaron schwang die Waffe mit beiden Händen durch die Luft. Ein leises Surren begleitete jede Bewegung. Zufrieden registrierte er das Zögern Seraphiels. Mit einer weit ausholenden Bewegung schwang er erneut das Schwert und hieb Seraphiels Feuer werfenden Arm ab.

Das Gebrüll seines Widersachers schallte weit über das Meer hinaus. Sein Gesicht verzerrte sich zu einer Fratze. Er riss den Mund weit auf und spie Feuer. Aaron ahnte, dass es aus purer Verzweiflung geschah, und zeigte sich davon unbeeindruckt. Mit einem letzten schwungvollen Hieb trennte er den Kopf des Feuerengels vom Rumpf, der wie ein glühender Ball ins Meer fiel und mit einem Zischen erlosch. Der Körper seines Gegners löste sich in unzählige Funken auf, die vom Wind hochgewirbelt wurden.

Aaron sah, wie die Gefallenen durch das Höllentor den Rückzug antraten. Er wandte sich zu Rebecca um, die fast in der flüssigen Erde versunken war. Er griff ihren Arm und zog sie heraus. Sie war mehr tot als lebendig. Zwar hatte die Lava ihrem Körper nichts anhaben können, aber sie war von Seraphiel schwer verwundet worden. Aaron hob sie auf seine Arme. Ihr Herzschlag war kaum noch zu spüren.

«Rebecca, leb!», schrie er voller Inbrunst. Doch sie reagierte nicht. *Sollte alles zu spät sein?*

«Rebecca!», schrie er, als er plötzlich die Gegenwart seines Vaters wahrnahm. Er wandte sich mit Tränen in den Augen um und ahnte sofort, was sein Vater jetzt von ihm verlangen würde.

«Töte sie, Aaron. Töte sie! Ihr Wissen bedeutet für uns große Gefahr.»

Er konnte den Befehl seines Vaters unmöglich ausführen. Zum ersten Mal würde er sich ihm widersetzen. «Ich habe mein Leben lang versucht, dir alles recht zu machen, damit du stolz auf mich bist. Doch dieses Mal werde ich dir nicht gehorchen. Ich liebe sie.»

«Du weißt nicht, was du da redest, Aaron. Sie ist unsere Feindin. Hast du vergessen, dass ihr Vater deine Mutter und deinen Bruder getötet hat?»

Uriels Stimme zitterte vor Verachtung und unterdrücktem Zorn.

«Rebecca ist anders. Sie billigt das Verhalten ihres Vaters nicht und würde niemandem Schaden zufügen ...»

«Nicht einmal ihr Name stimmt!», schnitt sein Vater ihm das Wort ab. «Du bist mein Sohn. Wo bleibt dein Gehorsam? Töte sie! Wenn du es nicht tust, dann werde ich es machen. Begreif doch, sie muss sterben, allein um des Friedens willen.»

Die Entschlossenheit im Blick des Erzengels vermittelte Aaron die Gewissheit, dass sein Vater ihren Tod um jeden Preis wünschte, gleichgültig, ob Rebecca unschuldig war oder nicht. Das konnte er nicht zulassen.

«Dann musst du zuerst mich töten, Vater», sagte er.

Dann trat Uriel entgegen und reckte das Kinn entschlossen vor. Er war bereit für Rebecca zu sterben.

Die Miene seines Vaters verfinsterte sich. «Wie kommst du dazu, dich meinem Befehl zu widersetzen? War ich dir nicht immer ein guter Vater? Habe ich dich nicht alles lehren lassen, was du brauchst? War ich nicht in der bittersten Stunde deines Lebens bei dir? Ich habe gehofft, dass du eines Tages in unseren Kreis aufgenommen werden möchtest. Doch die menschliche Seite ist zu stark in dir. Du wirst nie zu uns gehören.»

«Ich wollte nie ein Reiner werden, es war immer *dein* Wunsch. Lieber sterbe ich für mein Glück!»

«Glück? Pah, was bedeutet das schon? Die lächerliche Umschreibung einer menschlichen Illusion. Es gibt nur den Willen, mehr nicht.» Uriel lachte höhnisch. «Und jetzt lass sie los und tritt endlich beiseite, damit diese Mission beendet werden kann.»

Mit gezücktem Flammenschwert machte Uriel einen Schritt auf Aaron zu. Rebecca regte sich in seinen Armen und stöhnte. Er spürte, wie ihr Herz wieder kräftiger schlug. Er kniete sich mit ihr auf den heißen Boden und warf sein Flammenschwert achtlos beiseite.

«Du kannst uns beide töten, Vater, aber niemals unsere Liebe. Sie wird die Ewigkeit überdauern. So wie deine Liebe zu meiner Mutter. Ich fühle sie noch immer. Du hast nie aufgehört, sie zu lieben. Wie kannst du mich für etwas bestrafen wollen, das du selbst gelebt hast?»

Hinter Uriels gerunzelter Stirn schien es fieberhaft zu arbeiten, aber er schwieg, während seine Miene sich weiter verdüsterte.

«Wenn in meinen Worten keine Wahrheit liegt, dann beende es, Vater. Ich bin bereit für den Tod.»

Aaron legte den Kopf in den Nacken, um seine Kehle darzubieten. Sein Vater knurrte, bevor er mit dem Schwert ausholte. Wie eine silbrig glänzende Mondsichel surrte die Klinge durch die Luft. Aaron fürchtete den Tod nicht, er hatte ihm oft genug ins Angesicht gesehen. Deutlich spürte er den Luftzug, als die Waffe die Luft teilte und verfolgte die Bahn der Spitze, die sich seiner Kehle näherte. Gleich wäre alles vorbei.

Sein Herz zog sich vor Schmerz zusammen, in der Gewissheit, Rebecca niemals wieder halten, spüren und berühren zu dürfen. Doch ihre Liebe war den Tod wert. Erbarmen war eine Vokabel, die seinem Vater fremd war. Aaron schloss die Augen und erwartete, Rebecca fest an sich gepresst, sein Ende.

Zu seinem Erstaunen geschah nichts. Ungläubig blinzelte er. Sein Vater sah auf ihn herab, bevor er das Schwert senkte. Das Kupferrot seiner Haare leuchtete in der Nacht. In seinem Blick lag eine Mischung aus Schmerz, Verzweiflung und Zorn. Aaron fühlte, dass ihn etwas tief bewegte. Der entschlossene Ausdruck des Erzengels wandelte sich in einen liebevollen.

«Du erinnerst mich an sie», sagte Uriel schlicht.

Sein Blick richtete sich in die Ferne, während sein Geist anscheinend in der Vergangenheit weilte. Der starke Kriegsengel wirkte verletzlich. In seinen Augen schimmerte es feucht.

«Wie könnte ich etwas töten, das ein Teil von ihr gewesen ist?»

Der ungewohnte emotionale Ausbruch des Erzengels ließ Aaron nicht unberührt. Er schluckte gegen den Kloß in seinem Hals.

«Geh und verlass mit ihr diesen Ort, bevor ich es mir anders überlege.»

Hatte Uriel das eben wirklich gesagt? Aaron traute seinen Ohren nicht und sah zu seinem Vater auf.

«Hast du nicht gehört? Verschwinde und sorge dafür, dass sie diesen Spruch vergisst.»

Jetzt war Uriel wieder der Krieger mit entschlossener Miene. Aaron wusste, dass ihm sein Vater nur diese eine Chance gewähren würde, und er wollte sie nutzen.

«Ich habe nicht geahnt, wie sehr du meine Mutter vermisst. Die Liebe zu ihr wird uns für immer verbinden, Vater.»

Aaron entschied sich in diesem Moment für ein Leben an Rebeccas Seite und wusste, dass sein Leben als Blutengel für immer beendet war. Die Gemeinschaft der Engel würde ihn für sein Versagen ausschließen. Doch für die Liebe zu Rebecca war er bereit jedes Opfer zu bringen.

Epilog

Rebecca stand mit einer Flasche Mineralwasser in der Hand am Ende des Saales und beobachtete Aaron, der seine Schüler unterrichtete. Schweiß perlte von seiner Stirn. Seit Tagen litt Rom unter extremer Hitze. Luzifers Rache für ihren Verrat.

Ihretwegen war Aaron aus dem Kreis der Blutengel ausgeschlossen worden. Sein Leben, seine Existenz, einfach alles hatte er für sie geopfert. Wenigstens fand er hier im Palazzo degli Angeli Erfüllung, wenn er die jungen Nephilim für den Kampf gegen die Mächte der Finsternis trainierte.

Liebevoll betrachtete sie jede seiner geschmeidigen Bewegungen. Sie konnte sich nicht daran sattsehen. Rom war für sie ein neuer Anfang. Zwar hatte sie San Francisco nur schweren Herzens verlassen, weil sie diese Stadt liebte und viele Erinnerungen an ihre Adoptiveltern verband, doch ihr Platz war an der Seite ihres geliebten Mannes.

Manchmal quälte sie das Heimweh nach Amerika, aber es war unbescheiden, unzufrieden zu sein. Sie führten ein gutes Leben hier. Seit ein paar Wochen praktizierte sie als Ärztin im Herzen Roms. Viele ihrer Patienten waren Nephilim, unter denen sie endlich ihre Gabe frei ausleben konnte.

Viele sahen in ihr die Nachfolgerin Ruths, eine Heilerin und Prophetin, obwohl Rebecca sich nicht so fühlte. Dennoch erfüllte es sie, anderen zu helfen und sie vor Luzifer zu beschützen. Sie freute sich darauf, mit Aaron im Sommer Rosie zu besuchen, die jetzt die Seele des Engelsghettos war.

Rebecca wurde aus ihren Gedanken gerissen, als Aaron in die Hände klatschte. «So, Schluss für heute. Giorgio, sorge bitte dafür, dass die Schwerter alle geputzt an den richtigen Platz gelangen.»

Der Junge nickte eifrig und trieb die Schüler zur Eile an. Bald würde die Sonne aufgehen.

«Rachel, willst du mich verdursten lassen?»

Aaron drehte sich lächelnd zu ihr um und wischte sich mit dem Handrücken den Schweiß von der Stirn. Es fühlte sich richtig an, wenn alle sie Rachel riefen. Das Leben der Rebecca Clancy war in San Francisco geblieben. Hier in Rom war sie Rachel Lighthouse.

«Keiner außer dir kommt in den Luxus, einen eigenen Wasserträger zu besitzen», scherzte sie und lief auf ihn zu.

Aaron nahm ihr sanft die Flasche aus der Hand und stürzte den Inhalt hinunter. Dann zog er sie in die Arme und sah ihr tief in die Augen. Rachel spürte seinen Herzschlag in der Brust und wusste, dass es keinen größeren Liebesbeweis geben konnte als diesen. Er beugte sich herab und küsste sie voller Leidenschaft. Auch sie legte in diesen Kuss ihre ganze Liebe, während ihre Herzen im Gleichklang schlugen. So würde es immer sein, bis ans Ende der Zeit.

Das LOVE LETTER MAGAZIN meint:

«Hervorragend recherchiert erwacht das Viktorianische Zeitalter zu neuem Leben. Integra ist eine sehr liebenswerte Figur, hin und her gerissen zwischen ihrer Freiheitsliebe und dem Druck, den ihr Stand auf sie ausübt.
Gespannt darf die Fortsetzung erwartet werden, die sicher noch einige Überraschungen bereithält.»

DAS MECHANISCHE HERZ | F. L. STOLZ

London 1880.
Lady Integra, die rebellische Tochter aus gutem Hause muss sich verheiraten, doch ihr Herz erwärmt sich für den Stallburschen Simon.

Als sie von einem mächtigen Artefakt erfährt, welches der Überlieferung nach in den falschen Händen das Ende der Menschheit bedeuten könnte, muss sie sich entscheiden: Folgt sie einem Leben voller Konventionen oder ihrem Herzen hin zu einem Leben mit Vampiren, Magiern und erfüllter Liebe ...

DER FLUG DES NACHTFALTERS – DAS MECHANISCHE HERZ BAND 1
FRANKA LYRA STOLZ

Taschenbuch
12 x 18 cm, 320 Seiten
ISBN: 978-3-939239-35-2
9,99 Euro (D + A)